패션하우스

FASHION HOUSE

김유주 장편소설

OHWOO's STORY MATE

* 목차

prologue 7

훌륭한 패션은 로큰롤과 같다 15

내가 파는 것은 옷이 아니라 꿈이다 34

남극의 최초 정복자는 버버리였다 62

패션은 빛나는 동화 속의 세계를 현실로 만들어 주는 것이었다 90

자기 고집을 꺾을 줄 알아야 진정한 디자이너다 120

가식은 옷을 입지만, 진실은 발가벗기 좋아한다 147

나의 역할은 유혹하는 것이다 186

아름다움은 내가 누구와 있는가에 달려 있다 215

패션은 재밌어야 하고 메시지를 전달하여야 한다 257

패션은 사라지지만 스타일은 영원하다 293

아무것도 바꾸지 않기 위해 모든 걸 바꾼다 330

작가의 말 359

찰스's Backstage 363

본 작품에 등장하는 모든 사건과 인명은 실제와 무관합니다.
본문 안에서 " "는 한국어, 「 」는 네덜란드 어로 진행되는 대화입니다.

프롤로그

매해 6월이 되면, 벨기에 북부의 항구 도시 앤트워프는 전 세계에서 몰려드는 수많은 사람들로 북적거렸다. '앙베르펜'이라고도 불리는 이 도시는 바로크 양식을 확립한 17세기의 대표 화가 루벤스의 활동 무대이자, '플랜더스의 개'의 주인공인 네로와 파트라슈가 생을 마감한 대성당이 있는 벨기에 제2의 도시로, 365일 언제나 관광객들의 발길이 끊이지 않는 곳이었다. 하지만 6월의 방문객들은 이곳의 문화와 예술을 즐기려는 단순한 관광객들이 아니었다. 그들의 대부분은 앤트워프 왕립예술학교 패션디자인과 학생들의 학년 말 패션쇼를 보기 위해 찾아오는 사람들이었다.
　세계 3대 패션스쿨 중 하나인 앤트워프 왕립예술학교는 패션은 예술이라 말하며 학생들의 창의력과 실험 정신을 가장 중요하게 생각하는 학교로, 패션은 비즈니스도 중요하다 생각하는 뉴욕의 파슨스와는 확연히 구분되는 곳이었다. 파슨스가 명품 브랜드나 상업적인 패션회사의 일원을 키

우는 데 적합하다면, 앤트워프는 4년 동안 자신의 스타일을 찾게 해 줌으로써 자신의 브랜드를 론칭하고자 하는 독립적인 디자이너를 키우는 데 적합하다고 할 수 있었다.

그런 앤트워프에서 1년 동안의 결과를 고스란히 내보이는 자리가 바로 6월 중순에 열리는 학년 말 패션쇼였다. 전교생이 오로지 이 패션쇼에 올릴 자신의 컬렉션을 위해 1년 내내 매달린다고 해도 과언이 아니었다. 비록 이들은 아직 패션을 공부하는 학생들이었지만, 앤트워프만의 독창적이고 실험적인 컬렉션을 보기 위해 유명 패션하우스의 관계자들과 패션잡지의 편집자들, 그리고 기자와 셀러브리티들을 포함한 수많은 사람들이 해마다 이곳을 방문하고 있었다. 그들은 이곳에서 자신의 작품을 위한 영감을 얻기도 했고, 함께 일할 인재를 구하기도 했으며, 앞으로의 패션계를 이끌 새로운 스타 디자이너를 점치기도 했다.

「가운 벗어 주세요.」

「여기 액세서리 바꿔 주세요.」

런웨이의 백 스테이지는 언제나 소란스러웠다. 여기저기에서 쇼를 준비하는 예비 디자이너들과 그들을 돕는 스태프들이 목소리를 높여 가며 분주하게 뛰어다니고 있었다. 학생들은 자신의 순서가 되기 직전까지 옷들을 수선하고, 모델들의 매무새를 살피느라 정신이 없었다. 그 옆의 모델들 역시 런웨이에서 미끄러지는 불상사에 대비하여 신발 바닥에 스크래치를 내거나, 동선을 체크하며 긴장감을 떨치고 있었다. 이곳은 전쟁터나 다름없었다.

「4학년! 준비하세요.」

「모델들, 한 줄로!」

드디어 학년 말 패션쇼의 마지막인 4학년들의 순서가 되었다. 앤트워프는 한 학년에 60여 명의 학생들이 재학 중이었지만, 이들 모두가 다음 학년

으로 진급을 하거나 졸업하는 건 아니었다. 졸업생의 비율이 전체 입학생의 10퍼센트 내외밖에 안 될 정도로 엄격한 학사 관리로 악명 높은 곳이었다.

「순서대로 나가야 해요. 앞사람 확인하세요.」

4학년의 첫 번째 순서가 시작되었다. 소란스러운 백 스테이지와는 다르게 쇼장에 앉아 모델들을 바라보는 패션피플들의 얼굴은 무척이나 진지해 보였다. 그들은 미래의 디자이너들이 보여 주는 참신하면서도 유쾌한 컬렉션들을 하나라도 놓치지 않겠다는 듯 런웨이 위의 모델들에게서 시선을 떼지 못한 채 여기저기에서 플래시를 터뜨리며 환호하고 있었다.

오늘을 위해 모인 특별 심사 위원들과 교수들의 눈 역시 바쁘게 런웨이를 오가고 있었다. 이 패션쇼의 결과로 재학생들의 진급과 유급, 4학년들의 졸업이 결정되기 때문에 그들은 평소보다 더욱 신중하게 작품들을 평가하고 있었다.

그러나 마지막 순서가 다가올수록 알 수 없는 설렘이 쇼장을 가득 메우기 시작했다. 그곳에 모인 관계자들 모두가 기다렸다고 해도 과언이 아닌 오늘의 피날레가 다가오고 있었기 때문이었다. 지난 3년 동안 학년 말 패션쇼에서 각 학년별 최고의 컬렉션에게 주어지는 Louis Award와 최고의 재능을 가진 디자이너에게 주어지는 Weekend Kanck Award를 휩쓸며 가장 높은 점수를 기록한 동양인 여학생, Sue의 순서가 바로 그것이었다.

그녀가 이번 패션쇼에서도 최고점을 받는다면 100년이 넘는 앤트워프의 역사를 통틀어 4년 연속 유급 없이 최고점으로 졸업하는 최초의 학생이 되는 것이었다. 이미 여러 관계자들이 Sue와의 만남을 앤트워프 쪽에 요청해 놓은 상태였다. 그동안 그녀가 펼친 활동으로 보건대 졸업과 동시에 여러 패션위크에서 화려한 데뷔 무대를 가질 것이라는 모두의 예상은 기정사실이나 다름없었다.

드디어 조명이 꺼지고, 이번 패션쇼의 마지막 순서인 Sue의 이름이 스크린에 떠올랐다. 그리고 잠시 후, 그녀가 요청했던 오프닝 음악이 흘러나오기 시작했다. 클럽에서나 들을 법한 몽환적이면서도 심장을 두드리는 강렬한 비트의 음악이 쇼장을 가득 채우고 있었다. 그러나 그뿐이었다. 한참이 지나도 런웨이 위에선 아무 일도 일어나지 않았다. 모델들의 워킹도 없었고, Sue의 모습도 보이지 않았다. 이내 사람들이 술렁이기 시작했다. 맨 앞자리에 앉아 있던 앤트워프의 학장, 월터는 혹시나 했던 우려가 현실로 나타나자 눈앞이 캄캄해졌다. 이번 컬렉션을 준비하는 내내 Sue의 걱정을 눈치 채고 있었지만, 어제 리허설에 참석했던 그녀였기에 심각하게 생각하지 않았던 것이 실수였다.

「Sue가 사라졌습니다.」

쇼의 전체적인 내용을 디렉팅한 패션디자인과 교수 중 한 명이 학장에게 다가가 조용한 음성으로 말을 건넸다. 처음으로 벌어진 일에 교수들 역시 당황하기는 마찬가지였다.

「학년 말 발표회를 포기했다는 거야?」

학장을 대신해 옆에 있던 다른 교수가 나지막이 물었다. 혹시나 지금이라도 돌아올지 모르는 Sue를 위해 작은 목소리로 조심스럽게 입을 열었지만 이미 주변 사람들에겐 그녀가 사라졌다는 얘기가 들렸던 모양이었다. 여기저기 웅성거리는 소리와 함께 탄식이 터져 나왔다. 순식간에 쇼장은 혼란스러워하는 사람들로 인해 아수라장이 되고 있었다.

어느새 음악은 멈췄고, 조명 역시 모두 들어왔다. 스태프들과 교수들을 비롯한 모든 사람들이 궁금해하는 얼굴로 월터를 바라보고 있었다. 월터는 깊은 한숨을 내쉬며 천천히 자리에서 일어났다. 그러고는 단호하게 입을 열었다.

「쇼는 끝났습니다.」

그리고 사흘 후, 앤트워프 최고의 기대주이자 이곳 패션스쿨의 역사를 바꿀 거라 믿어 의심치 않았던 동양인 여학생 Sue의 유급이 결정되었다.

그해 11월, 서울.
수현은 품평회를 마치고 제품을 정리 중이었다. 그제부터 시작된 U어패럴의 품평회는 내년 S/S(spring/summer) 시즌을 겨냥해 생산할 신제품들을 회사 내 임원들과 각 매장의 매니저들로부터 평가받는 자리였다. 각 브랜드의 디자인 팀은 품평회를 위해 지난 수개월을 준비해 왔다. 오늘의 결과를 바탕으로 다음 시즌에 생산할 제품이 결정되기 때문이었다.
오전부터 시작되었던 남성복 브랜드 '옴므'의 품평회가 끝나고, 수현이 속해 있는 여성 캐주얼 브랜드 '뮤즈'를 마지막으로 U어패럴이 가지고 있는 여섯 개 브랜드의 품평회가 모두 끝이 났다. 그리고 늘 그랬듯이 품평회가 끝나자 회장을 비롯한 임원들과 품평회에 참석했던 매니저들은 서로의 노고를 치하하며 저녁 식사를 하기 위해 서울의 한 특급 호텔로 자리를 옮겼다.
하지만 수현은 저녁 식사 자리엔 참석하지 않았다. 계약직인 그녀는 그곳에 낄 수 있는 직급도 아니었지만, 품평회를 준비하는 동안 설마설마했던 일이 현실이 되어 나타나자 당황스러운 마음을 달래며 품평회장에 혼자 남아 상품을 정리하고 있는 중이었다.
"뭐? 단정한 라인에 아방가르드한 소매를 달아 다른 브랜드들과 차별성을 두었다고?"
수현은 팀장의 프레젠테이션을 떠올리며 고개를 절레절레 흔들었다.
"당신, 아방가르드가 무슨 뜻인지나 알아? 난해하게 이것저것 붙이고 부풀렸다고 다 아방가르드가 아냐."
괴기스럽기까지 한 차콜색의 롱 원피스는 아무도 입으려 하지 않을 것 같았다.

"다른 브랜드들과 차별성을 둔 건 맞네."

깊은 한숨을 내뱉은 그녀는 또다른 옷을 집어 들어 이리저리 살펴보았다. 오늘 매니저들로부터 가장 높은 호응을 받았던 실크 소재의 원피스였다. 실제로 품평회에서는 고객들의 의견을 직접 들을 수 있는 매장 매니저들의 역할이 아주 중요했다. 오랜 현장 노하우를 지닌 매니저들은 어떤 제품이 잘 팔릴 것인지 귀신같이 짚어 내곤 했다. 그런 그들이 최고라 손꼽았던 제품은 자연스럽게 떨어지는 라인이 편안하게 몸을 감싸면서 에스닉[1]한 문양과 실크 소재가 세련미를 더해 주는 원피스였다.

"그래. 체형의 결점을 가려 주면서 고급스럽기까지 하지. 하지만, 이건 드레스 반 노튼의 작년 제품이잖아. 상표만 바꿔서 그대로 걸어 둔 걸 모를 줄 알아?"

수현은 이 제품을 보는 순간, 자신의 눈을 의심했었다. 전 세계적으로 발표되는 유명 디자이너의 옷들을 태그만 교체하여 그대로 걸어 둔 걸 누군가 알아챌까, 품평회 내내 전전긍긍하며 사람들의 눈치만 봤던 그녀였다.

"하긴…… 다들 모르긴 하더라, 에휴!"

경쟁 업체들끼리 서로가 서로를 카피하고, 지난해 상품과 별로 달라 보이는 게 없는 새 상품을 내거는 일은 패션계의 고질적인 문제 중 하나였다. 그리고 일단 품평회 때는 홍콩이나 유럽 등으로 샘플 바잉을 갔던 디자이너들이 마음에 드는 옷들을 자신이 만든 샘플인 것처럼 걸어 두는 것도 서로의 묵인하에 종종 일어나는 일인 듯싶었다.

"어? 이건 얼마나 급했으면 단추 교체도 못한 거야? 쯧쯧……."

급한 대로 상표는 교체했어도 달려 있는 단추까지는 바꿔 달지 못한 모

---

1. 에스닉(ethnic): 민족 의상이 가지는 독특한 색이나 소재, 수공예적 디테일 등을 넣어 도시생활에서 활력을 찾고자 하는 것.

양이었다. 회색과 보랏빛의 타탄체크로 제작된 산뜻한 A라인 트렌치코트의 소매 끝자락엔 우주 행성 모양의 단추가 자리하고 있었다. 비비안 웨스트 우드였다.

"모방은 창조의 어머니라지만, 그러려면 원작을 뛰어넘어야지, 원작을 그대로 사용하면 안 되는 건데……. 그래서 비비안 여사는 말했었지. 이 세상은 살기엔 너무 타락했다고."

수현은 계속해서 한숨을 내쉬며 마네킹에 걸려 있는 제품들을 조심히 벗겨 내 행거에 걸었다. 물론 디자이너들이 직접 만든 샘플들도 꽤 있었다. 그러나 문제는 호평을 받았던 대부분이 다른 브랜드의 제품이라는 것이었다. 그대로 신상품으로 생산되어 매장에 걸린다면 누가 봐도 카피가 분명할 테니, 아마 어느 정도는 디자인을 변형해 제품을 출시하게 될 터였다. 그리고 그렇게 신상품이 출시되면, 품평회 때 봤던 옷과는 전혀 다르게 제작되었다는 매니저들의 불만 섞인 의견이 빗발칠 게 분명했다.

그녀는 마지막 옷까지 모두 행거에 건 후 양손으로 행거를 밀며 품평회장을 빠져나갔다. 디자인실에 옷들을 가져다 두고 자신도 퇴근을 하면 될 듯싶었다.

수현이 떠나고 품평회장엔 어둠이 내려앉았다. 그리고 잠시 후, 어둠 속에서 한 남자가 모습을 드러냈다. 그는 피식 웃음을 내뱉으며 수현이 빠져나간 문 쪽을 가만히 바라보았다.

그는 사실 조금 전까지 불쾌한 기분을 떨치지 못하고 있었다. 처음으로 참석했던 여성 브랜드 뮤즈의 품평회는 정말 최악이었다. 수현과 마찬가지로 그 역시 품평회 내내 실망감을 감출 수가 없었다. 새로운 것들은 전혀 없었고, 괜찮다 싶었던 건 모두 어디서 본 듯한 디자인이었다.

"에스닉한 문양이 어디서 많이 봤다 싶더니, 드리스 반 노튼의 지난해 컬렉션이었군."

드리스 반 노튼처럼 자신만의 확실한 색깔을 보여 주는 디자이너도 드문데, 그답지 않게 알아채지 못했다. 사실 유명 여성 디자이너의 옷임을 한눈에 알아볼 수 있었던 행성 모양의 단추를 신제품이라고 내걸린 트렌치코트에서 발견한 순간, 그는 더 이상 품평회에 집중할 수가 없었다.

"나도 여기가 비비안 여사의 쇼장인가 했었다고."

나지막이 울리는 그의 목소리는 뭔가 들떠 있었다. 디자인 팀의 문제를 발견한 사람치고는 표정도 무척이나 밝아 보였다.

"등잔 밑이 제일 어둡다더니……."

입가를 길게 늘어뜨리고 기분 좋은 웃음을 머금은 그의 눈이 어둠 속에서 반짝였다.

"드디어 찾았군."

훌륭한 패션은 로큰롤과 같다
- 앤 드뮐미스터

한 주를 시작하는 월요일은 직장인 누구에게나 부담스러운 하루였지만, 수현에게는 예외였다. 언제부터인지 모르게 시작된 불면증 때문에 쉽게 잠을 이루지 못하는 그녀에게 월요일이 왔다는 건, 앞으로 5일 동안은 그럭저럭 눈을 붙일 수 있다는 걸 의미했기 때문이었다. 낮에 바쁘게 움직여 몸이라도 피곤하게 만들어 놔야 밤에 조금이라도 잠을 청할 수 있었기에, 그녀는 할 일 없는 주말이 반갑지 않았다. 회사에서의 바쁘고 정신없는 생활이 오히려 그녀에겐 활력소가 되고 있는 셈이었다. 하지만 그런 생각도 회사에 출근해서는 잠시 사라지곤 했는데, 수현의 인내심의 한계를 시험하고 있는 디자인 팀 선배들 때문이었다.

"수현아, 나 에스프레소 한 잔, 시럽 듬뿍!"

시럽을 듬뿍 넣을 거면, 에스프레소를 마시지 않았으면 싶은 디자인 1팀의 허연심 과장은 패션업계 종사자라면 에스프레소를 마셔야 한다는 우스운 지론을 가지고 있었다. 어디 그뿐인가? 1주일에 한 번씩 마사지숍을 방문하고, 네일과 페디큐어를 관리받는 건 물론이거니와 각 브랜드의 신상품을 회사 내 누구보다도 먼저 구입하는 것이 진정한 패션피플의 자세라 생각하고 있었다. 그래서 사람들은 허연심 과장의 성이 '허영 허' 씨라는 우스갯소리를 하곤 했다. 하지만 수현의 생각은 달랐다. 허 과장은 보이는 것에 비해 허술한 점이 많은 사람이었다. 스타킹의 올은 언제나 나가 있었고, 종종 아이라인이나 눈썹을 한쪽만 그려 아이 메이크업의 Before & After를 몸소 보여 주기도 하였다. 그리고 결정적으로, 지난주에 아는 사람을 통해 싸게 구입했다는 에르메스의 켈리백은 수현이 보기엔 100퍼센트 짝퉁이었다. 일단 안감과 겉감의 가죽이 동일하지 않았고, 숄더 끈 안쪽에서 브랜드 고유의 로고도 보이지 않았다. 그래서 수현이 내린 결론은, 허연심 과장의 성은 '허당 허' 씨라는 것이다.

"수현, 내 책상 위 화분들, 물은 줬어? 이건 이틀에 한 번은 줘야 한다니까!"

매주 하나씩 늘어나는 화분들에 직접 물을 주든가, 아니면 조화를 사다 놓면 싶은 이시영 대리는 수현으로부터 평소 존경하는 디자이너인 드리스 반 노튼의 취미가 가드닝이라는 얘길 들은 후, 그를 따라 정원을 만들기 시작했다. 각종 패션잡지에 원단 쪼가리가 난무하는 본인의 책상 위에 말이다. 드리스 반 노튼을 너무나 존경한 나머지, 지난 품평회 때 그의 작품을 직접 선보이기까지 했던 이 대리였지 않은가. tag만 제거하고 그대로 걸어 두는 택도 없는 짓을 해서 수현을 기겁하게 만들었지만.

"자기야, 내 컴퓨터 안 켜지는데? 이거 왜 이러지?"

그리고 분명 부모님이 지어 주신 이름이 있으면서도 무슨 이유에서인지 입사 초기부터 자신을 찰스라 불러 달라 강력하게 주장했다던 문제의 인간, 찰스 김! 지난 주말에 행해진 사무실 물청소로 인해 바닥에 깔려 있던

멀티탭의 코드가 모두 뽑혀 있는 것을 확인도 하지 않은 채, 무조건 수현을 부르는 이 사람. 어디선가 무슨 일만 생기면 수현을 짱가로 알고 부르는 이 사람은 여성 브랜드 뮤즈에 남성적 시각을 반영해 보자는 취지로 수현보다 조금 앞선 시기에 입사한 디자인 1팀의 청일점이었다. 하지만 지나치게 오트쿠튀르[2]를 찬양하여 기성복 브랜드 뮤즈에는 별 도움이 되지 않는 인물이었다. 더구나 오트쿠튀르 디자이너들이 남긴 말들을 삶의 유일한 진리이며, 세상을 사는 지침이라 굳게 믿고 있는 이상한 사람이었다.

"악! 그런데 수현 씨, 자기 옷이 왜 이러니? 넝마가 따로 없네. 여자가 돼서는, 어떻게 자신을 조금도 꾸미지 않고 집을 나설 수 있는지 이해할 수 없다니까. 오늘 운명의 상대라도 만나게 되면 어쩌려고 그러고 나와?"

이건 호랑이가 가죽을 남기듯, 죽어서도 가방과 향수를 남긴 가브리엘 샤넬의 말씀이시다.

"패션은 집 밖에서 상대와 경쟁하려는 도구라는 거 몰라? 도구도 없이 뭘 어쩌려는 거야?"

이건 미니스커트의 어머니, 메리 퀸트의 말씀이시고……. 그런데, 패션이 도구라고? 그렇다면 나는 인류 최초의 도구인 돌멩이로 당신을 상대해 주겠어.

"그나마 얼굴이라도 볼 만하니 다행이지, 아니었으면……."

찰스는 못 볼 걸 상상했다는 듯 진저리를 치고는 수현을 향해 빈정거렸다.

"자기는 부모님께 꼭 감사드려야겠다."

에휴, 당신 부모님은 진정 나한테 감사해야 할 것이야. 이렇게 철없고 한심한 이야기들을 다 받아 주고 있으니 말이다. 수현은 머리부터 발끝까지 차려입은 찰스를 살짝 흘기며 되받아 주었다.

---

2. 오트쿠튀르(haute-couture): 소수의 고객만을 대상으로 하여, 그들의 모든 요구에 맞춰 제작한 맞춤복. 프랑스 파리가 중심지.

"날마다 보그에 나오는 것처럼 차려입는 건 무의미하다고 생각합니다.[3]"

"날마다? 날마다? 자기야, 단 하루라도 좀 차려입고 오면서 그런 말을 해라. 입을 옷이 없으면, 영업 MD들한테 재고라도 빼 달라고 해. 제발!"

그놈의 재고는 어디에 있는지 알아야 빼든지 하지.

뮤즈는 잘 팔리지도 않으면서 고급 브랜드라는 이미지 때문에, 직원과 그 가족들을 대상으로 40퍼센트를 할인해 주는 패밀리 세일을 끝으로 재고를 전량 소각하고 있었다. 그런 까닭에 그녀에게까지 올 제품은 없어 보였다. 입술을 삐죽거리는 수현의 모습을 보며 찰스는 자신이 좀 지나쳤다고 생각했는지 달래는 어조로 다시 입을 열었다.

"내가 자길 구박해서 이런 소릴 한다고 생각하진 마. 다 동생 같아서 하는 소리야. 장 폴 고티에 선생님께서 말씀하시길, 가장 흥미로운 것은 옷을 잘 못 입는 사람들이랬거든. 그런 면에서 자긴 내게 최고로 흥미로운 사람이라고. 내가 디자이너의 명예를 걸고 자기의 스타일을 업그레이드시켜 주겠어."

두 주먹을 불끈 쥐고 각오를 다지는 찰스를 보며 수현은 고개를 절레절레 흔들었다. 수현이 봤을 때 U어패럴에서 가장 흥미로운 사람은 바로 찰스였다. 회의 때마다 그가 내놓는 아이디어는 수현을 아연실색하게 만들었고, 그럴 때마다 그가 어떻게 이 회사에 입사할 수 있었는지 이해가 되지 않았다. 수현은 찰스가 제발 그의 관심을 그녀의 스타일이 아니라 디자이너로서 그의 역량을 업그레이드하는 데 쏟길 바랄 뿐이었다.

U어패럴의 여성 캐주얼 브랜드 뮤즈의 디자이너들은 디자인 1팀이었다. 그리고 수현은 그 팀의 계약직 직원이었다. 원래는 샘플을 만드는 개발실 쪽으로 입사하였는데, 그녀의 패턴 뜨고 재단하는 솜씨를 우연히 지켜보던 디자인 1팀의 팀장이 강력히 주장하여 그녀를 이 팀으로 데리고 온 것이었

---

3. 캘빈 클라인(Calvin Klein)의 명언.

다. 하지만 수현은 팀장이 자신을 왜 이 팀으로 데려왔는지 그 이유를 알 수 없었다. 그녀가 하고 있는 일 중 디자인에 관련된 건 별로 없으니 말이다.

수현이 이 팀에서 3개월을 일하며 알아낸 건 회사 내 입지가 가장 좁은 팀이 바로 디자인 1팀이라는 것이었다. 영업 실적은 몇 년째 바닥이었고, 적자라도 내지 않으면 다행이었다. 해마다 출시하는 신상품들은 손익분기점을 넘지 못했고, 패션업계에선 U어패럴이 지금보다 더 높이 도약하려면 뮤즈를 버려야 한다고 떠들어 대고 있었다.

그렇다고 이 팀이 처음부터 찬밥 신세였던 건 아니었다. U어패럴의 시작이 바로 뮤즈였기 때문이었다. 그때는 지금보다 회사의 규모도 작았고, 현재의 회장이 직접 영업을 뛰었으며, 디자이너도 몇 명 되지 않는 부티크 개념의 소기업이었다. 기성복이 아직 자리를 잡기 전, 양장점이라는 곳에서 옷을 맞춰 입는 것이 흔했던 그런 시절이었다. 하지만 그 당시 U어패럴의 회장은 맞춤복이 곧 사라질 것이라 예상했던 모양이었다. 주변의 걱정을 뒤로 하고 가지고 있던 양장점을 정리한 뒤 기성복 브랜드를 론칭하였는데, 그것이 바로 뮤즈였다. 직원 모두가 할 수 있다는 믿음으로 똘똘 뭉쳤고, '스타일리시하면서도 일하는 여자'라는 콘셉트로 뮤즈를 탄생시켰다. 그 후 여성의 사회 활동이 늘어나면서 뮤즈는 엄청난 성공을 거두게 되었고, 그를 기반으로 U어패럴도 몸집을 불려 지금에 이른 것이다. 그때 뮤즈의 성공을 이끌었던 사람 중 하나가 디자인 1팀의 팀장, 서수미였다. 하여, 그녀에 대한 의리 때문인지 회장은 뮤즈를 버리지 못하고 있었고, 서 팀장 역시 원년 멤버라는 이유 하나만으로 근근이 버티고 있는 중이었다.

순간 디자인실 문이 거칠게 열리며 서수미 팀장이 들어왔다.

"지난주 품평회 관련해서 한 시간 후, 본부장님 주재 회의가 잡혔어. 디자인 팀 전원 참석이니까 다들 얼른 준비해."

"전원이면, 다른 팀도 같이요?"

본부장은 회장이 직접 미국에서 스카우트해 온 사람이었다. 뉴욕의 파슨스를 우수한 성적으로 졸업한 뒤, 패션 비즈니스를 배우기 위해 세계 제1위의 명품 왕국 LVMH Louis Vuitton Monët Hennessy 그룹의 아시아 총괄본부에서 경력을 쌓았고, MBA까지 수료한 패션계의 엘리트였다. U어패럴에 들어온 지 고작 1년이 조금 넘었을 뿐인데 그는 뮤즈를 제외한 U어패럴의 내수 브랜드 모두를 업계 정상에 올려놓으며 회장의 믿음에 보답했다. 특히 남성복을 전혀 만들지 않았던 U어패럴이 지난해 론칭한 옴므의 성공으로 본부장은 패션계의 다크호스로 자리 잡고 있었다.

그런 본부장 역시 원년 멤버인 서 팀장을 배려하기 때문인지, 회장의 간곡한 부탁 때문인지 뮤즈의 일엔 전혀 관여하지 않았었다. 그런데 갑작스럽게 지난 품평회에 참석한 후, 오늘 디자인 팀 전원을 소집했다고 하니 보통 일은 아닌 듯싶었다. 아니나 다를까, 서 팀장의 얼굴은 잔뜩 찌푸려진 상태였다.

하지만 서 팀장을 제외한 나머지 디자이너들의 얼굴에는 화색이 돌았다. 모두 회의가 아닌 몸단장을 준비했다. 왜 아니겠는가? 회장도 건드리지 못하는 뮤즈이니 본부장도 마찬가지일 거라 생각한 그녀들은 회의를 그저 담소라 여기고 있던 것이었다. 특히 출장이 잦은 본부장을 직접 만나 담소를 나누는 건 하늘의 별 따기인데다가, 원빈을 닮은 화려한 외모와 패션 잡지에서 걸어 나온 듯한 모델 같은 스타일 때문에, 본부장과 만나는 모든 사람들은 축복을 받는 기분이라고 했었다. 그러니 모두 그 축복을 조금이라도 더 많이 받고자 열심히 거울을 들여다보며 얼굴을 두드리고 있는 것이리라. 찰스는 왜 같이 흥분하는지 모르겠지만.

더구나 최근 남성 브랜드 옴므에 합류한 수석 디자이너에 대해서도 말들이 많았다. 시크하고 조금은 차가운 분위기의 본부장과는 다르게, 사교

성이 좋고 서글서글한 훈남 이미지에 '폴 스미스'에서 왔다는 화려한 이력이 더해져 회사 내 주가가 급상승 중인 인물이었다. 그 둘을 한자리에서 볼 수 있는 기회이니 다들 얼마나 기대가 크겠는가? 더구나 둘 중 하나가 사주의 패밀리라는 소문 때문에 회사 내 여직원들의 몸과 마음이 한껏 달아올랐으니……. 곧 다가올 한겨울 추위도 두렵지 않은 그들이었다.

한편, 수현도 덩달아 기분이 좋아졌다. 디자인 팀 전원이 참석하는 회의라면 적어도 점심시간까지는 계속될 것이고, 그녀는 자유를 얻은 것이나 다름없었다. 수현은 그 시간 동안 지난가을, 유럽 패션위크를 다녀온 옴므의 팀장이 전해 준 관련 자료나 보면서 최근 동향을 파악해 봐야겠다고 생각했다. 예전엔 런던과 파리, 밀라노 패션위크에 모두 다녀 봤었는데, 한국에 들어온 후로는 자료화면 구하기도 쉽지가 않았다. 파리 패션위크가 끝나고 15년 동안 이끌어 온 발렌시아가를 떠난다는 소식을 전한 니콜라스 게스키에르의 마지막 쇼도 궁금했고, 한국적인 무드로 가득 찼던 에트로의 쇼 역시 무척이나 보고 싶었다. 하지만 이런 수현의 기대는 서 팀장의 지시로 무참히 깨지고야 말았다.

"수현이 너도 회의 참석해."

"저는 가도 무슨 얘기를 하시는지 모르는데요?"

수현은 큰 눈을 동그랗게 뜨고는 최대한 순진한 표정으로 입을 열었다. 어떤 일이 하고 싶지 않다고 해서, 그 마음을 티 나게 표현해선 절대로 안 되는 법이었다. 원하지 않는 일이라는 걸 알면서도 일부러 꼭 시키고 마는 악마 같은 존재들이 바로 상사들이었으니까. 대신, 그 자리에 가 봤자 전혀 도움이 안 되는 사람이라는 걸 어필하면서 자신의 모자람을 부각시키는 게 훨씬 현명하다는 것이 그녀가 지난 석 달 동안 얻은 깨달음이었다.

"저는 정말 잘 몰라요."

"나도 네가 안다고 생각하진 않아. 그런데, 너도 참석하래."

"누가요?"

"본부장 비서실 얘기로는 계약직 막내까지 다 참석하라는 지시가 있었대. 그게 진짜 너도 참석하라는 건지, 그냥 웬만하면 한 명도 빠짐없이 다 참석하라는 건지 알 수 없지만, 일단 가도록 해. 본부장 건드려서 좋을 게 뭐 있어?"

아…… 진짜 본부장, 나는 본부장님의 축복 따윈 필요 없다고요! 수현이 미간을 찌푸린 채 구시렁거리자 서 팀장이 그녀를 위아래로 훑어보며 입을 열었다.

"그런데 너, 옷이…….."

수현은 순간 한숨을 내쉬었다. 찰스에게서 옷차림에 대해 타박을 들은 지 얼마 되지 않았는데, 매서운 눈빛으로 수현을 아래위로 훑어보는 서 팀장 역시 수현에게 한 마디 하려는 모양이었다. 자포자기한 수현은 마음속으로 소리쳤다.

그래요! 전 오늘 운명의 상대를 만나게 될지도 모르는데 자신을 조금도 꾸미지 않은 채 상대와 경쟁하려는 도구로 넝마를 입고 나온 한심한 여자입니다.

"이 재킷, 어디서 샀니?"

음? ……재킷? 수현은 슬그머니 고개를 내려 자신의 옷을 바라보았다. 오늘 입고 온 재킷은 가지고 있는 거의 모든 옷이 그러하듯 그녀가 직접 만든 것이었다. 그중 가장 모던하고 현대적인 옷, 즉, 가장 단순하고 눈에 띄지 않는 디자인이라 할 수 있었다. 그런데 어디서 샀다고 해야 하지?

"넌 전반적으로는 이쪽에 별로 감각이 없어 보이는데, 가끔씩 사람을 놀라게 하더라. 요즘 동대문도 괜찮나 봐?"

이것은 조금 전까지 찰스가 질색하던 옷이었는데, 서 팀장은 은근 마음에 드는 눈치였다. 수현은 찰스, 그가 왜 디자인을 제출할 때마다 서 팀장

의 폭풍 비난을 받는지 알 것 같았다.
 서 팀장은 수현을 동대문 출신이라고 알고 있었다. 하지만 수현이 자신의 입으로 동대문에서 일했다고 말한 적은 없었다. 그저 계약직 직원을 뽑는 모집 요강에 '고등학교 졸업 이상에 패션업계 종사 경력을 우대한다'고 적혀 있었기에 면접 때 그냥 옷을 좀 만들어서 팔았다고 얘기했던 것뿐이었다. 실제로 그녀가 만든 옷을 친구들이 원단값을 내고 사 가기도 했으니까 거짓은 아니었다. 그런데 그 얘기가 돌고 돌아 어느새 그녀는 동대문에서 일했던 청년 디자이너가 되어 있었다. 패턴 뜨는 솜씨, 항상 가지고 다니는 디자인노트에 현란한 재봉질 테크닉까지……. 뭐라 설명하기 난감했던 그녀가 긍정도, 부정도 하지 못한 사이 시간이 흘렀고, 종종 그녀를 동대문 출신으로 오해한 사람들을 대할 땐 지금처럼 당황스러웠다. 하지만 언제까지 이곳에서 일할지 스스로도 알 수 없었기 때문에 수현은 오해를 굳이 바로잡진 않았다.

 그로부터 정확히 한 시간 후, 본부장 주재 회의가 시작되었다. 부임한 뒤 처음으로 전 디자이너를 소집한 자리여서인지 본부장은 미리 와서 회의실로 들어오는 그들을 맞이해 주고 있었다.
 수현은 조용히 들어가 구석진 자리에 앉아 본부장을 관찰하였다. 그를 자세히 보는 건 오늘이 처음이었다.
 이름은 한준우라고 했고, 젊은 나이에 감각 있는 디자이너이자 패션 마케팅의 귀재이며, 키는 183센티미터에 몸무게는 68킬로그램, 사는 곳은 한남동…… 음? 나, 왜 이렇게 잘 알고 있지?
 본부장의 신상에 대해 매일매일 떠들어 대는 디자이너들 덕분인지 그녀도 그에 대해 꽤 많이 알고 있었다. 여성 디자이너들의 하트를 온몸으로 받아 내고 있는 그는 동화 속 왕자님과 다름없어 보였다. 으음? 왕자님? 왜 왕자님 얼굴이 익숙하게 느껴지지?

그러다 수현은 본부장과 눈이 마주쳤다. 깜짝 놀라 시선을 돌리려 했지만, 그녀를 향해 뭔가 알 수 없는 웃음을 짓는 그 때문에 수현은 시선을 돌릴 타이밍을 놓쳐 버렸다. 그리고 이 공간에 오직 둘만 있는 것처럼 서로를 향한 눈빛이 한없이 얽히기 시작했다. 그런데, 저 눈빛을 처음 본 거 같지 않은 이유는 뭐지?

순간, 한 남자가 의자를 끌고 와 수현의 옆자리로 비집고 들어오면서, 본부장과 얽혀 있던 그녀의 시선이 자유로워졌다. 일부러 테이블도 없는 구석 자리로 온 건데…… 에잇, 딴짓하기는 다 틀린 모양이었다. 옆에 앉은 남자는 수현이 얼굴을 찌푸리는 걸 본 모양인지, 그녀를 향해 조용히 입을 열었다.

"Sorry!"

버터와 기름도 저리 가라 할 것 같은 발음에 누군지 확인하려고 옆을 바라봤던 수현은 저도 모르게 깜짝 놀랐다. 서글서글하고 훈훈한 얼굴을 가진 한 남자가 개구쟁이 같은 미소를 짓고 있는 것이 아닌가. 오호라! 여기 물 좋잖아. 처음으로 회의에 참석한 것이 흐뭇해지는 수현이었다.

하지만 수현의 흐뭇한 마음과는 다르게 사람들은 뮤즈를 흐뭇하게 바라보지 않았다. 지난주 품평회와 관련하여 여기저기에서 비난의 폭격이 쏟아지기 시작했다. 남성복, 트래디셔널 캐주얼, 스포츠웨어 등등 U어패럴 내 모든 브랜드의 디자이너들이 똘똘 뭉쳐 뮤즈를 공격하고 있었다.

"이건 뭐, 여성복 세컨드 브랜드인 저희 앨리스보다도 너무 못하니까 포지션을 바꿔야 하는 게 아닌가 싶네요."

'앨리스'는 뮤즈와 같은 여성복 브랜드이지만, 두 브랜드는 타깃이 서로 달랐다. 뮤즈가 2, 30대의 전문 고소득층 직장인들을 대상으로 한 고가의 브랜드인 반면, 앨리스는 대학생이나 젊은 직장인들을 타깃으로 만든 중저

가 브랜드였다. 뮤즈의 가격대보다 저렴했지만, 어마어마한 매출을 기록하면서 호시탐탐 하이레벨로 올라가려는 속내를 내비치고 있었다.

"각각의 상품들이 다른 듯하면서도 결과적으로는 어떤 브랜드인지 보여줘야 하는데, 될 만한 건 이것저것 다 찔러 본 것처럼 컬렉션이 정말 산만하더라고요."

"다른 브랜드들이 뮤즈 적자 메우려고 일하는 건 아니잖아요? 뮤즈만 아니면 직원들 상여금도 더 올라가는 거 아닙니까?"

"매장도 제일 좋은 곳에 위치하고 있으면서 매출이 간당간당하다는 건 문제가 있죠. 그 자리에 다른 브랜드가 들어가면 최소한 더블은 기록할 걸요?"

세계 대전이 눈앞에서 펼쳐지고 있었다. 모두 다 연합군이 되어 뮤즈를 공격하고 있었다. 이런 자리가 처음인 서 팀장은 얼굴이 벌게져 부들부들 떨고 있었고, 다른 팀원들 역시 한마디 대꾸도 못한 채 어서 이 회의가 끝나기만을 기다리는 것 같았다. 이 분위기가 아무렇지 않는 사람은 수현, 하나인 듯싶었다. 아, 아니다. 한 명 더 있었다. 수현의 옆에 앉아 있던 서글서글 훈훈한 남자가 피식 웃음을 내뱉더니, 자기 노트에 뭔가를 끼적인 후 그녀에게 내밀었다.

여기 사람들은 원래 이렇게 무서워요?

흘깃 쳐다보니 그는 전혀 무서워하는 얼굴이 아니었다. 하지만 적당히 예의를 갖춰 '저는 잘 몰라요'라고, 그의 노트에 적으려던 수현은 순간 멈칫했다. 품평회에서 비비안 여사님의 옷을 발견했을 때보다 더 놀랐던 것 같다. 수현의 옆에 앉은 남자가 내민 노트는 디자인북이었는데, 그 안의 생동감 넘치는 일러스트와 콜라주들이 예사롭지 않아 보였다. 그녀는 그 노트를 가져다가 무엇이 더 숨겨져 있는지 뒷장을 계속 넘겨 보고 싶어졌다. 뭔가 간절한 듯한 수현의 눈빛이 통했는지, 남자는 피식 웃으며 노트를 그녀에게 건네주었다. 얼굴만큼 마음도 훈훈한 모양이었다.

수현은 가볍게 고개를 끄덕여 감사를 표한 후, 그의 노트를 한참 동안 들여다보았다. 다음 장으로 넘어갈수록 뭔가 흥분되는 감정이 그녀의 가슴 속에 피어나고 있었다. 지난 3개월 동안 이곳 사람들의 디자인노트는 죄다 훔쳐보았지만, 이 사람은 분명 달랐다. 아! 이 사람이 폴 스미스에서 왔다는 옴므의 수석 디자이너인 모양이었다. 포멀한 디자인에 위트 있는 포인트를 가미하는 폴 스미스는 자신의 의상을 '뒤틀린 클래식'이라고 표현했었다. 전체적으로는 클래식하게 디자인한 뒤, 아이러니하거나 바보스러운 포인트를 가미해 옷을 재밌게 만드는 브랜드였는데, 장난꾸러기 이미지가 가득한 수석 디자이너의 디자인북 역시 위트 있는 디자인들로 가득 채워져 있었다.

그런데 문득 보니, 무릎 위에 놓여 있던 수현의 몰스킨 노트가 보이지 않았다. 어디 떨어졌나 싶어서 주위를 둘러보았더니 주는 게 있으면 받는 게 있어야 공정 사회라 생각했는지, 수현의 옆에 앉은 남자가 어느새 그녀의 노트를 가져가 유심히 살펴보고 있었다. 수현이 깜짝 놀라 자신의 노트를 빼앗으려 했지만 이미 늦은 모양이었다. 그 짧은 시간 동안 수현의 노트를 전부 파악하였는지, 그는 호기심 어린 눈빛으로 그녀에게 묻고 있었다. '너 누구야?'라고.

순간을 정리한 건 본부장이었다. 솜사탕처럼 부드럽고 나지막한 목소리가 회의실에 울리기 시작했다.

"이것저것 붙이고 부풀렸다고 아방가르드는 아니죠."

그렇지, 내 말이 그거라니까! 수현은 저도 모르게 고개를 끄덕이며 본부장에게로 시선을 돌렸다.

"실크 원피스는 왠지 드리스 반 노튼의 작년 컬렉션을 보는 것 같기도 하고……."

저것 봐, 내가 다른 사람이 알아볼 수도 있다고 걱정했었잖아. 수현이 이시영 대리를 흘깃 살펴보니, '내가 그랬소'라고 자백하듯 그녀는 고개를 푹 숙이고 있었다.

"그리고 언제부터 뮤즈가 토성 모양의 단추를 단 건지 모르겠네요."

이런, 단추도 걸렸구나! 그런데 어디서 많이 듣던 얘기인 듯싶었다. 저거 다 내가 한 얘기 아닌가? 수현이 고개를 갸웃거리며 의아해하는 찰나, 본부장은 그 특유의 은혜로운 웃음을 보이며 구석진 한 곳을 향해 시선을 고정한 뒤 입을 열었다.

"그렇지 않습니까, 채수현 씨?"

드르르륵, 드르르륵.
"뭐가 그렇지 않습니까야?"
드르르륵, 드르르륵.
"아니, 그걸 왜 나한테 물어봐? 내가 어떻게 안다고?"
드르르륵, 드르르륵.

시끄러운 박음질 소리를 뚫고, 수현의 머릿속에 떠오른 것은 햇살처럼 따뜻한 웃음을 머금고 차가운 질타를 가하던 본부장의 얼굴이었다.

"근데, 잘생기긴 했더라. 정말……."

본부장을 두고 왜 조각미남에 보급형 원빈이라고 말하는지 알 것 같았다.

"아…… 근데, 어디서 본 것 같은데 말이야."

본부장을 직접 만난 것이 처음임에도 불구하고 어디서 본 듯한 익숙한 기운이 느껴졌다. 수현은 고개를 갸웃거리다 이내 생각을 떨치고는 다시 박음질을 이어 갔다. 그녀는 지금 개발실 실장의 손녀딸이 유치원 발표회 때 입을 드레스를 만들고 있었다. 그러면서도 자꾸 회의 시간의 일을 머릿속에 떠올리고 있었다.

"채수현 씨는 동대문 출신입니다. 그런 거 잘 모를 겁니다."

갑작스러운 본부장의 질문에 수현은 당황했었고, 회의실에 있던 모든 사람들이 그녀를 찾아 주위를 두리번거렸다. 그곳에 모인 대부분의 사람들은 채수현이 누군지 모르는 것 같았다. 그런 침묵을 깨고 입을 연 건 바로 서 팀장이었다. 수현이 동대문 출신이라는 얘기가 나온 순간, 회의실엔 비웃음이 가득했다. 디자이너들 대부분이 유학파 출신이었기 때문에 그들은 동대문 출신의 수현이 서 팀장의 말처럼 품평회 상품들을 제대로 평가할 순 없을 거라 생각했던 모양이었다. 회의 내내 대립하던 서 팀장과 다른 디자이너들이 하나가 되는 순간이었다.

오늘 질타를 받은 수현의 팀장 역시 나름 파리 유학파 출신이었다. 그리고 남성복 옴므의 팀장은 파슨스 출신이었고, 수현의 짐작이 맞는다면 그녀의 옆에 앉아 있던 남자 역시 파슨스를 졸업했으며, 폴 스미스의 수석 디자이너 출신이라고 했었다. 본부장이 학연을 이용해 파격적인 조건으로 데리고 온 듯했다. 그리고 앨리스의 팀장은 런던의 세인트 마틴 출신이었고, 나머지 디자이너들 역시 국내 유명 대학을 졸업한 후 이곳에 입사했다는 자긍심을 가지고 있는 사람들이었다. 그러니 수현을 무시하는 것도 어쩌면 당연하다 할 수 있었다.

"동대문요?"

본부장 역시 재미있다는 듯 피식 웃으며 수현을 바라봤었다. 뭐야, 당신도 비웃는 거야? 이 더러운 학연주의! 패션은 사실 학업으로 완성되는 것이 아니었다. 이론을 공부하고, 스케치나 일러스트를 배우고, 마네킹에 입힐 그럴싸한 완성품을 만들어 낼 수 있다고 해서 훌륭한 디자이너인 것은

더더욱 아니었다. 디자인뿐만 아니라 패턴이나 재단도 잘해야 했고, 평면에 그려진 1차원적인 디자인을 입체적으로 볼 줄 아는 눈도 필요했다. 어디 그뿐인가. 원단과 부자재에 대한 해박한 지식도 중요했고, 트렌드를 읽어 내면서도 시대를 앞서 가는 시각 역시 꼭 필요한 요건이었다. 그런 면에서 수현은 가끔씩 나가 봤던 동대문에서 정말 놀라운 것들을 목격했었다. 고객들을 직접 응대하면서 자신의 브랜드를 론칭하여 옷을 만들고 있는 사람들의 실력은 기대 이상이었다. 실제로 중졸에 동대문 출신이라 자랑스럽게 이야기하는 디자이너 최범석은 서울컬렉션으로 데뷔하여 뉴욕 패션위크까지 진출, 주목할 만한 디자이너 3인에 들면서 한국의 대표 디자이너로 자리매김하지 않았는가. 그들이 만들어 내는 스타일은 출신 학교에 따른 것이 아니었다. 천재여서도 아니었다. 끊임없는 노력과 연습, 그리고 현장에서 쌓은 노하우와 인프라를 바탕으로 이뤄 낸 땀의 결과물이었다. 창조적인 결과물을 만들어 내야 하는 패션계에서 출신 학교 위주의 편 가르기와 타인에 대한 편견은 결코 바람직하다고 할 수 없었다. 기존의 고리타분한 시각을 버리고 만연해 있는 학력 우월주의에 대항할 저항 정신이 필요했다. 이제 디자인의 세계에도 보수적인 기득권에 도전하는 로큰롤 정신이 필요하달까.

　수현은 고개를 흔들며 회의 시간의 기억을 떨쳐 내고, 다시 만들고 있는 드레스에 집중했다. U어패럴에 입사한 후 개발실에서 일했던 처음 1주일 동안 그녀는 빵으로 점심을 대신했었다. 함께 먹으러 갈 사람도 없었고, 당시엔 굳이 점심을 챙겨 먹어야겠다는 생각도 없었다. 개발실엔 패턴을 뜨거나 재단을 담당하는 아주머니와 아저씨들이 많았고, 그들은 대부분 도시락을 싸 와서 점심을 해결하고 있었다. 그런데 수현을 안쓰럽게 생각한 아주머니들이 밥을 나눠 주기 시작했고, 그렇게 수현은 그들과 친해진 것이었다. 얼마 만에 먹어 보는 집밥이었는지, 처음 점심을 얻어먹었을 땐 눈물이 날 뻔하기도 했었다. 그렇게 친분을 쌓았고, 디자인 팀에 간 지금까지도 점심은 꼬박꼬박 개발실에서 먹는 그녀였다. 덕분에 옷을 만드는 데 있어 테크니션으로 통하는 개발실 직원들과 가족처럼 지낼 수가 있었다. 그리고 오늘도 여느 때와 마찬가지로 개발실에서 점심을 먹던 중 우울해하는 개발실 실장의 이야기를 듣게 되었다.

실장에겐 손녀딸이 하나 있었는데, 그 아이가 기특하게도 유치원에서 열리는 발표회에서 혼자 노래를 부르게 되었다고 했다. 그런데 입힐 드레스가 없다는 것이었다. 엄마, 아빠 없이 할아버지와 할머니 손에서 자라다 보니 여느 아이들처럼 제대로 된 옷을 사 주지도 못했고, 드레스는 값도 비싸서 구입할 엄두도 내지 못한 모양이었다. 노래 잘해서 뽑힌 손녀에게 맘 편히 칭찬도 못해 주고, 발표회에 나가지 않으면 안 되겠느냐고 물었다가 밤새 우는 손녀딸의 모습이 생각나 일이 손에 잡히지 않는다며 실장은 연신 한숨을 내쉬고 있었다. 그래서 수현이 나선 것이었다. 여러 가지 일에 치여 그녀도 몹시 피곤했지만, 모두가 퇴근한 개발실에 홀로 남아 실장의 손녀딸을 위해 드레스를 만들고 있던 중이었다. 수현은 그 어느 때보다 강한 의지를 불사르며 두 손을 불끈 쥐고 소리쳤다.

"이 언니가 누구보다 예쁜 드레스를 만들어 주겠어!"

수현은 프린세스 콘셉트의 드레스는 눈을 감고도 만들 수 있었다. 이미 여러 번 만들어 본 경험이 있었기 때문이었다. 그때보다 조금 작게, 그리고 많이 모던하게 만들어야 하는 것이 숙제였지만, 사실 옷을 만들어 보고 싶다는 마음이 생긴 것도 참으로 오랜만이었다. 여러 겹의 원단을 이용해 치마 모양을 풍성하게 잡아 주자 드레스가 어느 정도 마무리되었다. 이리저리 살펴보던 수현의 마음도 흐뭇해졌다.

"다음달에 월급 받으면 중고로 재봉틀이나 하나 살까? 입을 옷도 더 만들어야 하는데……."

오랜만에 자신의 손으로 만든 완성품을 보게 되자, 그녀는 갑작스럽게 재봉틀이 갖고 싶어졌다. 잠이 안 올 때 시간 보내기도 좋고, 이렇게 주변 사람들 옷도 만들어 줄 수 있어 좋고……. 아! 시끄러워서 주인집에서 싫어하려나?

수현은 자신의 통장 잔고를 떠올려 보았다. 월요일인 오늘 아침 1주일 치 용돈을 꺼내고 남은 돈은 38만 2천 380원. 세 후 126만 8천 원의 월급을 받아 월세 40만 원을 내고 80만 원 정도 되는 돈으로 한 달을 살아야 하는 그녀는 이내 현실을 깨닫고 한숨을 내뱉었다.

"아직 재봉틀은 사치군."

어깨를 주무르며 일어난 수현이 기지개를 편 뒤 드레스에 달 부자재를 찾으러 자재실로 들어갔다. 개발실은 U어패럴 내 모든 브랜드의 샘플을 만들어 내는 곳이었기에 수천 가지의 원단과 단추 같은 부자재들을 항상 구비하고 있었다. 그렇지만 수현의 맘에 드는 것들은 쉽게 발견되지 않았다.

"여자 아이 드레스에 달 만한 단추나 리본은 없네."

잠시 망설이던 수현은 퇴근 후 동대문에 들러야겠다고 생각했다. 이왕이면 정말 예쁘고, 고급스러운 드레스를 만들어 주고 싶었다. 그래서 그 아이가 발표회를 하는 단 하루만이라도 다른 친구들보다 반짝반짝 빛이 나고, 그로 인해 조금이라도 행복해지길 바라고 또 바랐다.

어느 정도 모양이 잡힌 드레스를 한쪽 행거에 걸어 둔 뒤, 수현도 개발실을 빠져나갔다. 완성품은 아니더라도 내일 개발실 실장님이 보시고 기뻐하셨음 하는 생각을 하며 디자인실로 걸음을 옮겼다.

수현이 개발실을 나가고 얼마 후, 누군가 문을 열고 안으로 들어왔다. 그리고는 불을 켠 뒤 그녀가 만든 드레스가 걸려 있는 행거 쪽으로 발걸음을 옮겼다. 수현의 행동을 모두 지켜보기라도 했다는 듯 단 한 번의 망설임도 없이 단번에 드레스를 찾아낸 사람은 한준우 본부장이었다.

천천히 드레스를 꺼내 살펴본 그의 입가엔 미소가 지어졌다. 이 드레스와 비슷한 걸 3년 전에 봤던 일이 떠올랐기 때문이었다. 혹시나 수현이 자신이 찾던 그녀가 아닐 수도 있다는 생각에 조바심이 들었는데, 드레스를 보니 확신할 수 있었다. 분명 그녀였다.

사람에게는 개개인을 구분할 수 있는 지문이 있듯이, 디자이너들도 나름 자신을 나타내는 디자인적인 요소들을 가지고 있었다. 남성용 재킷에서 따온 일자라인의 슈트가 가브리엘 샤넬의 시그니처룩[4]이라면, 이브 생 로랑은 디자이너 최초로 여성에게 바지를 입혀 '르 스모킹Le Smocking'이라는 새로운 룩을 탄생시켰고, 그것은 그의 대표적인 스타일로 자리매김하였다. 준우가 봤을 때 수현의 디자인적 특징은 아플리케[5]와 더불어 물 흐르듯 떨어지는 여성스러운 실루엣, 그리고 플라워였다. 눈앞의 작은 드레스는 상의 전체를 레이스 아플리케로 마무리하고 있었다. 또한 여성스러운 실루엣을 위해 그녀는 부드러운 질감의 소재를 아낌없이 사용하곤 했다. 눈앞에 있는 드레스의 하의 역시 망사와 새틴으로 겹겹이 둘러싸 풍성한 튤스커트로 만들어 놓았고, 전체적인 디자인은 만개한 꽃의 모양을 하고 있었다. 짧은 시간 동안 만들었다는 게 믿기지 않을 정도로 훌륭했다. 수현의 작품에 대한 감상이 끝나자, 준우는 피식하고 웃고 말았다.

"레이스며 새틴이며…… 비싼 원단은 다 가져다 썼네."

준우는 파이널 이어만을 남겨 둔 수현이 왜 앤트워프를 박차고 나와 이곳에서 계약직 직원으로 일하고 있는지 무척이나 궁금했다. 지난주에 그녀를 발견하고 주말 내내 그 어떤 일에도 집중하지 못한 채 들떠 있던 그였다. 출근을 하자마자 수현을 불러 알은척해 볼까 하는 생각을 하기도 했었

---

4. 시그니처룩(signature look): 어떤 브랜드나 특정인을 대표하는 룩.
5. 아플리케(appliqué): 바탕이 되어 주는 원단 위에 다른 천이나 레이스, 가죽 등을 여러 모양으로 오려 붙여 그 주변을 꿰매는 방식.

다. 그리고 사실 지금도 그녀가 퇴근을 했는지 궁금해진 마음에 디자인실 근처를 서성거리다 개발실에서 작업 중인 그녀를 우연히 발견했던 것이다. 하지만 준우는 시간을 두고 그녀를 좀 더 지켜보기로 마음먹었다. 지난 시간 동안 수현이 보여 준 작품을 통해 평가해 봤을 때, 그녀는 결코 가벼운 사람이 아니었다. 컬렉션의 테마들은 놀랍도록 신선했고, 작품 하나하나에서 고민의 흔적이 역력히 보였었다. 단추 하나를 달아도 이유가 있었고, 원하는 원단을 얻기 위해 몇 날 며칠간 밤을 새워서 염색과 탈색을 반복했다는 얘기도 들었다. 하다못해, 꼬마 아가씨를 위한 드레스 하나도 자신의 작품이라 여기고 최선을 다하는 사람이니, 분명 피치 못할 사정이 있으리라는 생각이 들었다.

지난번엔 자신이 어찌할 새도 없이 사라졌지만, 지금은 달랐다. 일단 자신의 울타리에 들어왔으니까 잘 지키고 있으면서 수현이 입을 열기를 기다린다면, 그녀를 얻을 기회가 다시 오지 않을까 싶었다.

"꼬마 아가씨에게 입히기엔 아까운 드레스네."

준우는 아쉬워하며 드레스를 행거에 걸어 두었다. 조만간 수현의 작품을 다시 한 번 눈앞에서 볼 수 있길 기대하면서 말이다.

내가 파는 것은 옷이 아니라 꿈이다
- 랄프 로렌

　한준우 본부장은 옴므의 송지애 팀장, 강승원 수석 디자이너와 함께 늦은 점심을 먹는 중이었다. 지난주 품평회 결과를 토대로 내년 S/S 시즌에 선보일 옴므의 아이템들을 결정하느라 오전 내내 회의를 진행하였던 그들이었다. 옴므는 지난해 론칭하자마자 한국 내 남성복 업계에서 매출 1위를 차지하며 모두가 놀랄 만큼 급성장했지만, 그렇다고 마음을 놓을 순 없었다. 지난해만큼 두 번째 해 역시 중요했다. 패션업계의 특성상 옴므의 스타일을 카피하면서 저렴한 가격을 내세운 제품들이 출시될 것이 분명했기 때문에 업계 정상의 자리를 놓치지 않기 위해선 지난해보다 더욱 공을 들여야 했다. 그것이 한국엔 들어오지 않겠다던 승원을 준우가 직접 뉴욕까지 날아가 끌고 온 이유 중 하나였다.
　준우와 지애, 그리고 승원. 이들 셋은 파슨스에서 만나 지금까지 단짝처럼 지내 왔다. 뉴욕에 위치한 파슨스 디자인스쿨은 벨기에의 앤트워프, 런

던의 세인트 마틴과 함께 세계 3대 패션학교로 손꼽히며, 100년이 넘는 시간 동안 세계적인 디자이너들을 수없이 배출한 명문 학교였다. 자신의 이름을 딴 패션회사를 소유하고 있으면서 현재 루이비통의 수석 디자인 감독인 마크 제이콥스를 비롯하여 파산 위기의 구찌를 화려하게 부활시킨 톰 포드, DKNY의 도나 카란과 안나 수이 등 파슨스 출신의 디자이너들은 세계 곳곳에서 활약하고 있었다. 준우가 파슨스를 1년 먼저 졸업한 뒤 LVMH 그룹을 거쳐 MBA를 수료하는 동안, 지애 역시 우수한 성적으로 졸업, 페리 앨리스에서 경력을 쌓은 후 지난해 준우와 함께 U어패럴에 합류했다. 승원은 재학 시절엔 별다른 두각을 보이지 못하다가 졸업 후 폴 스미스의 디자이너로 이름을 알리기 시작했는데, 현재는 준우의 강요로 마지못해 한국에 들어와 1년만 있다가 돌아가기로 약속이 되어 있었다.

오늘의 점심은 회사 근처 한정식집이었다. 세 명 모두 보통은 빠른 시간 내 먹을 수 있는 설렁탕이나 갈비탕, 아니면 백반집을 찾는 것이 일반적이었다. 하지만 오늘은 S/S 제품 생산을 위한 디자인이 모두 결정됨으로써 새 시즌을 위한 큰 산을 하나 넘었기 때문에, 오랜만에 느긋한 점심을 즐기려 한정식집으로 발길을 향한 것이었다. 대하샐러드 등의 전채 요리를 시작으로 너비아니와 신선로 등의 주 요리들이 나온 뒤 식사가 준비되자 지애가 수저를 들며 넌지시 준우를 향해 입을 열었다.

"뮤즈…… 그대로 둘 거야?"

무슨 얘긴가 싶어 준우가 건너편에 앉아 있는 지애를 향해 시선을 돌리자 그녀가 말을 이었다.

"뭔가 해결책을 생각해 봐야 하지 않을까?"

'아하, 그거?'라는 듯, 피식 웃으며 준우는 식사를 이어 갔다. 지애는 그런 준우를 보며 매출 부진으로 곧 접게 될지도 모를 브랜드 얘기를 꺼냈는데, 본부장이란 자가 너무 태평하다고 생각했다.

"갑자기 사람 구하기 힘들면, 내가 좀 봐 줄까? 남성복 전공이긴 하지만, 그래도 서 팀장님보다는 내 감각이 낫지 않겠어?"

지난주 품평회가 있기 며칠 전, 몇 년을 적자에 허덕이며 간신히 버텨 온 뮤즈에 대해, 올해도 매출 목표를 달성하지 못하면 브랜드를 접으라는 이사회의 지시가 내려왔다. 뮤즈가 U어패럴 최초의 기성복 브랜드라는 상징적인 의미나, 서 팀장이 이 회사의 개국 공신이라는 사실만으로는 더 이상 봐줄 수가 없다는 결론이 내려진 모양이었다. 하여, 준우는 뮤즈의 현 상황을 알아보기 위해 품평회에도 참석했었고, 모든 디자이너들을 한 자리로 불러 관련 회의를 진행하였던 것이었다.

사람들은 누군가 이룩해 놓은 여러 개의 성과보다 놓쳐 버린 하나의 실패에 더 관심을 기울이는 법이었다. 자신이 한국에 온 이후 U어패럴의 거의 모든 브랜드가 내수 매출 1위를 달성하였다 해도, 본부장으로 있는 동안 뮤즈를 접어야 하는 사태가 벌어진다면 그 역시도 자신의 책임이었고, 그것이 모두가 수군거릴 하나의 실패가 되리라는 걸 준우도 잘 알고 있었다. 또한, 회장이 준우를 따로 불러 U어패럴의 성장에 기틀이 되어 주었던 뮤즈를 살릴 수 있는 방법을 찾아 달라 부탁한 것도 그의 마음을 무겁게 만들었다. 준우는 어제 회의를 마무리하면서 서 팀장을 따로 불러 뮤즈는 현재 위기이니, 며칠 안에 강력한 대책을 마련할 것이라 통보하고 회의실을 빠져나갔었다.

"아니면 선배가 여성복 전공이었으니까, 이제부터라도 세게 간섭 좀 들어가든지……."

"해결할 방법 있어. 관심 두지 마."

준우는 관심 두지 말라는 말을 던지며 지애를 향해 건조한 웃음을 지어 보였다. 익숙해질 때도 되었건만, 그가 저렇게 매정하게 거리를 두면 지애는 늘 가슴 한구석이 서늘해졌다.

"밥 먹어라. 다 식겠다."

준우는 지애의 앞쪽으로 굴비와 간장게장 같은 반찬들을 밀어 주면서 다시 한 번 뮤즈와 관련된 얘기를 차단시켰다. 겉으로 보기엔 다정한 듯하지만, 그것은 그저 준우의 겉을 싸고 있는 포장에 불과하다는 것을 지애는 잘 알고 있었다. 세 사람은 남들이 보기엔 누구보다 가까운 사이였다. 그러나 준우가 어떻게 디자인을 시작했는지, 높은 성적으로 파슨스를 졸업해 놓고 왜 갑자기 경영 쪽으로 방향을 틀었는지 등등 개인적인 문제는 별로 아는 게 없었다. 속마음을 들어 본 적도 없었던 것 같다. 여자 문제로 고민하는 걸 본 적도……. 몇 년 전, 무슨 공주님을 발견했다는 말을 한 게 전부였을 뿐이었다. 그것도 경영대학원 진학을 위해 그가 캘리포니아로 떠나기 전날, 환송파티에서 취기가 올라 그도 모르게 내뱉은 말이었다. 겉으로는 자상하고 따뜻해 보이지만 속은 알 수 없는, 결코 누구에게도 속을 보여 주지 않고, 곁을 내어 주지 않는 사람이 바로 한준우였다.

분명 상차림은 3인분이었는데, 준우와 지애 둘만 있는 것처럼 승원은 내내 조용했다. 두 사람이 식사를 하면서 옴므의 신상품 제작에 관련된 일정을 의논했을 때에도, 그리고 뮤즈에 관련된 이야기를 나누었을 때에도 승원은 말이 없었다. 승원이 뭔가 생각에 잠긴 표정으로 식사를 이어 가지 못하자 옆에 앉아 있던 지애가 그를 향해 의아한 표정으로 물었다.

"왜 그래?"

"……어? 왜?"

"밥 안 먹고 뭐 해?"

"아, 다 먹었어."

얼핏 보니 밥공기의 반 이상이 남아 있었다. 미국에서 들어온 지 얼마 되지 않아 한식이라면 무조건 달려드는 승원이었는데 오늘따라 이상했다. 그들의 대화를 맞은편에서 듣고 있던 준우 역시 승원을 궁금하단 눈빛으로 바라보자, 그제야 장난꾸러기 같은 특유의 표정을 지으면서 승원이 입을 열었다.

"뭔가 굉장한 걸 발견한 거 같아."

"후훗, 나도 그런데……."

자랑하듯 뻐기는 승원의 말에 준우가 피식 웃으며 자신도 그렇다고 대꾸했다. 그리고 한쪽 눈썹을 슬쩍 밀어 올리며, 혼잣말처럼 나지막이 중얼거렸다.

"앞으로 회사 생활이 기대되는걸."

"Me, too."

이번엔 준우의 말에 승원이 자신도 그러하다며 대꾸를 했다. 수년 동안 함께 지냈어도 속내를 알 수 없는 두 남자 사이에서 지애는 고개를 절레절레 흔들며 다시 수저를 들었다. 그저 먹는 게 남는 거지 싶었다. 그리고 두 남자는 같은 여자를 머릿속에 떠올리며 슬며시 미소를 짓고 있었다.

다음날 아침, 준우는 사내 인트라넷을 통해 폭탄 발표를 했다. 뮤즈는 이대로 S/S 상품을 진행할 수 없다며 사내 전체 디자이너를 대상으로 공모전을 제안한 것이었다. 일단 품평회 때 나왔던 제품들 중 무난하면서 매해 기본적으로 생산해야 하는 아이템들은 그대로 가되, 주력이 될 만한 대표 상품을 다시 디자인하라고 지시했다. 회사 내 디자이너라면 모두 응모가 가능했고, 주어진 기간은 1주일이었다. 그 안에 세 피스 이상의 아이템을 스케치해 포트폴리오로 만들고, 프레젠테이션을 준비해야 했다.

그리고 뒤이어 공모전에서 1등을 한 디자이너에게는 파리, 뉴욕, 런던, 밀라노에서 펼쳐지는 세계 4대 패션위크 참석의 혜택과 함께 뜬금없이 재봉틀을 수여하겠다고 선언했다. 앞의 상품이 디자이너들에겐 꿈과 같은 어마어마한 기회였기 때문에 뒤의 상품은 제대로 기억하는 사람이 없을 정도

였다. 디자인 1팀의 계약직 여직원 한 명을 제외하고는 말이다.

회사 창립 이후 유례가 없는 사내 공모전이 발표되자 디자이너들은 술렁이기 시작했다. 다른 브랜드에서도 참여할 수 있다는 점과 본부장이 내건 통 큰 혜택 덕분에 직원들은 오가며 공모전에 대해 이야기꽃을 피우고 있었다. 하지만 그 속에서 뮤즈의 서 팀장은 울분을 삭이고 있었다. 그녀는 오늘 발표된 사내 공모전에 대해 미리 알고 있었다. 어제 오후, 한준우 본부장이 자신을 찾아와 넌지시 알려 준 뒤 양해를 구했기 때문이었다.

"팀장님께 예의가 아니라는 것을 잘 알고 있습니다만, 뮤즈를 살리는 길이라 생각해 주십시오."

아무리 사전에 양해를 구했다 해도 서 팀장은 다음 시즌을 다른 브랜드 사람들의 힘을 빌려 준비해야 한다는 사실을 받아들이기 힘들었다. 디자이너가 된 후 가장 수치스러운 일이었다. 사람들도 저만 보면 자꾸 수군거렸다.

"그동안 뮤즈는 여러 가지 이유로 다른 브랜드들에 비해 안일했던 것 같습니다. 그런 마음들이 디자인에 반영된 것인지, 지난 몇 년 동안 나아진 것이 없더군요. 새로운 게 전혀 없었습니다. 지금의 위기를 초래한 건 직원들 자신입니다. 언짢으시겠지만, 공모전을 기회로 삼아 뮤즈를 다시 일으켜 보죠. 혹시 압니까? 디자인 1팀에서 1등이 나오게 될지……."

그런 본부장의 말도 일리는 있었다. 서 팀장이 보기에 본부장은 뮤즈가 사라지는 것을 원하지 않는 듯했다. 이사회에서 뮤즈를 접으라는 지시가 떨어졌다는 것도, 본부장이 회장을 대신해 그 시기를 조금 미뤄 주었다는 것도 들어 알고 있었다. 이미 물은 엎질러졌고, 자존심 때문에 아무것도 해보지 않은 채 무너질 수는 없었다. 사람들은 원년 멤버인 서 팀장을 그저 옛날 감각을 지닌 나이 든 디자이너일 뿐이라 여기고 있었지만, 그녀에겐 U어패럴의 시작을 함께했다는 자부심이 있었다. 오랜 시간 쌓아 온 자신만의 노하우를 발휘할 날이 분명 있을 것이었다. 설령 이곳에서 나가게 되더라도 명예 회복은 하고 싶었다. 그러기 위해선 공모전의 1등을 무조건 디자인 1팀에서 차지해야 했다. 그래야만 바닥으로 떨어진 팀과 자신의 체면을 조금은 회복할 수 있을 터였다. 하여, 서 팀장은 허연심 과장과 이시영 대리에게 다음과 같이 경고했다.

"명품 카탈로그나 실내 가드닝 같은 잡지는 치워 버리고 제발 디자인다운 디자인을 해!"

찰스에겐 이렇게 얘기했던 것 같다.

"네가 가장 존경한다는 칼 라거펠트가 말했지. 변화는 살아남기 위한 가장 바람직한 방법이라고. U어패럴에서 살아남고 싶어? 그럼 제발 네 디자인부터 바꿔!"

그리고 모두를 향해 다음과 같이 덧붙여 말했다.

"우리 팀에서 1등이 나오지 않으면, 추천서 한 장 없이 모두 내쫓을 거야."

서슬 퍼런 서 팀장의 분노와 공모전 1등을 향한 채찍질을 마주한 디자인 1팀은 폭풍 전야처럼 고요했고, 풍전등화처럼 초조했다. 사실 일이 이렇게까지 되는 데 모두 일조하였기 때문에 서 팀장만 원망할 순 없는 일이었다. 또한 뮤즈가 사라진다면 소속 디자이너들은 어딜 가도 그 꼬리표가 따라다닐 게 분명했다. 서 팀장의 질책 이후 허연심 과장은 신상 구매를 위한 명품 카탈로그 대신 유명 디자이너들의 컬렉션 자료들을 살펴보기 시작했고, 이시영 대리는 책상 위에 화분 대신 각종 원단과 부자재, 패션 자료들을 쌓아 놓기 시작했다. 그리고 찰스 역시 그동안 그려 냈던 디자인들을 모두 펼쳐 놓은 채 머리를 싸매고 고민 중이었다. 수현은 이렇게 열심히 일하는 선배들의 모습은 처음 보는 것 같았다.

그리고 그런 모습을 지켜보면서 수현은 흔들리고 있었다. 한국에 돌아와 뭔가를 디자인해 보고 싶다는 생각은 해 본 적이 없었다. 지난번에 만들

었던 개발실 실장의 손녀딸을 위한 드레스는 예전에 만들었던 것을 응용했을 뿐, 새로 구상한 건 아니었다. 그런데 지금은 자꾸 디자인 노트를 끼적이고 있었다. 예전에 그려 놓았던 일러스트들도 다시 들여다보고 있었다. 본부장이 내건 패션위크 때문은 아니었다. 물론 패션위크는 세계적인 브랜드들의 컬렉션을 직접 확인할 수 있다는 것만으로도 디자이너들에겐 다시 얻을 수 없는 값진 경험이었지만, 이미 패션위크에 여러 번 가 보았던 그녀에게는 구미가 당기는 혜택이 아니었다. 그럼에도 불구하고 수현은 이 사내 공모전이 쉽게 포기가 되지 않았다. 뮤즈에 딱 맞는 디자인들이 머릿속에서 자꾸 맴돌았다. 미운 정도 정이라고, 선배들에게 정이 들어서 뮤즈를 살리고 싶어졌나? 아니, 그런 이유는 분명 아니었다. 그렇다면……. 오랜 생각 끝에 그녀가 찾아낸 이유는 바로 재봉틀이었다. 본부장이 내걸었던, 아무도 관심을 두지 않는, 어쩌면 모두가 잊었을지도 모를 그 재봉틀 때문이었다. 수현은 자신의 허름한 월세방에 재봉틀을 들여놓으면 너무나 근사할 것 같았다. 며칠 전만 해도 사고 싶다는 생각을 했었던 그녀가 아니었던가. 하지만 수현은 알아채지 못했다. 자신의 마음속에서 드디어 디자인에 대한 욕구가 다시 피어나고 있다는 것을, 1등을 하고 싶은 승부욕 역시 다시 생겨나고 있다는 것을 말이다. 하지만 그녀는 그런 마음들을 그저 재봉틀 때문이라며 자신도 모르게 감추고 있었다.

본부장이 얘기했던 1주일의 시간에서 이틀이 지나갔다. 그리고 마침내 수현은 결심했다. 찰스를 꼬드기자고. 찰스가 준비하는 디자인을 도와주면서 공모전에서 1등을 차지해야겠다고 마음먹었다. 패션위크는 찰스에게 넘기고, 재봉틀만 자신이 가지면 되는 거 아니겠는가?

"패션위크는 내가 가고, 자기는 재봉틀이면 된다고? 진짜? Really? 혼또데스까?"

이름만 찰스지, 외국에 한 번도 나가 본 적이 없는 그는 수현의 작전대로 쉽게 넘어왔다. 비록 가끔 자신이 이해할 수 없는 옷을 입고 오는 수현이라도 하나보다는 둘이 낫다고 생각했는지 그녀가 제안한 동맹을 흔쾌히 받아들였다.

"대신 각서 써. 패션위크는 내 거고, 수현 씨는 재봉틀만 가질 거라고. 날짜 적어서 지장 찍어 줘. 아니, 자기를 못 믿는 게 아니라 분명히 하는 게 서로 좋을 것 같아서 말이지. 근데, 재봉틀이 왜 필요해? 인터넷 쇼핑몰 만들 거야?"

이런 점이 바로 수현이 찰스를 고른 이유였다. 자신의 의도대로 디자인을 손볼 수 있고, 시키는 대로 따라 하면서 수현의 실력을 의심하지 않을 사람은 찰스밖에 없었다. 하지만 그녀는 뭔가 마음이 불편했다. 이곳에서 작품을 만들게 될 줄은 정말 몰랐었는데, 꼭 누군가 자신을 조종하고 있는 것만 같았다.

"플라워?"

모두가 퇴근한 디자인실에 앉아 수현은 찰스의 디자인노트를 넘겨 보며 여러 가지 조언을 해 주고 있는 중이었다. 일단 찰스가 그려 놓았던 디자인들을 기본으로 하고, 뮤즈에 어울리는 방향으로 스타일을 잡아 주고 있었다. 그러다 수현은 디자인의 기본 포인트를 플라워로 잡고 가는 게 어떻겠느냐는 제안을 했다. 같은 해 출시되는 신상품들은 하나의 주제를 잡아 유기적으로 연결해 주는 것이 효율적이었다.

"플라워는 너무 유치하지 않아?"

"절대 유치하지 않아요. 어떤 소재로 어떻게 표현하느냐가 중요한 거죠. 그리고 사실 이 세상에 존재하는 모든 것은 디자인으로 표현하기에 부족함이 없어요. 오히려 인간의 실력이 부족하다면 모를까."

수현은 세상의 모든 것을 패션으로 표현할 수 있다고 생각했다. 그중에

꽃은 단연 으뜸이었다. 다양한 종류만큼 여성스럽게, 때론 화려하게, 그리고 귀엽게, 아니면 단아하게 등등 여러 가지 이미지를 표현할 수 있었기에 여성복을 만들기엔 대단히 좋은 테마였다. 수현은 실제로 플라워를 테마로 컬렉션을 선보인 적도 있었다. 그래서 마감 기한이 촉박한 지금, 찰스가 그려 놓은 기본 디자인에 자신의 경험을 입히는 방법으로 방향을 잡은 것이었다.

"하지만 뮤즈의 타깃은 전문직 종사자들인데, 그런 사람들이 입기에 너무 화려한 거 아냐? 점잖지가 않잖아."

"너무 화려하다 싶으면, 블랙으로 톤 다운을 시켜 주면 돼요. 밝은 톤의 블루 계열 플라워가 프린트된 원피스라면, 블루블랙의 롱 재킷을 매치해서 방방 뜨는 것을 막아 주는 거죠."

"음……."

"아니면, 상의는 플라워 프린트로 가면서 블랙 트위드 스커트를 연결해 투피스 같은 원피스를 만들 거나요. 방법은 얼마든지 있어요."

"근데 S/S에 블랙은 또 너무 칙칙하지 않나?"

"블랙은 정말 많은 걸 보여 줄 수 있어요. 이브 생 로랑이 말했잖아요. 블랙에는 하나가 아니라 무수히 많은 색깔이 존재한다고요. 다 같은 블랙이 아니라니까요."

수현의 말을 들으며 찰스는 뭔가 깨달았다는 듯 고개를 끄덕였다.

"그래. 가장 겸손하면서, 가장 오만하지."

일본 패션계의 자존심, 요지 야마모토의 이야기였다. 그는 블랙이 가지고 있는 다양성에 주목하며 요란하지 않고 유행에도 구애받지 않는 시크함을 선도했었다. 하지만 정녕 찰스가 그 말의 진정한 뜻을 이해하고 있는지는 알 수 없었다.

"오늘 본부장님이 입고 온 블랙 슈트 봤어? 정말 섹시해 보이더라. 나도 그렇게 입어 볼까? 그럼 본부장님처럼 보여서 여직원들 깜빡 죽겠다. 그치?"

　흥분하며 떠드는 찰스를 향해 수현은 어이가 없다는 듯 고개를 절레절레 흔들었다. 케이트 모스처럼 입는다고 케이스 모스가 되는 건 아니거늘…….[6] 같은 블랙 슈트를 입고 서면 찰스가 겸손이고, 한준우 본부장이 오만일 게 분명했다. 찰스가 본부장처럼 보일 수 있는 방법은 딱 두 가지였다. 기적과 환생! 본부장은 같은 옷을 입는 것만으로는 따라갈 수 없는 그만의 분위기와 카리스마가 있었다. 수현은 그를 만날 때마다 그 카리스마가 자신을 휘감고 있는 것 같아 혼란스러웠다. 그녀 역시 오늘 블랙 슈트를 입은 한준우 본부장을 엘리베이터 앞에서 잠시 만났었다. 그는 마치 슈트와 한 몸인 것처럼 군더더기 없이 섹시하게 떨어지는 모습으로 수현에게 다가와 공모전에 꼭 참여하라고 말했었다. 정말 기대된다고도 얘기했던 것 같다. 왜? 동대문 출신의 실력은 어떤지 궁금하신 모양이지? 문득 수현은 그의 디자인이 보고 싶어졌다. 디자인이 그 사람을 대변한다고 했을 때, 그의 작품을 보면 한준우 본부장을 조금은 알 수 있지 않을까 싶었다.

　아냐, 이럴 때가 아니지. 내가 그를 더 알아서 뭐 해? 본부장만 떠올리면 블랙홀처럼 생각에 빠져 들어가는 수현이었다. 그녀는 다시 찰스를 다독이며 자신의 콘셉트에 대해 설명을 이어 갔다.

　"플라워를 디자인 포인트로 잡으면, 시선이 분산되어 몸매가 드러나더라도 부담이 덜 하죠. 라인을 예쁘게 잘 표현하고, 새틴이나 오간자 같은 원단을 사용하면 고급스러움을 줄 수도 있을 거고요. 여성들의 꿈이 뭘까 생각해 봐요. 날씬해 보였으면 좋겠고, 예뻐 보였으면 좋겠고, 세련돼 보였으면 좋겠다 하겠죠. 우리 디자인이 딱이라니까요."

　"그래. 나는 이제부터 옷을 디자인하지 않겠어. 꿈을 디자인하겠어."

---

6. 비비안 웨스트우드(Vivienne Westwood)의 명언.

이건 아메리칸룩을 패션의 본고장, 유럽에 퍼뜨리고 대중들에게 상류 사회의 의상과 라이프 스타일을 제시한 랄프 로렌의 명언이었다. 수현은 이제야 찰스와 말이 조금 통하는 듯싶었다.

"패션위크에 가 보는 건 정말 오랜 꿈이었어. 그곳에 가면, 칼 라거펠트가 샤넬의 피날레를 장식하는 모습을 볼 수 있겠지? 그분에게 사인을 받을 수 있을까? 내 디자인북도 가지고 갈까? 그럼 영어 학원에 다녀야 하나? ……그래! 이번 공모전을 통해 반드시 그 꿈을 이뤄 내겠어!"

이 사람아, 랄프 로렌이 디자인하라는 꿈은 댁의 꿈이 아니라, 고객의 꿈이라고! 하지만 수현은 곧 피식하며 조용히 웃음을 내뱉었다. 수현 역시 지금 고객의 꿈이 아니라, 자신의 꿈을 위해 디자인하고 있지 않은가? 꿈의 재봉틀을 향해!

"그래요. 선배는 패션위크를 위해 고급스러운 뮤즈의 아카이브[7]에 맞게 여성들의 꿈을 디자인하세요. 저는 재봉틀을 위해 선배님의 꿈에, 제 노하우를 녹여 볼게요."

수현은 찰스의 디자인노트로 다시 시선을 내려 빠른 솜씨로 스케치를 수정하기 시작했다.

"이 원피스는 그나마 라인이 괜찮은 거 같아요. 그러니까, 공단으로 세련미를 살리면서 프린트가 된 꽃 모양이 살아나게 주름을 잡는 게 좋을 것 같아요."

찰스는 열심히 고개를 끄덕이고 있었다.

"그리고, 이 원피스는 원숄더로 바꾸시고, 오간자로 상의 부분을 꽃처럼 부풀려 주면 좋을 것 같아요. 대신 아래는 트위드처럼 두께감 있는 원단으로 차분하게 잡아 주고요."

찰스는 신들린 손으로 스케치를 손보면서 원단까지 결정해 주는 수현의

---
7. 아카이브(archive): 기록실, 기록 보관실. 패션 용어로는 그동안 쌓아 온 히스토리나 트렌드 전체를 의미함.

솜씨에 놀라고 있었다. 자신의 디자인이 그녀의 손끝에서 전혀 다르게 바뀌고 있었지만, 수현의 예상대로 별다른 의심 없이, 그리고 가끔 서 팀장이 했던 말처럼, 요즘은 동대문 출신도 실력이 정말 좋은 모양이라 생각할 뿐이었다.

  드디어 공모전 프레젠테이션의 날이 밝았다. 각 브랜드의 팀장과 수석 디자이너, 그리고 공모전에 출품작을 낸 디자이너들이 회의실에 모두 모였다. 뮤즈를 제외한 다른 브랜드들은 이미 새 시즌 생산을 위한 샘플 제작에 들어갔기 때문에 예상보다 많은 디자이너들이 참여하진 못한 모양이었다. 옴므의 디자이너 서너 명이 공모작은 출품하지 않은 채 결과가 궁금한지 프레젠테이션을 지켜보고 있었고, 트래디셔널 캐주얼이나 스포츠웨어 소속의 디자이너 10여 명은 여성복 쪽으로 자리를 옮겨 보려는 욕심에 포트폴리오를 급하게 준비한 듯 보였다. 그리고 여성복 세컨드 브랜드인 앨리스는 이번이 뮤즈를 누르고 하이레벨로 올라설 수 있는 기회라 여겼는지, 디자인 팀 전체가 머리를 맞대 열 작품이 넘는 하나의 컬렉션을 들고 참석했다. 물론 뮤즈는 전 디자이너가 비장한 표정으로 자신의 순서를 기다리고 있었다. 본부장이 자리에 앉자 제출된 모든 출품작의 프레젠테이션이 순서대로 펼쳐졌다. 일단 타 브랜드의 응모작들로 시작하여, 뮤즈의 디자이너들이 마무리하는 순서였다.

  본부장과 각 브랜드의 팀장을 앞에 두고 하는 프레젠테이션은 U어패럴의 디자이너들에겐 생소한 방식이었다. 하여, 준비한 얘기를 다 마치지 못한 채 떨다가 들어간 디자이너도 있었고, 본부장의 질문에 제대로 답하지 못해 울음을 터뜨린 디자이너도 있었다. 포트폴리오 역시 별로 눈에 띄는 것이 없었다. 앨리스의 출품작이 그나마 기본 이상은 되어 보였다.

  마지막으로 디자인 1팀의 디자이너들도 차례로 프레젠테이션을 시작했

다. 허연심 과장과 이시영 대리는 품평회 때 보았던 제품들과 별로 다를 것 없는 디자인을 선보였다. 심사를 담당하는 팀장들의 얼굴은 어두워지기 시작했고, 서 팀장 역시 연거푸 마른세수를 하며 초조함을 드러내고 있었다. 그리고 오늘의 마지막 순서인 찰스가 준비한 포트폴리오를 본부장과 팀장들에게 나눠 준 뒤 프레젠테이션을 시작했다. 찰스의 디자인, 하지만 사실은 그가 시작하고 수현이 마무리한 작품들이 화면에 나타나자 모두 놀라는 눈치였다. 평소 오트쿠튀르를 찬양하는 그답게 기성복이지만, 맞춤복과 같은 고급스러움이 엿보였다. 평면적인 디자인뿐만 아니라 여러 각도의 앵글로 디자인을 풀어낸 일러스트도 준비하여 보는 이들의 이해를 돕고 있었다. 그리고 더욱 놀라웠던 건 화면 옆에 실제 샘플이 자리하고 있다는 것이었다. 1주일 동안 디자인을 생각해 내는 것도 힘들었을 텐데, 비록 약식이지만 샘플이 걸려 있는 마네킹을 보는 순간, 사람들은 포트폴리오를 봤을 때보다 더 크게 놀라며 찰스를 주시하기 시작했다.

그는 수현과 의논했던 대로 플라워를 포인트로 한 세 벌의 의상을 들고 나왔다. 먼저 여러 가지 꽃이 프린트되어 있는 진줏빛의 새틴 원피스는 비비드 톤 꽃무늬의 중심을 바느질로 집어 주어 입체감을 살려 주었다. 그리고 찰스가 걱정했던 것처럼 너무 화려해 보일 것을 우려하여 그 위에 차이나 칼라의 블랙 재킷을 매치해 놓았다. 두 번째는 블랙 컬러의 오간자를 사용하여 상의를 만개한 꽃처럼 표현한 원숄더 원피스였고, 마지막으로는 상큼한 니트 원단을 바탕으로 단색의 꽃무늬를 아플리케로 표현한 상의에 슬라우치[8] 팬츠를 매치한 활동적인 디자인이었다. 찰스가 이렇게 모두를 놀라게 할 디자인을 들고 나오다니, 서 팀장을 포함하여 아무도 예상하지 못한 일이었다.

모두 웅성거리는 사이, 준우가 빙그레 웃으며 찰스에게 질문을 시작했

---

8. 슬라우치(slouch): 전체적으로 느슨하고 단정하지 못한 편안한 스타일의 패션.

다.

"포인트가 플라워군요?"

"아, 네……."

"잘못하면 유치할 수도 있는데."

"그렇죠? 저 역시 그럴지도 모른다고 생각했습니다."

수현은 눈을 질끈 감았다. 그녀가 이번 작전에서 간과한 것이 있다면, 바로 프레젠테이션이었다. 디자인만 도와주면 될 거라 생각했지, 찰스의 프레젠테이션 능력은 아예 알아보지도 않은 자신의 안일함이 잘못이었다. 준우의 질문이 이어졌다.

"블랙 재킷으로 톤을 다운시킨 게 멋스럽네요."

"아, 네. 지난번에 블랙 슈트를 입은 본부장님의 모습이 하도 멋져서 영감을 얻었습니다."

멋지다는 말을 하면서 찰스는 준우와 눈도 마주치지 못하고 있었다. 본부장도 어려워하는 사람이 무슨 패션위크에 참석해 샤넬의 칼 라거펠트를 만나 사인을 받겠다는 건지……. 프레젠테이션은 점점 깊은 수렁으로 빠져들고 있었다. 샘플을 만든 사람과 프레젠테이션을 하는 사람이 동일인이라는 걸 다들 믿을 수 없다는 눈치였다.

"아플리케도 인상적이네요."

"네. 저도 처음에 보고 인상적이라고 생각했습니다."

찰스의 프레젠테이션 콘셉트를 코믹으로 받아들었는지, 회의실 여기저기에서 웃음이 터져 나왔다. 수현은 회의실을 빠져나가 맑은 공기를 마시고 싶었다. 이곳에 조금이라도 더 있었다가는 찰스를 향해 고함을 지를 것만 같았다.

"하지만, 아무리 봐도 플라워는 유치해요. 뮤즈의 타깃이 고소득층의 전문직 여성이라는 걸 잊은 건 아니겠죠?"

"아, 그런가요? 제가 안 그래도 그렇다고 얘기했는데……."

"그리고 어디서 본 것 같기도 하네요."

순간 수현은 자신도 모르게 벌떡 일어났다. 찰스가 프레젠테이션을 이 대로 망치게 둘 수도 없었고, 자신의 디자인을 어디서 본 듯하다며 폄하하는 준우의 발언을 그대로 넘길 수도 없었기 때문이었다.

"다카타 겐조는 화려한 색상과 플라워를 내세워 파리 패션계를 뒤흔든 최초의 동양인 디자이너였습니다. 또한, 크리스티앙 디오르가 그의 첫 번째 컬렉션에서 선보인 뉴룩은 꽃부리를 엎어 놓은 모양으로, 유럽과 미국에서 엄청난 인기를 끌며 그를 세계적인 디자이너로 만들었죠. 이처럼 플라워는 어떻게 표현하느냐에 따라 충분이 고객들에게 어필할 수 있습니다. 자잘한 패턴을 사용하면 귀여우면서 여성스럽게 표현할 수 있는 것이고, 이 원피스처럼 서로 다른 비비드 톤의 꽃들로는 화려함을 나타낼 수 있습니다. S/S 제품이라고 해서 원단이나 색깔로 따뜻함을 표현하기보다는 디자인적 요소로 화사함을 표현하면서 봄과 여름을 대변하는 마음을 담았습니다."

준우는 기다리고 있었다는 듯 수현을 향해 의미심장한 웃음을 지어 보였다. 찰나의 순간이었지만 둘의 시선이 마주쳤고, 수현은 또다시 그의 카리스마를 느끼고 있었다.

"아하, 그런 뜻이 있었군요. 꽃의 주름은 어떻게 잡은 거죠?"

"어렵지 않습니다. 꽃무늬의 중간 부분, 그러니까 꽃술이라고 생각되는 부분을 중심으로 주름을 잡은 뒤 고정시켜 주면 됩니다."

"원단은요?"

"새틴입니다."

"새틴은 마찰에 약하죠."

"그만큼 고급스러운 소재도 드뭅니다. 그리고 입체적인 꽃잎 모양을 내기에 이보다 좋은 원단은 없습니다."

그건 그럴 것이, 새틴 또는 공단이라 불리는 원단은 표면이 매끄러워서 자연스러운 모양을 잡는 데 그만이었다. 비싸고 올이 잘 나간다는 게 흠이었지만, 비싼 가격만큼 고급스러운 소재로 인식되어 있었다.

뭔가 분위기가 이상하게 흘러가고 있었다. 마치 둘의 대결인 것처럼 준우와 수현이 말을 하지 않으면, 회의실에는 아무도 없는 것처럼 정적이 흐르고 있었다. 그리고 곧 2차전이 시작되었다.

"원숄더 원피스는 전문직 종사자들이 입기에 디자인이 너무 과감한 게 아닐까요?"

"이번 상품은 S/S 시즌을 위한 것이고, 봄과 여름엔 아무래도 몸매를 드러내는 디자인들이 인기를 얻을 것입니다. 그리고 요즘은 기업에서도 론칭파티 같은 특별한 이벤트들을 많이 열고 있어요. 그렇지만 뮤즈의 타깃이 점잖은 오피스 레이디들이다 보니 노출이 심한 디자인보다는 평소 입는 원피스보다 조금 더 화려하고, 조금 더 과감하게 선보이면 좋을 거라 생각했어요. 디자인이 원숄더라 한쪽 어깨가 드러나 과하다고 생각할 수도 있습니다만, 대신 어두운 톤의 원단을 사용했기 때문에 가벼워 보이지 않으면서 세련미를 표현했습니다."

"그래도 너무 과한 것 같은데……."

"여자들은 누구나 하루 정도 평소와는 다른 모습을 꿈꾸니까요."

"그녀들의 꿈을 디자인했다는 말이군요. 채수현 씨는 어때요?"

빙긋이 웃으며 준우는 수현에게 되물었다.

"평소와는 다른 모습으로 여기 있는 건가요?"

저 남자가 도대체 뭐라는 거야? 프레젠테이션과는 상관없는 질문에 수현이 당황한 표정을 짓자 준우가 피식 웃어 보이고는 다시 질문을 이어 갔다.

"원단은요?"

"상의는 오간자 실크를 사용해 마치 꽃이 만개한 것 같은 모양으로 주름을 잡았습니다. 하의는 트위드 원단으로, 해리스 트위드입니다."

"오간자만큼 고급스러우면서 힘입게 모양을 잡아 주는 원단은 드물죠."

"맞습니다."

"트위드는 클래식해서 좋긴 한데, 해리스[9]는 너무 비싼데."

"비용이 문제라면 스코치[10]로 바꿀 수 있습니다."

"그런데 트위드는 솔직히 겨울용 원단 아닙니까?"

"지난번 S/S 패션위크에서 많은 브랜드들이 계절감을 철저히 무시한 룩을 런웨이에 올렸습니다. 알렉산더 왕과 프로엔자 스쿨러는 가죽을 활용한 아우터들을 만들었고, 미우치아 프라다는 두툼한 모피 코트와 모피스툴을 선보였습니다. 봄과 여름에는 가볍고 얇은 소재로 화사하게만 입어야 한다는 룰은 이제 고리타분하다고 할 수 있지 않을까요?"

사실이었다. 언제부턴가 유명 브랜드의 컬렉션을 보다 보면 이 제품들이 S/S 시즌 룩인지, F/W fall/winter 시즌 룩인지 혼란스러움에 빠지곤 했다. 그만큼 얇은 시폰과 두꺼운 모피가 공존하면서 상반된 계절감을 선보이는 쇼들이 진행되고 있는 것이었다. 이번 프레젠테이션을 준비하면서 수현은 당연히 최근에 끝난 패션위크들을 참조했고, 그 트렌드를 반영하는 것이 좋을 거라 생각했었다. 그래서 선택한 게 트위드였다. 날실과 씨실의 자연스러운 감촉이 매력적이면서도 고상하고 우아한 레이디룩을 완성할 수 있어 뮤즈에 딱 맞는 소재였으니 말이다. 설명을 마친 수현이 준우를 응시하자 모두가 숨을 죽이고 침묵했다. 결론만 놓고 보자면, 동대문 출신의 계약직 직원이 파슨스와 LVMH를 거친 본부장을 향해 고리타분하다고 말한 것이나 다름이 없지 않은가. 하지만 준우은 수현의 말에 전혀 개의치 않는다

---

9. 해리스 트위드(Harris tweed): 스코틀랜드 북부에서 생산되는 가장 비싼 트위드 원단.
10. 스코치 트위드(Scotch tweed): 가장 일반적인 트위드 원단.

는 듯 고개를 끄덕였다. 언뜻 보니 그의 얼굴에는 계속해서 웃음꽃이 피어 있는 것 같기도 했다.

"그런데 왜, 제출자보다 채수현 씨가 설명을 더 잘하는 걸까요?"

거침없이 설명을 이어 가던 수현의 말문이 막히는 순간이었다. 자신도 모르는 사이 너무 나섰던 모양이었다.

"그건…… 제가 찰스 선배를, 아니, 김찰스 주임을 조금 도와드렸기 때문에……."

"누가 누굴 도와줬다는 건가요? 설명하는 거 보니까, 채수현 씨 아이디어인 것 같은데?"

당황해하는 수현과 다르게 준우의 표정엔 변화가 없었다. 그는 처음부터 계속 웃으며 질문했었다. 저 웃음에 방심한 나머지 너무 많은 걸 얘기한 수현의 잘못이었다.

"디자인의 포인트도 잘 알고, 원단에 대한 지식도 해박하고, 어제 개발실에서 채수현 씨가 직접 주름 잡는 모습을 본 것 같기도 해서 말이죠."

준우가 쐐기를 박았다. 회의실이 다시 웅성거리기 시작했다. 그리고 그는 각 브랜드의 팀장들과 잠시 의견을 나누었다. 옴므의 송 팀장은 경이롭다는 표정이었고, 강승원 수석 디자이너는 수현을 향해 엄지손가락을 들어 보이기까지 했다.

"모두 이의가 없으시다면, 제 생각엔 마지막 프레젠테이션을 한 디자이너가 1위입니다. 여기 계신 팀장님들도 한 분만 빼고 동의하셨습니다."

그 한 명은 앨리스의 팀장인 것 같았다.

"플라워 패턴의 공단 원피스와 재킷, 원숄더 원피스, 아플리케 니트 상의, 매치된 팬츠 모두 뮤즈의 S/S 주력 상품으로 생산하도록 하겠습니다. 각 원피스에 어울리는 짧은 재킷과, 니트 상의에 어울리는 스커트도 추가하면 더 좋을 것 같네요. 아, 샴페인 컬러의 트렌치코트도요. 개발실에 패

턴과 재단, 정식으로 의뢰하시고, 퍼스트 샘플 작업 진행하세요. 샘플 보고 이상 없으면, 작업지시서 만들어서 공장에 넘기는 걸로 하죠."

준우는 말을 마치며 자리에서 일어났다. 그러고는 수현을 향해 장난스럽게 물었다.

"하지만, 마지막 프레젠테이션의 제출자와 진짜 디자이너가 다르니, 재봉틀과 패션위크 초대장은 생각을 좀 해 봐야겠죠?"

어찌해야 할지 몰라 아무 말도 하지 못하는 수현을 향해 미소를 던진 후, 준우는 앞으로 나가 찰스에게 악수를 청하였다. 그가 이번 작전의 진정한 조력자가 된 셈이라 준우는 고마운 마음을 담아 찰스의 손을 꼭 잡아 주었다. 그러고는 우승작의 포트폴리오를 챙겨 들고 서둘러 회의실에서 빠져나와 자신의 사무실로 돌아왔다. 그를 향한 원망의 눈빛을 가득 담고 인상을 찌푸리는 수현의 모습을 보니, 웃음이 나와 견딜 수가 없었다. 아마 그곳에 더 있었다가는 저도 모르게 그녀에게 다가가 찌푸린 그 얼굴을 펴 주려 손을 뻗었을지도 모를 일이었다.

준우는 본부장실로 돌아와 다시 한 번 포트폴리오를 들여다보았다. 기본적인 라인은 찰스가 디자인한 게 맞는 것 같았다. 이렇게 단조로운 디자인은 수현의 스타일이 아니었다. 하지만 여기저기에서 수현의 디자인적 특징이 그대로 드러났다. 그녀의 3학년 말 패션쇼의 테마가 '플라워'였다. 그때는 지금처럼 꽃무늬 원단을 이용한 디자인이 아니었고, 일곱 명의 모델이 모두 꽃이 되어 런웨이를 걸어 나왔었다. 오늘 제출했던 원숄더 원피스의 상의 부분을 꽃 모양으로 잡았던 것처럼, 일곱 벌의 의상 자체가 모두 꽃이었다. 아방가르드한 앤트워프의 학풍을 그대로 반영한 전위적인 컬렉션이었다. 어디서 본 것 같다는 준우의 말은 거짓이 아니었다. 기분 나빠하던 수현의 얼굴이 다시 떠오르자 그는 피식하고 웃음을 터뜨리고 말았다.

"3년 전에 그대 때문에 당황했던 것에 비하면, 이건 아무것도 아닌데."

포트폴리오가 마치 수현인 것처럼 다정하게 말을 건넨 준우는 3년 전, 그녀를 처음 만났을 때를 떠올렸다. 지금보다 훨씬 앳되고, 소녀 같았던 그녀를 말이다.

3년 전 6월. LVMH그룹을 그만둔 준우는 유럽으로 여행을 떠났었다. LVMH그룹의 아시아 총괄본부에 있으면서 아시아 쪽 명품 판매를 눈에 띄게 성장시켜 놓은 준우였기에 회사에선 그가 계속해서 남아 주길 원하고 있었다. 하지만 그는 이미 스탠포드 경영대학원 쪽에 입학 원서를 제출한 상태였다. 비즈니스를 정말 제대로 배워 보고 싶다는 바람이 컸기 때문이었다. 복잡한 심경을 뒤로 하고 떠난 유럽에서 준우는 혼자였지만, 외롭지 않았다. 그곳엔 디자인을 하는 사람이라면 가 봐야 할 미술관이나 박물관이 너무나 많았고, 전시되어 있는 수많은 작품들을 보면서 영감을 얻고 위로를 받느라 외로울 틈이 없었던 그였다. 그리고 어느덧 마지막 여행지만이 남아 있었다. 런던에서 유로스타를 타고 도버 해협의 바다 밑을 지나 도착한 곳은 브뤼셀. 바로 벨기에였다.

브뤼셀은 거리 자체가 미술관이자, 세계에서 가장 많은 70여 개의 박물관이 있는 예술의 도시였다. 1주일을 머무는 동안 왕립 미술관과 오르타 미술관, 의상 박물관 등등 이름도 기억나지 않을 만큼 수많은 곳을 둘러본 뒤, 준우는 벨기에 제2의 도시인 앤트워프로 발길을 옮겼다. 그곳으로 향했던 이유는 단 하나였다. 앤트워프 대성당에 걸린 루벤스의 그림을 보기 위해. 그리고 그 그림 아래에서 얼어 죽은 어린 날의 친구, 네로와 파트라슈를 위로하기 위함이었다.

브뤼셀에서 열차를 타고 40여 분을 달려 앤트워프 중앙역에 도착했을 때가 오전 10시. 대성당까지는 도보로 20분이면 도착할 수 있는 거리였기

때문에 그는 트램[11]이나 버스를 타지 않고 메이르 거리를 향해 발걸음을 옮겼다. 도시를 온몸으로 느껴 보고 싶었기 때문이었다. 그런데 무슨 행사가 있는 것인지 앤트워프는 도시 전체가 들떠 있었다. 중앙역에서부터 많은 사람들이 북적거리고 있었고, 거리에도 단순히 관광객은 아닌 듯한 사람들이 어디론가 향하고 있었다. 준우는 대성당 앞쪽에 위치한 '조크모트'라는 커피하우스에서 샌드위치를 주문하면서 그 이유를 알 수 있었다. 오늘부터 앤트워프 왕립예술학교의 학년 말 패션쇼가 시작된다는 것이었다. 패션을 전공한 사람으로 그 역시 두근두근 설레기 시작했다. 그가 나온 파슨스는 너무 상업주의라 비난하는 사람들이 적지 않았기 때문에, 예술적인 앤트워프의 학풍이 고스란히 반영된 학년 말 패션쇼는 과연 어떨지 궁금해졌다.

테이블에 앉아 샌드위치를 먹으며 여행책자를 살펴보던 준우의 앞에 어떤 그림자가 멈춰 섰다. 놀라서 고개를 들어 보니, 한국인인 듯한 앳된 여학생이 서 있었다. 망설이는 표정으로 머뭇거리던 그녀는 이내 결심했는지 그를 향해 입을 열었다.

"Excuse me."

준우는 무슨 일인가 싶어 의아한 표정을 지어 보였다.

"Do you have time to talk to me저랑 얘기할 시간 있으세요?"

그가 대답하지 않은 채 계속 바라보자, 그녀는 다시 또박또박 말을 건넸다.

"If you have some time, Could you please혹시 시간 있으시면, 저랑……"

"한국 사람이에요?"

준우가 한국말로 물어보자 놀랐는지 큰 눈을 깜빡이던 그녀는 이내 다행이라는 듯 안도하며 한숨을 내쉬었다.

"한국 사람이세요? 아, 다행이다."

---

11. 트램(tram): 벨기에의 대중교통 수단 중 하나로, 도로 위에 부설된 레일을 주행하는 전차.

준우는 두 눈을 동그랗게 뜨고는 활짝 웃는 그녀가 귀여워 보였다.
"근데, 저 한국 사람인 거 어떻게 아셨어요? 저 영어 잘하는데."
발끈하는 모습 역시 귀여웠다. 발음이 너무 교과서적이었다고 말해 줘야 하나?
"아무튼 지금 시간 좀 있으세요?"
"……무슨 일인데요?"
"나쁜 일도 아니고, 나쁜 곳으로 데려가는 것도 아니에요. 제가 나쁜 사람은 아니거든요."
준우가 보기에도 그녀는 그 귀여운 얼굴로 나쁜 일을 할 것 같아 보이지 않았고, 자신 같은 남자를 나쁜 곳으로 데려갈 만한 힘도 없어 보였으며, 나쁜 사람은 더더욱 아닌 듯싶었다. 하지만 뒤이어 나온 그녀의 말에 준우는 어이없는 웃음을 터뜨렸다.
"왕자님이 되어 주세요!"
"……네에?"
"그럼, 허락하신 걸로 알고, 모셔 가겠습니다."
준우가 대답이 없자 긍정의 뜻으로 받아들였는지 그녀는 맞은편 의자에 놓여 있던 준우의 카메라 가방을 대신 들더니 그의 팔목을 잡고는 커피하우스 밖으로 끌고 나왔다. 그리고 아까 준우가 걸어왔던 길로 뛰기 시작하더니, 메이르 거리를 앞에 두고 왼쪽으로 걸음을 옮겼다. 준우는 어디를 가는 것인지 몹시 궁금했지만, 그녀가 너무나 급한 듯이 보여 물어보기가 미안할 지경이었다. 그녀를 따라 왼쪽으로 꺾어지자 오늘의 목적지였던 앤트워프 대성당이 눈에 들어왔다. 아, 루벤스의 그림은 보고 가면 안 되나?
그 후로 세 블록을 더 지나면서 걷다, 뛰다를 반복하였다. 그 길을 함께 하는 동안 그녀는 가쁜 숨을 몰아쉬며 준우에게 상황을 설명했다. 자신은 앤트워프 예술학교의 패션디자인과 1학년생으로, 오늘 학년 말 패션쇼가

있다고 했다. 그런데 오늘 패션쇼에 설 남성 모델이 갑자기 필요하게 되어 정신없이 뛰어나와 찾고 있었는데 카페에 들어가는 준우를 본 순간, 자신이 찾던 사람이라 생각했다는 것이었다.

그녀의 말을 들으며 준우는 무척 놀랐다. 패션쇼에 서야 한다는 생각을 깊게 할 겨를도 없었다. 당황했던 한편, 속으로는 그러지 않아도 앤트워프의 그 대단한 패션쇼를 구경하고 싶었는데 잘되었다는 생각도 들었다. 솔직히 원치 않았다면 정색을 하고 되돌아가면 그만인 일이었지만, 다시 못 볼 기회인 것 같아 준우는 그녀를 따라가 보기로 마음을 먹었다.

그렇게 급하게 끌려가 정신을 차려 보니 런웨이의 백 스테이지였다. 곳곳에 옷을 갈아입는 토플리스[12] 차림의 여성들이 있었지만, 준우를 보고 잠시 놀랄 뿐 모두 패션쇼를 준비하느라 정신이 없었다. 준우는 여러 차례 패션쇼를 준비하면서 자신 앞에서 홀러덩 옷을 벗어던지는 모델들을 많이 봐 왔기에 괜찮을 것이라 생각했지만, 오늘은 그렇지 않았다. 자꾸 시선이 가는 걸 보면 그도 어쩔 수 없는 남자인 모양이었다.

"이거 입으세요."

그리고 이내 그녀가 옷을 내밀었다. 언뜻 보기에도 대단히 세련된 턱시도였다. 파슨스에서도 남성복 전공의 실력 있는 친구들이 만든 턱시도나 슈트들을 많이 보았지만, 그것보다 훨씬 경쾌하게 변형된 디자인이면서도 고급스러웠다. 블랙 재킷과 파란 바지, 파란 보타이라는 나름 파격적인 컬러 매치가 화려하면서도 쿨한 무드를 불러일으켰다.

"제가 이번 컬렉션의 주제를 동화 속 일곱 명의 공주로 잡고, 그녀들의 옷을 현대적으로 재해석해서 아방가르드하게 만들어 봤거든요. 미니멀하게 길이를 조절하고, 전투적으로 표현했죠."

수현이 옷걸이를 조심스럽게 빼내며 그에게 바지를 먼저 건네주었다.

---

12. 토플리스(topless): 상반신을 드러낸 여성의 차림새.

음? 벗으라는 것인가? 이 자리에서? 지금? 당황해하는 준우를 위해 고개를 돌린 그녀가 설명을 이어 갔다.

"공주들은 우리가 알고 있던 순종적인 캐릭터가 아니에요. 내 것을 지키려 하고, 내 것을 빼앗기지 않으려는 현대인들처럼 그녀들 역시 전투적이죠. 백설공주는 마녀와 맞서 싸우고, 신데렐라는 계모와 언니들을 괴롭히죠. 인어공주 역시 목소리를 내어 주는 바보 같은 짓은 하지 않아요. 그런 캐릭터로 재조명해 봤어요."

앤트워프의 패션쇼는 컬렉션의 테마를 아주 전위적으로 해석하고 있었다. 혁명적이기까지 한 학풍에 맞게 실제적으로 입을 수 있는 옷이라기보다는 상징적인 의미가 큰 디자인들을 선보이고 있었다. 수동적으로 알려졌던 동화 속 공주들을 제 것을 지켜 내는 공격적인 캐릭터로 만들었다는 그녀의 발상이 귀여웠다. 그리고 무척 신선했다.

"어제 리허설을 마치고 자려고 누웠는데, 뭔가 부족한 것 같은 거예요. 그러다 문득 생각했죠. 공주들이 있으면 왕자도 있어야겠다고. 그녀들은 주어진 환경을 개척하는 캐릭터인 동시에 사랑엔 약한 여자인 거죠. 여자라면 누구나 자신만의 왕자님을 꿈꾸잖아요. 그래서 어제 밤을 새워 가며 만들었는데 시간이 부족해서 그런 거니까 옷이 마음에 안 드셔도 이해해 주세요."

이 턱시도를 하룻밤 사이에 만들었다고? 준우는 내색하진 않았지만 깜짝 놀랐다. 그러면서 앞에 있는 아가씨의 실력이 보통은 넘는 것 같다고 생각했다.

"모델을 원빈이라고 생각하며 만들었는데, 아까 카페에 들어가시는 모습을 보고 진짜 원빈인 줄 알았어요. 아, 물론 키가 좀 더 크시고, 얼굴도 아주 조금 더 커서 바로 아니라고 생각은 했지만, 어쨌든 이건 운명인 것 같아요. 오빠를 만난 것은⋯⋯ 아, 오빠라고 불러도 되죠? 딱 봐도 저보다

나이 많아 보이시거든요."

이 아가씨는 옷을 만드는 재주뿐만 아니라, 사람을 들었다 놨다 하는 재주도 탁월한 모양이었다.

"오빠를 본 순간, 제 컬렉션을 구해 줄 왕자님이 나타났다는 걸 깨달았어요. 더구나 같은 한국인이라니 멋지지 않아요? 같은 동포니까, 오빠도 저를 믿고 도와주려고 오신 거잖아요."

으음? 난 네가 끌고 왔거든. 하지만 준우는 이제 와 그녀의 부탁을 거절할 수도 없었다. 이름도 모르는 이 아가씨의 초롱초롱한 눈빛으로 보건대, 준우가 절대 거절하지 않을 거라 믿고 있는 것 같았다. 그리고 뒤이어 나타난 일곱 명의 공주를 본 순간, 그는 마치 아방가르드한 근대 미술의 한 작품과 마주한 것처럼 문화적인 충격을 받았다. 정말 동화 속의 공주들이 이 시대에 살았다면 입었을 것 같은, 그러면서도 그녀가 설명한 그대로 약간은 난해하고 전위적이었지만 시선을 뗄 수 없는 의상들이 준우의 눈앞에서 움직이고 있었다.

준우는 무슨 정신으로 턱시도를 입었는지 인식하지 못할 정도였다. 그의 실제 치수를 재고 만든 옷이 아니었기 때문에, 핏감이 조금 떨어지긴 해도 그럭저럭 잘 맞았다.

"리허설을 할 시간은 없으니까, 일곱 명의 공주가 먼저 나가 런웨이를 한 바퀴 돈 후에 동그랗게 자리를 잡으면 오빠가 나가 주시면 돼요. 신호는 드릴게요. 알아서 워킹하시고 맘에 드는 곳에 서 주세요."

순간, 준우는 걱정이 앞섰다. 너무 대책 없이 나섰나 싶었다. 자신 때문에 그녀의 학년 말 패션쇼가 엉망이 되면 어떡하나 싶은 걱정이 생겼다. 준우가 미간을 찌푸리자 불쾌해하는 거라 생각했는지, 그녀는 조심스럽게 사과의 말을 건넸다.

"너무 갑작스럽게 부탁드려서 정말 죄송하지만…… 대, 한, 민, 국!"

뜬금없이 대한민국을 외치며 같은 민족이라 호소하는 그녀를 향해 저도 모르게 엇박으로 박수 다섯 번을 쳐 주었던 준우였다.

어떻게 런웨이를 걸었는지도 모르겠다. 어떻게 일곱 명의 공주 사이에서 자리를 잡았는지도 기억이 나지 않았다. 다만, 그가 마지막으로 워킹을 하다 적당하다 생각했던 곳에 자리를 잡고 서자 쇼장의 프런트 로[13]를 시작으로 사람들이 기립하면서 우레와 같은 박수 소리가 터져 나왔다. 참으로 놀라운 광경이었다. 준우는 마치 자신의 패션쇼에서 성공적인 피날레를 장식한 것처럼 가슴이 벅차올랐다. 뒤이어 그녀가 무대 위로 나와 관객들에게 인사를 한 뒤, 그에게 악수를 청하였다. 그리고 입을 열었다. 쇼장이 환호성과 박수 소리로 너무나 시끄러웠지만, 준우의 귀엔 그녀가 한 말이 똑똑하게 들려왔다.

"채수현이에요."

그때부터였다, 매해 6월 말이 되면 준우가 앤트워프로 향했던 것이. 경영대학원에 진학해 정신없이 수업을 듣는 중간에도 종종 그녀를 떠올렸고, 리포트를 위한 자료를 찾다가 그녀에 대한 기사를 검색해 보기도 했다. 2학년 말 패션쇼에서부터 그녀의 디자인적인 특징이 드러나기 시작했다. 이것저것 다양한 아플리케를 시도했고, 새틴이나 레이스를 좋아하는 여성적인 취향도 반영되었다. 물론 앤트워프의 학풍에 맞게 전위적이면서 시대를 앞서 가는 디자인으로 쇼장의 모두를 흥분하게 만들었다. 3학년 말 패션쇼에서 선보였던 플라워 컬렉션도 최고점을 받으며 사람들의 기대감을 충족시켰다.

MBA를 마치고 한국으로 돌아온 준우는 그녀가 4학년이 되길 손꼽아 기다렸다. 그가 U어패럴에 입사해 처음으로 한 일이 앤트워프의 학년 말 패션쇼를 후원한 것이었다. 아, 물론 그도 인정했다. 그녀와 개인적인 만남을

---

13. 프런트 로(front row): 가장 앞쪽에 위치한 좋은 자리.

가지기 위해 회사를 이용하였다는 것을 말이다. 하지만 그때는 수현과 뭘 어떻게 해 보려는 생각은 아니었다. 그저 예전의 그 왕자가 그녀를 계속 지켜봐 왔고, 같은 업계에서 일하고 있다는 걸 알려 주고 싶었다. 그리고 무엇보다 졸업을 직접 축하해 주면서 그녀의 새로운 시작 역시 격려해 주고 싶었다.

수현이 어떤 이유로 이곳에 와 있는지 모르겠지만, 앤트워프 대성당 앞의 커피하우스에서 그를 발견한 것을 운명이라 말했던 것처럼 준우도 그녀를 이곳에서 발견한 것이 운명일지도 모른다는 생각이 들었다. 그리고 혹시나 그녀가 지금 그동안 달려왔던 궤도에서 이탈해 돌아가는 길을 찾지 못하고 있는 것이라면, 조금씩 도움을 주는 것이 자신의 역할이라는 생각도 하고 있었다.

준우는 수현과 함께 할 작업이 무척이나 기대되었다. 하지만 그 기대감이 정말 일을 향한 것인지, 채수현 개인을 향한 것인지 점점 알 수가 없었다.

"알아보면 되지, 뭐."

아직 시간은 많았고, 수현은 지금 준우의 곁에 있으니까. 가을이 가고 겨울이 오고 있었지만, 그는 이상하게 춥지 않다고 생각했다.

남극의 최초 정복자는 버버리였다
― 로알 아문센

    함박눈이 내리고 있었다. 겨울이 시작된다는 입동이 지나고 첫눈이 내린다는 소설小雪을 맞이하여 새벽부터 시작된 눈은 멈출 생각이 없다는 듯, 계속해서 서울 도심을 하얗게 덮어 주고 있었다. 이태원의 달동네, 솔마루 길에 사는 수현은 세 번이나 길바닥에 엉덩이를 내어 주고, 500미터의 경사진 언덕길을 내려오는 데 한 시간이라는 경이로운 기록을 세우며 간신히 지하철역에 도착할 수 있었다.
    수현이 이태원에 집을 얻은 이유는 여러 가지였다. 골목마다 숨어 있는 감각 있는 디자이너들의 멀티숍과 앤티크한 고가구 거리, 그리고 미술관과 여러 아티스트들의 작업실이 즐비한 이태원은 거리 전체가 예술품이었던 벨기에만큼은 아니더라도, 그 특유의 자유분방한 분위기가 수현의 호기심을 불러일으키기에 충분했다. 또한, 많은 나라의 다양한 문화가 공존함으로써 거리 곳곳에서 넘쳐나는 에너지들이 그녀의 외로움을 달래 주고 있었

다. 그리고 무엇보다 재개발을 앞두고 있어서 한강이 보이는 언덕 위 옥탑방을 싸게 얻을 수 있다는 것이 이곳을 선택했던 가장 큰 이유였다. 눈이 오면 걷기도 힘들 정도로 미끄럽다는 점은 예상하지 못했던 문제였지만 말이다.

때 이른 폭설로 버스가 제시간에 운행을 하지 못해서인지 지하철은 평소보다 더 많은 사람들로 붐비고 있었다. 이태원역에서 출발하여 약수역에서 환승, 다시 회사가 위치한 압구정역으로 가는 동안 지하철의 진동에 몸을 맡긴 채 수현은 어제의 프레젠테이션을 떠올렸다.

"죄송해요."

수현은 회의실을 나오면서 찰스에게 사과의 말을 건넸다. 찰스가 프레젠테이션을 망칠까 걱정이 되어 저도 모르게 나선 것이었는데, 결국 모든 걸 엉망으로 만든 건 그녀, 자신이었다.

"아냐, 뭐 나야말로 미안하지. 내가 제대로 설명을 잘했어야 했는데……. 내 디자인이면서 자기한테 다 맡긴 것도 맞고, 본부장님이 충분히 오해할 만했어."

찰스는 발표한 컬렉션들이 아직도 자신의 디자인이라 생각하는 모양이었다.

"뭐, 패션위크는 날아갔지만, 내 디자인이 이번 S/S 컬렉션의 주력 상품이 된다는 것만으로도 만족할 수 있어. 그래서 대박 나면, 경력엔 좋은 거잖아. 그럼 연봉도 오를 거고."

이 사람아! 당신 디자인이 아니라는 게 다 밝혀졌다고요. 그나저나 찰스의 패션위크가 날아갔다면, 수현의 재봉틀 역시 만나기 전에 이별한 셈이었다. 개발실을 언제나 밝게 만들어 주는 재봉질의 달인, 은영이 말하길, 세계 최초로 재봉기를 발명한 '싱거미싱'에서 160주년 리미티드 에디션으로 나온 것이 디자인도 죽여주고 작업 공간도 넓어 수현이 쓰기에 좋을 것 같다고 했었는데, 그마저도 이젠 소용없게 되어 버렸다.

"어쨌든 이제 바쁘겠다. 개발실에 패턴이랑 재단 의뢰해서 샘플 뽑고, 작지 만들어서 넘기고, 생산 수량도 뽑아야 하고……. 정신없겠는걸."

그러게 말이다. 수현이 그동안 학교에서 해 왔던 컬렉션들은 무대에 올릴 디자인별로 한 벌씩만 만들면 됐다. 그런데 처음 기성복 회사에서 일하게 된 그녀는 하나의 디자인이 실제 옷으로 대량 생산되어 숍에 걸리기까지 수많은 과정이 필요하다는 걸 몸소 배우고 있었다.

대화 중인 그들을 향해 다가오는 발소리가 들려왔다. 옴므의 강승원 수석 디자이너와 송지애 팀장이었다. 수현은 한준우 본부장의 최측근인 그들이 별로 반갑지 않았다. 그녀의 디자인북을 가져다 본 유일한 사람이 승원인데, 혹시 그가 본부장에게 뭐라 언급한 게 아닐까 싶은 의문이 들었던 탓이었다.

"아! 정말 좋았어요. S/S 샘플, 정식으로 나오면 나도 좀 보여 줘요. 자세히 보고 싶어."

패션회사의 디자인 팀장답게 스타일리시한 모습으로 인사를 건네는 지애는 수현의 프레젠테이션이 무척이나 인상 깊었던 모양이었다.

"원피스의 꽃무늬를 입체적으로 표현하니까 새틴의 고급스러움이 더 살아나는 것 같고, 니트 상의는 아플리케로 꽃을 달아 놓으니까, 캐주얼한 면이 부각되어 좋고. 나 완전 반했잖아요."

살짝 상기된 표정으로 지애는 말을 이어 갔다.

"플라워는 유치하지 않냐니……. 본부장님은 어떻게 그런 무식한 말씀을 하시지? 지난 시즌, 플라워로 도배를 했던 질 샌더와 디오르의 컬렉션을 잊은 모양이야. 그리고 원숄더 원피스가 과하다고? 준우 오빠 졸업 작품전 때 드레스 기억나? 그 속이 훤히 다 보이는 니트 원피스? 만드는 데

실 한 타래도 다 쓰지 않았을 것 같았던 그거 말이야. 내가 보기엔 제출된 디자인이 아니라 본부장님의 애티튜드가 유치하고 과했던 듯."

지애가 곁에 선 승원에게 동의를 구한다는 듯 쳐다보자, 그는 고개를 끄덕이곤 재미있다는 표정을 지으며 수현을 향해 나지막이 입을 열었다.

"비밀은 여자를 더욱 아름답게 만들죠."

뭐래? 수현은 승원의 말을 들으며 살짝 미간을 찌푸렸다. 뭔가 일이 이상하게 돌아가고 있었다. 승원은 당황해하는 수현을 향해 피식 웃어 주고는 윙크를 한 뒤, 엘리베이터 쪽으로 발길을 옮겼다.

"아…… 어쩌지?"

멀어지는 그들의 모습을 보며 안절부절못하는 찰스의 목소리가 들려왔다. 이제야 사태의 심각성을 파악한 모양이었다.

"강 수석이 날 좋아하나?"

이 사람은 또 뭐래?

"아까 자기도 봤지? 나한테 윙크하는 거."

일어나는 모든 일을 자신을 중심으로 해석하는 찰스의 능력은 정말 놀라울 따름이었다.

"본부장님은 프레젠테이션 끝나니까 내 손을 꼭 잡아 주면서 웃어 주더니, 강 수석은 윙크를 날려 주네. 둘 다 외국에서 살다 왔다더니 다르구나. 호감을 아주 노골적으로 표시한다."

"아, 네."

찰스의 얘기에 건성으로 대답하며 수현도 발길을 돌렸다. 회의실 앞에 서 있어 봤자 그 안에서 빠져나오는 사람들의 호기심 어린 눈초리를 받으며 수군거림을 들을 뿐이었다. 디자인실로 향하는 그녀를 따라오면서 찰스는 말을 이었다.

"뭐, 원래 남자 디자이너들이 그런 오해를 종종 사긴 하지. 실제로 그런 사람들도 많고. 돌체랑 가바나도 그렇잖아. 옷을 함께 만들면서 인생도 함께하고 있으니까. 그럼 나는 어떻게 해야 하는 거지? 본부장님과 강 수석 중 한 명을 골라야 하는 거야?"

하염없이 자기만의 세상에 빠져 있는 찰스를 향해 수현은 결국 참았던 얘기를 꺼내며 버럭 소리를 질렀다.

"돌체랑 가바나랑 헤어졌거든요!"

하지만 수현은 디자인실로 돌아와서도 편하지가 않았다. 허연심 과장이나 이시영 대리는 아예 본 체를 하지 않았고, 서수미 팀장은 수현에 대해 뭔가 의심하기 시작한 모양이었다. 디자인실로 들어오는 수현을 자신의 방으로 부르더니 쉽게 말을 꺼내지 못하고 있었다. 수현을 뚫어지게 바라보던 서 팀장은 한참이 지나서야 입을 열었다.

"내가 이상하다고 생각은 했다. 너를 처음 개발실에서 봤을 때도 무슨 애가 패턴에, 재단에, 재봉질까지 못하는 게 없고, 가끔씩 입고 오는 옷들도 범상치 않은 디자인들이었지. 그러더니 결국 한 건 하는구나. 그 포트폴리오하며 샘플까지. 그건 절대 찰스 솜씨가 아니지. 걔는 입사하고 1주일 만에 내가 파악을 끝냈거든."

서 팀장은 찰스에겐 별다른 기대를 하지 않았기 때문에 이번 공모전에서 허 과장과 이 대리의 포트폴리오에만 관심을 기울였다. 디자인 1팀에서 무조건 1등이 나와야만 한다는 절박한 상황에서 자신의 역량을 셋으로 나눌 여유가 없었던 것이었다.

"찰스한테는 아예 바라지도 않았거든. 그래서 신경도 쓰지 않았어. 허 과장이랑 이 대리 것만 도와주기에도 1주일은 짧았으니까. 일단 급한 불을 껐으니까 다행이긴 하다만……."

이 상황이 당황스럽기는 서 팀장도 마찬가지였다. 자신의 팀에서 1등이 나와 좋기는 한데, 뭔가 개운하지가 않았다. 수현이 분명 이상하긴 했지만,

딱히 그녀를 나무랄 수도 없었다. 그녀가 아니었다면, 이번 공모전은 앨리스에서 가져갔을 테니까. 서 팀장은 일단 눈앞의 것들만 생각하기로 했다. 다른 브랜드들에 비해 뮤즈는 S/S 생산이 너무 늦어지고 있었다. 샘플도 만들고 공장에 작업지시서도 넘기려면 할 일이 많았다. 생산 라인이 다른 브랜드에 밀리면 S/S 제품 출시도 그만큼 늦어질 수밖에 없었다.

"샘플 작업 하면서 본부장님이 지시한 짧은 재킷이랑 트렌치코트, 그리고 니트 상의에 어울리는 스커트, 디자인해서 나한테 바로 올려."

"네."

서 팀장에게 불려 온 후 처음으로 수현이 입을 열었다. 그녀는 일이 이대로 마무리되기만을 바랄 뿐이었다. 하지만 서 팀장은 나가려던 수현을 향해 정말 궁금했던 점을 물어보았다.

"그런데 너, 동대문 출신은 맞니?"

서 팀장은 뭔가 의심스러운 눈빛으로 수현에게 물었지만, 그녀는 아무것도 대답하지 못하였다. 이제 와서 뭐라고 하겠는가? 그저 아무런 말도 하지 못한 채 고개를 숙여 보인 후, 서 팀장의 방을 빠져나왔던 수현이었다.

어제 일을 다시 떠올려 보니 수현은 머릿속이 복잡해졌다. 속이려는 것은 아니었지만, 결과적으로는 모두를 속이게 된 지금의 상황 때문에 그녀는 마음이 불편했다. 하지만 그 불편했던 마음은 정상 출근시간을 한 시간이나 지나 로비에 도착, 간신히 엘리베이터에 올라타면서 더욱 커져 버렸다. 엘리베이터 문이 열리자 지하 주차장에서 올라오는 것인지 준우의 모습이 보였기 때문이었다. 지각하는 모습을 들켜 당황스러우면서도 그를 보자 수현은 눈앞에서 사라진 재봉틀이 떠올랐다. 재봉틀은 어젯밤 수현의 꿈에도 나왔다. 앤티크한 외모를 뽐내며 그녀에게 말을 건네기도 했다. 난

실도 자동으로 낄 수 있고, 밑실도 감을 수 있어. 그리고 바느질 패턴도 다양하다고!

"좋은 아침이죠?"

언제나 그렇듯 말쑥한 모습의 준우는 겉모습만으로도 정말 좋은 아침인 것처럼 보였다. 오늘은 대외적인 스케줄이 없는 건지 오렌지빛의 터틀넥에 브라운 계열의 깔끔한 코트를 걸친 그는 평소보다 캐주얼하고 화사해 보였다. 그러나 수현은 아니었다. 눈을 맞아 젖은 머리카락은 부스스하게 피어오르고 있었고, 여러 번 넘어졌던 탓에 엉덩이도 젖어 있었다. 자신의 모습이 부끄러워진 수현은 엘리베이터에 올라타며 준우와 시선을 마주하지 못한 채 인사를 건넸다.

"늦어서 죄송합니다."

"나도 늦었는걸요."

댁은 늦어도 뭐라 할 사람이 없는 본부장이잖아요! 수현의 마음속에 괜스레 준우를 향한 삐딱한 감정이 생겨나고 있었다.

"이런 날, 안 늦는 사람들이 이상한 거 아닙니까? 눈이 저렇게 많이 오는데. 옷을 만드는 것도 예술인데, 예술 한다는 사람들이 이런 눈을 보고서도 정시에 출근을 한다는 건 너무 메말랐다는 증거 아닌가요?"

이 회사에서 가장 메마른 사람이 누군데? 공모전 1등이라고 말해 놓고 상품은 주지 않는…… 단물만 쏙 빼 먹은 본부장, 당신이야말로 가장 메마른 사람이라고요! 수현은 저도 모르게 터져 나오려는 한숨을 속으로 삼키고는 준우의 시선을 피해 밖을 내려다보았다. 유리창을 통해 떨어지는 눈을 바라보니 지각하느라 먹지 못한, 지하철역 앞 편의점에서 파는 호빵이 떠올랐다. 몽글몽글한 하얀 속살을 베어 물면 입 안에 퍼지는, 유치하게 달짝지근한 단팥의 맛이 그리웠다. 어차피 늦을 거였는데 먹고 올 걸 그랬다. 이렇게 엘리베이터에서 본부장을 만날 줄 알았더라면 더더욱 먹고 올 걸

그랬다.

"채수현 씨, 눈 좋아합니까?"

수현이 내리는 눈을 아련한 눈빛으로 바라보자, 그녀의 눈빛을 오해한 준우가 입을 열었다.

"……싫어하지는 않습니다."

"눈을 좋아하는군요. 나도 그런데."

저 이상한 흑백 논리는 또 뭐란 말인가? 그래서 뭐요? 당신도 호빵이 먹고 싶다는 건가요? 퉁명스러운 수현의 마음과는 다르게 그녀와 같은 점을 찾아내어 기쁘다는 듯 준우는 웃으며 입을 열었다.

"눈을 좋아하는 것도 인연인데, 저녁이나 같이 합시다."

뭐라고! 울랄라! Oh, my god! What the fuck……. 아, 이건 아니지. 어쨌든 대한민국에 눈을 좋아하는 사람은 셀 수도 없을 정도로 많을 것이고, 회사 내에서도 수십 명은 금방 찾을 수 있을 텐데, 준우가 그 많은 사람들 모두와 저녁을 먹을 건 아니지 않은가? 그리고 좋아하는 게 아니고 싫어하지 않는 거라니까요! 하지만 수현의 이런 말들은 머릿속을 맴돌았을 뿐, 입 밖으로 나오진 못했다. 그녀의 사무실이 있는 20층에 도착했다는 알림음이 울렸기 때문이었다.

"7시. 정문에서 기다려요."

수현이 할 말을 잊은 채 준우를 바라보자, 그는 아무 일도 없었다는 듯 단조로운 목소리로 그녀에게 다시 말을 건넸다.

"뭐 해요? 지각했다면서요?"

지각했으니까 빨리 내리라는 준우의 목소리에선 웃음기가 느껴졌다. 수현은 엘리베이터를 빠져나오면서 눈살을 찌푸렸다. 지난주부터 저 남자만 만나면 놀랄 일이 너무 많이 생기고 있었다.

한편, 얼굴을 잔뜩 찌푸린 채 엘리베이터에서 내리는 수현의 모습을 보며 준우는 저도 모르게 웃음을 내뱉었다. 아침부터 통통 부어 있는 얼굴을 보니 분명 어제 자신의 결정에 마음이 상해 있는 모양이었다. '당신! 정말 마음에 들지 않아!'라는 얼굴을 한 채 그를 제대로 바라봐 주지도 않는 수현을 놀래 주려 즉흥적으로 건넨 저녁 초대였다. 하지만 막상 그녀와 저녁을 함께 할 생각을 하니 준우의 마음이 들뜨기 시작했다.

준우가 사는 한남동은 남산을 등지고 한강을 바라보는 지리적인 이점으로 경관이 아름다웠고, 대사관들이 많아 보안도 좋았다. 게다가 조용하고 아늑한 동네라 불만이 없었는데, 오늘은 아니었다. 경사가 급하게 지는 동네 언덕길은 갑자기 내린 폭설에 취약해 눈길에 미끄러진 차들이 여기저기 엉켜 있었다. 그들이 레커차를 기다리며 동네 교차로를 막고 있는 한 시간 동안, 함께 내려오지 못했던 그였다. 어디 그뿐인가. 한남대교를 건너자마자 나타나는 신사동 사거리에서는 신호등이 고장 나 먼저 가려는 차들이 서로 뒤엉켜 아비규환이 따로 없었다. 하여, 그가 회사에 도착했을 땐 이미 출근시간에서 한 시간이나 지나 있었다. 준우는 지하 주차장에 차를 대고 엘리베이터에 올라타면서 한남동을 떠나야겠다고 굳게 마음먹고 있었다. 하지만 수현을 만나고 나니 아침부터 자신을 괴롭힌 불운이 그녀를 만나기 위함이었다는 생각에 이사 계획은 저 멀리 치워 버린 그였다.

'7시에 나가려면, 오늘 하루도 정신없이 바쁘겠군.'

바쁜 하루가 예정되어 있었지만 사무실로 들어가는 그의 얼굴은 어느 때보다도 상쾌해 보였다.

하지만 오늘, U어패럴에서 가장 바쁜 사람은 수현이었다. 준우의 지시대로 생산을 위한 샘플을 제작하느라 몸이 열 개라도 부족할 지경이었다. 다른 브랜드들이 뮤즈보다 샘플 제작에 먼저 들어가면서 개발실의 모든 인력이 이미 그들을 위해 배치되었기 때문에 수현은 결국 패턴부터 재단, 재

봉까지 혼자서 모든 과정을 진행해야만 했다. 디자인 1팀에서 아무도 도와주지 않는 것도 문제였다. 허연심 과장과 이시영 대리는 자신들에게 떨어진 일에만 집중할 뿐, 주력 상품 모두를 제작해야 하는 수현에게는 관심도 보이지 않았다. 수현은 왜 뮤즈가 매출 부진에 시달렸는지 이제 확실히 알 것 같았다. 뮤즈는 그동안 고객을 사로잡을 디자인만 없었던 게 아니라 팀워크도 한없이 부족했던 것이었다.

"자기야, 이거 주의사항 뭐라고 적어?"

찰스는 샘플을 만드는 수현의 곁에서 작업지시서를 작성하는 중이었다. 다음 주까지 작업지시서를 공장에 넘기라는 지시가 내려와 샘플을 만드는 동시에, 서 팀장의 컨펌을 받아 도식화를 그려 넣으며 작업지시서를 만들고 있었다. 이 작업지시서를 바탕으로 공장에서 퍼스트 샘플이 만들어지면, 디자이너들의 확인을 거쳐 본 생산이 이뤄지고 있었다. 사실 수현은 작업지시서를 만들어 본 적이 없었다. 그동안 자신이 디자인한 의상은 자신이 직접 만들었기 때문에 세부사항을 적어 남에게 지시서를 전달하는 일이 필요 없었던 탓이었다. 하여, 원부자재를 기록하고, 디자인의 세부적인 설계도와 같은 도식화를 그려 넣고, 봉제 시 주의사항을 적는 작업지시서가 그녀에게는 생소한 것이었다. 그래서 그녀가 샘플을 만들면서 디테일을 일러 주면, 찰스가 그것을 받아 작업지시서를 작성하고 있었다.

"셀비지selvedge 공법으로 제작해 달라고요."

"그게…… 뭐더라?"

"꽃무늬가 잘리면 안 되니까 원단을 통으로 사용해 달라고 기재해 주세요."

찰스는 고개를 끄덕이며 수현이 말한 대로 받아 적고 있었다. 그나마 오늘 찰스마저 없었다면 수현은 더욱 바빴을 터였다. 개발실에서 꼼짝도 못하는 그녀를 위해 원단과 부자재를 찾아다 주면서 귀찮은 일은 모두 도맡아 해 주었던 그였다. 수현은 괜히 자신이 재봉틀에 욕심을 부려 찰스마저 정신없게 만든 건 아닌가 싶어 미안한 마음이 들었다.

"수현 씨, 여기는 어떻게 만들어?"

"도식화, 이 정도로 그리면 되겠지?"

"자기야, 샘플 발주 몇 개나 넣을까?"

하지만, 미안한 마음도 잠시……. 수현은 모든 걸 의논하는 찰스 때문에 점점 지쳐 가고 있었다.

"선배님이 알아서 적으세요."

"여긴 자기 생각대로 하는 게 좋을 것 같아서……."

"중요한 거 아니면, 선배님 생각대로 하세요."

"……때론 자기 고집을 꺾어야 진정한 디자이너라잖아.[14]"

수현은 순간 하던 일을 멈추고 찰스를 바라보았다. 어이없는 그의 말에 화가 날 줄 알았는데 웃음이 터져 나왔다. 찰스는 디자인에 대한 고집이란 게 전혀 없는 사람이었다. 그에게 남아 있는 유일한 고집이란, 오트쿠튀르를 향한 찬양의 마음뿐인 게 분명해 보였다. 이렇게 정신없이 바쁜 상황에서도 끊임없이 발휘되는 그의 엉뚱함이 수현은 이제 귀엽게까지 느껴졌다.

띠링!

순간 수현의 휴대전화에 문자메시지가 도착했다는 알림음이 들려왔다.

첫 데이트부터 튕기는 건가요? 오랜만에 전투 게이지가 마구 상승되는군요.

시계를 보니, 저녁 8시가 가까워지고 있었다. 모르는 번호였지만 수현은 상대가 누군지 알 것 같았다. 뭐가 첫 데이트란 말인가! 지금 본부장님이 요청한 샘플 때문에 야근 중이거든요. 그리고 본부장님이 작업지시서를 다

---

14. 칼 라거펠트(Karl Lagerfeld)의 명언.

음 주까지 넘기라고 해서 정신이 없어요. 또 말해 줄까요? 본부장님이 요청한 재킷과 트렌치코트, 스커트도 추가로 만들어야 한다고요! 수현은 문자메시지를 보며 준우에 대한 원망을 토해 낸 뒤, 그에게 퇴근하기 어려울 것 같다는 답변을 조심스럽게 보내고는 다시 만들고 있던 샘플에 집중했다. 오늘 저녁을 먹기는 다 틀린 모양이었다.

　8시가 넘어가고 있었지만, 개발실은 전쟁터였다. 드르륵거리는 재봉질 소리를 뚫고, 여기저기에서 디자이너들과 패턴사들이 싸우는 소리가 들려왔고, 재단을 담당하는 실장 역시 누군가를 향해 불만을 터뜨리고 있었다.

　디자이너들과 개발실의 마찰은 항상 있는 일이었다. 모든 옷이 디자인한 대로 나올 수는 없는 법이었거늘 디자이너들은 늘 자신이 그린 것과 똑같이 만들어 달라 지시하고 있었고, 개발실에선 그런 디자이너들을 보면서 현실적이지 못하다며 한심해하고 있었다. 아무리 디테일하게 그린다고 해도 평면적으로 그려지는 디자인과 실제로 만들어지는 샘플 사이에는 차이가 생기기 마련이었다. 그리고 좁혀지지 않는 이견은 오늘도 마찬가지였다.

　"트왈 샘플[15]을 만들어 보면 대충 나오는데……."

　수현은 두 번째 샘플 제작을 위한 재단을 시작하면서 구시렁거리고 있었다. 트왈 샘플의 목적은 옷의 전체적인 균형이나 디자인과 패턴 상의 결함이 없는지 확인하는 데 있었다. 하지만 바쁜 스케줄에 쫓기는 기성복 회사에선 트왈 샘플 과정을 생략하는 것 같았다.

　그리고 한쪽에서는 앨리스 팀이 재봉질의 달인 은영에게 두꺼운 원단을 들이밀면서 바구니 짜기 기법으로 허리선을 잡아 달라고 난리였다.

　"저건 원단을 바꿔야 할 것 같은데……. 저렇게 두꺼운 원단으로 허리 부분을 터킹으로 잡으라는 게 말이 돼? 그러고서 원하는 대로 허리선이 안

---
15. 트왈 샘플(toile sample): 트왈이라는 원단을 사용하여 실제 크기보다 작게 샘플을 만드는 것.

나오면 또 은영 언니 탓만 하겠지."

수현은 재단을 하고 있는 원단에서 눈을 떼지 않은 채 혼잣말을 이어 갔다.

"소재별로 그 장점을 극대화할 수 있는 방법이 따로 있는 것을……."

"그럼 어떤 소재가 좋으려나?"

"조금 얇은 원단으로 바꾸거나, 두께감을 좀 주고 싶으면 니트가 제일 좋지 않을까요? 뜨개실에 신축성이 좋은 라이크라 소재를 혼합하면 너무 늘어지지도 않고 좋은데 말이죠. 뚱뚱하게 보일까 걱정이 되면, 원사 밀리를 좀 작게 해서……!"

수현은 자신도 모르게 누군가와 대화를 나누고 있는 중이었다. 어? 그런데 뭔가 이상했다. 머리 위에서 들려오는 목소리는 찰스의 것이 아니었다. 수현이 의아한 표정으로 고개를 들어 보니 준우가 웃으며 그녀를 내려다보고 있었다.

"디자이너들이 원단이나 재단에 대해 누구보다 잘 알아야 하는데, 아무래도 기성복 디자이너들은 그런 게 부족한 거 같아요. 그렇죠?"

수현은 그와 눈이 마주치자 저도 모르게 고개를 끄덕이고 있었다.

"수현 씨는 재단도 직접 하네요?"

"네, 뭐……."

"혹시 며칠 전에 개발실에 어떤 꼬마 아가씨를 위한 드레스가 걸려 있던데, 봤어요?"

찌익! 재단하던 수현의 가위가 심하게 빗나갔다. 아, 이거 비싼 원단인데……. 하지만 준우는 수현의 실수를 보지 못했다는 듯 태연한 표정으로 몸을 숙여 그녀의 귓가에 속삭였다.

"그 정도 실력이면 분명 대단한 고수인데, 이곳에 속세를 벗어난 은둔자가 숨어 있는 모양이에요."

수현은 지난번 회의에서 이시영 대리가 왜 고개를 숙였는지 알 것 같았다. 수현 역시 '그거 내가 만들었소. 내가 그 은둔자요' 하고 말하듯 한없이 고개를 내리곤 준우의 시선을 피하고 있었다. 그리고 부드러운 어조로 수현을 향해 말을 건네던 준우는 언제 그랬느냐는 듯 서늘한 목소리로 개발실의 누군가를 향해 입을 열었다.

"안진영 과장, 그 허리선 터킹으로 잡을 거면 원단이 좀 얇아야 한다는 걸 모르는 겁니까? 두께감을 주고 싶은 거였다면, 퀄리티 좋은 니트를 고려해 보세요."

안진영 과장은 앨리스의 퍼스트 디자이너였다. 그녀는 갑자기 나타난 준우의 모습에 놀랐는지 긴장한 표정으로 말을 더듬었다.

"니, 니트는…… 뚱뚱해 보여서요."

"니트를 뚱뚱하다 말하면, 소니아 리키엘이 화가 나서 달려오겠군요. 정말 그렇게 두꺼운 원단으로 터킹이 가능하다고 생각했던 것입니까? 가능하다고 해도 니트보다 더 뚱뚱해 보일걸요."

니트의 여왕으로 불리는 소니아 리키엘은 '실 한 올을 가지고도 너무나 많은 것을 할 수 있다'고 말하며, 니트야말로 진정으로 여성을 섹시하게 표현할 수 있는 의복이라 얘기했었다. 울과 앙고라로 이뤄진 니트를 사용하여 스웨터뿐만 아니라 바지와 스커트, 재킷과 코트, 그리고 모자와 스카프에 이르는 토탈 패션을 구현한 그녀를 두고 패션피플들은 새로운 샤넬이라 평가하기도 했었다. 또한 터킹이라 불리는 바구니 짜기 기법은 'X' 자 모양으로 원단을 꼬아 주는 것으로, 저지 같은 얇은 소재로 잡으면 허리 부분의 체형을 커버해 줄 수 있다는 것이 장점이었다. 하지만 모직과 같은 두꺼운 원단으로는 잡기도 힘들뿐더러 허리와 배 부분이 더욱 불룩해 보일 수 있었다. 그런데 안진영 과장은 이 모든 것을 간과하고 있었고, 준우는 기본도 모르는 그녀의 모습을 따끔하게 짚어 주고 있었다.

"그리고 거기, 아버지 같은 실장님과 그만 싸우시고, 트왈지 가져다가 1/4 사이즈로 대충이라도 샘플을 만드십시오. 그럼 디자인대로 제작이 가능한지 알 수 있을 거 아닙니까?"

준우에게 이름도 없이 '거기'라고 불려 기분이 나빴는지 어디선가 조용하지만 새된 목소리의 대답이 들려왔다.

"그럴 시간 없는데요."

"지금 당장 컬렉션에 올릴 작품도 아닌데 왜 시간이 없습니까? 그럴 마음이 없는 거 아닙니까? 작업의 기본과 예의도 지키지 않으면서 좋은 결과물이 나올 거라 생각하는 겁니까?"

미간을 찌푸린 채 내뱉는 준우의 목소리는 더할 나위 없이 냉정했다. 수현은 처음으로 목격한 준우의 차가움에 놀라 하던 일을 멈추고 그를 바라보았다. 그녀에게 그동안 잠깐잠깐 보여 주었던 장난스러운 말투와 미소는 사라지고, 본부장이라는 위치에 걸맞은 카리스마로 개발실에 있는 모두를 압도하고 있었다. 준우는 수현의 시선을 느꼈는지, 그녀와 눈을 맞추고는 언제 그랬느냐는 듯 살짝 미소를 지어 주었다. 그러고는 이내 표정을 지운 뒤 무뚝뚝한 목소리로 입을 열었다.

"채수현 씨, 나 동대문 가야 하니까 안내 좀 해요."

으음? 갑자기 어딜 간다고요? 수현은 오늘 아침 엘리베이터에서만큼이나 놀라서 할 말을 잃은 채 눈만 껌뻑이고 있었다. 준우는 개발실을 빠져나가면서 수현을 향해 살짝 소리를 높여 말을 건넸다.

"안 나옵니까?"

"화나셨나 본데, 빨리 가 봐."

어느새 다가온 찰스가 수현을 재촉하고 있었다. 주위를 둘러보니 모두 그녀가 빨리 준우를 따라 나가 그를 개발실 밖으로, 아니, 이 건물 밖으로 퇴근시켜 주길 바라는 눈길이었다. 수현은 한숨을 내쉬며 하던 일을 정리

한 뒤 개발실을 천천히 빠져나갔다. 한준우 본부장은, 정말 알 수 없는 사람이었다.

준우가 수현을 데리고 간 곳은 동대문이 아니었다. 사실 통보에 가까웠지만, 아침에 한 저녁 약속을 지키려는 건지 그녀를 차에 태워 데려온 곳은 한정식집이었다. 사실 준우는 수현과 어디에서 식사를 하는 것이 좋을지 하루 종일 생각했었다. 이태리 레스토랑은 대개 분위기가 어두워 그녀의 얼굴을 잘 볼 수 없다는 게 마음에 들지 않았고, 뷔페 레스토랑은 서로 음식을 뜨기 바빠 제대로 된 대화를 나누기 어렵다는 게 싫었다. 그래서 생각해 낸 곳이 지난번에 지애, 승원과 함께 식사를 했던 한정식집이었다. 한 방에 마주 앉아 전채 요리부터 디저트까지, 마음만 먹으면 두 시간도 넘게 수현과 함께 있을 수 있다는 사실이 그의 마음을 사로잡았다. 그래서 그녀를 이곳으로 데려온 것이었다. 전채 요리를 먹고 다음 요리를 기다리며 수현이 준우를 향해 조심스럽게 입을 열었다.

"동대문 가신다면서요?"

"가려고 했는데 배 속에서 아우성을 치더라고요. 수현 씨도 마찬가지던데?"

정말 수현의 배 속에서 밥 달라는 원성을 듣기라도 했다는 듯, 준우는 그녀의 배를 가리키며 씨익 웃어 보였다. 그런 준우를 보며 수현은 그가 지시한 샘플을 만드느라 저녁은커녕 점심도 제대로 먹지 못했다는 사실을 기억해 냈다. 병 주고 약 주는 것도 아니고. 그래도 제대로 된 한식은 오랜만이라 수현은 상에서 시선을 뗄 수가 없었다.

"그냥 밥만 먹기 심심한데, 우리 서로한테 궁금한 거 하나씩 물어볼까요?"

뜬금없는 준우의 제안에 수현은 그를 마주 보았다. 그는 궁금한 게 많다는 눈빛이었다. 그 눈빛을 보니, 그가 왠지 대답하기 곤란한 질문을 할 것만 같아 걱정이 되었다. 수현은 준우에게서 시선을 돌려 앞에 놓인 수저를 만지작거렸다. 그녀 나름의 거절의 의미였다.

"수현 씨는 나한테 궁금한 게 없구나. 그럼 나만 물어보면 되겠네."

뭐가 그리도 즐거운지 준우의 입가에선 미소가 떠나지 않았다. 그러고는 정말 수현에게 질문할 거리를 찾고 있는 모양인지 뭔가 곰곰이 생각하는 듯 보였다. 그의 모습을 보며 수현은 조용히 한숨을 내뱉었다. 아무래도 그녀가 먼저 선수를 쳐야 할 것 같았다.

"본부장님은 어떻게 이쪽 일을 시작하셨어요?"

수현의 질문에 준우가 의아한 표정을 지어 보였다. 갑작스럽게 들려온 그녀의 목소리에 놀라 질문의 의도를 파악하지 못한 것 같았다.

"파슨스에서 디자인하셨다면서요?"

"아, 원래 미술을 전공한 건 맞아요. 하지만 의상을 디자인하려던 건 아니었어요."

다음 요리를 서빙하기 위해 종업원이 들어왔지만, 준우는 이야기를 멈추지 않았다.

"자동차를 디자인하고 싶었죠. 캘리포니아 패서디나에 있는 자동차 디자인 학교에 입학해서 부가티의 베이론이나 람보르기니의 레벤톤 같은 슈퍼카를 만들고 싶었어요."

자동차 디자이너라니, 왠지 준우와 어울리는 것 같기도 하다고 수현은 생각했다.

"그런데 형이 부탁하더라고요. 의상 쪽 공부해서 아버지 일 좀 도와드리면 안 되겠느냐고."

준우는 수현의 접시에 음식을 덜어 주며 말을 이어 갔다.

"아버지가 의류업을 하고 계셨거든요. 어렸을 때부터 별다른 고생 없이

여유 있게 자라서 잘 몰랐었는데, 대학에 진학할 무렵에 여러 수입 브랜드가 들어오고, 국내 재벌기업을 등에 업은 신생회사들이 생겨나면서 힘들어지셨나 보더라고요. 당시 형은 아버지를 도와서 경영 쪽 일을 하고 있었는데, 동생인 내가 이왕 디자인을 할 거면 의상 쪽이 좋겠다고 생각했었나 봐요."

수현은 그와 눈을 마주치며 다음 이야기를 기다렸다.

"그래서 파슨스로 간 거였어요. 자동차가 아닌 다른 걸 디자인해야 한다는 사실을 그 당시에는 쉽게 받아들일 수가 없었거든요. 그래서 같은 미국에 있으니까 공부하다 아니다 싶으면 때려치우고 캘리포니아에 있는 자동차 디자인 학교로 도망갈 생각이었죠. 그렇게 불순한 마음으로 시작했지만, 나름 옷 만드는 것도 재밌더라고요. 그래서 계속 공부했어요."

"그럼 드라마나 영화 속 주인공들처럼 파슨스에서 두각을 나타내 우수한 성적으로 졸업하고서 아버님의 회사를 위기에서 구해 낸 건가요?"

준우는 씁쓸한 웃음을 내뱉었다. 정말 그럴 수 있었다면 얼마나 좋았을까, 라는 생각이 머릿속을 파고들었다.

"그 회사는 망했어요."

망했다고 말하는 그의 목소리가 담담하지만 왠지 슬프게 들려왔다.

"파슨스를 졸업하는 데 외부 인턴십까지 5년이 걸리죠. 하지만 아버지 회사는 그만큼 버틸 수 있는 상태가 아니었나 보더라고요. 형이 어떻게든 남의 손에 넘어가는 건 막아 보려고 했었는데, 아버지는 결국 부채를 모두 떠안으시면서 직원들의 고용승계를 보장한 외국계 회사가 내민 계약서에 사인을 하셨어요."

뒤이어 들려온 준우의 말에서 수현은 그 슬픔의 이유를 알게 되었다.

"그리고 결국, 아버지는 그 충격을 견디지 못하셨어요. 내가 졸업도 하기 전에 돌아가셨거든요."

준우는 사실 아무에게도 털어놓지 않은 이야기를 수현에게 하고 있는 중이었다. 그가 왜 패션디자인을 시작했는지, 갑자기 왜 경영 쪽으로 방향을 틀었는지 모두 말하려 하고 있었다. 수현이 자신이 기다려 왔던 사람이라는 것을 알게 된 순간부터, 아니, 어쩌면 훨씬 그 이전부터 그녀는 알게 모르게 준우를 자극하고, 그의 목표에 동기를 부여해 줬던 존재나 다름없었다. 그리고 비록 일방적이었다 하더라도 그녀를 지켜봤던 지난 3년의 짧지 않은 시간들을 통해 그녀에게 친밀감을 가지게 되었다는 것도 그 이유 중 하나일 터였다. 정확한 이유는 알 수 없었지만, 준우에겐 수현이 그 누구보다도 가까운 사이인 것처럼 느껴졌다. 그래서일까? 다른 친구들이 그에 대해 물을 때마다 준우는 건조한 눈빛으로 무시하곤 했었는데 수현에겐 말해 주고 싶었다. 그녀가 그를 향해 내보인 첫 번째 호기심이어서인지, 아니면 준우 자신도 그동안 말하고 싶은 누군가를 기다려 왔던 것인지는 모를 일이었다.

"그래도 학업은 최선을 다해 마쳤어요. 그게 아버지를 위해 할 수 있는 마지막 일인 것 같았거든요. 졸업할 때 3등이었어요. 뭐, 수현 씨가 보기엔 대단치 않을지도 모르지만요."

파슨스는 상위 5등까지만 졸업 작품전을 할 수 있고, 그들은 모두 유명 브랜드로의 취업이 보장된다고 알고 있었다. 수현은 준우가 좋은 자리를 마다하고 경영으로 전공을 바꾼 이유가 궁금해졌다. 그는 다시 씁쓸하게 웃음을 내뱉고는 수현이 궁금해하는 이유를 말해 주기 시작했다.

"그리고 디자인을 관뒀어요. 할 수가 없었어요. 회사가 어렵다는 걸 안 순간, 한국에 남아서 아버질 도와드렸어야 했는데, 그때의 난 자동차를 포기했으니까 내가 집안을 위해 할 수 있는 일은 다 한 거라 생각했었죠. 뉴욕에서 좋아하는 디자인을 하면서 보내 주는 돈으로 어렵지 않게 살았어요. 철이 없었죠. 내세울 수 있는 학력 대신에 아버지 곁에 있었어야 했는

데…… 임종도 못 지킨 불효자가 되어 버렸네요."

그의 이야기를 들으며 수현의 눈가가 살며시 젖어들자, 준우는 그녀를 마주 보며 미소를 지어 주었다.

"그러면서 생각했죠. 디자인도 중요하지만, 그 못지않은 게 비즈니스구나. 다른 학교 졸업생들이나 교수들은 파슨스를 너무나 상업적인 학교라고 비난하지만, 나는 그들이 현명하다고 생각해요. 팔리지 않으면 아무리 훌륭한 디자인이라 해도 세상에 나올 수 없는 거예요. 그래서 경영과 마케팅 쪽으로 방향을 틀었죠."

화제를 바꾸려는 준우를 위해 수현은 다시 장난스럽게 물었다.

"그럼 MBA 수료하시고 다시 돌아오신 이유가 복수 때문이에요? 혹시 아버님 회사를 합병한 원수를 향해 복수의 칼을 갈고 계신 건가요?"

"후훗, 아니라니까요. U어패럴은 개인적인 친분이 있는 회사이기도 하지만, 가장 큰 이유는 연봉을 많이 준다고 해서 온 거예요."

그의 대답에 수현이 시시하다는 듯 입을 삐죽거리며 중얼거렸다.

"역시 현실은 드라마와 다르다니까."

"비슷한 것도 있더라고요."

"……네?"

"예를 들어, 운명의 상대를 만나는 것 같은?"

수현은 가슴이 콩닥콩닥 뛰고 있었다. 왜 그의 눈빛이 자신을 향해 운명의 상대라 손짓하는 것처럼 보이는 것일까.

"그리고 다들 왜 굳이 그 좋은 실력을 외국 브랜드를 위해 쓰려는지 이해가 되지 않았어요. 외국에 나가 있는 디자이너들이 하는 말은 똑같죠. 우리나라는 아직 멀었다. 내가 일하기에 한국의 패션회사들은 수준이 낮다. 하지만 그들이 돌아와 패션 산업을 일으켜야 하는 거잖아요. 외국에서 배운 수준 높은 학문과 노하우들을 국내 현장에 그대로 전해 줘야 발전을 하는 건데 말이죠."

수현은 그의 얘기를 들으며 고개를 끄덕이고 있었다. 준우는 그녀가 생각했던 것보다 훨씬 속이 깊은 사람인 듯 보였다. 그동안 쌓아 왔던 화려한 경력들을 자신의 미래가 아닌, 국내 패션업계의 발전을 위해 써야 한다고 생각하고, 이미 실천에 옮기고 있으니 말이다.

"오늘 본 본부장님은 어제 제가 생각했던 것보다는 좋은 사람이군요."

어제 놓쳐 버린 재봉틀을 떠올리며 수현이 새치름한 표정을 지어 보였다.

"어제 무슨 일이 있었나요?"

수현은 웃음을 터뜨렸다. 정말 모르겠다는 듯 태연하게 물어보는 준우 때문에 어느새 식사 시간이 즐거워지고 있었다. 한 접시에 담아 나오는 음식들을 나눠 먹으면서 이런저런 담소를 나누다 보니 수현은 저도 모르게 그와의 대화가 편하고 재미있다고 느꼈다. 한국에 들어온 후 대화가 통하는 사람과의 식사는 정말 오랜만이었다. 그렇게 천천히 식사를 마치고 디저트를 먹고 있노라니 준우가 빙그레 웃으며 입을 열었다.

"이제 내가 질문할 차례예요."

처음과 달리 준우가 건넬 질문이 별로 부담스럽지 않은 것을 보니, 식사를 하며 주고받은 이야기들로 그와의 거리가 조금은 줄어든 모양이었다.

"수현 씨는 어떤 회사를 만들고 싶어요?"

디자인만 고민해 왔던 수현에게 있어 준우의 질문은 한 번도 생각해 보지 않았던 화제였다.

"수현 씨가 내 자리에 있다면, 어떤 방향으로 회사를 이끌고 싶어요?"

준우가 조금 구체적으로 다시 질문하자 수현은 잠시 생각에 잠겼다. 지금까지는 사람들의 기대나 마감 시간에 쫓겨 자신만의 결과물들을 만들어 내기에만 급급했을 뿐, 어떤 회사를 만들고 싶다는 생각은 해 본 적이 없었

다. 하지만 외국에서 공부하면서 세계적인 브랜드들을 접해 보니, 한국의 패션회사들에 대해 안타까운 점들이 생겨나고 있었다.

"본부장님이 아까 말씀하셨죠? 왜 한국에 들어와 일하지 않는 거냐고. 아무래도 더 좋은 대우와 커리어를 포기하고 들어오는 건 무리가 있을 거예요. 디자인을 하는 사람으로서 세계적인 디자이너들과 함께 일할 수 있는 기회를 포기하고, 사람들이 잘 알지도 못하는 회사에 들어와 일한다는 건 쉽지 않은 선택이잖아요. 그러니까 한국 패션회사들은 좀 더 글로벌한 인지도를 키울 필요가 있다고 생각해요."

"글로벌한 인지도라……."

"U어패럴은 그런 게 부족하잖아요. 뉴욕이나 홍콩 같은 패션 도시에 멀티숍을 낸다든지, 아니면 모두가 주목할 만한 이슈를 만들어 보든지요."

"예를 들면요?"

"가장 쉬운 방법은 세계적인 유명 디자이너들을 영입하는 게 아닐까요?"

수현의 말을 들으며 준우는 가볍게 팔짱을 끼고는 의자에 등을 기대었다. 이어질 그녀의 설명이 궁금하다는 표정이었다.

"국내 굴지의 한 자동차회사는 아우디와 폭스바겐의 디자인 총괄 책임자였던 피터 슈라이어를 영입해 국내 판매량은 물론이거니와 글로벌한 인지도를 얻었어요."

수현은 준우가 이해하기 쉽도록 자동차를 예를 들며 설명을 시작했다.

"또한, 국내 전자회사 중 한 곳은 천문학적인 연봉으로 세계적인 자동차 디자이너인 크리스 뱅글을 영입했죠. 처음엔 전자회사에서 왜 자동차 디자이너를 영입하나 싶었지만, 결국 디자인은 어디서든 통하게 되어 있거든요. 자동차 디자인을 준비했던 본부장님이 의상 쪽으로 방향을 틀었어도 무리가 없었던 것처럼 말이죠. 그리고 뱅글이 어디로 갈 것인지는 뜨거운 감자였어요. 그를 영입함으로써 그 회사는 여러 가지 효과를 본 셈이죠. 뱅글이 선택했다는 화제성과 함께 그가 만들어 낼 다음 제품들에 대한 세계적인 관심을 불러일으켰다고 할까요?"

"하지만 그 자동차회사나 전자회사는 이미 어느 정도 인지도가 있는 회사였잖아요. 그러니까 가능한 얘기가 아닐까요? 마크 제이콥스가 루이비통의 제안을 받아들인 것처럼 말이죠."

"콜라보레이션[16]."

뭔가 떠보는 듯한 준우의 물음에 수현은 평소 구상하고 있었던 생각을 자신 있게 내놓았다.

"9년 전 H&M이 샤넬의 칼 라거펠트와 함께 30여 개의 디자인을 선보였고, 그 제품들은 이틀 만에 완판되었어요. 그 작업이 H&M을 세계적으로 알리는 데 기여했다는 사실은 아무도 부정하지 않을 거예요."

스웨덴에 본사를 둔 H&M은 중저가의 SPA 브랜드[17]이지만, 하이엔드 콜라보레이션[18]으로 유명했다. 세계적인 디자이너인 칼 라거펠트를 시작으로 스텔라 매카트니, 로베르토 카발리, 랑방과 지미 추를 비롯하여 유명 연예인인 마돈나 등과의 협업을 통해 중저가 브랜드의 한계를 뛰어넘어 세계적인 브랜드로 자리하고 있었다.

"U어패럴이라고 해서 안 될 것도 없잖아요. 유명 디자이너들을 스카우트해 올 순 없다고 해도 한 시즌 협업은 가능하지 않을까요? 성사만 된다면 여기 디자이너들에게도 자극이 될 거고, 세계적으로도 주목을 받을 거예요. 그리고 마침 한류가 붐을 일으키고 있으니까 연예인들을 내세워 같이 작업하자고 하면, 디자이너들이 쉽게 허락해 줄지도 모르고요."

---

16. 콜라보레이션(collaboration): 협업(協業)이라는 뜻으로, 패션계에선 서로 다른 브랜드끼리의 작업, 또는 브랜드와 디자이너와의 작업을 의미함.
17. SPA 브랜드(Specialty store retailer of Private label Apparel Brand): 자사의 기획브랜드 상품을 직접 제조하여 유통까지 하는 전문 소매점.
18. 하이엔드 콜라보레이션(high end collaboration): 그 분야 최고의 브랜드나 디자이너와의 협업.

수현의 설명을 들으며 준우는 표현은 하지 못했지만 살짝 놀라고 있었다. 그녀의 생각이 평소 그가 가지고 있던 생각과 너무나 똑같았기 때문이었다. 실제로 준우는 유명 디자이너와의 콜라보레이션을 위한 작업을 비밀리에 논의 중에 있었다. 옷만 잘 만드는 줄 알았더니, 그의 공주님은 패션 시장의 흐름을 정확히 파악하고 있었다. 준우는 괜스레 그녀가 대견스러워졌다.

"확실히 오트쿠튀르는 아니군요."

"⋯⋯무슨?"

"수현 씨는 프레타포르테prêt-à-porter: 기성복 쪽에 가까운데⋯⋯. 그래서 나온 건가?"

준우가 하는 말의 의미를 물어보고 싶지만, 수현은 입을 열 수가 없었다. 어느새 자신을 뚫어지게 바라보고 있는 그의 시선에 사로잡혀 아무 말도 할 수가 없었기 때문이었다. 그리고 어디선가 다시 쿵쾅거리는 자신의 심장 소리가 들려오는 듯하자 수현은 혹시나 준우에게도 이 떨림이 전해질까 봐 그와 단둘이라는 사실이 불편해지기 시작했다.

어색한 분위기를 바꾸기 위해 수현은 마음을 가다듬고 준우를 향해 질문을 던졌다.

"남극을 최초로 정복한 사람이 누군지 아세요?"

갑작스러운 수현의 질문에도 준우는 머뭇거림 없이 대답했다.

"아문센이죠."

"땡! 틀렸습니다."

그녀의 대답에 준우는 살짝 미간을 찌푸렸다. 인류 최초로 남극점에 도달한 사람이 아문센이라는 건 초등학생도 다 아는 이야기이지 않은가. 하지만 아문센은 정말 아니라는 듯, 어떻게 그런 걸 틀릴 수 있느냐는 듯 실망한 표정의 수현을 보니 준우는 자신의 대답이 잘못된 것일 수도 있다는 생각에 혼란스러웠다. 그럼 스콧인가? 아니면 피어리인가? 하지만 뒤이어 나오는 수현의 대답은 정말 의외였다.

"버버리예요."

예상치 못했던 답에 준우가 미심쩍은 표정을 짓자 수현이 피식 웃으며 그 이유를 설명했다.

"아문센과 스콧이 남극점에 먼저 도달하기 위해 경쟁했다는 건 누구나 알고 있는 이야기이고, 아문센이 개썰매를 이용해 스콧보다 먼저 남극을 정복했죠. 하지만 그때, 아문센이 버버리가 만들어 준 방한복을 입고 있었다는 거, 알고 있었어요?"

준우는 정말 몰랐다는 듯 살짝 놀란 표정으로 고개를 가로저었다.

"뒤이어 도착할 라이벌 스콧에게 자신이 왔다 갔다는 증거를 남기기 위해 역시 버버리에서 만들어 줬던 텐트를 두고 가기도 했고요. 그러니까 남극을 정복한 건 버버리가 되는 거죠. 스콧에겐 버버리라는 조력자가 없었으니까요. 그래서 추위를 극복하지 못하고 결국 동사하고 말았잖아요."

수현의 설명을 들으며 준우는 한쪽 눈썹을 치켜올렸다. 얘기가 그렇게 되는 건가?

"그 뒤로도 버버리는 수많은 모험가들과 함께 최초의 기록을 만드는 역사의 현장에 함께 있었다잖아요. 세계 최초로 비행기로 대서양을 횡단했던 사람들도 버버리의 옷을 입고 있었고요."

수현은 보통의 여자들이 버버리에 열광하는 것과는 다른 이유로 흥분하고 있었다.

"토마스 버버리는 비가 많이 오는 영국에서 살았던 만큼 당시 고무로 만들던 레인코트가 무겁고 활동하기 힘들다는 점에 주목했어요. 보다 실용적인 레인코트를 만들고 싶어했죠. 그래서 수많은 연구를 거듭했고, 결국 가벼우면서도 방수 기능과 보온력까지 뛰어난 신소재를 개발했어요. 그것이

바로 세계 최초의 방수원단인 개버딘이잖아요."

버버리의 시그니처 아이템이 된 트렌치코트는 원래 1, 2차 세계 대전에 참여했던 장교들을 위한 방수코트에서 시작된 것이었다. 개버딘으로 만든 군용코트는 군인들의 활동을 편하게 해 주었고, 전쟁이 끝난 후에도 그 인기가 식지 않아 일반인들에게까지 판매를 시작한 것이 그 유래라 할 수 있었다. 대중들의 사랑이 얼마나 뜨거웠으면 버버리란 이름 자체가 트렌치코트를 일컫는 대명사가 되었겠는가.

"저도 그런 디자이너가 되고 싶어요. 제 생각이 단순히 하나의 옷을 만드는 것에서 그치는 게 아니라 나아가 사람들의 생활에 도움이 될 수 있는. 그리고 패션이 그저 사람들의 겉모습을 조금 돋보이게 하는 어떤 유행이기보다는 불가능할 것 같은 사람들의 꿈을 이루는 데 기여할 수 있도록 말이죠. 너무 거창한가요? 물론 제 실력으로는 아직 멀었지만요."

수현이 자신의 생각을 조곤조곤 설명한 뒤 조금은 부끄럽다는 듯 웃자, 준우는 그녀를 처음 만났던 앤트워프에서의 학년 말 패션쇼가 떠올랐다. 컬렉션을 설명하던 3년 전의 당찬 모습과 지금의 모습이 무척이나 닮아 있었다. 수현이 어떤 이유로 학교를 떠난 것인지는 알 수 없다 하더라도, 디자인에 대한 그녀만의 생각을 끌어내 그녀를 자극하고 싶다는 게 준우가 질문을 던진 이유라 할 수 있었다. 하지만 수현의 대답은 그것을 넘어 오히려 준우를 자극하고, 그의 목표를 되짚어 주는 계기가 되어 주었다. 그녀에겐 여전히 그의 마음을 사로잡는 뭔가가 존재했다.

"회사에 있는 동안 해 보고 싶은 건 다 해 봐요."

"네?"

"원단 창고를 통째로 사용해도 좋으니까 만들고 싶은 게 있으면 다 만들어 보고, 하고 싶은 일이 있으면 다 해 봐요."

준우가 아버지에 대한 죄책감 때문에 디자인을 그만둔 것처럼 수현이 앤트워프를 떠난 것에도 분명 이유가 있으리라. 무엇이 그녀를 힘들게 만든 것인지 몹시 궁금했지만, 준우는 서두르지 않기로 했다. 일단 패션회사에서 일하고 있다는 것은 그녀가 이 일을 완전히 포기하진 않았다는 것을 의미했으니까. 지금은 그거면 되었다. 자신의 곁에서 하고 싶은 일들을 하다 보면, 디자인을 다시 시작할 마음이 생길지도 모를 일이었다. 남극을 최초로 정복한 버버리처럼 그녀가 패션 필드를 넘어 꿈꾸는 모든 것을 이룰 수 있도록 그가 도울 생각이었다.

준우의 말을 들으며 수현은 다시 가슴이 콩닥콩닥 뛰는 것을 느꼈다. 그동안 만들고 싶은 것도, 하고 싶은 일도 별로 없다고 생각했었는데 뭔가 알 수 없는 감정이 그녀의 마음속에서 피어나고 있었다.

"벨기에는 추울까요?"

"콜록, 콜록!"

하지만 갑작스럽게 이어진 준우의 질문에 당황한 수현은 과일을 먹다가 사레에 들렸다.

"……그걸 제가 어떻게 알아요?"

새치름하게 되묻는 그녀를 향해 준우는 피식하고 웃음을 지어 보이고는 입을 열었다.

"아니, 그쪽으로 출장을 가야 할 것 같은데 혹시 수현 씨가 아나 싶어서요."

"플랜더스의 개에 나오잖아요. 파트라슈와 네로는 루벤스의 그림 아래서 불쌍하게도 얼어 죽는다고요. 그러니 춥겠죠?"

"앤트워프 대성당, 가 봤어요?"

수현은 콜록콜록하면서 기침을 시작했다. 다시 사레가 든 것이었다. 준우는 어느새 그녀의 옆으로 건너와 등을 두들겨 주며 웃고 있었다. 괜스레 그가 얄미워진 수현은 속으로 통명스럽게 말을 내뱉었다.

'그래, 가 봤다. 대성당뿐인 줄 알아? 루벤스의 집에도 가 봤고, 중앙광장 길드하우스에도 가 봤어. 'MAX'라는 곳에선 맛있는 감자튀김을 팔고, 중앙역 앞에 있는 초콜릿 가게는 예쁜 여자 애들만 아르바이트생으로 쓰지. 그래서 난 항상 그 집에 가서 여자 애들의 치마를 붙들고 다음 쇼에 서 달라고 애원하며 번호를 따곤 했다고! 앤트워프는 내가 더 잘 알거든?'

"이거 마셔요."

따뜻한 차를 건네면서 웃고 있는 준우를 바라보며 수현도 결국은 웃음을 내뱉었다. 저녁 식사 내내 준우는 수현을 향해 다 알고 있다는 눈빛으로 모두 이해한다고 말해 주는 것 같았다. 그는 정말 이상한 사람이었다.

그리고 2주 후, 벨기에로 출장을 갔던 준우는 세계적인 디자이너인 드리스 반 노튼과 콜라보레이션을 위한 구두 계약을 마쳤다는 소식을 전해 왔다. 이익의 일부를 가난한 예술가를 위해 쓰기로 하면서 기업의 마케팅과 사회적인 공익을 연결시켜 세계적으로 화두가 되고 있는 '착한 소비'에도 동참했다. 그리고 수현은 깨달았다. 자신이 준우가 없는 지난 2주 동안 끊임없이 그를 생각하고 있었다는 것을……. 그게 어떤 의미인지 알 순 없었지만, 왠지 그가 보고 싶었다.

패션은 빛나는 동화 속의 세계를 현실로 만들어 주는 것이다
- 빅터 & 롤프

찰칵, 찰칵, 찰칵.

"경준 씨, 입 좀 다물고……."

찰칵, 찰칵.

"그렇지. 좋아, 굿, 아주 좋아. 경준 씨, 시선 4시 방향으로. 웃지 말고."

논현동의 한 스튜디오에서 'Gorgeous'란 콘셉트로 옴므와 뮤즈의 화보 촬영이 진행 중이었다. S/S 시즌의 제품 생산을 위한 퍼스트 샘플 작업이 어느 정도 마무리되자, 이제는 막 시작된 겨울 제품의 홍보를 위한 화보를 준비하는 것이었다. 보통은 브랜드별로 따로 화보를 촬영하지만, 올해부터는 준우의 지시로 옴므와 뮤즈가 한 팀이 되어 화보 촬영을 진행하게 되었다. 옴므의 매장을 방문하는 고객들 대부분이 부인이나 여자친구를 동반한다는 데서 나온 아이디어였다. 함께 방문한 여성 고객들에게 자연스럽게 뮤즈를 노출시키고, 그로 인한 매출 상승을 기대하려는 준우의 전략이었

다.

쿵쾅거리는 음악 소리를 뚫고, 쉴 새 없이 들려오는 카메라의 셔터 소리 속에서 사진작가의 지시 사항들이 추임새처럼 스튜디오에 울려 퍼졌다. 그리고 스튜디오 안의 모든 스태프들이 숨을 죽인 채 지켜보는 가운데 옴므 메인 모델의 단독 촬영이 모두 끝났다.

"좋아. 굿! 의상 체인지해 주시고, 20분 후에 뮤즈의 여성 모델과 함께 촬영 들어갑니다. 준비해 주세요."

다음 촬영을 지시하는 사진작가의 외침에 모두 일사불란하게 움직이기 시작했다. 대기하고 있던 스타일리스트는 다음 의상과 그에 맞는 액세서리, 신발 등을 확인하느라 바빴고, 모델들을 향한 메이크업 아티스트의 손길 역시 분주해졌다. 그리고 사진작가 역시 구석에 놓인 커다란 모니터에 카메라를 연결한 후, 조금 전에 끝낸 촬영 컷들을 확인하기 시작했다.

이번 화보 촬영을 담당한 지애는 중앙에 서서 스튜디오 곳곳을 살펴보고 있었다. 언뜻 보면 전체적인 진행 상황을 꼼꼼히 따져 보는 것 같았지만, 사실 지애는 수현을 살펴보고 있는 중이었다. 수현은 스타일리스트가 촬영 콘셉트에 맞게 요청한 뮤즈의 여러 제품들을 챙겨서 찰스와 함께 이곳에 와 있었다. 그리고 지금 수현과 찰스는 여성 모델에게 입힐 의상과 구두, 액세서리 등을 매치하고 있는 중이었다. 스타일리스트가 마음에 들지 않는다고 하면, 다른 아이템들을 보여 주며 함께 고민하고 있었다. 옴므의 다른 디자이너들은 퍼스트 샘플 작업 후, 생산 수량을 뽑고 원단 소요량을 계산하느라 정신없이 바빴기 때문에 가장 시간이 많은 지애가 화보 촬영 현장에 나와 있었다. 원래 팀장보다는 그 아래에서 실무를 담당하는 사람들이 더 바쁜 법이니까 말이다. 하지만 그렇게 따지면 수현 역시 뮤즈에서 정말 바쁜 사람 중 하나였을 텐데, 막내라는 이유로 촬영에 쓰일 의상과 액세서리들을 들고 이곳까지 와 있었다. 그 모습을 본 지애는 고개를 절레절레 흔들었다. 뮤즈는 아직 멀었다 싶었다.

　몇 주 전, 지애는 이상한 소릴 들었다. 한준우 본부장이 수현을 데리고 외근을 나갔다는 소문이었다. 처음엔 말도 안 되는 얘기라 생각했었다. 준우는 누굴 데리고 다니는 사람이 아니었으니까. 파슨스에서도 그는 혼자 디자인하고, 혼자 작업하는 걸로 유명했다. 누군가와 함께 일하는 걸 별로 좋아하지 않는 사람이었다. 그런데 개발실에 함께 있었다는 앨리스의 디자이너 하나가 투덜거리는 소릴 들으면서 준우가 수현을 데리고 나간 것이 사실이라는 걸 알게 되었다. 그래. 생각해 보면 이상하긴 했다. 품평회 후 소집되었던 첫 번째 회의에서 준우는 전 디자이너들 앞에서 수현의 이름을 부르며 그녀의 의견을 물었다. 그리고 디자인 공모 프레젠테이션 때도 유난히 수현에게 짓궂었던 그가 아니었던가. 찰스 혼자 준비한 PT가 아니라는 걸 알아챘지만 불쾌해하기는커녕, 오히려 재미있다는 듯 질문을 퍼부으며 수현을 더 당황하게 만들어 버렸다. 준우는 마치 수현이 찰스의 뒤에 숨어 공모전에 참여하리라는 걸 알고 있었던 것 같았다. 확실하진 않았지만, 그들 사이엔 분명 뭔가 존재하고 있었다.

　지애는 시계를 들여다보았다. 아마도 그녀의 예상이 맞는다면, 이제 곧 수현을 향한 준우의 마음을 알 수 있게 될 것이었다. 3주간의 출장을 마친 준우는 조금 전 한국에 도착했다. 그는 벨기에에서 드레스 반 노튼과의 콜라보레이션 계약을 따내고, 홍콩과 도쿄에 들러 U어패럴의 멀티숍을 오픈할 자리를 알아본 뒤 오늘 오전 김포공항으로 입국했다. 지애는 방금 전 그와의 통화를 떠올렸다. 준우는 공항에 도착하자마자 각 브랜드 팀장들에게 S/S 제품들의 진행 상황을 묻는 전화를 돌리고 있었다.

　"회사로 바로 갈 거예요?"

　대충 보고를 마친 지애가 그의 다음 스케줄을 물었다.

　- 왜?

"아니, 우리 화보 촬영 중이거든."

― 그런데?

그런데는 무슨. 본부장이라는 사람이 참으로 무관심하시다.

"좀 와서 봐 달라고."

― 회사 가서 회장님께 간단하게 출장 보고만 드리고 집에 들어갈 생각이야. 피곤하다. 화보 촬영은 송 팀장이 알아서 해야지. 무슨 문제 있어?

사실 준우는 일을 맡겨 놓고 왈가왈부하는 사람이 아니었다. 누군가에게 업무를 지시하면, 그것으로 끝이었다. 자신의 판단 아래 적임자라 여겨지는 사람에게 일을 맡겼으면 그저 믿고 지켜보기만 할 뿐이었다. 결과가 나쁘다고 타박하는 스타일도 아니었다. 그의 스타일을 잘 알고 있는 지애 역시 결과가 나오기 전까지는 뭔가를 봐 달라고 얘기한 적이 없었다. 그런데 갑자기 화보 촬영 현장에 와 달라고 조르는 그녀를 준우는 이상하게 생각하는 것 같았다.

"그럼 그렇게 해요. 여긴 승원이도 있고, 뮤즈에서 찰스 주임이랑 여직원도 함께 나왔으니까, 알아서 할게요."

지애는 여직원이란 단어를 조금 더 강조하여 말하며 그의 반응을 기다렸다.

― ……여직원 누구?

"예전 PT 때…… 채수현 씬가?"

수화기 너머 준우는 잠시 침묵했다.

"잘 쉬어요. 내일 봐야겠네."

― ……어딘데?

"논현동 A스튜디오. 피곤하다며?"

― 지나는 길이면, 잠깐 들를게.

김포공항에서 올림픽대로를 달려 성수대교 남단으로 빠져나오면 회사가 있는 압구정이었다. 그런데 준우는 압구정을 지나 두 블록은 더 내려와야 하는 논현동에 들르겠다며 전화를 황급히 끊어 버린 것이었다. 지애는 피식 웃음이 나왔다. 뭔가 준우의 꼬리를 밟은 것 같아서 무척이나 들떴다.

지애는 다시 수현을 물끄러미 바라보기 시작했다. 말갛게 생긴 얼굴이 앳돼 보이면서도 여성스러운 분위기가 엿보였다. 자신을 드러내지 않으려는 것 같았지만 눈에 띄는 스타일이었다. 순간, 지애는 얼굴을 찌푸렸다. 아까부터 유난히 거슬리는 것이 있었는데, 수현을 향한 승원의 친밀함이 바로 그것이었다. 스타일리스트가 수현과 찰스가 가져온 아이템들을 컨펌하며 의논을 마치자, 승원은 이내 그들에게 다가가 특유의 친화력을 보여 주고 있었다. 특히, 수현을 향해서 말이다.

승원이 수현에게 뭐라 얘기하자 재미있다는 듯 그녀가 크게 웃어 댔다. 그리고 여러 벌의 의상을 옮기느라 수현의 어깨에 실밥이 붙었는지, 승원이 이를 하나하나 떼어 주고 있었다. 의상을 정리하던 수현의 긴 머리칼이 흘러내려오자 자신이 가져온 선글라스를 꺼내 헤어밴드인 양 그녀의 머리에 올려 주기까지 했다. 그 모습을 바라보던 지애는 슬며시 짜증이 났다.

"쯧쯧쯧."

그런 지애의 마음을 알아차린 것처럼 누군가 못마땅하다는 듯 혀 차는 소리가 들려왔다. 뒤를 돌아보니 준우였다. 그와 통화를 마친 지 20분도 채 지나지 않았건만 올림픽대로를 아주 사뿐히 지르밟아 주셨던 모양이었다. 지애가 미소를 지으며 인사를 건넸지만, 그런 지애를 쳐다보지도 않은 채 준우는 살짝 미간을 찌푸리며 입을 열었다.

"물고기를 잡아다 줘도 못 먹는 사람은 너밖에 없을 거다."

"무슨 말이야?"

"너는 나한테, 아끼는 동생이자 같은 일을 함께 하는 동료라 말하면서 마음을 보여 주지는 않는다고 불평했지만, 사실 그동안 너만큼 가까이에

둔 XX염색체는 없었어."

그건 지애도 알고 있었다. 그래서 사람들은 가끔 그녀와 준우의 관계를 오해하기도 했었다.

"일도 야무지게 해내고, 디자인에 대한 감각도 좋고, 배려심도 깊고. 여러 가지로 장점이 많은 녀석이긴 하다만 가장 마음에 드는 점은 네가 나를 남자로 보지 않는다는 것이지."

지애는 그가 무슨 말을 하려는 건지 알 수 없었다. 하지만 바로 이어지는 준우의 말을 들으며 그녀는 적잖은 충격을 받았다.

"네 마음속엔 오래 전부터 승원이가 있었으니까. 안 그래?"

지애는 저도 모르게 짧은 한숨을 내뱉었다. 열심히 마음을 감췄다고 생각했는데, 준우의 레이더망을 피해 갈 순 없었던 모양이었다.

"미국에 있겠다는 놈, 힘들게 끌어다 줬는데 왜 진도를 안 빼?"

지애는 그가 승원을 한국에 들어오게 한 이유 중에 자신이 포함되어 있는 줄은 꿈에도 몰랐다. 그동안 준우가 속내를 다 알고 있었다는 것이 조금은 창피해지는 그녀였다.

"승원이랑 뭘 어떻게 하려는 건 아니야."

"뭘 어떻게 하려는 게 아닌데, 9년이 넘는 시간을 바라봤다고? 송지애 팀장, 정말 실망입니다."

심드렁한 말투로 지애에게 계속 말을 건네면서도 시선은 다른 한 곳을 응시하고 있는 준우를 보니, 그의 마음이 어디에 가 있는지 알 것 같았다. 지애는 피식 웃음을 내뱉으며 발끈하듯 대꾸했다.

"본부장님도 정말 실망이야."

준우는 그제야 무슨 의미냐는 듯 지애를 향해 처음으로 시선을 돌렸다.

"나를 위하는 말인 것 같지만 결국 본부장님을 위한 거잖아. 승원이가 수현 씨에게 자꾸 호감을 보이니까 맘에 안 들어서 그러는 거 다 알아. 직접 나서지는 못하겠고, 나더러 치워 달라, 이거 아니야?"
 지애가 승원을 언급하며 장난스럽게 따져 묻자, 준우는 긍정도 부정도 하지 않았다. 그저 가볍게 어깨를 으쓱할 뿐. 그러더니 슬쩍 한쪽 입꼬리를 올려 보였다. 뭐야? 진짜였던 거야? 의심은 했지만 수현을 향한 그의 마음이 사실로 드러나자, 지애는 눈을 크게 뜨고 준우를 바라봤다. 지금은 승원에 대한 마음을 들켰다는 사실보다 수현에 대한 마음을 인정한 준우가 더 놀라웠다.
 "정말이었단 말이지?"
 지애가 확인하려는 듯 다시 물었지만 준우는 그저 고개를 돌려 수현을 바라볼 뿐이었다.
 "수현 씨가 그렇게 매력이 있나?"
 "으음."
 "나보다?"
 "너보다 매력 없는 여자도 있었나?"
 준우가 던진 농담으로 순식간에 세상에서 가장 매력 없는 여자가 되어 버렸지만, 지애는 뭐라 반박할 수가 없었다. 디자인을 그만두고 LVMH그룹에 간다고 했을 때부터 무엇에 쫓기듯 일만 하던 준우였는데, 화보 촬영은 전혀 신경 쓰이지 않는다는 듯 느슨한 얼굴로 농담을 건네는 그의 모습은 정말 낯설었다. 지애는 그저 두 눈을 가늘게 뜨고는 그동안 알고 지냈던 한준우가 맞나 살펴볼 뿐이었다. 그러다 뭔가 못마땅하다는 듯, 준우가 한쪽 눈썹을 슬쩍 들어올리며 미간을 찌푸렸다. 지애가 그를 따라 시선을 돌려보니 촬영을 준비하는 모델들을 향해 수현이 웃고 있는 것이 보였다. 다음 촬영을 위해 의상과 헤어를 바꿔 나타난 모델 모두를 향해 웃고 있는 것이었지만, 준우의 눈에는 남성 모델만 보이는 모양이었다.
 "남성 모델, 누구야?"

"김경준이라고 아이돌 출신 배우인데, 이번에 출연한 드라마가 대박 나서 요즘 핫해."

"핫은 무슨, 저 얼굴로. 요즘 연예인 되기 참 쉽구나."

혼잣말처럼 중얼거리며 내뱉는 준우의 말에서 불쾌한 기색이 엿보였다. 지애는 그런 그를 조금 놀려 줘야겠다고 생각하며 입을 열었다.

"본부장님이 직접 컨택한 배우잖아. 감성을 자극하는 우수에 찬 눈빛이 좋다며? 아이돌 출신이지만 평소에 보이는 진중한 모습도 마음에 들고, 조각 같은 미남은 아니지만 뭔가 사람을 궁금하게 만드는 매력이 보인다며?"

준우는 이제야 기억이 나는지 '내가 그랬나?'라고 시큰둥하게 얘기하곤 어깨를 으쓱했다.

"다른 모델들과 비교해 봐도 분위기가 남다르잖아. 채수현 씨는 아까부터 멋지다고 칭찬하던데? 좋아하는 스타일인가?"

아니나 다를까, 지애의 말을 증명하듯 수현이 남성 모델을 향해 멋지다고 엄지손가락을 들어 보이자 준우의 얼굴이 더 불편해 보였다. 지애는 그런 그를 신기하게 바라보며 말을 이었다.

"그리고 옴므 F/W가 워낙 잘 빠졌잖아. 김경준 씨가 남다른 매력이 있는 것도 맞지만, 우리 의상 때문에 더 돋보이는 것 같아. 옷이 날개라니까. 팀장이 누구신지, 제품 참 잘 뽑았어. 그치?"

지애가 옴므의 F/W 제품에 대해 자화자찬하며 준우의 의견을 묻는 순간, 그의 휴대전화가 울려 댔다. 통화하는 내용을 들어 보니 회장 비서실에서 걸려 온 전화로, 회장이 출장 보고를 듣기 위해 그를 기다리고 있다는 것 같았다.

곧 가겠다는 대답을 건네고 통화를 마친 준우가 잠시 수현을 물끄러미 바라봤다. 그녀는 여전히 그가 온지 모른 채 모델들과 얘기를 나누며 즐거워 보였다. 사람의 마음이란 정말 무서웠다. 예전엔 1년에 한 번씩 얼굴만 봐도 반갑고 좋았는데, 이제는 3주를 못 봤다고 보고 싶어지다니 말이다. 누군가가 보고 싶다는 마음 하나로 달려온 건 이번이 처음이었다. 그런 마음을 주변에 들켜 버린 것도 예전의 준우라면 절대 있을 수 없는 일이었다.

준우는 마치 여자를 마음에 담아 보는 것이 처음인 양 어리숙한 10대처럼 행동하고 있는 자신의 모습이 낯설고 혼란스러웠다. 그렇다고 딱히 싫은 기분도 아니었다. 그저 눈앞에서 왔다 갔다 하고 있는 수현의 모습만 봐도 가슴이 간질거리며 입꼬리가 늘어지는 걸 보면, 그가 그녀를 특별하게 생각하고 있다는 건 확실해진 셈이었다. 하지만 수현의 마음은 고려하지 않은 채 자신만 너무 앞서는 게 아닌가 걱정이 되었다. 준우가 그녀를 지켜봐 왔던 시간에 비해 그녀가 그를 알고 지낸 시간은 얼마 되지 않았으니까. 더구나 과거의 준우를 기억해 내기 전까지 수현에게 그는 그저 회사의 상사 중 하나일 뿐이었다.

준우는 다시 한 번 그녀의 모습을 두 눈에 담았다. 오늘은 수현의 얼굴을 본 것만으로 만족해야 할 듯싶었다. 준우에겐 아직 해야 할 일이 남아 있었고, 그의 보고를 기다리고 있는 사람도 있었다.

"간다. 수고해라."

"수현 씨 안 봐?"

지애의 물음에 대답하지 않은 채 준우가 떠나자 바로 다음 촬영이 시작되었다. 지애도 다시 모델들에게 시선을 고정시키며 촬영에 집중하였다. 그러나 잠시 후 도착한 준우의 문자메시지에 지애는 촬영 중이라는 것도 잊은 채, 스튜디오가 떠나갈 듯 큰 소리로 웃어 댔다.

옴므 F/W 제품, 스타일별로 챙겨서 우리 집으로 보내.

U어패럴의 본부장이면서도 항상 예전에 입던 브랜드의 제품들만 고집

하던 준우였는데, 옴므의 옷을 입고 있던 모델을 향해 멋지다고 외쳐 대던 수현이 신경 쓰이는 모양이었다. 의아해하는 사람들에게 미안하다는 제스처를 취하고도 지애는 한참 동안 웃음을 멈추지 못했다.

화보 촬영이 끝나자 수현은 다시 의상을 챙겨 찰스의 애플그린색 딱정벌레 자동차에 몸을 싣고 회사로 들어가는 중이었다. 폭스바겐의 뉴비틀이라니. 지극히 여성스러운 찰스의 취향은 자동차를 고르는 데도 십분 발휘된 모양이었다.

"발망이 그를 버리다니…… 믿을 수 없어."

찰스는 논현동 골목길을 빠져나오며 고개를 절레절레 흔들어 댔다. 몇 해 전 파워 숄더라는 트렌드를 이끌며 패션계에서 여성의 권위 신장에 큰 역할을 했다고 평가받은 발망의 크리에이티브 디렉터 크리스토퍼 데카르닌이 돌연 발망을 떠나게 된 것이었다.

"5년 동안 발망을 이끌었는데. 클래식하기만 했던 발망에 밀리터리한 감각을 불어넣어 스타일리시하면서도 세련된 워너비 브랜드로 만들었다고. 마니아적인 브랜드를 전 세계적인 브랜드로 발돋움시켰단 말이야. 누가? 크리스토퍼 데카르닌이! 그런데 어떻게 한순간에 내쳐질 수가 있는 거지?"

찰스는 믿을 수 없다는 듯 호들갑스럽게 떠들어 댔다. 수현 역시 얼마 전에 열렸던 유럽 패션위크의 발망 컬렉션에서 그의 모습을 찾아볼 수 없어 이상하다 생각했었다.

"가차없는 패션 필드. 질린다, 질려. 세계적인 트렌드를 이끌어도 더 이상 뽑아낼 것이 없다고 생각하면 내치는 것도 쉽구나."

"아예 사직은 아니라면서요."

"그게 더 잔인하지 않아? 혹시나 싶으니까 일단 묶어 두고 다른 브랜드에는 보내지 않겠다는 거잖아."

건강상의 이유나 컬렉션에 대한 부담 등으로 디자이너들에겐 종종 슬럼프가 찾아오기도 하지만, 누구보다 빠르게 새로운 트렌드를 선보여야 하는 패션계의 현실은 디자이너들의 사정을 마냥 봐줄 수가 없는 모양이었다. 데카르닌이 실패에 대한 두려움으로 컬렉션을 제대로 준비하지 못한다는 루머가 돌긴 했지만, 찰스의 말처럼 발망을 전 세계적인 브랜드로 성장시켜 놓았던 그가 아니었던가. 수현 역시 화려한 패션 필드 이면에 숨겨져 있는 차가운 현실에 다시 한 번 놀라고 있었다.

하지만 사실 수현은 오늘 발망이 데카르닌을 버렸다는 소식보다 찰스에게 훨씬 더 놀랐다. 화보 촬영이 처음이었던 그녀는 모든 게 새로웠고, 특별했다. 포토그래퍼와 스타일리스트 등 각 분야에서 최고라는 사람들이 만나 최상의 결과물을 뽑기 위해 자신들의 에너지를 쏟아 내는 모습을 보는 것은 색다른 경험이었다. 그중에서도 오늘 가장 특별했던 건 찰스였다. 그의 스타일링 감각이 생각보다 뛰어났기 때문이었다.

보통 화보 촬영을 위해 스타일리스트가 콘셉트를 정해 주면, 그에 맞게 각 브랜드에서 여러 아이템을 골라 촬영장으로 가져오게 되어 있었다. 이때, 챙겨 온 아이템들이 스타일리스트가 예상했던 그림과 맞아떨어지면 다행이지만, 그러지 않으면 최악의 경우, 촬영을 미룬 채 근처 매장에서 제품을 다시 구해 와야 하는 불상사가 벌어지기도 했다. 오늘 챙겨 온 뮤즈의 의상과 액세서리, 신발들은 모두 허연심 과장이 골라 준 것이었다. 그런데 결국 촬영에 쓰인 제품은 찰스가 추가로 가져온 것들이었다. 허 과장이 골라 주는 것들이 맘에 들지 않는다며 찰스는 자신의 생각대로 따로 제품을 챙겨 왔었는데, 스타일리스트가 그가 가져온 아이템들을 더 마음에 들어 했던 것이었다. 촬영을 진행한 여성 모델까지도 자신에게 협찬해 줄 수 있느냐며 먼저 물어 왔을 정도였다. 옷이란 건 어떻게 만드느냐도 중요하지만, 그 옷들을 어떻게 매치하느냐도 무시할 수 없었다.

"선배는 왜 디자이너가 되셨어요?"

순간, 수현은 찰스가 어떤 계기로 디자이너가 됐는지 궁금해졌다.

"디자이너가 되겠다는 결심은 없었다. 다만, 디자이너가 된 나를 발견했을 뿐!"

찰스의 오트쿠튀르 디자이너 명언 놀이가 또다시 시작되었다.

"자기, 그 말 몰라?"

수현도 알고 있었다. 프라다를 럭셔리 브랜드로 한 단계 끌어올려 놓은 창업주의 손녀, 미우치아 프라다의 말이라는 걸. 미우치아 프라다는 모두가 가죽으로 가방을 만들 때, 낙하산이나 텐트의 소재인 나일론으로 백팩과 토트백을 만들어 프라다의 중흥기를 이끈 디자이너였다. 그리고 프라다의 세컨드 브랜드인 미우미우는 그녀의 이름을 따서 만든 것이었다.

"패션 가문에서 태어났기에 어느새 디자이너가 되어 있었다는 미우치아 프라다처럼 나도 그랬어."

"패션 가문에서 태어나셨어요?"

"패션잡지를 많이 보는 누나들만 다섯 명이 있었지. 초등학교에 들어가기 전까진 남자도 치마를 입는 건 줄 알았고, 중학교에 들어가기 전까진 인형놀이가 놀이의 전부인 줄 알았어. 그리고 고등학교에 들어가기 전까진 이 세상에 잡지는 패션잡지밖에 없는 줄 알았다니까."

도산대로 사거리를 향해 차를 몰면서 찰스가 툴툴거렸다. 그의 여성스러운 말투나 성향이 어디서 나온 것인지 이제야 알 것 같았다.

"그러다 점점 흥미를 느꼈지. 머릿속으로만 상상하던 것들을 누나들에게 만들어 입혀 보기도 했고. 그런데 내가 감각이 나쁘지가 않더라고. 언제부턴가 누나들도 내가 골라 주는 옷들만 입고 나갔고, 내가 만들어 주는 옷들을 썩 괜찮아 하더라고. 머릿속에만 담아 두었던 디자인을 현실로 펼쳐 보일 때의 그 짜릿함! 마치 동화 속의 세계가 눈앞에서 펼쳐지는 것처럼 흥분되잖아."

 디자이너라면 누구나 머릿속의 이미지를 평면으로 풀어낸 뒤 입체적으로 구성하는 과정을 끊임없이 연구해야 했다. 단순히 상상력이 좋다고 해서 좋은 디자이너인 것도 아니었고, 드로잉을 잘하고 원단을 잘 다룬다고 해서 원하는 결과물이 나오는 것도 아니었다. 여러 가지 방향으로 디자인을 바꾸고, 이것저것 시도해 보면서 자신의 생각과 똑같은 결과물을 만들어 낼 수 있도록 노력해야 하는 것이었다. 그런 노력 끝에 상상 속의 이미지와 딱 맞아떨어지는 완성작이 눈앞에 펼쳐질 때의 그 짜릿함은 세상 무엇과도 바꿀 수가 없는 즐거움이었다. 물론, 생각했던 그대로를 의상으로 표현했다고 해서 모두에게 호평을 받는 것은 아니었지만 말이다.

 "그래서 디자인과를 가신 거예요?"

 "그런 쪽에 감각이 있어 보이니까 누나들이 권하더라고. 그래서 디자이너가 된 거지."

 수현은 찰스가 디자이너보다는 다른 쪽이 더 어울렸을지도 모른다고 생각했다. 패션에 흥미나 재능이 있다고 해서 무조건 디자이너가 되어야 하는 것은 아니지 않은가. 디자이너는 패션 필드에서 찾아볼 수 있는 수많은 직업 중 하나일 뿐, 패션에의 재능을 살릴 수 있는 기회는 여러 가지가 있었다.

 "제가 보기에 선배는 패션 시장의 흐름도 잘 알고 있고, 여러 가지 패션 상식도 해박해서 에디터나 저널리스트도 괜찮았을 것 같아요. 아니면, 의상을 매치하는 스타일링 감각도 남다른 것 같아 보이니 스타일리스트 쪽도 좋았을 것 같아요."

 "디자인과 나와서 스타일리스트나 패션잡지 에디터를 할 수 있나?"

 "어쩌면 더 좋을 수도 있죠. 디자인적 감성을 가지고 있으니까 트렌드를 파악하는 것도 남다르지 않겠어요? 더구나 선배는 오트쿠튀르에 대한 열

정을 가지고 있으니 그런 쪽의 에디터가 되는 것도 나쁘지 않죠. 설마 에디터를 우습게 보는 건 아니겠죠? 안나 윈투어를 보세요. 디자이너들이 벌벌 떨잖아요."

"……안나 윈투어?"

오트쿠튀르 디자이너들에 대해선 그들의 출생부터 모르는 게 없는 사람이 세계적인 패션 에디터이자, 미국 보그의 편집장인 안나 윈투어는 잘 모르는 모양이었다.

"디자이너들이 패션쇼를 열기 위해 만든 의상과 가방을 들고 제일 먼저 찾는 사람. 4대 패션위크도 그녀가 오지 않으면 시작되지 않는다는, 어떤 디자이너이든, 어떤 브랜드든 패션쇼의 가장 좋은 자리는 그녀를 위해 비워 둔다는, 그리고 쇼가 끝나고 그녀가 박수를 쳐야만 진정으로 성공한 컬렉션이라는, 그 유명한 안나 윈투어를 몰라요?"

순간, 찰스는 뭔가 생각이 났다는 듯 핸들을 두 손으로 꽉 잡으며 수현에게 물었다.

"혹시, 악마는 프라다를 입는다?"

"맞아요."

영화 '악마는 프라다를 입는다'의 실제 모델인 안나 윈투어. 자신의 에디터들에게 영화의 홍보를 도우면 모두 해고시킬 거라고 경고한 뒤, 본인은 영화 시사회에 프라다 옷을 휘감고 나타나 화제가 되었던 대단한 배짱의 소유자. 패션계의 대통령이자 비공식 뉴욕 시장이라 불리는 그녀가 파리 컬렉션의 날짜를 맞추기 위해 딸을 유도분만했다는 얘기는 전설처럼 남아 있었다.

"안나 윈투어뿐만 아니라 파리 보그의 전 편집장인 카린 로이펠트 역시 대단했죠. 카린은 그녀의 딸도 에디터로 키우기 위해 파슨스 디자인스쿨을 졸업시켰어요. 에디터가 되기에 디자이너로서의 감성이나 자질이 도움이 된다고 본 거죠."

수현의 얘기를 들으며 찰스는 뭔가 곰곰이 생각하고 있었다. 그녀가 보기에 찰스는 디자이너로서의 창의성이 많이 부족했다. 머릿속에 있는 디자인을 입체적으로 발전시키는 능력에도 한계가 보였다. 하지만 패션계의 기본적인 이론이나 디자인의 역사나 동향, 트렌드를 읽는 눈은 뛰어난 편이었다. 찰스가 이제라도 자신이 잘할 수 있는 일을 찾을 수 있다면, 그를 위해 정말 좋을 것 같다는 생각이 들었다.

"음, 자기 생각은 그렇다는 거지?"

지난 4개월 동안 디자인하는 찰스에게 받았던 감흥보다 오늘 하루 찰스에게 받은 감흥이 몇백 배 더 크다고 말하면, 충격받으려나?

"수현 씨가 생각하기엔 내가 안나 뭐시깽이 같은 세계적인 패션 에디터가 될 것 같다는 거로군. 그럼 수현 씨는 내 비서 해. 해리포터의 다음 시즌을 구해 오라고 하진 않을게. 왜냐하면, 해리포터는 끝났으니까. 하하하하하!"

수현은 고개를 절레절레 흔들었다. 저 바보! 아니, 그에게 진지함을 기대했던 자신이야말로 바보였다. 이게 무슨 얼토당토않은 얘기란 말인가. 디자이너보다는 다른 쪽 일이 나아 보인다는 거였는데, 안나 윈투어를 감히 누구와 동급 취급 하느냔 말이다.

"본부장님 출장에서 돌아오셨으니까 나의 진로를 의논드려 봐야겠다."

"……본부장님 오셨어요?"

"자기는 못 봤구나. 아까 스튜디오에 오셨다가 송 팀장이랑 몇 마디 나누시고는 가시던데."

수현은 도대체 준우가 언제 왔었다는 건지 되짚어 보았지만 도무지 알 수가 없었다.

"피곤한 모습이던데 송 팀장을 만나러 오다니 둘이 각별하긴 한가 봐.

파슨스에서부터 여기까지 함께하는 걸 보면 애인일지도 모르지."

아, 송 팀장을 만나러 온 거였나? 그럼 나는 보지 못한 건가? 송 팀장과는 정말 무슨 사이지? 수현은 괜스레 마음이 불편해지고 있었다.

"유명한 에디터가 되면, 칼 라거펠트도 만날 수 있을까? 자기야, 그럼 나 영어 배워야겠지?"

칼 라거펠트를 만나는 자신의 모습을 머릿속에 그리며 흐뭇해하는 찰스와 준우가 자신에게 인사도 하지 않고 가 버려 우울한 수현이 서로 다른 생각을 하는 사이, 찰스의 딱정벌레는 어느새 회사에 도착해 지하 주차장으로 들어서고 있었다.

다음날 아침, 수현은 허연심 과장, 찰스와 함께 S/S 주력 상품들에 대한 생산 수량을 뽑고 있었다. 상품이 판매된 후 인기가 좋으면 재생산에 들어갈 수 있지만, 고객의 반응을 예상하지 못한 채 무리한 수량을 생산해 낸다면 모두 재고로 이어졌다. 그리고 그것은 곧, 뮤즈의 매출에 직결되는 것이었기 때문에 디자인별, 사이즈별로 생산 수량을 결정하는 것은 매우 중요한 일이었다. 하지만 수현은 회의에 집중하지 못하고 있었다. 준우가 돌아왔다는 소식에 설레는 마음과 서운한 마음이 뒤섞여 머릿속에 자꾸 다른 생각이 파고들었기 때문이었다. 그런데다가 개발실 실장이 급하게 수현을 찾아와 건넨 말이 그녀를 더욱 심란하게 만들었다.

"수현 씨, 큰일 났다."

원래 디자인실까지 잘 오지도 않는 분인데 걱정이 한가득 담긴 얼굴로 수현을 찾아온 실장의 모습에 그녀도 무슨 일인가 싶었다.

"애들 드레스랑 옷 만들어 준 거, 문책당할 것 같아."

"······네?"

"그거 만드느라 썼던 원단들이 모두 앨리스에서 구매 요청했던 거였거든."

수현은 실장이 하는 얘기를 파악하려 애쓰고 있었다. 실장의 손녀딸에게 드레스를 만들어 준 이후, 개발실 직원들이 너도나도 부탁하는 바람에 시간이 날 때마다 이것저것 만들어 주던 수현이었다. 재봉질의 달인, 은영의 딸은 노란 원피스를 갖고 싶어했고, 원단을 나르는 홍철의 아들은 멋쟁이의 필수품인 베스트를 갖고 싶어했었다. 비싼 브랜드의 화려한 옷이 아니더라도 그 아이들은 충분히 행복해했고, 그들에게 수현은 소원을 들어주는 동화 속의 요정 같은 존재였던 것이었다. 그런데 앨리스의 원단을 사용해서 문제가 되었다는 건가? 개발실 원단 창고에 있는 것들은 대부분 잉여 원단이었다. 이미 예전에 생산이 끝나고 남은 것들이라 했었는데, 왜 문제가 되는 것이란 말인가?

"그 원단들, 작년 F/W 샘플 제작 때문에 구입했다가 남은 것들이거든. 앞으로 쓸 일도 없으면서 갑자기 나타나서는 원단이 없어졌다고, 새파랗게 어린것들이 나한테 따지고 드는데……."

실장은 아직도 분이 안 풀린다는 듯 씩씩거리며 말을 이어 갔다.

"근데 더 이상한 건, 수현 씨가 가져다 썼다는 걸 이미 알고 있더라고. 내가 허락했다고 아무리 말해도 듣질 않는 거야. 수현 씨가 마음대로 가져간 거라고 난리들을 치는데, 어떡해야 좋을지 모르겠다."

실장은 자신의 손녀딸과 개발실 직원들을 위한 수현의 행동이 오해를 살까 봐 걱정하고 있었다. 하지만 수현은 자신보다 실장과 개발실 직원들이 더 걱정되었다. 혹여 그녀에게 피해가 갈까 봐 얼마나 노심초사하고 있을지 눈에 선했기 때문이었다.

"일단 다 제가 한 거라고 얘기하세요."

수현은 담담하게 말을 건넸다. 솔직히 옷을 만들어 주겠다고 먼저 나선 것은 그녀였으니, 책임을 져야 한다면 그녀가 질 것이었다. 걱정하지 말라

며 실장을 달래 개발실로 돌려보내는 데 30분도 넘게 걸렸다. 하지만 결국 앨리스 팀이 뮤즈의 디자인실 문을 열고 들이닥쳤다. 팀장을 제외한 모두가 온 것인지 꽤 많은 수의 디자이너들이 몰려들었다.

"그 새틴이랑 레이스가 얼마나 비싼 건지 알아요? 계약직 주제에 원단실을 마구 드나드는 것도 이해가 안 되고, 자기 맘대로 가져다 쓰는 것도 이해가 안 되네."

"그게 동대문 스타일인가 보지."

앨리스 팀이 비아냥거리며 대화를 주고받자 찰스가 화를 내며 일어섰다.

"아니, 수현 씨가 그걸로 나쁜 일 한 것도 아니고 아이들 옷 만들어 준 건데, 너무 심하신 거 아닙니까?"

상황을 모두 들은 찰스가 수현을 두둔하고 나서자 앨리스 팀의 공격이 찰스에게로 향했다.

"그 원단이 채수현 씨 거예요? 아니잖아요. 그럼 도둑질이지."

"도둑질? 지금 말 다 했어요?"

"PT 때 디자인도 나눠 갖더니, 찰스 주임은 동대문이랑 무슨 사이라도 되나 봐. 감싸는 것 좀 봐."

그녀들은 찰스를 향해 눈을 흘기며 빈정대고 있었다. 하지만 찰스는 굽히지 않고 다시 입을 열었다.

"어차피 남는 거잖아요. 남는 원단은 왜 그렇게 많은지. 앨리스 팀은 원단 소요량도 제대로 못 뽑나 보죠?"

"그건 매출 꼴찌 팀이 따질 문제는 아니지 싶은데요? 그래도 우린 적자는 안 내거든요."

"웃겨, 정말! 몇 년째 회사 매출은 다 말아먹고 있으면서 어디서 큰소리야?"

앨리스 팀의 디자이너들은 점점 심하게 말하고 있었다. 허연심 과장과 이시영 대리는 끼고 싶지 않다는 듯 자리를 박차고 나갔고, 찰스는 흥분해서 말을 잇지 못하고 있었다. 수현은 갑자기 일어난 이 일을 어떻게 마무리해야 개발실에 피해가 가지 않을지 고민하는 중이었다.

이렇게 끝이 보이지 않는 어수선한 사태를 정리한 건 서 팀장이었다. 외근을 다녀온 서 팀장이 디자인실로 들어오자, 그래도 서 팀장 앞에서까지 소란을 피울 순 없었던 모양인지 앨리스의 디자이너들은 꿀 먹은 벙어리처럼 갑자기 조용해졌다.

"우리 팀 직원이 실수한 거니까 그 원단은 우리 팀이 앨리스에서 구매한 걸로 하고 비용 정산해."

자초지종을 들은 서 팀장이 입을 열었다. 앨리스 팀의 원단을 사용한 게 문제가 된다면, 뮤즈가 그 원단을 구입하는 걸로 해결하자는 것이었다.

"그렇게 쉽게는 안 되죠. 저희 팀장님이 본부장님께 보고드릴 거예요. 그런 줄 아세요."

앨리스의 안 과장이 서 팀장의 제안을 가볍게 무시하며 톡 쏘아붙인 뒤, 나머지 디자이너들을 끌고 나갔다. 그제야 사무실이 조용해졌지만 번갈아 가며 내쉬는 서 팀장과 찰스의 한숨 소리가 수현의 마음을 무겁게 만들고 있었다.

앨리스 팀의 말처럼 일은 쉽게 마무리되지 않았다. 개발실 직원들이 일제히 나서서 수현을 감싸 주었지만, 이미 수현의 이야기가 전 사원들에게 퍼진 모양이었다. 그것도 수현의 입장은 전혀 배려하지 않은 채 말이다. 오가며 만나는 직원들마다 수현을 향해 수군거렸다. 원단실에 자물쇠를 걸어야 한다는 얘기도 들려왔고, CCTV를 설치하자는 직원도 있었다. 계약직이라도 함부로 뽑으면 안 된다고 말하는 이들도 여럿이었다. 수현은 화가 나긴 했지만 침착하게 행동하고 있었다. 원단을 쓰는 데도 절차가 있는데,

실장의 말만 듣고 이를 무시한 것은 부인할 수 없는 사실이었고, 혹여나 자신이 일을 크게 만들어 개발실에 피해가 갈까 조심스러웠다.

하지만 오후가 되자 조용해졌다. 못마땅해하는 표정들은 여전했지만, 수현을 향해 비난하는 사람들은 더 이상 없었다. 마치 아무 일도 없었다는 듯 회사가 돌아가고 있었다. 그리고 수현은 서 팀장에게 불려 가서야 그 이유를 알게 되었다.

"사람들이 더 이상 뭐라고 하지 않을 거야."

수현이 의아한 눈빛으로 바라보자, 서 팀장 역시 의심스러운 눈빛으로 그녀에게 물었다.

"본부장님이 허락하신 거라며? 개발실에 남는 원단 써도 좋다고."

수현은 머릿속이 복잡해졌다. 결국 한준우 본부장이 이 모든 일을 알게 되었고, 해결도 그가 해 주었다는 말인가?

"너는 그런 얘길 아까 했었어야지, 그게 뭐니? 앨리스 애들한테 도둑년 소리까지 들어 가면서. 아니 아니, 그 전에 직원 아이들 옷 좀 만들어 줬다고 말을 했어야지. 나만 몰랐잖아. 앨리스 애들도 다 알고, 본부장님도 다 아는 사실을 왜 네 팀장인 나만 몰라야 하니?"

사실 수현은 그게 이상했다. 거의 모든 직원이 퇴근한 후에 작업을 진행했기 때문에 그녀가 옷을 만드는 모습을 본 사람은 없었다. 가장 가까운 찰스도 모르는 일이었는데, 어떻게 앨리스 팀에게까지 얘기가 들어가게 된 것인지 알 수가 없었다. 오전에 실장님도 얘기하지 않았는가? 그들이 처음부터 수현이라는 걸 알고 있었다고 말이다. 서 팀장의 한숨이 계속되자 수현은 그녀를 향해 미안한 마음이 들었다. 일이 어찌 되었든 간에 자신 때문에 서 팀장이 후배 디자이너들에게 수모를 당한 건 분명한 사실이었다.

"죄송합니다."

수현의 사과에 서 팀장은 다시 한숨을 내쉬었다.

"본부장님이 팀장들에게 더 이상 문제삼지 말라고 마무리해 주셨으니까 인사드리고 일찍 퇴근해. 너도 힘들었겠지만, 오늘은 더 있어 봤자 시끄럽기만 할 것 같다."

말을 끝낸 서 팀장이 수현에게 나가 보라고 지시했다. 그녀에게 고개를 숙여 인사한 수현은 주섬주섬 짐을 싸 들고 안쓰러워하는 찰스를 뒤로 한 채, 사무실을 빠져나왔다. 그리고 몇 번의 고민 끝에 본부장실로 향했다. 자신이 뭔가 문제를 일으킨 것 같아 준우를 보기 창피했지만, 오늘이 지나면 얼굴을 마주하기가 더 힘들어질 것 같았다. 더구나 서 팀장의 말대로 그가 오늘 일을 마무리해 준 거라면, 인사 정도는 해야 할 것 같았다. 천천히 걸음을 옮겨 디자인실보다 한 층 위에 있는 본부장실에 도착한 수현은 마음만큼 무거운 손놀림으로 노크를 했다. 그러고는 문을 열고 안으로 들어갔다. 처음 와 본 본부장실을 둘러보니 수현은 준우가 회사에서 얼마나 높은 사람인지 실감이 났다.

"본부장님 좀 뵐 수 있을까요? 디자인 1팀의 채수현입니다."

'민진선 과장'이라는 명패 뒤에 앉아 있는 비서인 듯한 여자는 나이가 많아 보였다. 그녀는 수현을 향해 따뜻한 미소를 보여 준 뒤 앞에 놓인 수화기를 들고는 입을 열었다.

"본부장님, 디자인 1팀의 채수현 씨가…… 네, 알겠습니다."

준우에게 인터폰으로 수현의 도착을 알린 모양이었다.

"들어가 보세요."

수현은 민 과장을 향해 살짝 고개를 숙여 보인 후 본부장실 문을 열고 들어섰다. 준우가 기다리고 있었다는 듯 자리에서 일어나 활짝 웃으며 수현을 맞이했다.

"우리 오랜만이죠?"

얼핏 눈에 들어오는 그의 사무실은 심플하면서도 세련되어 보였다. 창

밖으로 성수대교와 한강이 보이자 수현의 답답했던 마음이 조금씩 풀리는 것 같았다.

"네, 안녕하세요."

"앉아요. 커피 할까요?"

수현이 대답 대신 고개를 살짝 끄덕이자, 준우는 그녀에게 푹신해 보이는 가죽 소파를 가리키며 앉으라고 권했다. 그러고는 이내 에스프레소 머신 쪽으로 걸음을 옮겼다. 그는 사무실 안에 머신을 들여놓고 손님들에게 직접 커피를 대접하는 모양이었다.

"민 과장님이 커피를 하루에 두 잔 이상 못 마시게 하셔서 잔소리 듣기 싫어서 사무실에 들여놨어요."

준우는 민 과장의 잔소리가 듣기 싫다 투덜거리고 있었지만, 수현은 그가 아마 자신보다 훨씬 나이 많은 비서에게 커피 심부름까지 시킬 순 없었을 것이라 생각했다. 그에 대해 아는 게 많지는 않았지만, 회사 내 누구보다도 개발실 실장님에게 예의를 다한다는 얘기를 종종 들었기 때문에 민 과장님에게도 그만큼 따뜻한 사람일 것이라는 생각이 그녀의 머릿속을 채우고 있었다.

"죄송합니다."

준우가 커피를 내려놓고 수현의 맞은편에 자리하자 그녀는 조심스럽게 사과의 말을 건넸다.

"뭐가요?"

"개발실 원단, 제가 마음대로 가져다 쓴 거 맞아요. 본부장님은 모르셨던 거였잖아요."

"내가 그러라고 했잖아요."

으음? 언제? 준우의 말을 들으며 수현은 살짝 미간을 찌푸렸다.

"이 회사에 있는 동안 만들고 싶은 거 다 만들어 보고, 해 보고 싶은 거다 해 보라고 말했잖아요. 안 그래요?"

준우가 그런 말을 했었나? 수현은 잘 기억이 나지 않았다.

"원단 창고 통째로 사용해도 좋다고 했었잖아요."

아, 수현은 그제야 생각이 났다. 지난번 한정식집에서 그 비슷한 말을 들었던 것 같았다. 그때는 그저 자신을 격려해 주는 말인 줄 알고 가볍게 넘겼었다.

"하지만 그건……"

"왜요? 그건 수현 씨가 드레스를 만들고 난 후에 얘기한 거라 문제가 되는 거예요? 그럼 시말서 한 장 쓰고 감봉조치 할까요?"

수현은 어안이 벙벙한 표정으로 고개를 가로저었다. 그 모습에 준우는 싱긋 웃으며 말을 이었다.

"이제 됐죠? 수현 씨는 내 말대로 한 거잖아요. 그런데 왜 사과해요?"

참으로 간단하게 사건을 마무리짓는 준우였다.

"속세를 떠난 은둔자는 수현 씨였어요. 그렇죠? 아, 걱정 말아요. 수현 씨의 실력은 당분간 모르는 척해 줄 테니까."

수현은 혼란스러웠다. 준우는 마치 그녀의 모든 것을 알고 있는 사람 같았다.

"그런데 왜 이렇게 풀이 죽어 있는 거예요?"

부드러운 준우의 목소리가 수현의 복잡한 마음속으로 파고들어왔다.

"버버리처럼 역사에 기록을 남겨 대한민국의 문화유산이 될 브랜드를 만들고 싶다는 사람이 이상한 나라의 앨리스에게 공격 좀 받았다고 기가 죽어서야 되겠어요?"

준우의 너스레를 들으며 수현의 마음이 조금씩 풀리고 있었다. 정말 이상한 사람은 한준우 본부장이었다. 그와 얘길 나누다 보면 복잡했던 문제는 사라지고, 어느새 웃고 있는 자신을 발견하곤 했다. 준우는 정말 자신의

모든 걸 이해해 주는 것 같았다. 수현은 그와 눈을 맞추며 감사의 인사를 건넸다.

"고맙습니다."

"고마우면, 우리 두 번째 데이트 할래요?"

그는 정말 엉뚱하기까지 했다. 이 상황에 뜬금없이 웬 데이트란 말인가?

"저번에 못 가 본 동대문이나 가 봅시다."

"……거긴 왜요?"

"후훗, 우리 회사 부자재로는 아이들 옷 만들기 힘들지 않아요?"

수현은 이제 놀랍지도 않았다. 저 남자는 자신에 대해 정말 모르는 게 없는 모양이었다.

"미래의 잠재 고객들에게 U어패럴에서 만드는 옷이 허술하다고 소문나면 안 되잖아요. 이제부터라도 만들 거면 제대로 만들어 주자고요. 그래서 수현 씨, 회사에 있어 봤자 시끄러울 것 같다고, 오늘 일찍 퇴근시키라고 했는데……. 잘했죠?"

그럼 그렇지. 서 팀장이 무슨 배려의 바람이 불어 그녀를 일찍 퇴근시키나 했는데, 이 모든 것이 준우의 지시였던 모양이었다. 어깨를 으쓱하며 그녀의 칭찬을 기다리는 준우를 보며 결국 수현도 웃음을 내뱉었다. 도저히 그를 당해 낼 수가 없었다.

결국 수현은 준우의 손에 이끌려 동대문 종합시장으로 향했다. 그곳은 서울에서 각종 원단과 액세서리, 의류 부자재들을 구할 수 있는 가장 큰 시장이라 할 수 있었다. A동의 3, 4층에 위치한 원단 가게들을 둘러본 뒤, 그들은 레이스와 단추, 각종 부자재들을 파는 5층으로 올라갔다. 준우는 수현이 이끄는 대로 따라다닐 뿐, 따로 가 보고 싶은 곳은 없는 모양이었다.

그녀가 이것저것 살펴볼 땐 큰 보따리를 들고 다니는 택배기사들에게 부딪치지 않도록 팔을 뻗어 막아 주었고, 소매는 취급 안 한다고 수현을 타박하는 상인들에겐 U어패럴에서 나왔다면서 자신의 명함을 건네주었다. 수현은 준우의 배려가 당황스러우면서도 마음 한구석이 설레었다. 그리고 시간이 흐를수록 그와 함께 있는 것이 편안하기까지 했다. 어느새 수현은 회사에서 있었던 일을 모두 잊은 채, 준우와 소소한 얘기들을 나누면서 가게들을 둘러보고 있었다.

"레이스가 맘에 안 들어요?"

수현이 마지막으로 들른 곳은 레이스를 파는 가게였다. 아이들이 좋아할 만한 동물 모양의 단추도 구입했고, 스팽글이 박힌 리본들도 구입했다. 하지만 레이스는 마음에 드는 것이 없었다. 그녀가 원했던 것보다 단편적인 무늬들이 많았고, 너비도 적당하지 않아 보였다.

"기계로 만들어진 것들은 별다른 게 없네요. 너비도 너무 좁아요."

"그럼 벨기에나 다녀올까요?"

수현은 벨기에를 언급하는 준우의 말에 깜짝 놀라 그를 올려다보았다. 하지만 놀란 그녀와는 다르게 태연한 표정으로 준우가 말을 건넸다.

"레이스는 거기가 최고잖아요."

사실 그랬다. 벨기에의 레이스는 세계 최고였다. 도시 어디를 가도 레이스를 직접 만들 수 있는 센터들이 자리하고 있었고, 브뤼셀에는 레이스 박물관도 있었다. 그 중 앤트워프 레이스는 벨기에 레이스의 시작이었다. 앤트워프의 레이스는 보빈이라는 도구에 실을 감아 교차시켜 만드는 보빈 레이스와 천 위에 도안을 붙여 실을 꿴 바늘로 그 무늬를 따라 만드는 니들 포인트 레이스로 나눌 수 있었다. 특히, 과거 프랑스의 황후를 위해 600명의 여성이 9만 개의 보빈을 사용해 10개월 동안 만들었다는 가운 이야기는 아직까지도 사람들의 입에 오르내리고 있었다. 그런 고급스러운 레이스만

접했던 수현이었으니 기계로 만든 이곳의 레이스가 눈에 차지 않는 것은 당연한 일이리라. 준우가 앤트워프 얘기를 할 때마다 수현의 심장은 빠르게 뛰어 대고 있었다. 정말 가끔은 그가 자신에 대해 모든 걸 알고 있는 게 아닌가 싶기도 했다. 하지만 이내 수현은 그럴 리가 없다고 생각했다.

대충 필요한 것들을 둘러본 뒤, 수현과 준우는 청계천을 걷기 시작했다. 노을이 지면서 어두워지자 청계천은 예쁜 불빛들로 아기자기한 모습을 뽐내고 있었다.

"나 잘했다고 칭찬 안 해 줘요?"

오간수교 아래를 지나 새벽다리 쪽으로 걷던 준우는 갑자기 수현을 향해 몸을 돌리며 입을 열었다. 수현이 뭘 또 잘했다고 칭찬해야 하는 건지 의아한 눈빛으로 준우를 바라보자, 그가 피식 웃으며 대답을 대신했다.

"콜라보레이션."

준우는 드리스 반 노튼과의 콜라보레이션을 얘기하는 모양이었다. 하지만 수현은 자신이 칭찬할 게 뭐가 있을까 싶었다. 그녀의 이야기를 듣고 성사시킨 일이 아니라는 것쯤은 이미 알고 있었으니까.

"제가 얘기하기 전부터 계획된 거였잖아요."

"들켰네."

"하지만 가난한 예술가들과 이익의 일부를 나누는 건 바람직한 것 같아요. 탐스도 신발 한 켤레가 팔리면, 신발 없이 살아가는 빈민국 아이들에게 한 켤레를 선물하는 일대일 기부를 하고 있잖아요. 그게 아마 탐스를 세계적으로 알리는 데 크게 기여했을 거라 생각해요."

"사실, 패션업계들은 비건vegan 패션이라고 해서 동물을 학대하지 않는, 패션에도 채식주의가 필요하다고 얘기하죠. 스텔라 매카트니만 봐도 어떤 동물 제품도 사용하지 않는 에코 패션을 부르짖고 있지만, 사실 현실에선 쉽지 않아요. 동물의 가죽이나 강제로 오리의 가슴 털을 뽑아야 하는 다운down이나 살아 있는 누에를 뜨겁게 달구거나 쪄 내서 뽑아내는 실크를 대신할 대체 소재들이 많이 발명되고 있지만, 고급화를 요구하는 소비자들이 있는 한 천연소재들을 사용하지 않을 순 없는 거죠."

"칼 라거펠트처럼 모피를 찬양하는 디자이너들도 많이 있고요."

"맞아요. 예전에 밀라노 패션위크에 가서 펜디의 F/W 컬렉션을 보고 왔는데, 온통 모피를 사용했더라고요. 칼 라거펠트가 모피를 여러 소재들과 믹스매치해 '신화'라는 주제 아래 표현했다는데, 정말 대단했어요."

찰스의 영웅인 칼 라거펠트는 샤넬의 수석 디자이너이면서 펜디의 책임 디자이너로, 현재 펜디 사의 로고를 탄생시킨 장본인이었다. 그의 모피 사랑은 알 만한 사람들은 다 아는 이야기였고, 실제로 그는 펜디의 모피 라인을 주도적으로 이끌고 있었다. 하지만 얼마 전 서울에서 열렸던 펜디의 F/W 컬렉션에선 많은 모피 제품들을 선보이면서 동물애호가 단체와 환경 단체들의 거센 항의를 받기도 했었다.

"어쨌든 윤리적인 소비를 이끌어야 한다는 것이 앞으로 패션계의 숙제가 될 거예요."

따뜻한 눈빛과 함께 나지막이 내뱉는 준우의 목소리가 수현의 가슴을 두드리자, 그녀는 자신이 지난 3주 동안 그를 그리워했었다는 걸 깨달았다. 그와 얘기를 나눌 수 있는 이런 시간을 기다렸고, 그가 자신에게 해 줄 따뜻한 말들을 기대했다. 그리고 그로 인해 설레는 감정을 다시 느껴 보고 싶어했던 것 같았다. 순간, 수현은 당황스러웠다. 한국에서 누군가를 만나는 건 자신의 계획에 없던 일이었다. 더구나 자신을 향한 그의 마음이 어떤 것인지 확신할 수도 없지 않은가. 수현은 일단 집으로 가야겠다고 마음먹었다. 그가 옆에 있는 한 제대로 된 생각을 할 수가 없을 것 같았다.

"오늘 감사했어요."

"여기서 헤어지자고요?"

"……네?"

"수현 씨 집에 데려다 주려고 차 안 가져온 건데."

지난번 눈이 오던 날, 수현의 집 앞까지는 차로 올라가기 힘들다는 말을 듣고 아쉬워했던 준우였다. 그래서 오늘은 아예 작정을 하고 차를 회사에 놓고 온 모양인지 압구정에서 동대문까지 택시를 타고 온 그들이었다.

"갑시다. 이태원역 맞죠?"

"아니에요. 혼자 갈게요."

다급하게 외치는 수현의 목소리에서 뭔가 불편함이 느껴졌다. 그런 그녀를 바라보며 준우는 속으로 한숨을 내쉬었다. 사실 그는 그녀가 겪었던 모든 일들이 안타까웠다. 앨리스 팀의 디자이너들이 얼마나 드센지 그도 잘 알고 있었다. 뮤즈의 여직원들이 능력 있는 수현을 못마땅해한다는 것도 알고 있었다. 수현이 자신의 회사에서 무시당하며 일하고 있다는 사실에 준우는 마음이 좋지 않았다. 그의 마음이 그러하니, 당사자인 수현은 더할 것이었다.

더구나 본모습을 감춘 채 조용히 있고 싶어했던 수현의 계획을 눈치 챘으면서도 그녀의 실력을 회사 내에 드러낸 사람은 바로 준우, 자신이었지 않은가. 그는 자신의 행동을 후회하는 것은 아니었지만, 그녀가 지금 겪고 있는 곤란한 상황에 어느 정도는 책임감을 느끼고 있었다. 하여, 그동안의 일은 모두 잊은 채 짧은 시간 동안이라도 즐겁게 보냈으면 하는 마음에 동대문을 핑계로 함께 나온 참이었다. 그녀를 즐겁게 만들어 주고 싶었던 마음과는 다르게, 자신만 즐거웠던 건가 싶어서 준우의 마음속에 서걱거리는 감정이 생겨나고 있었다. 어쨌든 오늘은 여기까지인 모양이었다.

"아, 이거 받아요."

"……뭐예요?"

"남자가 출장 갔다가 빈손으로 돌아오면 안 되는 거예요."

준우가 가방에서 꺼내 수현에게 건넨 것은 조그만 초콜릿 상자였다. 보통의 한국 사람들이라면 몰랐겠지만, 앤트워프 사람이라면 다들 알고 있는 G.Bastin 초콜릿이었다. 세계적인 명성을 지닌 초콜릿 상점은 아니었지만, 앤트워프 사람들이 대를 이어 직접 만드는 품질 좋은 초콜릿 가게로 수현도 즐겨 찾던 곳이었다.

"……저한테 왜 이렇게 잘해 주세요?"

결국 수현은 묻고 말았다. 자신을 향한 그의 마음을 알고 싶었다.

"잘해 주고 싶으니까요."

용기를 내서 던진 질문이었지만, 준우의 대답은 너무나 쉽게 나왔다.

"……왜요?"

"그 이유를 지금 알아보고 있는 중이에요."

알아보고 있다고 말하는 준우의 눈빛은 이미 답을 알고 있다고 말하는 것 같았다.

"수현 씨는 내가 싫어요?"

"……그런 건 아니고요."

"아하, 그럼 수현 씨는 나를 좋아하는구나."

눈 오던 날 아침과 비슷한 흑백 논리가 또다시 그의 입에서 나왔다.

"싫지 않으면 좋은 거예요. 아직 그런 것도 몰랐어요?"

어린애 같은 주장이었지만 수현은 그에게 마음을 들킨 것 같아 살짝 당황스러웠다. 준우의 말을 들으며 수현은 가슴이 두근거렸고, 머릿속은 더욱 복잡해지고 있었다.

"S/S 제품의 생산 수량, 모두 결정 났나요?"

두근거리는 그녀의 마음은 모르겠다는 듯 준우가 갑작스럽게 일의 진행 상황을 물어보자, 수현은 살짝 미간을 찌푸렸다. 그가 무슨 말을 하려는 건지 알 수가 없었다.

"뭐, 대충요."

"원단 소요량은요?"

"아마 다음 주엔 마무리가 될 거고, 본 생산에 들어갈 수 있을 거예요."

"그럼 바쁜 일은 끝난 거죠?"

"일단은요."

"수현 씨가 없어도 제품 생산엔 아무 문제가 없는 거죠?"

계속되는 준우의 질문에 수현이 의아한 눈빛을 보내자, 그가 다시 물었다.

"다다음 주는 스케줄이 어때요?"

"네?"

"시간 비워 둬요."

수현이 오늘 있었던 원단 사건을 완전히 잊어버리는 게 준우의 바람이었다면 성공이었다. 준우가 잡아 준 택시에 올라타 그가 기사에게 차비를 건네며 이태원역을 외쳤을 때도 수현의 머릿속은 오로지 다다음 주에 시간을 비워 두라는 그의 말로 가득 차 있었다. 잠을 잘 때도 마찬가지였고, 다음 날, 그 다음 날 출근할 때도 마찬가지였다. 바쁘게 일을 마무리하는 동안 틈이 날 때마다 수현은 저도 모르게 준우를 떠올리며, 끊임없이 그의 말을 되새기고 있었다.

'다다음 주 언제를 비워 두라는 거지? 생산 수량은 다 결정되었으니까, 다음 주도 괜찮은데…….'

그렇게 2주가 흘러가고 있었다.

자기 고집을 꺾을 줄 알아야 진정한 디자이너다
- 칼 라거펠트

    2주 후, 인천공항.

  벨기에가 낳은 세계적인 디자이너 드리스 반 노튼과 뮤즈의 콜라보레이션을 위한 어시스턴트 디자이너로 뽑힌 수현은 준우와 함께 프랑스 파리로 향하는 비행기의 탑승을 기다리는 중이었다. 드리스 반 노튼의 아틀리에가 있는 앤트워프로 가기 위해 열두 시간의 비행을 거쳐 파리에 도착, 파리에서 다시 벨기에로 향하는 여정이었다. 한국에는 벨기에로 들어가는 직항이 아직까지 취항하지 않았기 때문에 그곳에 가기 위해선 런던이나 파리, 암스테르담 같은 유럽의 대도시에서 열차나 유럽 항공기로 갈아타야 했는데, 그들이 선택했던 경유지는 사랑을 부르는 낭만의 도시 파리였다.

  뮤즈와 드리스 반 노튼의 만남은 뮤즈를 살리기 위한 준우의 기획이었다. 이미 패션 시장에서 고립된 뮤즈에 드리스 반 노튼이라는 명성을 입히고, 리미티드 에디션이라는 희소성을 내세워 소비자의 관심과 시장의 반응

을 끌어내 브랜드를 리뉴얼시켜 판매량에 기여하려는 목적이 있었다. 처음엔 이사회의 반대도 적지 않았다. 왜 굳이 그 좋은 기회를 이미 죽은 브랜드나 다름없는 뮤즈에 주려 하느냐는 반대의 목소리가 높았었다. 하지만 준우는 드리스 반 노튼의 에스닉한 고급스러움을 접목시킬 브랜드로는 뮤즈가 제격이라 판단했다. 복잡하면서도 화려한 프린트로 심플한 고급스러움을 나타내는 그의 믿을 수 없는 감성은 클래식하면서도 트렌디한 스타일을 선호하는 뮤즈의 타깃인 2, 30대 전문직 여성들의 마음을 사로잡을 것이 분명해 보였다. 또한 이번 기회를 잘 활용한다면, 뮤즈는 다시 한 번 U어패럴의 대표 브랜드로 성장할 수 있는 발판을 마련할 수도 있을 것이라고 판단했다.

그리고 그 작업을 위한 뮤즈 쪽 디자이너로 수현이 결정되자, 준우는 또다시 반대에 부딪쳤다. 특히 디자인 1팀은 발칵 뒤집혔다. 그들이 생각할 때 수현은 고작 고등학교 졸업이 학력의 전부인 계약직 직원일 뿐이었다. 뮤즈에서 일한 지 반년도 지나지 않은 풋내기에게 어떻게 이런 큰일을 맡길 수 있느냐며 불만이 빗발쳤었다.

"말도 안 돼요."

특히나 이시영 대리는 기막히다는 듯 펄쩍 뛰었다.

"정직원도 아니고 계약직인데, 더구나 이쪽 일에 경험도 별로 없는 애한테 어떻게 이렇게 중요한 일을 맡긴다는 거예요?"

그러게나 말이다. 사실 수현도 당황스럽기는 마찬가지였다. 정직원도 아닌 계약직에, 출신 학교도 제대로 알려지지 않은 자신에게 드리스 반 노튼 같은 세계적인 디자이너와의 협업을 진행하라니……. 본부장의 지시는 누가 봐도 이해할 수 없는 것이었다.

"더구나 드리스 반 노튼이라고요. 제가 얼마나 동경하는 디자이너인데, 다 아시면서 어떻게 수현이를 보내요?"

이시영 대리가 가장 존경하는 디자이너가 드리스 반 노튼이라는 것은 U어패럴 직원 모두가 알고 있었다. 사실 수현도 그 점 때문에 더욱 당황스러웠다. 드리스 반 노튼 같은 세계적인 디자이너와의 작업은 어떤 디자이너에게도 다시 오지 않을 매력적인 기회였지만, 마치 자신이 이시영 대리의 자리를 빼앗은 것처럼 불편한 모양새가 되어 버린 것이었다. 옆에서 듣고 있던 허연심 과장도 한마디 보탰었다.

"영어는 할 수 있어? 최소한 대화는 되어야 할 것 아냐?"

수현은 영어뿐 아니라 네덜란드 어도 잘하는 편이었다. 벨기에는 프랑스 어와 네덜란드 어를 공용어로 쓰고 있었고, 그 중 북부 플랑드르 지방의 앤트워프는 네덜란드 어를 사용하는 지역이었다. 수현의 학교 역시 1학년 수업만 영어로 진행할 뿐, 2학년 이상은 네덜란드 어로 수업을 받아야 했기에 그것을 익히고 공부하는 것은 앤트워프에서 디자인 공부 못지않게 필수였다.

"영어는 내가 우리 팀에서 제일 잘하지 않나? 수현인 가서 망신만 당하고 오는 거 아냐?"

허연심 과장의 영어 실력이 발휘되는 분야는 딱 하나였다. 명품 브랜드들의 영문판 브로슈어를 읽고 해석하는 능력과 함께 브랜드별 본사에 전화를 걸어 새로 출시되는 아이템들을 주문하고 웨이팅을 걸어 놓는 회화 실력이 그것이었다. 외국 바이어와의 만남에서 영어를 할 줄 아느냐는 질문에 조금 할 줄 안다고 답하면서, 'I can speak english small'이라 표현한 것은 허 과장의 유명한 일화였다.

한쪽 구석에 앉은 찰스 역시 이번 일은 이해할 수 없다는 듯 난감한 표정이었지만, 그래도 수현의 편을 들며 조용히 입을 열었다.

"수현 씨 잘못은 아니잖아요. 본부장님이 결정하셨다는데 우리가 뭐, 어쩌겠어요?"

하지만 찰스의 소심한 발언에 이시영 대리와 허연심 과장의 질타가 이어졌다.

"본부장님이 뭔가 착각하신 거면 어떡해? 우리라도 나서서 바로잡아 줘야 하는 거잖아. 솔직히 드리스 반 노튼의 디자인을 수현이가 이해할 수 있을 거라 생각해?"

"뮤즈의 사활이 걸린 일인데, 우리랑 의논은 하셨어야 하는 거 아냐? 어떻게 혼자서 디자이너를 결정해? 솔직히 본부장님이 여기 오신 지 2년밖에 더 됐어? 보다 경험 많은 사람들 얘기도 들어 보셨어야지."

허 과장과 이 대리는 마치 찰스가 수현을 선택하기라도 했다는 것처럼 난리들이었다. 순간 그녀들의 새된 소리를 뚫고 서수미 팀장의 단호한 음성이 들려왔다.

"뮤즈의 사활이 걸린 일이니까, 수현이가 가는 거겠지."

서수미 팀장 역시 처음엔 말이 안 되는 일이라 생각했었다. 하지만 한준우 본부장의 설명을 들으며 마음을 돌렸던 그녀였다. 준우는 가장 잘할 수 있는 사람을 선택한 것이라며 자신을 믿어 달라고 했다. 드리스 반 노튼의 디자인을 그대로 사용하는 게 아니라 뮤즈에 맞게 바꿔 줄 수 있는 사람이 필요하다고 했다. 드리스 반 노튼만의 에스닉한 아이디어에 수현이 가지고 있는 감각을 접목시킨다면, 뮤즈만의 새로운 컬렉션을 만들 수 있을 것이라 장담했다. 준우의 계속되는 설득에 서 팀장도 결국은 고개를 끄덕였다. 현재 뮤즈에는 채수현만큼 감각 있는 디자이너가 없었다. 경력과 학력, 학연과 지연을 떠나 생각해 볼 때, 그녀만큼 새롭고 창의적인 작업을 할 수 있는 사람은 없어 보였다. 그리고 서 팀장이 보기에 수현은 뭔가 감추고 있는 것이 분명했다. 그게 무엇인지는 모르겠지만 그녀가 제대로 실력을 발휘한다면 뮤즈에 큰 도움이 될 거란 생각이 들었다.

"너희, 이번 S/S 생산에 얼마나 기여했니? 수현이만큼 일했니? 주력 상품으로 뽑힌 게 몇 피스나 있어? 솔직히 하나라도 제대로 디자인한 거 있어?"

"팀장님!"

서 팀장의 타박에 이 대리와 허 과장은 원망스럽다는 듯, 한 목소리로 그녀를 불렀다.

"서운해도 어쩔 수 없어. 지금 중요한 건 올해 뮤즈가 살아남느냐고, 드리스 반 노튼과의 콜라보레이션은 거기에 아주 중요한 역할을 하게 될 거야. 학력과 경력을 떠나 가장 잘할 수 있는 디자이너가 가야 하는 게 맞아. 더구나 이번 건은 본부장님이 혼자 기획해서 체결한 계약 건이고, 수현이는 본부장님이 선택한 디자이너야. 시끄럽게들 굴지 마."

허 과장과 이 대리는 서로 눈치만 볼 뿐, 더 이상 대꾸할 말을 찾지 못하고 있었다.

"잊지 마. 뮤즈가 살아야 너희도 산다는 걸."

더 이상 다른 말은 듣지 않겠다는 듯, 서 팀장은 자신의 방으로 향하였다. 그런 서 팀장의 단호한 태도에 불만을 보인 건 허 과장도 이 대리도 아닌, 찰스였다.

"S/S 주력 상품……, 제 디자인인데요."

하지만 이미 서 팀장의 방문이 닫히고 난 후였다.

그렇게 출장이 결정된 지난 3일 동안 살얼음판이나 다름없었던 디자인 1팀을 뒤로 한 수현은 이른 아침, 인천공항에 도착했다. 사무실을 떠나면 불편했던 마음이 조금은 편해질까 싶었지만 도착지가 앤트워프란 사실이 그녀에게 별로 도움이 되어 주지 못했다. 언젠가 돌아가야 한다는 생각은 했었지만, 이렇게 아무것도 해결하지 않고는 아니었다. 마무리하지 못한 학교생활을 끝내야 한다는 생각도 했었지만, 이렇게 빨리는 아니었다. 출국 게이트 앞에 앉아 탑승을 기다리는 수현의 마음이 점점 무거워지고 있었다.

어느새 탑승이 시작되었는지 제트웨이를 연결하는 게이트가 열리고 탑승을 돕는 직원들이 일사분란하게 움직였다. 수현의 옆에 앉아 있던 준우가 벌떡 일어나 주섬주섬 수현의 짐까지 챙겨 들자 수현이 그를 잡으며 퉁명스럽게 입을 열었다.

"퍼스트랑 비즈니스 먼저 탑승하는 거예요."

"아, 그래요? 좌석별로 탑승부터 차별하다니, 그것 참 재밌네요."

차별받으면서 재미있다고 말하는 사람은 준우밖에 없을 것이다. 그는 이코노믹 좌석이 처음이라며 미지의 세계를 탐험하는 사람처럼 들떠 있었다. 사실 수현의 자리는 당연히 이코노믹 클래스였고, 본부장인 준우는 퍼스트 클래스였다. 그러나 체크인 카운터에서 수속을 끝내고 돌아선 수현의 탑승권에서 그녀의 좌석 번호를 확인한 준우가 자신의 것과 비교하더니 얼굴을 찌푸렸다. 그리고 이내 수현의 탑승권을 빼앗아 들더니, 다시 체크인 카운터로 다가가 심각한 표정으로 한참 동안 실랑이를 벌이는 것이 아닌가.

수현은 준우가 자신의 좌석을 좀 더 편한 것으로 바꿔 주려 한다는 걸 깨달았다. 그러자 살짝 당황스러워졌다. 회사에서 해 주는 것은 아닐 테니 준우 개인이 부담하여 그녀의 좌석을 업그레이드해 주려는 것이 분명해 보였다. 그러지 않아도 된다며 그를 말리기 위해 발걸음을 옮기려던 찰나, 수현의 마음이 살며시 흔들렸다.

'이번이 아니면 언제 비즈니스를 타 보겠어? 이코노믹 좌석에서 레고 캐릭터 같은 자세로 앉아 열두 시간을 비행하는 건 힘든 일이잖아?'

열두 시간의 비행은 젊은 수현에게도 버거운 일이었다. 더구나 모르는 사람을 옆자리에 두고 화장실을 오갈 때마다 양해를 구해야 하는 상황도 불편하기 그지없었다.

'비즈니스는 식사도 코스로 나온다는데 난 아침도 안 먹었어.'

오전 10시 출발이라 새벽부터 준비하는 바람에 아침도 먹지 못한 수현은 몹시 시장한 상태였다. 그리고 누군가 말했었다. 비즈니스는 식사도 코스로, 그것도 여러 종류가 준비되어 있다고 말이다. 오늘이 아니면 맛볼 수 없을지도 몰랐다.

'또 알아? 회사 경비로 처리하는 것일지……. 본부장이니까 그 정도 권한은 있겠지.'

결국 수현은 준우가 회사 경비로 처리하는 것이리라 편할 대로 생각하며 자신의 침묵을 합리화시켰다. 모르는 척하기로 마음을 먹자, 이번 출장에 대한 기대가 커져만 갔다. 수현은 '가는 동안 두 번 있는 식사는 놓치지 말고 먹어야지, 잠도 편하게 자면서 갈 수 있겠다' 하는 야무진 생각을 하면서 준우를 기다렸다. 하지만 활짝 웃으며 다가온 그가 내민 티켓을 본 수현은 순간 할 말을 잃었다. 자신의 좌석은 변함이 없었고, 준우가 이코노믹으로 바꾼 것이었다. 그 후로 수현은 준우에게 계속 툴툴거리는 중이었다.

"여기 좌석도 앉아 갈 만하네요."

한참을 기다려서야 간신히 시끄러운 날개 옆에 앉은 준우가 만족스럽다는 듯 입을 열었다. 그래요. 12첩 반상만 먹던 임금님도 백성들의 사정을 살피기 위해 나왔던 암행길에서 어쩌다 먹는 국밥이 맛있다고 하더이다. 수현은 앞좌석에 무릎이 닿는 자신의 좁다란 좌석을 슬픈 눈으로 바라보다가 비행기가 이륙을 위해 서행을 시작하자 안전벨트를 매고 활주로를 내다보았다.

그런 수현을 보며 준우는 피식 웃음을 내뱉었다. 그는 좌석이 정말 마음에 들었다. 수현의 숨소리도 들릴 정도로 가까운 거리에서 그녀와 열두 시간을 함께할 수 있다는 것이 대단히 매력적이었다. 조금만 움직여도 팔다리가 닿을 수 있는 거리였다. 물론, 준우가 처음부터 이코노믹을 알아본 것은 아니었다. 수현이 편하게 갈 수 있도록 퍼스트와 비즈니스 좌석을 모두

알아보았지만, 크리스마스 시즌이라서인지 남아 있는 좌석이 없다는 답이 돌아왔다. 그나마 하나 남은 퍼스트 클래스의 좌석은 그와 대각선으로 벌어진 자리였다. 대신 그가 이코노믹으로 좌석을 다운하면, 수현의 옆에 앉아 갈 수 있다는 카운터 직원의 말에 준우는 두 번 생각할 것도 없이 바로 그렇게 해 달라고 부탁했던 것이었다. 출장을 함께 가는 것만으로도 설렜는데, 시작부터 모든 게 그에겐 행운인 듯싶었다.

"가는 동안 이거나 읽어 봐요."

준우가 수현에게 건넨 것은 콜라보레이션을 위한 계약서였다. 지난번은 구두 계약이었기에 이번에 가서 정식으로 계약을 체결하고, 드리스 반 노튼의 디자인을 받아 서울에서 일을 진행할 수현을 소개하기 위함이 이번 출장의 목적이었다.

"뭔가 이상한 내용이 있거나 궁금한 점이 있으면 알려 줘요."

수현이 대충 훑어보니 온통 영어로 작성된 계약서였다. 준우는 수현이 영문 계약서를 당연히 읽을 수 있을 거라 생각하는 모양이었다.

"아, 이건 지난 파리 패션위크에서 선보인 드리스 반 노튼의 S/S 컬렉션이에요. 봐 두면 도움이 될 거예요."

그가 다음으로 내민 것은 USB 메모리였다. 내일 드리스 반 노튼을 만나 그의 가장 최근 컬렉션을 화제로 올리는 것은 계약을 진행하는 데 있어 도움이 될 것이 분명해 보였다.

그렇게 수현은 계속 자료를 들여다보고, 준우는 그 옆에서 수현을 들여다보는 사이 파리로 향하는 짧지 않은 여정이 시작되었다. 그리고 열두 시간의 비행을 마친 그들이 파리 드골공항에 도착한 시간은 오후 2시가 조금 넘어서였다.

입국 수속을 마치고 나온 준우는 수현을 에스코트하면서 누군가를 찾기 시작했다.

"차로 가는 게 가장 편하고 빠르더라고요."

파리 노드역에서 TGV[19]를 타고 브뤼셀로 들어갈 줄 알았던 수현의 앞에 렌터카 직원인 듯한 한 남자가 벤츠 마크를 단 SUV를 몰고 와 멈춰 섰다. 파리 드골공항에서 A1 고속도로로 진입하여 세 시간을 달리면 벨기에 브뤼셀에 도착할 수 있었고, 그곳에서 다시 40분만 달리면 앤트워프이기 때문에 준우는 렌터카를 이용하기로 마음먹었던 모양이었다.

"파리에서 하루 정도 쉬어 가면 좋겠지만, 내일 오전에 미팅이 잡혀 있어서요."

준우는 타이트한 일정을 미안해하며 조수석 쪽 문을 열어 수현을 태웠다. 그리고 빠르게 고속도로에 진입하였고, 인천공항을 떠난 지 열여섯 시간 만에 그들은 앤트워프에 도착할 수 있었다.

호텔에 짐을 풀자 어느새 밤이 되어 있었다. 혹시나 이곳에서 친구들이나 학교 관계자들을 만나진 않을까 걱정이 되기도 했던 수현은 그제야 긴장된 마음을 누그러뜨렸다. 어두워서인지 관광객들 대부분이 숙소로 돌아간 거리는 한산한 분위기를 연출하고 있었기 때문이었다. 아직은 일몰 시간이 빨라 다행이라 생각하면서도 왠지 모를 서운함이 들었다. 그녀가 없어도 앤트워프는 변함없는 모습이었다.

대부분의 식당이 모여 있는 앤트워프 대성당 앞에서 간단한 식사를 위해 선택한 곳은 '조크모트'라는 커피하우스였다. 벨기에의 대표 음식인 와플과 샌드위치, 그리고 커피를 주문해 자리에 앉으면서 수현은 준우에게 정말 궁금했던 것을 조심스럽게 물었다.

"저를 왜 데리고 오셨어요?"

수현의 질문을 들은 준우는 그녀와 눈을 맞추며 빙긋이 웃어 보였다.

"대한민국에서 통하는 법칙이 여기 벨기에에서도 통하나 확인하려고

---

19. TGV(Train à Grande Vitesse): 프랑스의 초고속 전기열차.

요."

"······무슨?"

"대한민국은 학연주의거든요. 나만 해도 그래요. 옴므의 송지애 팀장이랑 강승원 디자이너가 파슨스 후배거든."

"대한민국이 아니라 파슨스가 학연주의인 거겠죠."

수현은 은근 비꼬는 말투로 입을 열었다. 파슨스는 졸업생들이 후배들의 취업에 발벗고 나서는 학교로 유명했다. 파슨스 출신 유명 디자이너들이 워낙 많은데다 그들이 파슨스 후배들을 자신의 브랜드로 끌어가고 있었기 때문에, 다른 학교 출신들에 비해 취업의 기회가 유독 많았다.

"그런가? 그럼 앤트워프는 아니란 말이죠? 드리스 반 노튼한테 점수 좀 따려고 수현 씨 데리고 온 건데. 에잇, 괜히 데려왔네."

장난스럽게 불평을 토하는 준우의 말을 들으며 수현은 자신의 귀를 의심했다. 드리스 반 노튼이 앤트워프 출신이라는 건 패션업계 모두가 아는 사실이지만, 내가 앤트워프 학생이라는 걸 그가 어떻게 안 거지? 예상치 못했던 준우의 말에 놀란 수현은 아무 말도 하지 못한 채, 그를 향해 의아한 표정을 지을 뿐이었다. 준우는 그런 그녀를 보며 쿡, 하고 웃음을 내뱉고는 덧붙여 말했다.

"이 카페도 우리 두 번째인데······. 수현 씨, 머리 나쁘구나."

두 번째라고? 그럼 그와 예전에 만난 적이 있었다는 말인가? 수현은 곰곰이 과거를 되짚어 보기 시작했다. 이 카페는 사실 수현도 자주 찾던 곳이었다. 이른 아침부터 간단한 식사를 할 수 있는 곳이기 때문에 하숙집에서 학교로 갈 때 그녀도 가끔씩 들르곤 했었다. 하지만 이곳에 누군가와 함께 와 본 기억은 없었는데······. 순간, 수현은 이곳에서 만났던 누군가를 떠올렸다. 3년 전이었고, 한국 사람이었고, 다짜고짜 끌어다 자신의 학년 말 패션쇼에 세웠던······. 아! 지금의 준우보다 조금 더 앳돼 보였던 원빈을 닮은 오빠! 수현은 이제야 기억이 났다. 한준우가 바로 그 왕자님이었던 것이었다. 그녀가 자신을 기억해 냈다는 걸 알아챘는지 준우는 피식 웃음을 내뱉으며 그녀의 기억이 맞는다는 듯 고개를 끄덕이고 있었다.

"도대체……."

수현은 정말 놀랐다는 듯 말을 잇지 못한 채, 한참 동안 준우를 바라보았다. 그러곤 다시 입을 열었다.

"언제부터 아셨던 거예요?"

"지난 S/S 품평회 때."

품평회 때 무슨 일이 있었는지 모르겠다는 듯 수현이 고개를 갸우뚱거리자 준우가 설명을 시작했다.

"그때 품평회에서 봤던 제품들이 너무 실망스러워서 다시 확인 중이었거든요. 뭐가 문제인지 살펴보고 있었는데, 수현 씨가 들어오더라고요. 서 팀장의 프레젠테이션에 불만을 표했었고, 드리스 반 노튼과 비비안 웨스트우드의 작품을 바로 알아챘었죠."

아하, 그래서 수현이 했던 말들을 그대로 회의 시간에 따라 했던 모양이었다. 하지만 수현은 아직도 이해가 되지 않는 점이 있었다.

"그렇다고 해도 3년 전 일인데, 저를 기억하셨어요?"

"수현 씨는 3년 전에 나를 한 번 본 게 전부였겠지만, 나는 그 뒤로 매해 앤트워프를 방문했어요. 유약하게만 봤던 동화 속 공주들을 전위적이고 공격적으로 바꿔 놓았던 한 당찬 아가씨의 컬렉션에 몹시도 충격을 받았었거든요. 그때부터 수현 씨의 학년 말 패션쇼를 매해 보고 갔죠. 그때의 수현 씨는 패션 비즈니스를 공부하는 나에게 커다란 동기 부여가 되었다고 해야 할까요? 때로는 수현 씨가 만든 옷들을 내가 홍보하고 판매하려면 어떻게 해야 하는지 끊임없이 생각하고 연구했어요. 별로 대중적인 옷이 아니라서 많이 고민했지만 말이에요."

수현은 천천히 고개를 끄덕였다. 이제야 조금 알 것 같았다. 준우가 왜 그렇게 낯이 익었는지, 왜 자신의 상황을 다 알고 있는 기분이 들었는지, 그리고 한없이 이해받고 있다는 생각이 들었는지를 말이다. 긴 시간이 지났지만 그를 이렇게 다시 만난 우연이 놀랄 만큼 신기했다.

"이제 말해 줄래요?"

준우는 지난 품평회에서 수현을 발견했을 때부터 그녀에게 가장 묻고 싶었던 질문을 했다.

"왜 학교를 떠났던 건지."

수현은 저도 모르게 한숨을 내쉬었고, 준우는 그런 그녀를 바라보며 조곤조곤 덧붙여 말했다.

"누가 봐도 수현 씨는 떠날 이유가 없는 사람이었어요. 졸업발표회 준비가 잘되지 않았던 건가요? 그렇다고 해도 수현 씨의 미래는 탄탄대로였을 거예요. 모두 수현 씨와의 미팅을 위해 지난 학년 말 패션쇼의 협찬을 자처하고 나섰거든요. U어패럴도 마찬가지였고요."

수현도 알고 있었다. 졸업발표회에서 최고점을 받지 않는다고 해도 괜찮다는 것을. 최고 컬렉션에 뽑히지 않아도 많은 브랜드에서 앞 다투어 그녀와의 미팅을 원했을 거라는 것도 솔직히 알고 있었다. 수현은 천천히 고개를 들어 준우를 바라보았다. 그는 언제나 그랬듯이 부드럽고 따뜻한 눈빛으로 그녀를 마주 보고 있었다. 가슴이 다시 두근거렸다. 이 사람에게 얘기할 수 있을까? 이 사람은 나를 이해해 줄까? 내 행동을 잘했다고 생각해 줄까? 혹시 실망하는 건 아닐까? 수많은 생각이 그녀의 머릿속을 복잡하게 만들고 있었다. 그렇게 수현은 한참 동안 말이 없었고, 준우는 보채지 않고 그런 그녀를 기다려 주고 있었다.

"저는 거짓말쟁이였어요."

마침내 수현의 입이 어렵게 열렸다.

"지난 4년 동안, 아니, 훨씬 전부터…… 저는 제가 원하는 걸 그려 본 적이 없어요."

수현은 살짝 미간을 찌푸린 채 숨을 한 번 고르고는 말을 이어 갔다.

"저는 거짓말쟁이에다 머리가 좋았죠. 어떻게 하면 1등을 할 수 있는지, 선생님들이 원하는 게 무엇인지, 학교가 원하는 건 어떤 건지…… 전부 캐치가 되더라고요. 그렇게 지금까지 온 거였어요."

수현이 준우에게 건넨 얘기들은 그가 예상하지 못했던 것들이었다. 그저 미술이나 음악처럼 창의적인 일을 하는 사람들이 흔히들 겪는 슬럼프일 거라 생각했을 뿐이었다.

"제가 디자이너가 되는 것은 엄마의 꿈이었어요. 엄마는 디자이너가 되고 싶었지만, 그럴 만한 실력도, 돈도 없었죠. 그러다가 양장점 같은 곳에 들어가서 재단과 패턴 일을 배우셨나 봐요. 그것도 옷을 만드는 일 중 하나니까 나름 즐겁게 일하시면서 자리를 잡으셨지만, 일은 고되었고 여기저기에서 무시당하기 일쑤였고. 그러다 한 시즌을 대표하는 주력 제품 생산에 문제가 생겼는데, 혼자서 그에 대한 책임을 모두 지고 나오셨어요."

덤덤한 표정인 듯 보였지만, 수현의 목소리는 조금씩 떨리고 있었다.

"그런데, 딸인 제가 미술에 소질이 좀 있고 옷 만드는 것에 관심을 보이자, 그 뒤로 저에게 집착하신 거예요. 저만큼은 제대로 공부시켜서 남들에게 무시당하지 않게 키워 보자, 생각하셨던 거죠. 넉넉하지 않은 살림에도 저만큼은 미술 학원을 보내셨어요. 의상 쪽으로 진로를 결정한 뒤로는 포트폴리오도 준비시켰고, 패턴과 재단도 직접 가르쳐 주셨죠. 하지만 아시다시피 이쪽 공부는 돈이 너무 많이 들었어요. 다니던 예고의 학비도 너무 버거웠죠. 위로 오빠가 하나 있는데, 오빠에겐 아예 신경도 못 쓸 정도로 엄마와 아빠가 버는 돈의 대부분을 저에게 쓰셨어요."

편하게 공부했던 준우에 비해 수현은 경제적으로 많이 힘들었던 모양이

었다.

"그러다 결국 제 등록금과 학원비 때문에 은행에서 대출까지 받았다는 사실을 알게 되었고, 저는 결심했죠. 미술과에서 1등을 하자. 1등을 해서 엄마와 아빠를 돕자. 전공별로 1등을 하면, 예고 학비가 전액 면제되었거든요. 그때부터 전 제가 그리고 싶은 그림이 아닌, 학교가 좋아하는 그림을 그리기 시작했어요."

수현은 씁쓸한 표정을 지으며 덧붙였다.

"이 선생님은 이런 색감을 싫어하지, 또다른 선생님은 이런 구도를 싫어하지……. 선생님들의 성향을 빠르게 캐치해 나갔죠. 그리고 한 명이라도 싫어할 만한 요소는 그려 넣지 않았어요. 제가 다녔던 예고는 표현력을 중시하는 학교라 사실적으로 표현하려 노력했고, 드로잉 연습을 정말 많이 했어요."

"그래서 1등을 했다는 거예요?"

수현이 고개를 끄덕이자 준우는 놀라고 말았다. 그 어린 나이에 타인이 원하는 걸 찾아내서 그대로 표현한다는 게 가능하단 말인가?

"대회에 나갈 때도 그 대회의 지난 수상작들을 연구했어요. 그러면 그 대회를 주최하는 관계사들이 어떤 그림을 선호하는지 알 수 있을 테니, 적어도 빈손으로 돌아오진 않을 거라 생각했었죠."

"그래서 대회에서도 1등을 했어요?"

"처음부턴 아니었어요. 입선에서 시작해서 하나 둘씩 단계가 올라가니까 알겠더라고요. 그래서 대회별로 어떤 걸 원하는지 빠르게 머릿속에 집어넣었고, 그대로 그려 냈어요. 다행히 머릿속에 있는 그림을 표현하는 데 재주가 좀 있었거든요. 그러자 사람들이 제 그림에 관심을 갖기 시작했죠. 대회란 대회는 다 참석했고, 수상작에 여러 차례 이름이 올라가니까 유명해졌어요. 그렇게 여러 대회에서 수상해서 상금을 벌었고, 미술용품을 받았고, 나중엔 미술 학원도 공짜로 다녔어요."

미술 학원은 수강생들을 끌어들이기 위한 홍보의 수단으로 좋은 학교에 들어갈 확률이 높은 학생을 데려오기 위해 경쟁하곤 했으니, 수현 정도의 실력이었으면 여기저기에서 모셔 갈 만도 했을 것이었다.

"그러다 보니까 저는 점점 제가 그리고 싶은 그림이 아닌, 목적에 따라 그림을 그리게 되었나 봐요. 그림을 그리다가도 이렇게 그리면 1등을 못하겠다는 생각이 들면, 저도 모르게 손이 멈춰졌어요. 정해진 공식에 의해 답을 도출해 내는 과목처럼 머릿속엔 저만의 공식이 있었던 거죠. 이렇게 그리면 안 돼, 이런 붓 터치는 거칠게 보여, 이런 구도는 사람들이 불편해할 거야……. 그 공식을 따르지 않고 제가 원하는 대로 표현하면 오답인 것 같았어요."

결국 수현은 미술을 암기 과목처럼 공부했다는 얘기였다. 준우는 믿을 수가 없었다. 그녀는 주변 사람들이 원하는 것을 바탕으로 머릿속에 여러 가지 가설과 과정을 세우고, 그 과정에 따라 최고점을 받기 위한 결과물을 만들어 냈다는 것이었다.

"앤트워프는 엄마가 결정한 학교였어요. 엄마도 어디서 들으셨나 보더라고요. 뭔가 예술적인 학풍에 패션을 공부하는 학생들이라면 모두 가고 싶어하는 학교라고. 하지만 저는, 학비가 저렴해서 결정한 거였어요. 장학금은 없었지만, 왕립학교라 학비가 정말 쌌거든요. 입학 허가를 받는 것도 어렵지 않았어요. 앤트워프는 학풍이 매우 분명했기 때문에 학교가 원하는 포트폴리오를 만드는 건 제게 식은죽먹기였어요. 인터뷰에서 어떤 답변을 해야 하는지도 전부 파악하고 갔어요. 네덜란드 어로 간단한 인사도 준비해 갔죠."

수현은 앤트워프가 아니면 국내 대학으로 방향을 바꾸려 했었다. 그녀가 알아봤던 외국의 대학은 모두 학비가 비쌌고, 장학금을 받더라도 생활

비가 걱정이었다.

"학교에 들어가서도 마찬가지였어요. 앤트워프가 좋아할 만한 디자인들을 그리기 시작했죠. 학년 말 패션쇼에서 최고점을 받았던 컬렉션들이 어떠했는지 죄다 파악했어요. 대충 알겠더라고요. 뭔가 전에 시도하지 않았던, 전위적이고 난해한 디자인들이 상을 받았죠."

수현은 앤트워프에 입학하고서는 유급하지 않기 위해 애썼다. 졸업이 늦어지면, 그만큼 부모님의 부담이 계속되어야 했으니까. 컬렉션에서 좋은 성적을 받기 위해 끊임없이 노력했다.

"1학년 때 만들었던 프린세스 컬렉션······. 제가 원하는 대로 했더라면, 그냥 현대적인 감각으로만 재해석했을 거예요. 하지만 앤트워프는 그걸로 만족하지 않아요. 공격적이어야 하고, 새로운 캐릭터를 부여해야 하죠. 메시지가 있어야 하고요. 결국 저는 타협한 거예요. 언제나 그래 왔듯이, 1등이 되기 위해 제 마음속의 소리는 듣지 않은 채, 머리가 시키는 대로······."

수현은 말을 마치지 못한 채 시선을 창밖으로 돌렸다. 자신이 가지고 있는 문제가 어떤 것인지 알고는 있었지만, 막상 입 밖으로 꺼내 놓으니 훨씬 비겁해 보였다. 준우가 자신을 어떻게 바라보고 있을지 확인하기가 점점 더 두려워졌다. 하지만 준우는 수현이 안쓰러웠다. 손이 가는 대로, 마음이 시키는 대로 그리지 못했던 그녀의 마음은 어땠을까 하는 생각이 들었다

"그게 나쁜가요?"

준우의 질문에 수현은 그를 바라보았다. 살짝 미간을 찌푸린 채 그를 응시하는 그녀의 표정이 대답을 대신해 주었다. 여태껏 수현은 자신의 행동이 나쁘다고만 생각해 온 것이었다.

"내가 원하는 대로만 그리는 게 정답은 아니에요. 사람들이 원하는 걸 그려 내는 것이야말로 더 큰 능력일 수 있어요. 특히나 끊임없이 대중들의 마음을 사로잡아야 하는 패션업계에서는 수현 씨의 그런 능력이 대단한 이

점이 될 수 있는 거예요."

 준우가 수현의 고민을 이해하지 못하는 건 아니었다. 디자인을 예술이라 생각할 때, 온전히 자신만의 창의적인 생각을 표현한 것이 아니라 남들이 원하는 걸 찾아내서 그려 냈다는 걸 그녀는 부끄러워하는 것 같았다. 예술가적 양심이 고개를 들고 현실과 타협한 그녀에게 손가락질하고 있는 모양이었다.

 "그렇게 생각할 수도 있겠죠. 하지만 4학년이 되어서야 전 뭔가 잘못되었다는 걸 깨달았어요. 친구들은 박물관과 미술관을 오가며 컬렉션의 영감을 얻으려 발버둥 치고 있을 때, 저는 도서관에 앉아 있었죠. 앤트워프 출신 선배들의 작품은 어땠는지, 월터 학장은 어떤 컬렉션을 만들었는지, 셰인 교수는 어떤 걸 선호하는지 끊임없이 찾아냈어요. 솔직히 왜 옷을 전위적으로 만들어야 하는지 이해도 되지 않았어요. 앤트워프의 학풍을 제대로 받아들이지도 못하면서 마치 아방가르드의 여전사인 것처럼 학교가 원하는 컬렉션을 만들어 왔던 거죠. 그걸 제 능력으로 봐야 하나요? 아니요. 저는 그만한 환호를 받을 자격이 없었던 거였고, 사람들을 속인 거였어요. 한 마디로, 비겁했어요."

 "많은 예술가들이 모두 같은 방법으로 작품을 표현하는 건 아니에요. 음악으로 봤을 때 누구는 기교가 좋을 수 있고, 누군가는 곡을 해석하는 능력이 좋을 수도 있는 거고, 또다른 누군가는 감성이 풍부해서 표현력이 남다를 수 있는 거죠. 수현 씨도 마찬가지라 생각해 봐요. 다른 친구들은 미술관에서 영감을 얻어 작품을 구상한다면, 수현 씨는 선배들의 작품과 교수들이 원하는 방향 안에서 작품을 구상하는 거라고."

 "그래요. 여러 가지 방법이 있는 거겠죠. 그래도 4학년 발표회만큼은 온전히 제 생각만으로 컬렉션을 준비하고 싶었어요. 학교 밖으로 나가기 전, 처음이자 마지막으로 제 실력을 검증받고 싶었죠. 영감을 얻기 위해 친구

들과 여행도 다녔고, 옛날 영화도 많이 봤고, 벨기에에 있는 미술관은 거의 다 가 봤어요. 그런데도 머릿속이 채워지지 않았어요. 제가 결정한 주제에 맞는 옷이 단 한 피스도 생각나지 않았어요. 막막했어요. 그러다 저의 문제점을 찾아낸 거죠."

수현은 깊게 숨을 들이마시고는 쓴웃음을 지어 보였다. 그 문제점을 인정하기까지 얼마나 힘이 들었는지 그는 모를 것이다.

"그동안은 누군가 저에게 큰 틀을 만들어 줬었잖아요. 어렸을 땐 엄마였고, 예고에선 선생님들이었고, 앤트워프에선 학교의 아방가르드한 학풍이 그것이었죠. 누군가 정해 주는 틀 안에서만 작품을 만들 수 있는 거였어요. 그것을 벗어나면 아무것도 할 수 없는 애였던 거죠. 눈앞이 깜깜했어요. 제 스타일은 하나도 없으니 학교를 졸업하면 디자인을 할 수 없을 거라 생각했어요. 저만의 컬렉션은 꿈도 꾸지 못했죠. 억지로 졸업 작품의 수량은 맞춰 놓긴 했지만, 세상에 내놓을 자신이 생기지 않았어요. 그래서 도망쳤어요."

수현은 자신이 그리고 싶은 것과 그려야 하는 것 사이에서 방황하고 있었다. 자신의 디자인은 친구들이 겪은 과정을 통해 얻어 낸 것이 아니라는 점에서 자괴감마저 느꼈던 것 같았다.

"그렇게 도망쳐서 한국으로 들어와 엄마를 찾아갔는데, 힘들게 일하는 모습을 보니까 선뜻 알은척을 할 수가 없었어요. 그렇게 하루 종일 일하셔서 제 생활비를 보내신 거였는데, 실망시켜 드리고 싶지 않았어요. 몇 번이나 찾아갔지만 마찬가지였어요. 사실대로 말씀드릴 자신이 없었거든요."

그 얘기를 꺼내면서 수현의 목소리가 희미하게 떨려 왔다. 곧 눈빛이 촉촉해졌다.

"그래서 엄마가 일했었다는 회사를 찾아갔어요. 패턴과 재단 일을 하면서 처음으로 옷 만드는 즐거움을 느꼈다는, 그곳을 찾아간 거죠."

"……U어패럴이로군요."

"네, 저도 옷 만드는 즐거움을 다시 느끼고 싶었어요. 엄마가 가졌던 꿈과 제가 가졌던 목표들을 되새겨 보고 싶었어요. 그러다 보면 다시 학교로 돌아가고 싶어지지 않을까 싶기도 했고, 제 머릿속에 저만의 새로운 틀과 공식들이 채워지지 않을까 싶었던 거죠."

수현의 긴 얘기가 끝나 가고 있었다. 지난 1년 동안이 아마 그녀의 인생에서 가장 힘든 시기가 아니었나 싶었다. 하지만 준우는 수현이 지금 느끼는 고민과 갈등이 그녀를 더욱 발전시킬 것이라 믿어 의심치 않았다. 더 큰 세상으로 나가기 위해선 벽을 넘어야 하는 것처럼, 학교를 떠나기 위해선 그 틀을 깨뜨려야 하는 것이었다. 지금은 그 틀이 깨지는 것이 두렵고, 그 틀 밖에서는 아무것도 할 수 없을 것 같아 수현은 방황하고 있었다. 하지만 사람들이 원하는 걸 찾아내는 탁월한 감각에 그녀만의 디자인 철학이 더해진다면, 수현은 대중과 패션계를 사로잡는 새로운 아이콘으로 떠오를 것이 분명했다.

"왜 꼭 지금 수현 씨만의 스타일이 있어야 한다고 생각하죠?"

준우의 질문에 수현은 다시 살짝 얼굴을 찌푸렸다. 디자이너에게 자신만의 스타일이 있어야 하는 것은 당연한 것 아닌가. 그녀는 도통 그의 말을 이해할 수 없다는 표정이었다.

"칼 라거펠트는 자신의 이름을 건 브랜드도 있지만, 그보다는 샤넬의 수석 디자이너로 유명하죠. 그리고 그는 샤넬과 계약하면서 동시에 펜디나 클로에와 같은 다른 명품 브랜드의 디자인도 하고 있어요. 브랜드별 특성에 맞춰 자신의 디자인을 바꾸는 작업을 하고 있는 거예요."

그래서 사람들은 칼 라거펠트를 패션계의 멀티 플레이어라고 부르고 있었다.

"마크 제이콥스는 어떤가요? 클래식한 루이비통의 디자인은 살리고, 자

신의 트레이드 마크인 그라피티를 대담한 색감으로 표현해서 엄청난 성공을 기록했어요."

2000년대 초에 있었던 마크 제이콥스와 루이비통의 콜라보레이션은 전통적인 루이비통을 거리의 감각으로 재탄생시켰고, 그 뒤로 마크 제이콥스는 루이비통의 디자인 감독이 되었다. 상류 사회의 고급스러움과 거리의 천박함을 세련되게 융화시켜 루이비통에 젊은 감각을 불러일으킨 그는 패션계의 스타 디자이너였다.

"물론 칼 라거펠트나 마크 제이콥스는 자신만의 브랜드도 있고 디자인 철학도 확실하죠. 동시에 다른 브랜드 안에서 자신의 감각을 극대화시켜 그 브랜드를 더욱 가치 있게 키워 나가고 있어요. 브랜드와 디자이너 간의 협업이 어떻게 이뤄져야 하는지를 잘 보여 주는 대표적인 모델들이라고 할까요. 어쩌면 예비 디자이너들에게 앞으로 나아가야 할 방향을 제시하고 있는 가장 바람직한 롤모델이라 할 수도 있고요."

하지만 그들은 칼 라거펠트와 마크 제이콥스였다. 다른 설명이 필요 없는, 그저 이름만으로도 사람들이 고개를 끄덕이는 패션계 최고의 디자이너들이었다. 자신이 가지고 있는 문제와 그들이 어떤 연관이 있다는 것인지 수현은 아직 알 수가 없었다.

"수현 씨가 오트쿠튀르로의 데뷔를 생각하고 있다면 어느 정도는 자신의 스타일을 찾아야 하는 게 맞을 거예요. 하지만 그게 꼭 지금일 필요는 없어요. 지금은 가장 잘할 수 있는 걸 찾아봐요. 수현 씨의 능력이 가장 잘 발휘될 수 있도록 말이에요. 학교의 학풍이나 교수들의 취향이 수현 씨의 디자인을 이끌었다고 생각한다면, 그래서 당분간 디자인을 잡아 줄 어떤 큰 틀이 필요하다면 브랜드들을 잘 이용해 봐요. 오랜 시간 지켜 왔던 브랜드들의 아카이브 안에서 여러 가지 시도도 해 보고, 같이 성장한다면 수현 씨만의 스타일도 분명히 찾게 될 거예요. 물론, 칼 라거펠트는 자신의 개인 브랜드가 아닌, 샤넬이나 펜디 같은 기존 브랜드 안에서 더 큰 능력을 보이고 있지만, 그것 역시 그의 스타일인 거죠."

준우는 수현이 디자인한 뮤즈의 S/S 컬렉션을 떠올렸다. 그녀는 찰스의 기본 디자인은 건드리지 않은 채, 뮤즈의 고객들이 좋아할 고급스러움을 표현했었다. 수현은 자신이 1등이 되기 위해 사람들이 좋아하는 것만을 캐치해 냈다고 했지만, 그것은 실로 놀라운 능력이었고, 아무나 할 수 있는 것이 아니었다. 뮤즈에서 일한 지 반년도 되지 않았지만 브랜드의 특성을 파악하고, 그 안에서 고객이 원하는 디자인을 자신만의 감각으로 표현했던 수현이었다.

"스스로를 부끄러워하지 말아요. 학년 말 패션쇼에서 최고점을 받은 게 수현 씨의 실력이 아니라는 생각도 하지 말아요. 거기 모여 있던 6,000명의 사람들이 수현 씨에게 보냈던 환호를 무시해선 안 되죠. 수현 씨의 컬렉션은 그만큼 대단했어요."

수현도 어제 일처럼 기억이 났다. 6,000명이 자신에게 보냈던 그 환호성과 박수 소리를……. 그래서 더더욱 자신을 두고 볼 수가 없었다. 그 사람들 모두를 속이고 있다는 생각에 견딜 수가 없었다.

"내가 그리고 싶은 대로 그리지 않았다고 해서 비겁한 건가요? 그렇지 않아요. 자기 고집을 꺾을 줄 알아야 진정한 디자이너라는데, 수현 씬 자신도 모르게 이미 자신의 고집보다 대중이 원하는 걸 표현해 내는 연습을 해 왔던 거라고 생각해요. 내가 보기에 수현 씬 세상 밖으로 나갈 준비가 되어 있어요. 자신만 모를 뿐이지."

정말일까? 다른 사람들도 과연 이 남자처럼 생각해 줄까? 그런 수현의 의심을 알아챘다는 듯 준우는 말을 이었다.

"물론 어떤 사람들은 말하겠죠. 그게 무슨 예술이냐고, 그게 무슨 진정한 실력이냐고 말이죠. 하지만 난 그렇게 생각하지 않아요. 학풍을 분석하

고 교수들의 그림을 연구했던, 그래서 그들이 좋아할 만한 작품을 만들어 내기 위해 치러 냈던 수현 씨의 그 치열했던 고민들과 노력이 결코 헛된 것이 아니라고요. 옷을 사랑하지 않아요? 만들고 싶지 않아요? 수현 씨가 만든 옷을 좋아하는 사람들의 모습을 보고 싶지 않아요? 그동안 그저 주변에 떠밀려, 어머님이나 학교, 교수들 때문에 여기까지 온 거였어요?"

수현은 고개를 가로저었다. 그렇지는 않았다. 오히려 그런 마음이면 고민하지도 않았을 것이다. 자신이 만드는 옷에 대해, 그리고 자신에게 기대하는 사람들에게 미안해하지도 않았을 것이다.

"지금은 그것만 생각해요. 수현 씨가 얼마나 옷을 사랑하는지, 얼마나 좋은 디자이너가 되고 싶은지를요. 예고 시절엔 정말 학비 때문에 선생님들이 좋아하는 그림만 그렸을지 모르지만, 앤트워프에서의 수현 씨는 사람들이 좋아하는 옷을 만들고 싶었던 거잖아요. 그게 비록 자신이 아닌 교수들이나 미디어가 좋아할 취향이라 하더라도, 자신이 원하는 것과 대중이 원하는 것을 조절하는 문제는 디자이너들의 영원한 숙제라고요. 지금의 고민과 방황은 수현 씨가 꿈꾸는 것들을 이루는 데 분명 도움이 될 거예요."

준우와 얘기를 나누다 보니 수현은 자신의 문제를 풀 수 있는 실마리가 보이는 것 같았다. 자신이 부끄러워했던 점들을 능력이라 말해 주니 정말 그러한 것 같았고, 준비가 되어 있다고 하니 자신감이 생기는 것 같았다.

"내가 경영대학원을 얼마나 우수한 성적으로 졸업했는지, 말한 적 있나요?"

뜬금없는 준우의 질문에 수현은 의아한 표정을 지었다.

"U어패럴이 나 때문에 업계 1위에 오른 것도 알고 있죠?"

계속되는 그의 질문에 수현은 고개를 끄덕였다. 왜 저렇게 갑자기 잰 체를 하는 거지?

"그런 내가 수현 씨를 잘못 봤을 거 같아요? 그저 주변 사람들이 좋아할 만한 것만 그려 대는, 자기 생각은 없는 별 볼일 없는 디자이너한테 내가 지난 3년의 시간을 낭비했을 것 같냐고요."

멍하니 그가 건넨 말의 의미를 생각하고 있는 수현을 향해 준우는 피식 웃으며 말했다.

"내가 드리스 반 노튼과 협업을 진행할 디자이너 하나는 정말 잘 고른 것 같네요."

준우가 수현을 따뜻한 눈으로 바라보며 덧붙였다.

"그가 주는 디자인 안에서 뮤즈를 재탄생시켜 봐요. 그대로 만들기만 하면 그건 그냥 드리스 반 노튼의 컬렉션인 거잖아요. 거기에 수현 씨의 감성을 입혀 봐요. 잘할 수 있을 거예요."

"……."

"수현 씨가 원하는 걸 찾을 때까지 얼마든지 회사에 머물다 가도 돼요. 우리야 좋지. 앤트워프 출신의 최고 디자이너를 백만 원 남짓에 고용했으니."

그의 너스레에 수현도 결국 웃음을 터뜨렸다.

"하지만 학교는 꼭 졸업했으면 좋겠어요. 수현 씨가 두려워했던 문제를 해결하지 않고서는 새로운 걸 시작할 수 없거든요."

수현은 천천히 고개를 끄덕였다. 불편했던 마음은 어느새 사라지고, 그와 함께 있을 때마다 언제나 그러했듯이 가슴속에 따뜻한 기운이 퍼져 나가고 있었다. 아직은 가지고 있는 문제를 다 해결했다고 자신할 순 없었지만 머릿속은 조금 더 맑아진 기분이었다. 뭔가 할 수 있을 것 같은 자신감도 생겨나고 있었다.

"후훗."

수현의 웃음에 준우가 의아한 눈빛으로 바라보았다.

"전 아까 여기 본부장님이랑 앉아 있는데, 이상하게 낯설지가 않는 거예

요. 처음인 거 같지 않은, 어디서 본 듯한 기시감이 느껴졌다고나 할까요? 훗, 그래서 제게 뭔가 남다른 능력이 있는 줄 알았는데, 예전의 만남 때문이었군요."

"그럼 이제 오빠라고 불러 봐요."

으음? ……오빠?

"그땐 나이 많아 보인다면서, 오빠라고 잘도 부르더니……."

수현도 그 당시의 상황이 떠올랐다. 그땐 그만큼 어렸고 용감했었다. 그녀는 고개를 들어 준우를 다시 바라봤다. 그때의 풋풋함은 사라졌지만 그는 지나간 시간만큼 성숙해져 있었고, 자신감이 넘쳐 보였다. 또한 여전히 따뜻했으며, 이제는 수현의 가슴을 두근거리게 만드는 남자였다. 그녀는 용기를 내어 전에 했던 질문을 다시 했다.

"저한테 왜 이렇게 잘해 주세요?"

지난번 수현의 질문에 그는 잘해 주고 싶은 이유를 알아보고 있는 중이라 말했었다. 이제는 그 이유를 찾은 것인지 궁금해진 수현은 괜스레 조바심이 나고 있었다.

"미리 디자이너 하나 영입하시는 거예요?"

"좋아하니까요."

남 얘기하듯 태연한 준우의 대답에 수현은 혹시 자신이 뭔가 그의 말을 놓쳤나 싶었다. 마치 앞에 놓인 와플이나 커피가 좋다는 듯, 아무렇지 않게 담담한 말투로 입을 연 준우는 수현을 향해 실망했다는 표정으로 장난스럽게 물었다.

"아직 그런 것도 몰랐어요? 수현 씨는 교수들이 원하는 건 잘도 캐치해 내면서 내가 원하는 건 아무것도 모르네요."

"그냥, 제가 싫지 않으신 게 아닐까요?"

수현은 당황한 나머지 싫지 않으면 좋아하는 거라는, 그가 예전에 했던 말을 꺼내었다. 어쩌면 그녀는 준우가 자신을 단지 싫어하는 게 아닌, 정말 좋아한다는 확실한 대답을 원했던 것 같기도 했다. 허탈하게 웃으며 준우가 수현에게 얼굴을 가까이했다. 헉! 너무 가까웠다. 남성 모델들이 런웨이 뒤편에서 옷을 벗어던지는 것을 봐도 아무렇지 않았는데, 왜 옷을 다 입은 남자를 보면서 가슴이 이렇게 빠르게 뛰는지 모를 일이었다. 수현의 치솟는 심장 박동을 알 리 없는 준우는 부드러운 목소리로 비밀을 말해 준다는 듯 그녀를 향해 속삭였다.

"남자가 여자한테 잘해 주는 이유는…… 내가 보기엔 딱 두 개예요."

준우는 당황한 나머지 시선을 내려 아래만 쳐다보던 수현의 턱을 가볍게 쥐고는 고개를 들어올렸다. 둘의 시선이 마주했다.

"그 여자를 정말 좋아하거나……."

준우의 눈빛에 수현의 가슴은 이제 녹아내릴 것만 같았다.

"그 여자와 키스하고 싶거나."

꿀꺽. 수현은 저도 모르게 침을 삼켰다. 입맛을 다신 건 절대 아니었다.

"난 둘 다인 거 같아요."

자신의 마음을 고백한 준우는 마치 할 일을 다 했다는 듯 거침없이 수현의 얼굴을 두 손으로 감쌌고, 그의 입술이 가까워져 왔을 때 수현은 눈을 감고 말았다.

"드리스 반 노튼의 S/S 컬렉션, 기억나요?"

수현과 준우는 지금 드리스 반 노튼의 아틀리에에서 그를 기다리고 있는 중이었다. 그녀는 어제 비행기 안에서 준우가 건넨 드리스 반 노튼의 지난 컬렉션을 꼼꼼히 체크했었다. 그런데 왜 아무것도 떠오르지 않는단 말인가. 오로지 기억나는 건 그의 입술 감촉밖에 없었다.

수현은 그렇게 무방비한 상태에서 그가 키스할지 전혀 예상하지 못했었

다. 커피와 와플, 파프리카가 들어간 샌드위치의 여파가 남아 있는 입으로 남자와 첫 키스를 하게 될 줄은 꿈에도 몰랐었다. 덕분에 그녀는 밤을 꼴딱 새우고 말았다. 그리고 꼭 기억해야 하는 드리스 반 노튼의 컬렉션은 모두 잊은 채, 오로지 준우의 입술이 얼마나 부드러웠는지, 그가 얼마나 키스를 잘했는지만 떠올리고 있었다. 수현의 얼굴이 저도 모르게 빨개졌다.

"원래도 테마를 다양하게 해석하는 것으로 유명했지만, 이번엔 체크와 플라워라는 일상적인 요소에 남성적인 모티브와 여성적인 감성을 섞어서 감각적으로 표현했더라고요. 다양한 컬러의 체크 셔츠를 거의 모든 쇼피스에 매치시키면서 남성적인 평상복도 오간자란 소재나 플라워 프린트들을 만나면 얼마나 사랑스럽게 변신할 수 있는지를 보여 줬다고 해야 할까요? 더구나 스커트나 드레스 속에 팬츠를 매치해서 그동안 추구했던 스타일을 보다 공격적인 트렌드로 탈바꿈시켰더라고요."

그래. 어젯밤에 준우도 그랬었다. 무척이나 공격적이었다. 카페에서뿐만 아니라 호텔 정원을 산책할 때에도, 로비에서 엘리베이터를 기다릴 때에도, 그리고 방문 앞에서도. 축구 선수로 보자면 그는 스트라이커였다. 기회가 오면 이를 놓치지 않고 득점으로 연결하는 최고의 공격수!

"저기 나오네요."

수현에겐 그나마 다행이었다. 준우와 단둘만 더 있었다가는 드리스 반 노튼의 작업실에서 그에게 덤벼들었을지도 모를 일이었다. 심호흡을 크게 하고 수현은 자리에서 일어섰다. 학교에서 특강이나 행사를 통해 드리스 반 노튼을 멀리서 봤었던 그녀는 네덜란드 어로 상냥하게 인사를 건넸다.

"Goede middag! Hoe gaat het met jou안녕하세요?"

미팅은 성공적이었다. 드리스 반 노튼은 수현이 준비한 보랏빛 꽃 모종을 받고 무척이나 좋아했다. 그가 디자인을 하지 않을 때에는 정원을 가꾸는 일에 몰두한다는 건 이미 알려진 사실이었다. 그렇지만 그는 수현이 앤트워프 학생이라는 말에 더욱 기뻐했었다. 한때 드리스 반 노튼과 앤트워프 왕립예술학교의 월터 학장과 셰인 교수, 그리고 해체주의를 내세운 아방가르드의 대표 주자인 마틴 마르지엘라를 포함한 앤트워프 출신 여섯 명의 디자이너가 '앤트워프 SIX'라고 불리며 세상을 떠들썩하게 만든 적이 있었다. 그것처럼 이번에도 모두가 깜짝 놀랄 작품을 만들어 보자며 수현을 격려해 주었다. 떠나고 싶을 정도로 답답했던 학교였는데, 드리스 반 노튼을 만나면서 그와 같은 학교라는 게 뿌듯해졌다. 그리고 결국 그녀가 돌아와야 할 자리 역시 이곳이라는 생각을 어렴풋이 하게 되었다.

구두 계약 때보다 다섯 점이 더 많은 총 스무 점의 디자인을 내어 주면, 수현이 그것을 뮤즈의 분위기에 맞게 수정하여 드리스 반 노튼의 컨펌을 받은 뒤 생산에 들어가기로 합의했다. 모두가 기분 좋게 계약이 마무리되고 있었다. 그리고 아틀리에를 떠나는 수현을 향해 그가 입을 열었다.

「월터가 기다리고 있어요.」

월터 반 베이런동크. 앤트워프 왕립예술학교의 학장. 독특한 색감과 강렬한 그래픽을 이용해 패션으로 지구와 자연, 삶과 사회에 대해 말하고 있는 실험주의 작가의 대표 주자. 그리고 학생들에겐 한없이 따뜻한 수현의 스승이었다.

「돌아갈 거라 말해 줘도 되나요?」

드리스 반 노튼은 수현과 미팅을 진행하면서 그녀가 앤트워프와 패션계를 떠들썩하게 만들고 사라졌던 Sue라는 걸 눈치 챈 모양이었다. 수현은 그에게 살며시 웃어 주며 자신 있게 대답했다.

「네. 돌아갈 거예요.」

앤트워프에서 시작되었던 수현의 방황이 이곳에서 끝나 가고 있었다.

가식은 옷을 입지만, 진실은 발가벗기 좋아한다
- 비비안 웨스트우드

"계약은?"
"처음에 주기로 한 것보다 다섯 피스 더 추가하기로 하고, 수현 씨가 뮤즈에 맞게 디자인을 손봐서 최대한 빨리 발표하기로 했나 봐."
"잘된 거네."
승원의 말을 들으며 지애는 가볍게 고개를 끄덕였다. 어디 잘된 것뿐이겠는가. 드리스 반 노튼과의 만남을 발판으로 뮤즈는 럭셔리한 스타일을 자랑하는 최고의 여성 브랜드로서 과거의 영광을 재현할 것이라는 건 분명해 보였다.
회사 근처에서 간단히 점심 식사를 한 지애와 승원은 작업실에서 커피를 마시며 대화를 나누는 중이었다. 얼마 후 열리는 '옴므 by송지애'라는 맞춤복 라인의 론칭쇼를 위해 지애는 며칠째 계속되는 야근으로 집에도 들어가지 못하고 있었다. 파슨스에서 졸업 작품전을 준비할 때에도, 인턴십을 했던 페리 엘리스의 컬렉션을 뉴욕 패션위크에 내보낼 때에도 이렇게 열심히 하지는 않았다고 너스레를 떠는 지애였지만, 그녀는 알고 있었다. 이번이 자신의 커리어에 중요한 터닝 포인트가 될 것이라는 점을 말이다. 준우를 도와 U어패럴의 재기를 이끈 실력 있는 디자이너로 알려져 있었지만, 언제나 준우의 그림자에 가려 2인자의 이미지를 벗어나지 못했던 그녀가 아니었던가. 그렇기에 이번 론칭쇼는 지애의 국내 패션쇼 데뷔 무대이자, U어패럴을 주목하고 있는 사람들에게 그녀만의 작품 세계와 그녀의 이름 석 자를 제대로 알릴 수 있는 좋은 기회라 할 수 있었다. 그런 점을 잘 알고 있는 지애는 예전 페리 엘리스에서 근무했을 때 함께 쇼를 준비했던 진행 팀을 서울로 불러오는 등 그 어느 때보다도 공을 들여 컬렉션을 준비해 왔다.

　시대의 흐름에 발맞춰 보다 많은 사람들을 위한 기성복 시장이 활성화된 것은 사실이었다. 하지만 그런 반면에 값이 좀 비싸더라도 남들과는 다른 자신만의 매력을 보여 줄 수 있는 수준 높은 오트쿠튀르 성향의 기성복을 요구하는 수요층도 늘어나고 있었다. 그런 패션피플들의 다양한 요구를 충족시키기 위해 명품 브랜드들은 기성복 라인과 더불어 맞춤복 라인을 가지고 있었는데, U어패럴에서도 처음으로 맞춤복 라인을 선보이게 되었다. 그리고 그 시발점이 옴므가 되면서 지애의 이름을 걸고 컬렉션을 론칭하게 된 것이었다. 이번 패션쇼를 통해 옴므는 조금 더 파격적이면서도 2, 30대 개성 있는 남성들의 아이덴티티를 살릴 수 있는 컬렉션을 내세워 또다시 패션계의 얼리어답터들을 사로잡을 준비를 하고 있었다.

　"드리스 반 노튼이라니, 형은 여전히 대단하구나. 하긴, 이번 옴므 패션쇼만 해도 그렇지. 한국에선 맞춤복 라인이 아직 이르지 않나 싶었는데 말이야."

　한쪽 벽면에 컬렉션 순서대로 붙여 놓은 모델들의 사진을 살펴보던 승

원이 왠지 씁쓸한 어조로 입을 열었다. 재학 시절부터 늘 그러했다. 물론 준우가 한 학년 위였고, 지애와 승원이 남성복을 전공한 반면 준우는 여성복을 전공했기 때문에 함께 경쟁하는 일은 드물었지만, 준우는 늘 승원이 생각해 낼 수 없는 창조적인 컬렉션을 만들어 왔다. 어디 그뿐인가. 디자이너로서의 보장되어 있는 미래를 버리고 새로운 도전을 택했을 땐 걱정이 앞서기도 했었다. 그러나 모두의 우려를 보란 듯이 떨쳐 내고 승승장구하는 모습을 보니 조금은 부럽기까지 했었다. 언제나 자신보다 한 발, 아니, 몇 발자국은 앞서 나가는 듯한 준우에게 동경심마저 가지고 있던 승원이 아니던가. 하지만 결국 U어패럴이 어려울 때 회장이 찾은 이가 자신이 아니었다는 사실이 준우에 대한 마음을 열등감으로 바꿔 놓았다는 것을 승원은 아직 깨닫지 못하고 있었다.

"준우 오빠, 대단했던 거야 놀랄 일도 아니고, 내가 보기엔 수현 씨가 더 대단한 것 같은데? 우리처럼 패션스쿨에서 체계적으로 공부한 것도 아니라던데, 지난번 공모전에 냈던 작품들이나 드리스 반 노튼과의 콜라보레이션까지 맡은 걸 보면 놀랍지 않아? 그 디자인 다 받아서 수현 씨가 수정한다는데, 준우 오빠는 뭘 보고 그렇게까지 믿고 맡기는지 몰라."

승원의 곁에 서서 런웨이에 설 모델들의 순서를 점검하던 지애가 수현을 입에 올렸다.

"우리보다 더 대단한 곳에서 공부했을지도 모를 일이지."

승원은 예전에 봤던 수현의 노트를 떠올리며 중얼거렸다.

"분명 한국에서 공부한 솜씨는 아니었는데 말이야."

파슨스에서 함께 공부했던 친구들의 스케치와는 확연히 다른, 조금은 난해하지만 트렌드를 앞서 가는 유니크한 디자인들이 노트를 가득 채우고 있었다.

"형은 이미 알고 있나? 그래서 데려간 건가?"

"너, 수현 씨에 대해 뭐 좀 아는 거 있어?"

승원이 혼자만의 생각에 잠겨 있자 지애가 조심스럽게 물었다. 하지만 그는 그녀의 물음에는 대답하지 않은 채 패션쇼의 순서를 나열한 폴라로이드 사진들을 뚫어지게 바라봤다. 그러곤 살짝 미간을 찌푸리며 한 손으로 자신의 턱을 쓰다듬었다. 뭔가 마음에 들지 않을 때 나타나는 승원의 버릇이었다.

"이거, 네 번째로 내보내는 게 더 좋지 않아? 앞의 재킷이 좀 튀는 것 같다."

자신 역시 고민했던 부분이라 순순히 승원의 제안대로 사진의 순서를 바꾸며 지애는 흘깃흘깃 그를 쳐다보았다. 승원은 쇼의 순서를 꼼꼼하게 살피는 듯했지만, 뭔가 딴생각에 잠겨 있는 사람 같았다. 지애는 괜스레 기분이 좋지 않았다. 지난 화보 촬영 때도 그렇고, 유독 수현에게 관심을 기울이는 것 같은 승원의 모습이 그리 반갑지만은 않았다.

"수현 씨, 동대문 쪽 아니었어?"

지애가 슬그머니 다시 물었지만, 승원은 대답 대신 화제를 돌리려는 듯 준우에 대해 물었다.

"그래서 형은 언제 돌아온다는 거야?"

지애는 뭔가 착잡한 기분을 떨쳐 버리지 못한 채 승원의 질문에 답했다.

"이제 막 계약이 끝났다니까, 이틀은 더 걸리지 않겠어? 벨기에가 여기서 엎어지면 코 닿을 거리도 아니고, 서울까지 들어오는 직항이 있는 것도 아니니까. 본부장인데 어쨌든 쇼 전에는 오겠지. 그리고 메인 모델도 직접 섭외한 거라, 준우 오빠가 공항에서 픽업해 리허설에도 참석할 거라고 했거든."

혹자들은 한준우가 없으면 송지애도 없었을 거라고 폄하하고 있었지만, 파슨스를 함께 졸업하고 론칭 첫해 옴므를 업계 정상에 올려놓은 그녀의

경력은 무시할 수 없었다. 지애는 해외 브랜드에서 쌓은 수준 높은 감각과 국내에서의 경험을 바탕으로 최고의 컬렉션을 완성하기 위해 노력했고, 그들에겐 세계적인 톱모델을 메인으로 내세운다는 깜짝 카드도 있었다.

그 어느 때보다도 중요한 순간이었지만 지애는 도저히 집중이 되지 않았다. 조금 전 수현에 대해 언급하면서 뭔가를 숨기는 듯한 승원의 태도에 자극받은 나머지 지애는 평소와 달리 그를 떠보고 싶어졌다. 런웨이에 설 모델들의 순서나 쇼의 진행 과정을 점검하는 것보다 승원의 마음을 알아보는 쪽이 더 중요한 일인 것 같았다. 한쪽 벽면에 걸려 있는 시계를 확인해 보니 진행 팀이 도착하기 10분 전. 앞으로의 스케줄을 떠올려 보았을 때 승원과 단둘이 있을 시간은 당분간 없을 듯했다. 그리고 지금이 아니면, 다시 물어볼 용기도 생기지 않을 게 분명했다.

"요즘은 만나는 여자 없는 것 같다?"

뜬금없는 지애의 질문이 다소 불편했는지 승원의 얼굴이 살짝 굳어 갔다. 그러나 지애는 아무렇지 않다는 듯 장난스럽게 다시 입을 열었다.

"아니, 서울 들어오고선 누구 만나는 것 같은 낌새가 전혀 안 느껴져서 말이지. 여자들이 좋아하는 데이트 코스도 안 물어보고, 여자들을 단번에 넘어오게 만들 선물에도 관심 없는 것 같아서. 뭐, 사무실로 쳐들어오는 개념 없는 여자 애들도 안 보이고……"

파슨스 시절, 승원은 정말 잔인할 정도로 지애에게 물어보곤 했었다. 여자들은 어떤 분위기를 좋아하는지, 어떤 선물을 하면 첫 데이트에서 잠자리까지 성공할 수 있는지를 말이다. 이따금 학교 수업에 참석하지 않아 궁금한 마음에 센트럴파크 앞, 그의 스튜디오로 찾아가 보면, 부스스한 얼굴에 몸에 걸친 거라곤 승원이 지난밤에 선물한 것이 분명한 주얼리만을 걸친 금발의 미녀들이 문을 열어 주기 일쑤였다. 그것도 지애가 마지못해 알려 주었던 바로 그 주얼리를……. 하지만 그녀들은 며칠이 지나지 않아 승원에게 버림받았다는 사실에 분노하며 학교를 떠들썩하게 만들곤 했었다. 그것은 승원이 폴 스미스에 입사해서도 계속되던 행사였다.

"곧 한국을 떠날 건데 여자는 만나서 뭐 해? 피곤하게."

승원이 심드렁한 표정으로 말을 이었다.

"준우 형과 약속한 1년만 있을 거야. 내년 F/W 컬렉션까지만 마무리하면, 뉴욕으로 돌아갈 수 있겠지. 폴 스미스에 양해를 구해 놓은 시간도 1년이었고. 여기, 난 별로 재미가 없다. 그러니까 내 자리로 돌아가야지."

"U어패럴은?"

"난 약속대로 너를 도와서 맞춤복 라인이 자리 잡고, 내년 F/W 컬렉션만……."

이곳에 있는 것은 준우와의 약속 때문이라는 사실을 앵무새처럼 반복하는 승원의 말을 다 듣지도 않고 지애가 새된 목소리로 다시 물었다.

"U어패럴은 어쩌고?"

"준우 형 있잖아."

뉴욕으로 돌아가겠다는 말을 아무렇지도 않게 내뱉는 승원의 태연함에 지애는 서글퍼졌다. 자신과의 관계뿐만 아니라 이 회사와의 인연도 쉽게 끊을 수 있다는 듯한 무심한 그의 대답에 짜증도 났다. 그리고 그만큼 오기도 생겼다. 그래. 그 태연함과 허세가 언제까지 계속되나 한번 보자.

"그럼 어차피 떠날 건데, 여기 있는 동안 나랑 만나 보는 건 어때?"

가볍게 툭 내뱉은 지애의 제안에 승원은 하던 일을 멈추고 그녀를 바라보았다. 지애 역시 하던 일을 멈추고 생글거리며 승원을 향해 고개를 돌렸지만, 어깨부터 잔뜩 굳어져 내려오는 긴장감에 가슴이 터져 버릴 것 같았다. 서로의 눈이 마주치고 잠시 정적이 흘렀다. 마침내 승원이 건조한 목소리로 입을 열었다.

"넌, 안 돼."

승원의 대답에 지애의 눈빛이 흔들렸지만, 그녀는 아무렇지 않다는 듯 천연덕스럽게 말을 건넸다.

"나만큼 너에 대해 잘 아는 사람 있어? 데이트 코스는 내가 알아서 정할 테니까 안 물어봐도 되고, 나는 남자들한테 선물 받는 것도 별로 안 좋아해. 금방 헤어질지도 모르는데 부담스럽게 그런 거 받아서 뭐 해? 그리고 여긴 내 직장이기도 하니까 개념 없이 사무실에 쳐들어와서 깽판 놓을 일도 없고……. 좋잖아."

가볍게 말하고 있었지만, 지애의 마음은 그 어느 때보다 두근거리고 있었다. 승원을 마음에 둔 지 어느새 9년. 그 시간 동안 자신의 마음을 직접적으로 표현한 적은 없었지만, 문득 지애는 그가 정말 몰랐을까 싶은 의문이 들었다. 자신이 아는 승원은 그렇게 둔한 감각의 소유자가 아니었다.

"너랑 연애를 한다고? 상상도 하기 싫다."

승원은 장난처럼 몸을 부르르 떨면서 실소를 내뱉었다. 정말 말도 안 된다는 표정이었다. 그러고는 더 이상 언급할 가치도 없다는 듯 다시 패션쇼 준비 문제로 화제를 돌렸다.

"진행 팀은 왜 안 와? 그런데 메인 모델이 그렇게 늦게 들어와도 되나? 피팅 안 해 봐도 돼? 얼마나 대단한 사람이기에 그래?"

어색한 순간을 벗어나고 싶었는지 승원은 계속해서 지애에게 질문을 퍼부었다. 하지만 지애는 그의 바람대로 해 줄 생각이 전혀 없었다. 아예 말을 꺼내지 않았으면 모를까, 어렵게 시작한 얘기인 만큼 그의 진심을 듣고 싶었다. 그에 대한 마음을 이제는 접어야 하는지 분명히 알고 싶었다.

"왜 나는 안 되는데? 나랑 하는 연애는 왜 상상도 하기 싫은 건데?"

지애는 자신도 모르게 따지듯 물었다. 고민 끝에 꺼낸 얘기를 단칼에 잘라 버린 승원의 태도에 서운함을 넘어 야속한 마음까지 들고 있었다. 하지만 그녀의 질문에 미동조차 없는 승원을 보자 여러 가지 생각이 지애의 머릿속에 떠올랐다. 너무 장난처럼 이야기를 꺼낸 건 아닐까? 아니면, 너무 갑작스러웠나? 그러면 이제 어떤 말을 해야 하지?

"나, 생각보다 괜찮은 여자야."

지애는 결국 이런 말까지 내뱉는 스스로가 한심스러웠다. 그동안 승원이 아니어도 괜찮다고 자신을 다독여 왔지만, 실상은 그를 향한 마음이 몹시 절박했던 모양이었다. 한번 터져 나온 진심을 이제는 주체할 수가 없었다. 하지만 승원은 그런 지애에게는 관심 없다는 표정으로 입을 열었다. 작업실 창가에 들이치는 따사로운 햇살도 얼려 버릴 만큼 차가운 음성이었다.

"이 세상에 살고 있는 사람의 반이 여자지만, 넌 나한테 여자 아냐."

처음엔 승원이 내뱉은 말의 의미를 알아채지 못했다.

"무슨 소리야?"

"여자 아니라고."

자신을 또렷하게 바라보며 다시 한 번 강조하는 승원의 모습을 보면서 지애는 그가 하고 있는 생각을 비로소 알 수 있었다. 그녀의 심장이 덜컹 내려앉았다.

"내가 전혀 여자로 안 느껴져?"

"몰랐어? 너 알고 있었잖아."

"9년 동안 단 한 순간도 여자로 보지 않았다고?"

"우리가 알고 지낸 시간 동안 내가 너한테 무슨 고백이라도 한 적 있어? 왜 너답지 않게 멍청하게 굴어? 9년이나 같이 지내도 아무 일 없었으면, 앞으로도 아무 일 없다는 걸 몰라서 물어? 우리 모두 알고 있는 얘기를 꼭 내 입으로 확인받고 싶었어?"

매서운 승원의 태도에 지애는 할 말을 잃었다. 그의 태도만큼이나 싸늘한 공기와 거칠어진 지애의 숨소리만이 작업실을 가득 채우고 있었다. 지

애를 이렇게나 비참하게 만들어 놓고도 그는 아무 일 없었다는 듯 다시 미팅을 준비하고 있었다. 지애는 승원의 그 고요함을 흔들어 놓고 싶었다. 단단한 껍데기를 깨뜨려 주고 싶었다.

"너 그러면 그때 왜 그랬어?"

승원은 지애가 말하는 그때가 언제인지 알 것 같았다. 아마도 파슨스 시절, 뉴욕 주립 패션공과대학인 FIT Fashion Institute of Technology와의 대항전을 치르던 때를 말하는 것이리라. FIT는 캘빈 클라인과 마이클 코어스 등 세계적인 디자이너들을 배출하며 파슨스와 함께 미국의 패션 산업을 주도하고 있는 학교로, 두 학교는 매년 패션쇼를 통해 대결을 펼치고 있었다. 각 학교에서 선발된 열다섯 명의 디자이너들이 다섯 벌의 의상을 만들어 런웨이에 올린 후 우승작과 우승 학교를 가리는 형식으로, 10년이 넘게 계속되어 온 그들만의 전통이었다.

승원과 지애, 두 사람 모두 파슨스를 대표하는 열다섯 명의 디자이너에 들어 패션쇼를 준비했던 그해, 승리는 FIT가 차지하였지만 모두가 모여 뉴욕의 유명 클럽에서 애프터파티를 즐기고 있을 때였다. 블루스 반주에 장난처럼 몸을 움직이던 승원이 지애에게 입을 맞추었다. 왜 그랬는지, 어떤 마음이었는지 이야기를 나눠 본 적은 없었지만 그때부터였던 것 같다. 승원이 아무리 많은 여자를 만나도 자신에게만은 다를 거라고, 그가 가지고 있는 상처를 자신은 보듬어 줄 수 있을 거라고 막연히 생각해 왔던 게 말이다. 하지만 지애의 물음에 승원은 잠시 움찔했을 뿐, 속을 알 수 없는 냉정한 말투는 그대로였다.

"송지애, 그깟 키스 한 번에 내가 너한테 마음이라도 준 것 같아? 그렇게 따지면 내가 책임져야 할 여자가 수십 명은 될 거라는 거, 네가 더 잘 알잖아? 촌스럽게 왜 이래?"

승원의 말에 기가 찬 지애가 할 말을 찾지 못하는 사이, 그가 다시 입을 열었다.

"나 피곤해."

승원은 지친 표정으로 작업실 한구석에 놓여 있던 의자로 가 기대앉았다. 두 팔은 가슴 위로 팔짱을 끼고, 두 다리는 마주 놓인 의자 위에 올려놓은 뒤 그는 그대로 눈을 감아 버렸다. 더 이상 얘기하고 싶지 않다는 의사표시였다.

하고 싶은 말은 많았지만 지애는 모든 원망을 입 안으로 삼켰다. 그녀를 도와 쇼를 준비하느라 1주일이 넘게 뜬눈으로 밤을 새웠던 승원이었다. 지애는 이 와중에 그가 피곤할까 봐 걱정하는 자신이 너무나 한심스러웠다. 그렇지만 뭐 어쩌겠는가. 두 사람의 관계에서 약자는 항상 자신인 것을……. 승원에게 마음을 내보인 오늘의 행동을 두고두고 후회할 것 같다는 슬픈 예감이 들었다.

지애는 잠시 숨을 고른 뒤, 자신의 감정을 추슬렀다. 마지막으로 해야할 말이 있었다.

"……수현 씨는 안 돼."

지애의 말을 듣지 못했는지 승원은 미동조차 하지 않았다.

"혹시나 해서 하는 말인데, 수현 씨는 안 된다고!"

승원은 그제야 무슨 얘긴가 싶어 두 눈을 치켜뜨며 지애를 물끄러미 바라봤다.

"준우 오빠가 맘에 두고 있는 여자야. 예전에 만났던 여자들처럼 데리고 놀 거라면 그만둬."

지애의 설명을 들으며 승원은 놀란 마음을 속으로 감췄다.

'준우 형이 맘에 두고 있는 여자가 있었다고? 그리고 그 여자가 채수현이라고?'

승원은 자신도 모르게 비딱한 웃음을 내뱉었다. 준우는 아마도 채수현

이 숨기고 있는 비밀을 이미 알고 있는 것 같았다. 한준우와 채수현이라니. 준우가 여자를 보는 눈까지도 자신보다 빠른 것 같아 승원은 허탈하기까지 했다.

"채수현 씨와 관계없이 넌 안 돼."

여전히 싸늘한 승원의 음성이 작업실에 울려 퍼졌고, 순간 두 사람의 눈이 마주치며 서로를 향한 눈빛에서 불꽃이 튀었다. 콧등이 시큰거리는 느낌에 지애는 입술을 지그시 깨물었다. 저런 놈에게 기대한 자신이 바보였다고 생각하며 크게 한숨을 내쉬었다. 안타깝고 답답한 마음만이 그녀의 가슴속을 죄어 오고 있었다.

"진행 팀 오면 10분만 기다려 달라고 해 줘. 이대로는 회의 못하겠다."

잔뜩 굳은 얼굴로 작업실 문을 열고 나가려던 지애는 승원을 향해 원망 섞인 목소리를 내뱉었다. 이대로 대화를 마쳐야 한다는 걸 알고 있었지만, 차마 그럴 수가 없었다. 오롯이 스스로 키워 왔던 마음이었지만, 지난 9년의 시간을 작업실 구석에 버려져 있는 거적때기보다도 못하게 만들어 버린 승원의 태도를 도저히 참을 수가 없었다.

"그런데 너, 진짜 잔인하다. 그냥 차라리 오래된 친구 하나 잃고 싶지 않다고 얘기해 주지 그랬어? 이젠 너무 가족 같아서, 혹시나 잘못되면 헤어질 수도 있는 관계가 싫었다고……, 그렇게 말해 줄 순 없었던 거야?"

할 말을 마친 지애가 몸을 돌려 나가자 승원은 참았던 숨을 내뱉고 천천히 의자에서 일어났다. 그러고는 작업실 창가로 발길을 옮겨 밖으로 시선을 내렸다. 한 해가 가고 있는 12월, 겨울의 한강변은 앙상한 가지를 드러낸 나무들과 함께 어딘가 모르게 쓸쓸한 기운을 내뿜고 있었다. 승원은 그것이 자신의 모습과 닮아 있다고 느꼈다. 창가에 비친 승원의 표정은 거절당한 지애보다 더 우울해 보였다. 그리고 잠시 후, 나지막한 그의 음성이 들려왔다.

"……송지애, 넌 절대 안 돼."

한편, 드리스 반 노튼과의 계약을 성공리에 마친 준우와 수현은 모처럼 여유 있는 시간을 보내고 있는 중이었다. 파리로 떠나기 전, 약 200년에 걸쳐 완성되었다는 벨기에 최대의 성당인 앤트워프 대성당을 둘러보며 이제는 대성당과 떼어서는 생각할 수 없는 루벤스의 걸작들을 함께 감상하고 나오는 길이었다.

"드디어 네로를 만나 보고 가네요."

준우가 감격에 찬 목소리로 말하자 수현이 궁금해하는 눈빛으로 그를 바라보았다.

"사실 3년 전 이곳에 온 이유가 나의 어릴 적 친구 네로를 만나기 위해서였거든요. 그런데 갑자기 한 당돌한 아가씨한테 끌려가는 바람에 네로는커녕 대성당에 발도 들여놓지 못했잖아요."

그때가 다시 떠올랐는지 준우는 피식 웃었고, 수현 역시 그와 눈을 마주치고 웃음을 터뜨렸다. 낯선 나라에서 모르는 사람이 다짜고짜 끌고 갔더라면 자신이라도 황당했을 것 같았다.

"그 뒤로도 앤트워프에 오셨다면서요?"

"그땐 나도 학생이라 시간을 많이 내기가 어려웠어요. 수현 씨의 학년 말 패션쇼만 보고 가기에도 빠듯했죠. 사실 올 때는 잠깐이라도 대성당에 들렀다 가자, 하는 마음이었는데 늘 정신 차려 보면 멍하니 유로스타에 몸을 싣고 있더라고요. 그때 내 머릿속은 온통 수현 씨의 컬렉션으로 가득 차 있었죠. 그 드레이핑은 어떻게 잡은 거지? 저 원단 색깔은 뭐지? 스톤 워시[20]로 직접 한 건가? 도대체 무슨 생각으로 저런 컬렉션을 구상한 거지? 뭐, 그런 것들? 그리고 마지막으로는 그걸 어떻게 팔아야 하나, 라는 생각으로

---

20. 스톤 워시(stone wash): 분쇄한 돌을 혼합하여 세탁하는 가공법.

머리가 터질 것 같았으니까."

수현은 눈을 동그랗게 뜨고 준우를 향해 물었다.

"그 난해한 컬렉션 의상들을 정말로 팔 생각을 했다고요?"

"결국 패션의 종착역은 팔리는 거니까. 나는 그걸 공부하는 사람이었고요. 그 어떤 작품도 고객에게 팔 수 있어야 한다는 것이 우리 같은 사람들의 사명이죠."

"하지만 크리스티앙 라크루아는 오트쿠튀르는 재미있고, 유치하고, 거의 입을 수 없는 옷들이어야 한다고 했어요. 한 번쯤 신데렐라가 되고 싶은 여자들의 꿈을 표현하는 것이 디자이너들의 사명이라고요. 그런 면에서 쇼에 서는 옷들은 꼭 판매가 목적은 아니었다는 거잖아요."

크리스티앙 라크루아는 박물관 관장이라는 독특한 이력 덕분인지 과거의 것에서 영감을 얻어 자신만의 독창적인 콘셉트로 컬렉션을 이끌던 진정한 쿠튀리에였다. 과도한 실루엣이나 화려한 색감, 그리고 난해한 프린팅을 사용하여 다소 복잡한 의상이라 평가받기도 했지만, 이 모든 요소들을 하나의 작품 안에 융화시켜 패션계에 신선한 충격을 안겨 준 디자이너였다.

"하지만 그의 현실적이지 못한 컬렉션에 대한 시장의 반응은 냉담했어요. 그래서 파산했잖아요."

모두가 오트쿠튀르를 외면할 때에도 그것을 향한 크리스티앙 라크루아의 사랑은 계속되었지만, 수십 년간 쌓였던 적자는 결국 그를 파산으로 내몰았다. 그리고 끝내 '무너진 황태자'라는 오명을 안은 채 하우스의 문을 닫고야 말았다.

"반면에 톰 포드는 말했죠. '내가 하는 일은 예술적이지만, 나는 예술가가 아니다'라고. 왜냐하면, 디자이너란 팔리고 마케팅되고 사용되고, 궁극적으로는 폐기될 것들을 만드는 사람이기 때문이니까요."

런웨이에서 선보이는 컬렉션에 대한 의견은 디자이너들마다 달랐다. 입을 수 있는 것이냐 그렇지 않느냐, 예술적이냐 현실적이냐를 두고 그 어느 것도 정답이라고 할 수 없는 뜨거운 설전이 계속되고 있었다. 그 점은 수현 역시 컬렉션을 앞두고 늘 하던 고민이었다.

"그래서 제가 만든 옷들을 정말로 팔 수 있다고 생각하셨어요? 너무 난해해서 대중들에겐 어필하기 힘든 디자인들이었는데."

"대부분의 작품들은 타깃을 선정해서 판매할 자신이 있었는데, 그 버섯 모양의 드레스들, 그게 좀 난감했어요."

준우는 버섯 모양의 드레스들을 머릿속에 떠올렸는지 살짝 눈살을 찌푸렸다. 그의 말을 들으면서 수현은 고개를 갸웃했다. 자신이 버섯 모양의 드레스를 만든 적이 있었던가?

"혹시, 그 드레스의 밑단을 보닝[21]으로 잡은 거요?"

"그래요. 도대체 왜 그 아름다운 드레스들의 밑단을 보닝 처리 해서 버섯 모양으로 만들었죠?"

수현은 어이가 없어서 입을 벌렸다. 그녀가 드레스의 밑단을 보닝 처리했던 컬렉션은 단 한 번이었다. 그런데 그것은 버섯이 아니었다.

"그건 버섯이 아니라 초롱꽃이었다고요. 하나의 가지에 대롱대롱 매달려 있는 초롱꽃을 표현한 건데, 디자인의 콘셉트도 이해하지 못했으니 어떻게 판매를 생각할 수 있었겠어요?"

수현은 고개를 절레절레 흔들며 준우를 향해 다시 입을 열었다.

"자연스럽게 떨어지는 뻔한 실루엣이 지루해서 보다 3차원적으로 표현하고 싶었던 건데."

"3D안경이라도 끼고 볼 걸 그랬군요."

수현의 핀잔에도 아랑곳하지 않고 준우가 장난스럽게 중얼거리자, 그녀

---

21. 보닝(boning): 의상에 철사와 같은 뼈대를 부착하여 입체적인 실루엣을 유지하고자 할 때 사용하는 기법.

는 결국 웃음을 터뜨렸다. 그리고 생각했다. 그와 나누는 대화는 언제나 즐거울 것 같다고. 가끔씩 패션에 대한 견해 차이로 다투고, 소소한 일들로 토라진다고 해도 결국은 그의 너스레에 웃게 될 것이라고 말이다.

대성당에서 빠져나와 오른쪽 길로 들어서니 대성당만큼이나 오래되었을 법한 아기자기한 돌길이 나타났다. 어쩌면 이 길은 네로가 파트라슈와 함께 걷고, 우유를 배달하던 그 돌길이 아니었을까?

"네로는 행복했겠죠?"

수현이 네로를 언급하며 미소를 짓자, 준우 역시 빙긋이 웃으며 고개를 끄덕였다.

"그토록 보고 싶었던 루벤스의 그림들을 봤으니 행복했겠죠."

준우 역시 그토록 보고 싶었던 앤트워프의 Sue를 만나 행복하다는 듯 부드러운 눈빛으로 그녀를 바라보았다. 내리쬐는 정오의 햇살보다 훨씬 더 따뜻한 눈빛에 수현은 심장이 두근거렸다.

"수현 씨가 가장 좋아했던 장소는 어디예요?"

준우가 수현의 손을 살며시 잡으며 물었다. 갑작스러운 그의 질문에 그녀는 궁금한 표정으로 되물었다.

"제가 좋아했던 장소요?"

"그래요. 여행책자에서 볼 수 있는, 다들 뻔히 아는 그런 곳 말고 앤트워프에서 수현 씨가 소개해 줄 수 있는 최고의 장소요. 아니면, 이곳에서 공부하면서 힘들 때마다 마음의 위안을 찾을 수 있었던 그런 곳도 좋고요."

순간 수현의 얼굴에 어린아이 같은 미소가 떠올랐고, 곧 준우의 손을 끌고는 가볍게 뛰기 시작했다. 그들이 걷고 있는 돌길을 따라 나란히 뻗어 있는 철길 위의 빨간 트램을 타기 위함이었다. 앤트워프의 대표적인 교통수단인 트램을 타고 중앙광장으로 가면 그녀가 소개하고픈 비밀의 장소가 있었다.

"MAX?"

수현이 그를 데리고 간 곳은 'MAX'라는 이름의 감자튀김 가게였다. 입구에서부터 손님들이 북적거리는 모습을 보니 제법 인기가 많은 집인 듯싶었지만, 그래도 감자튀김이라니. 준우는 기껏 여기냐는 듯한 웃음을 지어 보였다. 하지만 수현은 그런 그를 향해 단호한 표정으로 대꾸했다.

"그냥 흔한 감자튀김이 아니에요."

흔하지 않다니. 지금도 전 세계 수많은 패스트푸드점에서 세트라는 이름하에 햄버거와 케첩, 콜라의 도움을 받아 팔리고 있는 정크 푸드의 대명사를 흔하지 않다고 말하는 것인가?

수현의 말에 준우가 한쪽 눈썹을 들어올리며 미심쩍은 표정을 짓자, 그녀는 카운터를 향해 고갯짓을 하며 그에게 주문을 재촉했다. 그런 무언의 압력에 밀려 준우는 카운터로 걸음을 옮겼다. 카운터에서는 넉넉한 풍채의 아주머니 한 분이 주문도 받고 감자도 튀기고 포장도 하면서 겉모습과는 달리 날렵한 몸놀림을 선보이고 있었다.

"French fries, please!"

하지만 준우의 주문을 받은 아주머니는 하던 일을 멈추고 굳은 얼굴로 그를 쳐다보기만 할 뿐이었다. 으음? 못 들었나? 준우는 조금 더 큰 소리로 다시 입을 열었다.

"French fries, please!"

그러자 아주머니는 준우를 향해 못마땅하다는 표정을 지어 보인 후, 가게 안에 모여 있던 손님들 모두가 들을 수 있게 크게 외쳤다.

"Belgian fries!"

준우는 뭐가 잘못된 것인지 알 수가 없었다. '손님은 왕이다'까지는 아니더라도, 세계에서 가장 달콤한 나라라는 벨기에서 감자튀김을 주문하며 야단을 맞게 될 줄이야. 하지만 당황한 표정의 준우는 보이지 않는다는 듯,

아주머니는 계속해서 큰 소리로 알아듣지 못할 얘기를 하고 있었다. 그러자 뒤에 있던 수현이 깔깔거리며 웃음을 터뜨렸다. 준우가 뒤를 돌아보니 그녀는 재밌어 죽겠다는 표정이었다. 잠시 후 웃음을 멈춘 그녀가 준우의 앞으로 나서며 네덜란드 어로 입을 열자 그제야 아주머니는 하던 말을 멈추었고, 수현의 얘기를 들으며 흥분을 가라앉히는 듯 보였다.
  어렵게 손에 넣은 감자튀김을 들고 준우와 수현은 위층으로 올라갔다. MAX는 감자튀김 하나만을 팔고 있었지만, 여러 개의 층으로 이뤄진 큰 규모의 가게였다. 그 중 그들이 들어선 곳은 뮤지엄이라 불리는 2층이었는데, 각종 명화 속의 주인공들이 감자튀김을 들고 있는 재미있는 그림들이 벽을 장식하고 있었다. 창가 쪽 테이블에 자리를 잡고 앉자, 준우는 수현으로부터 아래층에서 벌어졌던 작은 소동의 이유를 들을 수가 있었다.
  "벨기에에선 프렌치프라이라고 하면 안 돼요."
  아니, 감자튀김을 프렌치프라이라고 하면 안 된다니! 그럼 뭐라고 불러야 하나? 준우는 어리둥절한 표정으로 수현의 다음 말을 기다렸다.
  "벨기에 사람들은 감자튀김만큼은 자신들이 원조라고 생각하고 있거든요. 벨지안프라이라고 해야 하죠."
  벨기에가 감자튀김의 원조라고? 그런데 왜 프렌치프라이란 말인가? 자고로 세상에 존재하는 대부분의 것들은 그것을 처음 발명하거나 만들어 낸 사람의 이름을 따서 명명하지 않는가. 우주의 혜성이 그러했고, 수학의 공식도 마찬가지였다. 흔히 먹는 김도 김 양식을 처음으로 성공한 사람의 성이 김씨여서 김이라 이름 붙여진 것이었다. 그런 준우의 궁금증을 알아챘다는 듯 수현이 조곤조곤 설명을 시작했다.
  "프렌치프라이는 프렌치는 프랑스를 뜻하는 것이 아니라 굵게 채 썬 감자 모양에서, 그러니까 프렌치 컷에서 온 거예요. 그렇다면 미국이 원조가 아닐까 라는 생각이 들 수도 있겠지만, 미국에서 감자튀김이 유행하기 시작한 건 19세기 후반이거든요. 그때 감자튀김을 들여온 사람들이 벨기에에서 온 이민자들이었는데, 그들이 프랑스 어를 사용해서 오해를 받았다는 설이 지배적이죠."

준우는 몰랐다는 듯 한쪽 눈썹을 치켜올렸다. 처음 듣는 이야기였다.

"이 가게도 1842년에 max라는 이름의 아저씨가 만들었거든요. 170년이라는 역사만 생각해 봐도 원조라 할 만하지 않겠어요?"

수현의 이야기를 들으며 준우는 감자튀김을 집어 들고 요리조리 살펴보았다. 170년이라니, 참으로 오래되긴 했다.

"음, 미국이나 프랑스에서 온 것인 줄 알았는데, 벨기에 것이란 말이군요. 그러니까 마케팅이 우리 삶에서 그만큼 중요하다는 거예요. 마케팅 전략가인 알 리스가 말했죠. '시장에서 최초가 되는 것보다 소비자들의 기억 속에서 최초가 되는 것이 낫다'고 말이죠. 그건 시대가 바뀌어도 절대 변하지 않는 마케팅 불변의 법칙이라고요."

감자튀김 하나를 두고 마케팅에 대한 연설을 늘어놓는 준우를 향해 수현은 못 말리겠다는 표정을 지어 보였다. 그리고 그의 입에 감자튀김을 넣어 주고는 대꾸했다.

"하나의 상품을 200년 가까이 팔고 있다니 정말 대단하지 않아요? 오랫동안 우리 곁에 남아 있는 명품이라는 게 꼭 브랜드나 예술품이 아닐 수도 있다는 걸 사람들이 잘 모르는 것 같아 안타까워요."

준우는 수현의 이야기를 들으며 가게 2층을 찬찬히 다시 둘러보았다. 예술의 도시답게 유명한 명화들이 패러디되어 있는 벽면을 보니 왜 뮤지엄이라 불리는지 알 것 같았다. 하지만 오랜 시간을 거쳐 이 가게가 감자튀김 하나를 명품으로 만들어 낸 것은 사실이라 해도, 4년에 걸쳐 완성한 모나리자가 한 손에 감자튀김을 들고, 심지어 콧구멍엔 그것을 낀 채로 가게의 벽면을 장식하고 있다는 것을 레오나르도 다빈치가 용납할지는 모를 일이었

다.

"에잇, 본부장님 때문에 조금 덜 주셨잖아요."

수현이 장난스럽게 투덜거리자 준우는 웃으며 자신의 것을 덜어 주었다.

"그런데 아까 그 아주머니는 여기 감자튀김을 혼자서 다 드셨나 봐?"

준우는 감자튀김을 건네주던 아주머니의 넉넉했던 몸집을 언급하며 투덜거렸다.

"물건을 팔 때 왜 예쁜 모델들을 쓰는지 여기서 알 수 있다니까요. 광고 모델로 효과가 크다는 3B 중 하나가 Beauty. 즉, 미인인 거 알죠? 이 가게가 감자튀김의 성지인 건 알겠는데, 마케팅도 엉망이고 홍보 전략도 볼품 없네요."

"은근 뒤끝 있다니까."

어린아이 같은 준우의 모습에 수현은 핀잔을 주며 웃어 보였다. 그런 그녀를 향해 준우 역시 미소를 머금고는 어깨를 으쓱할 뿐이었다.

"그래서 이 감자튀김을 먹으며 유학 생활의 외로움을 달랜 거예요?"

준우의 질문에 수현은 가만히 고개를 끄덕였다. 누가 들으면 우습다 하겠지만, 사실이었다. 감자튀김을 먹으며 그녀는 엄마를 떠올리곤 했으니까 말이다.

"어렸을 때, 제 놀이터는 엄마의 가게였어요."

수현이 가볍게 이야기를 시작했다. 어제 대성당 앞 카페에서 학교를 나온 이유를 말할 때보다는 훨씬 편안한 얼굴이었다.

"엄마가 집에서 좀 먼 동네에서 수선집을 하셨는데, 아무도 없는 빈 집에 저를 혼자 두는 게 싫으셨는지 학교가 끝날 즈음 가게 문을 잠시 닫고는 저를 데리러 오셨어요. 그러면 신나서 엄마와 함께 버스를 타고 가게로 향했죠. 그 가게엔 재미있는 물건들이 많았거든요. 일하시는 엄마 옆에서 엄마를 따라 인형 옷도 만들고, 숙제도 하면서 오후 시간을 보냈어요."
 수현은 어렸을 때를 회상하면 가장 먼저 엄마의 가게를 떠올렸다. 집보다도 훨씬 좋아했던 공간이었고, 친구들과 노는 것보다 엄마를 돕는 일이 더 신났던 시절이었다. 그래서 자연스럽게 옷을 만드는 일에 관심이 생긴 것일지도 몰랐다.
 "초등학교 4학년 때였던 것 같아요. 가게에서만 노는 게 불쌍했는지 엄마가 저를 어디로 데리고 가시더라고요. 예쁜 언니랑 오빠들이 나란히 서서 주문을 받고, 제 또래 친구들이 테이블에 앉아서 신나게 뭔가를 먹고 있는 곳이었어요. 그곳에서 엄마가 사 주셨던 게 감자튀김과 밀크셰이크였어요. 언뜻 보면 어울리지 않는 조합이지만, 그때의 저에겐 신세계나 다름없었죠. 그 짭조름하고 고소한 감자와 시원하면서도 달달한 셰이크에게 마음을 다 빼앗겼어요."
 "잘 먹는 걸 보시고는 어머님이 흐뭇해하셨겠네요."
 준우의 대꾸에 수현이 아니라는 듯 고개를 저었다. 그러고는 피식 웃었다.
 "왜 이렇게 맛있는 걸 이제야 사 주냐고 톡 쏘아붙이고는 엉엉 울음을 터뜨렸어요. 엄마는 완전 창피해하셨죠. 괜히 사 줬다고 후회하시는 것도 같았어요. 그리고 엄마랑 한동안 말도 안 했던 것 같아요."
 수현은 조금 전보다 더욱 밝은 웃음을 지어 보였다. 아마도 그때를 떠올리는 것이리라.
 "그 뒤로도 두고두고 그 얘길 하셨어요. 그때부터 반항을 시작했다는 둥, 먹을 거 앞에서 엄마도 몰라봤다는 둥 계속해서 장난처럼 놀려 대셨거든요. 그래서 감자튀김을 먹으면 엄마가 생각나는 것 같아요."
 수현은 감자튀김을 들어 보더니 천천히 웃음을 지우며 말을 이었다.
 "외롭고 힘들 때마다 여기 와서는 그냥 엄마가 사 주는 거라고 생각하면

서 이 녀석을 먹곤 했어요."
 수현의 얘길 들으니 준우도 앞에 놓인 감자튀김이 다르게 보이기 시작했다. 170년의 전통 때문이 아니라 그녀의 힘든 유학 생활을 위로해 준 기특한 녀석이라니, 정말 흔하지 않은 감자튀김인 것은 분명해 보였다. 잠시 시간이 흐르고 수현이 창가 쪽을 손으로 가리키며 잔잔한 목소리로 말을 건넸다.
 "그리고 저 네모난 창밖으로 보이는 모습이 저를 자극했다고나 할까요?"
 준우는 수현이 가리키는 방향으로 고개를 돌렸다. 벽면을 가득 채우는 커다란 창이 그 문을 활짝 열고 앤트워프의 화창한 햇살을 온몸으로 맞이하고 있었다.
 "똑같은 자리에서 창밖을 내다보는데 올 때마다 그 모습이 다르더라고요. 광장의 길드 하우스라든지, 고풍스러운 고딕 양식의 건물들이라든지. 매일 보는 광경이었고 익숙한 모습이었지만, 계절에 따라, 아니면 날씨에 따라 항상 색다른 분위기를 만들어 내더라고요. 똑같은 자리에서 똑같은 풍경을 바라보는데, 항상 다른 느낌을 갖게 해 준다니, 신기하지 않아요?"
 수현이 잠시 하던 말을 멈추고 준우를 바라보았다. 그의 의견이 궁금한 모양이었다. 그가 동의한다는 듯 살짝 고개를 끄덕이자, 그녀는 가볍게 어깨를 으쓱하고는 수줍게 말을 이었다.
 "그런 디자이너가 되고 싶었어요. 옷이란 게 사실은 태어나서 죽을 때까지 계속해서 입어야 하는 거잖아요. 바지나 치마, 셔츠나 니트처럼. 어쩌면 정말 뻔하고 지루한 것들이지만 사람들이 예상하지 못하게, 항상 다른 분위기를 낼 수 있게 만들어 보자 다짐했어요. 오래되었지만 아직도 사람들의 발길이 끊이지 않는 이 도시처럼, 시간의 흐름에도 끄떡없는, 긴 시간 동안 사랑받을 수 있는 디자인으로 말이죠."

나직하게 울리는 수현의 목소리를 들으며 준우 역시 창밖을 내다보았다. 수현이 하는 말이 어떤 의미인지 알 것 같았다. 샤넬의 트위드 재킷이나 버버리의 트렌치코트와 같이 시간이 흐를수록 더욱 사랑받는 옷을 만들어 내는 것은 디자이너들 모두가 꿈꾸는 일이었다. 그런 면에서 앤트워프는 세계에서 가장 빛나는 예술의 도시가 분명해 보였다. 흔하디흔한 감자튀김 가게의 창가에서조차도 예술적인 영감을 불러일으키니 말이다. 둘은 그렇게 한참 동안 같은 곳을 바라보고 있었다.

그리고 뒤끝 한준우 선생은 가게를 나가는 길에 발견한 방명록에 이런 글을 남겨놓았다.

French fries, forever!

오후가 되자 준우와 수현은 호텔로 돌아가 체크아웃을 했다. 어두워지기 전에 파리에 도착해야 다음날 귀국길을 위한 충분한 휴식을 취할 수 있을 것 같았다. 프런트 직원의 인사를 받고 얼마 되지 않는 짐을 챙겨 들은 준우는 수현을 찾기 시작했다. 체크아웃을 하는 동안 로비 라운지에서 차를 마시며 기다리기로 했던 그녀가 보이지 않았기 때문이었다. 몇 번 두리번거린 끝에 수현의 모습을 발견했는데, 그녀는 정문 쪽에서 키가 크고 늘씬한 서너 명의 여학생들과 대화를 나누고 있었다. 준우가 가까이 다가가 보니 수현은 그녀들에게 자신을 소개한 뒤 연락처를 물어보고 있었다. 아마도 학년 말 패션쇼를 위한 모델로 섭외하려는 모양이었다. 수현은 그렇게 자신도 모르게 앤트워프로 돌아올 준비를 시작하고 있었다.

잠시 후, 차에 올라타 앤트워프를 떠나며 수현은 생각했다. 그녀와 준우가 이곳에 있었던 시간은 짧았지만, 모든 상황이 도착했을 때와는 너무나

달라져 있다고 말이다. 디자인에 대한 고민이나 학교로 돌아가는 문제가 완전히 해결되진 않았지만, 수현은 알 수 있었다. 더 이상 알 수 없는 죄책감들이 자신의 미래를 가로막지는 않을 것이라고. 아마도 불면증에 잠을 이루지 못하는 날도 점점 사라지리라.

"24시간도 채 머무르지 않았지만, 제 인생에 많은 일이 일어나 버렸어요."

그것은 준우도 마찬가지였다. 그에게도 역시 이번 출장은 단순히 비즈니스만을 위한 것이 아니었다.

"앤트워프는 '던져진 손'이란 의미라는 거 알아요?"

수현의 물음에 준우는 이 도시에서 유난히 손 모양을 많이 봤던 것을 기억해 냈다. 오래된 선착장에 새로 생긴 박물관이 그러했고, 거리거리마다 손 모양의 동상들이 즐비했었다. 심지어 수현이 개발실 직원들에게 선물할 것을 사기 위해 들른 상점에서도 손 모양의 초콜릿과 비스킷을 볼 수 있었다.

"옛날에 이곳에 거인이 살고 있었는데, 지나다니는 사람들에게 통행료를 요구하고, 내지 못하는 사람들의 손을 잘랐다고 해요. 거인의 횡포가 점점 심해지자 브라보란 이름의 용감한 청년이 거인에게 맞섰고, 결국 승리를 거두었죠. 그 후 그 청년은 거인의 손을 잘라 강에 던져 넣었대요. 그렇게 도시는 해방되고, 앤트워프라는 이름을 얻었다고 하더라고요."

조곤조곤 말을 잇는 수현의 목소리가 무척이나 편안하게 들려왔다.

"저 역시 드디어 저를 얽매고 있던 알 수 없는 거인에게서 풀려난 느낌이에요. 뭔가 해방된 것 같고, 자유를 찾은 것 같은……. 결국 앤트워프가 제게 해결책을 제시해 준 셈이네요."

"그래서 이곳이 자유와 낭만의 도시군요."

"예술을 하기엔 정말 좋은 도시죠."

"사랑에 빠지기에도요."

귓가에 울리는 준우의 목소리에 수현은 다시 가슴이 두근거렸다. 그녀를 잠시 바라보는 그의 얼굴은 정말 사랑에 빠지기라도 한 것처럼 그 어느 때보다도 환하게 빛나고 있었다.

"안 그래요?"

수현은 대답 대신 앤트워프의 청명한 기운을 느끼기 위해 창밖으로 손을 내밀었다. 그녀의 뒤로 마르크트 광장의 브라보 동상이 잘 다녀오라고 말해 주는 것만 같았다. 오후의 햇살은 눈부셨고, 무리를 지어 떠다니는 구름은 포근해 보였다. 그리고 수현은 준우와 함께하는 이 순간이 정말 좋았다.

준우와 수현이 고속도로를 달려 파리에 도착한 때는 저녁 즈음이었다. 5시가 가까워지고 있었지만, 아직 해는 질 생각이 없는지 샹젤리제 거리의 플라타너스 나무들 사이로 보이는 하늘은 푸르게만 보였다. 유명한 명품 숍과 레스토랑들이 즐비한 몽테뉴 거리에 위치한 호텔에 체크인을 한 뒤, 준우와 수현은 파리를 즐기기 위해 밖으로 걸어 나왔다. 파리는 매해 크리스마스 시즌을 맞이하여 크리스마스 용품들과 먹거리들이 즐비한 노점들을 거리마다 배치하여 화려하고 다채로운 크리스마스 마켓을 열고 있었다. 그리고 이번 해에는 샹젤리제 거리에 스케이트장도 설치하고, 11미터 길이의 미니 에펠탑도 만들어 놓아 그 어느 때보다 사람들의 마음을 설레게 하고 있었다. 그 길을 따라 걷는 준우와 수현 역시 여느 때보다 조금 더 두근거리는 가슴을 안고 12월의 파리를 즐기고 있었다.

"이제 내가 가장 좋아하는 장소로 안내해도 되죠?"

거리를 걷던 준우가 파리에서 자신이 가장 좋아하는 장소로 데리고 가겠다고 말했다. 앤트워프에서 수현이 소개했던 MAX처럼 그에겐 의미가

깊은 곳이라고도 했다. 어디인지 궁금해 묻는 수현에게 대답 대신 웃어 보였을 뿐, 그는 이내 다가온 택시에 그녀를 태웠다. 하지만 준우가 택시기사에게 목적지를 말하고, 그들을 태운 차가 시테 섬으로 향하자 수현은 실망감을 감추지 못했다. 준우가 그녀를 데려가려는 곳이 별로 특별해 보이지가 않았기 때문이었다.

"노트르담 대성당?"

뭔가 못마땅한 것 같은 수현의 목소리에 준우는 왜 그러느냐고 눈으로 물었다. 나폴레옹의 대관식과 잔 다르크의 명예 회복을 위한 재판이 열렸던 노트르담 대성당은 파리를 찾는 사람들이 한 번은 꼭 들러 봐야 하는 최고의 관광지임에는 분명했지만, 뭔가 특별한 사연을 담기에는 부족함이 있어 보였다. 그렇다면…….

"설마 포앵 제로에 가 보려는 거예요?"

대성당 광장 바닥에 별 모양을 새겨 놓은 팔각형의 포앵 제로는 프랑스 거리 측정의 기준이 되는 파리의 중심이었다. 그곳을 밟으면 다시 파리로 돌아온다는 속설이 있어 관광객들, 특히 연인들의 발길이 끊이지 않는 곳이기도 했다.

설마 거기를 밟으면서 몇 년 후에 함께 오자, 이러는 거 아냐? 수현이 두 눈을 가늘게 뜨며 옆에 앉은 준우를 살펴보자, 거긴 유치한 애들이나 가는 곳이라고 그가 중얼거렸다. 그럼 어디지?

"아니면 어릴 적의 또다른 친구, 콰지모도를 만나려는 건가?"

수현이 빅토르 위고의 소설, '노트르담의 꼽추' 주인공을 입에 올리며 고개를 갸웃거리자 준우는 웃으며 조금 기다리라고 말했다. 자신은 3년이 넘게 그녀를 기다렸는데, 그 잠시도 참지 못하느냐며 핀잔을 주기도 했다. 그러나 시테 섬으로 들어온 택시는 수현의 예상과는 다르게 노트르담 대성당이 아닌 그 맞은편 라텡 지구에서 멈춰 섰다. 어둑해져 오는 하늘 위의 오렌지빛 석양과 크리스마스 전구를 품은 채 센 강변에 줄지어 선 나무들이 이곳을 더욱 운치 있게 만들어 주고 있었다.

"혹시 'Before Sunrise'라는 영화 알아요?"

준우의 물음에 수현이 살짝 고개를 끄덕였다. 졸업발표회를 앞두고 오스트리아 빈을 여행하기 전, 친구 중 하나가 추천해 주었던 영화였다.

"기차에서 만난 한 남자와 여자가 우연히 대화를 통해 서로가 잘 맞는다는 생각을 하게 되죠. 그래서 오스트리아 빈에 내려서 하룻밤 동안의 짧은 데이트를 가지고 이대로 헤어질 수는 없다는 생각에 6개월 후 다시 만나기로 하잖아요."

준우의 설명을 들으며 수현은 머릿속에 영화를 떠올렸다. 부다페스트에서 비엔나로 가는 기차 안에서 만난 두 사람은 생각을 공유하고 사랑을 나눴다. 그들이 함께했던 하루라는 시간은 사랑에 빠지기 충분한 시간이었고, 그들의 헤어짐은 긴 시간을 만나 왔던 연인들의 그것보다 훨씬 애틋해 보였다. 살면서 과연 그런 상대를 만날 수 있을지 궁금해하면서 그녀는 두 사람이 첫 키스를 나눴던 프라터 공원에도 가 봤고, 오페라 극장을 배경으로 영화 속의 가장 아름다운 장면을 재연해 보기도 했었다. 그런데 영화 속에서 마음에 들지 않는 점이 하나 있었다.

"전 오픈엔딩이 별로예요."

센 강변을 따라 나란히 걷던 준우가 고개를 돌려 수현을 내려다보았다. 그녀의 다음 말을 기다리고 있는 듯 보였다.

"그래서 6개월 후 그들이 만났는지, 만나지 못했는지……. 만나지 못했다면 누구 때문인 건지 관객들은 알지 못한 채 영화가 끝나잖아요. 뭔가 질문을 던져 놓고 결론은 보여 주지 않는 거, 맥 빠지는 일이에요. 그리고 여운이 너무 오래 남아서 싫더라고요."

두 사람은 마주 오는 관광객들을 위해 잠시 멈춰 길을 내어 주고는 누가

먼저랄 것도 없이 다시 걷기 시작했다. 그리고 다시 발을 내디디며 준우는 수현의 손을 끌어다 깍지를 끼었다. 쌀쌀해진 강변 바람에 차가워졌던 수현의 손이 점점 따뜻해졌고, 그 손길만큼이나 듬직한 목소리가 그녀의 귓가를 파고들었다.

"수현 씨는 그 다음 편을 보지 못했군요. 'Before Sunset'이라고, 9년 만에 두 주인공이 이곳 파리에서 재회하거든요. 남자가 9년 전 그녀와 나눈 추억을 책으로 써냈고, 그 책이 베스트셀러가 되어 이곳 센 강변의 작고 낡은 서점에서 팬 미팅을 하면서 영화가 시작돼요. 그리고 여자가 그곳으로 남자를 찾아오면서 둘은 만나게 되죠."

센 강변? 그렇다면?

"그들이 재회하는 장소가 바로 이 서점이에요."

준우가 가리키는 하얀색의 건물 1층엔 세월의 흔적을 보여 주는 노란 간판이 걸려 있었다. 그리고 그 노란색의 간판 위엔 단정한 글씨체로 '셰익스피어 앤 컴퍼니Shakespeare and company'라 씌어져 있었다. 영화에도 나왔다고 하더니 늦은 시간임에도 불구하고 많은 관광객들로 북적이고 있었다.

"이 서점은 2차 세계 대전에 위생병으로 참여했던 휫트먼이란 미국인이 고국으로 돌아가지 않고 열게 된 서점이라고 알려져 있지만, 원조는 따로 있어요. 아버지를 따라 파리로 온 미국 여성인 실비아에 의해 1919년, 파리 오데옹 거리에 만들어졌다 이곳으로 옮겨졌죠. 앤트워프의 감자튀김만큼은 아니지만, 나름 오래되고 의미 있는 곳이에요."

준우의 설명을 들으며 서점에 들어서자, 헤밍웨이의 사진이 수현을 반겨 주고 있었다.

"이 서점을 거쳐 간 예술가들은 셀 수도 없을 정도죠. 실비아는 어니스트 헤밍웨이나 T.S. 엘리엇, 스콧 피츠제럴드 같은 문학인들에게 물질적이고, 정신적인 후견인이나 다름없었어요. 독일이 프랑스를 점령하고 있던 그 시기에 서로 다른 국적과 계급, 성별의 많은 예술가들이 이곳에 모여 정치와 사회를 논하고, 자유와 문학을 갈망하며 자신만의 작품을 연구했어요. 어쩌면 이곳은 근대문학의 근원지라고도 말할 수 있는 명품 같은 장소예요."

그래서 그런가? 그저 소박하고 작은 서점인 듯 보였지만, 낡은 원목책장에 빼곡하게 꽂혀 있는 수많은 책들이 알 수 없는 분위기를 만들고 있었다. 수현은 고서들이 내뿜는 냄새에 포근함을 느끼며 준우의 안내를 받아 2층으로 올라갔다. 얼마나 많은 사람들이 오르내렸던 것인지, 계단의 중간 부분은 페인팅이 퇴색되어 원래의 나무 색을 보여 주고 있었다.

2층에 들어서니 아래층과 마찬가지로 수많은 책들이 그들을 반겨 주었는데, 수현은 처음 방문한 곳임에도 불구하고 친구의 집에 놀러 간 것 같은 익숙함을 느꼈다. 각자 편안한 모습으로 책장에 자리 잡은 많은 책들과 다양한 생김새의 의자들, 낡은 침대, 그리고 아무렇게나 걸려 있는 거울과 액자들이 묘하게 어울려 아늑한 분위기를 만들어 주고 있었다. 준우는 그 중 구석진 곳에 놓여 있는 침대로 가 털썩 주저앉고는 수현을 그 곁에 앉혔다. 서점만큼이나 오래되었을 것 같은 침대 앞 작은 테이블 위에는 구형의 타자기 한 대가 놓여 있었다. 그것을 보자 이곳에서 누군가가 집필 활동을 하지 않았을까 하는 작은 호기심이 그녀를 찾아들었다.

"헤밍웨이가 이곳에서 '노인과 바다'를 완성한 건 아니죠?"

농담처럼 던진 수현의 말에 준우가 빙긋이 웃으며 입을 열었다.

"노인과 바다는 모르겠지만, 제임스 조이스의 '율리시스'를 처음으로 출간한 사람이 실비아였어요. 그녀가 없었다면 20세기 문학사의 가장 위대한 소설이라는 율리시스가 세상에 나오지 못했을지도 모르죠. 그런 그녀의 정신을 이어받아 휘트먼 역시 신인 작가들이나 예술가들에게 잠자리를 제공해 주었어요. 낡고 볼품없어 보이지만, 4만 명이 넘는 예술가들이 이 침대

에 누워 작품을 구상하고 미래를 꿈꿨다고요."

"혹시 이 침대요?"

수현은 눈을 동그랗게 뜨고는 놀란 표정이었다.

"그래요. 우리가 앉아 있는 이 침대요."

잠시 침묵이 흘렀다. 앉아 있는 침대를 값비싼 골동품이나 되는 것처럼 살펴보던 수현의 귀에 준우의 음성이 다시 들려왔다.

"아버지가 돌아가신 뒤, 졸업 작품전을 앞두고 이곳에서 묵었어요."

그의 음성에서 수현은 조금은 쓸쓸한, 그리고 뭔가 미안해하는 감정이 느껴졌다.

"그때 난 아버지와의 추억이 깃든 장소들을 여행 중이었죠. 바티칸 박물관과 그 앞의 이름 모를 피자집, 찰리 채플린과 그레이스 켈리가 즐겨 찾았다는 로마의 한 식당, 일요일마다 런던 외곽에서 열린다는 벼룩시장, 대형 체스판이 그려져 있는 베른의 어느 길거리, 그리고 이곳까지……. 어렸을 때 아버지는 형과 나에게 여행책자에서 볼 수 없는 곳들을 소개해 주셨거든요. 그렇게 함께 와 봤던 곳들을 다니면서 나 나름대로는 아버지를 기억하려고 노력했어요."

수현은 그의 옆모습을 바라보았다. 침대 옆 큰 창으로 들어오는 센 강의 바람이 그의 머리를 살짝 흔들어 주고 있었다.

"그러다 여기에 와서 감정이 봇물처럼 터져 버렸어요. 힘드신 것도 모르고 제멋대로 굴고, 결국 임종도 지키지 못했다는 죄책감에 바보처럼 주저앉아 엉엉 울었죠. 그러다 멍하니 아버지를 떠올리며 웃고, 슬퍼서 다시 울고, 또 웃고……. 미친 놈처럼 혼자서 난리도 아니었죠."

그때가 떠올랐는지 준우의 눈빛이 잠시 아련해졌다. 그러곤 피식 웃음을 지으며 말을 이었다.

"그런데 한 남자가 다가오더라고요. 나를 끌어안고서 등을 몇 번 쓸어 주더니 자고 가도 된다고. 그 사람은 나를 무슨 고뇌에 찬 무명의 예술 청년으로 본 건지, 아무튼 책 정리하는 것 좀 도와주고 아침에 일어나 청소도 좀 하면, 식사도 챙겨 주고 자고 가도 된다고 해서 며칠을 이곳에서 묵었어요."

수현이 다시 눈을 동그랗게 뜨며 그들이 앉아 있는 침대를 가리키자, 준우는 고개를 끄덕였다.

"네. 이 침대에서요. 아버지와의 추억이 담긴 공간이라 너무 좋았어요. 그렇게 며칠을 묵고 나서 깨달았죠. 돌아가서 학교를 마치자. 졸업 작품전도 잘 마무리하고, 아버지가 원하시는 대로 좋은 성적을 내자. 대신 디자인이 아닌 경영과 마케팅을 더 배워야겠다고 마음먹었어요. 그리고 아버지가 입버릇처럼 말씀하셨던, 샤넬이나 에르메스와 같이 전 세계 모든 사람들이 열광할 수 있는 최고의 제품과 브랜드를 만들어야겠다고 생각했죠."

수현은 준우의 마음이 이해되었다. 외국 기업에게 내줄 수밖에 없었던 아버지의 회사를 생각하면서 그는 경영자로서 어떤 상황에서도 흔들리지 않는 단단한 회사를 만들고 싶었을 터였다. 아울러 그러기 위해선 트렌드를 이끄는 독창적인 제품을 만들어 내야 한다는 디자이너로서의 고민도 함께 느껴졌다.

"결국 본부장님도 이곳을 거쳐 간 많은 예술가들처럼, 여기에 누워 천장을 바라보며 미래를 설계한 셈이네요."

수현의 장난스러운 질문에 준우가 잰 체하며 대답했다.

"내가 헤밍웨이, 엘리엇과 같은 라인이라니까요."

준우는 수현과 시선을 맞추며 웃어 보이고는 다시 서점으로 화제를 돌렸다.

"아쉽게도 휘트먼은 몇 해 전에 세상을 떠났어요. 딸이 물려받았다는데, 인터넷 사이트를 오픈하면서 현대화 작업을 시작했다고 하더군요. 그래도

이 서점의 인테리어나 책들은 그대로 두겠다고 약속했다고 하네요."

그럴 수밖에 없었을 것이다. 수현이 보기에 이 서점은 더 이상 한 개인의 것이 아니었다. 과거엔 가난한 문학가들과, 현재에는 문학을 사랑하는 파리지앵들, 나아가 전 세계의 사람들과 추억을 공유한 로맨틱한 장소가 되었으니 말이다.

서점을 둘러본 뒤 다리를 건너 광장 쪽으로 발길을 옮겼다. 강변 위에 걸쳐진 서쪽 하늘의 노을은 정말이지 너무나 아름다웠다. 해가 져 어둑어둑해지고 있었지만, 강변과 광장에 모여 있는 많은 연인들과 관광객들에겐 별다른 문제가 되지 않는 모양이었다. 모두 느긋하게 저마다의 방법으로 파리의 밤을 즐기고 있었다. 잠시 생각에 잠겨 광장을 둘러보던 준우가 수현을 향해 물었다.

"아까 서점에 붙어 있던 문구 봤어요?"

수현이 어떤 문구를 얘기하는 것인지 의아한 눈빛을 보이자, 그가 부드럽고 나지막한 음성으로 말했다.

"이방인을 냉대하지 마라. 그들은 위장한 천사일 수도 있으니……."

수현은 2층으로 올라가는 좁고 낡은 계단 위에 씌어져 있던 글귀를 떠올렸다. 서점을 찾아온 가난한 예술가들에게 기꺼이 침대와 식사를 내어 준 서점 주인의 마음을 대변하는 글귀라 생각했었다.

"수현 씨에게 내가 하고 싶은 말이에요."

"본부장님이 제게 천사일 수도 있으니까 냉대하지 말라고요?"

수현이 두 눈을 가늘게 뜨고 새침한 어조로 묻자 준우는 피식 웃어 보였다. 뭐, 영 틀린 말은 아니지 않은가.

"실비아는 서점으로 찾아온 가난한 예술가들을 문전박대하지 않고, 그 우연의 만남을 소중한 인연으로 만들었죠. 그래서 헤밍웨이와 피츠제럴드를 서점 최고의 고객으로 만났고, 율리시스의 초판을 인쇄하는 행운을 잡았어요. 사람들은 세상을 살면서 인생을 바꿀 수 있는 운명 같은 우연을 만나지만, 그것을 인연으로 만드는 건 용기인 것 같아요."

준우는 잠시 말을 멈춘 채 수현의 손을 잡고 마주 서서 그녀를 내려다보았다.

"난 이제 용기를 내어 그 우연의 만남을 인연으로 만들려고 해요."

수현이 고개를 들어 준우를 바라보자, 엷은 미소를 짓고 있는 그와 시선이 얽혔다.

"그리고 그 인연은 물론 당신이고요."

준우의 고백을 들으며 수현의 뺨이 불그스레해졌다. 그녀는 이 정도면 충분하다고 생각했다. 그를 알고 지낸 시간이 얼마 되지 않았어도 사랑에 빠지기엔 충분한 시간이었고, 지금의 이 떨림과 설렘은 금방 사라질 수 있는 감정이 아니었다. 앞으로 준우가 아닌 다른 사람을 만날 수 있다 해도 그에게 가지는 이 마음과 같지는 않을 것 같았다.

수현은 작품을 준비해 런웨이에 올릴 때마다 성공적인 컬렉션이 될 거라 확신했었다. 이번에도 마찬가지였다. 인생이란 런웨이에 그와 함께 올라서려는 지금의 이 선택이 그녀에겐 다시없을 기회라는 확신이 들었다. 준우가 용기를 내 한 걸음 다가왔으니, 이젠 그녀가 용기를 내 한 걸음 나아가야 했다. 수현은 두 팔로 준우의 목을 감고 발꿈치를 들어올렸다. 그리고 그의 입술에 부드럽게 키스했다. 가벼운 입맞춤이었지만, 그녀의 심장은 그 어느 때보다 쿵쾅거리고 있었다.

그런데 뭔가 이상했다. 잠시 입을 떼고 깊은 시선을 교환한 뒤, 준우가 그녀의 얼굴을 두 손으로 감싸며 다시 입을 맞추려는데 그들을 지켜보는 눈이 너무나 많았다. 앤트워프 카페에서 키스를 할 때도 이렇진 않았다. 하물며 이곳은 사랑과 낭만의 도시, 파리였다. 그런데 많은 사람들이 준우

와 수현의 곁에 길게 늘어서서 그들의 키스가 끝나길 기다리고 있었다. 순간 이곳이 한국이었나 싶어 주변을 두리번거리기도 했었다. 하지만 이내 수현은 그들이 서 있는 곳이 어디인지 알아차렸다.

"여긴 포앵 제로 아니에요?"

수현이 고개를 숙이며 조용히 물었다. 그들의 발 아래에는 밟으면 다시 이곳으로 돌아온다는 금색의 팔각형이 놓여 있었다. 준우는 어깨를 으쓱하며 웃음으로 대답을 대신했다.

"아깐 애들이나 가는 곳이라더니."

"저분들이 보시기에 우리는 아직 애거든요."

수현의 핀잔을 들으며 준우가 가리킨 곳에는 차례를 기다리고 있는 백발의 노부부가 서 있었다. 그들은 수현과 준우를 향해 이제 비켜 달라는 듯 못마땅한 표정으로 경고의 눈빛을 보내고 있었다. 준우와 수현은 고개를 푹 숙인 채 발걸음을 옮겼지만 터지는 웃음은 막지 못했다. 그들의 웃음소리가 노트르담 대성당의 광장을 가득 채우고 있었다.

준우와 수현이 다시 호텔로 들어선 시간은 자정이 가까워서였다. 시테섬에서 택시를 타고 샹젤리제 거리로 돌아온 그들은 노천카페에서 와인을 곁들여 늦은 저녁과 함께 먹으며 많은 대화를 나눴다. 준우의 눈은 내내 수현을 담고 있었고, 그녀의 심장은 내내 그를 향해 뛰고 있었다. 수현이 눈을 비비며 피곤함을 드러내지 않았더라면, 아마도 동이 틀 때까지 레스토랑을 떠나지 않았을 터였다.

방으로 올라가기 위해 엘리베이터에 올라타면서 수현은 아까부터 궁금했던 것을 물어보았다.

"그래서 그들은 다시 사랑에 빠지나요?"

준우는 수현이 말하는 그들이 누군지 알 것 같았다. 아마도 셰익스피어

서점에서 재회한 제시와 셀린느를 의미하는 것이리라.

"Before Sunset 역시 수현 씨가 싫어하는 오픈엔딩이죠. 미국행 비행기 시간이 다가오지만, 여자의 집에서 두 사람이 대화를 나누면서 영화는 끝이 나거든요. 그가 부인과 아이가 있는 미국으로 돌아갔는지, 9년 만에 만난 운명 같은 여자의 곁에 남았는지는 아무도 알 수 없어요."

준우가 수현이 궁금해하는 영화의 결말에 대한 이야기를 마치자, 어느새 그들은 그녀의 방 앞에 도착했다. 이제 앤트워프에서 파리까지의 길었던 하루를 마감해야 하는 시간이었다.

"내일 다시 열두 시간을 비행하려면 힘들 거예요."

수현은 대답 대신 고개를 끄덕였다. 서울에서 떠날 땐 목적지가 앤트워프라는 사실이 그녀의 마음을 무겁게 만들었는데, 이제는 서울로 돌아가야 한다는 사실에 서운해지고 있었다.

"오늘 하루 피곤했을 테니까…… 잘 자요."

잔잔한 준우의 음성이 수현의 귓가에 스며들었다. 그녀의 몸은 피곤함으로 가득 찼지만, 가슴속은 그 어느 때보다도 두근대고 있었다. 드리스 반 노튼을 만난 후 앤트워프 대성당에 들렀고, 파리에서 이어진 노트르담까지의 여정은 정말 길고도 숨 가빴다. 하지만 막상 그와 헤어지려니 서운한 기분이 들었다. 이대로 그를 보내야 한다는 사실이 마음에 들지 않았다. 결국 아쉬운 마음을 감추고 돌아서는 준우의 옷깃을 잡은 사람은 수현이었다.

"난 오픈엔딩이 별로예요."

준우의 한쪽 눈썹이 살짝 올라갔다. 갑작스럽게 던진 그녀의 말이 어떤 의미인지 궁금한 모양이었다.

"그 남자는 결국 미국으로 돌아갔을까? 아니면 여자의 곁에 남았을까? 여자는 과연 그런 그를 받아 줬을까? 이런저런 생각을 하면서 결론도 모른 채 계속 고민해야 하는 거, 기운 빠져요."

그도 이미 알고 있는 이야기였다. 센 강변을 걸으며 셰익스피어 앤 컴퍼니에 가는 동안 이미 수현이 했던 이야기이지 않은가.

"마찬가지로 난 밤새 뒤척거리면서 이 남자가 오늘 나한테 한 이야기가 진심일까? 그저 다른 나라에 와서 충동적인 기분이었던 건 아니었을까? 내일 아침에 아무 일도 없었다는 듯 행동하면 어떡하지? ……뭐, 이런 고민으로 잠을 이루지 못하는 거 별로예요. 12시가 지난 신데렐라처럼 좋은 옷과 마차도 없고, 왕자님도 사라져 버릴까 봐 조금은 두려운 마음이 들어요."

준우의 눈이 살짝 커졌다. 그녀가 하려는 말을 이미 알아챈 것이 분명했다. 그가 어떤 대답을 할지 걱정이 되었지만, 수현은 다시 용기를 내고 있었다.

"들어왔다…… 갈래요?"

준우는 그 어느 때보다도 진지한 눈빛으로 수현을 바라보았다. 그녀에게 번복할 기회를 주는 것 같았다. 하지만 수현은 망설이지 않고 다시 용기를 내 물었다. 복도에 울리는 그녀의 목소리는 아까보다 더 떨리고 있었다.

"……싫어요?"

무슨 생각인 건지 준우는 한참 동안 말이 없었다. 그저 그녀를 빤히 쳐다볼 뿐이었다. 그렇지만 수현도 그의 대답을 이미 알 수 있었다. 그녀를 바라보는 그의 눈빛이 더욱 깊어졌고, 어깨를 잡아 오는 그의 두 손이 더욱 단단해졌다.

"남자가 여자한테 잘해 주는 이유는, 두 개예요."

준우가 담담한 목소리로 입을 열었다.

"그 여자를 정말 좋아하거나……."

"……."

"그 여자를 갖고 싶거나."

용기를 내준 수현만큼 준우는 최대한 솔직하게 대답하고 싶었다.
　"난 둘 다예요. 내가 그동안 디자이너 Sue를 기다려 왔다고 생각했는데, 그게 이유의 전부는 아니었나 봐요. 난 내가 일만 아는 지루한 사람이라 생각했었는데, 수현 씨 앞에 서면 다른 사람이 되죠. 회사나 일은 하나도 생각나지 않고, 어떻게 하면 당신을 즐겁게 해 줄 수 있는지, 웃게 만들 수 있는지 그런 것만 생각해요. 그 마음은 아마도 3년 전부터였을 텐데, 이제야 깨닫다니…… 정말 바보 같지 않아요?"
　수현의 마음을 꽉 채우는 준우의 두 번째 고백이었다. 잠시 후 그가 그녀의 허리를 잡아 가까이 당겼고, 수현 역시 그의 허리를 두 손으로 감으며 가슴에 머리를 기대었다. 그녀의 귓가로 전해지는 그의 심장 소리가 그의 진심을 다시 전해 주고 있었다. 준우는 천천히 고개를 숙여 그녀의 정수리에 입을 맞췄다. 그 다음은 이마, 그 다음은 코……. 수현에게 오늘 밤 일어날 일에 대한 준비를 시키려는 건지 작은 행동 하나하나가 부드럽고 따뜻했다.
　준우의 손가락이 그녀의 턱을 살짝 잡아 올리자 키스가 시작되었다. 부드러운 그녀의 입술을 달콤한 그의 혀가 가르고 들어왔다. 처음부터 하나였던 것처럼 두 개의 입술은 떨어질 줄을 몰랐고, 거칠어지는 숨결 역시 하나로 섞였다. 점점 더 깊어지는 입맞춤과 단단해지는 준우의 손길이 이젠 돌이킬 수 없다고 수현에게 말해 주는 것 같았다. 잠시 후 그녀의 등 뒤로 방문이 열렸다. 무엇에 홀렸는지도 모르겠다. 아니면, 사랑과 낭만의 도시 파리가 수현과 준우를 이렇게 만들었는지도. 하지만 지금 이 순간, 두 사람에겐 서로밖에 보이지 않았다. 그들 외엔 아무것도 중요하지 않았다.

　12월의 파리는 일찍 해가 지는 만큼 늦게 동이 터 오고 있었다. 한쪽 창가에 걸린 커튼 사이로 들어오는 푸르스름한 기운이 곧 아침이 될 거라 알

려 주고 있었다. 준우가 엎드려 있는 수현의 매끄러운 등을 천천히 쓸어내리다 어깨에 입을 맞춰 오자, 이제 막 잠에서 깬 그녀가 키득거리며 입을 열었다.

"전 제가 이렇게 밝히는 사람인 줄 몰랐어요."

수현은 아마도 돌아서려는 그를 잡고, 서로가 서로를 끊임없이 탐했던 지난밤을 떠올리는 것 같았다. 준우는 피식 웃으며 그녀의 어깨에서 귓불로 입술을 옮겼다. 준우의 깊은 음성이 수현의 귓가에 나지막이 전해졌다.

"가식은 옷을 입길 좋아하지만, 진실은 발가벗기 좋아한다죠."

비비안 웨스트우드가 동업자였던 말콤 맥라렌과 함께 만든 'SEX'라는 가게의 간판 위에 아무렇게나 휘갈겨 써 놓았던 글귀였다. 더구나 그때가 1970년대였으니 그들이 내세운 히피와 펑크 문화는 사회적으로 큰 파장을 불러일으키기에 충분했고, 그런 과격한 패션 철학으로 인해 풍기 문란죄로 기소되기도 했던 그들이었다.

"우리는 가식을 만드는 사람들이었군요."

수현이 가볍게 웃으며 대꾸하자, 준우의 입술이 그녀의 입술을 가볍게 스치듯 핥았다. 그녀의 몸은 더 이상 움직일 수 없을 것처럼 나른하게 뻗어 있었는데, 준우의 입맞춤이 계속되자 다리 사이에서 뭔가 조여지는 전율이 느껴졌다. 수현은 쉬고 싶어하는 머리와는 다르게 자신의 몸이 반응하는 것을 보며, 자신 역시 그동안 가식을 떨었나 싶어 피식 웃음을 터뜨렸다.

"하지만 서로에게는 진실했던 거죠."

"발가벗었기 때문에요?"

그녀의 질문에 준우는 움직임을 멈추고 잠시 생각을 한 뒤, 쿨하게 결론을 내렸다.

"몸과 마음을 다 내보였기 때문이라고 합시다."

준우의 말을 들으며 수현은 다시 키득키득 웃었다. 준우 역시 그런 그녀를 바라보며 소리 없이 웃어 보였다. 그러고는 그녀를 꼭 끌어안으며 제법 진지한 목소리로 말을 꺼냈다.

"마크 제이콥스의 뮤즈는 소피아 코폴라이고, 지방시의 뮤즈는 오드리 헵번이었어요."

뜬금없이 이어지는 그의 말에 수현은 귀를 기울였다. 낮게 깔리는 그의 음성이 세상 그 어떤 음악보다 편안하게 느껴졌다.

"나의 뮤즈는 수현 씨인 것 같아요."

준우의 가슴에 얼굴을 묻은 채 수현은 그의 다음 말을 기다렸다.

"학교를 졸업하고 옷을 직접 만드는 일에는 더 이상 흥미가 생기지 않을 것 같았는데, 수현 씨가 입을 옷이라면 만들어 보고 싶어졌어요."

수현은 준우의 가슴에서 천천히 고개를 들었다. 둘의 시선이 다시 마주쳤다. 그녀는 빙그레 웃으며 장난스럽게 질문했다.

"왜요? 제가 입는 옷이 맘에 안 들어요?"

준우는 수현에게서 시선을 떼지 않은 채, 그녀의 얼굴을 살짝 가리고 있는 머리칼을 귀밑으로 넘겨 주었다. 사랑스러운 그녀의 얼굴이 전부 보이지 않는 게 맘에 들지 않았다.

"내가 만든 옷을 입고 있는 당신을 보는 일은 정말 근사할 것 같아."

담담하게 내뱉은 준우의 말에 수현의 얼굴이 붉어졌다. 부끄러워진 마음을 숨기려는 듯 그녀가 고개를 내리자, 준우는 기다렸다는 듯 그녀의 머리를 감싸안고 입을 맞췄다. 다시 뜨겁게 두 사람의 입술이 열렸고 호흡이 섞였다. 간간이 내뱉는 숨소리도 거칠어졌다. 그의 입술이 그녀의 목덜미를 타고 내려갔고, 그의 손이 수줍게 드러나 있는 가슴을 움켜쥐었다. 점점 거칠어지는 그의 손길에 얕은 신음을 내뱉으며 수현이 먹히지도 않을 투정을 부렸다.

"나 힘든데……."

이런, 달아오른 몸과 떨리는 마음과는 다르게 이제는 수현의 입이 가식을 떨고 있었다.

"비행기 타려면······."

"밤 비행기예요."

수현이 입을 열기 무섭게 준우가 대꾸했다. 그러곤 그녀를 침대에 눕히고 재빨리 올라타며 장난기 섞인 목소리로 입을 열었다.

"옷을 만들려면 치수를 잘 재야 하거든요."

준우의 손이 그녀의 목덜미를 타고 어깨까지 내려왔다. 눈으로는 사이즈를 가늠하듯 이리저리 살펴보고 있었다. 다음은 가슴이었다. 수현의 두 가슴을 이리저리 주무르던 그는 잘 모르겠다는 표정을 지은 후 입술을 내렸다. 입술과 혀로 끊임없이 양쪽 가슴을 오가고 있었다.

"치수를 재는 새로운 방법이네."

그의 머리를 끌어안으며 수현이 입을 열었다. 그녀의 목소리는 차분한 듯 들렸지만, 준우는 이미 알고 있었다. 수현의 모든 감각이 그에게 향해 있다는 것을. 그의 머리는 이제 배꼽을 지나 그 아래 가장 은밀한 곳을 향해 내려가고 있었다.

나의 역할은 유혹하는 것이다

- 존 갈리아노

한 해의 마지막 날을 화려하게 장식한 '옴므 by송지애'의 론칭쇼는 사람들의 기대, 그 이상이었다. '프러포즈'를 테마로 6분 동안 펼쳐진 런웨이 위의 로맨틱 퍼포먼스는 보는 이들을 매료시키기 충분했고, 특별한 소재와 화려한 색감의 슈트로 무장한 모델들의 환상적인 행렬은 관객들의 탄성을 자아냈다. 지애의 능력이 십분 발휘된 날렵한 실루엣은 군더더기 없는 깔끔한 남성복의 정수를 보여 주었고, 자칫 지루해질 수 있는 슈트에 승원 특유의 스타일리시한 포인트가 더해져 둘만의 멋진 콜라보레이션을 완성시켰다. 맞춤복이라는 특성에 맞게 그들의 손끝에서 다시 태어난 S/S 시즌 룩과 아이템들은 기성복 브랜드의 한계를 뛰어넘었다. 이로써 옴므는 기존의 트렌디한 스타일에 크리에이티브한 감성을 더해 브랜드의 아이덴티티를 한층 업그레이드시켰다는 반응을 이끌어 냈다.

피날레를 위해 모인 모델들의 박수 소리를 뚫고 지애가 런웨이로 걸어

나오자, 관객들 역시 기립하여 함성을 쏟아 냈다. 옴므가 앞으로도 국내 업계 1위의 자리를 굳건히 지켜 나가리라는 걸, 더 나아가 세계적인 브랜드로 성장하리라는 걸 의심하는 사람은 한 명도 없었다. 그리고 이 쇼를 완성도 있게 이끈 디자이너 송지애의 미래 역시 탄탄대로일 것이라는 사실은 분명해 보였다. 세상을 향한 옴므의 힘찬 날갯짓이 다시 시작되는 순간이었다.

곧 이어진 파티 타임. 짧았던 런웨이에 갈증을 느낀 패션피플들을 비롯한 내외신 언론인들과 여러 관계자들이 애프터파티와 함께 진행될 옴므의 송년회를 위해 청담동에 위치한 U어패럴의 새 매장으로 모여들고 있었다. 클래식한 오페라 극장의 모습을 재현한 파티장에선 많은 사람들이 모여 쇼의 성공을 축하하고 있었다. 좀처럼 얼굴을 보기 힘들었던 셀러브리티들이 한 곳에 모이자 여기저기에서 플래시가 터지기 시작했다. 모두 편안한 모습으로 분위기에 취해 한 해의 마지막 밤을 즐기고 있었다.

그리고 이런 매력적인 셀러브리티들을 제치고 파티장 내 모두의 주목을 끌고 있는 사람이 있었으니, 바로 션 오프리였다. 모두를 깜짝 놀라게 한 옴므의 메인 모델이 바로 션 오프리였던 것이다. 지난 뉴욕 패션위크의 오프닝 세리머니에서 만난 그를 이번 쇼의 메인으로 섭외하기 위해 한준우 본부장이 나머지 컬렉션의 관람을 모두 포기했다는 사실은 알려지지 않은 비하인드 스토리였다.

남성 모델에 랭킹이 있다면, 모두 1위로 손꼽는 것을 주저하지 않는 션 오프리는 섹시한 남성 모델이라면 거쳐야 하는 캘빈 클라인과 돌체 앤 가바나, 베르사체의 대표 모델로 활동하며 현재 가장 핫한 모델로 주목받고 있었다. 남성적인 섹시한 매력과 미소년의 천진난만한 이미지를 동시에 간직하고 있는 그는 모델치곤 크지 않은 185센티미터의 키를 가졌지만, 그만이 표현할 수 있는 특유의 매력으로 전 세계를 런웨이삼아 종횡무진 활약하고 있는 최고의 모델이었다. 그런 그가 국내 패션쇼의 메인 모델로 올라

세련된 캣워크를 선보이며 근사한 미소를 날렸으니, 미디어와 관객들은 모두 션 오프리와 사랑에 빠질 수밖에 없었다. 그리고 이제는 파티장에 모습을 드러낸 그에게 사인을 요청하고 함께 사진을 찍으며 모두 즐거워하고 있었다.

파티장 한구석에 서서 스태프로부터 공식 행사에 대한 브리핑을 들으며 그 모습을 바라보던 준우는 피식 웃음을 내보였다. 지금 이 자리에 없지만, 이곳에 있었다면 분명 저들처럼 션 오프리를 향한 팬심을 드러냈을 한 여자가 떠올랐기 때문이었다. 파리에서 돌아오던 날, 인천공항에서 바로 맞이한 션 오프리를 반짝반짝 빛나는 눈으로 바라보며 말을 잇지 못했던 수현이 바로 그 여자였다.

"도대체 왜 여성복을 전공한 건지, 오늘처럼 후회한 적이 없었어요."

입국 게이트 앞에서 션 오프리와 그의 일을 돕는 에이전시와 인사를 나눈 후, 회사에서 마중 나온 차로 안내하던 길이었다. 한숨 섞어 내뱉는 그녀의 말에 준우는 걱정스러운 표정을 지어 보였다. 수현이 자신을 괴롭히던 문젯거리들을 모두 떨쳐 내고 비행기에 올랐다 생각했는데, 아직 뭔가 해결하지 못한 고민이 남아 있는 모양이었다. 그녀는 정말 못마땅하다는 듯 얼굴을 찌푸리며 말을 이었다.

"남성복은 단조로운 실루엣에 장식들도 밋밋하고, 표현하는 방식도 재미없을 거라고 생각했었는데, 디자인과는 별개로 숨겨진 더 큰 재미가 있었네요."

디자인 뒤에 숨겨진 더 큰 재미? 그런 게 있었나? 궁금해하며 준우는 그녀의 다음 말을 기다렸다.

"그럼 송 팀장님은 션 오프리 님의 늠름하신 몸을 직접 터치하시는 거예요?"

으음? 션 오프리 니임? 수현의 입에서 터져 나오는 얘기들은 준우의 예상과는 멀어도 너무 멀었다.

"송 팀장님이 직접 그의 우수에 찬 눈빛을 마주 보며, 저 섹시한 입술을 뚫고 나오는 목소리를 두 귀에 담으면서 부드러운 몸을 쓰다듬으시는 거란 말이죠?"

모르는 사람이 들으면 송 팀장을 에로영화계의 새로운 캐릭터로 오해할 수 있는 말들이었다. 준우는 수현의 엉뚱함에 기가 차면서도 웃음이 나왔다. 하트 눈을 하고 남성 모델을 바라보는 디자이너라니. 프로 못지않게 완성도 있는 컬렉션을 만들어 내면서도, 한편으로는 아마추어 같은 수현의 풋풋함이 장시간 비행의 피로도 잊을 만큼 그를 유쾌하게 만들었다. 하지만 쇼를 마친 뒤, 션 오프리와 다음 시즌을 위한 옴므의 지면 모델 계약을 진행하기로 했던 준우는 션에게 열광하는 그의 여자를 보며 그마저도 재고하고 싶어졌다. 그 순간 수현의 새치름한 목소리가 준우의 머릿속을 파고들었다. 그가 고개를 돌려 그녀를 바라보니, 두 눈을 가늘게 뜨고는 뭔가 따져 묻고픈 표정이었다.

"혹시 본부장님도 그런 이유로 여성복을 전공하신 거예요? 글래머러스한 여성 모델들의 몸을 직접 터치하시려고요?"

준우는 자신의 귀를 의심했다. 이 아가씨가 지금 뭐래니?

"본부장님이 직접 실크 같은 그녀들의 피부를 어루만지면서 '오빠만 믿어. 널 최고로 만들어 줄게' 그러셨던 거예요? 아하! 그래서 파슨스 졸업 작품전 때, 실 한 타래도 다 쓰지 않고 만들었다는, 그 속이 훤히 보이는 니트 원피스가 탄생한 거였구나. 본부장님 속이야말로 훤히 다 보이네요."

수현은 이제 '송 팀장'에 이어 '본부장'이라는 새로운 남성 캐릭터까지 창조하려는 모양이었다. 그녀는 종알거리며 준우를 타박했지만, 당황한 그는 그저 기가 차다는 웃음만을 연거푸 내뱉고 있었다.

"어쩐지 터치가 남다르시더라니……."

다시 이어지는 수현의 말이 칭찬인가 싶기도 해 준우가 한쪽 눈썹을 슬쩍 밀어 올리며 생각에 잠겨 있자, 그녀가 그의 팔을 잡아끌며 재촉했다.

"어? 션 오프리 님이 차에 오르셨네. 우리도 빨리 가요."

수현이 그를 들었다 놨다 하는 재주가 남달랐다는 사실을 잊고 있던 준우였다. 그녀를 떠올린 그는 저도 모르게 미소를 지었다. 어떻게 하면 수현을 웃게 만들 수 있는지, 즐겁게 할 수 있는지를 생각한다던 그의 고백이 무색하게 수현이야말로 항상 그를 웃음짓게 만드는 엔도르핀 같은 존재였다. 모든 준비가 끝났다는 스태프의 전갈에 준우는 매무새를 가다듬었다. 그와 그녀를 위한 준우의 쇼는 지금부터 시작이었다.

파티장을 가득 메우던 음악이 꺼지며 화려하게 번쩍이던 불빛들이 사라지자 중앙 무대로 조명이 떨어지면서 오늘 파티의 공식 행사가 시작되었다. 음악 프로그램을 진행하며 많은 인기를 끌고 있는 가수 이경민이 등장하자 모두 환호를 지르며 열광했다. 오늘 쇼의 테마였던 '프러포즈'에 맞게 감미로운 목소리로 그가 노래를 시작하자, 어수선했던 파티장이 차분해지면서 모두 그의 목소리에 빠져들고 있었다. 로맨틱한 노래가 끝나자 한쪽 벽면을 가득 채우고 있던 스크린에 오늘의 쇼가 다시 상영되었다. 그리고 뒤이어 30년 동안 U어패럴을 이끌어 온 회장의 인사말이 시작되었다.

"오늘처럼 U어패럴이 자랑스러웠던 적은 없었습니다."

회장의 말처럼 파티장 곳곳에서 이 순간을 즐기고 있는 음므 직원들의 얼굴에는 자랑스러움이 묻어났다. 이 자리는 분명 오늘 쇼의 성공을 축하하는 자리이자 여러 패션 관계자들에게 맞춤복 라인을 선보이는 오프닝 세리머니였지만, 그보다도 한 해 동안 열심히 일해 준 직원들의 노고를 치하하고 격려하려는 회장의 뜻이 엿보이는 연설이었다.

"모두가 기성복은 이르다고 말했던 30년 전, 우리는 시작했습니다. 많은 사람들이 우려했지만, 우리는 결국 해냈습니다. 그리고 이제 맞춤복은 아

직 이르다고 말하는 지금, 여러분의 용기와 노력이 U어패럴이 걸어갈 앞으로의 30년을 위한 기틀을 마련할 것입니다. 그 선봉에 서 있는 한준우 본부장에게 마이크를 넘기겠습니다."

그리고 뒤이어 준우의 인사말이 시작되었다. 구찌의 블랙 슈트를 입고 마이크 앞에 선 그는 파티장의 그 누구와 비교해도 손색이 없을 정도로 빛이 났다. 그리고 너무나 섹시했다. 패션회사의 본부장답게 세련된 말투와 화려한 애티튜드로 모두를 향해 메시지를 전하는 그야말로 진정 오늘 파티의 호스트였다.

"오늘은 감사하다는 말로는 부족한 날입니다. 여러분이 있었기에 U어패럴이 있었고, 옴므가 탄생할 수 있었습니다. 지난 30년 동안 U어패럴은 업계 최정상의 자리에서 국내 패션계를 이끌어 왔습니다만, 이제부터 다시 시작입니다. U어패럴의 전성기는 아직 오지 않았다고 감히 말씀드리고 싶습니다."

준우 역시 오늘의 쇼를 위해 숨 가쁘게 달려온 모든 직원들을 격려하는 말로 축하의 메시지를 시작했다. 파티장의 수많은 사람들은 무대 위 준우에게서 시선을 떼지 못한 채 그의 말에 귀를 기울이고 있었다. 그리고 모두를 놀라게 한 사건은 인사말이 마무리되는 시점에서 그가 던진 한마디로 시작되었다.

"그리고 옴므와 함께 새로운 도약을 준비하고 있는 뮤즈 역시 많은 관심과 성원을 부탁드리겠습니다."

"뭔가 준비되어 있습니까?"

"뮤즈는 곧 퇴출될 거란 소문이 있습니다. 다른 계획이 있으신 겁니까?"

"뮤즈 역시 맞춤복 라인인가요?"

미디어 관계자들은 이곳이 옴므를 위한 자리라는 걸 잘 알고 있었지만, 앞 다투어 뮤즈와 관련된 질문을 던졌다. 옴므를 한 단계 더 성장시키기 위해 맞춤복 라인을 선보이며 션 오프리를 깜짝 등장시켰던 준우였던 만큼 뮤즈 역시 새로운 도약을 준비하고 있다는 그의 말을 예사로 넘길 수가 없었던 모양이었다. 기자들의 질문에 준우는 환하게 웃으며 입을 열었다. 마치 기다리고 있었다는 듯, 그의 표정은 여유 있어 보였다.

"오늘은 좋은 날이니 여기 오신 많은 분들을 위해 한 가지 소식을 전해 드리자면, 말씀드린 대로 뮤즈는 새로운 도약을 준비하고 있습니다. 이를 위해 앤트워프 SIX의 한 명이자, 시대를 거슬러 사랑받고 있는 최고의 디자이너인 드리스 반 노튼과의 콜라보레이션을 진행 중에 있습니다."

기자들이 살짝 웅성거렸다. 국내에 들어와 있는 대형 외국 브랜드들과 유명 디자이너의 콜라보레이션은 드문 일이 아니었다. 올 시즌만 해도 이미 H&M과 마틴 마르지엘라, 그리고 루이비통과 쿠사마 야요이의 협업이 진행되지 않았는가. 하지만 이는 모두 외국에 본사를 둔 유명 패션하우스들이었기에 국내 브랜드와 드리스 반 노튼이라는 하이레벨 디자이너의 협업은 놀라운 일이었다. 뮤즈의 회생을 위해 한준우 본부장이 준비하고 있다는 소문의 프로젝트가 실제로 드러나는 순간이었다.

"드리스 반 노튼의 작품 스무 점이 뮤즈와의 콜라보레이션을 통해 내년 시즌 S/S 룩으로 재탄생될 예정입니다."

준우가 구체적인 계획과 시기까지 언급하자, 장내는 더욱 소란스러워졌다. 뮤즈가 콜라보레이션이란 시도로 새로운 도약을 꿈꾸는 최초의 브랜드는 아닐지라도, 그로 인해 최고의 브랜드로 발돋움할 수 있는 좋은 소식임은 분명했다. 준우는 어깨를 으쓱하며 덧붙여 말했다.

"앞으로 뮤즈는 매 시즌, 다른 유명 디자이너와의 협업을 통한 캡슐 컬렉션의 형태를 선보일 것이고, 이를 위한 새로운 라인을 구상 중에 있습니다."

장내가 다시 소란스러워지고 있었다. 벌써부터 드리스 반 노튼의 뒤를

이을 다음 디자이너에 대한 호기심이 일고 있는 모양이었다.

"하지만 오늘은 옴므의 날이니까 뮤즈에 관한 이야기는 조만간 인터뷰나 보도 자료를 통해 알려 드리도록 하겠습니다."

하지만 사람들은 가벼운 인사를 하고 자리로 돌아가려던 준우를 그대로 두지 않았다. 다시 여기저기에서 질문이 쏟아졌다.

"뮤즈에서 이번 기획을 진행할 디자이너는 누구입니까?"

"본부장님이 직접 하시는 건가요?"

준우는 특유의 부드러운 미소를 지어 보이며 질문에 대답했다.

"아시다시피 저는 디자인을 하지 않은 지 오래되었습니다. 실력이 많이 녹슬었죠. 정말로 뮤즈를 위한다면 디자이너로는 나서지 말아야 한다는 게 제 생각입니다."

위트 있는 준우의 답변에 사람들이 웃음을 터뜨렸다. 준우 역시 함께 웃어 보이며 할 말을 마쳤다는 듯 돌아서려다 멈춰 섰다. 그러고는 조심스럽게 다시 입을 열었다.

"아! 지난해 세계 패션계를 떠들썩하게 만들어 놓고 사라졌던 앤트워프의 한 여학생이 있는데, 알고 계시는지요?"

뜬금없는 준우의 질문에 모여 있는 사람들이 고개를 갸웃했다. 그가 내뱉는 말의 의미를 알 수가 없다는 표정들이었다. 질문을 던졌지만 딱히 답변을 기다린 건 아니었는지, 준우는 사람들을 향해 다시 입을 열었다.

"앤트워프 100년의 역사를 다시 쓰고 있다는 동양인 여학생이 파이널 이어 졸업발표회를 앞두고 모습을 감췄습니다."

곳곳에서 다시 웅성거리는 소리가 들려왔고, 어디선가 Sue라는 이름도 나오고 있었다. 그리고 뒤이어 쐐기를 박는 준우의 한마디가 파티장을 갈랐다.

"그녀가 지금 한국에 있다는 소문이 돌더라고요."

의미심장한 표정으로 준우는 돌아섰고, 그가 던진 사인에 MC를 보고 있던 경민은 사람들에게 건배를 제안했다. 모두 샴페인잔을 높이 들고 서로를 축하하고 있었지만, 저마다 뮤즈에서 진행한다는 콜라보레이션과 앤트워프에서 사라졌다는 여학생의 상관관계를 파악하느라 머릿속이 분주해졌다. 오늘처럼 중요한 자리에서 본부장이란 자가 내뱉은 말이 그저 그런 뜬구름일 가능성은 없어 보였기 때문이다.

준우의 인사말을 지켜본 사람들이 그가 연달아 던진 뮤즈의 최신 소식에 놀라 술렁거렸다면, 지애와 승원은 다른 이유로 놀라 당황하고 있었다. 지애의 고백에 서먹했던 두 사람이 그 후 처음으로 눈을 맞추며 시선을 교환하고 있었다. 두 사람 모두 수현의 정체에 대해 의심은 하고 있었지만, 드러난 사실은 그 예상을 훨씬 뛰어넘는 것이었다. 그리고 다시 시선을 무대 위로 돌린 승원은 회장에게 격려를 받는 준우의 모습을 보며 머릿속이 복잡해졌다. 나란히 서서 더할 나위 없이 정답게 대화를 주고받는 그들의 모습에 승원의 얼굴이 점점 굳어 가고 있었다.

공식 행사가 모두 마무리되고 번쩍이는 조명과 함께 파리에서 날아왔다는 유명 DJ가 강한 비트의 음악을 틀자 다시 환호성이 터져 나왔다. 달아오르는 마음만큼 스테이지로 몰려온 사람들의 몸이 들썩였고 파티의 분위기는 점점 고조되고 있었다. 그들의 밤은 이제부터 시작이었다.

새해가 되자, 패션계에서는 한준우 본부장이 U어패럴의 후계자가 될 거라는 기사들이 쏟아져 나오고 있었다. 옴므를 론칭 1년 만에 업계 정상에 올려놓은 점, 그로 인해 U어패럴이 다시 일어설 수 있었다는 점은 자타가 공인하는 그의 업적이었지만, 퇴출 직전까지 몰렸던 뮤즈의 위기는 준우를 흠집 내려는 사람들에게 좋은 이야깃거리였다. 하지만 드디어 한준우 본부장이 U어패럴의 아픈 손가락인 뮤즈를 위한 청사진을 발표하였다. 그가

내세운 새로운 비전은 이제 막 시작 단계에 있었지만, 성공을 의심하는 사람은 없어 보였다. 그의 손에서 U어패럴의 세대교체가 이뤄지며 다시 한 번 부흥기가 시작되고 있는 셈이었다. 그런 준우를 영입하기 위해 해외 유명 브랜드에서의 스카우트 제의가 끊이지 않는다고 하니, U어패럴이 후계자 자리를 내어 주지 않고서는 그를 잡을 수 없을 것이라는 전망이 그런 기사에 더욱 힘을 실어 주고 있었다.

반면 U어패럴은 준우보다는 수현의 얘기로 술렁거렸다. 본부장 잘난 거야 하루 이틀 일도 아니었고, 그가 아니면 다른 대안도 없었던 탓에 준우의 차기 CEO 내정설은 별로 놀랄 일도 아니었지만, 수현은 달랐다. 모두 동대문 출신의 그저 그런 아가씨인 줄만 알았던 그녀가 패션업계 종사자라면 한 번쯤은 들어 봤었던 앤트워프의 Sue였다니. 모두 이 흥미진진한 사건에 놀라는 한편, 다양한 반응을 쏟아 내고 있었다. 그럴 줄 알았다, 지난번 공모전 때부터 예사롭지 않았다, 라는 긍정적인 의견에서부터 그래 봤자 학생이다, 실전은 다를 것이다, 라는 비아냥까지. 하지만 결국 그들의 궁금증은 하나였다. 수현이 얼마나 잘해 낼 것인가에 대한 의심. 그와 더불어 준우의 선택이 어떤 결과를 낳게 될 것인지에 대한 기대감이 뒤섞여 회사를 뜨겁게 달구고 있었다.

하지만 수현은 회사 내 떠들썩한 반응을 뒤로 한 채 콜라보레이션을 위한 작업을 진행하느라 정신이 없었다. 본사가 있는 압구정에서 차로 10여 분 정도의 거리에 위치한 작업실은 이번 프로젝트를 위해 회사에서 마련해 준 곳으로, 패션의 거리이자 신진 디자이너들과 세계적인 브랜드들의 새로운 격전지로 떠오르고 있는 가로수길의 한복판에 자리 잡고 있었다.

수현은 현재 드리스 반 노튼이라는 밑그림에 뮤즈라는 색을 입히는 작업에 자신의 모든 역량을 쏟아 붓고 있었다. 그의 디자인적 아카이브에 충실하되 뮤즈에 맞게 진화시키는 일은 고된 작업이었지만, 그녀를 몹시 설레게 만들었다. 졸업발표회를 준비할 때와는 비교도 할 수 없는 흥분감에 피곤함을 느낄 틈이 없었고, 그녀를 향한 사람들의 수군거림을 신경 쓸 겨를도 없었다.

그런 수현의 마음을 무겁게 하는 것이 하나 있었는데, 이번 일로 적지 않은 충격을 받았을 디자인 1팀의 반응이었다. 다음 시즌을 위한 샘플 바잉을 떠난 서수미 팀장의 반응까지는 아직 알 수 없었다. 하지만 작업에 필요한 용품들을 챙기기 위해 잠시 디자인실에 들른 수현에게 허연심 과장은 음흉하다는 말과 함께 눈을 흘겼고, 이시영 대리는 시선도 주지 않은 채 자리를 박차고 나가 버렸다. 드리스 반 노튼과의 작업 기회를 빼앗긴 것에 대한 분이 아직 다 풀리지 않았는지 수현과는 잠시라도 한 공간에 있고 싶지 않은 모양이었다.

수현은 뻑뻑해진 눈을 비빈 뒤, 기지개를 폈다. 앤트워프에서 도착한 드리스 반 노튼의 디자인을 들여다보느라 긴장했던 근육들이 아우성이었다. 하던 일을 잠시 멈추고 자리에서 일어난 그녀는 창가로 가 바깥 풍경을 내려다보았다. 서울에서 가장 핫한 플레이스라는 명성에 어울리게 아기자기한 카페와 상점들이 유니크한 외형을 뽐내고 있었고, 거리를 오가는 많은 사람들은 뭐가 그리도 신나는지 환하게 웃으며 즐거운 에너지를 뿜어내고 있었다. 그런 모습을 말없이 바라보며 기운을 얻어 가던 수현은 순간 얼굴을 찌푸리며 한숨을 내쉬었다. 그녀의 두 눈에 찰스의 애플그린색 딱정벌레가 발레파킹 요원들에 의해 주차되고 있는 모습이 들어왔기 때문이었다. 그리고 잠시 후, 사흘 동안 전국 대형 백화점에 입점한 뮤즈의 매장을 돌며 시장 조사를 마치고 온 찰스가 작업실로 급하게 달려들어왔다. 서울에 도착하는 대로 수현에게 할 말이 있다던 찰스의 전화에 가로수길 작업실을 알려 주었던 그녀였다. 수현은 드디어 올 것이 왔다 싶었다.

"자기, 나한테 언제 얘기하려고 했어?"

수현은 찰스에게 정말 미안했다. 다른 사람은 몰라도 그에겐 사실대로 얘기했어야 했다는 후회가 들었다. 속이려던 건 아니었다고 해도 결과적으로는 그의 뒤통수를 친 배신자가 되어 버렸지 않은가.

"선배, 사실은요……"

"정말 놀랄 일이다."

찰스가 수현의 말을 자르며 당황한 표정을 지어 보이자, 그녀는 터져 나오는 한숨을 속으로 삼키며 고개를 끄덕였다. 그랬을 것이다. 정말 놀랐겠지. 얼마 차이는 나지 않았지만, 수현을 후배라고 이것저것 챙겨 주었던 그였는데, 그녀의 소식을 듣고 얼마나 놀랐을지 생각해 보니 미안한 마음이 더욱 커져 갔다.

"앤트워프의 Sue……."

수현은 고개를 들어 무거워진 마음만큼 긴장된 표정으로 찰스를 바라보았다. 네. 저예요. 제가 그 Sue예요.

"그 디자이너가 우리 회사로 온다는 소문이 사실이야?"

둘 사이에 잠시 동안 침묵의 시간이 흘렀다. 처음엔 생각보다 평온한 찰스의 목소리에 안도감이 들어 수현은 그 의미를 잘 파악하지 못했다. 그런데 그 디자이너가 우리 회사로 온다고? 이미 왔는데?

"그 디자이너가 드리스 반 노튼이랑 하는 콜라보레이션을 진행한다며?"

수현은 다시 고개를 끄덕였다. 그 콜라보레이션을 진행하는 디자이너가 자신이지 않은가.

"그럼 수현 씨는 어떻게 되는 거야? 아무 검증도 되지 않은 수현 씨를 왜 데려가나 했더니, 결국 들러리였던 거잖아. 앤트워프 쪽의 지시 사항을 그대로 전하기만 하면 되는."

아! 디자인실에서 따돌림을 받는 사람은 자신만이 아니었다. 앞니가 너무 벌어져 학창 시절 따돌림을 받았다는 멀버리의 뮤즈, 린제이 윅슨처럼 논리를 담당하는 좌뇌와 분별을 담당하는 우뇌가 너무 벌어져 상호협력을 하지 못하는 찰스 역시 어느새 디자인실의 외톨이가 되어 버린 모양이었다. 그는 회사를 비운 사이 여기저기에서 주워들은 말들로 사건을 재구성하며 자신만의 이야기를 만들어 내고 있었다.

"여성복 전공이라는데, 그럼 우리 모두 어떻게 되는 걸까? 쫓겨나는 걸까? 아니겠지?"

"선배."

"매 시즌마다 캡슐 컬렉션이라고 했으니 앤트워프의 Sue도 그럼 이번 시즌만인가?"

"선배!"

계속해서 불러 대는 수현의 목소리는 들리지 않는다는 듯, 찰스는 작업실을 서성이며 중얼거렸다. 수현과 동갑인 것 같다는 말도 했고, 졸업이나 할 것이지 한국엔 왜 온 거냐며 투덜거리기도 했다. 수현은 그저 작업실 구석에 앉아 찰스가 던지는 말들을 듣고 있을 수밖에 없었다. 그러기를 10여 분. 마침내 그가 그녀를 향해 다가왔다. 두 눈을 가늘게 뜨며 살펴보는 모양새가 뭔가 마음에 들지 않는다는 표정이었다.

"그런데 자기는 어쩜 패션의 본고장 유럽으로 출장을 다녀와서도 옷 입는 센스가 나아지질 않았니?"

작업실에 들어와 한참을 떠들어 대던 찰스는 그제야 수현의 옷차림이 눈에 들어온 모양이었다.

"샤넬 누님 가라사대, 덜하는 것이 더하는 것이라고 했거늘, 그 블랙 점프 슈트에 연두색 리본이 웬 말이야? 냉큼 풀어."

수현은 오늘 작업하기 좋게 점프 슈트를 입고 있었다. 그녀의 매끈한 두 다리가 시원하게 드러나는 짧은 길이감의 캐주얼한 디자인으로, 블랙 슈트의 한쪽 숄더 부분에는 과감하게 셔벗 빛깔의 리본을 연출해 멋스러움을

더해 주고 있었다. 가브리엘 샤넬이 그 말에 덧붙여 말하기를, 외출하기 전 마지막으로 선택한 액세서리는 두고 나오라 했는데, 찰스는 액세서리 대신 차가운 이성과 디자이너로서의 감성을 두고 나온 게 아닐까 싶었다.

"선배!"

수현이 목소리를 조금 높이자 찰스는 그제야 그녀에게 시선을 주었다.

"앤트워프, 가 보셨어요?"

수현의 물음에 찰스는 조용히 고개를 가로저었다.

"전 가 봤어요."

찰스가 당연한 거 아니냐는 표정으로 입을 열려 했지만, 수현이 그보다 먼저였다.

"이번 출장 말고요. 학교를 그곳에서 나왔거든요."

앤트워프에서 학교를 나왔다는 수현의 말에 찰스는 살짝 놀란 표정이었다. 왜 아니겠는가. 모두가 그러했듯 찰스 역시 그녀를 그저 그런 계약직 여직원으로만 여겨 왔던 터였다. 이내 '그래서?'라고 조심스럽게 물어 오는 그를 향해 수현은 돌직구를 날려 주었다.

"제 이름이 수현인 건 아실 거고, 영어 이름은 Sue예요. S, U, E!"

더 이상 오해할 수도 없게 남김없이 다 털어놓았지만 찰스는 수현이 하는 말을 잘 이해하지 못한 듯 보였다. 아마 꿈에서라도 그녀를 앤트워프의 Sue와는 연결해 본 적이 없었는지 그의 미간에 연신 금이 그어졌고, 두 눈동자는 바쁘게 움직이고 있었다. 그렇게 잠시 시간이 흘렀고, 고개를 번쩍 들어 수현을 바라본 찰스는 경악을 금치 못했다. 드디어 그가 모든 사실을 알아차린 모양이었다.

"자기라고? 자기가 그 Sue라고?"

그녀가 찰스를 알고 지낸 이래 가장 창백한 얼굴이었다. 얼마나 놀랐는지, 찰스는 더듬더듬 입을 열었다.

"그, 그치만, 자, 자기는 동대문 아냐…… 요?"

수현이 천천히 고개를 가로저었다.

"아니, 그럼 그, 그 넝마 같은 옷들이 다 자, 작품이었다고…… 요?"

찰스는 심지어 수현에게 존댓말까지 쓰고 있었다. 자신이 만든 옷을 작품이라고까지 할 건 아니었던 그녀는 그저 조심스럽게 어깨를 으쓱해 보일 뿐이었다. 그러자 다스 베이더로부터 '내가 네 애비다'라는 말을 들은 루크 스카이워커보다 더 절망적인 표정을 지으며 찰스는 빛보다 빠른 속도로 뒷걸음쳐 나갔다. 결국 그에게 변명의 말 한 마디 건네지 못한 수현이었다.

하지만 수현이 앤트워프의 Sue라는 사실이 스타워즈 속 출생의 비밀 따위와는 비교도 안 된다는 걸 깨달았는지 작업실을 뛰쳐나간 지 한 시간 만에 찰스가 다시 그녀를 찾아왔다. 수현이 앤트워프의 아틀리에와 변경된 디자인에 관해 전화 통화를 하고 있을 때였다.

"그럼 자기가 무슨 암행어사 같은 거였어?"

통화를 마친 수현이 수화기를 내려놓자 찰스가 슬그머니 그녀의 눈치를 보며 물었다.

"우리 팀이 하도 실적이 좋지 않으니까 본부장님의 명령을 받고 서 팀장의 잘잘못과 팀원들의 민심을 살펴보려 했던 거 아냐?"

이것이 한 시간 동안의 고민 끝에 찰스가 내린 결론인 모양이었다.

"무, 물론 나도 너무 놀랍긴 했어. 자기가 그, 그…… Sue였다는 게요."

아직도 충격이 다 가시지 않았는지 찰스는 다시 더듬더듬 말을 건넸다.

"하지만 생각해 보면 뭐 그리 나쁜 일도 아니더라고…… 요."

경어도 여전히 사용하고 있었다. 출신 학교가 뭐 그리 대수라고, 찰스와의 사이가 단번에 지구 반대편까지 벌어져 버린 것 같아 수현은 씁쓸해졌다.

"어, 어쨌든 내가 그 앤트워프의 Sue를 가르친 거잖아. 대단하신 Sue의 첫 직장 사수라고나 할까…… 요?"

으음? 얘기가 그렇게 되는 건가? 항상 느끼는 거지만, 주변의 모든 일을 자기중심으로 풀어 가는 찰스의 능력은 참으로 대단했다.

"맞지…… 요? 그렇지…… 요?"

어깨를 움츠리고, 애처로운 표정으로 처절하게 동의를 구하는 찰스를 향해 수현이 해 줄 수 있는 행동은 그저 고개를 끄덕여 주는 것뿐이었다. 그리고 그런 그녀를 보며 이제는 마음이 놓인다는 듯 찰스는 흐뭇한 미소를 지으며 엄지손가락을 치켜들었다.

"그 블랙 점프 슈트에 연둣빛 리본은 정말 신의 한 수다."

그런 찰스의 모습을 보며 수현은 결국 풋, 하고 웃음을 내뱉었다. 한 시간 전만 해도 눈살을 찌푸리며 타박했던 그녀의 옷차림을 이제는 칼 라거펠트의 컬렉션이나 된다는 듯 경외의 눈빛으로 바라보고 있었다. 이내 평소의 모습을 되찾은 그를 보며 수현은 작게 안도의 한숨을 내쉬었다. 찰스는 그녀의 인생에서 처음으로 만난 직장 선배이자 사회생활의 첫 동료였는데, 이번 일로 잃게 되었다면 그 허전함이 꽤 컸을 거라는 생각이 들었다. 가끔은 그녀를 귀찮게 하고 어이없게도 만드는 그였지만, 어느새 수현에게 찰스는 소중한 인연으로 자리 잡은 모양이었다. 어딜 가도 그를 꼭 사수라고 얘기할 거라는 수현의 말에 찰스는 함박웃음을 지어 보인 후, 도움이 필요하면 언제든지 말하라며 당부하고는 작업실을 떠나갔다. 그의 뒷모습을 바라보며 수현은 찰스가 떠들었던 샤넬 언니의 말을 다시 떠올렸다. 그의 도움이 덜하는 게 컬렉션의 가치를 더하는 것이리라.

그러나 평소와 다른 반응을 보인 사람은 의외의 곳에서 나타났는데, 바로 옴므의 강승원 수석 디자이너였다.

"그럼 이 원단들은 모두 벨기에에서 온 건가요?"

찰스가 다녀가고 며칠 후, 수현이 막 앤트워프에서 도착한 원단들을 들여다보고 있을 때 승원이 작업실로 들어섰다. 세계 최초로 가로수길에 플래그십 스토어[22]를 오픈한 유명 브랜드의 초콜릿을 한 손 가득히 들고서였다. 순간, 수현은 이 사람도 찰스처럼 자신이 앤트워프의 Sue라는 사실을 모르나, 라는 생각을 했다. 그러지 않고서야 벨기에에서 학교를 다닌 수현에게 벨기에를 대표하는 초콜릿을 선물이랍시고 당당하게 줄 수는 없지 않을까 싶었다. 승원이 건넨 초콜릿을 수현이 마지못해 받아 들자, 그는 그녀와 함께 원단들을 살펴보기 시작했다. 드리스 반 노튼은 수현이 제안한 디자인을 모두 컨펌하고는 플라워 문양의 원단을 보내 주었다. 수현의 강점이 플라워를 다양하게 해석하여 페미닌한 실루엣을 연출하는 점이라는 걸 기억하고 있는 모양이었다.

"디자인은 손봐도 되는데, 메인 원단만큼은 직접 보내 준다고 했거든요. 아무래도 에스닉한 문양을 내세워 컬러와 프린트의 귀재라 불려 왔던 디자이너인 만큼 메인 원단을 선택하는 일은 저희에게 맡길 수 없었던 모양이에요."

"확실히 재단보다는 컬러와 패턴에 공을 더 들이는 디자이너죠."

맞는 이야기였다. 모두의 상상을 뛰어넘는 대담한 컬러 매치와 프린트들은 드리스 반 노튼만이 표현해 낼 수 있는 자연스러운 실루엣과 어우러져 패션계를 매료시키고 있었다.

"97년 F/W 컬렉션 기억나세요? 정말 대단하지 않았어요? 사람들이 싸구려라고 생각했던 직물과 컬러들을 기본으로 그는 원하는 결과물이 나올 때까지 계속 작업했잖아요. 그는 남들이 추하다고 거들떠보지도 않는 소재

---

22. 플래그십 스토어(flagship store): 한 기업에서 만들어 낸 여러 상품들과 브랜드들을 한곳에 모아 그 성격과 이미지를 극대화시킨 매장으로, 제품을 홍보하고 트렌드를 제시하는 새로운 개념의 멀티숍.

들을 가지고 여러 가지 시도를 끊임없이 퍼부어 결국엔 아름다움을 만들어 내죠. 익숙함 속에서 새로운 아름다움을 찾아내는 진정한 예술가라니까요."

"예술가들은 망하기 딱 좋아요."

두 눈을 반짝이며 드리스 반 노튼을 칭송하는 수현의 말에 승원이 삐딱한 어조로 반기를 들었다. 뜻밖의 반응에 수현은 고개를 들어 슬그머니 그를 살펴보았다. 처음 봤을 때와는 사뭇 다른, 뭔가 예민한 듯 신경이 곤두서 보이는 승원의 모습이 낯설었다. 그를 잘 아는 건 아니었지만 만날 때마다 보여 줬던 장난 섞인 미소와 따뜻한 기운이 느껴지지 않았다. 수현이 그를 이상하다는 듯 빤히 쳐다보자, 승원은 자신이 내뱉은 말에 설명이 필요한가 싶어 어깨를 으쓱해 보이고는 덧붙여 말했다.

"현실을 부정하잖아요. 수현 씨가 그토록 열광했던 97년도 F/W 컬렉션에 사용했던 원단들, 원하는 결과물이 나올 때까지 계속 작업하는 데 들어간 비용은 어땠을 것 같아요? 차라리 처음부터 머릿속에서 원했던 색감과 프린트를 구입했더라면 시간도, 비용도 덜 들지 않았을까요? 디자이너가 디자인으로 승부하지 않고 원단부터 어찌 해 보겠다는 건 쓸데없는 자만이에요. 원하는 프린트를 얻을 때까지 만들어 내면서 마치 어떤 문양도 다 다룰 수 있는 것처럼 평가받는 건 대중을 향한 기만이고요."

수현은 깜짝 놀라 눈을 동그랗게 뜨고는 입을 벌렸다. 시대를 거슬러 사랑받는 최고의 디자이너, 드리스 반 노튼에 대한 승원의 평가에 그녀는 절대 동의할 수가 없었다.

"드리스 반 노튼은 앤트워프 출신 중 가장 현실적인 디자이너라 할 수 있어요. 과장된 실루엣을 강요하지도, 지나치게 트렌디하지도 않죠. 디자이너란 이름으로 고객이 입을 수 없는 옷을 만들어 불편함을 유행이란 명분으로 포장하지도 않아요. 그렇다고 지루하거나 따분하지도 않고, 자신만의 색깔이 분명하죠. 패션 저널리스트였던 앤드류 터커는 드리스 반 노튼의 컬렉션 속에는 현실과 초현실, 모던과 에스닉, 그리고 사실주의와 낭만주의가 공존한다고 했어요. 그만큼 그는 예술과 현실의 결합을 누구보다도 잘하는 디자이너라고요."

하지만 이번엔 승원이 수현에게 동의할 수 없는 모양이었다.

"드리스 반 노튼이 성공할 수 있었던 이유는 딱 하나예요. 크리스틴 매티스! 그를 만났기 때문이라고요. 그가 없었다면, 드리스 반 노튼 역시 앤트워프 골목 어딘가에서 그저 그런 디자이너 중 하나로 만족했을지도 모르죠."

크리스틴 매티스는 드리스 반 노튼의 비즈니스 파트너로, 드리스 반 노튼이 학창 시절에 실전 경험을 쌓기 위해 프리랜서로 활동하던 중 만나 전 세계 400여 개의 리테일러[23]들과 파트너십을 맺으며 지금처럼 브랜드를 글로벌하게 확장시키는 데 결정적인 역할을 한 공동창업주였다. 불안정한 초기 컬렉션부터 드리스 반 노튼의 뒤를 지키며 그가 디자인에만 전념할 수 있도록 묵묵히 브랜드를 이끌어 온 공은 분명하다 해도, 오늘의 영광이 모두 크리스틴 매티스의 몫이라 평가받는 것이 수현은 자기 일처럼 억울했다.

"수현 씨가 말하는 예술성은 디자이너들의 영원한 숙제죠. 현실적으로 입을 수 있는 옷을 만들 것인지, 아니면, 독창적이면서 크리에이티브하게 만들 것이냐는 컬렉션을 준비하는 모든 디자이너들이 무대에 서기 직전까지 고민하는 것이고요. 하지만 드리스 반 노튼이 아무리 중심을 잘 잡고 있는 디자이너라 해도 앤트워프 출신인 만큼 아무래도 아방가르드한 성향 쪽에 기우는 것 같다는 생각을 지울 수가 없네요."

승원은 아직도 그의 말에 동의할 수 없다는 듯 입술을 삐쭉이 내밀고 있

---

23. 리테일러(retailer): 소매상인의 총칭으로 상품의 생산자 측에서 보는 백화점이나 전문점 등의 소매업자.

는 수현을 향해 다가왔다. 그러곤 피식, 웃으며 말을 이었다.

"그래서 준우 형을 만나는 거예요? 수현 씨도 앤트워프 출신 예술가니까? 자신의 옷을 조금 더 대중적으로 만들어 줄 마케팅의 귀재가 필요했던 건가?"

순간, 수현은 살짝 미간을 찌푸린 채 굳은 얼굴로 승원을 바라보았다. 그가 한 말의 의미를 파악하려 그 작은 머리를 굴려 보았지만 쉽지 않았다. 승원이 준우와 자신의 관계를 알고 있다는 사실보다, 그 만남에 불순한 의도가 숨어 있다 생각하는 것이 더 당황스러웠다. 수현이 이해할 수 없다는 표정을 짓자 승원이 자세를 낮추고 그녀의 귓가로 다가와 낮은 어조로 다시 물었다.

"아니면 준우 형이 U어패럴의 후계자가 되기 위해 수현 씨를 필요로 했던 건가?"

질문은 했지만 답변은 필요 없다는 듯 그는 확신에 차 있었다. 수현은 뭔가 가시를 숨기고 있는 듯한 승원의 말이 불편했다. 아니, 불쾌하기까지 했다. 머릿속 가득히 차오르는 생각들을 뒤로 미룬 채 그녀는 그를 빤히 응시하며 반문했다.

"우리가 뭔가 필요해서 만난다는 건가요?"

톡 쏘아붙이며 따져 묻는 수현을 향해 승원은 어깨를 으쓱해 보이고는 재밌다는 어조로 입을 열었다.

"수현 씨 생각까지야 모르겠지만, 준우 형은 아무 이유 없이 누구를 만나는 사람이 아니거든. 형은 옷을 만드는 것도 중요하지만 파는 게 더 중요하다고 생각하는 사람이죠. 브랜드의 성공을 위해서라면 무슨 일이든 할 수 있는 사람이고, 기회가 오면 절대 놓치지도 않아요."

수현은 승원을 주의 깊게 바라보았다. 그가 지금 얘기하는 준우는 자신이 아는 준우와 다른 사람인 것 같았다.

"지난 애프터파티 때, 생각나죠? 앤트워프의 Sue가 한국에 있다는 사실을 알리는 타이밍이, 정말 나이스하지 않았어요?"

수현이 무슨 뜻인지 모르겠다는 표정을 짓자 그가 피식 웃으며 설명했다.

"아무리 대단한 드리스 반 노튼이라고 해도 우후죽순처럼 피어나고 있는 콜라보레이션만으로는 사람들의 이목을 집중시키기 부족했을 거예요. 그러니 더더욱 뮤즈엔 뭔가 극적인 스토리가 필요하지 않았을까요? 예를 들면, 그 작업을 진행할 디자이너로 모두가 궁금해하는 앤트워프의 Sue를 등장시키는 것 같은? 그것도 모두의 이목이 집중됐던 그 파티장에서 난데없이, 아닌 척하면서 팡, 하고 터뜨리다니……. 타이밍뿐만 아니라 연출력까지도 나이스했어요. 그렇죠?"

수현은 한동안 아무런 대꾸도 하지 못한 채 승원을 바라봤다. 오늘 그는 정말 이상했다. 그저 농담처럼 내뱉는 말이라고 생각하기엔 그 속내가 가벼워 보이지 않았다.

"U어패럴의 후계자가 필요했던 거라면 말해요. 그 후계자 자리가 다른 사람에게 넘어갈 수도 있으니까."

수현은 얼굴을 찌푸렸다. 저 사람이 도대체 무슨 말을 하고 있는 거지?

"여기까지 와서 헛다리 짚으면 안 되잖아요. 잘 생각해 봐요."

수현은 승원이 하고 있는 말들이 도통 이해가 가지 않았다. 게다가 준우에 대한 그의 얘기들이 그녀의 머릿속을 어지럽히고 있었다. 수현이 눈살을 찌푸린 채 가만히 승원을 응시하자, 그의 표정은 즐거워 보이기까지 했다. 그런 그들 사이로 잠시 침묵의 강이 흘렀다. 그리고 그 강을 가로질러 수현을 상념에서 벗어나게 한 목소리가 작업실에 울려 퍼졌다.

"그래요. 한번 잘 생각해 봐요."

준우였다. 승원의 얘길 어디부터 들었는지는 알 수 없었지만 그는 아무

렇지도 않은 표정으로 수현에게 다가와 부드러운 말투로 덧붙여 말했다.

"돌다리도 두드려 보고 건넌다는데, 여기까지 와서 잘못된 길로 가면 안 되잖아요."

빙그레 입꼬리를 늘리는 모습이 장난스러워 보이기까지 했다. 멍해진 수현을 뒤로 하고 이번엔 승원을 향해 준우가 입을 열었다. 어떤 동요도 느껴지지 않는 평온한 어조였다.

"그럼 내가 헛다리가 되지 않으면 되는 건가?"

정작 준우가 듣길 원했던 건 아니었는지, 승원은 그의 등장을 불편해하는 듯 보였다. 그리고 자신의 말에 느긋하게 응수하며 평소와 다름없는 모습을 보이는 준우의 반응 역시 예상했던 것과 달라 불쾌했는지 승원의 얼굴이 조금씩 굳어 가고 있었다. 문제를 일으킨 건 승원이었는데, 어이없다는 표정으로 싸늘하게 작업실을 빠져나간 사람 또한 그가 되었다. 잠시 후 승원이 사라져 버린 문과 앤트워프에서 온 원단을 살펴보며 감탄하고 있는 준우를 번갈아 바라보던 수현이 두 눈을 가늘게 뜨며 물었다.

"두 분, 사이 좋으셨던 거 아니에요?"

"우리, 사이 진짜 좋아요."

수현의 질문에 준우는 단 1초의 망설임도 없이 확신에 찬 대답을 내놓았다. 어디가 좋다는 말인가? 그녀가 고개를 갸웃하자 준우는 승원과 자신의 모습이 수현에겐 이상하게 보였을 거라고 생각하며 덧붙여 말했다.

"아닌가? 난 저 녀석 진짜 좋아하는데."

수현이 살짝 고개를 끄덕였다. 승원의 말을 듣고도 아무렇지 않을 걸 보면 준우가 그를 좋아한다는 말은 사실인 것 같기도 했다.

"드디어 알을 깨고 나오려나 본데, 생각보다 힘이 든가 봐요. 기다려 줘야죠."

강 수석이 알을 깨고 나온다고? 알을 낳는 포유류가 있었던가? 엉뚱한 생각을 하는 수현이었지만, 알을 깨고 나올 승원을 기다린다는 준우의 표정은 예사롭지 않아 보였다.

앤트워프에서 도착한 원단들을 분류한 수현은 준우가 삼성동에서 가져왔다는 도시락으로 저녁 식사를 대신하였다. 유명 푸드 스타일리스트가 만들었다는 그것은 참으로 정갈하면서도 훌륭해 보였다. 음식에 무슨 스타일리스트가 필요하냐며 어이없는 웃음까지 지어 보였던 수현은 준비된 반찬과 밥을 모두 비우고서야 고개를 끄덕였다. 타원형의 나무 그릇에 담겨 있던 고슬고슬한 오곡밥과 윤기가 자르르 흐르는 떡갈비, 눈으로 보아도 새콤달콤했던 야채무침과 장아찌, 그리고 참깨를 눈처럼 뿌려 놓은 잡채와 노릇노릇 군침이 절로 도는 고등어 자반구이는 뭐 하나 빼고 더할 것이 없는 환상의 조합이었다. 좋은 재료와 놀라운 솜씨로 그녀의 오감을 사로잡았던 도시락 역시 옷을 디자인하는 것만큼이나 창조력을 필요로 한다는 것을 새삼 깨달은 그녀였다.

"그나저나 내가 수현 씨를 더 정신없게 만든 것 같네요."

준우는 앤트워프의 Sue가 수현이란 사실을 알린 걸 미안해하는 듯했다. 수현은 어깨를 으쓱해 보였다. 갑작스럽긴 했지만 언제고 밝혀질 일이었지 않은가. 사실 파리의 호텔에 나란히 누워 여행의 여운을 즐기고 있을 때 준우는 말했었다. 서울로 돌아가면 수현이 콜라보레이션 작업을 맡게 된 이유를 밝힐 것이라고 말이다. 자신의 존재를 숨긴다는 건 도망갈 구멍을 만들어 놓는 것과 같으니, 더 이상 숨지 말고 이름을 걸고 책임감 있게 컬렉션을 완성하라고 조언했던 그였다. 수현은 미안해하지 말라는 의미로 준우를 향해 웃어 보였다.

"작업하는 데 어려운 점은 없어요?"

U어패럴의 회장과 이사진들에게 이번 프로젝트를 먼저 선보이는 프리

뷰가 1주일 앞으로 다가왔다. 그렇게 임원들의 컨펌을 받아 프리뷰를 성공적으로 마무리하면, 성수동의 한 스튜디오에서 미디어를 상대로 프레젠테이션을 계획 중에 있었다. 한때 그저 그런 공장 지대에 불과했던 성수동은 여러 패션 브랜드들과 아티스트들의 손을 빌어 새로운 복합 문화공간으로 탈바꿈되고 있었다. 그 중 오래된 창고의 느낌을 그대로 살려 빈티지한 매력이 엿보이는 한 곳을 수현은 프레젠테이션 장소로 직접 선택했다. 하지만 이는 아직 먼 나라의 이야기였다. 일단 컬렉션이 완성되어야 프리뷰든 프레젠테이션이든 진행할 텐데, 아직 그녀에겐 풀리지 않는 과정이 하나 남아 있었다.

"앤트워프가 왜 패턴과 재단, 봉제까지 가르쳤는지 이제야 알겠어요."

수현의 얼굴에 근심이 서리더니 준우를 향해 덧붙여 말했다.

"사실 세인트 마틴만 해도 테크니션이라 불리는 기술자들이 따로 있잖아요. 그곳의 교수님들도 재단과 봉제를 가르치시기는 하지만 학생들에게 그걸 마스터하라고 하진 않죠. 학생들 역시 컬렉션을 준비하면서 재단과 봉제는 직접 하지 않아요. 칼 라거펠트 역시 스케치를 그려서 자신이 원하는 컬렉션의 분위기를 표현할 뿐, 옷으로 만드는 건 그의 디자인 팀이고요. 그는 원단을 직접 다루는 작업은 하지 않는다잖아요."

많은 패션학교와 디자이너들이 컬렉션을 준비하는 데 있어 가장 중요한 건 창의적인 아이디어이고, 재단과 패턴 같은 테크닉은 살짝 뒷전으로 생각하는 반면, 앤트워프는 창의력과 함께 그를 표현해 내는 스케치와 일러스트, 그리고 재단과 패턴, 봉제에 이르기까지 옷을 만드는 모든 과정을 직접 마스터하기를 요구하고 있었다. 이는 하나의 독립된 디자이너를 만들고자 하는 그들의 학풍을 반영하는 것이었는데, 이어진 수현의 말은 이와는 다른 의미를 담고 있었다.

"따돌림당해서 아무도 안 도와줘도 주눅 들지 말고 견뎌 내라는 의미였나 봐요."

수현의 한숨 섞인 푸념에 준우가 걱정스러운 표정을 짓자 그녀는 이내 언제 그랬느냐는 듯 배시시 웃으며 일어나 작업북을 가지고 왔다. 준우에게 디자인의 변경사항과 앤트워프 쪽의 요구사항들을 설명하면서 진행 과정을 브리핑하는 수현의 모습은 무척이나 진지했다. 그녀가 회사에서만큼은 준우를 연인이 아닌 본부장으로 대하려 노력한다는 걸 알고 있었기에 준우 역시 정중하고 부드러운 태도로 그녀의 이야기에 귀를 기울이고 있었다.

"이제 며칠만 더 있으면 끝날 것 같아요. 그런데 막히는 부분이 있어요."

준우는 수현을 어렵게 만드는 게 무엇인지 정말 궁금하다는 표정을 지어 보였다.

"드리스 반 노튼이 보낸 원단들을 어떻게 다뤄야 할지 모르겠어요. 실크는 분명 제가 좋아하는 소재였지만, 이런 문양들을 그대로 사용하면 그건 콜라보레이션이 아니잖아요. 그의 디자인 철학을 유지하면서 뮤즈의 스타일을 반영한다는 게 생각보다 쉬운 일이 아니더라고요."

수현의 얘기에 천천히 고개를 끄덕인 준우는 원단이 펼쳐진 작업대로 다가갔다. 앤트워프에서 도착한 원단들이 물결을 이루듯 겹겹이 펼쳐져 있었다. 준우는 하나하나 손으로 들고 살펴보다가 천천히 쓰다듬기 시작했다. 마치 사랑하는 여자의 피부를 어루만지듯 그 손길은 한없이 부드러웠다. 그의 행동을 물끄러미 바라보던 수현이 그의 곁으로 다가가 물었다.

"뭐 하는 거예요?"

"애무하는 거예요."

준우는 자신의 대답에 놀라 눈을 동그랗게 뜬 수현을 향해 시선을 고정한 뒤, 다시 손에 들고 있던 원단을 볼에 비벼 댔다. 그러곤 냄새도 맡았다. 그 모습을 보고 있던 수현의 얼굴이 점점 찌푸려졌다. 그의 행동이 이상하

게 보이는 모양이었다.

"프린트의 시인이라 불렸던 엠마뉴엘 웅가로는 옷감을 애무하고 냄새를 맡고, 그 스치는 소리에 귀를 기울이라고 말했어요. 그러면 그 옷감이 여러 가지 방법으로 디자이너에게 말을 걸어 온다는 거죠."

옷감이 말을 걸어 온다고? 준우는 그의 말을 이해할 수 없다는 듯 의아한 눈빛을 보내는 수현에게 다가와 원단으로 그녀를 감싸안았다. 그의 가슴에 그녀의 등이 닿았고, 커다란 플라워가 프린트된 매끈한 실크 원단이 그들을 휘감고 있었다.

"유혹하는 것처럼요. 어때요? 들려요?"

준우의 얘기에 가만히 귀를 기울여 보니, 들리긴 하는 것 같았다. 준우의 숨소리가 말이다. 그의 따뜻한 입김이 귓가에 스쳐 오자 수현은 다른 것에 집중할 수가 없었다. 옷감이 한다는 얘기는커녕 옆에서 대포가 터져도 준우의 숨소리밖에는 들리지 않을 것 같았다.

"……글쎄요."

"직접 애무해 봐요."

수현은 저도 모르게 얼굴을 붉혔다. 옷감을 애무하라는데 왜 준우를 애무하고 있는 자신의 모습이 머릿속에 떠오르는 건지 모를 일이었다. 준우와 자신을 감싸고 있는 이 실크와는 비교도 되지 않는, 그의 맨살이 선사한 황홀했던 감촉도 모두 기억났다. 수현이 무슨 생각을 하고 있는지 다 안다는 듯 피식 웃어 보인 준우는 그녀를 작업대 위에 올려 앉히고는 들고 왔던 가방에서 커다란 사진들을 꺼내어 펼쳐 보였다.

"작년 메트로폴리탄 미술관에서 있었던 스키아파렐리와 프라다의 '불가능한 대화'라는 전시회 현장 사진이에요."

엘사 스키아파렐리는 1920년대 말부터 1950년대 초까지, 그리고 미우치아 프라다는 1980년대부터 지금까지 각기 다른 시대를 대표하는 디자이너였다. 이처럼 '활동 시기가 다른 두 디자이너의 시간을 초월한 소통'이라는 테마로 진행된 전시회였다고 준우는 덧붙여 설명했다.

"어때요?"

준우가 그 중 두 장의 사진을 들고 수현에게 의견을 물었다. 몬드리안의 그림처럼 사각 패턴을 이용한 니트 원피스의 사진 한 장과 같은 패턴의 상의가 담겨 있는 사진이었다.

"원피스는 스키아파렐리의 1927년 작품이고, 상의는 프라다의 96-97년 F/W 컬렉션 중 하나예요. 반세기라는 시대적 차이를 느낄 수 없을 만큼 유사한 디자인이죠?"

정말 그러했다. 한 사람이 만든 컬렉션이라 해도 믿을 수 있을 정도였다. 물론 시대적으로 뒤처진 스키아파렐리의 패턴과 색감이 프라다의 그것보다 단조롭긴 했지만, 두 작품 사이엔 분명 유사성이 엿보였다. 수현이 사진들을 넘기며 두 디자이너가 주는 영감에서 눈을 떼지 못하자, 준우는 가볍게 미소를 지으며 다른 사진을 하나 더 건넸다. 상의를 강조한 퍼프소매의 블라우스와 그에 어울리는 플레어스커트가 한 벌을 이루고 있는 사진이었다.

"상의는 스키아파렐리의 작품이고, 하의는 프라다의 것이에요. 그런데도 이질감이 전혀 들지 않아요. 마치 처음부터 한 벌로 구상된 디자인처럼 말이죠. 놀랍지 않아요?"

준우의 설명대로 사진 속의 의상은 그냥 한 벌이었다. 잘 어울릴 법한 상의와 하의를 매치해 놓은 것이 아닌, 완벽한 한 쌍의 의상이었다. 그렇게 한 벌을 이루고 있는 의상이 스무 점은 더 되어 보였다. 뒤이어 준우가 건네준 사진에서는 스키아파렐리의 모자와 프라다의 구두가 짝을 이루고 있었고, 다음으로는 드레스들이 나란히 서 있었는데, 그것들 역시 놀랍도록 닮아 있었다.

"두 디자이너는 분명 다른 사람이지만, 마치 한 공간에서 만나 대화를 나누며 작품을 만든 것처럼 시간을 초월한 연결 고리가 존재해요. 사람들은 두 사람이 패션이 아닌, 삶을 바라보는 태도가 닮았기 때문에 이처럼 불가능한 대화가 가능했다고 평가하고 있어요. 수현 씨도 이런 방법으로 접근해 보는 건 어떨까요? 먼저 드리스 반 노튼의 삶을 이해해 보도록 해 봐요. 디자인적 철학을 넘어 인간으로서의 그를 먼저 알아보도록 해요. 그런 다음 그의 장점과 수현 씨의 장점이 통할 수 있는 교집합을 찾아봐요. 마치 한 명의 디자이너가 의상을 만드는 것처럼 말이죠."

귓가에 꽂히는 준우의 말에 수현은 몸에서 소름이 돋는 것을 느꼈다. 언제나 디자이너의 작품에 대한 철학이나 감성만을 이해하려고 했지, 그들의 삶에 대한 이해는 전혀 고려해 보지 않았었다. 디자인에 대한 이해에 앞서 그들의 삶과 가치관을 먼저 이해해야 한다는 점을 왜 깨닫지 못했던 것인지……. 자신은 아직 멀었다 싶은 마음에 자조적인 웃음이 터져 나왔다. 그리고 어렴풋이 알 것 같았다. 드리스 반 노튼의 디자인과 그가 보낸 원단들을 어떻게 진화시켜야 하는지를 말이다. 그리고 디자이너로서의 그녀 역시 준우를 통해 또다시 한 걸음 나아가고 있다는 것을 느낄 수 있었다.

"존 갈리아노가 말하길, 디자이너의 역할은 유혹하는 것이라고 했죠. 아마도 대중들이 가지고 있는 판타지적 감성을 자극해 자신의 옷에 빠져들도록 유혹한다는 의미인 것 같아요."

존 갈리아노는 여성의 관능적인 면을 강조하면서 패션에 판타지적 로맨티시즘을 불러일으켜 많은 고객들을 유혹한 천재 디자이너였다. 지방시를 거쳐 디오르의 수석 디자이너에 오른 그는 오트쿠튀르와 기성복을 넘나들며 패션계의 트렌드를 주도하는 혁명가와 같은 역할을 했다. 하지만 최근 그는 인종 차별적 발언으로 문제를 일으켜 벨기에 출신의 라프 시몬스에게 디오르를 넘겨주고 재기를 꿈꾸고 있었다.

"내 역할은 수현 씨를 유혹하는 거 같아요."

"유혹요?"

"수현 씨가 다시 학교로 돌아가 컬렉션을 준비할 수 있도록, 그리고 드리스 반 노튼과의 작업 역시 성공적으로 완성할 수 있도록 당신의 감성을 자극하고 싶어요."

수현이 고개를 끄덕였다. 생각해 보니 틀린 말은 아니었다. 준우를 만나지 못했더라면 자신은 학교로 돌아갈 마음의 준비도 하지 못했을 것이고, 아직까지 고민의 늪에 빠져 허우적대고 있었을지도 모른다는 생각이 들었다.

"그러니 이젠 수현 씨가 나를 유혹해 봐요."

작업대에서 내려서려던 수현의 얼굴이 붉어졌다. 유혹해 보라니……. 그녀는 고개를 숙여 자신의 모습을 내려다보았다. 온몸에 붙어 있는 원단 쪼가리들과 입 안을 가득 메우고 있는 도시락의 여운까지, 존 갈리아노가 강조했다는 관능적인 로맨티시즘은 눈을 씻고 봐도 찾아볼 수가 없었다. 차라리 아까 준우가 했던 것처럼 원단을 애무하는 것이 더 쉬운 일이라 생각됐다.

당황한 나머지 그대로 얼음이 되어 버린 그녀를 준우가 웃으며 다가와 키스로 녹이기 시작했다. 입맞춤만으로는 부족하다는 생각이 들었는지 그의 묵직하면서도 따뜻한 손길이 수현의 몸을 어루만지고 있었다. 그리고 잠시 후, 그들의 작업대 위에선 옷을 만들기 위한 준우만의 치수 재는 방법이 재연되고 있었고, 그들의 작업실은 가로수길에서 가장 핫한 플레이스로 바뀌고 있었다.

아름다움은 내가 누구와 있는가에 달려 있다
- 케이트 모스

　임원들을 대상으로 한 드리스 반 노튼과 뮤즈의 콜라보레이션 컬렉션의 프리뷰는 모두를 만족시키기에 충분했다. 드리스 반 노튼의 장점인 물 흐르듯 떨어지는 편안한 실루엣은 수현의 페미닌한 감성이 더해져 미니멀하게 변주되었고, 앤트워프에서 보내 온 에스닉하면서도 강렬한 꽃무늬의 프린트들은 그녀의 장점인 아플리케와 드레이핑을 내세워 보다 입체적으로 표현되었다. 옷은 편안해야 한다는 드리스 반 노튼의 철학을 유지하면서도 세련되고 여성스러운 매력이 돋보여야 한다는 수현의 섬세한 디테일이 반영된 결과였다. 프리뷰에 참석했던 임원들 대부분이 서로 다른 두 사람의 디자인적 듀얼리즘[24]을 완벽하게 이해하지 못했다 하더라도 그들은 알 수 있었다. 이번 콜라보레이션이 그 어떤 브랜드도 따라 하지 못할 최고의 룩이 되리라는 것을 말이다. 드리스 반 노튼의 DNA가 녹아 있는 뮤즈의 새

---
24. 듀얼리즘(Dualism): 이원론. 패션계에선 서로 다른 두 가지의 룩을 섞어서 새로운 룩을 만들어 내는 것을 의미.

컬렉션은 트렌드를 앞서 가는 셀럽들과 패션피플들의 마음을 사로잡기에 충분했다.

이제 남은 것은 기자들을 대상으로 한 프레젠테이션. 준우는 수현의 국내 데뷔 무대나 다름없는 이번 쇼를 위해 많은 것을 준비해 주었다. 그녀가 마음에 들어 했던 성수동의 한 스튜디오를 쇼의 콘셉트에 맞게 변화시켜 주었고, 이번 컬렉션을 설치 미술과 접목시켜 보고 싶다는 그녀의 생각을 존중해 세계적인 디자이너의 매장 디스플레이만을 담당해 온 유명 아티스트를 섭외하는 등 아낌없는 지지를 보내 주었다.

프레젠테이션을 하루 앞둔 오늘. 수현은 가로수길이 아닌, 본사 개발실에서 내일을 위한 마무리 작업에 한창이었다. 그녀는 자신이 다른 디자이너들에 비해 아무리 패턴과 재단, 재봉질과 같은 테크닉에 능숙하다 해도 개발실 직원들에 비하면 한없이 부족하다는 걸 잘 알고 있었다. 그렇기 때문에 앤트워프로부터 디자인에 대한 컨펌을 받은 후부터는 개발실 직원들의 도움을 받아 작업을 진행하고 있었다. 재단의 기술적인 부분을 이해하고 드리스 반 노튼이 제시한 원단에 어떤 작업이 가능한지에 대해선 그녀 한 사람의 생각보다는 오랫동안 그 일만을 해 온 여러 사람의 생각이 훨씬 더 다양하고 현실적일 것이라 믿었기 때문이었다. 개발실 직원들 역시 수현이 잘은 몰라도 유명 패션스쿨에서 공부하던 화제의 학생이란 소식에 놀라긴 했지만, 모두 그럴 줄 알았다면서 반가워했었다. 심지어 어떤 이들은 수현의 활약에 기가 죽을 다른 디자이너들을 떠올리며 고소해하기도 했었다. 개발실 직원들을 가족처럼 생각하며 아이들 옷도 만들어 주고 살갑게 굴던 수현이었기에, 너도나도 그녀를 돕고자 며칠째 야근도 불사하며 작업 중이었다. 그러다 저녁 식사가 배달돼 오자 모두 하던 일을 멈추고 한자리에 모여 앉았다. 식사를 하면서도 수현은 단연 화제의 중심이었다.

"서수미 팀장님은 뭐래?"

한쪽 작업대 위에 차려진 반찬들을 입 안 가득 집어 넣으며 원단의 대가 홍철이 묻자 수현은 가만히 고개를 저었다. 다음 시즌 신상품을 위한 샘플 바잉을 끝낸 서 팀장은 아직까지 귀국하지 못하고 있었다. 준우의 요청으로 홍콩과 도쿄에 오픈할 U어패럴의 플래그십 스토어의 진행 과정을 둘러보고 있는 중이라고 했다. 많은 브랜드들이 앞 다투어 플래그십 스토어를 오픈하는 추세에 맞춰 U어패럴 역시 패션의 중심이 되는 핫 플레이스인 홍콩과 도쿄에 매장을 임대하여 인테리어 작업을 진행 중이었다. 그래서 서 팀장이 그곳들을 둘러본 뒤, 수현의 프레젠테이션 날짜에 맞춰 귀국하기로 예정되어 있었다. 그녀가 누군가에게 수현의 일에 대해 보고를 받았을지도 모른다는 생각은 들었지만, 반응이 어떠했는지는 직접 들은 바가 없어서 알 수가 없었다.

"그런데 진짜 서 팀장님도 몰랐던 거야?"

뒤를 이어 은영이 묻자 모두 궁금했던 질문이었는지 수현을 향해 시선을 던졌다. 아마도 개발실에 근무하던 수현을 디자인 1팀으로 데려갔던 사람이 서 팀장이었기에, 개발실 직원들은 서 팀장이 수현에 대해 알고 있었던 건 아닐까 하는 의문을 가졌던 모양이었다. 수현은 어색한 미소를 지으며 고개를 끄덕였다. 준우가 3년 전의 그 왕자님만 아니었더라면 사실 지금까지 아무도 몰랐을 일이지 않은가. 물론 그랬더라면 그녀는 아직까지도 앞날에 대한 명확한 해답을 찾지 못한 채 방황을 거듭하고 있었겠지만.

"그럼 서 팀장님은 나가시게 되는 건가?"

은영이 다시 조심스럽게 입을 열었다. 찰스도 지난번에 작업실에 와서 얘기했지만, 도대체 왜 그런 소문이 돈 것인지 수현은 알 수가 없었다. 자신이 U어패럴에 머물 수 있는 시간은 길어 봤자 앞으로 2개월. 수현은 봄이 오면 앤트워프로 돌아가 다음 학기를 준비해야 하는 학생일 뿐이었다. 한 브랜드를 맡을 정도의 실력도, 노하우도 없다는 걸 그녀 스스로가 너무나 잘 알고 있었기 때문에 서 팀장을 대신할 수 있을 거라고 감히 상상해 본 적도 없었다.

"서 팀장님도 좋은 시절 다 갔네."

"그러게. 솔직히 너무 대책 없이 오래 버티기는 했지."

"회장님이 원년 멤버라고 너무 밀어 주셨다니까. 그렇게 따지면 우리 실장님도 원년 멤버인데, 왜 그렇게 모른 척을 하신대."

모두 서 팀장이 나가는 것이 기정사실이나 되는 것처럼 한 소리씩 보태고 있었다.

"그런데 그 얘기가 맞아요? 예전에 개발실에서 일하던 직원 하나가 서 팀장님 때문에 쫓겨났다는 거요."

개발실 막내 직원의 질문에 모두의 시선이 실장에게로 모였다. 실장이 이곳에 있는 사람들 중 가장 오래 근무했고, 서수미 팀장과 함께 지금까지 U어패럴의 성장기를 지켜 왔었기 때문에 대답해 줄 수 있는 유일한 사람이라는 생각들을 하고 있는 모양이었다. 실장이 무슨 얘기인지 모르겠다는 표정을 짓자, 막내 직원이 조심스럽게 덧붙여 설명했다.

"아니 왜, 새 시즌 상품을 같이 준비하다가 일이 잘못되었는데, 그 책임을 모두 개발실 직원에게 떠넘겼다던데요?"

"맞아. 나도 그 얘기 들었어요. 새 시즌 주력 상품 출시에 문제가 생기자, 같이 준비하던 개발실 직원 하나한테 모든 책임을 전가하고 모르는 척 했다더라고요. 그것도 언니, 언니 하며 따르던 사람한테 말이에요."

누군가 동조하며 대꾸하자, 실장은 기억이 떠올랐는지 미간을 살짝 찌푸리며 입을 열었다.

"명희가 그때 즈음에 나간 건 사실이긴 하지."

그 개발실 직원의 이름이 명희였던 모양이었다.

"그때 뮤즈에 신상품 출시를 포기해야 할 정도로 큰 문제가 생겼던 것도

맞고, 명희가 나간 이유가 그에 대한 책임을 지려 한 것도 맞긴 하지만, 서수미의 잘못을 모두 떠안고 나갔다는 건……. 글쎄, 어쨌든 서수미는 남아서 뒷일을 수습했고, 다행히 제품은 무사히 출시되었거든. 둘 사이에 어떤 일이 있었는지, 그때의 문제가 누구 때문이었는지는 당사자들만 알겠지. 하지만 분명한 게 하나 있다면, 명희가 나가고 난 후로 서수미의 상황도 그리 좋지는 않았다는 거야."

모두 초롱초롱한 눈빛으로 실장의 다음 말을 기다렸다. 서 팀장의 상황이 어떻게 안 좋아진 것인지 궁금한 모양이었다.

"서수미가 파리로 유학도 다녀오고 나름 디자이너로서의 능력은 좋았지만, 명희에 비하면 어림없었지. 명희는 디자인 공부를 전혀 하지 않았지만 감각이 좋았고, 자신이 머릿속으로 생각했던 디자인을 기가 막히게 제품으로 뽑아내는 능력이 있었다고나 할까. 다들 일해 봐서 알잖아. 디자이너들이 가끔씩 얼마나 허황된 아이디어를 내놓고 만들어 달라고 졸라 대는지. 원단에 가능한 작업인지 아닌지는 고려하지도 않은 채, 그저 디자인대로만 해 달라고 지시하고는 완성품이 만족스럽지 못하면, 또 그것 역시 우리 탓으로 돌리기도 하고 말이지."

수현을 포함한 모두가 고개를 끄덕였다. 머릿속에 그려진 디자인을 현실로 실현시키기 위해선 다양한 과정들이 뒷받침되어야 하는데, 그 사실을 많은 디자이너들이 간과하고 있었다.

"하지만 명희는 원단도 잘 알고 패턴 뜨는 일에 재단까지 직접 하니까 현실적으로 가능한 작업들로 자신의 디자인을 표현해 냈지."

그렇게 전지전능한 능력의 소유자에 대해 이야기하면서도 씁쓸한 표정을 짓는 실장을 보니, 이야기의 결말이 해피엔딩은 아닐 듯했다.

"그런데 디자이너들이 가만히 있었을 리가 없잖아. 자기들 밥줄이 끊어지는 건데. 정규 교육도 못 받은 명희가 무슨 디자인을 하느냐며 득달같이 달려들어서는 무시하기 바빴지. 개발실에서 일하는 우리 같은 사람들을 디자이너들이 어디 인정이나 해 주나? 지금도 그렇지만, 10년도 훨씬 전인 그때는 더했다고."

모두 말하지 않아도 알 것 같았다. 지금도 가끔씩 이 업계에 막 발을 내디딘 초짜 디자이너들까지도 개발실 직원들에게 무시하는 투로 말도 안 되는 것들을 요구하고 가는데, 과거엔 더하면 더했지 덜하진 않았으리라.

"그런데 서 팀장은 달랐어. 서 팀장은 명희가 디자인에 감각이 있다는 걸 알고서 하나부터 열까지 모든 걸 명희와 의논했어. 명희의 아이디어가 서 팀장을 거치자, 다른 디자이너들이 더 이상 무시하지 못하게 된 거야. 그러니까 또 명희는 서 팀장이 원하는 건 무조건 들어주려고 노력했어. 그만한 실력도 있었고. 그렇게 둘은 나름 환상의 콤비였지. 그런 명희가 나갔으니 서수미는 가장 든든한 조력자를 잃은 셈이었고, 그 뒤로는……."

실장은 말을 마무리하지 못했지만, 모두 뒷얘기는 듣지 않아도 알 것 같았다. 조력자를 잃은 서 팀장은 홀로 고군분투할 수밖에 없었을 테고, 결국 뮤즈는 점점 나아갈 방향을 잃게 된 것이리라.

"그런데 왜 그분은 나가고 서 팀장님만 남았지?"

"뻔하잖아. 힘없는 개발실 직원에게 책임을 전가하기가 더 쉬웠겠지."

"패션업계는 디자이너들만 너무 대접받는다니까. 사실 옷이란 게 디자인 하나로 끝나는 게 아니잖아요."

누군가 맥 빠진다는 듯 투덜거렸다. 의상이라는 게 단순히 디자인만으로 훌륭한 결과물이 나올 수는 없는 일이거늘, 화려한 스포트라이트는 항상 디자이너들을 향해 있었다.

"그분은 지금 뭐 하신대요?"

누군가 다시 회사를 떠났다는 개발실 직원에게로 화제를 돌렸다.

"무슨 수선집을 차렸다는 얘기는 들었는데, 아깝긴 하지. 패턴 뜨는 솜

씨며 재단에 재봉질까지, 따라올 사람이 없었거든. 명희가 있었다면 서 팀장도 저렇게 맥없이 자리만 차지하고 있지는 않았을 거고."

"서 팀장님이 단물만 쏙 빼 먹고 잘못을 뒤집어씌워 내쫓은 거 아니에요?"

"서수미 때문에 명희가 나간 건지는 아무도 모르는 일이라니까. 오히려 서 팀장은 몇 해 전에 연말 회식 자리에서 명희를 잡지 못한 걸 가장 후회하는 일이라고 말하던데, 뭘."

정말 그러했다. 모두 뮤즈를 한물간 브랜드로, 그리고 그녀를 퇴물 취급하며 무시하자 술의 힘을 빌려 개발실 실장 앞에서 하소연을 늘어놓던 서 팀장이 계속해서 읊조렸던 말이 그것이었다. 후회 속에 가슴을 치던 그녀의 모습이 며칠 동안 머릿속을 떠나지 않았던 실장이었다.

"그게 무슨 버스 떠나고 손 흔드는 격이야?"
"그러게. 다른 버스가 다시 올 줄 알았나 보지?"
"그러니까 다들 있을 때 잘들 하자고."

실장의 두둔에도 서 팀장을 향한 빈정거림은 수그러들지 않았다. 그만큼 U어패럴 내에서 서 팀장에 대한 개인적인 평가는 뮤즈의 매출만큼이나 하향 곡선을 그리고 있었다. 저녁 식사를 어느 정도 마치자, 사람들은 각자 먹은 것을 치우며 작업대를 정리하기 시작했다. 그리고 그런 어수선함 속에서 수현은 내일 있을 프레젠테이션에 대한 긴장 때문인지 잔뜩 굳은 얼굴로 알 수 없는 표정을 짓고 있었다.

한편, 승원은 한강이 내려다보이는 아차산 중턱에 자리 잡은 S호텔 입구에서 발레파킹을 맡긴 차를 기다리며 생각에 잠겨 있었다. 파슨스에서 패션마케팅을 전공하고 명품 브랜드의 국내 지점에서 일하고 있는 친구, 병욱을 만나고 돌아가는 길이었다. 병욱이 몸담고 있는 브랜드가 60주년을 맞이하여 전 세계를 돌며 전시회를 통해 그들의 헤리티지 컬렉션[25]을 선보이고 있었는데, 이번 차례가 바로 서울이었다. 하여, 병욱이 초대한 전시회를 둘러보고 오랜만에 만난 친구와 소소한 얘기를 나누며 모처럼 편안한 시간을 보낼 수 있을 거란 생각에 가벼운 마음으로 나섰던 승원이었다. 하지만 예상과 달리 돌아가는 승원의 발길은 그리 가볍지가 않았다. 현재 국내 패션업계에서 가장 핫한 소식이라며 병욱이 전해 주었던 얘기가 그의 머릿속을 복잡하게 만들었기 때문이었다.

"한준우 선배가 S패션 창업주의 아들이었다는 거, 알고 있었어?"

아니, 승원은 전혀 몰랐다. 친하게 지냈던 선후배 사이였던 건 분명하지만, 준우의 집안에 대해선 별로 들은 바가 없었다. 승원에게 파슨스 시절은 갑자기 닥친 개인적인 사정으로 '삐뚤어질 테야' 모드로 무장한 채 혼란과 방황을 거듭하던 아픈 시간이었다. 당시 그에겐 주변을 돌아볼 여력도 없었고, 친한 사람들이라 하더라도 가족 관계에까지 관심을 둘 마음의 여유도 남아 있지 않았다. 그렇다 하더라도 준우가 S패션의 아들이었다니. 예전 같으면 몰라도 될 문제라 준우가 말하지 않았나 보다, 하며 쿨하게 넘겼을 텐데 이제는 그가 뭔가 숨기고 있었던 것 같아 기분이 좋지 않았다. S패션이 어떤 곳인가. 외국계 기업에 넘어간 후 문어발식 라인 확장으로 그 고유의 아이덴티티를 잃어버렸지만, 아직까지 국내 패션 시장에서 몇 안 되는 명성을 자랑하는 의류 회사 중 하나였다.

"S패션에서는 창업주의 아들이니까 준우 선배더러 회사로 돌아와 힘을 보태라는 명분을 내세우는 것 같더라고. 사실 모양이 좀 우습게 됐잖아. U어패럴이 승승장구하면서 S패션이 위기에 빠진 건 분명하니까. 그렇다면 S패션의 저격수가 결국은 창업주의 아들이 된 셈인데, 아버지가 만든 회사를 아들이 무너뜨린다는 게 도의적으로는 문제가 되지 않겠어?"

---

25. 헤리티지 컬렉션(heritage collection): 브랜드의 역사를 아우르며 그들의 유산과도 같은 대표작들을 모아 놓은 컬렉션.

승원이 아는 준우라면, 도의적인 책임을 넘어 S패션에 뭔가 확실한 도움을 주고 싶어할지도 모른다는 생각이 들었다. 아무리 남에게 넘어가 버려 그의 손을 떠난 회사라 해도 아버지가 만든 회사가 위기에 빠져 있는 모습을 그대로 두고 볼 사람은 아니지 않은가.
"그럼 U어패럴에 S패션까지 모두 준우 선배 손에 들어가는 거야?"
 U어패럴의 후계자로 준우가 내정되어 있다는 소문이야 모르는 사람이 없을 정도로 돌고 돈 이야기지만, 이젠 소문을 넘어 모두 기정사실화하고 있는 모양이었다. 거기에 더해 S패션까지라니……. 세계 패션계가 세대교체와 더불어 리셋의 시대를 맞이하고 있는 지금, 국내에선 한준우가 그 변화의 선봉에서 가장 주목받고 있는 인물임엔 틀림없어 보였다.
"그냥 두고 볼 거야? 너, 아니라고 말은 해도 관심이 있으니까 들어온 거 아냐?"
 관심이라기보다는 궁금해서 들어왔다는 표현이 맞을 것이었다. 회사가 어렵다는 준우의 말에 어느 정도인지 제 눈으로 확인하고 싶었다고나 할까. 하지만 U어패럴은 언제 바람을 만났었는지도 모를 정도로 순항 중이었다.
"준우 선배가 S패션 쪽의 제안을 거절할 수가 없는지 자꾸 만나는 모양이던데, 팔은 안으로 굽는다고, 그러다 U어패럴만 닭 쫓다 지붕 쳐다보게 되는 거 아냐? 이쪽에서 영원한 승자는 없다는 거, 너도 잘 알지? 예상하지 못했던 아이템 하나로 단숨에 정상에 설 수 있는 곳이 패션계야. 준우 선배가 정에 이끌려 될 성싶은 디자인 하나 던져 줬다가 S패션이 U어패럴 누르고 도약할지는 아무도 모르는 거라고. 안 그래?"
 정에 이끌리는 한준우는 상상도 할 수 없었지만 디자인 하나가 망해 가는 회사를 살릴 수도, 잘 나가는 회사를 끌어내릴 수도 있다는 건 승원도 잘 알고 있었다. 톰 포드가 제시한 글래머룩은 부도 직전의 구찌를 다시 세계적인 브랜드로 일으켜 세웠고, 발망 역시 데카닌의 파워 숄더라는, 당시 조금은 우스꽝스러울 수도 있는 디자인 하나로 패션계 정상에 우뚝 서지 않았는가. 디자인 하나에 울고 웃고, 어제까지 혹평받던 디자인이 내일은 새로운 트렌드가 되는 드라마틱한 세상이 바로 이곳이었다.

"아무튼 너도 정신 똑바로 차리고 네 자리 얼른 찾아."

내 자리라……. 승원은 자신의 마음을 알 수가 없었다. 무엇을 원하는 건지, 무엇을 기대하는 건지. 그의 마음은 안개 속을 헤매는 것처럼 막막하기만 했다. 처음 이곳에 왔을 땐 그저 준우의 제안에 어쩔 수 없이 끌려온 모양새로 들어와 U어패럴의 상황을 제 눈으로 확인하고, 생물학적 아버지를 향해 한껏 비웃음을 날려 주리라는 마음이 컸다. 이런 회사 하나 넘겨받는 것으로 자신과 어머니를 버린 과거에 대한 면죄부를 줄 생각은 추호도 없었다. 또한, 회사를 물려받는 것으로 자신을 너무나 쉽게 포기해 버린 어머니의 바람을 들어줄 마음 역시 전혀 없었다. 그런데 지금은 아니었다. 승원의 머릿속을 비집고 들어와 그를 가장 불편하게 만들고 있는 사람은 다름 아닌 준우였다.

준우는 분명 승원이 존경하는 선배이자 인생의 멘토와 다름없는 존재였지만, 지금 그를 향한 승원의 마음은 예전과 같지 않았다. 트렌드를 정확히 읽어 내는 준우만의 디자인적 감성과 탁월한 비즈니스 감각은 보는 이들마다 혀를 내두르게 만들었지만, 그것이 U어패럴 안에서 발휘된다는 것이 승원의 마음 한구석을 무겁게 만들었다. 좋아하는 형이자 인생의 선배가 승승장구하는 모습 역시 진심으로 축하해 주며 박수 쳐 주고 싶었지만, 그의 빛나는 모습들을 뒤에서 바라만 봤던 승원의 마음은 어느새 존경이 아닌 열등감으로 바뀌어 있었다. 그리고 이제는 준우가 자신의 앞을 가로막는 장애물인 것처럼 느껴졌다. 준우를 향한 의심과 질투가 뒤섞여 승원, 그 자신조차도 왜인지 알 수 없는 마음의 변화가 일어나고 있었다.

한숨을 내쉬며 상념에서 벗어난 승원은 다시 자신의 차를 기다렸다. 새해가 시작된 지 얼마 되지 않아서인지 호텔 주변은 여러 모임에 참석하기 위한 사람들로 북적거리고 있었다. 주변을 두리번거리던 승원의 눈에 낯익은 얼굴이 들어왔다. 준우였다. 이곳에서 약속이 있었던 모양인지, 아니면 그 역시도 이번 전시회에 초대되었던 것인지 승원이 나왔던 회전문을 통과한 뒤 누군가와 얘기를 나누며 걸어 나오고 있었다. 승원이 모르는 사람인 걸 보니, U어패럴 사람은 아닌 것 같았다. 준우가 일행에게 인사를 건네자 상대가 준우의 어깨를 두드리고는 기다리고 있던 차에 올라타 먼저 떠나갔다. 일행이 사라지고도 준우는 한참 동안 생각에 잠겨 미동조차 하지 않고 서 있었다. 승원은 잠시 그런 준우를 바라보다 그에게 다가갔다.

준우는 자신의 시야에 폴 스미스 특유의 멀티 스트라이프를 덧입힌 새하얀 스니커즈가 들어오자 생각에서 벗어나 신발의 주인을 확인하기 위해 시선을 올렸다.

"누구야?"

둘의 눈빛이 마주치고, 승원은 인사도 없이 말을 건넸다. 지난번 수현의 작업실에서 만난 이후로 단둘이 얼굴을 보는 건 처음이었다.

"누군지 말하면 알고?"

준우 역시 승원을 보고도 별로 놀랍지 않다는 듯, 마치 회사에서 오가다 만난 것처럼 대꾸했다. 태연하게 말을 건네면서도 이런 곳에서 승원을 만나 재미있다는 표정이었다. 그때도 이런 모습이었다. 승원이 자신도 모르게 준우에 대해 삐걱거리는 감정을 수현에게 대신 퍼부었을 때에도 못 들을 얘기도 아니었다는 듯 아무렇지 않아 했던 그가 아니었던가. 아니, 오히려 지금처럼 재미있어하는 얼굴이었던 것 같았다. 도저히 준우의 속내를 알 수가 없어 승원은 속으로 한숨을 내쉬며 입을 열었다.

"술 한잔해."

승원은 준우의 대답을 듣지도 않고, 맞은편에 나란히 서 있는 W호텔 쪽으로 걸음을 옮겼다. 그새 그의 차를 가지고 온 주차 요원이 다가왔지만 승원은 정중하게 양해를 구하고는 빠르게 입구를 통과해 자신의 모습을 감추었다. 그런 승원을 바라보며 준우는 곤란한 표정으로 마지못해 따라 들어갔다. 내일 있을 프레젠테이션 준비가 한창인 수현에게 가 자신이 도울 일은 없는지 살펴보고, 드리스 반 노튼이 보낸 관계자들도 만나 보려 했었는데 그가 어쩔 수 없는 일들이 자꾸만 생겨나고 있었다.

W호텔 라운지에 자리한 WOO Bar는 뉴욕의 '스튜디오 가이아'가 디자인한 곳으로, 한강이 내려다보이는 스타일리시한 내부를 자랑하는 감각적인 공간이었다. 세계적인 아트 갤러리 중 하나인 뉴욕 비트폼의 테크노미디어 작품들이 설치된 18미터 길이의 바와 계단식으로 구성된 테이블과 소파, 그리고 달걀 모양의 의자가 트렌디한 젊은이들의 감성을 만족시키며 폭발적인 인기를 끌고 있었다. 하지만 준우가 이곳에 관심을 가졌던 이유는 그들과 달랐다. 쉽게 지나칠 수 있는 직원들의 유니폼까지 세계적인 디자이너 바바라 바타글리니와 한국의 대표 디자이너 정욱진이 만들었다는 기사를 읽고, 궁금한 마음에 찾아와 봤던 것이다.

한강이 내려다보이는 한쪽 구석으로 안내를 받아 자리한 승원은 주변을 둘러보았다. 여기저기 DJ가 이끄는 몽환적인 분위기를 즐기려는 커플과 사람들이 많은 것 같았다. 대화를 나누기엔 다소 어수선하고, 마주 앉은 상대의 얼굴조차도 뿌옇게 보일 만큼 어두웠다. 하지만 오히려 승원은 다행이지 싶었다. 오늘은 두 눈을 똑바로 마주 보며 준우와 대화를 나눌 자신이 없었다. 준우가 S패션과 관계가 있다는 사실을 알게 된 충격이 아직 가시지 않아서인지 그와 단둘이 이런 공간에 있다는 것만으로도 예전과 다르게 사실은 너무나 불편했다.

"저번에 내가 한 말……."

"무슨 말?"

바닥에 무릎을 대고 주문을 받던 직원에게 평소 즐겨 마시는 헤네시를 부탁한 뒤, 준우는 태연한 얼굴로 승원을 향해 물었다. 정말 아무렇지 않은 것인지, 아무렇지 않은 척하려는 것인지 알 수가 없었다. 그런 준우의 모습이 맘에 들지 않는다는 듯 승원이 이맛살을 찌푸리자, 준우가 '아하' 하며 피식 웃음을 내던지고는 되물었다.

"네 말, 틀린 거 없잖아? 내가 디자인을 포기하고 LVMH에 간 순간부터 만드는 것보다는 파는 걸 더 중요히 생각하게 된 것도 맞고, 본부장이란 자리에 있으니 브랜드의 성공을 그 무엇보다 우선으로 여겨야 하는 것도 맞아. 그러니까 기회가 오면 놓치지 않아야 하는 거고. 안 그래?"

그래. 준우는 저런 사람이었다. 어떤 상황에서도 자신을 쉽게 드러내지 않았고, 화를 내지도 않았으며, 흐트러짐도 없었다. 과거 승원은 그런 그의 모습까지도 멋지다 생각했었지만, 오늘은 아니었다. 너무나 쉽게 인정해 버리는 준우의 반응이 자신을 우습게 생각하는 것만 같아 괜스레 거슬렸다.

"뮤즈에 뭔가 극적인 스토리가 필요했던 것도 맞고, 후계자란 타이틀이 더 어울리는 사람이 내가 아닌 너인 것도 맞고 말이지."

직원이 주문한 안주와 술을 가져오자, 준우는 승원의 잔에 호박색의 말간 액체를 채워 주고는 자신의 것에도 이어 따르며 아무렇지도 않다는 듯 덧붙여 말했다.

"지애가 떠난다더라."

하지만 승원은 준우처럼 태연할 수가 없었다. 저도 모르게 얼굴이 굳어졌고, 테이블 위에 올라가 있던 손에 힘이 들어갔다.

"더 이상 여기 있을 이유도 없고, 마음도 없다는 지애를 도저히 잡을 수가 없었어. 이번 S/S 제품들 마무리하고 가겠다기에 그러라고 했어."

승원은 방금 전 준우가 따라 놓은 술잔을 스트레이트로 들이켰다. 지애가 떠난다니……. 어디로 말인가. 그녀의 고백에 자신이 다소 심하게 반응한 건 사실이었지만, 그것은 모두를 위한 일이었다. 잠시 동안은 두 사람의 관계가 소원해진다 하더라도 예전처럼 아무 일도 없었다는 듯이 돌아올 거라 믿고 있었는데……. 승원은 준우에 이어 지애에게까지 배신을 당한 기분이 들어 견딜 수가 없었다. 어느새 다시 채워진 술잔을 들어 입 안에 털어 넣자 승원의 기분만큼 씁쓸한 술이 그의 목을 타고 내려갔다. 준우가 던진 말에 갈증이 나 마신 술이었지만, 마시고 나니 더욱 목이 타는 건 자신의 마음 탓이리라.

"인생은 참 아이러니해. 떠날까 봐 잡을 수가 없는 거였는데, 잡지 않았더니 떠나겠다고 하고 말이지."

승원은 가만히 고개를 들어 준우와 눈을 맞추었다. 자신의 마음을 꿰뚫어 보고 있는 듯한 그의 시선 역시 오늘은 마음에 들지 않았다. 항상 말하지 않아도 먼저 알아채 주는 준우가 고마웠던 적도 있었지만, 지애에 관한 문제는 아니었다. 알아도 모르는 척해 주길 바라 왔다. 왜냐하면 승원 역시 자신의 마음을 계속 모르는 척하고 있으니 말이다. 그는 지애가 자신을 사랑이란 테두리 안에서 바라보고 있다는 걸 알고 있었고, 그 시간이 짧지 않다는 것 역시 잘 알고 있었다.

승원은 한결같은 지애에게 따뜻한 위로를 받고 편안함을 느낄 때면 그녀를 안고 더 큰 위안을 받고 싶다는 갈등에 휩싸이곤 했었다. 하지만 그래서 더 안 되는 일이었다. 지애는 승원의 유일한 가족이나 다름없었기에 그에게 그녀는 순간의 격정에 못 이겨 여자가 되어서는 안 되는 사람이었다.

제 버릇 개 못 준다고, 인스턴트식으로 여자를 만나 왔던 승원의 습관은 쉬이 고쳐지질 않았다. 그는 지애에 대한 자신의 마음이 어떤 것인지 정확하게는 알 수 없었지만, 알아보고 싶지도 않았다. 결론은 뻔하다고 생각했

다. 그렇기에 더더욱 승원은 사랑 비슷한 우습지도 않은 감정 때문에 가족 같은 유일한 친구를 잃고 싶지 않았다. 지애가 원하는 연애, 마음만 먹으면 얼마든지 할 수 있었다. 그러나 그녀와의 인연을 놓아야 할지도 모르는 위험을 담보로 모험을 할 순 없었다. 그에게 몸을 내어 줄 여자는 많았지만, 그가 마음을 줄 수 있는 여자는 지애 하나였다. 그런데 이런 승원의 마음을 준우는 이미 예전부터 알고 있던 모양이었다.

"사랑은 자신에게 결여된 것에 대한 욕구일 수도 있다는데, 그런 면에서 지애는 너에게 결여된 모든 것을 채워 줄 유일한 여자일 거야. 안 그래?"

승원도 알고 있었다. 지애가 자신에게 결여되어 있는 이성 간의 사랑, 그리고 가족 간의 신뢰와 무조건적인 이해, 그 모두를 채워 줄 수 있으리라는 걸. 하지만 그건 성공 확률이 낮은 게임이었다. 3년도 채 지속되지 못한다는 감정놀이에 기대 평생을 함께할 수 있는 기회를 놓쳐 버리고 싶지 않았다. 어느 영화에 나왔던 말처럼 승원에게 지애의 존재는 입 안의 상처와 같은 것이었다. 가만히 두면 시간이 흘러 낫게 될 것을 자꾸 건드려 확인하게 되는. 지애가 원하는 대로 해 줄 수 없다면, 가만히 그녀를 놔두고 자신을 잊을 수 있게 도와줘야 한다는 걸 알고 있었다. 하지만 자꾸 그녀를 건드려 여전히 자신을 바라보고 있는지 확인해 보고, 그 뒤로는 불편해하는 것이 승원이 가지고 있는 딜레마였다.

"난 수현 씨가 맘에 들어."

유치한 반항이라도 하듯 승원이 청개구리 같은 대답을 내뱉자, 준우의 얼굴이 살짝 굳었다. 준우는 가슴이 답답해 왔다. 진심이 아니라는 걸 알면서도 승원에게 화가 나려 하는 이유가 수현을 향한 자신의 마음 때문인 건지, 아니면 친동생이나 다름없는 승원의 치기 어린 반응 때문인 건지는 그도 알 수가 없었다.

"나도 마음에 들어."

준우는 담백한 목소리로 대꾸하고는 자신의 잔을 비운 뒤, 미간을 살짝 찌푸렸다. 이런 자리에서 갑작스럽게 때 아닌 고백을 하게 될 줄이야. 하지만 말을 꺼낸 이상 마무리를 지어야겠다는 생각에 준우는 다시 입을 열었다.

"지난번에 네가 수현 씨에게 했던 얘기 기억나? 내가 아무런 이유 없이 누구를 만나는 사람이 아니라는?"

승원은 이어질 준우의 말을 기다리며 살짝 고개를 끄덕였다.

"그것도 맞아. 디자이너로서의 그녀가 너무나 궁금해. 보수적이기만 한 세계 패션계를 그 작은 몸으로 어떻게 헤쳐 나갈 것인지, 한 해 한 해 얼마나 놀랄 만큼 성장할 것인지 오랫동안 곁에서 지켜보고 싶은 바람이 있어."

그리고 다시 이어지는 준우의 깔끔한 고백.

"하지만 그것보다 더 알고 싶은 건, 여자로서의 채수현이야."

준우의 말을 들으며 승원은 잠시 자신의 귀를 의심했다. 준우는 여자 문제에 관해선 누구에게나 정중한 매너를 보였지만, 결국 그 속에 숨겨진 것은 무심함이었다. 노골적으로 다가오는 여자들이나 그의 마음을 은근히 떠보려는 사람들, 그 누구에게도 한결같이 부드러운 태도로 일관하면서 빈틈을 보여 주지 않았던 사람이었다. 파슨스 시절부터 좀 즐기면서 살아 보라며 여자를 소개해 줘도, 학교 패션쇼에서 그의 옷을 입었던 수많은 모델들이 노골적으로 추파를 보내 와도 전혀 동요하지 않던 준우였는데, 수현에 대한 마음을 인정하는 그의 모습이 승원은 낯설면서도 왠지 재미있었다. 인조인간인 줄 알았는데 감정을 표현하기도 하는 우리 같은 사람이었다니. 승원은 저도 모르게 피식 웃음을 지어 보였다. 한준우의 재발견이었다.

"그녀의 옆에서 디자이너로서의 채수현과 여자로서의 채수현을 모두 지켜볼 거야, 하나도 빠짐없이."

수현을 향한 준우의 감정은 어느새 꽤나 깊어진 모양이었다. 하긴, 그러

지 않고서야 입 밖에 꺼낼 그도 아니었지만.

잠시 동안 침묵이 흘렀고, 승원 역시 준우에게 그보다 더 과거의 일을 상기시켰다.

"형이야말로 내가 예전에 했던 얘기 기억나?"

준우는 승원이 마신 술의 양을 생각하며 온더록잔에 얼음을 넣어 그의 앞으로 밀어 주었다. 자리에 앉은 지 얼마 되지 않았지만 주고받는 이야기의 강도만큼 두 사람은 꽤 여러 잔을 연거푸 마시고 있는 중이었다. 준우에게는 해야 할 일이 남아 있었고, 승원은 주량을 넘기기 일보 직전이었기에 속도를 좀 조절해야겠다는 생각 끝에 나온 행동이었다.

"조 회장과 나의 관계."

물론 준우는 기억하고 있었다.

조현섭 회장. U어패럴의 수장으로 여성들을 위한 맞춤복 매장이었던 '우리 부티크'에서 출발해 지난 30년 동안 국내 패션계를 이끈 대표적인 기업인. 그리고 승원의 아버지.

준우가 U어패럴로 가겠다고 했을 때, 승원은 정말 많이 반대했었다.

"U어패럴은 가지 말라고 그렇게 말렸는데, 듣지를 않았지. 그러더니 이 회사를 살리는 데 형이 가진 모든 역량을 총동원해 결국은 업계 정상에 올려놨고, 그것으로도 모자라 나까지 데려다 놨어. 도대체 뭘 어쩌고 싶은 거야?"

승원은 정말 진심으로 물었다. 준우가 자신을 이곳에 데려다 놓은 뒤 이제는 나 몰라라 하고 조 회장 옆에서 승승장구하는 모습만을 보여 주는 그 이유를 알고 싶었다.

"넌 여기 왜 온 건데?"

준우의 질문에 그걸 몰라서 묻느냐는 듯 승원이 황당한 표정으로 입을 열려 하자, 준우가 대답을 막으며 먼저 말을 건넸다.

"내가 오라고 해서 왔다는 말은 하지 말자."

승원은 준우가 건네준 얼음잔이 무색하게 스트레이트로 연거푸 두어 잔을 더 마신 후 씁쓸한 표정을 지어 보였다. 준우가 다 알면서 묻고 있다는 걸 알고 있는데, 이상하게도 자신의 입으로 얘기하고 싶었다.

"엄마가 돌아가시고 난 후에야 알았지. 날 그 사람에게 보내기 위해 키웠다는 걸. 웃기지 않아? 조 회장을 증오하는 마음으로 나를 낳았으면서 조 회장의 마음에 들게 하기 위해 디자인을 공부시켰더라고. 결국 엄마는 날 오로지 복수의 도구로만 생각했던 거였어. 도대체 무엇이 엄마를 그렇게 만들었는지 그냥 보고 싶었어. 엄마도 버리고, 나도 버린 그 사람이 자기 가족들에겐 어떻게 하는지, 그리고 갑자기 나타난 그 사람이 내 몫이라고 흔들어 대던 그 대단한 회사가 어느 정도인지, 그냥 궁금했었어."

파슨스에 입학하고 얼마 지나지 않아 승원의 어머니는 그의 곁을 떠났다. 승원이 기억하는 어머니의 모습은 딱 두 가지였다. 술을 마셨을 때와 그러지 않았을 때. 술을 마셨을 때는 승원을 아버지란 사람으로 착각하고는 끊임없이 그에게 자신을 버리지 말라고 울면서 애원하고 매달렸었다. 그리고 술을 마시지 않았을 때는 아버지란 사람을 증오하며 원망했고, 그런 미움의 감정을 승원에게 퍼붓곤 했었다. 알코올 남용 및 의존으로 인한 정신분열증과 양극성장애. 의사라는 사람들이 그의 어머니에게 내린 진단이었다. 재활원에 입원해 있던 그녀가 결국 세상을 떠났을 때에는 슬픔 너머 고개를 드는 홀가분한 기분에 승원은 스스로 자괴감에 빠지기도 했었다. 그리고 얼마 후, 한국에서 아버지라며 찾아온 사람이 있었다. 죽음을 예감했던 승원의 어머니가 정신을 조금 차렸을 때, 한국으로 친자확인서를 보낸 모양이었다. 도대체 언제부터 준비해 왔던 일인지는 몰라도 그 확인서의 발급 날짜는 그가 태어나고 얼마 되지 않아서였다. 아마도 승원의 어머니는 상대방의 죄책감이 극에 달할 수 있는 최고의 타이밍을 기다리고

있었던 것 같았고, 그 시간을 자신의 죽음과 연결지었던 듯싶었다. 그렇게 어느 날 갑자기 나타나 자신을 그의 아버지라 소개하며 후계자 자리를 약속한 뒤 귀국을 종용했던 사람이 바로 U어패럴의 조현섭 회장이었다. 비록 승원이 학생이었지만 세계적으로 인정받는 명문 학교에서 패션디자인을 공부하고 있으니 졸업 후 들어와 그를 도우며 디자인 쪽 일을 맡는 것이 당연하다고 얘기했었다.

  승원은 정말로 화가 났었다. 어머니란 사람이 자신을 복수의 도구로 낳았다는 사실에 머리가 터질 것 같은 충격을 받았다. 뿐만 아니라 20년 넘게 모르고 살았던 아버지란 사람은 자신이 필요해지니까 그 모습을 드러냈다. 승원은 심장이 뻥 뚫린 것 같은 아픔을 느꼈다. 또한, 승원이 그토록 원하지 않았던 패션 쪽으로의 진학을 어머니가 왜 그렇게 강요했었는지 이유를 알게 되자 분노는 걷잡을 수가 없을 만큼 커져 갔다. 그 시절이 승원에겐 가장 힘든 시기였다. 일부러 수업에 빠졌고, 술에 취해 살았다. 원래도 어머니를 보고 자라 주변에 대한 배려가 없고 타인을 사랑하는 마음이 부족했던 그였다. 승원은 그렇게 다가오는 여자들을 내치지 않았고, 금방 싫증을 내고 보란 듯이 차 버리며 인생을 허비했다. 그리고 그 즈음이었던 것 같다. 지애를 여자로 바라보지 않으리라 결심했던 것이······. 처음 보는 여자들과도 스스럼없이 밤을 보내는 자신을 보며 승원은 자괴감에 빠졌고, 때문에 지애를 이런 여자들 중 하나로 만들어선 안 된다고 굳게 다짐했었다.

  그런 승원이 겨우 정신을 차릴 수 있었던 이유는 지애와 준우의 끊임없는 설득 때문이었다. 다른 사람에 대한 원망 때문에 네 인생을 버리지 말라는 지애의 간곡한 부탁과, 패션 쪽에서 성공한 뒤 아버지란 사람의 제안을 거절하는 것이 더 멋진 복수라 말했던 준우의 충고가 방황하던 그를 제자리로 돌아가게 만들었다. 그런 준우의 설득이나 지애의 보살핌이 없었더라면, 졸업도 제대로 하지 못했을 승원이었다. 한평생 한 사람만을 사랑하고 증오했던 어머니가 그려 놓은 밑그림에 아버지란 사람의 바람대로 색을 입혀 줄 생각은 추호도 없었다. 하지만 생각해 보면 참 우스운 일이었다. 지금 돌아가는 모양새를 보면, 준우가 너무도 굳건히 U어패럴을 지키고 있는 탓에 자신에겐 돌아올 자리도, 그 자리를 거절할 기회도 사라져 버린 게 아닌가 싶었다. 나아가 그러한 생각은 결국 자신을 이곳에 데려다 놓은 준우에 대한 원망으로 끝을 맺고 있었다.

　사실 승원에겐 서울에 들어온 다른 이유가 하나 더 있었다. 두 달에 한 번 정도는 사람을 보내 귀국을 종용하던 조 회장이 갑자기 노선을 한준우로 바꿔 버린 것이었다. U어패럴에는 가지 않겠다, 다짐을 하고 수십 번 마음을 먹었어도 썩 좋은 기분은 아니었다. 결국 승원은 아버지란 사람이 회사가 어려울 때 도움을 청한 상대가 자신이 아닌 준우였다는 것에도 실망했고, 그동안 자신에게 내밀었던 제안이 거짓이었나 싶은 생각에 적잖이 상처를 받은 것이었다.

　"정말 그것뿐이야?"

　승원이 하는 얘기를 들으며 물끄러미 바라만 보던 준우가 이어 물었다.

　"그럼 이제 떠나도 되잖아? 조 회장님이 사모님과의 사이에 자식은 없어도 사모님께 끔찍하다는 건 너도 알게 되었을 거고, 직원들에게도 나름 합리적인 사람이라는 것도 알지 않아? U어패럴이 국내에서 어느 정도의 위치이고, 앞으로 어떻게 성장할 것인지도 대충 보이는 게 있을 테고 말이지."

　승원이 준우의 질문에 당황해 대답하지 못하자, 준우는 부드럽게 웃으며 다시 물었다.

　"더 궁금한 게 남은 거야, 아니면 이제라도 갖고 싶은 게 생긴 거야?"

　준우는 깔끔한 성격만큼이나 직설적으로 승원에게 물었다. 승원은 다시

쓸쓸하게 웃어 버렸다. 준우는 언제나 말하지 않아도 자신의 마음을 먼저 알아채곤 했었다. 그렇다면 나는 U어패럴을 가지고 싶었던 걸까?

"아니라고 해도 이 회사에 관심이 있는 건 사실이잖아. 수현 씨한테 후계자 자리 운운하면서 큰소리도 쳤고 말이지."

승원은 제 발 저린 도둑처럼 가슴이 두근거렸다. 결국 아니라 해도 아버지란 사람이 가지고 있는 것을 넘겨받음으로써 그동안의 아픔을 대신하고 싶었던 것일까? 아니면, 자신 역시 그렇고 그런 속물처럼 누군가의 아들로 불리길 내심 기대하고 있었던 것일까? 승원은 자신이 가지고 싶은 것이 회사인지, 아버지란 존재인지 명확하지 않아 모든 게 혼란스러웠다. 명료한 답변을 내릴 수 없으리라는 걸 알고 있었기에 고민조차 하지 않으려 했었는데, 결국 준우는 승원을 이곳으로 끌고 와 소용돌이 한가운데에 그를 내던지고야 말았다.

"승원아."

자신을 부르는 준우의 목소리에 승원이 고개를 들어 두 눈을 마주하자, 준우가 조용히 말을 건넸다.

"갖고 싶으면 제대로 덤벼. 얼마든지 상대해 줄 테니까."

조용하지만 단호한 어조로 승원에게 선전 포고를 하는 준우의 모습은 낯설었지만, 그의 얼굴은 익숙한 표정이었다. 항상 승원에게 괜찮다고 말해 주는 자상한 눈빛이 어려 있었다. 그러나 어둑한 분위기에 이미 주량을 넘겨 버린 승원에겐 그런 준우의 모습보다 그가 던진 말이 더 크게 다가왔다.

"그렇지만 이건 명심해. 그 전에 네 마음부터 제대로 들여다봐. 괜한 오기나 자존심이 아니라 진심으로 대할 거면 잡아. 회사든 지애든, 아니면 새로운 가족이든."

승원은 자신도 잘 인지하지 못했던 마음속의 모든 욕심을 준우에게 들켜 버린 것 같았다. U어패럴과 지애, 그리고 조 회장을 향한 마음까지.

"난 네가 나중에 후회하지 않았으면 좋겠어."

훈계조로 마무리하는 준우에게 결국 승원은 빈정거리며 물었다. 아까부터 궁금했던 얘기를 확인해야 할 순간이었다.

"그럼 형이나 잘하지 그랬어?"

승원의 삐딱한 질문에 준우는 무슨 의미냐는 듯, 한쪽 눈썹을 슬쩍 들어 올렸다.

"S패션, 아버지가 창업자시라며?"

승원이 이미 준우와 S패션의 관계를 알고 있는 듯 보였다. 하긴, 업계가 워낙 좁으니 승원이 한국에 들어온 이상 준우에 대해 알게 되는 건 시간문제였을 터였다.

"그 회사, 결국은 다른 기업에 넘어갔잖아. 형이 여기서 나한테 이래라저래라하는 거, 자격 없지 않아?"

준우가 씁쓸하게 웃으며 선선히 인정했다.

"그래서 지금부터라도 잘해 보려고."

"무슨…… 뜻이야?"

승원은 의아해하며 준우를 바라봤다. 지금부터라도 잘해 보고 싶다는 그의 의도를 읽을 수가 없었다. 하지만 준우는 그저 승원의 질문에 대답하는 대신 다른 화제를 입에 올릴 뿐이었다.

"내일 올 거야?"

준우는 대꾸 없는 승원의 어깨 너머로 시선을 던지며 가볍게 손을 들어 보였다. 주변을 걸으며 손님들을 살피고 있던 예쁘장하게 생긴 여직원이 몸에 밴 상냥한 미소를 지으며 그들의 테이블로 다가왔다. 준우는 그녀에게 카드를 내밀고는 장난스럽게 말을 이었다.

"수현 씨, 맘에 드는 여자라며? 와서 격려해 줘야지."

승원이 여전히 침묵하며 뭔가 못마땅한 표정으로 술잔만 비우자 준우는 그의 어깨를 두드리며 '간다'는 말을 건네고는 입구 쪽으로 걸음을 옮겼다. 그가 승원에게 해 줄 수 있는 건 여기까지였다. 길지 않은 인생을 살아오면서 준우가 깨달은 것이 있다면, 그 어떤 문제도 주변에 있는 사람이 대신 해결해 줄 수는 없다는 사실이었다. 아무리 시간이 오래 걸리고, 과정이 복잡하다 하더라도 문제를 안고 있는 당사자가 직접 해답을 찾아내야 그 결과에 책임을 질 수 있었다. 그리고 코너에 몰려 봐야 진정 원하는 걸 알아챌 수 있었다. 그 전에는 자존심이 눈을 가리고, 피해 의식에 귀가 멀어 제대로 된 상황을 보고 들을 수가 없다는 걸 그는 경험으로 익히 알고 있었다. 수현에게, 그리고 승원에게 준우가 해 줄 수 있는 건 그들이 지닌 문제를 거듭 상기시키고, 스스로 해결할 수 있도록 자극하고, 진정으로 원하는 걸 찾을 수 있도록 코너에 몰아넣는 것까지였다.

준우가 떠나고도 한참 동안 승원은 생각에 잠겨 있었다. 준우와 대화를 나누면 뿌옇게 가려져 있는 자신의 머릿속이 조금은 선명해질 것이라 생각했었는데, 이곳에 들어올 때보다 훨씬 더 복잡한 심경이 되어 버려 그는 자리에서 일어서지 못하고 있었다. 머리가 혼란스러운 이유가 시끄러운 음악 때문인지, 복잡한 마음 때문인지 그 자신도 알 수 없는 또다른 고민이 시작되고 있었다.

다음날 아침. 프레젠테이션이 열리는 성수동 거리는 새벽부터 북새통을 이루고 있었다. 매년 두 차례씩 열리는 패션위크 기간도 아니었고, 새 브랜드 론칭이나 새 시즌과 관련된 패션계 소식이 풍성한 봄이나 가을도 아닌 이 겨울. 날씨처럼 기삿거리도 춥고 건조했던 패션계에 모처럼 찾아온 드리스 반 노튼과의 콜라보레이션이라는 훈풍은 미디어를 흥분하게 만들기 충분했다. 아직은 찬바람이 쌩쌩 부는 1월이었지만, 수현이 쇼를 위해 선택했던 스튜디오는 마법처럼 화려하게 꽃을 피웠고, 그 어느 곳보다도 먼저 봄을 맞이하고 있었다.

수현이 준비한 프레젠테이션은 그 어떤 쇼보다도 드라마틱했다. 패션쇼의 런웨이가 디자이너들이 상상력을 펼치는 무대라 한다면, 수현이 준비한 프레젠테이션 역시 그 못지않은 환상적인 아이디어로 가득 채워졌다. 성수동 뒷골목의 폐공장을 리모델링했다는 빈티지한 창고에는 10만 송이가 넘는 꽃이 물결치고 있었다. 그리고 그 앞에 수현과 드리스 반 노튼의 컬렉션이 여러 개의 층으로 나뉘어 사방으로 뻗은 거대한 나뭇가지에 매달려 만개한 꽃처럼 걸려 있었다. 런웨이 위 모델들의 캣워크를 기대했던 사람들은 쇼장에 들어서며 처음엔 어리둥절해했지만, 거대한 나무에서 피어난 스무 점의 작품이 봄날의 꽃처럼 수줍게 나부끼자 하나의 예술 작품을 보는 것 같은 착각에 사로잡혔다. 설치 미술의 형태로 쇼를 진행하고자 했던 수현의 바람대로 이번 프레젠테이션은 그 분야 최고의 아티스트를 만나 또 하나의 콜라보레이션을 연출하고 있었다.

그녀가 선택한 테마는 '로맨티시즘 힐링'이었다. 드리스 반 노튼의 자연스러운 실루엣을 활용한 그런지 스타일[26]에 수현만의 페미닌한 감성이 더해진 사랑스러운 컬렉션이었다. 몸을 편안하게 감싸는 라인을 기본으로 과거 뮤즈의 전성기 시절 의상을 변형하여 미니멀하게 표현한 뒤, 소매나 치맛단에 올 봄 트렌드인 플라운스[27]를 반영한 환상의 룩이 펼쳐졌다.

드리스 반 노튼이 제시한 루즈한 핏의 커쿤 재킷[28]은 길이를 조절하여 사랑스럽게 재탄생시켰고, 소매 부분을 여러 겹의 러플로 잡아 여성스러운 감성을 더욱 극대화한 블라우스는 앤티크한 벨기에산 원단과 만나 만개한 꽃의 성숙미와 우아함을 표현해 냈다. 또한 발목까지 떨어지는 튜브 톱[29]

---

26. 그런지 스타일(grunge style): 편안함을 강조하는 패션 스타일.
27. 플라운스(flounce): 물결 무늬의 주름 장식. 주름의 폭에 따라 프릴, 러플, 플라운스로 나뉨.
28. 커쿤 재킷(cocoon jacket): 실루엣이 누에고치처럼 둥근 재킷.
29. 튜브 톱(tube top): 어깨를 드러낸 통 모양의 상의.

원피스에는 드리스 반 노튼의 디자인을 그대로 살리면서 꽃무늬 자수를 하나하나 손으로 달아 수현만의 정교한 아플리케를 입혀 주었다. 실크라는 소재와 섬세한 자수가 만나 고전적인 터치를 구현해 낸 것이었다.

프린트와 소재를 강조한 드리스 반 노튼의 입체적인 조형미는 원단의 볼륨감을 강조한 수현의 아플리케와 어우러져 더욱 섬세하게 변주되었고, 그가 추구하는 편안하고 자연스러운 실루엣은 수현의 드레이핑 실력이 한껏 발휘된 러플과 조화를 이루며 여성스럽게 표현되었다. 오리엔탈리즘과 미니멀리즘의 만남, 마스큘린masculine: 남성적인과 로맨티시즘의 만남으로 2013년 패션계 최고의 화두인 듀얼리즘을 성공적으로 이끌어 낸 것이라 할 수 있었다. 또한 드리스 반 노튼의 에스닉한 매력과 자연스러운 실루엣은 그대로 살리되, 자칫하면 지루하게 느껴질 수 있는 루즈한 디자인들을 그녀만의 감성으로 재탄생시켜 뮤즈가 추구해 왔던 페미니즘을 새로운 방향으로 제시하고 있었다.

앤트워프의 파이널 이어만을 남겨 두고 홀연히 사라졌던 수현이 이번 콜라보레이션을 맡았다는 소식에 사람들은 기대 반, 의심 반의 눈초리를 보내 왔었다. 하지만 그녀는 이번 쇼를 통해 그들의 기대는 한없이 충족시켰고, 걱정과 우려는 보란 듯이 날려 버렸다. 하늘 같은 대선배와의 콜라보레이션을 위해 자신의 디자인적 특징을 강조하기보다는 드리스 반 노튼의 특징을 뮤즈와 자연스럽게 연결시키는 것에 주력했다고 말하는 수현은 이미 프로 디자이너나 다름없었다. 그녀만의 새로운 패션 라운드가 시작될 다음 시즌이 무척이나 기대되는 이유가 또 하나 늘어나는 순간이었다.

무대 위로 걸어 나온 수현이 드리스 반 노튼 관계자들과 함께 그 모습을 드러내자, 관객들은 환호성과 함께 끊임없는 박수를 보내기 시작했다. 사진 기자들이 쏟아 내는 플래시 세례에 눈을 뜰 수 없을 지경이었다. 하지만 수현은 그 속에서 자신을 향해 그 누구보다도 힘찬 박수를 보내고 있는 준우를 발견할 수 있었다. 두 사람의 눈이 부드럽게 마주쳤다. 그의 눈 속에는 수현에 대한 자랑스러움이, 그녀의 눈 속에는 준우에 대한 고마움이 가득 들어차 있었다. 쇼장이 떠나갈 듯 계속되는 환호와 플래시 세례는 더 이상 그들의 관심사가 아니었다. 오롯이 이 공간에서 서로만을 바라보고 서로만을 느낄 뿐이었다. 아름다움이란, 멋진 옷을 걸치고 있을 때나 비싼 보석으로 치장을 하고 있을 때가 아닌, 내가 누구와 있느냐에 따라 결정된다[30]는 말처럼, 수현은 준우와 함께 있기 때문에 자신의 인생이 더욱 빛난다고 생각했다. 어디에서 무엇을 하고 있는지, 아니면 어떤 위치에 있는지보다 훨씬 값지고 중요한 건 누구와 함께하고 있는지였다. 그리고 자신에겐 준우가 세상 그 누구와도 비교할 수 없는, 대체가 불가한 소중한 사람이라는 걸 그녀는 확신했다.

쇼가 끝나자 수현 못지않게 축하와 환호를 받고 있는 사람이 있었으니, 바로 뮤즈의 서수미 팀장이었다. 유럽을 돌고 홍콩을 거쳐 도쿄에 이르기까지 예정에 없던 기나긴 출장을 마치고 간신히 프레젠테이션 시간에 맞춰 귀국한 그녀는 이번 콜라보레이션을 위한 컬렉션을 확인해 볼 시간이 없었다. 처음부터 한준우 본부장이 진행했던 일이었고, 드리스 반 노튼의 디자인을 수현이 뭘 얼마나 손댈 수 있겠느냐는 마음에 대수롭지 않게 생각했던 것도 사실이었다. 하지만 성수동 스튜디오에 도착한 이후 지금까지 그녀는 혼란스러움의 연속에 서 있었다. 우선, 쇼장에 들어서면서부터 계속된 임직원들의 환영 인사는 서 팀장을 어리둥절하게 만들었다. 조 회장을 비롯한 이사진으로부터 수현을 발견해 내고, 뮤즈의 성공적인 리뉴얼을 이끈 데 대한 노고를 치하받았던 것이었다. 서 팀장을 향해 앞 다투어 인사를 건네는 다른 브랜드의 팀장들 역시 평소와는 너무나 다른 모습이었다. 그

---

30. 케이트 모스(Kate Moss)의 명언.

리고 이어진 프레젠테이션에서 드리스 반 노튼의 헤리티지를 지키면서 뮤즈만의 히스토리를 만들어 낸 수현의 컬렉션을 경이로움과 경악을 오가며 지켜봤었다. 서 팀장이 그동안 알고 있던 채수현이 아니었던 것이었다. 모두 뮤즈는 이제 거침없이 도약할 거라며 서 팀장에게 축하의 말을 건넸지만, 이 모든 것이 그녀의 몫이 아닌 것 같았다. 저 믿을 수 없는 컬렉션에서 자신이 한 일은 도대체 무엇이란 말인가. 자신이 뭘 했다고 이런 축하를 받아야 하는 것인지 알 수 없어 서 팀장은 마음이 너무나 무거웠다. 그리고 쇼장 뒤편에서 수현을 만났을 때에도 서 팀장은 흥분을 좀처럼 가라앉히지 못하고 있었다.

"너, 도대체 뭐니?"

달리 할 질문이 없었다. 서 팀장은 도무지 수현의 정체를 파악할 수가 없었다. 처음에는 그저 테크닉과 감각이 좋은 동대문 출신의 디자이너일 뿐이라고 생각했었다. 아직까지는 출신 학교에 따라 대접받는 이 바닥에서 딱히 내세울 수 있는 배경이 없는 그녀를 안타깝다고도 생각했었다. 서 팀장은 수현과 같은 사람을 한 명 알고 있었다. 재단이나 패턴, 봉제에 이르는 기술적 재능뿐 아니라 창의적 아이디어까지 남달랐지만, 패션에 관한 정규 교육을 받지 못했다는 이유로 인정받지 못했던 옛 동료가 떠올라 알게 모르게 막내 직원인 수현을 신경 썼던 것뿐이었다. 그런데 수현은 동대문이 아닌 유명 패션학교 출신으로 이쪽 업계에선 누구나 한 번쯤 들어 봤을 법한 화제의 학생이었단다. 정말 기가 막히고 코가 막히고, 입이 있어도 뭐라 할 말이 없었다.

"죄송합니다."

그렇게나 멋진 쇼를 완성해 바로 조금 전까지만 해도 이곳에 모인 모든 사람들로부터 환호와 박수를 받던 수현이 자신 앞에 죄인처럼 서서 죄송하다는 말을 내뱉는 모습 역시 서 팀장이 원했던 건 아니었다. 서 팀장은 기죽은 수현의 모습에 괜스레 더 기분이 나빠져서 빈정대는 어조로 입을 열었다.

"나야말로 죄송하지. 그 대단하신 디자이너인 줄도 못 알아보고, 그렇게 타박을 해 댔으니 말이야."

수현은 자신이 거짓말쟁이가 된 것만 같아서 견딜 수가 없었다. 아마도 이런 불편한 감정은 U어패럴을 떠날 때까지 계속될 것만 같았다.

"여긴 왜 온 거니? 도대체 왜 숨긴 거니? 아니, 지금 벌어지고 있는 이 상황을 내가 어떻게 이해해야 하는 거니?"

서 팀장은 수현이 도대체 왜 이곳에서 자신을 대신해 뮤즈의 리뉴얼에 앞장서고 있는지, 그 저의가 궁금해졌다. U어패럴에서 퇴출이 예정된 것은 이제 뮤즈가 아니라 서 팀장이 될 것이라는 소문은 그녀도 들어 알고 있었다. 브랜드를 책임지고 있는 한, 매출 부진과 브랜드 가치의 하락 등 모든 것이 팀장인 그녀의 몫이라는 건 알고 있었지만, 이렇게는 억울했다. 순간, 머릿속에 떠오른 한 가지 생각이 지체 없이 입 밖으로 튀어 나갔다.

"한준우 본부장이 널 여기로 데려온 거니?"

수현은 고개를 들어 서 팀장과 눈을 맞추었다. 또 그 소리였다. 모두 자신과 준우를 엮어 한 작품인 양 수군거리고 있었다. 뮤즈를 향해 갑자기 시작된 준우의 간섭이나 때맞춰 등장한 수현, 그리고 그들이 함께한 콜라보레이션까지. 그 모든 것을 우연이라고만 생각하기엔 다들 드라마를 너무 많이 본 모양이었다.

"절 디자인실로 데리고 온 분은 팀장님이세요."

그래. 서 팀장도 알고 있다. 개발실에서 패턴을 뜨던 수현의 손놀림이 이상하게 낯익었고, 재단을 하던 모습에서도 눈을 뗄 수 없어서 결국 자신의 팀으로 데려다 놨었다.

"어떤 사견도 없이 제가 가지고 있는 장점들을 알아보시고 절 디자인실

로 데리고 온 분도 팀장님이시고, 제가 곤란한 상황이었을 때 나름 방패가 되어 주신 분도 팀장님이세요."

방패라 함은 앨리스 팀에서 떼로 몰려와 수현을 원단 도둑이라며 궁지로 몰았을 때 수습해 준 것을 얘기하는 모양인데, 사실 그건 수현을 위해 한 일이 아니었다. 서 팀장이 생각하기에 자신의 팀원들에게 떠들어 대는 이야기는 곧 자신에게 하는 이야기였기에, 타 브랜드 후배들 앞에서 자존심이 상해 결국 앨리스 팀의 남은 원단을 구입하는 것으로 마무리하려 했던 것뿐이었다. 드리스 반 노튼과의 콜라보레이션을 위한 디자이너로 수현이 선발되었을 때 팀원들의 빗발치던 항의를 무시했던 것도 팀원들 중 수현이 가장 감각 있는 디자이너라 생각되기도 했었지만, 본부장이 뽑아 놓은 그녀를 자신이 뭐 어쩔 수 있겠느냐는 안일한 생각이 더 컸기 때문이었다. 그러고 보니, 결국 모든 것을 수습한 사람은 역시 한준우 본부장이지 않은가. 서 팀장은 그저 그의 지시에 따른 것뿐이었다.

"믿으실지 모르겠지만, 지금 이 상황이 될 때까지 제가 의도했던 건 하나도 없습니다. 그냥 어떻게 하다 보니 여기까지 오게 된 것뿐이에요."

수현은 준우에게 고백했던 것보다는 훨씬 간단하게 그동안의 사정을 설명했다. 학기 중 찾아온 슬럼프에 모든 것을 포기하고 한국으로 돌아왔을 때 생각난 회사가 U어패럴이었고, 어쩌면 이곳에서 해답을 구할 수 있을지도 모르겠다는 막연한 생각에 입사를 하게 되었다고. 그러던 중 서 팀장의 눈에 띄어 디자인실로 옮기게 되었고, 디자인 1팀에 와 겪은 지금까지의 일을 더한 것도, 뺀 것도 없이 담담하게 이야기했다. 수현의 이야기를 다 들은 서 팀장은 뭔가 의아하다는 눈빛으로 입을 열었다.

"그 많은 회사 중에 왜 여기였다는 거니?"

서 팀장의 질문에 수현은 한숨을 내쉬었다. 그녀가 충분히 의문을 가질 수 있는 문제였지만, 자신이 어디에서부터 이야기를 시작해야 할지를 두고 수현은 고민에 빠졌다. 잠시 침묵이 흘렀고, 모든 것을 털어놓기로 결심한 수현의 입에서 나온 얘기는 서 팀장이 절대 상상할 수 없었던 대답이었다.

"저희 어머니, 이 명 자, 희 자 되십니다."

뜬금없이 자신의 어머니를 언급하는 수현을 바라보며 서 팀장은 어리둥절해했다. 그래서 그게 뭐 어쨌다는 건가?

"저희 엄마, 여기서 근무하셨던 이명희 씨라고요."

"……이, 명희 씨?"

순간, 서 팀장은 뭔가 알아챘다는 듯 표정으로 되물었다.

"명희 언니?"

"네. 예전에 팀장님과 함께 근무하셨던……."

이보다 더 놀랄 수는 없는 일이었다. 수현이 명희 언니의 딸이었다니……. 서 팀장은 그제야 알 것 같았다. 수현의 그 능숙한 재단과 패턴 뜨는 솜씨가 어디서 온 것인지, 재봉질하던 손놀림까지 왜 자신이 그냥 지나칠 수 없었던 것인지를 말이다. 너무나 놀란 표정의 서 팀장은 입을 다물지 못하고 그저 멍하니 수현을 응시할 뿐이었다.

"엄마한테 팀장님 말씀, 많이 들었어요. 아, 물론 그 친했다는 동생분이 팀장님이셨다는 건 저도 안 지 얼마 안 되었지만요."

엄마에게 들었던 U어패럴 시절의 친한 동생이 서 팀장이었다는 건 수현도 몰랐던 이야기였다. 지난번 개발실 직원들과의 대화에서 우연히 알게 된 것뿐이었다. 하지만 모두가 알고 있는 이야기는 수현이 엄마에게 들었던 것과는 많은 차이가 있었다. 서 팀장은 수현의 엄마가 디자이너들에게 무시당했을 때마다 그녀의 얘기에 귀 기울여 주고, 그녀의 아이디어들을 존중해 준 유일한 사람이었다. 그리고 신상품 출시에 결정적인 실수를 한 수현의 엄마를 끝까지 이해해 주고 지켜 준 사람이었다.

"엄마가 다른 사람들의 디자인을 도용했다는 거, 알고 있어요."

수현의 모친인 명희도 처음엔 정말 자신의 아이디어였다고 했다. 하지만 서 팀장의 힘을 빌려 자신의 디자인이 실제 제품으로 만들어져 나오고, 판매에도 성공하면서 높아지는 주변의 기대감에 점점 자신이 없어졌던 모양이었다. 디자인이란 것이 학업으로만 완성되는 것은 아니었지만, 기본적인 지식이 뒷받침되지 않고서는 한계가 있는 분야임엔 틀림없었고, 명희 역시 어느 순간부터는 한계에 부딪치게 된 것이었다. 하지만 자신을 무시했던 사람들 앞에 보란 듯이 성공적인 제품을 만들어 내고 싶었던 욕심에 한 개, 두 개 다른 사람의 디자인을 도용하고 말았던 것이었다. 급기야 명희는 유명 브랜드의 디자인을 카피하고 말았고, 그로 인해 뮤즈는 신상품 출시에 큰 문제를 겪게 되었다. 그 사실이 밝혀져 사람들에게 받을 비난이 두려웠던 명희는 그대로 회사를 나가 버린 반면, 서 팀장은 회사에 남아 책임을 지고 뒷수습을 마쳤다고 했다. 그리고 회사 측에서 더 이상 명희의 일을 문제삼지 못하게 막아 주고, 퇴직금까지 챙겨 준 사람 역시 서 팀장이었다. 그리고 그때 당시 위기에 대처하는 서 팀장의 능력을 높이 산 조 회장은 그녀를 믿고 지금까지 뮤즈를 맡겼던 것이고, 아직까지도 서 팀장이 뮤즈를 다시 일으킬 수 있으리라 기대하고 있었다.

기가 막힌 우연이었다. 엄마를 도왔던 서 팀장을 이제는 자신이 도울 수 있었기에 수현은 처음으로 디자인을 공부하길, 그리고 이곳에 오길 잘했다고 생각하기도 했었다.

"저희 엄마는 이곳에서 옷을 만들었을 때가 가장 행복했다고 하셨어요. 그래서 저도 이곳으로 왔고요."

사실이었다. 지금은 비록 조그마한 수선집에서 남들 옷이나 고쳐 주고 있었지만, 엄마는 가끔씩 솜씨를 알아본 사람들의 칭찬에 보람을 느낀다고 했었다. 하지만 새로운 디자인에 도전하고, 서 팀장과 함께 고민하면서 만든 옷이 세상에 나오는 순간의 기쁨은 그 어떤 것과도 비교할 수 없을 정도로 커다란 희열이었다고 했다. 아마 그래서 수현에게도 그 짜릿함을 경험할 수 있는 기회를 주기 위해 그녀의 능력을 키워 주려 했던 것이리라.

"그리고 최고의 파트너는 팀장님이었다고 하셨어요."

서 팀장은 수현의 얼굴이 흐리게 보이기 시작하자 재빨리 눈가를 훔쳐 냈다. 지난 시간이 그녀의 머릿속에 주마등처럼 스쳐 지나갔다. 서 팀장 역시 자신이 만났던 최고의 파트너로 주저 없이 명희를 꼽을 수 있었다. 자신에게 부족했던 디자인적 아이디어를 채워 주고, 봉제와 재단 등의 테크닉들을 하나하나 가르쳐 준 이가 바로 명희였다. 그런 그녀가 디자인을 도용했다는 사실을 알게 됐을 때, 서 팀장은 너무나 미안했었다. 서 팀장 자신이 신상품 출시를 위한 대부분의 일을 명희에게 맡기는 바람에 많은 부담을 떠안은 그녀가 끝내 그런 실수를 하게 된 것이라 생각했기 때문이었다. 그 일로 명희를 잃고 얼마나 많은 후회를 했는지 아무도 모를 것이었다.

"너, 어디라고? 세인트 마틴? 파슨스?"

서 팀장의 질문에 지금까지 죄인처럼 서 있던 수현은 기분이 상했다는 듯 살짝 발끈하며 대답했다.

"앤트워프! ……라니까요."

오늘 처음으로 제 할 말을 한 수현의 모습에 서 팀장은 웃음을 터뜨렸다.

"언니가 그렇게 디자이너들에게 무시를 당하더니, 소원 풀었구나."

서 팀장은 수현에게 다가와 그 어느 때보다도 따뜻한 미소를 머금고 손을 내밀었다. 눈앞에 있는 수현을 보고 있었지만, 아마도 그녀는 수현을 통해 잊고 있었던 과거의 인연을 떠올리고 있는 것이리라.

"늦었지만, 진심으로 환영한다."

서 팀장의 늦은 환영 인사를 받은 수현은 성수동 스튜디오에서 찰스와

함께 뒷정리를 마친 후, 성수대교를 건너 본사로 이동했다. 그리고 바로 준우를 찾아 본부장실로 향했다. 그는 회장의 식사 제안도 거절하고 수현을 기다리는 중이라고 했다. 준우는 어려운 숙제를 잘 마친 수현이 너무나 자랑스러웠고, 오늘은 누가 뭐래도 그녀와 함께하고 싶은 마음이었다. 비서실 민진선 과장의 안내로 수현이 본부장실로 들어서자, 그녀와 준우는 누가 먼저랄 것도 없이 서로를 마주 안아 주었다. 무대 위에서 마주쳤던 눈빛처럼 말하지 않아도 서로의 마음을 느낄 수 있는 그들이었다. 준우는 계속해서 자신의 어깨에 기대어 있는 수현의 머리를 부드럽게 쓰다듬어 주었다. 그 친밀한 손놀림이 잘했다고, 수고했다고 말해 주는 것 같아 수현은 가슴이 터질 것만 같았다. 그의 품 안에서 전해지는 따스함에 온몸이 녹아 버릴 것만 같았다.

"축하파티 해야죠."

마주했던 두 사람의 심장이 조금은 가라앉자 준우가 만족스럽게 웃으며 말했다. 수현 역시 준우를 안은 두 손을 풀지 않은 채 그를 올려다보았다. 잘생긴 그의 얼굴을 가까이 마주하자, 심장이 다시 쿵쿵 뛰었지만 애써 새치름한 표정으로 입을 열었다.

"돈이 정말 많이 들 텐데 괜찮아요?"

준우는 크게 웃었다. 이런 면이 있었나 싶을 정도로 깍쟁이 같은 표정을 지어 보이는 그녀가 준우를 새삼 설레게 만들었다. 수현은 환하게 웃는 그를 향해 짐짓 기분 나쁘다는 표정으로 먹히지도 않는 으름장을 늘어놓았다.

"어? 지금 웃는 거예요? 각오 좀 하셔야 할 텐데……."

준우가 문제없다는 듯 어깨를 으쓱해 보이자, 수현은 두 발을 들어 그의 입술에 쪽, 하며 입을 맞춘 뒤 미소를 지으며 속삭였다.

"무얼 상상하듯 그 이상일 거예요."

그로부터 30분이 채 지나지 않아 시작된 축하파티는 준우의 예상을 완전히 빗나간, 수현의 말처럼 상상 그 이상이었다. 일단 수현과 자신, 단둘일 거라 생각했던 참석 인원은 이시영 대리와 찰스를 포함한 디자인 1팀과 개발실 직원들 모두가 함께하면서 그의 예상보다 아주 많이 초과되었다. 또한, 장소 역시 프라이빗한 시간이 보장되는 은밀하고 근사한 곳을 떠올렸던 준우의 생각과는 전혀 다르게 북적거리는 회사 앞 곱창집이었다. 돼지비계로 문지른 돌판 위에선 지글지글 곱창이 익어 가고 있었고, 삼삼오오 둘러앉아 술잔을 기울이는 사람들의 흥이 모여 파티의 분위기 역시 무르익어 가고 있었다. 이곳과 어울리지 않는 사람은 오직 준우 한 사람인 듯했다. 오늘 프레젠테이션을 위해 이태리에서 공수해 온 준우의 아르마니 슈트에는 여기저기 기름이 튀고 있었다. 그리고 축복받은 몸매를 완성하는 기다란 다리는 그의 유일한 약점이라 할 수 있는, 일명 책상다리 자세로 인해 5분 간격으로 쥐가 나 정신이 없을 지경이었다. 어디 그뿐인가. 도대체 왜 따라온 건지 모르겠다는 직원들의 매서운 눈초리 때문에 처음 한 시간 동안은 바늘방석에 앉아 있는 것 같은 불편한 기분이었다. 그나마 다행인 건, 술이 어느 정도 들어가니 모두 자신을 수현이 들고 온 지갑 같은 존재로 생각해 더 이상 신경 쓰지 않는다는 점이었다. 준우는 자신의 모습을 생각하며 피식 웃었다. U어패럴에 입사해 이렇게 존재감이 없기는 처음이었다. 그래도 좋았다. 본부장의 위치에서 브랜드 론칭파티나 회사 송년회 같은 공식적인 자리 외에 직원들과의 소소한 술자리는 처음이었는데, 그 기분이 썩 괜찮았다. 와인잔이 아닌 소주잔을 기울이고, 거위 간을 대신한 소의 소장을 먹으면서 그 맛과 질감에 생소함을 느꼈지만, 조금씩 자신을 편하게 생각하며 우스갯소리를 건네는 직원들을 보며 준우는 모처럼 따뜻한 기분을 느끼게 되었다. 그리고 수현과 함께한다면 사실 길거리 포장마차도 상관없었으리라. 준우는 구석에 앉아서 수현을 사랑스러운 눈빛으로 보고

또 보며, 이 시간만큼은 그 존재감을 내려놓은 채 오늘의 주인공을 배려하고 있었다.

수현은 지금 이시영 대리와 함께 대화를 나누며 술잔을 기울이고 있었다. 이번 콜라보레이션을 통해 수현이 얼마나 능력 있는 디자이너였는지를 알게 된 이 대리는 깨끗이 패배를 인정했다. 그녀는 수현이 동대문 출신이 아니라 앤트워프에서 왔기 때문에 고개를 숙이는 것이 아니라고 분명히 말했다. 오랫동안 드리스 반 노튼을 동경해 온 만큼 그가 가지고 있는 디자인적 감성과 삶의 철학을 어쩌면 수현보다 더 잘 이해하고 있었던 그녀였기에, 이번 컬렉션이 얼마나 경이로웠는지 한눈에 알아본 모양이었다. 자신이 맡았더라면 드리스 반 노튼의 작품을 그대로 내걸거나, 아예 망쳐 버리고 말았을 거라 말하며 자조적으로 웃는 이 대리의 모습에선 어떤 처연함까지도 느껴지고 있었다. 그리고 진심으로 사과했다. 앨리스 팀에게 수현이 그들의 원단을 사용했다고 알려 주었던 것도 이 대리, 본인이라고 했다. 개발실에서 작업하는 수현을 여러 번 목격했었는데, 정말 디자이너나 되는 것처럼 개발실 직원들에게 옷을 만들어 주고, 뭔가 혜택을 얻는 것 같아 주제넘는다 생각했다고도 덧붙여 말했다. 하지만 수현은 그 모든 이야기를 다 듣고도 그저 웃을 뿐이었다. 같은 팀의 선배로서 이 대리를 배려하는 모습이었다. 디자이너로서뿐만 아니라 이제는 사회인으로서의 성숙한 그녀를 발견한 것 같아서 준우는 또다시 뿌듯한 마음이 들었다. 그런데 아까부터 그의 귀에 거슬리는 소리가 들려오고 있었다.

"정말 대단했다니까. 누가 알았겠어? 모델을 전혀 쓰지 않고 옷으로만 승부를 걸 거라고 말이야. 쇼장에 들어서서 컬렉션을 보는 순간, 그동안 나를 괴롭히던 모든 것이 치유되는 기분이 들었다니까. 정말 플라워 테라피였어."

찰스는 아까부터 오늘의 프레젠테이션에 대해 호들갑스럽게 떠들어 대고 있었다. 뭐, 그의 음성이 조금 과하긴 하지만 수현에 대한 칭찬이니 준우는 그러려니 넘기려고 했다.

"자기, 그거 아까 구운 거라 맛없어."

"자기, 이거 먹어. 아, 해 봐."

"자기야, 밥도 시킬까?"

그래! 저거였다. 찰스는 준우 못지않게 사랑스러운 눈빛으로 수현을 바라보며 주변 사람들과 대화하느라 아무것도 먹지 못한 그녀에게 이것저것 챙겨 주고 있었다. 그뿐만이 아니었다. 누군가 수현의 빈 잔을 채우자 정신없는 사람들의 시선을 피해 준우가 대신 마셔 주려 손을 내밀었으나, 생긴 것답지 않게 빠른 스피드를 자랑하는 찰스에게 그 기회를 빼앗기고 말았다.

"자기, 술은 그만 마셔."

수현을 향해 걱정스러운 어조로 말을 건넨 뒤, 찰스는 홀짝거리며 그녀를 대신해 술을 넘겼다. 저 잔, 아까 수현 씨가 입 대고 마셨던 잔인데, 왜 저 인간이 마시는 거야? 준우의 마음은 어느새 앞에 놓인 불판처럼 부글부글 끓어오르고 있었다. 그 마음을 간신히 누르고 수현이 먹을 안주를 더 시키기 위해 주인을 부르려 했으나 이마저도 찰스에게 선수를 빼앗기는 그였다.

"자기, 곱창 더 시킬까? 여기요!"

"자기, 다른 거 먹을래? 여기 꽃등심도 좀 주세요!"

"사장님, 고기가 너무 안 좋다. 오늘이 어떤 날인데! 마블링 기가 막힌 걸로 다시 부탁해요."

준우는 폭발할 지경이었다. 수현이 그의 자기도 아닌데, 왜 자꾸만 자기라고 부르는지 못마땅해 죽을 것만 같았다. 더군다나 준우의 자기는 찰스를 향해 화사한 웃음을 보내며 연신 고맙다고 얘기하고 있었다. 아니, 돈

내는 사람은 여기 따로 있는데 왜 꽃등심을 자기가 사는 것처럼 생색이란 말인가. 준우는 타는 마음에 소주를 벌컥 들이켠 후, 가늘게 눈을 뜨고는 천천히 찰스를 살펴보기 시작했다.

그런데 뭔가 이상했다. 막상 수현에게서 찰스로 관심을 옮겨 보니, 그가 살뜰히 챙기는 사람은 수현만이 아니었다. 언제부터인가 준우의 앞에는 찰스가 옮겨 놓은 때깔 좋은 곱창들이 산처럼 쌓여 있었고, 다시 그 옆에 꽃등심을 다소곳이 내려놓는 찰스는 앞치마까지 두른 영락없는 새색시의 모습이었다.

"이것 좀 드셔 보세요. 마블링이 환상이에요. 너무 익으면 질기니까, 어서 드세요."

"······."

"그리고 곱창도 좀 드세요. 곱이 쫀득쫀득한 게 정말 기가 막힌다니까요."

준우는 정말 기가 막혔다. 목소리도 수현에게 얘기할 때와는 달랐다. 찰스는 뭔가 부끄러움이 많은 소녀와 같이 얼굴을 붉히며 준우와는 눈도 마주치지 못한 채, 조곤조곤한 어조로 말을 이어 가고 있었다.

"본부장님, 아까 제가 드린 숙취 해소제 드셨어요?"

뭘 줬다고? 숙취 해소제? 그러고 보니 이곳에 들어설 때 누군가가 주머니 속에 뭘 넣은 것 같기도 했다.

"아, 네. 감사합니다."

준우가 늦은 감사의 인사를 건네자 찰스의 눈이 반짝이고 있었다. 준우와 대화를 더 이어 가길 바라는 눈빛이었다. 준우는 속으로 한숨을 삼키며 무슨 말을 건네야 하나 잠시 고민에 빠졌다. 그가 찰스와 대화를 이어 가려는 이유는 오직 한 가지. 자신이 찰스와 대화를 나눠야 그가 더 이상 수현에게 자기라 부르지 않을 거라고 생각했기 때문이었다.

"혹시 찰스라는 이름은 최초의 쿠튀리에인 찰스 프레드릭 워스에서 따온 것인가요?"

준우가 가볍게 질문을 던진 순간, 찰스의 두 눈은 준우의 의도와는 다르게 감동으로 물결치고 있었다. 찰스는 믿을 수가 없었다. 그동안 그 이름의 의미를 알아봐 준 사람은 아무도 없었다. 궁금해하지도 않았고, 한국 이름이 철수일 것이라 확신하며 누나는 영희냐는 우스갯소리만을 던지고는 자기들끼리 낄낄거리기 일쑤였다. 뭐, 그의 진짜 이름은 철수가 아니었지만, 다섯 명의 누나 중에 영희가 있긴 해서 뭐라 반박하지도 못했었다. 칼 라거펠트 다음으로 마음에 두고 있는 한준우 본부장이 그 의미를 단번에 알아챘으니 그에겐 너무나 경사스러운 일이었고, 가문의 영광에 버금가는 기쁨이었다. 찰스의 두 눈은 이제 감동을 넘어 불판보다 더욱 이글거리고 있었다. 찰스는 울컥하는 마음을 누르고 준우를 바라보았다. 그 눈빛을 받아 내던 준우는 순간 오싹한 기분마저 느끼기 시작했다.

"본부장님, 사실은 제가요……."

북적거리는 분위기와 맞지 않게 눈물까지 흘려 가며 찰스는 자신의 고민을 털어놓기 시작했다. 순식간에 무슨 상담소가 되어 버렸지만, 준우는 인내심을 가지고 찰스의 말을 끝까지 들었다. 그리고 마침내 찰스가 얘기를 마치자, 준우는 대외적인 미소를 띠우며 임원들을 설득했던 신뢰감 있는 목소리로 찰스에게 말을 건네기 시작했다.

"김찰스 주임, 진로를 결정할 때 가장 명심해야 할 것은 자신이 무엇을 가장 잘하는가예요."

U어패럴의 모두가 그러하듯, 준우 역시 그의 본명을 기억하지는 못했지만 마치 찰스를 잘 안다는 듯, 캘빈 클라인의 말로 대화를 시작한 준우의 머릿속은 복잡하게 굴러가고 있었다. 어쩌면 수현의 곁에 딱 붙어서 하루 종일 자기라고 떠들어 대는 눈앞의 인간을 어디론가 보내 버릴 수 있을 것

도 같았다.

　압구정 로데오 거리와는 어울리지 않을 것 같았던 곱창집에서의 회식을 마치고, 준우와 수현은 다시 회사 쪽으로 걷기 시작했다. 시작할 때는 모두 2차, 아니 3차도 갈 수 있다며 큰소리를 쳤지만 결국 마지막까지 남은 사람은 수현과 준우, 그리고 찰스뿐이었다. 수현을 도와 며칠 동안 밤을 새우면서 오늘의 프레젠테이션을 준비했던 개발실 직원들은 적당한 알코올로 긴장이 풀리면서 하나 둘씩 자취를 감추기 시작했고, 이시영 대리 역시 집이 같은 방향인 은영과 함께 자리에서 사라진 지 오래였다. 그렇게 모두 다음을 기약하며 집으로 돌아갔고, 진로 문제로 울다 지친 찰스까지 택시에 태워 보내고서야 오늘의 회식이 마무리되었다.

　준우는 수현을 데려다 주기 위해 대리 기사를 부른 뒤, 그녀와 함께 자신의 차가 세워져 있는 회사로 걸음을 옮기고 있는 중이었다. 차가운 밤바람이 수현에게 스며들까 걱정이 된 준우는 그녀를 자신의 코트로 감싸며 꼭 안아 주었고, 그런 준우의 품에 안겨 걸어가는 수현 역시 그의 허리에 자신의 팔을 감은 채 그의 온기를 느끼고 있었다.

　수현은 지금 그 어느 때보다도 행복했다. 솔직히 그동안 이번 콜라보레이션이 부담되지 않았다면 거짓일 것이었다. 자신이 생각했던 아이디어들이 드리스 반 노튼의 디자인 철학을 반영하지 못할까 봐 마음을 졸이기도 했었고, 그로 인해 뮤즈와 준우에게 피해를 주게 될까 걱정이 되어 속을 태우기도 했었다. 하지만 그녀는 처음으로 머리가 아닌 마음이 가는 대로 작업을 진행하였고, 최선을 다해 준비한 컬렉션을 세상에 선보였다. 오늘 쇼에 참석했던 인원은 많아야 200명 남짓이었지만, 그들이 보내 온 환호와 박수 소리는 앤트워프의 학년 말 패션쇼를 보러 왔던 6,000여 명이 보내 왔던 것 이상으로 크게 다가왔다. 아마도 모두를 속이고 있다는 죄책감과 마음의 짐에서 벗어났기 때문이리라. 수현은 이제 디자이너로서 펼쳐 갈 자신의 미래가 두렵지 않았다. 불과 반년 전만 하더라도 졸업발표회를 포기해야 할 정도로 자신이 한없이 부끄럽고 막막했었는데, 지금은 이렇게 가슴이 터져 버릴 것 같은 만족감을 느껴도 되나 싶은 생각에 조금 겁이 날 뿐이었다.

"고맙습니다."

차가운 바람에 실려 온 수현의 따뜻한 목소리가 준우에게 와 닿았다. 회사 앞에 도착해 걸음을 멈춘 그녀가 그에게 감사의 말을 건넸던 것이다. 쌀쌀한 날씨 때문인지, 기분 좋게 마신 알코올 때문인지 평소와는 다르게 불그스레한 두 볼마저 사랑스럽게만 보이는 수현이었다.

"누가 그러더라고요. 길을 잃어버리는 것이 길을 찾는 방법이 될 수도 있다고요. 정말 그런 것 같아요. 뭘 어떻게 해야 하는지도 모르게 눈앞이 캄캄했고, 할 수 있는 일이라고는 도망치는 것뿐이었는데…… 정말 감사해요. 길을 잃었던 제가 다시 바른 길을 찾고, 한 걸음 더 나갈 수 있게 된 것은 모두 다 본부장님 덕분이에요."

"나도 고마워요."

준우가 한 손으로 수현의 허리를 감싸안고, 다른 한 손으로는 그녀의 한쪽 뺨을 어루만지며 부드러운 어조로 말을 건네자 수현이 눈을 동그랗게 뜨고는 '뭐가요?' 하고 물어 왔다.

"내 앞에 나타나 줘서요. 그리고 같이 용기 내 줘서요."

수현도 생각했었다. 준우와의 운명 같은 만남을 만들어 낸 기가 막힌 우연들과 파리에서 자신이 낸 미친 용기는 그녀의 인생에서 다시 오지 않을 행운을 가져다주었다고 말이다.

"어렸을 때는 내가 잘난 줄 알고 혼자 우쭐했었고, 파슨스에서 디자인을 공부할 때에도 함께 하는 작업보다는 혼자 하는 작업을 즐겨 했었죠. 누군

가와 같이 뭘 한다는 게 어색했고, 나에게는 손해인 것처럼만 느껴졌었거든요. 그리고 U어패럴에 와서는 내 이름 석 자를 걸고 하는 일이라 잘해야겠다고 마음먹었지, 회사를 위해서나 직원들을 위해서 함께 고민하고 만들어 가야 한다는 생각은 미처 하지 못했었어요. 오로지 좋은 결과물을 만들어 내기 위해 노력했고, 사람들이 역시 한준우라고 인정해 주는 것을 기대하며 일해 왔어요."

준우의 말을 들으며 수현은 그를 물끄러미 올려다보았다. 준우는 자신이 얼마나 좋은 사람인지 잘 모르는 것 같았다. 본인에 대한 평가가 이렇게나 인색하다니. 수현은 그가 보이는 것과는 다르게 외로운 사람이었을지도 모른다는 생각이 들었다. 조금은 쓸쓸해 보이는 모습이 안쓰럽기까지 했다. 그런 그녀의 마음을 알아챘는지 준우는 빙긋이 웃어 보이며 다음 말을 이어 갔다.

"그런데 난 오늘이 그 어느 때보다도 만족스럽더라고요. 옴므가 론칭 첫해에 업계 정상에 올랐을 때에도 이렇게 기쁘지는 않았던 것 같아요. 오늘은 아무도 나를 주목하지 않았고, 모든 스포트라이트가 수현 씨를 향해 있었는데 내 마음은 그 어느 때보다도 벅차올랐어요."

수현의 눈을 잠시 바라보던 준우는 그녀의 눈가를 따라 부드럽게 손가락을 움직이며 그 이유를 말해 줬다.

"그건 바로 수현 씨 때문인 것 같아요. 이제야 알게 된 거죠. 본부장이란 위치에서 좋은 결과물을 만들어 내고 브랜드를 성공시켰을 때의 기쁨도 무시할 순 없겠지만, 그보다 더 중요한 건 따로 있었더라고요. 한준우라는 사람으로서, 그리고 한 남자로서 내가 지금 누구와 함께 있고, 그 사람과 무얼 하고 있느냐가 내 인생에서 가장 중요하다는 걸 수현 씨를 만나고서야 알게 되었어요."

그러고는 다시 그녀의 뺨을 다정히 쓰다듬으며 준우는 미소를 지어 보였다.

"나에겐 수현 씨가 테라피예요."

준우가 수현에게 건네는 말 한 마디 한 마디는 오늘 그녀가 무대 위에서 그를 바라보며 생각했던 마음과 같은 것이었다. 수현이 조금 촉촉해진 눈으로 준우를 따뜻하게 바라보자, 그가 그녀에게 얼굴을 내려 부드럽게 입을 맞추기 시작했다. 아랫입술과 윗입술을 번갈아 가며 지분거리다 수현의 입술이 열리자, 그의 혀가 이를 놓치지 않고 그 분홍빛 속을 파고들었다. 회사 앞이라 누가 보게 될 수도 있다는 사실은 걱정할 틈도 없이 서로가 서로에게만 집중하며 입맞춤이 깊어지고 있었다.

"……채수현!"

수현은 처음엔 준우가 자신의 이름을 부르는 건가 싶었다. 그런데 준우의 입은 자신의 것과 꼭 붙어 있지 않은가. 그러니 그의 입이 두 개가 아니고서야 불가능한 일이었다. 그럼 누가 내 이름을 부르는 거지? 듣고 보니, 목소리도 그리 호의적이지 않았다.

"채수현, 너!"

준우도 그 목소리를 들었는지 마지못해 입을 떼었다. 그러자 하얗게 질린 얼굴로 어딘가를 응시하는 수현의 얼굴이 그의 눈에 들어왔다.

"오, 오빠……."

아까 먹은 곱창 때문인지, 지금 나눈 입맞춤 때문인지 번들거리는 입술을 다물지 못한 채 놀라고 있는 그들 앞에서 부들부들 떨며 화를 삭이고 있는 사람은 바로 수현의 오빠였다.

패션은 재밌어야 하고 메시지를 전달하여야 한다
- 프랑코 모스키노

 컬렉션이 끝나도 그 컬렉션은 결코 끝난 것이 아니라는 소니아 리키엘의 말처럼 드리스 반 노튼과의 콜라보레이션을 멋지게 마무리한 수현 역시 아직 모든 일을 끝낸 것은 아니었다. 생산 공장 쪽으로부터 S/S 제품들의 생산용 패턴과 샘플을 넘겨받아 이를 컨펌한 뒤, 본격적인 판매를 위한 디자인별 컬러와 수량을 결정해야 했고, 추가로 생산해야 할 아이템들은 없는지 다시 점검해 봐야 했다. 뿐만 아니라 콜라보레이션 작품들 역시 이와 같은 과정을 거쳐 리미티드 에디션 제품을 위한 생산 라인을 따로 계획해야 했다. 또한 완성품이 나온 다음에는 판매를 위한 마케팅 아이디어도 생각해 봐야 했다. 하지만 이 많은 일들을 미뤄 둔 채, 수현은 가로수길의 작업실을 서성이며 연신 한숨만 내뱉고 있었다. 예상치 못했던 오빠와의 만남이 머릿속을 떠나지 않고 맴돌았기 때문이었다.

 "채수현, 너……!"

그는 다 알고 찾아왔으면서도 정말 자신의 눈앞에 여동생이 나타나자 믿을 수 없다는 표정이었다. 수현과 여덟 살이나 차이가 나는 그녀의 오빠는 언제나 흔들림 없이 차분하고 치밀한 사람이었는데, 그런 오빠가 말을 잇지 못하고 있었다. 그만큼 충격이었던 모양이었다.

나중에 알고 보니 패션지 기자로 있는 지인으로부터 앤트워프에서 사라진 Sue라는 디자이너가 U어패럴에서 드리스 반 노튼과의 콜라보레이션을 진행한다는 얘기를 전해 들었던 모양이었다. 그것도 하필이면 어제, 하늘의 계시인 양 쇼가 시작되자마자 말이다. 그 얘기를 듣는 순간 그 디자이너가 자신의 여동생이라는 것을 알아챈 수현의 오빠는 해야 할 일을 모두 미룬 채 앞뒤 가릴 것 없이 회사 앞으로 달려와 무작정 그녀를 기다리고 있었다고 했다. 걱정스러운 눈빛으로 자리를 떠나지 못하는 준우를 억지로 보낸 뒤, 회사 앞 커피하우스에 마주 보고 앉은 후에야 차분함을 다시 찾은 그였다.

"언제 왔니?"

수현의 오빠는 겨울바람보다도 더 서늘한 목소리로 그가 가장 잘한다는 취조를 시작했다.

"졸업발표회, 그 지경으로 만들어 놓고 바로 들어온 거였어? 어머니한테는 무슨 브랜드 인턴십 때문에 휴학한다고 했다던데, 그 인턴십이 고작 여기였어?"

수현은 놀라며 오빠를 바라보았다. 엄마에게는 졸업발표회를 포기했다고 차마 말하지 못한 채, 외부 브랜드 인턴십이 학사 과정 중 하나인 것처럼 얘기하고는 한 해 휴학한다고만 전했던 그녀였다. 그런데 오빠는 이미 모든 것을 알고 있는 듯했다. 수현은 묵직해진 마음의 무게만큼 고개를 들지 못한 채 어깨를 움츠렸다. 그런 수현의 모습에도 아랑곳하지 않고 수현의 오빠는 계속해서 그녀에게 얼음장 같은 목소리로 질타를 가했다.

"그래도 나는 너를 이해하려고 했다. 창조적인 일을 하는 아이니까 슬럼프가 찾아온 거라 여겼고, 잠시 쉰 뒤 복학하면 될 거라 생각했어."

수현은 오빠의 말에 깊은 한숨을 내쉬며 두 눈을 질끈 감았다. 그게 그렇게 쉬운 문제가 아니었다니까요!

"그런데 이렇게 말도 안 되는 일을 벌일 줄을 꿈에도 몰랐어. 이건 도저히 답이 안 나온다."

오빠라고 믿을 수 없는 냉정한 태도에 수현은 머리가 하얘져 대꾸할 말도 찾지 못하고 있었다. 사실 수현 역시 한국에 들어올 때에는 이렇게 가족을 속이려던 의도는 아니었다. 우여곡절 끝에 그녀는 이제 답을 찾았는데, 주변 사람들에겐 답도 없는 문제를 던져 놓은 모양이었다.

형편도 어려우면서 수현을 학비가 비싼 예고에 보내 미술을 시키려는 엄마를 이해하지 못했던 오빠였고, 그래서 사이가 더 벌어지기도 했었다. 언제부터인가는 안부를 묻는 것 외에는 별다른 대화를 하지 않는 남매가 되어 버렸다. 부모님이 자신을 뒷바라지하는 동안 오빠는 혼자 힘으로 공부했고, 그 과정이 쉽지 않았다는 건 수현도 어렴풋이 알고 있었다. 또한, 오빠가 비싼 학비 때문에 가고 싶었던 의대가 아닌 법대로, 그것도 좋은 대학이 아닌 전액 장학금을 받을 수 있는 학교에 입학한 것도 알고 있었다. 패션계도 그러했지만 법조계도, 아니, 어쩌면 그 이상으로 출신 학교를 중요하게 생각하는 곳이니 사법 연수원에서 높은 성적을 거두지 못했더라면 서울지검 발령은 엄두도 내지 못했을 터였다. 그런 오빠의 희생을 어리다는 핑계로 내내 모른 척하다가 그녀가 앤트워프로 떠나기 전날, 오빠가 군법무관이 아닌 현역으로 군에 지원했다는 말을 듣고 얼마나 울었는지 모른다. 오빠는 수현을 공항에 데려다 주며 군법무관으로 가면 3년이지만, 현역으로 가면 복무 기간이 2년이라 동기들보다 빨리 검사 임관을 받을 수 있어 좋다고 어울리지 않게 너스레를 떨었었다. 하지만 그런 결정이 자신의 유학과 관계가 있다는 걸 그녀는 모르지 않았다. 그는 자신의 경력 대신 어려운 집안 형편을 생각해 하루라도 빨리 검사로 임관되길 원했던 것이다. 그리고 언제부턴가 한국에서 보내 오는 생활비가 늘어난 이유도 오빠 덕분이었다는 걸 알고 있었지만 여태껏 수현은 고맙다는 말 한 번 제대로 건네지 못했었다.

지난날의 기억이 떠올라 미안해진 그녀가 대꾸할 말을 찾지 못하는 사이, 그는 마침내 수현에게 가족을 속인 죄목에 대해 다음과 같이 구형했다.

"비행기 티켓 끊어 줄 테니까 당장 돌아가."

"오빠……."

초범인데 최후 변론은 없었고, 형량도 너무 무거웠다. 수현은 고개를 가로저으며 최대한 불쌍한 표정으로 애원했다. 오빠라는 사람들은 하나밖에 없는 여동생한테 한없이 약하다던 누군가의 말을 떠올리며 조금 더 애교 섞인 목소리로, 그리고 혀를 더욱 짧게 말고 귀여운 말투로 입을 열었다.

"옵빠야, 있짢아요. 수현이는요……."

"내가 네 오빠라는 거 잘 알고 있다면, 그 입 다물어라."

아, 그는 여동생에게 약한 일반적인 오빠가 아니었다. 가족이라 해도 절대 눈감아 주지 않는 대한민국의 진정한 검사였다.

"남동생이었으면 정신 차릴 때까지 두들겨 패기라도 하지."

그는 여동생이라도 비 오는 날 먼지를 날릴 수 있다는 기세로 잔뜩 인상을 쓰고 있었다. 그러다 문득 확인해야 할 것이 생각났는지 두 눈을 가늘게 뜨고는 수현을 향해 입을 열었다.

"지금 어디 있니? 혹시……?"

의심하는 눈초리가 뭘 묻는 건지 수현은 바로 알아챘다. 아까 그 남자랑 같이 지내느냐고 묻고 싶은 게 분명했다. 수현은 가게 안이 떠나갈 정도로 크게 아니라고 소리를 질렀다. 오빠는 뭘 잘했다고 큰 소리냐며 어이없다

는 표정이었다.
"어디 있는지 모르겠지만 내 오피스텔로 들어와. 아니면, 호텔 잡아 줄 테니 떠날 때까지 얌전히……"
"집, 얻었어."
수현이 개미만 한 목소리로 이태원에 집을 얻었다고 덧붙이자, 그는 더욱 기가 찬 모양이었다. 어린 동생이 벌여 놓은 상황이 참으로 대책 없이 느껴졌기 때문이리라. 그 뒤로도 수현이 한 시간이 넘게 잔소리를 더 듣고, 이태원 집까지 데리고 가 확인을 시켜 준 뒤에야 오빠는 마지못해 돌아갔다.
수현도 그를 이해하지 못하는 건 아니었다. 학교도 제멋대로 휴학했고, 서울에 와 있으면서 집에는 연락도 하지 않은 채 가출 소녀와 다름없는 모습을 보였으니 그의 눈에는 자신이 얼마나 한심해 보였겠는가. 하지만 이렇게 돌아갈 수는 없었다. 수현은 이제 한 달 남은 품평회를 정말 잘 마무리하고 싶었다. 자신이 디자인한 뮤즈의 새 시즌 상품들이 매장에 걸리는 모습도 제 눈으로 확인하고 싶었다. 또다시 도망가는 모양새로 떠나는 건 스스로 생각해 봐도 용납할 수 없는 일이었다. 수현은 여러 가지로 복잡한 마음과 가족에 대한 미안함에 머리를 쥐어뜯으며 작업대로 다가가 앉았다. 누가 뭐라 해도 자신의 책임하에 있는 일들을 성실하게 잘 마무리하는 게 무엇보다 우선이었다. 그래야 오빠가 바라는 대로 앤트워프로도 돌아갈 수 있을 것이었다.
"그런데 오빠한테 내 기사를 건네준 지인이 누구지?"
패션을 한없이 사치스럽고 불필요한 분야라 생각하는 오빠에게 패션지 기자를 업으로 삼는 친구가 있을 리 없었다. 그리고 혹시 있다 하더라도 분명 여자일 것이라는 냄새가 났다. 아주 진하게. 하지만 그 냉혈한에게 여자 친구가 생겼을 리는 없으니, 아마도 피의자나 참고인 둘 중 하나인 모양이라며 대수롭지 않게 넘기고는 공장에 보낼 작업지시서를 작성하는 그녀였다.

한편, 준우는 가만히 서서 손에 건네받은 명함을 물끄러미 바라보았다. 서울지검의 채성현 검사라……. 오랜만에 준우는 긴장했다. 일단 검사라는 사람들을 만나게 되면 보통은 지은 죄가 없어도 위축되기 마련인데, 게다가 특수 수사부란다. 그러지 않아도 수현의 오빠라면 자신이 한없이 자세를 낮춰야 하는 상대인데, 직업이 검사라고 하니 괜스레 더욱 조심스러워졌다. 그리고 준우의 머릿속에 떠오른 엉뚱한 생각 하나. 혹시 그동안 밀린 세금이나 범칙금은 없겠지? 공연히 소심함이 꼬리에 꼬리를 물고 있었다.

"통성명은 그걸로 대신하죠."

수현이 가로수길의 작업실에서 오빠에 대한 고민을 마치고 작업지시서를 작성하고 있을 시간, 준우를 찾아온 수현의 오빠는 명함을 내밀며 인사를 대신했다. 준우는 그의 명함이 자신에게 한 치의 거짓도 없이 있는 그대로 자백하라고 말하고 있는 것만 같았다.

"한준웁니다."

준우는 상대에게 정중하게 인사를 건네고 자리를 권했다. 순간, 걱정스러운 눈빛으로 민진선 과장이 들어와 음료를 물으며 준우를 살폈다. 아마도 채성현 검사는 이 사무실에 들어서기 전 약속 없이는 준우와의 만남이 어렵다는 말을 들었을 것이고, 그 말을 건네며 그를 막는 민 과장에게 자신에게 했던 것처럼 바깥공기보다 더한 냉기를 뿜어내며 명함을 무기처럼 내밀었겠지. 서구적인 짙은 눈썹과 깊은 눈매, 오똑한 콧날에 다부진 입술까지, 남자치곤 예쁘장하게 생긴 그의 얼굴은 수현과 비슷한 모습이었다. 하지만 차가운 눈빛에 표정이 없고 무례하게 밀어붙이는 불도저 같은 모습은 그녀와 별로 닮지 않은 듯하다는 것이 채성현이라는 사람에 대한 준우의

첫인상이었다.

"알고 있습니다. 이름 한준우. 나이 서른 둘. 파슨스 디자인스쿨을 3등으로 졸업, LVMH그룹을 거쳐 스탠포드에서 경영대학원을 마치고 2년 전에 이곳 U어패럴의 본부장으로 부임. 참고로 나는 서른 셋입니다."

까짓 한 살 차이. 어차피 같이 늙어 가는 처지이고 미국에선 백발의 할아버지와도 조금만 친해지면 서로 이름을 부른다고 말해 주고 싶었다. 그러나 쌍둥이 사이에서도 1분 먼저 태어나면 깍듯이 형이라 부르는 동방예의지국에서, 그것도 가장 보수적인 집단 중 하나라는 검찰에 몸을 담고 있는데다 상대가 다른 사람도 아닌 수현의 오빠라는 사실이 준우를 망설이게 만들었다. 준우가 머릿속에서 적절한 대꾸의 말을 찾는 사이, 성현은 그에게 비행기 티켓을 내밀며 단호하게 말을 건넸다.

"수현이, 앤트워프로 돌려보내십시오."

그녀를 앤트워프에 돌려보내라고 지시하는 성현의 어조는 명료했다. 준우는 이해할 수 있었다. 자신에게도 여동생이 있었다면, 더구나 집에 얘기도 하지 않은 채 멋대로 휴학하고 길거리에서 남자와 딥키스나 하고 있는 모습을 목격했다면, 그 이유가 어찌 됐든 성현보다 더 화를 냈을 것 같기도 했다. 하지만 준우는 수현이 함께하고 싶은 여자이기 때문에 앤트워프로 돌려보내지 않는 것이 아니었다. 지금 그녀는 디자이너가 되기 위해 아주 중요한 경험을 하고 있는 중이었다. 학교라는 환경에서는 결코 얻을 수 없는 현업에서의 실제적인 과정들을 겪으면서 패션을 제대로 이해할 수 있게 될 것이고, 그로 인해 자신이 만들고 싶은 스타일과 원하는 목표를 뚜렷이 할 수 있는 터였다. 타인이 원하는 것은 쉽게 파악하면서도 자신만의 스타일은 아직 찾지 못한 수현이 학교를 졸업하기 전, 자신의 재능을 시험해 볼 수 있는 엄청난 기회라 할 수 있었다. 실제로 수현 역시 자신감을 회복하면서 슬럼프에서 벗어나고 있는 중이지 않은가.

"지금은 아닙니다."

부드러운 어조였지만 준우의 표정에선 물러서지 않겠다는 단호함이 엿보였다. 그 말을 들은 성현이 한쪽 눈썹을 슬쩍 밀어 올리며 준우와 눈을 맞추었다. 그의 눈빛은 준우에게 뭔가 더 설명해 보라고 재촉하는 것 같았다.

"지금 이렇게 가는 것은 수현 씨에게 좋지 않습니다."

준우의 얘기에 성현이 미간을 살짝 찌푸렸다. 그의 표정을 보니, 수현에게 좋지 않을 거라는 말이 선뜻 이해가 되지 않는 눈치였다. 준우는 낮게 한숨을 내쉬었다. 어제 수현과 만나고도 자신을 찾아와 이러는 걸 보니, 성현과 그녀는 얘기가 잘 안 되었거나 성현이 그녀의 얘길 아예 들어주지 않은 것 같았다.

"수현 씨가 가지고 있던 고민에 대해 혹시 알고 계십니까?"

준우의 질문에 성현의 얼굴이 더욱 굳어졌다. 앤트워프에서 졸업발표회를 준비하기 전까지는 수현도 자신이 가지고 있는 문제를 그리 심각하게 여기지 않았다 했으니, 서울에 있는 가족들은 몰랐을 수도 있다는 생각이 들었다. 이렇게 찬바람이 쌩쌩 부는 차가운 성정의 오빠라면 더더욱 말이다.

준우는 천천히 이야기를 시작했다. 수현의 얘기를 당사자도 아닌 자신이 말한다는 게 주제넘는 일이라는 생각도 들었지만, 그녀를 처음 만났을 때부터 지금까지의 일들을 담담하게 털어놓았다. 성현은 앤트워프 대성당 앞에서 수현이 준우를 헌팅해 갔다는 말을 듣고는 어이가 없는지 코뿔소처럼 거친 숨을 내쉬었고, 그녀가 미술을 암기 과목처럼 공부했다는 얘기를 듣고는 어떻게 그럴 수가 있느냐며 의심했다. 하지만 그게 다 장학금을 받고 학원을 공짜로 다니기 위해서였다는 준우의 설명을 듣고는 안쓰러운 표정으로 말을 잇지 못하기도 했다. 집안 형편 때문에 진로를 바꾸고, 원치

않은 공부를 해 왔던 성현에게는 어린 동생 역시 그와 다르지 않은 마음으로 예고를 다녔다는 사실이 충격으로 다가온 것 같았다.

준우는 계속해서 말을 이었다. 수현이 가지고 있는 특별한 재능에 대해서도 설명했고, 그런 그녀의 감각이 대중들의 호응을 끌어내야 하는 패션계에선 얼마나 중요한지, 그리고 실제로도 수현이 얼마나 많은 일들을 해내고 있는지 하나하나 빠짐없이 전해 주었다. 드리스 반 노튼과의 콜라보레이션을 성공적으로 마무리지었다는 얘기에서 드리스 반 노튼이 누구냐고 물어 준우를 잠깐 당황하게 만든 것을 빼고는 성현 역시 그가 몰랐던 동생의 얘기에 귀를 기울이며 가끔은 고개를 끄덕이기도 했다.

마지막으로 준우는 수현이 얼마나 옷을 사랑하는지, 얼마나 좋은 디자이너가 되고 싶어하는지 말하며 부디 그 마음만은 알아 달라고 부탁했다. 시작은 비록 모친의 못다 이룬 꿈 때문이었지만, 패션에 대한 수현의 진지한 태도와 뜨거운 열정을 성현이 머리와 가슴으로 이해해 주길 진심으로 바라고 있었다.

준우의 마음이 전해진 건지, 성현은 조금 누그러진 기세로 한동안 말을 잇지 못한 채 생각에 잠겨 있었다. 준우의 말이 어디까지가 사실인지 따져 보고, 이곳에 남는 것이 정말 동생을 위한 일인지 고심하고 있는 중이리라. 그의 결정을 돕기 위해 준우는 한 달이라는 시간을 내걸었다. 한 달이면 뮤즈의 S/S 제품 품평회도 끝나 있을 것이고, 콜라보레이션 제품들의 생산도 어느 정도 마무리되어 있을 터였다. 그 정도면 수현도 한 시즌 제품을 기획하고 생산하는 전 과정을 경험함으로써 막연하게만 느꼈을 패션업계에 대한 실제적인 지식들을 얻게 될 것 같았다. 또한, 처음부터 끝까지 자신의 손으로 완성해 낸 제품들을 보면서 그녀는 잃었던 자신감을 회복할 것이고, 그런 자신감이 졸업발표회를 준비할 수 있는 밑거름이 되리라는 확신이 들었다. 그리고 무엇보다 수현이 앤트워프로 돌아가 다음 학기를 준비하려면 되도록 빨리 돌려보내야 한다는 사실을 준우 역시 잘 알고 있었다.

　순간 두 남자의 눈이 마주쳤다. 오가는 대화는 없었지만, 성현이 못마땅한 표정으로 고개를 살짝 끄덕였다. 준우의 의견에 동의한다는 뜻이리라. 그 기회를 놓치지 않고 준우는 성현이 내밀었던 비행기 티켓을 슬그머니 그에게 밀어 주었다. 준우의 행동이 거슬리는지 성현의 눈썹이 올라갔다 내려왔다.

　"제가 끊어서 보내겠습니다. 이코노믹 싫어하던데, 모르셨어요?"

　유치한 한준우. 오빠라는 사람에게 자신이 수현에 대해 많은 것을 알고 있다는 표현을 꼭 이렇게 해야 하는 것이었는지. 준우는 제 스스로 말을 내뱉어 놓고도 얼굴이 화끈거리는 걸 느끼고 있었다.

　"무슨 사이입니까?"

　"……사랑하는 여자입니다."

　정작 당사자에겐 아직 사랑한다는 말을 하지 못했는데, 지난번엔 승원에게 수현에 대한 마음을 고백하더니 지금은 성현에게 먼저 사랑이란 말을 꺼내고 있었다.

　"수현이도 마찬가지입니까?"

　성현이 미심쩍은 표정으로 물었지만, 준우는 당연하다고 생각했다. 지난 출장길에서 서로에게 의미 있는 장소들을 소개하며 나누었던 교감, 그리고 파리에서의 그 밤. 또한, 콜라보레이션을 준비하며 수현이 자신에게 보냈던 믿음과 자신에게만 보여 주었던 눈빛과 표정은 그녀 역시 그와 같은 마음이라는 확신을 주기에 충분했다. 하지만 이어지는 성현의 말은 그 확신이 어쩌면 준우의 자만일 수도 있다는 불안감을 가져다주었다.

　"한준우 씨가 아까 언급한 것처럼 그 애는 어려서부터 자신의 의지대로 뭘 해 본 적이 없습니다. 디자인은 어머니의 못다 이룬 꿈을 대신하기 위해 시작했고, 예중, 예고에 앤트워프까지 모두 어머니를 위해서 간 거였죠. 솔

직히 난 수현이가 정말 이 일을 원하는 건지 가끔씩 의문이 들기도 했습니다. 그래서 언제나 마음의 준비를 해 왔죠. 동생이 어느 순간 다 포기하고 돌아올지도 모른다는 생각을 하면서 말입니다."

성현의 눈빛엔 수현에 대한 걱정과 자신이 그동안 동생을 방관해 왔을지도 모른다는 후회가 뒤섞여 있었다.

"수현이가 여러 가지로 고민에 휩싸였고, 그걸 한준우 씨가 좋은 방향으로 이끌어 줬다는 것은 알겠습니다. 그래서 그 애가 이제라도 자신이 하는 일을 좋아하게 되었다면 다행스러운 일입니다. 하지만 수현이가 당신에게 가지고 있는 마음 역시 정말 그 애가 원하는 것일까요? 과거엔 어머니에게 휘둘렸던 것처럼 이젠 한준우 씨 때문에 이리저리 흔들리고 있는 건 아닐까요?"

준우는 처음엔 성현의 말이 무슨 의미인지 잘 알아들을 수가 없었다. 어린 시절, 어머니에게 휘둘렸던 것처럼 수현이 지금 자신에게 휘둘린다는 것인가?

"예전엔 어머니가 하라는 대로 하더니, 이제는 한준우 씨가 하라는 대로 하고 있지 않습니까? 그렇다면 한준우 씨가 그 애에겐 우리 어머니 대신일 수도 있다는 생각이 드는군요."

성현의 결정타에 준우의 얼굴이 점점 어두워졌다. 어머니가 원해서 마지못해 미술을 시작했던 것처럼 수현이 지금 자신의 페이스에 휘말려 마지못해 자신을 바라보고 있다는 말인가? 준우는 미간을 찌푸린 채 천천히 고개를 저었다. 그렇지는 않을 것이다. 파리에서의 그 밤, 수현은 너무나 솔직하게 그녀의 마음을 표현하지 않았는가. 돌아와서도 마찬가지였다. 함께 컬렉션을 고민하고 그에 대한 이야기들을 나누며 준우와 수현, 두 사람은 세상 어디에서도 느낄 수 없었던 만족감과 따스함을 공유할 수 있었다. 순간, 준우의 머릿속에 처음으로 밤을 같이 보내고 난 후 수현이 지나가듯 던졌던 말이 떠올랐다. 졸업발표회를 앞두고 아이디어를 얻기 위해 떠났던 여행에서도 컬렉션에 대한 생각이 아무것도 떠오르지 않자, 모르는 남자와 섹스라도 해 볼까 생각했었다는 재미없던 농담. 수현에게 서로의 몸을 나눠 갖는 행위는 별로 중요하지 않았던 것일까? 함께 밤을 보내고 난 후 제일 많이 얼굴을 보는 사람이 준우라서, 어찌하다 보니 여기까지 오게 된 것이었을까? 수현에 대한 단단했던 확신이 성현이 던진 말로 인해 균열이 생기고 있었다.

"한 달입니다. 한 달이 지나도 수현이가 돌아가지 않으면……."

성현은 준우가 자신의 말 때문에 혼란스러워한다는 걸 알면서도 개의치 않는다는 듯 또다른 고민거리를 던지며 자리에서 일어섰다.

"다음에 만나게 될 분은 저희 어머님일 겁니다."

그리고 사무실을 나가기 전, 성현은 준우에게 인사 대신 진심을 알 수 없는 말을 건넸다.

"부디 내 동생도 당신과 같은 생각이었으면 좋겠군요."

수현의 마음이 준우와 같았으면 정말 좋겠다는 것인지, 두 사람의 마음이 같지 않다는 걸 다시 한 번 상기시키려는 것인지 성현의 의도는 알 수 없었다. 하지만 준우가 생각했던 그의 첫인상처럼 표정 없는 얼굴로 차갑게 던진 말은 매서운 바람이 되어 준우의 마음속으로 시리게 파고들었다.

"얼굴이 정말 요만 하네."

허연심 과장이 창가 쪽 의자에 앉으며 입을 열었다. 그녀가 손에 들고 있는 주먹만 한, 요즘 디저트로 한창 뜨고 있다는 독일 과자를 흔들어 대면서였다. 뒤를 이어 수현이 허 과장으로부터 조금 떨어진 자리에 슬그머니 엉덩이를 걸치며 고개를 끄덕였다. 뭐, 정말 작긴 작더라.

"피부는 또 얼마나 백옥 같은지, 같은 여자인데도 반하겠더라고요."

남 칭찬 안 하기로 유명한 이시영 대리 역시 인정한다는 듯 말을 이었다. 순간 수현은 입술을 삐쭉거리며 하고 싶은 말을 속으로 삼켰다. 백옥 같은 피부 만드는 거 어렵지 않아요! 비욘세도 맞았다는 백옥주사 한 방이면 너도나도 하얘질 수 있는 세상이라고요! 이익을 얻기 위해선 가지고 있는 자본을 바탕으로 시간과 공을 들여 투자해야 한다는 경제관념에 비추어 봤을 때, 직업이 텔레비전에 나와 얼굴 자랑하는 일이라면, 그 얼굴에 얼마나 많은 정성을 들였을지는 안 봐도 비디오올시다그려.
"본부장님이랑 걸어가는데 정말 잘 어울리지 않았어요? 선남선녀란 말은 이럴 때 쓰는 거겠죠?"
선남선녀라……. 수현은 부인할 수 없을 정도로 잘 어울렸던 두 사람의 모습이 떠오르자, 이번엔 저도 모르게 터져 나오려는 한숨을 속으로 삼켰다. 준우와 잘 어울린다고 떠들어 대는 그녀는 바로 뮤즈의 새 모델로 선정된 영화배우 김수희였다. 모두의 예상을 깨고, 뮤즈는 한 시대를 화려하게 장식한 관록의 여배우인 김수희를 새 시즌의 모델로 선택하였다. 옴므의 맞춤복 라인을 발표하는 런웨이에 남성 모델 세계 랭킹 1위라 해도 과언이 아닌 션 오프리를 세웠던 본부장이었기에, 뮤즈의 새 모델은 할리우드의 톱스타나 세계적인 슈퍼모델들 중 하나일 것이라 기대했었는데, 그의 선택은 의외였다. 하지만 실망은 잠시뿐이었다. 점심 식사를 하고 오후에 시작될 판매 전략 회의를 위해 회의실로 올라가던 디자인 1팀은 광고주에게 인사라도 하러 왔는지, 준우의 에스코트를 받아 회장실로 들어가는 김수희를 두 눈으로 직접 알현한 뒤로는 그녀를 향해 아낌없는 찬사를 쏟아 내고 있는 중이었다.
"그런데 김수희 씨는 나이가 너무 많은 거 아니에요?"
수현은 조심스럽게 반문했다. 김수희가 준우와 함께 화기애애한 분위기로 회장실에 들어갔다고 해서 이러는 것이 아니었다. 선남선녀라는 말이

거슬려서 괜한 트집을 잡는 것도 절대 아니었다. 요즘 대기권을 뚫어 버릴 정도로 높이 날아오르는 핫한 인기 여배우들은 전부 10대나 20대이지 않은가. 반면 김수희는 수현에겐 이모 정도라고나 할까? 빠르게 변화하는 트렌드를 이끌기엔 조금 나이를 잡수셨다 할 수 있었다.

"그게 요즘 트렌드잖아."

수현은 찰스의 대답에 미심쩍은 표정을 지어 보였다. 나이 많은 배우를 모델로 쓰는 웃기지도 않는 트렌드가 어디에 있단 말인가. 패션계의 동향을 정확하게 짚어 내던 그의 정보력도 이제 한물간 모양이라고 수현은 생각했다.

"자기 몰랐어? 그동안은 파릇파릇한 90년대 생들이 패션계를 장악했었지만, 이제 한 시대를 풍미했던 강렬한 포스의 누나들이 돌아왔다고. 시슬리의 광고 캠페인에 출연한 밀라 요보비치는 75년 생이고, 에밀리오 푸치의 앰버 발레타는 74년 생, 그리고 프라다 광고에 나오는 커스틴 오웬은 무려 70년 생이라고. 70년 생이면 몇 살인지 알아?"

그래. 너 잘났다. 그러는 당신 부모님은 몇 년 생에 연세가 어찌 되시는 줄은 알고나 있는 거냐고요. 수현은 괜스레 심술이 났다. 그런 수현의 못마땅함을 알 리 없는 찰스는 잰 체하며 말을 이었다.

"패션계에서 사라지는 건 없어. 잠시 잊힐 뿐이지. 결국 언제고 다시 돌아오잖아."

당신은 사라져도 아무도 찾지 않을 것이고, 그대로 너무 잊혀서 돌아오지도 못할 것이야. 아무도 모르게 슬쩍 찰스를 향해 눈을 흘기던 수현은 이대로 포기할 수 없다는 듯 새초롬하게 대꾸했다.

"밀라 요보비치랑 김수희 씨가 같아요?"

"자기야, 그럼 뭐 우리는 시슬리에 프라다냐?"

수현의 물음에 찰스는 무슨 그런 말도 안 되는 질문을 하느냐는 듯 한심

한 표정으로 되물었다. 그건 또 그렇지. 뮤즈는 프라다가 아니지. 수현이 더 이상 대꾸할 말을 찾지 못하고 마지못해 고개를 끄덕이자, 옆에서 듣고 있던 허연심 과장이 입을 열었다. 그녀는 수현과 같은 생각인 것 같았다.

"너도나도 해외 유명 스타들을 전면에 내세우는데, 김수희 씨는 너무 구시대적 발상이 아닌가 싶긴 해. 글로벌한 인지도를 얻겠다고 홍콩이나 밀라노 같은 도시에 플래그십 스토어를 만들면서 모델은 너무 올드하잖아. 국내 핸드백 브랜드 중 하나는 샤넬의 뮤즈, 린제이 윅슨을 모델로 내세웠다고."

허연심 과장의 말에 이시영 대리가 덧붙였다.

"하긴, 빅토리아 시크릿의 모델인 바바라 팔빈은 작년부터 L사의 모델로 활동하고 있고, M사는 할리우드의 섹시 스타, 메간 폭스를 내세워 매출과 인지도 상승이라는 두 마리 토끼를 모두 잡았잖아요. 국내 토종 브랜드들이 앞을 다투어 세계적인 셀럽들을 모델로 기용하고 있는데, 김수희 씨는 상대적으로 그들과 급이 다르긴 하죠."

허 과장과 이 대리의 연이은 말에 수현은 격하게 공감하며 노호혼 인형처럼 고개를 끄덕였다. 내 말이 그거라니까요! 준우와 다정한 그림을 연출했다고 해서 김수희를 트집 잡는 게 절대 아니라며 스스로를 다독이는 수현이었다.

"하지만 본부장님 생각은 확고하더라고. 지난번 옴므는 국내에서의 화제성이 필요했기 때문에 션 오프리라는 깜짝 카드를 내세운 것이었지만, 이번엔 그 반대라는 거지. 해외의 고객들을 타깃으로 하는 우리 브랜드니까 우리나라 모델을 쓰는 거라고. 브랜드만 글로벌한 인지도를 얻는 게 아니라, 세계 패션계에 대한민국이라는 국가도 함께 알려야 한다는 거지."

그들의 이야기를 듣고만 있던 서 팀장은 조목조목 이야기를 나열해 갔다.

"모두 외국 모델을 전면에 내세우면 모르는 사람들이 봤을 때, 그게 어느 나라 브랜드인지 제대로 알 수 있겠느냐고 하시던데? 해외의 핫 플레이스마다 멀티숍을 세워서 우리 제품을 최대한 많이 노출시키고, 디자인과 퀄리티로 브랜드의 인지도를 끌어올리고, 우리나라 모델을 써서 브랜드의 국적을 제대로 알리자는 게 본부장님 생각이야. 그리고 너희가 잘 모르는 모양인데, 김수희 씨야말로 스타일 아이콘에 진정한 현대 여성이야. 우리 뮤즈에 딱 맞는 모델이라고."

　방금 전까지 올드하다고 투덜대던 허 과장과 이 대리는 이 모든 것이 준우의 생각이라는 서 팀장의 말에 정말 참신하다며 물개박수를 쳐 대고 있었다. 준우가 부린 마법으로 뮤즈가 살아나는 것이 분명해지자, 모두 그가 했다면 들어 보지도 않고 환영이었고, 결과는 보지도 않고 샴페인 딸 준비를 먼저 하고 있었다. 그에 대한 직원들의 신뢰와 지지는 절대적이었다. 하지만 수현은 다른 말은 하나도 들리지 않았다. 오로지 김수희를 선택한 것이 준우의 결정이었다는 사실만이 그녀의 머릿속에 둥둥둥 떠다녔다. 그리고 어쨌든 두 사람이 참으로 잘 어울렸다는 화제로 돌아가자 수현은 다시 신경이 곤두서는 저를 발견하고 있었다.

　순간, 호랑이도 제 말 하면 온다고, 양반은 못 되는 준우가 회의실로 들어섰다. 들어서면서부터 그는 수현을 뚫어져라 쳐다보더니 눈이 마주치자 뭔가를 묻고 싶은지 한쪽 눈썹을 슬쩍 밀어 올렸다. 오빠에 대해 물으려는 거겠지. 지난밤 오빠를 만나고 난 뒤 처음으로 얼굴을 보는 두 사람이었다. 회의실 테이블의 맨 앞쪽에 앉으면서도 준우의 눈이 그녀에게서 떠나가질 않자, 결국 수현은 두 눈을 아래로 내려 시선을 피했다. 그 이유가 직원들에게 그와의 관계를 들킬까 걱정이 되어서인지, 아니면 방금 전까지 직원들이 떠들어 대던 문제에 괜스레 마음이 상해서인지는 그녀도 알 수가 없었다.

준우는 수현이 어색한 표정으로 시선을 돌리자, 순간 가슴이 철렁하기까지 했다. 성현이 자신에게 말했듯이 그녀에게도 앤트워프에 돌아가라 했을 것은 분명했다. 그래서 그녀가 혹시나 그러기로 마음을 먹진 않았는지, 그로 인해 그녀의 속이 상한 건 아닌지 걱정이 되었다. 사실 수현도 준우와 같은 마음이냐고 물었던 성현의 말이 계속 머릿속에 맴돌아 뮤즈의 모델로 선정된 김수희를 회장에게 소개하면서도 집중하지 못했던 그였다. 게다가 회의가 끝나면 곧바로 1주일 동안의 뉴욕 출장이 예정되어 있어 그녀와 얘기를 나눌 시간이 없다는 사실이 준우의 마음을 더욱 무겁게 만들고 있었다.

그렇게 미묘한 공기가 흐르는 가운데 판매 전략 회의가 시작되었다. 오늘의 회의는 S/S 시즌을 위한 기본적인 아이템과 수량이 결정된 가운데, 그 외에도 함께 판매할 액세서리와 같은 아이템들과 추가로 생산해야 할 컬러에 대한 의견을 나누고 이를 위한 마케팅 전략을 의논하는 자리였다.

"뮤즈가 생산할 기본적인 아이템은 기존 고객들의 점잖은 성향을 고려해 블랙 계열이 많은 것 같네요. 블랙은 지난 패션위크에서 많은 브랜드들이 선보였던 대표적인 컬러이긴 하죠. 멋을 부린 듯, 부리지 않은 듯한 자연스러움과 함께 묻어나는 시크함이 장점이고요. 그렇지만 봄이잖아요. 블랙을 기본으로 가되 조금 산뜻한 컬러들을 추가해서 잡아 보죠."

준우의 제안에 먼저 입을 연 사람은 이시영 대리였다. 그녀는 이번 뮤즈의 S/S 제품들 중 아우터를 담당하고 있었다.

"드리스 반 노튼과의 콜라보레이션에 비비드 톤의 원색 컬러와 대담한 프린트들이 많이 사용되었으니까 뮤즈엔 마카롱 같은 파스텔 톤의 트렌치코트를 추가하면 어떨까요?"

"대신 퍼플 계열은 올 시즌에 아웃시키는 게 좋을 것 같아요. 파코 라반의 쇼에선 심지어 보라색 옷들만 빼면 완벽했다는 평가가 나왔다잖아요."

이시영 대리의 말을 받아 찰스가 덧붙이자 모두 고개를 끄덕였다. 디오르와 샤넬, 니나리치와 크리스토퍼 케인에 이르기까지 지난 시즌에는 보라색을 메인으로 한 컬렉션이 유난히 많았다. 그래서일까? 세계 패션계는 당분간 퍼플이 대중들의 관심에서 멀어질 것이라는 전망을 내놓기도 했었다.

"액세서리들은 어떤가요?"

"골드 장식이나 크리스털, 비즈 같은 화려한 주얼리 장식이 매달려 있는 백들은 제외시켜야 할 것 같습니다. 연말 분위기도 나고 해서 봄이나 여름과는 어울리지 않는 것 같아요."

"올 시즌 역시 클러치백이 인기를 이어 갈 것 같아요. 대신 사이즈를 기존보다 더 길게 하고, 손에 쥐기 쉽게 부드러운 소재를 활용한다면 자연스러운 멋을 낼 수 있을 거라 생각합니다."

"인서트백[31]을 추가하는 건 어떨까요? 클러치백은 아무래도 들고 다니는 데 어려움이 있으니까 인서트백을 찾는 고객들도 늘어날 것 같은데요."

이미 샤넬을 시작으로 로에베와 발렌티노, 그리고 겐조에 이르기까지 많은 패션하우스들에서 가방의 한 종류로 인서트백을 컬렉션에 선보이고 있었다. 그 외에 슈즈는 하이힐과 함께 미디힐을 추가하고, 투박하게 보일 수 있는 글레디에이터 슈즈를 조금 더 세련되고 섹시하게 매치하자는 의견을 주고받으며 회의가 어느 정도 마무리되어 가고 있었다. 브랜드와 함께 한 단계 성장한 뮤즈의 디자이너들은 적극적으로 신상품 판매에 관련된 의견들을 내놓으며 전과는 다른 모습들을 보여 주고 있었다.

"U어패럴이 올해 30주년이 되었습니다. 그건 곧 뮤즈 역시 30주년이 되었다는 의미겠죠."

U어패럴의 시작이 뮤즈였으니, 회사와 함께 나이를 먹은 최고령 브랜드임은 분명했다.

---

31. 인서트백(inserted bag): 클러치백의 단점을 보완하여 손을 끼워 넣을 수 있도록 손잡이를 달아 놓은 가방.

"그런 측면에서 이번 시즌엔 고객들에게 재미를 선사할 수 있는 이벤트를 준비했으면 하는 생각입니다. 그간 뮤즈가 쌓아 온 이미지는 전문직 여성이 타깃이라는 이유로 다소 딱딱하고, 고리타분하게만 비춰졌어요. 모두 알겠지만, 남성복의 젠틀맨 리그는 끝났어요. 예전과 별로 다를 게 없어 보이는 정장들은 이제 아웃입니다."

맞는 이야기였다. 트렌드를 앞서 예상하는 패션위크 런웨이에 신사들은 사라지고 보이들이 나타났으니까. 넥타이가 사라졌고, 정장 위에 백팩을 메고, 그 안에 노랑이나 빨강 같은 비비드 컬러의 풀오버를 입는 시대가 온 것이다. 심플함과 세련됨을 절묘하게 조화시켜 젊은이들의 절대적인 지지를 받고 있는 까르벵은 이번 파리 패션위크에서 무릎을 살짝 덮는, 남성복에서는 상상도 할 수 없었던 길이의 팬츠를 선보이기도 했었다. 그리고 이런 변화는 비단 남성복에만 국한된 것은 아니었다.

"여성복 역시 마찬가지로 레이디스룩이 점잖기만 해서는 안 돼요. 모스키노의 말처럼 패션은 재밌어야 하고, 브랜드와 컬렉션을 통해 우리는 메시지를 전달할 수 있어야 하는데 말이에요."

"하긴, 패션 산업이 침체 국면에서 좀처럼 벗어나지를 못하고 있어서인지 지난 패션위크에서 유머와 위트로 무장한 브랜드들이 정말 많았어요."

수현의 말에 찰스도 고개를 끄덕이며 입을 열었다.

"맞아요. 누가 알았겠어요? 마크 제이콥스가 루이비통의 S/S 컬렉션을 대형 체스판의 말처럼 올릴 거라는 것을요. 또한 프린트의 제왕, 마리 카트란주는 자신의 취미가 우표와 지폐 수집이라도 된다는 듯 패션위크 컬렉션을 진정한 컬렉션으로 만들었죠."

루이비통의 대표 디자인인 모노그램[32]을 제치고 다미에[33]로 쇼장의 90퍼센트를 뒤덮었던 마크 제이콥스는 프랑스의 개념주의 아티스트, 다니엘 뷔

---

32. 모노그램(monogram): 두 개 이상의 글자를 합쳐 한 글자 모양으로 도안화한 글자.
33. 다미에(damier): 같은 크기의 정사각형으로 구성된 격자 무늬.

랑의 도움을 받아 런웨이를 대형 체스판으로 꾸미고 그 위에 네 개의 에스컬레이터를 설치해 똑같은 옷을 입은 쌍둥이 모델들이 체스판으로 내려오는 장관을 연출했다. 어디 그뿐인가? 영국에서 텍스타일을 전공, 화사하면서도 독특한 프린트로 자신만의 존재를 부각시키고 있는 마리 카트란주는 런웨이 위에 이국적인 우표와 화폐들이 프린트된 트롱프뢰유[34] 원피스를 제작하여 화제가 되기도 했었다. 이처럼 경기 침체의 영향으로 꽁꽁 얼어붙은 대중들의 마음을 개성 있는 디자이너들의 유머러스한 컬렉션으로 녹여 버린 것이 이번 S/S 시즌의 특징이라 할 수 있었다.

"심지어 샤넬은 레고 모양의 클러치까지 선보였고 말이죠."

칼 라거펠트가 레고 블록을 쌓아 올린 듯한 초록색의 플라스틱 클러치를 런웨이에 올렸을 땐 모두 자신의 눈을 의심했었다. 게다가 그 깍두기 머리의 플라스틱 보이가 키 링key rings이나 참charm처럼 클러치 위에 장식된 것을 목격한 패션쇼의 셀럽들은 아마도 집에 있는 꼬마들에게 샤넬 클러치를 빼앗길 수도 있다는 아찔한 위기감까지 느끼지 않았을까.

"패션위크 런웨이 위의 컬렉션은 아무래도 실제로 팔리는 제품들보다 다소 과장된 것이 사실이니까, 레고 클러치까지는 아니더라도 우리도 뭔가 사람들의 마음을 부드럽게 흔들어 놓을 무기가 있으면 좋을 것 같아요."

준우가 툭 던지듯 말을 내뱉었다. 가벼운 어조였지만, 그 무기를 당장 만들어 내라는 지시라는 걸 회의실에 앉은 모두가 알아챘다.

"30년이란 시간을 생각해 봤을 때, 엄마와 딸이라는 콘셉트로 이벤트를 준비해 보는 게 어떨까요? 30년 전, 뮤즈를 구입했던 첫 번째 고객들은 대부분 누군가의 엄마가 되었을 것이고, 지금 뮤즈를 구입하는 세대들은 또 누군가의 딸이 되는 거잖아요."

잠시 정적이 흐르던 회의실에 낭랑한 수현의 목소리가 조심스럽게 울려

---

34. 트롱프뢰유(trompe-l'œil): 실물로 착각할 정도로 생생하게 묘사하는 눈속임.

퍼졌다. 모두 생각을 멈추고 수현을 주목했다. 뮤즈는 현재 2, 30대 여성들만의 브랜드가 아니라는 그녀의 말에 다들 고개를 끄덕였다. 30년의 시간 동안 뮤즈를 거쳐 간 고객들은 이제 누군가의 엄마가, 그리고 할머니가 되었을 거라는 포인트가 그들이 준비해야 할 이벤트의 방향을 제시해 줄 수 있을 것 같았다.

"채러티숍charity shop 어때요? 뮤즈의 예전 옷을 소장하고 있는 고객들이 채러티숍에 그 옷을 기증하면, 지금 판매하고 있는 옷과 교환해 주는 거죠. 그리고 빈티지 의상들은 바자회 형식으로 판매하여 수익금을 자선기금으로 기부하고요. 어머니가 입었던 옷을 가져오면 딸이 입을 옷으로 교환해 주는 재밌는 이벤트인 동시에, 현재 패션계가 주목하고 있는 착한 소비에도 동참하는 것이라 생각하는데요."

서 팀장이 의견을 보탰다. 한때 U어패럴의 성장을 이끌었던 브랜드인 만큼 뮤즈의 과거 시즌 제품을 가지고 있는 고객을 찾는 건 어렵지 않을 것 같았다. 그들이 딸과 함께 방문해 옷을 교환해 간다는 콘셉트가 봄이라는 계절에 맞게 따뜻한 이벤트로 기억될 수 있으리라. 또한 많은 패션하우스들이 플래그십 스토어만큼이나 앞을 다투어 세우고 있는 것이 채러티숍이었으니, 최근의 패션 동향에 발맞출 수 있는 이벤트라는 점도 높이 살 만했다.

"그 다음으로는 웨딩드레스도 좋은 아이템인 것 같아요."

이 대리는 딸들을 위한 이벤트로 웨딩드레스를 만들어 주자고 제안했다. 뮤즈가 예복으로도 많은 인기를 얻을 수 있는 브랜드인 만큼 고객 중에는 봄을 맞이하여 결혼을 꿈꾸는 예비신부들도 많을 것이었다. 세상에 단 하나뿐인 웨딩드레스는 분명 결혼을 준비하고 있는 여성들의 관심을 끌어 모을 수 있을 것 같았다.

"우리 서 팀장님 사연이면 100퍼센트 당첨인데. 저는 나이 오십이 넘도록 남의 옷만 만들어 주다 진정한 저의 짝을 만나지 못했습니다. 이제 저만을 위해 다른 사람이 만들어 준 웨딩드레스를 갖고 싶어요. 제가 당첨만 된다면 압구정 사거리에서 처음 만난 남자분을 인연으로 알고, 평생…… 윽!"

찰스가 서 팀장인 양 울먹이며 사연을 고백하자, 뮤즈와 함께한 30년간 각종 드로잉과 드레이핑으로 다져진 서 팀장의 주먹이 그를 응징했다. 하지만 그런 그녀의 주먹도 찰스의 입을 막을 순 없었다.

"팀장님, 제발 사랑을 하세요. 샘플들이 걸려 있는 마네킹은 그만 좀 쓰다듬으시고, 진짜 남자를 만나시라고요."

그렇게 모두 웃고 떠드는 사이 화기애애하게 회의가 마무리되고 있었다. 이 역시도 뮤즈의 달라진 점이라 할 수 있었다. 애정 어린 농담을 주고받으며 가족 같은 신뢰를 쌓아 가고 있는 그들은 수현이 디자인 1팀에 처음 들어왔을 때에는 상상도 할 수 없었던 모습을 하고 있었다. 순간 수현의 휴대전화에 연이어 문자메시지가 도착했다는 알림음이 들려왔다.

수현 씨 웨딩드레스는 내가 만들어 줄게요.
하얀색 뜨개실을 한 타래도 다 쓰지 않고 말이죠.

으음? 준우였다. 하얀 뜨개실을 한 타래도 다 쓰지 않고 얼키설키 웨딩드레스를 만들어 놓으면, 하객들은 어디에 시선을 두어야 한다는 것인가? 19세 미만은 참석 불가로 해야 한다는 것인가? 준우가 언급한 드레스가 머릿속에서 상상되자, 수현은 그 옷을 입고 있는 것도 아닌데 괜스레 부끄러워졌다.

"자기, 왜 얼굴이 빨개졌어?"

저도 모르게 얼굴이 붉어진 모양인지 찰스가 수현을 보며 의아한 표정을 짓고 있었다.

"네? ……네, 더워서요."

"수현 씨, 더워? 이번 한파로 한강물도 얼었다던데?"

U어패럴의 30주년을 기념하려는 것인지 30년 만에 찾아왔다는 한파로 한강물은 얼어붙고, 서울에는 며칠째 강추위가 이어지고 있었다. 하지만 준우는 수현을 도울 생각이 없는 모양이었다. 그녀의 휴대전화에 다시 문자메시지가 도착했다.

아니면 속이 훤히 비치는 오간자나 시폰, 레이스도 괜찮겠죠?

꺄악! 오간자나 시폰, 레이스란다. 수현이 가장 좋아하는 시어sheer한 소재들. 보일 듯 말 듯한 은근한 매력이 돋보여 여성스러움을 극대화할 수 있고, 만들기에 따라 우아함과 사랑스러움, 그리고 섹시함에 이르기까지 다양한 분위기를 연출할 수 있다는 장점에 오랫동안 그 인기가 식지 않는 소재들이었다.

"자기, 열나는 거 아냐? 귀까지 빨개졌어."

"추워서 그런 거예요. 추워서……."

"자기, 아깐 덥다며?"

"아, 더워요. 더워."

조금 전만 해도 덥다며 붉게 달아오른 얼굴을 하더니 이제는 추위에 얼어붙은 듯 새하얀 얼굴로 멍한 표정을 짓고 있는 수현을 팀원들은 의아한 눈빛으로 바라보고 있었다. 그리고 그런 수현의 순진한 모습을 바라보는 준우의 얼굴에는 미소가 어렸다. 무엇을 생각하든 그대로 얼굴에 드러나는 수현은 마음을 숨기거나 꾸며 내는 데엔 재능이 부족했다. 그녀가 지금까지 그에게 보여 준 모습들을 의심 없이 그대로 받아들여야 한다는 걸 준우도 알고는 있었다. 아마도 준우는 수현을 의심하고 있다기보다는 그녀가 혹시 본인의 마음을 오해하고 있을까 봐 그게 두려운 것이리라. 디자인의 시작이 그녀의 모친 때문이었던 것처럼, 수현과 자신의 관계 역시 그녀의 곁에서 도움을 주고 있는 사람이 자신이기에 애정보다는 고마운 마음에서 시작된 것이 아닌가 하는 걱정이 계속해서 준우를 괴롭히고 있었다.

그렇게 성현이 던져 놓은 고민을 해결할 시간도 갖지 못한 채, 준우는 회의를 마치자마자 뉴욕으로 떠나는 비행기에 몸을 실었다. 다가오는 5월, 비비안 웨스트우드, 요지 야마모토, 존 갈리아노 등 한 시대를 풍미했던 이들의 펑크룩이 펼쳐질 예정인 뉴욕 메트로폴리탄 전시회의 프리뷰 프레젠테이션에 초대를 받았기 때문이었다. 그곳에서 준우는 드리스 반 노튼에 이어 뮤즈의 다음 콜라보레이션 파트너가 될 새로운 디자이너를 찾아낼 계획이었다. 너무도 중요한 출장이었기에 한시도 지체할 수가 없었던 준우는 수현의 마음이 그와 같지 않을 수도 있다는 끔찍한 생각은 밀어 둔 채, 서울로 다시 돌아왔을 땐 그녀의 마음을 확인할 수 있기를 바라고 또 바랄 뿐이었다.

승원이 조 회장의 호출을 받은 것은 준우가 자리를 비운 지 사흘째가 되는 날이었다. 승원이 한국에 들어온 후로는 별다른 접촉을 해 오지 않던 조 회장이 명절을 앞두고 집으로 초대하고 싶다는 뜻을 전해 왔다. 하지만 승원이 이를 거절하자 대놓고 사무실로 비서실장을 보내 그를 호출하는 것이 아닌가. 하여, 회사에서는 싫다며 장소를 조 회장이 즐겨 찾는다는 한정식 집으로 옮긴 승원이었다. 그런데 생각해 보면 웃기는 일이었다. 회사에서 만나는 건 싫다 했으면서 얼굴을 마주하고 밥을 먹자고 제안한 꼴이니 승원은 스스로 생각해도 참으로 어처구니가 없었다.

조용한 방으로 안내를 받고, 조 회장을 기다리면서 승원은 이대로 자리에서 일어날까 몇 번을 망설였었다. 하지만 결국 자신도 알 수 없는 이유로

그 망설임을 행동으로는 옮기지 못하고 있었다. 그저 밥 한 끼일 뿐이라고, 어쩌면 오늘이 얼굴을 마주하는 마지막이 될 수도 있으니 얼마나 대단한 얘기를 꺼내 놓을지 들어나 보자는 생각으로 마음을 다잡았다. 쓸데없는 생각은 하지 말자, 결심하며 머릿속을 비우고 또 비웠다.

승원은 두근거리는 가슴을 진정시키기 위해 들고 온 패션잡지를 건성으로 훑어 내리기 시작했다. 명품 광고들이 잡지의 반 이상을 차지했고, 뻔한 트렌드 기사들이 그 사이사이를 메우고 있었다. 그러다 뭔가 스치는 생각에 승원은 조금 전에 넘겼던 페이지를 다시 돌려 보았다. 패션계 인사들의 동향을 소개하는 기사란에 국내 패션 시장을 이끌어 온 기업인 중 한 사람의 자서전 출간 기사가 실려 있었다. 증명사진만 한 사이즈 속의 얼굴은 지난번 병욱의 초대로 들렀던 전시회장 앞에서 준우가 인사를 건넸던 그 사람이었다. 기사에 따르면 S패션의 부회장이라고 했다. 승원은 가만히 한숨을 내쉬었다. 도대체 준우가 그 사람을 왜 만났을까 하는 의구심이 마음속에 파고들면서 그들이 나눈 이야기는 무엇이었을지 궁금함이 더해졌다.

"떡국이나 먹으러 오라니까."

승원의 생각을 깨며 벌컥 문이 열렸고, 조 회장이 들어섰다. 한국에 와서 단둘이 만나는 건 처음이었다. 행사가 있을 때마다 준우와 함께하는 모습만을 봤을 뿐 한국에 들어온 승원이 그를 찾아가거나, 조 회장이 그에게 연락하는 일은 그동안 없었다. 조 회장이 맞은편 상석에 앉자 승원은 짧게 고개를 끄덕이고는 삐딱하게 대꾸했다.

"명절 떡국은 가족끼리 먹는 겁니다."

어린애 가르치듯 쏘아붙이는 승원의 버르장머리 없는 대답에도 그저 가볍게 혀를 찼을 뿐, 조 회장은 별로 불쾌해하는 기색이 아니었다. 어쩌면 처음으로 아들과 함께 식사를 한다는 사실이 조 회장을 들뜨게 해 주었는지도 모를 일이었다. 밖에서 주문을 하고 들어온 건지, 아니면 미리 주문이 되어 있었는지 조 회장이 방으로 들어온 후 일사천리로 식사가 시작되었다. 송이향이 은은하게 풍기는 전복죽을 시작으로 해물냉채와 구절판, 탕평채 같은 음식들이 깔리기 시작했다. 생선회와 전복초를 비롯해 신선로와 갈비찜 등 한눈에 봐도 정갈하고 고급스러운 상차림이었다. 조 회장은 방해받고 싶지 않았는지 코스로 진행되는 요리를 한꺼번에 내라고 지시를 내린 모양이었다. 미국에서 나고 자랐으나 그 태생은 어쩔 수 없었는지 승원은 유난히 한국 음식을 좋아했다. 하지만 아버지란 사람과의 첫 식사는 아무래도 불편했는지 젓가락질을 하면 할수록 어떤 음식을 먹어야 할지 알 수 없는 눈치였다.

"네 엄마가 너를 가졌다는 말을 믿지 않았었다."

식사가 모두 끝난 뒤 다과를 앞에 두고 조 회장이 던진 말이었다. 승원은 놀라지도 않았다. 그저 뻔한 변명이라 생각했을 뿐이었다. 믿지 않았던 게 아니라, 귀담아듣지도 않았겠지. 승원의 모친은 술에 취하면 그를 조 회장으로 착각해 눈물을 흘리며 얘기했었다. 진짜라고, 승원은 당신의 아이라고……. 그러나 곧 표독스러운 표정을 짓고는 히스테릭하게 소릴 질렀었다. 하지만 이대로 주진 않을 거라고, 당신도 절망감을 맛봐야 한다고. 승원은 자신을 오로지 조 회장을 향한 복수의 도구로만 생각했던 어머니에 대한 원망이 더 컸지만, 그녀가 버릇처럼 내뱉었던 말만으로도 조 회장이 어머니의 임신 소식과 자신을 어떻게 생각했었는지, 얼마나 잔인하게 그들을 내쳤었는지를 충분히 예상할 수 있었다.

"그저 나를 잡기 위한 거짓말이라 여겼지. 진짜라고 생각했다면, 그렇게 모른 척하지는 않았을 거다."

조소가 어려 있는 승원의 얼굴을 바라보며 조 회장이 다시 한 번 진심을 담아 강조했지만, 돌아오는 건 그의 비웃음과 빈정대는 질문뿐이었다.

"제가 그 말을 다 믿을 거라고 생각하시나요?"

"……승원아."

"왜요? 이젠 어머니를 사랑했었다고 말씀하시려고요?"

조 회장은 잠시 머뭇거리더니, 다시 차분하게 입을 열었다.

"네 엄마를 사랑한 적은 없었다."

알고는 있었지만, 조 회장의 입으로 어머니를 사랑하지 않았다는 걸 확인한 승원은 비참하기까지 했다. 그럼 어머니는 한낱 유희의 대상이었고, 자신은 불필요한 결과물이었단 말인가. 그런 하찮은 취급을 받으면서도 사랑이란 감정에 목매고, 자식도 나 몰라라 한 어머니에게 승원은 다시 한 번 원망이 치솟고 있었다.

"우리 부부는 아이를 가지지 못했었다."

승원도 알고 있는 이야기였다. 지금의 부인과 결혼한 지 40년이 넘었지만 놀랍게도 조 회장에겐 승원 외에 자식이 없었다. 하늘은 모든 것을 내리지는 않은 모양이었다. 조 회장은 국내 패션계를 이끈 선구자라 평가받으며 U어패럴을 성공으로 이끌었지만 자식복은 없는 사람이었다. 사실 승원은 그래서 더 화가 났는지도 몰랐다. 조 회장에게 자신이 아닌 다른 자녀들이 있었다면, 친자확인서를 받아 들고 미국에 있는 자신에게 찾아왔을까 하는 의구심도 없지 않았다.

"그리고 그 불임의 원인을 나라고 생각했었다."

승원의 앞에서 과거를 털어놓는 조 회장은 착잡한 표정이었다. 그는 잠시 한숨을 내쉬고는 생각이 많은 눈으로 승원을 바라보며 담담한 어조로 다시 말을 이어 갔다.

"결혼하고 10년이 넘도록 아이가 생기지 않자 아내가 병원에 가서 검사를 받았는데, 아무 이상이 없다고 나왔었거든. 그러니 나는 당연히 불임의 원인이 나라고 생각했던 거야. 그렇게 결론을 냈는데, 병원까지 가서 확인받고 싶진 않았다. 아이를 갖지 못한다는 게 얼마나 수치스럽던지. 남자로

서 정말 비참했고, 하늘이 무너지는 것 같은 기분으로 하루하루를 살았다. 누가 내 문제를 알아챌까 봐 전전긍긍하기도 했지."

조 회장이 아이를 만들지 못한다고? 그럼 나는 뭐란 말인가? 이맛살을 찌푸린 승원은 조 회장의 말을 따라가기 위해 정신을 차리고 귀를 기울였다.

"하지만 아이를 갖지 못하는 이유가 나라는 걸 알면서도 난 그 사실을 받아들이기가 힘들었다. 내 자신이 문제 있는 남자라는 걸 인정하기가 어려웠지. 남자로서 자신감도 사라지고, 아내에게도 지나치게 예민하게 굴었어. 아침상에 반찬 가짓수가 하나라도 줄면, 날 무시하는 거냐고 윽박지르고 며칠을 집에 안 들어가기도 했었다. 지금 생각해 보면 우리 부부에게는 제일 힘든 시기였다."

다시 조 회장의 입에서 한숨이 새어 나왔다. 이어질 말을 정리하며 잠시 머뭇거리는 것도 같았다.

"네 엄마는…… 내 여동생, 그러니까 너한테는 고모가 되겠구나. 아무튼 여동생의 친구였는데, 오랫동안 날 사랑했다고 하더구나."

아마도 그랬으리라. 당신을 얼마나 오랫동안 사랑했는지 아느냐며 대상 없는 원망을 쏟아 내던 승원의 어머니였으니까.

"그 애의 마음은 진심이었겠지. 그런데 내가 그 마음을 이용한 거나 다름없었다. 아이를 낳지 못한다는 끔찍한 사실 때문에 모든 것에 당당하지 못했지. 내 스스로가 떳떳하지 못했으면서 집사람을 괴롭히고, 나를 무시한다고 소리쳤었어. 자괴감에 빠져 너무나 위축되어 있었는데, 네 엄마가 나타난 거야. 나를 사랑한다고……. 나를 세상에 다시없을 남자로 치켜세우며 위해 주고, 내 말 한 마디 한 마디에 벌벌 떨면서 하라는 건 다 하겠다고 하는 그 모습에 내가 그만 이성을 잃었던 거지."

하지만 조 회장은 평소 행실이 깨끗하지 않다고 생각했던 승원의 모친

을 진심으로 대하진 못했던 듯했다. 결국 다른 여자를 안았다는 죄책감에 괴로워하다 부인에게 모든 것을 털어놓고 돌아가기로 했는데, 승원의 모친이 조 회장에게 아기를 가졌다며 매달린 모양이었다. 불임의 원인을 자신에게 있다 생각했던 조 회장은 당연히 이를 믿지 않았다. 게다가 그의 여동생 역시 친구의 평판에 후한 점수를 주지 않으며 조 회장에게 접근한 저의를 의심했다. 여동생은 걱정 끝에 오빠 부부의 문제를 친구에게 털어놓았던 것인데, 그 친구가 의도적으로 조 회장의 바람을 부추겼다고 단정지은 것이었다.

승원은 조 회장을 가장 사랑한다 얘기하면서도 재활원에 들어가기 전까지 남자와 술 없이는 하루도 살지 못했던 자신의 어머니를 떠올려 보았다. 그러자 과거에도 그녀의 행실은 주변에 그리 믿음을 주지 못했으리라고 어렴풋이 짐작할 수 있었다.

결국 그녀는 승원을 가졌다 얘기하며 매달렸지만, 불임이라 믿고 있던 조 회장과 그의 가족들은 이를 인정하지 않았다. 대신 병원에 가 확실히 확인해 보자는 말을 건네자 그녀는 외국으로 떠나겠다고 얘기했던 모양이었다. 병원에 가 임신을 확인받는 순간, 아이를 잃게 되거나 낳더라도 빼앗길 거라 생각했던 것인지, 그것까지는 승원도 파악할 수 없었다. 하지만 그녀의 대처를 보며 조 회장과 가족들은 승원의 존재를 순간의 거짓말로 치부해 버리고는 아마도 그녀를 잊고 살았던 것이리라.

"후회하게 될 거라 얘기하고는 비행기에 올랐지. 거기까지였다. 그 후론 별다른 연락이 없었고, 나도 집사람에게 돌아가 용서를 구했다. 그렇게 모두가 잊은 듯 조용히 살고 있었다."

조용히 살아온 그들을 대신해 승원이 모든 피해의 시간을 겪어 온 것이나 다름없었다.

"네 엄마가 죽으면서 남긴 편지를 받고서야 알았다. 후회하게 될 거란 말의 뜻을 말이야. 이미 미국으로 떠나기 전에 검사에 필요한 내 쪽의 검체들을 준비해 갔었더구나. 친자확인서라는 거, 드라마에서나 볼 수 있는 건지 알았지. 부모와 자식이라는 천륜을 전해 주는 수단이 기껏 그 종이 한 장이라니, 우습더구나."

승원은 가만히 고개를 들어 조 회장을 바라보았다. 그가 지금 무슨 생각을 하고 있는 건지 파악할 수 없어 혼란스러웠다. 그깟 종이 한 장에 기대어 나를 자식으로 인정할 수 없다는 것일까? 그래서 준우에게 모든 것을 맡기려 한다는 건가? 아버지의 존재를 계속 부정해 왔던 건 승원, 자신이었다. 그런데 조 회장의 다음 말을 기다리는 지금, 무엇이 불안해 심장은 이토록 울려 대는 것인가?

"하지만 말이다. 네가 이해할 수 있을지는 모르겠지만, 나는 어딘가에서 내 피를 이어받은 내 자식이 살고 있을 것 같다는 생각을 종종 했었다. 이상하지? 네 엄마 얼굴도 잊었고 이름도 가물가물했지만, 시간이 가면 갈수록 아이를 가졌다는 네 엄마의 음성은 점점 더 또렷하게 내 머릿속에 떠오르더구나. 미국에 도착해 널 처음 봤을 때, 친자확인을 다시 해 볼 필요도 없다고 생각했다. 넌 돌아가신 할아버지와 너무나 닮아 있었거든."

조 회장은 묘한 눈빛으로 승원을 바라보더니, 잔잔한 웃음을 띠며 조용히 덧붙였다.

"그게 천륜이겠지."

천륜. 하늘이 정하여 준다는 부모와 자식의 인연. 조 회장은 20년이 넘는 시간 동안 존재조차 알지 못했던 승원을 그 인연의 힘으로 한눈에 알아봤다고 말했다.

"도대체 이제 와서 왜 이러시는 거예요?"

승원은 힘겹게 조 회장을 향해 물었다. 어쩌면 흔들리는 자신에게 묻는 질문일 수도 있었다. 무슨 뜻이냐는 표정을 짓는 조 회장을 향해 승원이 목

소리를 조금 높여 되물었다.
"그동안은 그냥 사람 보내서 들어오란 메시지만 전하셨잖아요? 그런데 왜 이제 와 이런 구질구질한 변명들을 늘어놓으시는 거냔 말입니다."
메시지만 전했을 때와는 다르게 승원의 마음이 흔들리고 있다는 고백이었다.
"이제는 너도 손을 내밀었으니까."
승원에게 시선을 던진 조 회장은 그 시선만큼이나 또렷한 어조로 말을 이었다.
"네가 처음으로 손을 내밀었으니까, 나는 더 큰 용기를 내어야 한다고 생각했다."
승원은 그 말의 의미를 파악할 수 없어 더욱 혼란스러워진 눈빛으로 조 회장을 응시했다.
"여기 온 이유가 정말 한 본부장 때문이었니?"
그 질문에 승원의 머릿속엔 준우의 모습이 오버랩되었다. W호텔에서 준우는 승원에게 귀국한 이유를 물으며 자신 때문이란 말은 하지 말라 했었던가. 준우의 계속된 부탁이 승원에겐 단지 서울에 들어오기 위한 구실일 뿐이었다는 걸 모두 알고 있었던 모양이었다.
"나는, 그렇다고 생각하지 않는다."
그렇게 말하면서도 조 회장은 조심스럽게 승원의 눈치를 보고 있었다. 그 모습이 또 왜 그렇게 마음에 들지 않는 것인지, 승원은 두 눈을 질끈 감아 버렸다. 승원의 마음속에 새겨져 있는 아픔이나 갈등은 모두 어머니로부터 비롯된 것이었다. 하지만 어머니가 사라져 버린 지금, 아마도 그는 원망을 쏟아 낼 다른 대상으로 조 회장을 선택했던 것이리라. 자식의 존재를 20년 넘게 모르고 있었던 조 회장 역시 피해자라면 피해자라 할 수 있었건만, 그는 지금 승원 앞에 죄인처럼 앉아 있었다.

"네가 서울에 들어왔을 때 정말 기뻤다. 나를 아버지로 조금은 인정해 준 것 같아 마음이 벅찼어. 네 어머니로부터 친자확인서를 받았을 때도 그렇게까지 기쁘진 않았었지. 물론 내게도 자식이 있다는 사실을 안 후, 무척이나 떨리고 좋았다. 하지만 뭔가 확인해야 하는 것들이 남았다는 게 조금은 나의 마음을 가로막고 있었지. 그런데 네가 서울에 들어왔을 땐 아니었어. 그저 기쁘고 또 기쁘고, 감사한 마음뿐이었다."

"그렇게 생각하셨다는 분이 결국 준우 형을 찾아가셨어요?"

승원은 저도 모르게 속내를 드러냈다. 결국 자신이 조 회장에게 가지고 있었던 마음은 원망이 아닌 서운함이었던 걸까? 몇 년에 걸쳐 쌓아 왔던 분노의 마음은 조 회장의 말 한 마디 한 마디로 그 존재의 이유를 잃었고, 남아 있던 감정의 찌꺼기들은 이제 섭섭함으로 바뀌어 조 회장에게 투정의 말을 내뱉고 있었다.

"결국 저를 믿지 못하셨다는 거죠."

승원은 그동안 조 회장이 왜 자신이 아닌 준우를 찾아갔을까, 수십 번 생각했었다. 승원을 자극하려고 가장 가까운 사람에게 연락한 건 아닐까? 아니면 준우가 승원의 선배라는 걸 모르는 걸까? 오랫동안 고심하며 떠올린 여러 가지 가능성 중 승원이 가장 인정하고 싶지 않았던 것은 조 회장이 자신을 믿지 못한다는 것이었다. 서울에 들어와 U어패럴 안에서 눈부신 결과들을 만들어 내는 준우의 모습을 바라보며, 그리고 그런 준우를 한없이 따뜻한 눈빛으로 격려하는 조 회장을 바라보며 그 가능성이 사실이었음을 깨달았을 때 얼마나 괴로웠던가. 그런 승원의 마음이 어떠했을지 짐작하며 조 회장은 조심스럽게 그 이유를 꺼내었다.

"집사람이 그러더구나. 너에게 선택할 시간을 주자고. 갑자기 나타난 아버지란 존재에 안 그래도 화가 나고 당황했을 텐데, 그동안 살고 있던 터전을 모두 버리고 서울로 들어오라고 강요까지 하면, 네가 얼마나 어이없고

힘들겠느냐고 걱정을 하더구나. 아, 그렇다고 오해는 하지 말거라. 집사람은 네가 있어 다행이라고 했으니까. 이제라도 우리 곁에 네가 나타나 줘서 지금은 나만큼 기뻐하고 있는 사람이 그 사람이니까, 그 마음은 오해하지 않았으면 좋겠구나."

조 회장이 부인, 윤명은 여사에게 승원의 존재를 처음 알렸을 때, 그녀는 무척이나 당혹스러워했었다. 윤 여사가 아무리 조 회장에 대해 안쓰럽고 애틋한 마음을 가지고 있었다 하더라도, 다른 여자에게서 태어난 남편의 아들을 달갑게 맞아 줄 수는 없는 일이었다. 하지만 자식이 없는 운명을 힘겹게 받아들인 남편이 모든 힘을 쏟아 부었던 U어패럴만을 두고 생각해 보면, 승원의 등장이 최악이라 여길 것은 또 아니었다. 그들 부부에게는 오랫동안 골치 아픈 문제가 있었는데, 떡 줄 사람은 생각도 하지 않는데 김칫국부터 마셔 대는 주변 사람들이 바로 그것이었다. 조 회장이 은퇴할 나이가 되자, 어디서 어떻게 살았는지도 모를 친척들이 나타나 U어패럴을 물려받겠다며 부부의 집을 허락도 없이 드나들고 있었다. 심지어 본 적도 없는 얼굴을 들이밀며 조카라 주장하는 사람도 있었다. 그리고 그런 욕심은 조 회장 쪽 친척들뿐만 아니라, 윤 여사의 친정에서도 마찬가지였다. 혹여 그 과정에서 남편이 젊음을 고스란히 바친 U어패럴이 소송으로 얼룩져 갈기갈기 찢어질까 윤 여사는 걱정이 태산 같았다. 그런데 이제 아무도 뭐라 할 수 없는 조 회장의 친자식이 나타났던 것이다. 더구나 세계적으로 유명한 패션스쿨을 졸업해 남편을 도울 실력까지 갖추고 있다 하니, 윤 여사는 뒤늦게라도 다행이라 생각하기로 마음먹었던 터였다.

"하지만 가장 큰 이유는 위기에 있는 회사를 너에게 물려주고 싶지 않았기 때문이란다."

조 회장이 던진 뜻밖의 말에 승원은 의아하다는 눈빛을 보였다. U어패럴이 어렵다는 얘긴가?

"2년 전, 채권단에서 이사회를 설득해 최후통첩을 해 왔었다. 1년 안에 매출을 두 배로 끌어올리지 못하면, 법정관리를 신청한다고 말이다. 당시 내가 회사를 너무 확장했던 탓에 부채가 많았지. 설상가상 중국 쪽으로 옮긴 생산 공장이 화재로 무너지면서 생산량이 급격히 줄어 회사가 정말 어려웠었어."

승원은 전혀 몰랐던 얘기였다. 2년 전이었으면 그가 파슨스를 졸업하고 폴 스미스에 입사하려 했던 때였다. 사실 졸업하면 서울로 들어가야 하나 고민하던 중 U어패럴이 준우를 스카우트했다는 얘기를 듣고 이유 모를 배신감에 치를 떨던 때였다.

"안 그래도 해 준 것 없는데, 하나밖에 없는 아들에게 흔들리는 회사를 넘겨주라고? 오자마자 채권단에 굽실거리고, 이사회에 허리를 숙여야 하는 자리를 너에게 물려주라고? 어림도 없는 소리! 다시 잘 키워서, 탄탄하게 만들어서 주고 싶었다. 이런 회사 따위가 그동안 받았던 너의 아픔이나 괴로움을 다 위로해 줄 순 없겠지만, 그래도 난 그렇게라도 늦었지만 아비 노릇을 하고 싶었다. U어패럴은 내가 가지고 있는 모든 것이었으니, 내 모든 것을 아낌없이 다 주고 싶었다. 그래서 한준우 본부장을 찾아갔다. 그 녀석이라면 제 아버지를 생각해서라도 이 회사가 남에게 넘어가는 걸 보고만 있지는 않을 거라고 믿었다."

준우가 S패션과 연관이 있다는 건 조 회장도 이미 알고 있는 모양이었다. 그렇다면 준우의 생각은 무엇이었을까? 왜 자신에게 조 회장의 마음을 미리 전해 주지 않았던 걸까? U어패럴을 통해 준우가 얻으려는 것은 과연 무엇일까? 어느새 준우에 대한 의문들로 가득 채워진 승원의 머릿속은 그 답을 찾기 위해 빠르게 돌아가고 있었다. 승원이 인상을 찌푸리자, 조 회장이 걱정스러운 표정으로 입을 열었다.

"돌아와라. 돌아와서 네 자리 찾아."

조 회장은 강요가 아닌 부탁으로, 그리고 진심을 담아 그의 아들에게 자신의 곁에 남아 달라 애원하고 있었다. 순간, 승원의 대답을 기다리며 조용해진 방 안에 갑자기 노크 소리가 들려왔다. 급한 일이 아니면 어떤 방해도 하지 말라 지시했었기에 조 회장은 도대체 무슨 일인가 싶어 짐짓 긴장했다. 곧 송구스러운 표정으로 들어선 비서실장이 고개를 숙여 인사를 한 뒤, 조 회장의 곁으로 다가가 뭔가 조용히 보고를 마치고 다시 빛보다 빠르게 방을 빠져나갔다.

승원은 기분이 좋지 않았다. 회사에 안 좋은 일이 일어난 듯했다. 불과 한 시간 전이었으면 U어패럴은 자신과 상관없다며 무시했을 텐데 아버지란 사람과 한 끼 식사를 함께 하고, 마음을 터놓고 대화를 나누고 나니 승원은 저도 모르게 신경이 쓰였다. 어두워진 조 회장의 얼굴을 보니 승원의 마음도 편치 않았다. 결국 조 회장과 자신은 이렇게 되는 것인가 싶어 씁쓸한 웃음이 입가에 감돌고 있었다.

"무슨 일이세요?"

승원의 질문에 조금 놀랐다는 듯 조 회장의 눈이 커졌다. 오랜 연륜으로 그는 승원의 마음에 어떤 변화가 생겨났다는 것을 알아챘으리라. 조 회장은 기쁜 내색을 애써 감추며 한숨을 내쉰 뒤 승원의 물음에 답했다.

"디자인이 유출됐다는구나."

조 회장의 말에 승원은 놀라움을 감추지 못했다. 디자인이 유출되었다니, 어떤 브랜드의 어떤 디자인을 말하는 것인지 궁금한 모양이었다.

"옴므와 뮤즈에서 추가로 생산할 예정이었던 디자인들이 S패션의 새 시즌 프레젠테이션에 출시되었고, 이 모든 걸 한준우 본부장이 넘겼다는데, 이게 대체 무슨 일인지……."

조 회장은 아직 사태를 다 파악하지 못했는지 고개를 갸웃하며 얼굴을 찌푸리고 있었다. 그 앞에서 승원은 머릿속에 떠오른 여러 가지 생각을 정리하며 사태를 이해하려 애쓰고 있었다. 뮤즈까지는 모르겠지만 옴므에서 추가로 생산할 디자인이라면 지애의 것이 분명했다. 그리고 뮤즈와 옴므의 디자인 모두에 접근할 수 있는 사람은 준우밖에 없었다. 승원이 보기엔 준우만이 그런 일을 벌일 힘도, 이유도 있는 사람이었다.

승원의 가슴이 무섭게 뛰기 시작했다. 그는 미간을 찌푸리며 자신의 턱을 쓰다듬었다. 이것은 뭔가 마음에 들지 않는 것이 있을 때 나타나는 승원의 버릇으로, 그는 어쩌면 앞으로 후회하게 될지도 모를 일에 대해 고민하고 있었다. 그리고 잠시 후, 승원은 결심을 굳혔다는 듯 조 회장을 향해 입을 열었다.

"한준우를 어디까지 믿으시는 거예요?"

오랫동안 그 무게를 가늠하지 못했던 승원의 마음속 저울이 아버지, 조 회장에게로 기운 순간이었다.

패션은 사라지지만 스타일은 영원하다
- 가브리엘 샤넬

 회사가 어수선하게 돌아가고 있었다. 뮤즈와 옴므의 디자인이 유출되었다는 소문에, 그 디자인이 경쟁사인 S패션의 새 시즌 상품으로 출시될 뻔했다는 이야기로 U어패럴이 들끓고 있었다. 그리고 그 배후의 인물로 한준우 본부장이 거론되었다. 그가 S패션 창업주의 아들이었다는 놀라운 소식에, 얼마 전 서울지검 특수 수사부의 검사 하나가 강렬한 포스를 풍기며 한준우 본부장을 찾아왔었다는 이야기가 더해져 직원들 모두가 며칠째 술렁이고 있었다. 뉴욕 출장으로 그가 1주일 동안 자리를 비운 것도 걷잡을 수 없이 소문을 키우게 된 이유 중 하나였다.
 수현은 복잡한 마음과 망설임 속에서 본부장실 앞에 서 있었다. 기나긴 1주일 동안의 출장을 마치고 돌아온 준우가 제일 먼저 호출한 사람이 그녀였기 때문이었다. 준우는 뉴욕의 바쁜 일정 속에서도 서수미 팀장에게 전화해 드레스 반 노튼과의 콜라보레이션 컬렉션을 봄에 오픈하는 플래그십

스토어에 전면적으로 배치할 것이니 지난번 프레젠테이션을 도왔던 설치 미술가와 함께 매장 디스플레이 계획을 짜 놓으라고 지시했었다. 그리고 서 팀장은 그 일을 경험자인 수현에게 맡겼다. 하여, 준우는 서울에 도착하자마자 진행 과정을 보고받고 싶다며 담당자를 불러올린 것이었다.

지난 1주일 동안 수현의 마음은 혼란 그 자체였다. 하지만 그녀의 마음이 어수선한 이유는 회사일과는 관계가 없었다. 수현은 준우가 디자인을 유출할 사람이 아니라고 확신하고 있었다. 그는 아버지의 회사가 무너지고 나서 디자인도 중요하지만, 그 이상으로 비즈니스도 중요하다는 것을 실감했다고 말했었다. 나아가 아버지의 오랜 바람처럼 전 세계 사람들이 열광할 수 있는 최고의 제품과 브랜드를 만들고 싶다던 그였다. 그 회사가 S패션인 줄은 몰랐지만, 회사가 다른 사람 손에 넘어감으로써 경영진과 직원들이 얼마나 힘든 시간을 보냈는지 직접 목격했던 준우가 S패션을 살리자고, U어패럴을 버리는 일을 제 손으로 할 리는 없지 않은가. 준우는 자신이 본부장으로 있는 한은 어떤 강한 바람에도 흔들리지 않는 U어패럴을 만들기 위해 최선을 다할 사람이었다. 이번 일과는 별개로 수현이 그의 마음을 확신하지 못한 사건은 따로 있었다. 그녀는 한숨을 크게 내쉬며 마음을 다잡은 뒤, 주먹을 동그랗게 말아 쥐고 가볍게 노크를 했다. 이내 들려온 준우의 대답이 끝나기도 전에, 그녀는 문을 열고 본부장실로 들어갔다.

"잘 지냈어요?"

환한 미소와 함께 낮지만, 부드러운 울림의 목소리가 수현을 반겨 주었다. 그녀는 자리에서 일어서 자신에게 다가오는 준우의 얼굴을 살펴보았다. 디자인 유출이라는 대형 사고를 쳤다는 사람치곤 편안한 얼굴이었다. 수현 역시 그를 향해 미소를 지어 보였다. 지난 며칠 동안 그녀를 어딘가 모르게 불안하게 만든 사람이었지만, 그래도 얼굴을 보니 좋았다.

"분신술이라도 쓰시는 거예요?"

수현의 뜬금없는 질문에 준우의 눈썹이 휘어져 올라갔다.
"아니, 뉴욕에 계신 분이 경쟁사에 디자인도 넘기셨다기에요."
그리고 인천공항에서 김수희 씨를 에스코트도 하시고, 비행기도 함께 타고 뉴욕에 가셨더라고요, 라는 말은 속으로 삼켰다. 뉴욕으로 나가는 날 인천공항에서 준우와 수희가 함께 찍힌 사진이 인터넷상에서 화제가 되었었다. 모델 같은 비율에 조각 같은 얼굴을 자랑하는 준우를 두고 수희의 애인이니 밀월여행이니 말들이 많았지만, 뉴욕에서 열리는 패션 관련 행사 때문에 함께 출국했다는 소속사의 발표에 하나의 해프닝으로 일단락되었다. 하지만 그 후로도 수현의 마음은 롤러코스터를 타고 있는 것처럼 불안했다. 메트로폴리탄 전시회 프리뷰에 김수희와 함께 참석한다는 얘기는 듣지 못했었는데, 회사일이라 따로 얘기하지 않았던 것인가? 지난번에도 찰스를 비롯한 직원들이 준우와 수희를 두고 선남선녀라 말하며 잘 어울린다고 호들갑이었는데, 나 역시 준우와 잘 어울린다고 사람들이 얘기해 줄까? 준우는 나를 앤트워프에서 온 Sue라고 많은 사람들에게 알렸으면서, 왜 나와의 관계는 공개하지 않는 거지? 꼬리에 꼬리를 물며 이어지는 생각에 없어졌던 불면증이 다시 생겨났을 정도였다. 준우와 함께 있는 다른 여자를 볼 때마다 마음이 서걱거렸고, 혹시나 자신은 그 옆에 서기에 부족한 게 아닌가 싶어 수현은 쓸데없이 초조했다. 모든 것엔 장단점이 있다더니, 연애란 것도 마찬가지였다. 게다가 연애가 처음인 수현은 자신도 모르게 자라나는 오해와 질투가 어렵고 불편했다.
"내 전화, 왜 안 받았어요?"
수현의 어깨를 가볍게 끌어안으며 준우가 물었다. 토끼같이 빨간 눈을 하고 올려다보는 그녀를 보니 그동안 일이 너무 많았나 싶어 안쓰러운 마음이 들었다. 하긴, 최근 뮤즈의 일 대부분이 수현의 손을 거쳐야 하는 상황이니 어쩔 수 없는 결과였다.

"전화요? 아하, 그 부재 중 전화가 다 본부장님 전화였구나."

수현은 준우와 함께 햇빛이 잘 들어오는 창가 쪽 소파로 가 앉으며 몰랐다는 듯 가볍게 말을 던졌다. 처음 몇 번은 정말 못 받았다. 그러지 않아도 바빴는데, 매장 디스플레이까지 구상해야 해서 수현은 몸이 열 개라도 부족할 지경이었다. 하지만 나중에 몇 번은 발신인이 준우라는 걸 알면서도 받을 수가 없었다. 그저 멍하니 액정화면에 뜬 번호만 응시했을 뿐이었다. 아마도 전화기 너머에서 다른 여자의 목소리가 들려올까 걱정이 되었던 것이리라.

"다시 걸어 볼까 싶었는데, 주무시거나 바쁘실까 봐 참았어요. 거기 비비안 웨스트우드랑 칼 라거펠트도 왔었다면서요? 21세기가 낳은 최고의 디자이너인 칼 할아버지랑 악수하시는 데 제 전화가 방해하면 안 되잖아요. 하하하하!"

별로 믿음이 가지 않는 변명들을 늘어놓으며 수현이 어색한 웃음소리를 내뱉었다. 준우는 한 손으로 수현의 허리를 당겨 안으며 다른 손으로는 그녀의 턱을 부드럽게 잡아 자신을 바라보게 들어올렸다. 준우와 시선이 마주하자 수현의 종알거리던 입이 멈추었다. 그의 눈빛에는 그녀가 전화를 받지 않은 것에 대한 서운함과 1주일 사이 얼굴이 많이 상한 그녀를 향한 애틋함이 어려 있었다.

"다음부터는 전화 꼭 받아요. 못 받았으면, 아무 때나 전화 좀 주고요. 정말 걱정된다니까."

준우가 엄지손가락으로 수현의 입가를 문지르며 얼굴을 내리자 수현은 그가 키스하려 한다는 걸 알 수 있었다.

"지금, 이럴 때가 아니에요."

수현은 두 손으로 그의 가슴을 밀어내며 주변을 두리번거리고 있었다. 오빠가 다시 나타날까 봐 걱정이라도 되는지 바싹 긴장해 있는 수현을 향

해 준우가 슬그머니 웃으며 말했다.

"그럼 언제 이럴 건데요?"

언제 이럴 거냐고? 그야 이따 어두컴컴한 야심한 밤에 단둘이 오붓한 공간에서…… 꺄악! 얼굴이 발개진 수현이 어쩔 줄 몰라 하자 준우는 피식, 웃음을 내뱉고는 하려던 일을 시작했다. 그러지 않아도 머릿속으로 지난 시간들을 리플레이하며 가슴을 들썩이던 수현이었기에 그녀는 저도 모르게 입술을 열고 그를 맞이하고 있었다. 일말의 망설임 없이 들어오는 준우의 혀가 달콤하다는 생각이 들기도 했다.

"아, 사내연애는 금지시켜야겠어. 나만 해도 수현 씨가 같은 건물에 있다고 생각하면, 일이 손에 잡히질 않아요."

솜사탕 같은 입맞춤을 잠시 멈춘 준우가 달아오른 숨결을 감추지 않으며 장난스럽게 투덜거렸다. 일이 손에 잡히지 않아 대신 수현의 가슴이라도 잡고 있으려는 건지 그의 손이 그녀의 티셔츠를 밀어 올렸고, 그의 입술은 다시 그녀의 목덜미로 내려앉았다.

"하아."

수현의 입에서 신음이 터져 나왔다. 1주일 만에 얼굴을 본데다 목소리도 들려주지 않은 그녀에게 벌이라도 주려는 듯, 준우는 거세게 밀어붙이고 있었다.

"하아, 여기…… 사, 사무실이에요."

준우가 잊고 있는 것 같아 수현은 그들이 어디에 있는지 알려 주며 멈추라고 애원했다. 그 소리에 그가 후후, 하고 웃는 것 같기도 했다.

"걱정 말아요. 내 사무실이에요."

뭐가 그렇게도 재미있는지 계속해서 웃고 있는 준우를 향해 수현이 조심스럽게 회사의 근황을 전했다. 너무나 태연한 그의 모습을 보니, 혹시 아직까지 소식을 듣지 못했나 싶기도 했던 탓이었다.

"디자인 유출, 본부장님이 했다는 얘기가 돌고 있어요."

순간 준우가 수현을 물끄러미 바라보았다. 그러지 않아도 그 일로 조 회장과 점심 약속이 되어 있었다. S패션 쪽에서 어찌나 일을 빨리 진행했는지, 조 회장에게 보고도 하지 못한 채 출장을 갔던 그는 이 일로 조금 난처해진 상태였다. 하지만 속사정을 알지 못한 수현은 들리는 소문에 준우를 향한 걱정을 보태며 더욱 잠을 이루지 못한 모양이었다. 그녀가 왜 토끼같이 빨간 눈을 하고 있는지 혼자만의 추리를 끝낸 준우는 뭔가 비밀이라도 전한다는 듯, 수현의 귓가로 다가가 부드럽게 속삭였다.

"나 맞아요."

수현의 눈이 동그랗게 커졌다. 그녀는 분명 자신이 잘못 들은 것이라 생각하며 아무 말도 하지 못한 채 눈만 껌뻑거리고 있었다. 준우는 그런 그녀를 향해 빙긋이 웃으며 다시 한 번 입을 열었다.

"나 맞긴 한데, 나 아니에요."

뭐냐, 이 사람? 맞는데 아니라니? 수현은 그의 모순적인 대답을 어떻게 생각해야 하나 살짝 미간을 찌푸렸다.

"수현 씨는 그런 거까지 신경 쓸 필요 없어요."

수현의 깊고 동그란 두 눈 사이에 그려진 얕은 주름이 맘에 들지 않는다는 듯, 그 사이에 가볍게 입을 맞춘 준우는 다시 그녀의 양 볼과 코에도 차례로 입을 맞췄다. 수현은 이제 신경 쓰고 싶어도 쓸 수가 없게 되어 버렸다. 부드러운 미소와 함께 준우의 입술이 그녀의 입술을 머금자 가슴이 두근거리며 얼굴이 뜨거워졌다. 그의 깊어지는 키스에 수현은 속절없이 빠져들었다.

'내가 미쳐.'

한참 후에 본부장실에서 빠져나온 수현은 누가 볼까 봐 주변을 두리번

거리고는 개발실 옆 원단 창고로 들어갔다. 그러고는 한쪽 구석에서 뒹굴고 있는 원단 뭉치를 급하게 집어 올려 손으로 길게 찢고는 자신의 목을 칭칭 감았다. 누가 봐도 어울리지 않는 우스꽝스러운 스타일링이었지만, 그녀에겐 별다른 선택의 여지가 없었다. 수현은 원단 창고를 빠져나와 빠르게 디자인실 쪽으로 걸음을 옮겼다. 예상보다 자리를 너무 오래 비웠다.

"자기야, 그 얘기 들었어?"

갑자기 들려온 목소리에 수현이 흠칫 놀라 고개를 돌려보니, 어디서 나타났는지 찰스가 그녀의 옆에서 함께 걷고 있었다. 그는 마치 처음부터 함께였던 것처럼 그녀와 발까지 맞춰 가며 나란히 디자인실을 향하고 있었다. 그러면서 찰스는 뭔가 비밀스러운 얘기라도 전한다는 듯 상기된 표정으로 수현을 향해 입을 열려다, 그녀의 목에 감긴 정체불명의 기다란 원단을 목격했다. 얼굴을 잔뜩 찌푸린 찰스는 정말 모르겠다는 표정이었다.

"목에…… 그게 뭐야?"

뭐긴 뭐겠어. 준우가 지난 1주일간의 이별의 아쉬움을 어찌나 성의 있게 표현했던지, 수현의 하얀 목덜미엔 다가오는 봄을 맞이하여 울긋불긋 꽃이 피어 있었다. 그래서 급하게 원단 창고에 들어가 제일 먼저 눈에 들어온 원단으로 목을 감춘 것이었다. 그러면서 수현은 생각했었다. 준우를 믿자고. 그 스스로도 얘기했듯이 일이 손에 잡히지도 않을 정도로 수현을 신경 쓰고 있었고, 이렇게 며칠 보지 못한 사이 서로를 너무나 그리워하고 있었다면, 그 마음으로 충분하다며 스스로를 다잡았다. 다른 것은 필요 없었다. 준우가 자신에게 주는 마음만 받고, 그가 자신에게 보여 주는 모습만을 믿기로 했다.

"그 머플러…… 마감 처리가 좀 독특하다?"

찰스는 아마 마음에 들지 않는다는 말을 독특하다고 에둘러 표현했을 터였다. 그에게 머플러라 인정받은 것은 그냥 급하게 손으로 찢어 마감 처리라고 할 것도 없이, 실밥이 길게 늘어져 있는 모양이었다. 예전 같았으면 당장 그 넝마 같은 원단 쪼가리를 냉큼 풀라 엄명을 내리며 그녀에게 백전백패의 무기를 들고 출근했다고 빈정거렸겠지만, 수현이 앤트워프의 Sue라는 것을 알게 된 이상 찰스는 함부로 판단할 순 없다고 제 나름의 결론을 내린 모양이었다.

"자기 생각엔 올봄에 그렇게 촌……, 아니 경쾌한 머플러가 유행할 것 같아?"

찰스는 촌스럽다고 말하려 했던 것이리라. 하필이면 수현의 눈에 처음 들어온 것은 데님 원단이었고, 목을 감추려고 감았던 그것이 목을 더 강조하는 모양새가 되어 있었다. 올봄에 데님이 유행할 것 같으냐고? 사실 데님처럼 대중적이면서도 제 가치를 인정받지 못하는 원단도 없을 것이다. 군대에서 사용하던 천막 천에서 유래되었다는 그 태생적 한계 때문에 머스트 해브 아이템이면서도 고급스러운 소재로는 인식되지 못하고 있었으니까. 하지만 이제 데님은 드라마틱한 신분 상승을 눈앞에 두고 있었다. 진주로 장식한 데님 소재의 튜브드레스를 선보인 샤넬과 가공하지 않은 데님 소재의 톱과 스커트에 모피스톨을 더해 여성스러운 룩을 완성한 미우미우에 이르기까지, 여러 패션하우스들이 앞을 다투어 데님의 고급화에 앞장섰으니 말이다. 하지만 아무리 그렇다 해도 올이 숭숭 풀린 데님 쪼가리의 머플러는 아직 시기상조가 아닐까. 찰스도 이건 정말 아니다 싶었는지, 계속해서 마음에 들지 않는다는 표정으로 수현의 목을 힐긋거렸다. 할 말이 있다며 다가왔던 처음의 목적은 안드로메다로 날려 버린 그는 원래부터 할 말이 이것이었다는 듯, 다부진 표정으로 결심을 굳혔다.

"내가 앤트워프의 Sue한테 이런 말을 한다는 게 조심스럽긴 하지만, 그 머플러는 좀 아닌 것 같아."

찰스에게선 '독도는 우리 땅'이라 외치는 것처럼 할 말은 해야 한다는 결

연한 의지가 엿보였다.

"머플러는 그냥 두르기만 해도 기본적으로 멋진 아이템이 되는 건데……."

찰스는 잠시 말을 멈추고 수현을 머리부터 발끝까지 빠르게 훑어 내렸다.

"자기처럼 그런지한 워싱티에 볼드한 네클리스를 연출한 뒤, 또다시 머플러를 두르는 건 너무 과한 것 같지 않아?"

수현은 오늘 하늘빛 청바지에 카키가 베이스인 워싱티를 입고 크리스털 장식이 달린 금빛의 두께감 있는 목걸이를 걸고 있었다. 그녀의 스타일을 한 마디로 표현하자면, '야근 모드'였다. 일하기 편한 면 티셔츠에 물 빠진 청바지를 입고 야근도 불사하겠다는 의지를 나타낸 것이었다. 다만, 빈티지한 티셔츠의 목 부분이 너무 늘어진 탓에 너절해 보일까 걱정이 된 수현은 반짝반짝 빛나는 주얼리로 마무리해 시선을 분산시켰다.

"머플러를 하고 싶었으면, 네클리스를 얇은 체인의 러블리한 것으로 선택했어야지. 그런데다 자기의 그 데님 머플러는……."

찰스는 앤트워프의 Sue가 내세운 오늘의 콘셉트가 정말 안쓰럽다는 듯 고개를 가로저었다.

"요즘 데님의 스타일링 팁이 아무리 데님은 데님끼리 입어야 한다지만, 청바지에 청 머플러는 너무 끔찍한 것 같아."

오호, 확실히 찰스는 스타일링 쪽으로는 감각이 있어 보였다. 데님은 입는 사람과 방법에 따라 다양한 스타일을 연출할 수 있지만, 이번 시즌 데님의 스타일링은 확실히 '데님 더하기 데님'이었다. 청재킷에 청바지는 자칫하면 촌스러운 스타일로 보일 수 있었지만, 이상하게도 올 시즌은 그런 과한 코디법이 데님을 연출하는 주요 포인트가 되었다. 어찌 보면 수현 역시 급하게 두른 데님 쪼가리가 청바지와 만나 결과적으로 '데님끼리'라는 확실한 결속력을 연출한 셈이었다. 하지만 실밥이 늘어진 모양새와 함께 목에 걸린 화려한 네클리스가 찰스의 눈에는 문제가 되는 것이리라.

"기분, 나쁜 건 아니지?"

수현은 저도 모르게 피식, 웃음을 지어 보였다. 자신 있게 일장 연설을 늘어놓은 뒤 눈치는 왜 보는 것인지. 항상 엉뚱하고 귀여운 매력으로 그녀에게 웃음을 주는 찰스였기에 앞으로도 그 때문에 기분 나쁠 일은 없을 거라는 생각이 들었다.

"아까 하려던 말은 뭐였어요?"

"아, 맞다."

수현의 질문에 안드로메다로 날아갔던 목적을 끌어온 찰스는 원래 하려던 말이 뭐였는지를 깨닫고는 서둘러 입을 열었다.

"디자인 유출 말이야……."

찰스가 말을 잇지 못하고 잠시 얼굴을 찌푸렸다. 평소의 그답지 않게 무척이나 신중한 모습이었다.

"그거 우리 디자인 아닌 것 같아."

으음? 이건 또 무슨 소리인가? 사실 수현은 준우가 한 일이 아닐 것이라 확신했었기 때문에 어떤 디자인이 유출됐는지 관심도 없었다. 또한, 뮤즈의 디자인이 유출되었다는데 서 팀장은 별일 아니라면서 무시했고, 옴므의 송지애 팀장은 개인적인 사정을 이유로 며칠간 휴가를 신청하여 사무실을 비운 상태였다. 디자인 유출이라는 엄청난 사건이 벌어졌는데도, 두 브랜드 팀장들의 태도는 이상할 정도로 태연했었다. 수현은 이어지는 찰스의 이야기를 들으며 그 이유를 알 수 있었다. 그와 머리를 맞댄 채 집중하는 그녀의 얼굴에선 놀라움이 가득한 묘한 미소가 떠올랐다.

서울에 들어와 처음으로 맞이하는 휴가였다. 옴므의 팀장을 맡아 매 시

즌 새로운 제품들을 출시하고, 맞춤복 라인까지 성공적으로 론칭시키며 쉴 틈 없이 일했던 지애에게는 가뭄 끝 단비와 같이 꼭 필요한 충전의 시간이었다. 그렇다고 쉬기만 하기 위해 휴가를 신청했던 것은 아니었다. 계획했던 일을 위해 준비해야 할 것들이 많았던 그녀는 휴가를 알차게 쓰려고 마음먹고 있었다. 하지만 그 계획 속에 승원을 만나는 일은 포함되어 있지 않았는데 지금 그녀의 눈앞에서 왔다 갔다 어슬렁거리며 한숨을 내쉬는 이가 승원인 걸 보면, 첫날부터 지애의 스케줄은 완전히 어긋나 버린 듯 보였다.

아침 일찍 지애의 오피스텔로 찾아와 그녀의 단잠을 깨워 놓고도 승원은 별로 미안한 기색을 내보이지 않았다. 그도 그럴 것이었다. 승원이 준우에게 한 일에 비하면 휴가 중인 친구의 달콤한 늦잠을 깨워 버린 일 따위는 별로 대수롭지도 않을 테니 말이다. 아니, 이제는 ex-친구라고 해야 하나? 어색했던 지애의 고백 이후 서로가 필요한 말만 간단히 주고받는 사이가 되었지만, 아침부터 찾아온 승원을 향해 그녀는 다 안다는 눈빛을 보내며 아무 말도 없이 거실을 내어 주었다. 왜 찾아왔느냐는 타박도 없었다. 그저 냉장고 문을 열고 줄지어 서 있던 맥주 한 병을 꺼내 던져 줬을 뿐.

"내가 준우 형을 못 믿었다니……."

승원은 한 시간이 다 되도록 저 말만을 반복하고 있었다. 헛웃음과 함께 나오는 그의 목소리는 씁쓸하게까지 느껴졌다. 왜 아니겠는가. 10년 가깝게 친형처럼 믿고 따랐던 준우를 한순간에 디자인이나 팔아 넘기는 파렴치한으로 내몰았으니, 지금 그 속이 말이 아닐 터였다.

"준우 오빠뿐만 아니라 나까지 못 믿은 거지."

결국 지애가 한 소리 보태자, 승원은 자신이 언제 그랬느냐는 표정이었다.

"준우 오빠를 의심했으면, 가장 먼저 나랑 의논했어야 하는 거 아냐? 우리 셋이 어떤 사이었는데. 옴므 디자인도 넘어갔다고 하니까, 내가 넘겨준 것 같았어? 너한테 거절당한 보복으로?"

이야기가 또 그렇게 되는 것인가? 승원은 마른세수를 하며 자리에서 일어나 냉장고 쪽으로 향했다. 아무래도 오늘 지애의 집에 있는 맥주는 모두 그의 손에서 장렬히 전사할 운명인 듯싶었다.

"넌 언제부터 알고 있었어?"

"처음부터."

승원이 뭔가 설명을 바란다는 눈빛으로 지애를 바라보자, 그녀는 어깨를 으쓱하며 그의 곁으로 와 손을 내밀었다. 그녀 역시 한 병 꺼내 달라는 의미라는 걸 알아챈 승원은 손에 쥐고 있던 기네스 대신 그녀가 즐겨 마시는 호가든을 꺼내 뚜껑을 돌려 딴 후, 병째로 넘겼다. 이렇게 심각한 상황에서도 지애의 냉장고에 자신이 좋아하는 기네스가 있다는 사실이 승원의 마음을 차분하게 진정시켰다. 냉장고 속의 맥주처럼 그 역시도 아직은 그녀에게 아웃당하지 않은 것 같다는 생각에 안도감마저 들고 있었다.

"준우 오빠랑 나, 서울 오던 해에 S패션 35주년 기념파티가 있었어. 경쟁사이긴 하지만, 인사도 하고 얼굴도 알릴 겸 갔었거든. 뭐, 사실 이쪽 필드의 분위기를 알아보러 갔었다는 게 정확한 이유였겠다. 그때 알았어. 오빠네 돌아가신 아버님이 S패션 창업주셨다는 걸. 그 파티만 아니었다면 준우 오빠도 굳이 나한테 그 사실을 알려 주진 않았을 것 같아. 원래 그런 사람이잖아."

그래. 준우는 원래 불필요한 설명은 하지 않는 사람이었다. 더군다나 돌아가신 아버지의 예전 회사까지 입에 올리며 자신을 포장하는 건 그와 거리가 멀었다. 결국 준우에게 가졌던 의심과 질투는 그에 대한 못미더움이 아닌, 자신의 부족함에서 왔다는 걸 이제야 깨달은 승원이었다.

"파티장에서 만난 부회장이란 사람이 준우 오빠 아버님의 오른팔이었지만, 결국 회사를 넘기는 데 앞장섰던 모양이더라고. 그 덕에 지금까지도 부

회장 자리를 차지하고 있는 거겠지. 그래서인지 준우 오빠가 U어패럴을 맡았다는 얘기에도 별다른 반응이 없었어. 축하한다는 말은커녕 그냥 귀찮아하는 것처럼 보였거든. 경험도 부족하고 나이도 어린 놈이 뭘 어쩌겠냐며 무시하는 것 같기도 했고, 대수롭지 않게 생각하는 것 같았어. 그 뒤로는 별로 만날 일도 없었던 것 같고."

지애는 잠시 말을 멈추고 건네받은 맥주를 시원하게 들이켰다. 공복에 알코올이라니. 해장술은 묘시, 즉 아침 6시 즈음에 마시기에 묘주라고 부른다던데, 지금은 정오가 가까워지고 있으니 이건 오주인가? 승원과 단둘이었으면 아직도 어색했을 것 같은데, 그나마 술이 들어가니 긴장이 풀리는 것 같았다.

"그런데 옴므 성공하고 오빠가 국내 패션계의 다크호스로 떠오르자, 그쪽에서 연락을 해 왔던 모양이더라고."

"S패션으로 옮기라고?"

"아니. 웃기는 건 S패션에서 준우 오빠를 스카우트하기 위해 연락한 건 또 아니었다는 거야. 그 부회장인가 뭔가 하는 사람이 S패션 내에서 점점 입지가 좁아지니까, 디자인 하나만 넘겨 달라고 협박 아닌 협박을 했던 모양이더라고."

승원은 미간을 살짝 찌푸렸다. 준우가 협박을 받을 이유는 또 뭐란 말인가? 오랜 시간을 함께해 왔던 사이인 만큼, 지애는 승원이 어떤 점을 궁금해하는지 알아챘다는 듯 덧붙여 설명했다.

"S패션에 이중장부가 있었던 모양이더라고. 실제 매출금액과 신고금액이 달랐던 거지. 난 잘 모르겠는데, 오빠 말로는 그런 경우엔 국세청에서 그 사실을 안 시점부터 10년 동안 계속 추징할 수 있는 권리가 생긴다나 봐."

승원이 고개를 끄덕였다. 기업에서 영수증을 위조하거나, 이중장부를 작성해 매출을 고의적으로 누락시키는 행위 등을 하게 되면 괘씸죄가 적용되어 어마어마한 금액의 세금을 추징당하게 되어 있었다.

"그런데 그걸 준우 형 아버님이 지시했다고?"

"준우 오빠 형님이 그때 같이 경영에 참여했었는데, 어림도 없는 얘기라고 했대. 그걸 눈감아 줄 아버님이 아니셨다고. 그런데 그 부회장이란 사람은 오너가 시키지 않았으면 자기가 어떻게 할 수 있었겠느냐고 강하게 주장하더래. 준우 오빠 아버님이 지시했다고, 고인의 명예를 지키고 싶으면 자기가 요구하는 걸 넘기라는 식이었나 봐."

승원은 목이 타는 것을 느꼈다. 준우에게 그렇게 골치 아픈 일이 있었는지도 모르고, 자신이 앞장서 그를 곤란하게 만들었다는 사실에 명치끝이 꽉 막힌 것처럼 답답해졌다.

"더구나 그 긴 시간 동안 이중장부를 만들었다면 누락금액이 엄청날 테니 자기가 신고하면 S패션이 무너지는 건 시간문제라면서 아버지가 만든 회사를 꼭 그렇게 무너뜨려야겠느냐고 준우 오빠를 압박해 왔던 거지."

"그래서 지난 패션위크에 나왔던 디자인들을 그대로 넘겼다고?"

그랬다. S패션 프레젠테이션에 나온 제품들을 살펴보던 승원은 처음엔 그 디자인들이 너무나 눈에 익어 의아해하면서도 옴므의 디자인을 가져다 써서 그런가 보다 생각했다. 그런데 아무리 생각해 봐도 그건 지애와 함께 준비했던 새 시즌 추가 생산 건의 디자인이 아니었다. 추가 생산 품목의 디자인은 지애와 승원, 그리고 옴므의 디자이너들 모두가 서로의 디자인 노트를 돌려보며 회의를 거듭한 끝에 나온 것들이었다. 승원이 모르는 디자인은 있을 수 없었다. 어디서 봤는지 알 것 같으면서도 계속 답을 찾지 못하다가, 어젯밤이 되어서야 머릿속에 떠오른 생각에 얼마나 놀랐었는지……. 아니, 놀랐다는 표현으로는 부족했다. 승원은 S패션의 신제품들이 지난 패션위크에서 출시되었던 신예 디자이너의 컬렉션임을 확인하고는

경악했었다. 그리고 도대체 무슨 일이 벌어진 것인지 고민하느라 뜬눈으로 밤을 새웠지만 결국 자초지종조차 파악할 수가 없었다. 그런 마음으로는 조 회장의 얼굴을 볼 자신도, 준우의 얘기를 들을 자신도 없었던 승원은 그에게 해답을 줄 수 있는 유일한 사람이 지애라는 생각에 무작정 그녀를 찾아왔던 것이었다.

"어. 냉정한 한준우 씨는 S패션을 살리는 데는 별 관심을 두지 않더라고. 이미 자신의 손을 떠났다는 거지. 설사 이중장부가 사실이고, 그게 밝혀져 S패션이 어려워진다 해도 돌아가신 오빠의 아버님은 그에 대한 책임을 지고 순리를 따르길 원했을 거라 생각하더라고. 그리고 그 부회장이란 사람이 스스로 이중장부를 신고할 리도 없지 않겠느냐고 말했어. 그 나이에도 부회장직을 유지하겠다고 아들 같은 준우 오빠를 협박하는 욕심 많은 사람인데, 자기 자리를 걸고 그런 모험을 할 리가 없다는 거지."

적어도 한준우가 정에 이끌리는 사람은 아닐 것이라는 승원의 생각 하나는 맞은 셈이었다.

"그렇다고 가만히 있기는 또 싫었는지, 원하는 대로 해 주는 척하면서 크게 뒤통수 한 번 치자, 마음먹었던 거야. 사실 패션위크 컬렉션만큼 그 출처가 분명한 것도 없잖아. 그러니 우리 거라 넘겨줘 봤자, 이미 주인 있는 디자인이니까 나중에 알게 되거나 문제가 생겨도 S패션만 당황스러울 거라고 생각했지. 그쪽에서 뭐라고 할 거야? U어패럴의 한준우가 줬다고? 패션잡지 몇 권만 사서 들여다보면 얻을 수 있는 디자인들을 준우 오빠가 참조하라고 넘겨준 게 문제야? 그걸 받아서 이익을 보겠다고 똑같이 만들어 제품으로 출시한 사람들이 문제인 거지."

매년 두 차례 열리는 세계 4대 패션위크는 수많은 패션하우스들이 저마다의 헤리티지를 지키면서 새로운 스타일을 제시하고, 다가오는 시즌의 트렌드를 전망하는 자리였다. 세계 패션계 최대의 행사인 만큼 아무래도 그 무대에 올랐던 디자인은 국내 브랜드에 반영되어 신제품 출시에 영향을 줄 수밖에 없었다. 그런데 영감을 준 디자인들을 각자의 브랜드에 맞게 재해석하면 트렌드가 되지만, 디자인이나 소재를 그대로 가져다 쓰면 표절이 될 수 있었다. 그 경계가 모호하다는 점을 악용해 아예 유명 브랜드의 제품을 구입한 뒤, 상표와 단추를 교체해 사내 품평회 때 올리는 일은 패션업계에서 흔히 볼 수 있었다. 하지만 원가 문제나 브랜드의 특성에 맞춘다는 이유로 나름의 변화를 거쳐 출시되고 있었다. 이번 S패션처럼 디자인과 소재까지 똑같이 해 제품으로 출시하는 강심장을 가진 브랜드는 그동안 찾아볼 수가 없었다.

"대신 유명 패션하우스들보다는 상대적으로 대중들의 관심이 덜한 신예 디자이너의 컬렉션을 넘기자고 한 거지. 그것도 메인 디자인이면 너무 금방 알아챌 수가 있으니까, 기억하기 힘든 작품들 있잖아. 오프닝이나 엔딩 말고 사람들이 약간 지나치듯 넘어가는 순서에 있는 옷들로 장난 좀 쳐 보자 했던 거였어. 넘어간 뮤즈 디자인은 서 팀장님이 패션위크 사진을 그대로 일러스트로 옮겨 디테일들을 표시해 준비하셨고, 옴므는……."

지애의 말을 다 듣지 않아도 승원은 알 것 같았다. 옴므의 디자인은 서 팀장과 같은 방법으로 지애가 마무리지었겠지.

"근데, 우리는 당연히 출시 못할 거라 생각했거든. 그 사람들이 설사 속는다 해도 곧 알아챌 줄 알았지. 그래서 새 시즌 준비가 좀 늦어지겠구나, 정도로만 예상했었는데 일이 너무 재미있게 돌아가 버린 거야. 아니, 그거 누군가 한 명은 알아챘어야 하는 거 아냐? 아무리 인기 없는 브랜드의 지나가는 디자인들이었다 하더라도, 지난 패션위크에 올랐던 디자인을 그대로 넘겼는데 어떻게 아무도 모를 수가 있지? S패션이 무너지고 있는 데엔 다 이유가 있더라고."

지애는 어이가 없다는 표정이었다. 그리고 이어진 그녀의 말을 통해 준

우가 그 디자인들을 넘기면서 U어패럴보다 빨리 출시해야 한다고 S패션을 재촉하였다는 사실도 알게 되었다. S패션의 부회장은 준우를 믿었다기보다는 하루라도 빨리 출시해야 한다는 성급함에 그 디자인들을 미처 확인하지 못하고, 곧바로 샘플 제작을 지시, 기자들까지 모아 놓고 자신들의 디자인 표절을 공공연히 선포하였던 것이리라. 욕심 많은 S패션의 부회장은 한준우가 기획한 각본에 한 치의 어긋남도 없이 그대로 놀아난 꼴이었다. 그리고 여기 그런 사람이 하나 더 있지 않은가.

"결국 나까지 준우 형 손바닥 위에서 놀고 있었던 거네."

승원은 실소를 내뱉었다. 인정하고 싶지 않았지만, 준우는 역시 자신보다 한 수, 아니 몇 수는 더 앞을 내다보는 사람이었다.

"어. 너는 뜻밖의 수확이었다고나 할까?"

지애는 이 상황이 재미있어 죽겠다는 듯 깔깔거리며 큰 소리로 웃었고, 듣고 있던 승원은 짧게 한숨을 내뱉었다. 아무리 생각해 봐도 그동안 스스로의 행동이 참으로 어리석고 한심했다.

"조 회장님과 화해하길 바랐지만, 이렇게 빠를 줄은 몰랐거든."

지애는 '이럴 줄 알았으면, 진작 회사에 위기사항을 만드는 거였는데' 하고 작게 중얼거렸다. 그러면서도 어떻게 준우를 의심하고 회사에 소문을 퍼뜨릴 수가 있느냐며 승원을 흘겨보고 타박했다. 승원은 씁쓸하게 웃어 보였다. 그러게나 말이다. 분명 뭐에 홀린 것이 분명했다. 그러지 않고서야 어떻게 팀원들이 듣는 자리에서 지애를 향해 한준부 본부장이 디자인을 유출시킨 것이 맞느냐는 질문을 할 수가 있었겠는가. 그 순간, 지애가 벌레라도 본 것 같은 표정을 지으며 승원을 향해 혀를 찼지만, 이미 팀원들의 머릿속에선 한준우 본부장과 디자인 유출의 상관관계가 그려지고 있었고, 그렇게 소문은 걷잡을 수 없이 돌게 된 것이었다.

그리고 뒤를 이어 지애는 조 회장이 이 사건을 어떻게 그토록 빨리 알게 된 것인지 궁금해했다. 그 이유는 승원이 알고 있었다. S패션의 프레젠테이션이 끝나자 그곳에 참석했던 패션계 기자들은 새 시즌 상품들이 지난 패션위크의 작품들과 지나치게 닮아 있다는 점을 지적하였고, 부회장은 바로 자신의 실수를 알아차린 모양이었다. 그렇지만 그는 혼자 죽을 수는 없다고 생각했는지 마치 준우가 먼저 접근해 디자인을 넘겨준 것으로 조 회장의 비서실에 알려 왔다. 옴므와 뮤즈의 디자인이라 전해 주면서 빨리 출시하라고 지시했다며, 그 전에도 자주 그래 왔던 것처럼 S패션의 부회장은 준우를 매도해 버린 것이었다.

 승원은 조 회장으로부터 옴므와 뮤즈의 디자인이 동시에 유출되었다는 말과 함께 한준우가 거론되자, 정말로 그가 벌인 일이라 확신했었다. 반면에 조 회장은 절대 그럴 리가 없다고 단호하게 승원의 말을 무시했었다. 바로 전까지만 해도 아들을 만난 벅찬 감정을 토로하던 조 회장이었지만, 준우에 대한 믿음은 확고했다. 그러자 승원은 더 오기가 났다. 자신이 아닌 준우를 믿는다는 사실을 더 이상 용납할 수가 없었다. 그래서 깊이 생각하지도 않고 떠오르는 대로 얘길 시작했다. 밀려오는 화를 누르며 준우가 S패션의 아들인 것도 자신에겐 숨겼고, 조 회장의 마음도 알려 주지 않았다며 하소연했다. 자꾸 S패션 쪽과 연락을 하는 것 같다며, 지난번에 준우가 그쪽의 부회장을 만난 일도 언급했다. 승원은 이미 준우가 범인이라는 결론을 내놓고, 모든 이야기를 그 결론을 향해 짜 맞춘 것이었다.

 이어지는 승원의 얘기에 조 회장은 얼굴을 굳혔고, 결국 승원에게 한준우 본부장을 의심하는 것은 아니지만, 확인해 볼 필요는 있겠다고 낮은 어조로 말을 건넸었다. 그런 조 회장을 보며 승원은 S패션을 위해 잘해 보려 한다는 준우의 말까지 전하며 준우에 대한 의심을 더욱 키워 나갔다. 그런데 그의 잘해 보려 한다는 말의 의미가 결국 S패션에 고여 있던 썩은 물을 퍼내려 한다는 것이었던가.

"오빠는 네 얘기 듣고, U어패럴에 안 오려고 했었어."

결국 지애가 승원의 죄책감에 쐐기를 박았다. 지애의 입을 통해 알게 된 준우의 진심에 승원은 가슴이 답답해졌고, 눈앞은 캄캄해졌다.

"그런데 회장님이 부탁하시면서 너를 위해 와 달라고 하셨대. 너에게 튼튼한 회사를 물려주고 싶다고, 다 무너져 가는 U어패럴이 아닌, 모두가 최고라 말하는 그런 회사를 넘겨주고 싶다고 말씀하셨나 봐."

조 회장이 승원에게 했던 말은 진심이었고, 준우 역시 그 말에 설득당했던 모양이었다. 아마도 준우가 겪었던 과거의 일 때문이라도 조 회장의 부탁을 그냥 지나칠 순 없었으리라.

"그리고 나 역시도 처음엔 그래서 온 거였어."

"……."

"준우 오빠에 나까지 와 있으면, 네가 한국에 조금은 관심을 가질 것 같았어. 우리가 보기에 너는 너무나 위태로웠거든. 네 아버지란 사람이 너란 존재도 몰랐고, 20년이 지나서야 찾아왔지만, 그런 건 하나도 중요하지 않았어. 조 회장님이 너를 지켜 줄 수 있는 유일한 가족이라는 거, 그리고 너를 정말 애틋하게 생각하시고, 그게 진심이라는 거. 나는 그거면 충분했어."

승원이 시선을 돌려 지애를 응시했다. 그녀의 마음은 항상 그의 모든 것을 감싸기에 부족함이 없었는데, 왜 아니라고 발버둥 쳤는지, 왜 벗어나려고 외면했는지 후회가 들었다. 지금이라도 괜찮을까? 이젠 너무 늦은 게 아닐까? 조바심이 생겨났다.

"나한테 가족은 너였어."

"내가 왜? 가족이면 평생 봐야 하는데? 이젠 싫다, 그거……."

장난스럽게 내뱉는 지애의 말에 승원의 얼굴이 어두워졌다. 그런 승원의 표정을 외면하며 그녀는 말을 이었다.

"너의 마음 한구석에선 준우 오빠가 그런 일을 할 사람이 아니라는 걸 알고 있었을 거야. 설사 그런 일을 했다고 해도, 그럴 만한 이유가 있었을 거라고 생각했을 거고."

이제 지애는 승원의 죄책감을 덜어 주려는 게 분명했다. 하지만 승원은 씁쓸하게 웃었다. 그 어떤 핑계를 대도 자신의 행동을 옳은 일이었다고 생각할 순 없었다.

"그럴지도 모르지. 하지만 난 그 모든 사실을 외면했고, 형이 나에게 줬던 믿음을 의심했어. 아마도 문제가 생긴 틈을 이용해 조 회장에게 다가가고 싶었던 것 같아. 준우 형이 없어야 내가 조 회장의 곁에 설 수 있을 거란 말도 안 되는 생각을 했던 거지. 정말 유치하지 않아?"

"그만큼 절박했나 보지."

절박했다고? 십년지기 형도 버릴 정도로 자신이 무엇 때문에 절박했던 것인지 승원은 알 수가 없었다.

"네 마음이 조 회장님에게로 기운 건 아버지이기 때문이잖아. 준우 오빠가 그럴 사람이 아니라는 걸 알면서도 순간 의심했던 것 역시, S패션이 준우 오빠의 아버지가 만든 회사였기 때문이었던 거고. 그래서 다 이해가 되고, 용서가 되는 거야. 가족이니까. 그보다 더한 이유가 어디에 있겠어? 우리가 다른 것도 아닌, 가족을 우선시한다고 해서 누가 뭐라고 하겠니? 네게 조 회장님의 마음이 더 절박하게 필요했던 것도 이제 세상에 하나 남은 너의 가족이니까 그런 거잖아."

승원은 두 눈을 질끈 감았다. 정말 그런 것일까? 자신의 어리석은 행동이 가족을 얻기 위한 이유였다면, 준우에게 용서받을 수 있는 것인가? 그동안의 방황과 갈등, 그리고 치기 어린 행동들이 그 단어 하나로 모두 이해받을 수 있단 말인가? 아마도 승원은 그동안 자신이 생각했던 것보다 훨씬 더 외로웠던 모양이었다.

"그 일로 네 마음을 알게 되었으면 된 거야. 준우 오빠가 바랐던 건 그거 였을 테니까. 또 알아? 네 얼굴 보면, 잘했다고 등이라도 두드려 줄지."

승원은 씁쓸한 웃음을 내뱉었다. 준우라면 정말 그럴지도 모른다는 생각이 들었다. 아무렇지 않다는 듯 예전처럼 태연한 얼굴로 자신을 대해 줄 것 같았다.

"준우 오빠는 너무 걱정하지 마. 네 곁에 있을 거야."

승원은 문득 지애에게 묻고 싶은 것이 생각났다. 예전 같았으면 그 답을 확신했겠지만, 지금은 정말 알 수가 없는……. 그래서 더 망설여졌지만, 솔직한 그녀의 마음을 알고 싶었다.

"……지애, 너는?"

승원의 질문에 대답 대신 지애는 빈 맥주병을 휴지통에 던져 넣었다. 사각의 스테인리스 통에 떨어지는 둔탁한 소리와 함께 서로의 시선이 어긋났다. 자신에게 눈을 맞추지 못하는 지애를 보자 승원은 왠지 모르게 불안해졌다. 그녀를 바라보며 이렇게 서글픈 마음이 드는 것은 처음이었다.

전례가 없는 디자인 도용으로 S패션은 다가오는 S/S의 신제품 출시를 전면 중단하겠다고 발표했다. 표절한 디자인뿐만 아니라, 브랜드의 새 시즌을 모두 포기함으로써 이번 문제를 가볍게 넘기지 않고, 회사 차원에서 책임을 지겠다는 분명한 의지의 표현이었다. 더 나아가 인적 쇄신을 단행하겠다며 이 사건을 주도한 부회장을 불명예스럽게 사직시켰다. 준우의 바람대로 이제 S패션에 고여 있던 썩은 물은 사라지고, 맑은 물이 흐를 수 있는 새로운 길이 터진 셈이었다.

그리고 2월의 첫째 주. U어패럴은 청담동에 새롭게 오픈할 플래그십 스토어에서 뮤즈와 옴므의 S/S 상품과 관련하여 기자들과 VIP 고객들을 대상으로 특별한 시간을 가졌다. 두 브랜드의 메인 컬렉션과 함께 옴므의 오트쿠튀르 라인인 맞춤복 컬렉션과 뮤즈의 스페셜 라인인 콜라보레이션 제품들을 모두 선보이는 공개 품평회라 할 수 있는 자리였다. 이는 신제품들이 매장에 걸리기 전의 마지막 행사나 다름없었다. 초대받아 온 수많은 셀럽들과 패션피플들은 다양한 패션 아이템들을 하나하나 살펴보며 흥분을 감추지 못하였고, 유명 스타일리스트들은 자신들이 맡고 있는 연예인들과 준비하고 있는 화보 촬영 등을 위해 협찬을 의논하며 제품들을 선점하기 위해 분주해 보였다. 미디어들 역시 U어패럴의 소식을 담기 위해 담당자들과 인터뷰 약속을 잡고, 여기저기 사진을 찍느라 정신없이 바쁘게 움직였다. U어패럴이 국내 패션계를 이끄는 최고의 패션하우스임을 다시 한 번 증명하며 직원들 모두의 노력이 결실을 맺는 순간이었다.

오늘이 있기까지의 1등 공신은 누가 뭐라 해도 이 모든 것을 기획한 한준우 본부장이었다. 한국에 온 첫해, 흔들리는 U어패럴을 단단하게 다시 일으키며 혜성같이 등장, 업계 정상에 올려놓은 것을 시작으로 옴므의 맞춤복 라인이나 뮤즈의 콜라보레이션과 같은 굵직한 기획들을 모두 성공시킨 그였다. U어패럴이 아무도 넘볼 수 없는 왕좌의 자리를 차지할 수 있게 된 데에 그의 공이 가장 컸다는 것은 누구도 부인할 수 없었다. 그런 그를 만나기 위해, 또는 사진이라도 한 장 얻기 위해 많은 기자들과 에디터들이 발을 동동 구르며 애원했지만, 돌아오는 답변은 '오늘은 안 된다'는 것이었다. 언제나 한준우와 U어패럴에 대해서는 호의적인 기사들만 내보내 U어패럴이 언론플레이를 한다는 오해를 받게 했던 한 패션매거진의 편집장도 면전에서 거절을 당했다. 또한, U어패럴의 제품들을 수입하고 싶다는 세계적인 편집 매장의 바잉 디렉터도 그 만남을 내일로 미뤄야 했다. 준우는 오늘 정말 중요한 사람, 그의 인생에 있어 VIP나 다름없는 한 고객만을 위해 매장을 안내하고 제품들을 소개하느라 다른 이들에게 내어 줄 시간이 없었기 때문이었다.

"드리스 반 노튼이 보낸 플라워 패턴을 그대로 사용하지 않고, 하나하나 자수로 아플리케를 달아 입체적으로 표현하였습니다."

앞서 가던 특별한 고객이 콜라보레이션 라인 중 원피스를 만지작거리자, 준우가 바로 제품에 대한 설명을 시작하였다. 그 고객은 아플리케를 꼼꼼히 살펴본 뒤, 아무런 말 없이 고개를 한 번 끄덕이고는 다시 발길을 옮겼다. 그러다 이번엔 멀지 않는 곳에 걸려 있던 블라우스로 시선을 주는 것이 아닌가.

"지난 패션위크에서 디자이너들이 공통적으로 선보인 것이 러플입니다. 파도처럼 크게 휘몰아치는 거대한 러플인 플라운스가 특징이었지만, 뮤즈와는 맞지 않아 부담스러울 수 있다는 생각에 블라우스의 소매 단을 미니멀하게 처리하여 여성스럽게 만들어 냈습니다."

그 후로도 마찬가지였다. 준우의 고객은 그가 건네는 설명에 말없이 고개를 끄덕이며 제품들을 살펴보고는 걸음을 옮겼고, 이내 다른 제품 앞에 가 멈춰 서서 그를 기다리고 있었다. 조용히 그 뒤를 따르던 준우는 감탄의 말을 속으로 삼키며 미소지었다. 그의 고객은 어쩜 그렇게 귀신같이 수현이 만든 옷만을 알아채는 것인지, 뮤즈의 다른 직원들이 작업한 제품에는 눈길도 주지 않은 채 수현이 제작에 참여한 옷들만 눈여겨보고 있었다.

모두가 수군거리며 눈으로 좇고 있는 준우의 고객은 바로 수현의 모친 명희였다. 준우는 품평회가 열리기 며칠 전, 수현의 모친이 한다는 수선집에 찾아갔다. 성현이 알게 된 이상, 그녀가 한국에 들어왔다는 걸 더 이상 비밀로 할 수도 없는 일이었다. 그리고 그녀가 한국에 들어와 한 작업들이 얼마나 대단한 것인지, 디자이너로서의 수현이 얼마나 성장했는지 그 누구보다도 그녀의 어머니가 알아야 한다고 생각했다. 성현은 수현이 가지고 있던 디자이너로서의 고충과 한국에 들어와 있는 지금의 상황이 무척이나 못마땅하다는 걸 숨기지 않았지만, 그녀의 어머니는 그와 다를 것이라 준우는 확신했다. 수현의 모친이 딸이 가지고 있는 디자이너로서의 고뇌나 한계를 몰랐을 거라 생각하지 않았다. 아마 준우 자신보다 더 잘 알고 있을 사람이 그녀의 어머니일 터였다. 하여, 준우는 수현이 그런 한계를 뛰어넘어 자신만의 작품 세계를 만들기 위해 한 발 한 발 내딛고 있는 지금의 노력을 그녀에게 보여 주고 싶었다. 비록 그 시작은 어머니의 못다 이룬 꿈에서부터였다 하더라도, 이제는 그 딸이 강요가 아닌 진심으로 패션을 사랑하게 되었다는 것을, 그리고 상이나 높은 성적을 얻기 위해서가 아니라 좋은 디자이너가 되고 싶은 그 마음 하나로 옷을 만들고 있다는 걸 알리고 싶었다. 그로 인해 수현의 모친은 가슴 한구석에 숨겨 두었던 마음의 짐을 내려놓을 것이었고, 수현 역시 어머니를 속였다는 미안함을 털어 버릴 수 있을 테니까.

조심스러운 마음으로 수현의 모친을 찾아가 준우는 자초지종을 설명했다. 더불어 수현의 입장을 설득했고, U어패럴의 품평회에 와 주실 것을 부탁하였다. 수현의 모친은 딸이 졸업발표회를 포기하고 서울에 와 있다는 준우의 말에 잠시 인상을 썼지만, 화를 내거나 흥분하지는 않은 채 그가 하는 말을 끝까지 들어주었다. 성현이 이미 알고 있다는 얘기에 잠시 '똑같은 것들'이라 말하며 혀를 찼을 뿐이었다. 놀라거나 화가 나셨느냐는 준우의 질문에 그녀는 놀란 것도, 화가 난 것도 맞지만, 또 한편으로는 그렇지 않다는 묘한 대답을 내놓았다. 준우가 그 의미가 궁금하다는 표정을 짓자, 수현의 어머니는 이렇게 말했다.

"딸로서는 수현이가 한 행동이 괘씸하고 화가 나지만, 디자이너로서는 이해할 수 있습니다."

수현의 모친은 그녀를 디자이너로 존중하고 있었다. 자신도 다 알 수 없는 디자이너로서의 고뇌와 갈등을 단순히 딸을 가진 엄마의 눈으로 바라봐서는 안 되지 않겠느냐고 준우에게 되묻기도 했다. 그는 수현의 모친을 바

라보며 참으로 대단한 분이라 생각했었다. 초면인데도 불구하고 존경심마저 생겨날 정도였다.

오늘도 마찬가지였다. 수현의 모친은 매장에 들어서는 자신을 보며 바들바들 떨고 있는 수현에게 다가가 딸을 가진 엄마답게 그녀의 등짝을 차지게 한 대 때려 준 후, 눈을 슬쩍 흘겼을 뿐이었다. 그러고는 당신이 가지고 있는 식견을 바탕으로 수현의 작품을 가슴으로 바라보고, 준우의 설명을 귀에 담아 머리로 알아들으며 철저하게 디자이너로서의 채수현을 평가하고 있었다.

"본부장이면 서수미보다 높은가요?"

"네?"

수현의 작품을 모두 둘러본 그녀는 준우가 전혀 예상하지 못했던 질문을 던졌다. 준우는 당황했지만, 이내 담담한 어조로 그렇다고 대답했다.

"많이 높은가요?"

질문의 의도를 파악할 수 없어 의아했지만, 준우는 다시 고개를 끄덕이며 입을 열었다.

"네. 그런 것 같습니다."

"그럼 됐네요. 우리 딸, 잘 부탁합니다."

수현과의 관계에 대한 승낙이나 다름없는 그녀의 대답에 준우의 가슴속에서는 작은 파동이 일어났다. 하지만 그는 이내 침착함을 되찾고는 조용히 웃으며 입을 열었다.

"오늘 수현 씨와 함께 저녁 식사 어떠십니까? 제가 모시고 싶습니다."

준우는 임원진을 설득할 때 사용하는 환한 미소와 믿음직스러운 표정으로 그녀의 대답을 기다렸다. 이렇게 존재 자체는 인정을 받았지만, 성현으로 인해 한순간에 마이너스가 될지도 모를 자신의 점수를 오늘 어머니와의 만남에서 최대한 끌어올려야만 했다. 한준우가 누구던가. 세계적인 패션스쿨인 파슨스에서도, 세계 1위의 명품업체 LVMH에서도 그 특유의 능력을 인정받으며 계속해서 남아 줄 것을 부탁받지 않았던가. 하지만 이를 모두 무시하고 스탠포드의 경영대학원을 우수한 성적으로 졸업, U어패럴마저 정상에 올려놓은 인재 중의 인재였다. 또한 생산자의 생산 목적을 지키면서, 소비자에게도 최대의 만족을 줄 수 있는 마케팅의 귀재였다. '한준우'라는 물건을 최대한 값어치 있게 수현의 모친에게 알리는 일은 그의 전문 분야였다.

"글쎄요. 내가 오랜만에 회포를 풀 사람이 따로 있어서 오늘은 어려울 것 같아요."

준우는 자신의 귀를 의심했다. 그녀는 1년 만에 보는 자신의 딸보다 더 만나고 싶은 사람이 있다고 말했다. 마케팅에서는 소비자의 반응을 예측하지 못하면 미래 역시 예측할 수 없는 법인데, 준우가 가장 선택받고 싶어한 단 한 명의 소비자인 수현의 모친은 그의 예상과 다른 대답을 내놓고 있었다.

"그리고 애미 속이고 휴학한 그런 거짓말쟁이 딸년, 난 필요 없습니다."

아까부터 조마조마한 마음을 발걸음에 담아 준우의 뒤를 따르던 그 거짓말쟁이 따님은 매장의 모두가 들을 수 있을 만큼 큰 소리로 한숨을 내쉬었다.

"필요하면 한준우 씨가 더 데려다 쓰든지요."

준우는 너무나 깔끔하게 대화를 마치고 수현이 아닌 서수미 팀장을 향해 걸음을 옮기는 수현의 모친을 바라보며, 수현의 오빠인 성현의 카리스마가 어디에서 왔는지 알 것 같았다. 그리고 어느새 준우의 곁으로 다가선 수현은 오빠뿐만이 아니라 이제는 엄마까지도 친엄마가 맞는지 의심하는 눈빛으로 그녀의 뒷모습을 바라보고 있었다. 본의 아니게 가출 소녀가 되어 집을 떠났는데, 아무도 집으로 돌아오라 말하지 않다니……. 기분이 묘

하게 찜찜해진 수현은 그저 허탈한 웃음만 짓고 있었다.

   품평회의 모든 행사가 마무리되자, 옴므와 뮤즈의 직원들은 그간의 노고를 한도 없는 카드로 치하하려는 조 회장의 마음을 받들어 근처에 있는 클럽으로 향하였다. 한강이 내려다보이는 영동대교 남단에 위치한 유명 클럽의 매니저는 어두워지기도 전에 몰려온 손님들을 보며 저녁노을처럼 붉어진 얼굴로 나와 난색을 표했다. 하지만 VIP 고객으로 품평회에 초대받았던 유명 셀럽들이 얼굴을 무기로 애원하자, 결국 평소보다 일찍 문을 열어주었다. 그리고 입장한 손님들이 고가의 주류와 안주를 시켜 대며 조 회장이 하사한 법인카드에 정말 한도가 없는지 자꾸 시험해 보자, 클럽 측은 아예 문을 닫고 다른 손님은 받지 않으며 그 은혜에 보답했다. 그렇게 모두가 즐거운 밤이었다.
   수현은 어느새 문을 닫고 어두워진 청담동 매장 입구에서 준우를 기다리고 있었다. 오랜만의 클럽행을 위해 집에서 옷까지 갈아입고 온 허연심 과장과 이시영 대리가 함께 가자고 졸랐지만, 수현은 고개를 가로저었다. 찰스 역시 부탁과 애원, 협박을 오가며 수현을 달래고 얼렀지만, 그녀는 꼼짝도 하지 않았다. 옴므 쪽의 남자 직원들이 수현을 꼭 데려오라 신신당부했다면서 찰스가 눈물로 호소했지만, 오늘만큼은 정말 준우와 단둘이서만 함께 있고 싶은 수현의 마음은 확고했다. 힘들었지만 한 시즌을 잘 마무리했다는 벅찬 감정을 오롯이 준우와 나누고 싶었던 수현은 초롱초롱 동그란 눈을 빛내며 그를 기다리고 있었다.
   순간 인기척이 난 곳으로 수현이 고개를 돌렸다. 주차장 입구 쪽에 서 있는 준우를 발견했지만 그는 혼자가 아니었다. 오늘 품평회를 위해 초대된 뮤즈의 모델 김수희가 그의 곁에 함께 서 있었다. 뭐가 그리도 즐거운지 두 사람은 환한 웃음을 머금고 도란도란 이야기를 나누는 중이었다. 자신이 봐도 너무나 잘 어울리는 두 사람의 모습에 수현은 잠시 멈칫했지만, 마음을 굳건히 다잡았다. 누가 뭐라 해도 준우는 그녀의 사람이었고, 그를 의심하는 어리석은 행동으로 서로의 마음에 상처를 내고 싶진 않았다.

결심을 마친 수현은 준우에게 달려가 팔짱을 끼었다. 갑자기 나타난 그녀의 모습에 준우와 수희 모두 놀라는 것 같았지만, 수현은 아랑곳하지 않고 부드럽게 웃으며, 처음 만났을 때의 호칭으로 준우를 불렀다.

"오빠!"

그렇게 깜짝 놀라는 준우의 모습은 처음이었다. 갑자기 끼어들어 오빠라고 부른 것에 기분이 나빴을까 싶어 그의 얼굴을 살펴보았지만, 그런 표정은 또 아니었다. 그 곁에서 수희는 의아한 눈빛으로 준우에게 수현의 존재를 묻고 있었다.

"오빠! 여기서 뭐 해요? 오늘 둘이서만 있기로 했잖아요."

"수, 수현 씨……."

"오빠, 수현이 배고파요. 다리도 아파요. 그러니까 빨리 가요."

수현의 등장에 놀란 것인지, 아니면 그녀가 부른 호칭에 놀란 것인지 준우가 알 수 없는 표정으로 수현을 뚫어지게 바라보자, 수희가 오랜 연예계 생활에서 쌓은 내공을 발휘하며 그녀의 존재를 눈치 챘다.

"아, 본부장님 애인?"

그래. 이 아줌마야! 내가 애인이다. 수현은 당당하게 시선을 옮겨 수희를 마주했다. 그리고는 입술을 잘근 깨물었다. 가까이에서 마주한 김수희는 너무나 아름다웠다. 세계 TV 시장 점유율을 두고 한국의 전자회사들이 1, 2위를 다툰다던데, 이제 보니 점유율이 문제가 아니었다. 이렇게 꽃처럼 예쁜 여자를 왜 TV는 그대로 보여 주지 못하는 것인가. 블랙패널이면 뭐하고, 손가락보다 얇으면 뭐 하느냐 말이다. 수현은 막상 용기를 내 이곳까지 달려왔지만, 화면으로 보는 것보다 몇 배는 더 빛이 나는 여배우를 앞에

두고 뭐라 말을 잇지 못하고 있었다.

　순간 그들 앞으로 차 한 대가 도착하더니, 그 안에서 한 남자가 내렸다. 날카로운 눈매를 지녔지만 전체적으로 부드러운 인상의 그 남자는 준우에게 가볍게 고개를 숙여 인사를 건네고는 바로 김수희에게 다가가 포옹을 했다. 정체불명의 남자와 그녀는 서로를 애틋한 눈빛으로 바라보고는 가볍게 입맞춤을 나눈 후 차에 올랐다. 그리고 주차장에 들어설 때보다 더욱 빠른 속도로 그들은 퇴근시간답게 더디고 복잡한 차들의 행렬로 들어섰다. 대한민국 국민이라면 대부분 얼굴을 알고 있는 유명 여배우가 서울 한복판에서 영화 속 한 장면을 연출하니 수현의 가슴이 다 두근거릴 정도였다. 혹시나 누가 보고 있었던 건 아닐까, 괜스레 걱정이 앞서 그녀는 연신 주변을 두리번거렸다.

　"남편이에요."

　그 남자의 정체가 준우의 입을 통해 밝혀졌다. 에에? 김수희 씨 남편이라고요? 아직 결혼하지 않았다고 알고 있었는데, 이게 대체 무슨 영문이란 말인가. 수현이 놀란 표정을 숨기지 않고 준우를 올려다보았다.

　"톱클래스 여배우인데 화려한 결혼식은 싫다고, 혼인 신고만 했다더라고요. 남편도 류재하라고, 유명한 드라마 감독인데 대단하지 않아요?"

　"그래요? 정말요? 와, 대단하다! 그 남편분은 드라마 만드시면서 직접 출연하셔도 되겠어요."

　수현은 준우의 말에 과한 리액션을 보내며 끼고 있던 팔짱을 슬그머니 풀려 했다. 하지만 준우가 더 빨랐다. 그는 그녀의 팔목을 끌어다 다시 자신의 팔에 끼우고는 멀어지지 못하게 꼭 붙잡고 있었다.

　"그때 인천공항에서 우연히 만났는데, 남편이랑 출국하는 거였더라고요. 그런데 자꾸 기자들이 들러붙는다고 김수희 씨가 도움을 요청했어요. 일 때문에 함께 나가는 것처럼 해 달라고. 워낙 솔직한 스타일이어서 구설 수가 많았는데, 단정한 이미지의 남편에게 피해가 가는 게 싫었던 모양이더라고요. 혼인 신고까지 하고도 알리지 않는 이유도 있는 것 같고요. 아무튼 뭐, 별로 어려운 일도 아니었죠. 김수희 씨가 뮤즈의 모델인 건 다들 알고 있었고, 한국의 패션하우스 중에서 U어패럴이 메트로폴리탄 전시회의 프리뷰 프레젠테이션에 유일하게 초청된 곳도 맞으니까요."

그런 것도 모르고 준우와 김수희의 사이를 신경 쓰고, 살짝 의심까지 한 데다가 조금 전엔 그를 오빠라고 부르며 어린아이처럼 이름을 앞에 넣어 말하다니. 금세 수현은 귀밑까지 빨개졌다. 그녀는 맑은 저녁 하늘에 퍼져 있는 오렌지빛 노을을 바라보며 비 맞은 중처럼 혼자 중얼거렸다.

"날이 정말 춥네. 이래서 봄이 오겠어?"

그때 불쑥 수현의 얼굴 앞으로 준우의 얼굴이 다가왔다.

"수현아."

그녀의 이름을 부르며 준우는 부드럽고 따뜻한 웃음을 짓고 있었다. 그의 웃음만으로도 곧 봄이 올 것 같았다.

"오빠 집에 가자!"

한남동 유엔 빌리지 내에 위치한 준우의 집은 한강을 내려다보며 남산을 조망할 수 있는 고급 빌라였다. 여러 단계의 보안 시스템을 거쳐 현관에 들어서며 수현은 자신의 옥탑방보다도 넓은 현관 크기에 저도 모르게 당황했었다. 하지만 현관문이 닫히는 소리와 함께 시작된 준우의 키스에 마음을 내주고, 그의 손짓에 몸을 맡긴 채 어디를 지나 왔는지도 모르게 정신없이 침대에 몸을 뉘었다. 언제 벗겨졌는지 수현의 겉옷은 이미 행방불명이었고, 어둠 속에서도 하얗게 드러난 그녀의 가슴은 어느새 그의 소유가 되어 있었다. 그렇게 시작된 서로를 향한 욕망은 온 집 안에 어둠이 내려앉고 자정이 넘어서야 간신히 그 모습을 살짝 감추었다. 그 다음으로 절실한 식

욕을 해결하기 위해 그들은 간단히 샤워만을 마친 채 주방으로 자리를 옮겼다.

품평회 준비로 바쁘기도 했지만, 엄마를 초대했다는 준우의 말을 들은 순간부터 긴장의 연속이었던 수현은 하루 종일 아무것도 먹지 못했었다. 그런데다 준우의 집에 와서도 연거푸 사랑을 나눈 탓에 그가 자신의 야심작이라며 준비하고 있는 타코를 기다리는 게 너무나 힘들었다. 한국식이라며 준우가 김치를 볶았을 땐 이미 그 냄새에 쓰러져 화이트와 블랙, 그리고 스틸의 조화가 모던한 아일랜드 식탁에 얼굴을 대고 엎드린 그녀였다.

"혼자서 왜 이렇게 큰 집에 사는 거예요?"

라운딩 처리가 된 아일랜드 식탁 건너편 개수대에 프라이팬을 담가 놓은 뒤, 준우가 접시를 들고 수현의 곁으로 와 앉았다. 토르티야 위에 볶은 김치와 밥, 고기를 올리고 그 위에 다시 치즈와 샤워크림, 살사 소스를 듬뿍 얹은 모양이었다. 수현은 코앞에 접시가 놓이는 순간, 벌떡 일어나 경건한 마음으로 자세를 바로 했다. 지금 이 순간만큼은 준우가 곁에 있어 좋은 건지, 타코가 앞에 있어 좋은 건지 알 수가 없었다.

"혼자 사는 남자가 이렇게 큰 집에 사는 이유는 두 개예요."

수현이 지나가듯 던진 질문에 준우가 또다시 장난스러운 대꾸를 시작했다.

"사랑하는 여자에게 잘 보이고 싶거나……."

수현과 눈을 맞춘 준우의 시선이 그녀를 사랑해 정말 잘 보이고 싶다고 말하는 것 같았다. 그 다정함에 수현은 가슴이 뛰기 시작했다.

"아니면, 집이 안 팔리거나."

정말 집이 안 팔려 골치가 아픈 건지 미간을 살짝 찌푸린 채 진지한 어조로 말을 건네는 준우의 모습에 수현은 웃음을 터뜨렸다. 그리고 그녀의 웃음이 곧 그에게 옮겨 가, 주방은 두 사람이 내는 커다란 웃음소리로 금세 가득 찼다. 그렇게 한동안 서로를 마주 보며 소소한 이야기들을 나누다 준우가 갑자기 생각났다는 듯 그녀를 향해 질문을 했다.

"어머님과 서 팀장님은 어떤 사이예요?"

아직 준우에게 엄마와 서 팀장의 인연에 대해 얘기하지 않았다는 생각에 수현은 먹고 있던 타코를 오물오물 씹어 넘겼다. 그런데 그녀의 입에 살사 소스가 남아 있었는지, 준우가 살짝 웃으며 엄지손가락으로 입가를 닦아 주었다. 그러더니 그 손가락을 자신의 입 속으로 넣어 쪽, 하고 빨아먹는 게 아닌가. 직접 만들었다는 살사 소스가 아까워서 저러는 건지, 수현에게 건네준 타코의 맛이 혹시 자신의 것과 다른지 알아보려는 건지 그 의도는 알 수 없었지만 하나는 분명했다. 준우가 뭘 하든 수현의 가슴은 대책없이 뛴다는 것.

수현은 저도 어쩌지 못할 만큼 뛰어 대는 가슴을 꾹꾹 눌러 진정시키며 서 팀장과 엄마에 대한 이야기를 시작했다. 그들의 오랜 인연과 그 인연이 수현에게까지 이어졌다는 사실에 준우는 신기해했다. S패션에 패션위크 디자인을 넘기기 전, 준우가 서 팀장과 지애를 불러 자신의 문제를 의논했었다. 그때 왜 서 팀장이 그의 생각을 적극적으로 지지하며, S패션이 크게 곤란하게 될 것이라 확신했었는지 이제야 알 것 같았다. 준우는 수현의 뒤를 이어 이번 디자인 유출 사건과 승원에 대해 설명했다. 승원이 자신을 믿지 못했다는 게 씁쓸하긴 했지만, 어쨌든 이로 인해 그가 신경 쓰던 문제들이 모두 해결된 셈이니, 다행이라 여긴다며 말을 마무리했다.

"어려운 문제이긴 해요. 무엇이 트렌드이고, 어디부터가 표절이 되는 건지 전 아직도 모르겠더라고요. 파워 숄더도 그 시작은 발망이었지만, 그 후 거의 모든 브랜드에서 같은 디자인의 상의를 만들었고, 점프 슈트 역시 마찬가지였잖아요. 표절이라는 게 비단 음악이나 문학 쪽의 얘기만은 아닌 것은 분명하고요."

수현은 트렌드와 표절의 경계가 아직 어려웠다. 이번 콜라보레이션을 준비하면서 그녀도 지난 패션위크를 참고했었다. 발렌시아가와 지방시, 그리고 구찌 등의 많은 패션하우스들이 앞을 다투어 선보인 러플에 그녀도 영감을 받아 러플 블라우스를 만들었지만, 디자인만큼은 그들을 따라하지 않기 위해 무던히도 애를 썼었다.

"조셉 알투자라가 알렉산더 왕과 의심스러울 정도로 유사한 모피 장갑을 런웨이에 올렸을 때, 정말 모두 경악을 했죠. 조셉조차도 깜짝 놀라며 변명을 했고요."

준우 역시 수현의 말에 동의한다는 듯 지난 패션위크 때의 해프닝을 언급했다. 뉴욕 패션위크에서 알렌산더 왕이 특유의 시크한 의상들과 함께 모피 글러브를 선보였는데, 몇 시간 지나지 않아 조셉 알투자라 역시 같은 디자인의 장갑을 런웨이에 올렸던 것이었다. 하여, 컬렉션이 끝나고 조셉이 제일 먼저 한 일은 그에 대한 해명이었다. 조셉이 자신도 알렉산더 왕의 컬렉션을 불과 몇 시간 전에 본 것이 처음이었다고 얘기하며 진땀을 흘렸던 사건은 유명한 일화였다.

"그렇게 따지면 원조는 2009년 발렌시아가라고 할 수 있죠."

"발렌시아가가 원조라고요? 진짜 원조가 있다는 걸 모르시네."

2009년 발렌시아가 컬렉션에서도 글러브를 선보였던 걸 기억한 수현은 머리를 갸웃거렸다. 그보다 더 먼저 런웨이에 올렸던 디자이너가 누구였는지 떠오르지가 않았다.

"H.O.T.의 '캔디' 몰라요?"

태연한 표정으로 반문하는 준우를 보며 수현은 다시 웃음을 터뜨렸다. 그녀가 H.O.T.의 캔디를 들으며 열광했을 때는 초등학교에 입학하자마자가 아니었던가. 발렌시아가보다 한 시대를 앞서 트렌드를 예상했던 H.O.T.의 안목에 경의를 표하는 바였다.

"점프 슈트는 엘비스 프레슬리가 원조고요?"

점프 슈트 역시 소방대원이나 청소부의 작업복이었지만, 1960년대 로큰롤의 제왕, 엘비스 프레슬리가 공연 때 많이 입고 나와 대중들에게 그 존재를 알린 것이라 할 수 있었다.

"스타일은 돌고 도는 거 같아요. 어머니 세대에 입었던 미니스커트가 다시 유행하고, 요즘 트렌드 중 하나인 볼드한 프린트 역시 크리스티앙 라크루아에서 시작되어 마크 제이콥스의 그래피티로 연결되는 걸 보면 패션계에서 사라지는 건 없다는 게 맞는 말 같아요. 다만, 그 스타일을 시대의 흐름에 맞춰 대중들이 원하는 방향으로 변화시키고, 브랜드별로는 그들의 헤리티지와 연결시키는 것이 관건이라고 할 수 있겠죠. 그래서 많은 디자이너들이 한 목소리로 얘기하나 봐요. 패션은 사라지지만, 스타일은 영원한 거라고 말이에요."

이브 생 로랑은 '패션은 짧고, 유행은 길다'는 말을, 가브리엘 샤넬은 '패션은 사라져도 스타일은 영원하다'는 말을 남겼다. 샤넬은 심지어 '스타일이 없는 것보다 천박한 스타일이 낫다'고 말하며, '시대를 아우르며 대중이 원하는 바를 반영하는 트렌드야말로 디자이너들이 영원히 고민해야 할 숙제'라 언급하기도 했었다. 심지어 '내가 곧 스타일'이라고도 말한 그녀는 가방과 의상뿐만 아니라 향수에 이르기까지 자신이 만들어 낸 모든 것들이 오래도록 전 세계 여성들의 사랑을 받으리라는 것을 이미 예상했던 건 아닐까.

"수현 씨 오빠가 찾아와 내게 질문을 던졌는데, 그 답을 확신할 수가 없었어요."

준우의 뜬금없는 말을 수현은 처음엔 이해하지 못했다. 뒤늦게 그의 말을 알아들은 그녀는 깜짝 놀라 자리에서 일어나기까지 했다.

"누가 왔었다고요?"

"사랑하는 여자라고 얘기했어요."

준우가 건넨 말은 수현의 질문에 대한 답이 아니었지만, 이제는 분명히 알 수 있었다. 준우가 지금 사랑한다고 말하고 있다는 사실을……. 오빠가 준우를 찾아갔다는 소식보다 더 놀랄 일은 없을 줄 알았는데, 그의 고백에 수현은 가슴이 터져 버릴 것 같았다.

"수현 씨도 같은 마음이냐고 묻는데, 자신이 없더라고요. 내가 너무 몰아세우기만 한 건 아닐까 걱정도 되었어요. 수현 씨는 디자이너로서 한 걸음 더 나가기 위해 해결해야 할 숙제가 남아 있었고, 때마침 내가 나타나 그 숙제를 풀 힌트를 제공한 거죠. 그래서 그에 대한 고마움이나 이 업계의 선배에 대한 동경 같은 걸 나에 대한 마음으로 오해하는 게 아닐까, 너무나 겁이 났어요."

준우는 항상 자신감이 넘치던 사람이었는데, 수현이 그에 대한 마음을 잘못 알고 있을까 초조하고 답답했다 말하고 있었다. 수현은 저도 모르게 그렇지 않다고 눈으로 답하며 고개를 가로저었다. 참으로 바보 같은 커플이 아닌가. 서로에 대해 깊은 애정과 신뢰를 가지고 있으면서도 겉으로 보이는 모습이나 남이 던진 말 한마디에 서로의 마음을 자신할 수 없었다니. 이래서 사랑은 흔들리는 행복이라 했던가. 그 흔들림에 서로를 향한 마음까지 동요해서는 안 될 일이라 수현은 생각했다.

"그런데 오늘 수현 씨가 오빠라고 부르며 달려왔을 때……."

준우 역시 자리에서 일어서 수현을 내려다보며 시선을 마주했다. 그러고는 만족스러운 미소를 지어 보이며 말을 이었다.

"더 바랄 게 없었어요. 그거면 되었다 생각했어요. 내가 수현 씨를 사랑하는 것만큼 수현 씨는 아직 아니라 해도, 내 마음의 속도를 아직은 따라오지 못한다 해도 일단은 괜찮다고요. 남들 앞에서 나를 수현 씨의 사람이라 인정해 주고, 내 사람으로 옆에 서고 싶어한다는 걸로 지금은 충분하다는 걸 깨달았어요."

준우의 목소리는 담담했지만, 수현에게 묘한 떨림이 전해졌다. 아마도 지금 내게 하고 있는 말이 진심이기 때문이겠지. 또한 그가 긴장하고 있다는 걸 연애가 처음인 수현도 알 수 있을 정도로 준우의 눈빛이 깊고도 진지했다.

"내가 잘할 거니까, 앞으로 수현 씨한테 더 잘할 거니까 내 마음을 곧 따라오지 않겠어요? 아, 수현 씨를 향한 내 마음은 더 커질 테니까 앞으로도 영원히 따라올 수 없는 건가?"

"누가 그래요? 제가 아직 아니라고?"

수현은 그녀의 마음이 자신보다 못하다고 호언장담하는 준우를 가볍게 흘겨보며 새초롬하게 반문했다.

"제 마음의 속도가 본부장님보다 느리다고 어떻게 그렇게 확신을 하죠?"

수현의 새침한 물음에 준우는 슬쩍 웃음을 지어 보였다. 그녀가 어떤 말을 해 줄지 기대감에 차 있는 모습이었다.

"고객들이 원하는 것을 파악하고 마음을 사로잡아야 하는 본부장의 자리에 있는 사람이 어떻게 눈앞에 있는 여자의 마음 하나도 제대로 알아채질 못하는 건지······."

수현은 한심하다는 듯 준우를 향해 쯧쯧, 하며 혀를 찬 뒤, 까치발을 하며 그의 목을 두 손으로 감아 안았다.

"사랑해."

"사랑해요."

누가 먼저랄 것도 없이 두 사람의 목소리가 동시에 울려 퍼졌다. 그리고 쿡쿡거리는 웃음소리도 동시에 시작되었다. 그 후로도 한참 동안 누가 먼저인지, 누구의 마음이 더 큰지 타협 없는 대화가 계속되었다. 그 대화를

마무리할 수 있었던 1등 공신은 말보다 행동으로 보여 주자 결심한 준우가 시작한 입맞춤이었다. 푸르스름하게 밝아 오는 여명을 등지고 다시 한 번 서로를 가지는 그들이었다.

아무것도 바꾸지 않기 위해 모든 걸 바꾼다

- 티에리 에르메스

아침 일찍 출근한 승원은 지하 주차장에 차를 대고 사무실로 올라가는 엘리베이터를 향해 걸음을 옮겼다. 며칠 전만 해도 찬바람이 쌩쌩 불며 매서운 겨울 기운을 내뿜더니, 오늘은 햇살도 좋고 바람도 불지 않아 상대적으로 따스했다.

'봄이 오려나 보다.'

디자이너들에게 시간적인 계절은 의미가 없었다. 봄이 오기 시작하면, 바로 F/W 제품을 준비해야 했고, 가을의 넉넉함을 느끼기도 전에 다시 S/S 제품을 구상해야 했으니까. 지난 몇 해 동안 계절이 어떻게 바뀌는지도 몰랐었는데, 지금은 승원도 새삼스럽게 봄을 느끼며 그 따스함을 기다리고 있었다.

승원은 엘리베이터 앞에 서서 콜 버튼을 눌렀다. 오늘부터 그는 옴므의 디자인실이 있는 20층이 아닌, 21층 전략기획실로 출근해야 했다. 이는 디

자인 쪽 일에선 당분간 손을 떼고, 전략기획실로 옮겨 U어패럴의 전체적인 상황을 파악해 보라는 준우의 지시에서 비롯된 것이었다. 각 팀에서 주는 여러 가지 정보들로 U어패럴의 현재 상황을 분석한 뒤, 미래에 대한 전략을 세워 보라는 준우의 지시에 승원은 눈앞이 캄캄했다. 디자인만 하다가 이름도 생소한 그 팀으로 가서 뭘 어떡해야 하는 건지 감이 잡히질 않았다. 경영 전선에 뛰어드는 후계자들이 흔히 그렇듯 MBA를 다녀와야 하나 물어도 봤지만, MBA도 그쪽 분야에 경험이 있어야 지원할 수 있는 것이었다. 그리고 굳이 외국에 있는 경영대학원을 갈 필요는 없지 않겠느냐는 게 준우의 생각이었다. 조 회장에게 승원이 필요한 건 먼 미래가 아닌 지금이라며, 지금부터 곁에 남아 함께 시간을 보내라고 준우는 말했다. 또한, 회사를 위해 필요한 건 이론이 아닌 실무라며, 모르는 건 다 물어보고 닥치는 대로 배우라고도 했다. 그런 그를 보며 승원은 어렴풋이 알 수 있었다. 준우는 과거 그의 아버지 곁에 남아 회사를 함께 지키지 못했던 일을 떠올리며, 승원이 자신 같은 후회나 죄책감을 갖지 않기를 바란다는 것을 말이다.

준우가 승원을 위해 준비해 둔 계획은 구체적이었다. U어패럴에서 경영과 기획에 대한 기본적인 것들을 배운 뒤, LVMH그룹에서 다양한 경험을 쌓고 오라고 했다. 그곳은 준우 역시 경영대학원에 진학하기 전, 2년간 실무적인 노하우를 배워 온 곳이기도 했다. LVMH그룹은 베르나르 아르노 회장이 이끄는 세계 1위의 명품회사로, 우수한 디자인력에도 불구하고 경영에 어려움을 겪고 있는 브랜드들을 인수하여 LVMH가 가지고 있는 자본력과 뛰어난 경영 능력을 더해 재기를 돕고 있었다. 혹자들은 아르노 회장을 두고 '명품 사냥꾼'이라 부르며, 그가 전쟁에서 전리품을 획득하듯 자금난에 허덕이는 브랜드들을 인수, 명품의 가치를 떨어뜨린다고 우려를 나타내기도 했다. 하지만 아르노 회장은 타의 추종을 불허하는 브랜드 리뉴얼 능력을 발휘하며 올드하고 고리타분한 이미지의 명품하우스를 신선한 이미지로 재탄생시킴으로써 브랜드의 퀄리티를 고양시키고, 그 명맥을 유지시켜 나가는 데 결정적인 도움을 주고 있었다. 그렇기에 승원이 그곳에서 실무 경험을 쌓는다면, 제품 개발에서부터 경영, 디자인을 바라보는 안목, 그리고 마케팅에 이르기까지 U어패럴을 더욱 성장시키는 데 있어 꼭 필요한 점들을 배우고 돌아올 수 있을 듯했다. 그러면서 준우가 내건 시간은 3년이었다. 3년 안에 한국으로 돌아와 조 회장의 밑에서 경영에 관한 전반적인 사항들을 차근차근 배우라고 했다.

"왜 3년이야?"

준우는 디자인 유출과 관련해 자신을 의심했던 일에 대해선 별다른 책망을 하지 않더니, 승원이 3년 안에는 꼭 돌아와야 한다며 흥분하고 있었다. 그러면서 3년도 많이 기다려 주는 것이라며, 약속했던 시간 안에 자신이 짜 준 스케줄을 다 마쳐야 한다고 당부했다.

"형은 괜찮아?"

한 번은 짚고 넘어가야 할 문제였다. 그 일이 있고 나서도 준우는 승원을 전처럼 대했다. 아니, 전보다 더 잔소리가 심해졌다고 해야 하나. 틈만 나면 불러올려 승원이 읽어야 할 책들과 봐야 할 회사의 자료들을 던져 주며 강도 높은 트레이닝을 예고하고 있었다. 승원이 조금이라도 귀찮아하면, 경영의 달인 잭 웰치의 말을 운운하며 국내 시장에서 1위를 차지하지 않으면 범세계적인 싸움에서 살아남을 수 없다면서 조 회장보다도 더 따끔하게 승원을 가르쳤다. 그런 그에게 승원이 물었다. 정말 괜찮으냐고, 자신에게 섭섭하지 않느냐고. 준우는 승원의 질문에 그 특유의 시크한 웃음을 보이며 고개를 끄덕였다.

"그 일이 아니었으면 청개구리 같은 네가 U어패럴과 조 회장님께 돌아오는 데 시간이 더욱 걸리지 않았을까? 예상보다 일찍 정신을 차렸으니, 그걸로 됐어."

"정말 미안해, 형."

준우가 승원을 배려해 가볍게 넘기려 하자, 승원은 진심으로 그에게 사과했다. 오랜 시간을 가족같이 믿고 따른 형이었는데, 자신의 어리석고 이기적인 욕심으로 그 마음을 배신했었다. 이건 그냥 넘어갈 일이 아니지 않은가. 승원은 자신의 잘못에 대해 진정으로 용서를 구하고, 앞으로의 일을 도와주려는 준우에게 진심을 다해 고마움을 전하고 싶었다.

"진심으로 미안하면, 3년 안에 시키는 거나 다 마쳐."

도대체 3년 후에 뭘 하려는 건지, 알겠다고 대답한 승원에게 계속해서 다짐을 받아 두는 준우였다.

엘리베이터가 도착했다는 알림음과 함께 문이 열렸다. 안으로 걸음을 옮기면서 승원은 지애를 생각했다. 그 일이 있고 나서 며칠간 휴가를 보낸 그녀는 옴므의 신제품들을 매장에 배치하고, 각 매장의 숍마스터들에게 새 시즌 상품을 소개하느라 정신이 없었다. 판매 전략 회의를 마치고 플래그십 스토어의 마무리 작업을 체크하기 위해 출장을 가기도 했다. 승원의 계산이 맞는다면, 지애는 오늘 출장을 마치고 본사로 출근했을 터였다. 승원은 앞으로 해결해야 할 일이 산더미같이 쌓여 있었지만, 그나마 지애의 얼굴을 곁에서 볼 수 있어 다행이라 생각했다. 빨리 그녀가 있는 사무실로 올라가길 기다리는데, 그의 바람과는 다르게 엘리베이터가 1층에서 멈추었다. 승원이 괜스레 밀려오는 짜증을 누르며 상대방을 확인하려 고개를 들자 수현이 엘리베이터 안으로 들어오고 있었다. 그녀가 가볍게 고개를 숙여 인사를 해 오자, 승원은 목례로 인사를 대신했다. 그는 수현이 불편했다. 그녀는 자신의 치부를 다 알고 있는 또다른 사람이지 않은가. 승원은 시선을 아래로 내린 채 엘리베이터가 빨리 출발하길 기다렸다.

"드디어 알에서 깨고 나오셨군요."

불편한 승원과는 다르게 수현은 그를 무척이나 반기는 기색이었다. 마치 엄마 심부름으로 위층에 사는 이웃에게 뭘 전해 주려 현관문을 나선 순간, 그 이웃이 고맙게도 문 앞에 서 있는 듯한 반가움으로 승원을 향해 생글생글 웃어 보였다. 그러고는 그 예쁜 입으로 자꾸 이상한 소리를 건네었다.

"조류들은 부리라도 있어서 쪼고 나오면 되지만, 포유류들을 알을 깨고 나오는 게 무척 힘든 거 같아요."

승원은 살짝 미간을 찌푸렸다. 포유류가 왜 알을 깨고 나온단 말인가? 그녀는 디자인적 감각은 정말 뛰어난 것 같았지만, 공부에는 별 취미가 없었나 보다. 준우에게 수현을 위해 내셔널 지오그래픽이나 좀 사 주라고 말해야겠다 생각하며 승원은 고개를 들어 층수를 보여 주는 화면을 응시했다. 오늘따라 유난히 지애에게 가는 길이 느렸다.

"저도 해 봤는데 무척 힘들더라고요. 생각해 보면 강 수석님이나 저나 혼자서는 알을 깨지 못한 낙오자인 것 같지만, 누군가의 도움을 받는다는 게 나쁜 것만은 아니라고 생각해요."

수현은 종알종알 혼자 말하고는 또 혼자서 배시시 웃었다. 귀여운 구석이 있는 여자이긴 하지만, 이제 보니 자신의 스타일은 아닌 것 같았다. 이런 승원의 생각을 알 리 없는 수현은 반짝거리는 눈빛으로 그를 바라보고는 그의 어깨를 툭툭, 치며 다시 입을 열었다.

"누군가의 도움을 받으면 어때요? 대신 더 멀리, 더 힘차게 나가면 되는 거잖아요."

힘은 장사였는지, 그 조그마한 손길에도 승원은 어깨가 살짝 아파 왔다. 조금 이상한 여자였다. 너무 창조적이고 실험적이면 정신세계가 남다르다더니, 수현도 그런 것인가? 그녀는 이제 치어리더처럼 두 주먹을 불끈 쥐며 그를 향해 파이팅을 외치고 있었다. 그런 수현을 상대해 주고 있노라니 지애가 더욱 보고 싶어진 승원은 엘리베이터가 20층에 멈추자, 레이디 퍼

스트라는 몸에 밴 기본적인 매너도 잊은 채 수현보다 먼저 그곳을 빠져나갔다. 지애와 모닝커피를 마시며 오늘 저녁 스케줄을 물어봐야겠다는 생각에 승원의 걸음이 빨라졌다.

"공항에 가시는 거죠?"

순간 승원은 걸음을 멈추고 주변을 둘러보았다. 혹시나 지금 공항에 가야 할 사람이 있나 이리저리 살펴보았지만, 20층 엘리베이터 쪽에는 수현과 그, 둘뿐이었다. S/S 시즌을 위한 작업이 어느 정도 마무리되자, 모두 출근에 여유를 부리는 건지 20층은 한산하기까지 했다. 승원이 수현을 향해 몸을 돌렸다. 그리고 눈으로 물었다. 자신한테 하는 얘기냐고. 그랬더니 수현이 빙긋 웃으며 고개를 끄덕였다. 그는 다시 그녀를 향해 천천히 걸음을 옮겼다. 수현은 기억력도 안 좋은 모양이었다. 지금 그녀와 같이 엘리베이터를 타고 올라온 사람을 누구라고 생각하는 것인가. 수현은 이제 막 출근한 그에게 다시 나가라는 듯 엘리베이터의 문이 닫히지 않게 오픈 버튼을 계속해서 누르고 있었다. 승원은 조용히 한숨을 속으로 삼켰다. 준우에게 수현을 다시 한 번 생각해 보라고 말해야 할 것 같다고 거듭 생각했다.

"……공항이라뇨?"

"송 팀장님 배웅하러 가시는 거 아니에요?"

수현에게 송 팀장님이라면, 지애일 텐데……. 그녀를 배웅해야 할 일이 오늘 있었던가? 출장에서 돌아오자마자 어딜 다시 나간다는 말인가? 승원의 얼굴이 점차 굳어 갔다. 가슴 한구석이 먹먹해졌다. 그도 모르게 지애가 무슨 일을 벌인 모양이었다.

"송 팀장님, 오늘 인천공항에서 오후 1시에 출발하는 비행기로 출국하시니까, 당연히 배웅가시는 줄 알았죠. 이번에 가시면 당분간은 서울 안 들어오신다면서요? 제가 너무 서운해하더라고 꼭 좀 전해 주세요. 아, 여기서 인천공항까지 한 시간은 넘게 걸리니까 지금쯤 출발하셔야 만나시겠는데요?"

승원은 급하게 엘리베이터에 다시 올라탔다. 믿을 수가 없었다. 지애가 뉴욕으로 돌아간다니. 그녀가 S/S 시즌을 마무리한 뒤 떠나고 싶어한다는 건 준우에게 들어 알고 있었지만, 자신에게 아무 말도 하지 않으리라고는 예상하지 못했었다. 혹시 수현이 자신에게 농담을 하고 있는 게 아닐까 싶어 승원은 잠시 머뭇거렸지만, 그런 작은 의심에 소중한 것을 잃어버리는 실수는 이제 하지 않고 싶었다. 승원은 빠른 손놀림으로 지하 주차장의 층수를 연거푸 눌렀다. 그런데 문이 닫히지 않았다. 이상해서 두리번거리니 수현이 아직도 바깥에서 오픈 버튼을 누르고 있었다. 지금쯤 출발해야 한다는 걸 뻔히 알면서도 그녀는 왜 문을 계속 잡고 있단 말인가.

"강 수석님!"

승원은 얼굴을 찌푸렸다. 누가 봐도 화가 난 표정이었다. 수현이 원래 저렇게 말이 많은 여자였나 싶어서 짜증이 치밀어 오르고 있었다.

"올림픽대로 공항 방면은 5중 추돌사고로 정체 중이라니까, 돌아가더라도 강변북로가 더 빠를 거라네요!"

"그 버튼이나 좀 놓아주시죠."

꽉 막힌 목소리로 힘주어 말하는 승원의 표정만 봐도 그가 얼마나 화를 꾹꾹 눌러 참고 있는지 알 것 같았다. 수현은 피식 웃으며 승원을 향해 놀이공원의 스태프처럼 두 손을 나란히 세우고 손목을 흔들었다. 초조함이 그대로 드러난 승원의 얼굴이 엘리베이터 문 사이로 사라졌다. 남자와 여자 사이의 문제는 사실 누가 간섭하거나, 훈수를 두어서는 안 되는 일이었다. 서로에게 가는 길에 장애물이 있다면 그것을 넘어야 하는 것도 당사자들이고, 오롯이 마음의 소리에 귀를 기울이면서 서로를 향해 발을 내디뎌야 하는 것이었다. 하지만 너무 돌아가는 것 같으면, 주변에서 지름길이나 샛길 정도는 알려 주는 게 좋지 않을까. 수현은 휴대전화를 꺼내 들고, 자

신의 전화를 기다리고 있을 준우의 번호를 눌렀다. 신호가 몇 번 울린 뒤 그의 목소리가 들리자, 수현은 전화기 너머에 있는 준우를 눈앞에서 보고 있다는 듯 환한 미소를 지으며 입을 열었다.
"임무 완성했어요."

다가오는 S/S 시즌을 성공적으로 준비한 U어패럴에도 새로운 바람이 불었다. 임직원들에 대한 대대적인 변화를 예고한 것이었다. 크리에이티브 디렉터들의 세대교체를 감행하며 새로운 역사를 쓰고 있는 세계 패션계에 발맞춰, U어패럴 역시 다시 시작될 다음 라운드를 위해 신선한 안목을 가진 실력 있는 디자이너들의 영입을 발표했다.

그러한 변화의 바람은 뮤즈에도 불어왔다. 서수미 팀장을 제외한 디자인 1팀 전원이 교체되었다. 해외 명품 브랜드에서 다년간 경험을 쌓은 감각 있는 여러 디자이너들이 국내 브랜드의 글로벌화에 뜻을 같이하겠다며 한준우 본부장이 내민 손을 기꺼이 잡아 주었다. 그중에서도 여성의 우아한 아름다움과 내면의 파워를 강조하던 랑방의 수석 디자이너를 파격적인 조건으로 영입해 온 것이 가장 큰 수확이라 할 수 있었다.

그리고 지금까지 브랜드를 이끌었던 직원들에게는 해외 연수와 함께 새로운 기회가 주어졌다. 일단 명생명사, 명품에 살고 명품에 죽는 허연심 과장에게는 U어패럴의 수입 명품 라인 론칭을 위한 현지 조사를 지시했다. 아직까지 국내에 알려지지 않는 웰메이드 제품들을 찾아내 국내에 소개하고 판매를 담당하면서, 그들이 가지고 있는 아카이브를 연구해 뮤즈에 맞게 진화시키려는 데 그 목적이 있었다.

또한 드리스 반 노튼의 아틀리에로 파견을 나갈 디자이너로는 이시영 대리가 선정되었다. U어패럴은 지난 콜라보레이션 계약을 위해 대부분의 조건을 드리스 반 노튼이 요구하는 대로 따랐다. 대신 단 한 가지만을 부탁했었는데, 그것이 바로 디자이너의 정기적인 파견이었다. 국내에만 머물러서는 유명 브랜드들의 디자인적 감각과 선진 테크닉을 따라가는 데 어려움이 많았기에 한준우 본부장은 디자이너들이 유명 브랜드의 작업에 직접 참여해 체감하며 배운 것들을 U어패럴을 위해 발휘해 주길 바라고 있었다. 그 첫 번째 디자이너로 드리스 반 노튼의 숭배자나 다름없었던 이시영 대리가 선택된 것은 모두가 생각해 봐도 당연한 일이었다.

찰스 역시 뮤즈의 S/S 화보 촬영 및 여러 가지 스타일링 작업을 통해 자신의 능력을 조금 더 구체적으로 알게 되었고, 이를 위한 체계적인 공부를 위해 브리티시 보그의 인턴십 프로그램에 지원했다. 그리고 오늘 드디어 감격의 합격 통보를 받게 되었다. 흥분으로 몸을 떨며 대성통곡을 해 대는 찰스 때문에 디자인실이 있는 20층 전체는 업무가 마비될 지경이었다. 서수미 팀장이 눈짓으로 찰스의 사무실 퇴출을 명하자, 수현은 그런 그를 진정시키기 위해 함께 본사 옥상으로 올라갔다. 그리고 직원들의 휴식을 위해 마련해 놓은 정원 벤치에 앉아 커피로 축배를 대신하고 있었다.

"자기, 런던 가 봤어?"

찰스는 거들먹거리며 수현에게 질문했다. 런던이라……. 영국의 수도. 벨기에의 앤트워프에서 직선거리로 300킬로미터가 조금 넘는, 서울에서 부산까지의 거리보다 가까운 동네로 유로스타를 타든 이지젯을 타든, 아니면 페리를 타고 바다를 건너든 여러 가지 방법으로 두 시간 정도면 도착할 수 있는 수현의 앞마당이라 할 수 있었다. 그녀는 한숨을 내쉬었다. 찰스는 아무래도 EU가 뭔지도 모르는 모양이었다. 유럽은 이미 한 나라나 다름없다고요!

"그런데, 일단 유로는 얼마나 바꿔 가야 하지?"

"영국은 아직 유로보다는 파운드를 많이 쓰지 않을까요?"

"파운드? 유로를 쓰지 않으면 달러겠지. 자긴 유럽에서 공부했다면서

그런 것도 몰라?"

　찰스의 핀잔에 수현은 이맛살을 찌푸렸다. 영국은 유럽 연방에 가입은 했지만 아직 파운드를 쓰고 있었다. 대형 쇼핑몰이나 음식점들은 유로를 받고 있지만, 작은 가게들이나 교통수단을 이용할 때는 파운드가 필요하기에 수현이 넌지시 알려 준 것이었다. 그런데 찰스는 뜬금없이 달러 타령을 하고 있었다. 아무래도 오늘은 밤을 새워서라도 찰스에게 자신이 알고 있는 모든 것을 탈탈 털어 런던 가이드북을 작성해 줘야겠다고 수현은 마음먹었다. 타지 생활에 혼자라는 사실이 외로울 때 마음을 달래 주는 손맛 가득한 핸드드립 커피는 어디에서 파는지, 여자보다도 더 매끄러운 피부를 유지하는 찰스를 위해 코스메틱 상점은 어느 골목에 많은지, 화보 촬영을 위한 주얼리나 의상을 협찬받기 좋은 멀티숍은 또 어디인지 등등. 런던의 명물들과 함께 생활에 필요한 정보들을 하나하나 알려 줘야 할 것 같았다. 아, 그런데 런던은 피크 타임에 지하철을 타게 되면 운임비를 더 내야 하는데, 그런 것도 알려 줘야 하는 건가?

　"그나저나 자기, 너무 고마워."

　으음? 뭐가 고맙다는 거지? 내가 런던 가이드북을 만들어 줄 거라는 걸 벌써 알아챈 것인가? 뜬금없는 감사 인사에 당황한 수현은 의아한 표정으로 찰스를 살펴보았다. 그의 눈가가 촉촉이 젖어 있었다. 아하, 헤어짐을 앞두고 그동안 고마웠다는 의미의 감사 인사였나 보다. 수현은 이쯤 해서 그 유명한 '석별의 정'을 마음속의 BGM으로 깔면서 조금이라도 서운한 척을 해야 하나 싶어 고민스러웠다.

　"자기 때문에 가게 된 거 알고 있어. 자기가 본부장님한테 얘기해 준 거지?"

　"뭘요?"

　"그때 자기가 그랬었잖아. 내가 안나 윈투어보다 더 훌륭한 에디터가 될 거라고."

이렇게 자기 위주로 해석하는 찰스의 버릇이 런던에서는 꼭 고쳐져야 할 텐데. 수현은 다시 한숨을 내쉬었다. 하지만 이내 고개를 저으며 그것은 불가능한 일이라고 결론지었다. 모국어도 제대로 이해하지 못해 제멋대로 해석하는데, 영어가 더 나을 것이라 기대하면 안 되는 일이지 않은가.

"자기가 에디터로서의 내 자질을 보고 본부장님에게 추천한 거 다 알아."

"제가 본부장님한테 왜요? 더구나 본부장님이 얼마나 높은 분인데, 계약직 직원의 말에 신경이나 쓰시겠어요?"

찰스의 브리티시 보그 입성에 준우의 입김이 작용한 모양이었다. 하지만 수현은 준우에게 찰스를 추천한 일도 없었고, 준우가 그 일이 개입되었다는 것도 처음 듣는 이야기였다. 순간 찰스가 고개를 갸웃하며 물었다.

"아니었어?"

"뭐가요?"

"둘이 사귀는 거 아니었어?"

어떤 둘이 말인가? 승원과 지애를 말하는 건가?

"본부장님이랑 수현 씨가 사귄다에 직원들이 내기까지 했었는데, 아니었단 말이야?"

찰스의 말이 다 끝나기도 전에 옥상엔 커피 비가 내렸다. 찰스의 질문에 놀란 수현이 파릇파릇 새순이 돋고 있는 옥상의 나무들에게 머금고 있던 커피를 아낌없이 내뿜은 것이었다. H_2O가 아닌 갈색의 새로운 액체를 영접한 나무들은 처음 맛보는 카페인의 힘으로 잠도 자지 않고 더 빠르게 봄 꽃을 피울 수 있으리라.

"직원들 누구요?"

"우리 디자인 1팀이랑 개발실 누나, 형님들. 전부 다 둘이 사귈 거라 했

는데 허 과장님만 아니라고 했거든. 아, 허 과장님이 판돈 다 가져가겠네. 그런데 가져가면 뭐 하나. 그걸로 또 짝퉁 명품 사겠지."

역시 허당 허연심 선생은 살아 있었다. 명품을 사랑하는 마음은 그 누구보다 크고 깊지만, 진품과 짝퉁을 구별하는 눈은 한없이 낮은, 그런데다 눈치는 더더욱 없는 허연심 과장에게 수입 명품 라인의 현지 조사를 맡겨도 되는지, 우려가 들었다.

"이상하다. 본부장님이 자기를 막 이글이글 잡아먹을 것처럼 쳐다봤었는데……."

사실 단둘이 있을 때의 준우는 수현을 항상 뜨겁게 바라보았지만, 밖에서 티를 낸 적은 없다고 생각했다. 그리고 그건 수현 역시 마찬가지였다. 회사에서는 언제나 공적으로 서로를 대하려 노력했던 두 사람이었는데, 그들만의 착각이었단 말인가.

"개발실 실장님은 그때, 본부장님이 수현 씨한테 동대문 안내하라며 따라 나오라고 할 때부터 눈치 채셨고."

아, 눈이 많이 와 지각을 하는 바람에 수현은 준우와 엘리베이터에서 만났고, 그들은 그날 처음으로 함께 식사를 했었다.

"서 팀장님은 원단 사건 무마시켜 줄 때 의심하셨다고 하고."

앨리스 팀의 원단을 허락도 없이 가져다 쓴 수현을 준우가 감싸 주고, 격려해 줬던 날이었다. 그날 청계천을 함께 걸으며 수현은 그를 만나면 유난히 가슴이 뛴다는 걸 처음으로 깨닫게 되었다.

"이시영 대리님은 본부장님이 수현 씨랑 앤트워프로 함께 출장을 간 일 때문에 알았다던데?"

"그런데 그건 본부장님이 제가 적임자라 생각해서……."

"아니, 수현 씨를 데려가서가 아니라, 본부장님이 수현 씨랑 같이 가려고 자리를 다운그레이드했다며? 나중에 출장비 정산할 때 나온 비행기 티켓값 때문에 총무팀이 한동안 들썩였나 보더라고. 이시영 대리님 친한 동기가 총무팀에 있잖아."

수현도 생각이 났다. 준우가 그녀의 좌석을 업그레이드하는 대신 그의 좌석을 다운그레이드해서 그녀를 얼마나 실망시켰었는지를 말이다. 그런데 지금 생각해 보니, 수현의 옆에 앉기 위해 준우가 일부러 그런 것 같기도 했다. 그녀는 괜스레 웃음이 나왔다. 처음부터 준우가 자신만을 바라보고 있었다는 걸 새삼 알게 되니 당장 달려가 그의 얼굴을 마주하고 싶었다. 모두가 두 사람의 관계를 눈치 챈 건 어쩌면 당연한 일이었으리라. 서로를 향한 마음을 여기저기 흘려 놓고, 아무도 모를 것이라 생각했다는 게 정말 바보 같지 않은가.

"세계 패션위크는 원래 런던, 밀라노, 파리, 뉴욕 순이었대요."

준우를 향해 벅차오르는 감정을 잠시 누른 수현은 찰스의 두 손을 잡고 그와 눈을 마주했다.

"그런데 지금은 뉴욕, 런던, 밀라노, 파리 순으로 바뀌었죠."

사실이었다. 미국 보그의 편집장이자 패션계의 대통령, 안나 윈투어가 자신이 살고 있는 뉴욕에서 패션위크를 가장 먼저 보고 싶어했고, 그래서 정말로 세계 패션위크의 순서가 바뀐 것이었다.

"찰스 선배가 안나 윈투어보다 더 훌륭한 편집장이 되길 진심으로 바랄게요. 열심히 배우고 더 높이 올라가서 세계 4대 패션위크에 서울을 포함시켜 세계 5대 패션위크로 만들어 봐요."

수현의 진지함에 밀려 찰스는 고개를 끄덕였다. 그게 얼마나 어려운 일인지는 생각하지 못하는 것이리라. 하지만 그것이 찰스의 장점이었다. 불가능하다 겁먹지 않고, 자신이 할 수 있다 생각하는 긍정적인 마인드가 그의 능력을 얼마나 극대화시켜 줄지는 아무도 모르는 일이었다.

"우리 그렇게 서울에서 꼭 다시 만나요."

그리고 이틀 후, 찰스는 그토록 동경하는 찰스 프레드릭 워스가 태어난 영국으로 향하는 비행기에 몸을 실었다. 그의 곁에는 여행 영어 책자 한 권과 수현이 밤을 새워서 만들어 준 런던 가이드북이 함께 있었다.

봄을 앞두고 서울은 모처럼 맞이하는 세계적인 패션 행사에 흥분하고 있었다. 가브리엘 샤넬이 만든 최고의 발명품이라는 리틀 블랙 재킷LBJ의 사진전이 서울에 상륙했기 때문이었다. 샤넬의 수석 디자이너인 칼 라거펠트가 그의 화려한 인맥을 총동원하여 전 세계를 아우르는 100여 명의 유명 인사들을 섭외했고, 각자의 캐릭터에 맞게 샤넬의 재킷을 스타일링해 직접 찍은 흑백 사진들로 전시를 기획, 전 세계를 돌고 있었는데 이번 순서가 바로 서울이었다. 청담 사거리에 위치한 한 뮤지엄의 외벽은 샤넬의 블랙 컬러를 온몸으로 휘감은 채 그들의 도착을 환영하고 있었다. 그리고 칼 라거펠트가 서울전을 위해 보냈다는 세계적인 슈퍼모델들이 여기저기 터지는 플래시 속에서 포즈를 잡으며 전시회를 빛내 주고 있었다.

수백 명이 넘는 손님들 속에서 수현은 사진전을 둘러보며 특별한 감회에 젖어 있었다. 디자인을 시작한 이래 그녀가 항상 중요하게 생각해 왔던 것은 한 시즌이 끝나면 사라질 유행이나 트렌드가 아니었다. 오랜 시간이 지나도 사랑받을 수 있으면서 여성들의 삶을 좀 더 진화시켜 줄 수 있는 스타일, 그러면서도 수현만의 개성이 엿보이는 아이템들을 선보이고 싶다는 바람을 가지고 있었다. 그런데 눈앞에 펼쳐진 샤넬의 재킷이 꼭 그러했다. 어떤 옷과도 믹스매치할 수 있는 디자인에 편안하면서도 여성스러운 매력이 돋보이는 블랙 재킷은 이번 사진전을 통해 100여 개의 스타일링을 선보이며 시대를 거스르는 우아함을 뽐내고 있었다.

"패션사에 영원히 사라지지 않을 세 가지 아이템이 청바지와 흰 셔츠, 그리고 샤넬의 재킷이라고 하던데, 그 이유를 알 것 같아요."

수현을 이 자리에 데리고 온 준우 역시 고개를 끄덕이며 그녀의 의견에 동의했다.

"패션의 역사는 샤넬의 전후로 나뉜다는 말이 있는 만큼, 그녀의 업적과 가치는 사실 어마어마한 것이죠. 더불어 그녀의 재킷이 가지고 있는 패션사적인 의미는 사람들의 상상을 초월하는 것이고요."

수현이 안타까워하는 것도 바로 그 점이었다. 혹자들은 가브리엘 샤넬이 만들어 낸 스타일과 아이템들을 그저 비싸고 쓸모없는, 과소비만을 부추기는 허황된 것이라 폄하하기도 했다. 하지만 명품을 그런 의미로 전락시킨 것은 디자이너들이 아닌, 그것들을 팔고 구입하는 사람들이라 할 수 있었다.

역사상 가장 유명한 패션 디자이너라 할 수 있는 가브리엘 샤넬은 코르셋으로부터 여성을 해방시키고, 발목까지 내려오던 스커트의 길이를 무릎 높이로 조절하는 등 불편하고 과장된 실루엣이 아닌, 실용적이면서도 편안한 스타일을 선보이며 당시 오트쿠튀르에 혁신을 일으킨 인물이었다. 또한 값비싼 원단만을 사용하는 화려한 드레스를 부자들의 허세라 지적하면서 값싼 저지 소재를 활용하여 몸을 조이지 않는 넉넉한 라인의 활동성 좋은 드레스를 만들어 냈다. 오늘 전시회의 주인공인 샤넬의 재킷은 몸매만을 강조하던 당시의 실루엣에서 벗어나 편안하게 입을 수 있으면서도 여성스러운 스타일을 만들어 내고 싶다는 바람에서 출발한 것이었다. 그리고 수백만 원을 호가하는 그녀의 2.55백 역시 백을 손에 들고 다녀야 했던 당시 여성들에게 활동성을 제공해 주고 싶은 마음에 어깨끈을 매단 것에서 시작되었다고 했다. 과도한 관습에 억압되어 있던 여성들을 해방시켜 주고 싶다는 그녀의 바람에서 시작된 아이템들이 수십 년이 지난 지금, 다른 의미로 변질되어 또다시 여성들을 억압하고 있다는 것을 샤넬이 알았다면, 아마도 크게 호통을 치며 불만을 드러내지 않았을까. 페미니즘적 접근으로

탄생된 샤넬 스타일의 본질은 럭셔리가 아닌 편안함이었는데, 그 의미가 퇴색된 채 지금은 그저 고급 브랜드의 상징처럼만 평가받고 있는 것이 수현은 조금 안타까웠다.

언제나 그러하듯 유명 파티에 빠지지 않는 연예인들과 샤넬을 사랑하는 수많은 셀렙들이 사진전을 둘러보며 저마다의 의견을 나누고 있는 사이, 준우가 누군가를 알아보고 인사를 건넸다. 막강 파워를 자랑하는 국내 유명 잡지사 편집장의 극진한 에스코트를 받는 걸 보니, 아마도 그 잡지사의 판권을 가지고 있는 해외 본사의 관계자인 듯싶었다. 그 역시도 준우가 무척이나 반가운지 환하게 웃으며 그와 가벼운 포옹을 나눈 뒤, 도란도란 대화를 나누기 시작했다. 그러다 대화가 마무리될 무렵 준우가 심각한 표정을 지어 보이며 사과의 말을 건넸고, 상대는 괜찮다며 준우의 어깨를 두드렸다. 다른 사람을 만나기 위해 상대가 자리를 옮겼지만, 준우는 자리를 뜨지 않은 채 뭔가 마음에 들지 않는다는 듯한 표정이었다.

"누구예요?"

준우는 슬그머니 그의 곁으로 다가온 수현을 조용히 응시했다. 말을 해야 하나, 말아야 하나 잠시 고민하는 듯했지만 처음부터 숨길 생각은 아니었던 모양이었다.

"……브리티시 보그."

브리티시 보그의 관계자가 왜 지구 반대편의 서울에서 열린 행사에 참석했는지 수현이 궁금하다는 표정을 짓자, 준우는 그녀를 이끌고 매장 맞은편에 자리한 주스 바로 향했다. 그곳에는 파티를 위해 특별히 공수된 샴페인과 간단한 핑거 푸드들이 컬렉션 못지않은 화려한 자태로 고객들을 기다리고 있었다.

"브리티시 보그에서 샤넬의 이번 월드 와이드 전시회를 모두 돌며 기획 기사를 준비 중인 모양이에요."

가브리엘 샤넬에 의해 만들어진 재킷은 사실 칼 라거펠트를 만나 그의 위트 있는 디테일들이 더해져 더욱 진화한 것이라 볼 수 있었다. 사실 재킷뿐만 아니라 샤넬의 모든 아이템이 브랜드의 정신을 지키면서 그 신화를 이어 갈 수 있었던 단 하나의 이유는 바로 칼 라거펠트였다. 샤넬이 그녀의 부티크를 세운 지 꼭 100년이 되는 올해, 샤넬과 칼 라거펠트의 만남이 그 100년의 역사를 어떻게 이끌어 왔는지를 가장 잘 알아볼 수 있는 곳이 바로 이번 전시회라 할 수 있었다. 그런 세기의 이벤트를 가까이에서 볼 수 있는 기회를 패션매거진에서 놓칠 리가 없었다. 그런데 브리티시 보그가 서울로 취재를 나왔다고 해서 준우가 곤란할 일이 대체 뭐란 말인가. 바의 구석에 자리를 잡고 수현의 어깨에 자신의 재킷을 걸쳐 주고서도 준우는 얼떨떨한 표정이었다.

　"영어를 할 줄 몰랐다니……."

　주문했던 샴페인이 준우와 수현 앞에 놓이자, 마침내 그가 어이없다는 듯 웃음을 내뱉었다. 도대체 누구를 말하는 건지 수현은 고개를 갸웃했다.

　"찰스 프레드릭 워스를 운운하며 오트쿠튀르의 역사를 줄줄 외우기에 영어는 할 줄 알았는데 말이죠."

　준우는 한숨마저 내쉬며 믿을 수 없다는 듯 고개를 가로젓고 있었다. 찰스 프레드릭 워스라면, 김찰스 주임을 말하는 건가?

　"찰스 선배요?"

　"이럴 줄 알았으면 보그 코리아에 넘길 걸 그랬어."

　준우는 찰스가 무슨 범죄자나 되는 것처럼 '넘긴다'는 표현을 사용했다. 수현은 문득 찰스가 런던으로 떠나기 전, 준우가 자신의 합격에 힘을 실어 준 것 같다며 그녀에게 고마움을 표시했던 일이 떠올랐다.

　"본부장님이 브리티시 보그에 연결해 주신 거였어요?"

　수현의 질문에 준우가 고개를 끄덕였다.

"왜요?"

"수현 씨 때문에요."

"제가 본부장님께 찰스 선배에 대해 얘기한 적이 있었나요?"

궁금해하는 수현의 얼굴을 부드럽게 쓰다듬으며 준우가 아니라는 듯 고개를 저었다. 찰스에게 한 행동은 지금 생각해 봐도 기가 막힐 노릇이었다. 자신이 도대체 왜 그렇게 유치했는지 아직도 알 수가 없었다. 그의 얘기를 다 들은 수현이 어떤 반응을 보일지 벌써부터 걱정스럽기도 했다.

"김찰스 주임이 수현 씨를 '자기'라고 부르는 게 너무 싫었어요."

준우는 말을 이으면서 수현의 눈빛을 살폈다. 그녀는 살짝 놀라며 두 눈을 동그랗게 뜨고는 진심이냐고 물었다. 준우는 불쾌했던 기억이 다시 떠오르자, 저도 모르게 투덜거리는 어조로 덧붙여 말했다.

"그날, 프레젠테이션 끝나고 곱창집에서 김찰스 주임이 수현 씨에게 했던 모든 행동이 싫었어요. 아니, 어쩌면 그 전부터 싫었던 것 같아요. 사내 공모전 때도 그렇고, 화보 촬영 때도 그렇고 둘이 유난히 붙어 다니더라고. 그런데 이직을 고민한다 하기에 마침 인턴십 프로그램의 지원자를 모집 중이던 브리티시 보그에 대해 살짝 흘렸어요. 합격시키라고 부탁한 것도 맞고요. 그런데 찰스 주임이 영어를 못하는 줄은 몰랐네요."

수현이 고개를 숙이고 어깨를 들썩이고 있었다. 소리가 새어 나올까 걱정이 되는지 그 예쁜 손으로 입을 막고 있었지만, 큭큭거리는 웃음소리는 이미 준우의 귀에 전해진 후였다.

"어? 지금 웃는 거예요? 웃지 말아요. 그동안 내가 얼마나 기분 나빴는지 알아요? 수현 씨는 다른 여자가 나를 자기라고 부르면 좋겠어요?"

수현은 준우가 다른 여자와 서 있는 것만으로도 충분히 불쾌했었기에 당시 그의 기분이 어떠했는지는 어렴풋이 알 것 같았다. 하지만 자신도 모르게 계속 터져 나오는 웃음을 막을 수가 없었다. 아무리 그래도 찰스를 런던으로 보내 버린 건 너무한 거 아닌가? 찰스가 그쪽 일에 관심이 있어서 다행이었지, 이건 뭐 강제추방이나 다름없었다. 샤넬 언니가 그랬지. 남자들이 아이 같다는 걸 알고 있다면, 당신은 모든 것을 아는 거라고 말이야. 수현은 언제나 이성적이고 반듯한 준우의 전에 없던 행동이 재미있으면서도 가슴이 찡해 왔다. 그런 변화가 자신 때문이라는 사실에 행복감까지 느끼고 있었다.

"S/S 제품 생산, 완료되었나요?"

수현의 웃음이 잦아들자, 준우가 나란히 앉아 어깨를 감싸안으며 그녀에게 몸을 붙였다. 다정한 모습을 연출하는 준우와 수현을 알아본 사람들이 여기저기에서 수군거렸다. 내일이면 말하기 좋아하는 사람들의 입을 거쳐 두 사람의 관계가 자극적인 가십이 될 수도 있었지만, 두 사람 모두 상관없었다.

"뭐, 대충요?"

"매장 디스플레이는?"

"그것도, 거의 다요?"

"그럼 바쁜 일은 다 끝난 건가?"

"일단은요."

"이제 수현 씨가 없어도 뮤즈 S/S 제품은 아무런 문제가 없는 거죠?"

수현은 새삼 서운함을 느꼈다. 이제 뮤즈는 그녀가 없어도 정말 문제가 없을 것이다. 30년이라는 무시할 수 없는 시간 동안 오로지 뮤즈만을 위해 일해 온 서 팀장을 필두로, 준우가 공들여 영입한 수석 디자이너와 또다른 실력 있는 디자이너들이 앞으로의 뮤즈를 더욱 경쟁력 있는 브랜드로 성장시킬 것이라고 믿어 의심치 않았다. 다만, 이제 곧 한국을 떠나야 했고, 이렇게 좋은 사람들을 다시 만날 수 있을까 싶은 아쉬움에 허전한 마음이 들었다. 수현의 마음을 다 이해한다는 듯, 부드러운 손짓으로 그녀의 뒷머리

를 쓰다듬던 준우가 재킷 안쪽 주머니에서 봉투를 꺼내 수현의 앞으로 밀어 주었다. 그녀가 봉투의 입구를 살짝 들어 보니 다음 주가 출발인 비행기 티켓이 언뜻 보였다.

"이게 뭐예요?"

"지난 공모전 상품이에요."

찰스와 함께 준비했던 뮤즈의 S/S 제품 공모전을 말하는 모양이었다. 수현이 놀란 눈으로 준우를 바라보자, 그가 조용히 웃으며 말을 이었다.

"뉴욕과 런던은 이미 끝났고, 밀라노는 지금 패션위크 기간이지만 다른 사람이 가 있으니, 우리는 파리로 가요."

수현에게 파리는 준우와의 소중한 추억이 깃든 곳이었다. 머무른 시간은 짧았지만, 라텡 지구의 주홍빛 하늘 아래에서 서로의 마음을 주고받으며 머리보다는 가슴으로 준우를 먼저 알아보지 않았는가. 노트르담 대성당 광장에서 포앵 제로를 밟으면 다시 그곳으로 돌아간다더니, 노부부의 매서운 눈초리를 받으면서도 그곳을 밟고 온 보람이 있었나 보다.

"재봉틀은 나중에 우리가 같이 살 집에 수현 씨 작업실을 만들면서 놔 줄게요."

프러포즈나 다름없는 준우의 말에 수현의 눈이 더욱 커졌다. 그녀의 얼굴이 조금 붉어진 것 같기도 했다.

"이제부터 수현 씨 시간은 내 거예요."

어디 시간뿐이겠는가. 수현은 준우에게 자신의 모든 것을 줄 수 있었다. 그리고 말하지 않아도 알 수 있었다. 그도 자신과 같은 마음이라는 걸. 수현이 빙긋이 입꼬리를 늘리는 것으로 대답을 대신하자, 준우 역시 마주 웃으며 그녀를 끌어안았다. 수현의 시간은 지금부터 준우의 것이었다.

다시 찾은 파리는 전쟁터였다. 예술적 감성과 함께 역사와 문화가 숨 쉬는 파리. 한 해 동안 이 도시를 찾는 관광객이 프랑스 전체 인구의 두 배 이상이라는 통계가 있을 정도로 파리는 1년 내내 관광객들로 몸살을 앓는 곳이었다. 하지만 패션위크가 열리는 2월 말과 9월의 파리는 수많은 패션피플들의 기대와 흥분에 휩싸여 그 어느 때보다도 뜨거웠다. 전 세계에서 몰려오는 미디어와 유명 셀럽을 비롯하여 스타일리스트와 에디터, 그리고 수많은 바이어와 패션을 공부하는 학생들까지 더해져 호텔의 빈 방은 찾아볼 수가 없었고, 오래된 골목 안의 작은 카페마저도 발 디딜 틈 없이 북적거렸다. 수현 역시 앤트워프에서 공부할 때에는 거리상 가깝다는 이유로 매 시즌마다 파리를 찾아, 관심 가는 쇼들의 티켓을 손에 쥐기 위해 발을 동동 구르곤 했었다. 평소보다 배 이상으로 치솟는 호텔비를 감당하기 힘들어 민박은 기본이었고, 유명인들에 치여 맨 뒷줄에서 까치발로 서서 쇼를 구경하는 일이 다반사였다. 하지만 패션을 공부하는 한 사람으로서의 의무감이라고나 할까. 수현은 앤트워프 왕립예술학교에 입학한 후로는 한 해도 빠짐없이 유럽에서 열리는 패션위크에 참석해 왔다.

그런데 이번 패션위크는 예전과 달랐다. 수현은 이렇게 호화스러운 경험은 처음이었다. 학생이라는 위치에는 어울리지 않는 극진한 대접에 좋기도 하면서 얼떨떨한 기분을 느끼며 그녀는 파리에서의 하루하루를 보내고 있었다. 일단 준우와 함께 가는 모든 쇼의 자리는 프런트 로였다. 샤넬의 금빛 로고가 새겨진 초대장을 들고 그랑 팔레의 거대한 유리 돔으로 들어서 자리를 찾았을 때 수현이 놀랐던 이유는 전 세계에 포진한 샤넬의 매장들이 깃발로 표시된 커다란 지구본 때문이 아니었다. 자신의 옆자리에서 꼿꼿하게 허리를 펴고 칼날처럼 날카로운 단발머리를 휘날리는 안나 윈투어를 목격했기 때문이었다. 도둑이 제 발 저린다고 했던가. 그녀를 본 순간, 어디 감히 찰스 따위와 자신을 비교하느냐며 그녀가 특유의 시니컬한 웃음을 내뱉고는 자신을 영원히 패션계에서 아웃시킬까 봐 수현은 덜컥 겁

이 나기도 했다. 칼 라거펠트는 이번 컬렉션에서도 자신만의 재기 발랄한 아이디어를 마음껏 펼쳐 보였지만, 수현은 쇼보다 안나 윈투어의 얼굴을 살피느라 더 분주했다. 또한 루이비통의 컬렉션에선 쇼를 마친 마크 제이콥스가 그녀의 눈앞에서 관능적으로 손을 흔들자, 수현은 저도 모르게 벌어진 입을 다물 수가 없었다. 가까이에서 얼굴을 본 마크 제이콥스는 패션계 최고의 스타답게 너무나 섹시했기 때문이었다. 그래서 결국 이를 못마땅하게 여긴 준우로부터 피날레가 끝날 때까지 키스를 받아야 했다. 뿐만 아니라 드리스 반 노튼의 컬렉션에선 수현을 알아본 그가 수현에게 비주[35]를 건네주는 바람에 쉼 없이 플래시가 터져 고개를 들지 못하기도 했다. 이렇게 수현은 모든 쇼에서 VVIP 대접을 받았다. 또한 쇼가 시작되기 전날, 그녀를 초대한 브랜드에서는 그녀가 묵고 있는 호텔로 컬렉션에 입고 올 의상을 직접 보내 주기도 했다. 쇼가 끝나고 이어지는 애프터파티에도 참석하면서 수현은 파리 패션위크를 그 어느 때보다 럭셔리하게 즐기고 있었다. 그리고 파리 패션위크에 당당히 이름을 올린 국내 유명 디자이너들의 쇼에도 빠짐없이 참석한 수현은 준우를 통해 그동안 경험하지 못했던 시간을 보내고, 새로운 인맥을 쌓고 있었다.

　뉴욕 패션계의 슈퍼 루키인 알렉산더 왕이 처음으로 선보이는 발렌시아가의 컬렉션을 끝으로 수현과 준우는 지친 몸을 이끌고 호텔로 돌아왔다. 그들이 지난 열흘 동안 묵었던 곳은 파리의 유명 부티크 호텔 중 하나로 세계적인 패션 디자이너인 크리스티앙 라크르와가 디자인한 '프티 블랭'이라는 곳이었다. 지난번에 묵었던 샹젤리제 거리의 호텔보다는 규모와 편의성에서 많이 떨어졌지만, 패션계 최고의 장식 예술가가 만든 호텔답게 독창적인 인테리어와 화려한 색감으로 시각적인 즐거움을 제공해 주었다. 또한 총 열일곱 개의 객실이 저마다 다른 콘셉트로 꾸며져 있어 라크르와의 오

---

35. 비주(bijou): 키스, 뽀뽀를 의미하는 프랑스 어. 보통은 서로의 양 뺨에 입을 대는 인사를 뜻함.

트쿠튀르 컬렉션을 보는 것 같은 고급스러운 분위기를 연출하고 있었다.

"이제 알렉산더 왕의 시대가 도래했군요."

준우와 수현은 객실로 올라가는 엘리베이터로 걸음을 옮기며 발렌시아가의 컬렉션을 떠올리고 있었다.

"너무 얄미운 것 같아요. 서른도 되지 않는 젊은 나이에 보수적인 패션계를 쥐락펴락하고 있잖아요."

"발렌시아가의 쿠튀르적 감성에 자신이 가지고 있는 스트리트 감성을 조화시키다니, 영리한 친구예요. 일단 첫 번째 컬렉션은 안전하게 가겠다는 거겠죠. 하우스의 아카이브를 지키면서 이미 대중들로부터 인정받은 자신의 강점을 최대한 이용했으니까요. 오늘부로 알렉산더 왕을 향한 우려와 불신은 일단 사라질 거예요."

그 어느 때보다 볼거리와 얘깃거리가 풍성했던 파리 패션위크였다. 알렉산더 왕이 발렌시아가로 와 가졌던 데뷔전은 성공적이었지만, 생 로랑의 크리에이티브 디렉터인 에디 슬리먼의 두 번째 컬렉션은 모두를 충격에 빠뜨리기 충분했다. 생 로랑만의 엘레강스한 특성이 사라지고 그런지한 스타일을 앞세워, 어찌 보면 너무 쿨한 캐주얼룩을 선보였기 때문이었다.

"나중에 수현 씨가 쇼를 하면, 프런트 로의 메인은 항상 내 자리여야 해요."

객실이 있는 층에 엘리베이터가 도착하자, 호텔의 복도로 나와 나란히 걸으며 준우가 너스레를 떨었다. 수현에겐 아직 꿈만 같은 이야기였다.

"안나 윈투어나 칼 라거펠트 같은 사람들이 왔다고 내 자리를 막 내어 주고 그러면 안 돼요."

준우는 방문에 열쇠를 꽂아 넣으며 수현에게 계속해서 당부했다. 낡고 오래된 것들을 근사하게 포장할 줄 아는 파리답게 프런트에서 체크인을 하면서 받은 건 카드키가 아닌 구릿빛의 묵직한 열쇠 꾸러미였다. 수현은 웃

으며 객실 문이 열리길 기다렸다. 그런데 준우는 열쇠를 돌려 잠금장치를 풀어 줬을 뿐, 수현에게 먼저 들어가라 말하고는 그녀의 뒤에서 웃으며 기다리고 있었다.

　망설이는 표정으로 문을 연 수현은 이곳이 자신들의 방이 맞는가 싶어 두리번거렸다. 아침에 나왔을 때와는 너무나 다르게 방 안은 온통 화려한 꽃들로 장식되어 있었다. 그러지 않아도 패션위크 기간이라 프랑스의 모든 꽃이 동이 났다 들었는데, 이 많은 꽃을 전부 어디에서 구한 것인지. 수현은 너무 놀라 방 안으로 들어서지 못한 채 두 눈만 껌뻑거릴 뿐이었다. 수현의 뒤에 있던 준우가 후후, 하고 웃으며 그녀의 어깨를 두 손으로 잡아 방으로 살짝 밀어 주자 그제야 걸음을 안으로 옮긴 그녀였다. 형형색색의 수많은 꽃은 오늘을 위해 봉오리를 피웠다는 듯 더할 나위 없이 만개해 있었고, 라크르와의 객실과 어우러져 한 폭의 그림 같은 아름다움을 연출하고 있었다. 그중 수현의 눈길을 사로잡은 것은 따로 있었다. 그것은 발코니로 나가는 창가에 매달려 살포시 흔들리고 있는 웨딩드레스였다. 수현은 아무 말도 하지 못한 채 준우만을 바라봤다. 눈물에 가려 흐려지는 그가 그녀 앞에 한쪽 무릎을 꿇고 있었다.

　"결혼해 줘요."

　결국 수현은 눈물을 쏟고 말았다. 눈물과 함께 벅찬 감동이 그녀의 가슴속에 차올랐다. 이 남자는 어쩌면 이렇게도 자신에게 한결같은 마음을 내보이는지. 수현은 숨이 가빠 오고, 목 안이 뜨거워져 뭐라 말을 할 수가 없었다.

　"나와 결혼해 줘요."

　수현의 대답을 듣기 전에는 일어나지 않을 생각인지 준우는 다시 한 번 힘주어 말하며 그녀의 모습을 두 눈에 담고 있었다. 수현은 흐르는 눈물을 닦은 뒤, 방 안을 다시 둘러보았다. 발코니 너머로 보이는 파리의 푸른 하늘과 파스텔 톤의 예쁜 꽃들, 바람에 몸을 실어 살랑살랑 흔들거리는 새하얀 웨딩드레스, 그리고 무릎을 꿇고서 자신의 대답을 기다리고 있는 준우까지, 모든 게 완벽했다. 더 이상은 그 무엇도 필요하지 않았다. 4년 전 만났던 그녀의 왕자님은 더욱 근사한 모습으로 나타나 수현의 인생을 행복으로 가득 채워 주고 있었다.

    수현이 고개를 끄덕였다. 예스가 아닌 다른 대답을 할 수도, 준우가 아닌 다른 사람을 생각할 수도 없었다. 그녀의 심장은 태어날 때부터 뛰고 있었거늘, 이제는 준우에게만 반응하는 듯 자리에서 일어나 수현에게 다가오는 그를 향해 더욱 강하게 요동치고 있었다.

    내가 그에게 사랑한다는 말을 했던가? 내 앞에 나타나 줘서 고맙다는 말은 전했나? 수현은 계속 흐려지는 눈가를 닦으며 준우에게 해야 할 말들을 떠올렸지만, 결국 그 말들을 입 밖으로 꺼낼 수 없게 되었다. 열망으로 이글거리는 준우의 눈빛에 머릿속이 까매졌고, 입속을 거칠게 점령해 오는 그의 입술에 정신이 혼미해졌기 때문이었다. 수현이 프러포즈를 받아들였다는 기쁨에 준우의 몸짓은 더욱 거세졌고, 그녀 역시 그 어느 때보다도 열렬히 그에게 반응하고 있었다.

    "사랑해."

    프러포즈를 완벽하게 마무리짓는 사랑 고백이 준우의 입에서 흘러나왔다. 준우는 수현의 눈을 쳐다보며 계속해서 중얼거렸다. 사랑해. 사랑해. 사랑해. 사랑해. 수현은 그의 목에 두 팔을 두르며 눈을 꼭 감았다. 그렇게 두 사람은 서로에게 깊이 빠져들었다.

    "누구나 한 번쯤은 시간이 영원히 멈춰 그 순간을 즐길 수 있기를 꿈꾼다는데, 나도 생각했어요. 수현 씨와 함께하는 시간이 멈춰 버렸으면 좋겠다고."

상쾌한 기운과 함께 부드러운 준우의 목소리가 수현의 귓가에 나지막이 울렸다. 나른한 만족감에 젖어 뒤에서 수현을 끌어안고 그녀의 가슴을 지분거리는 준우의 숨결이 수현의 어깨에 닿았다 사라졌다.

"그런데 이제는 시간이 빨리 가라고 기도해야 할 것 같아요."

몸을 일으켜 잠시 드레스 룸에 다녀온 준우가 수현에게 서류 봉투를 내밀었다. 제법 두께가 있는 것이 묵직해 보였다. 더 이상 준우의 체온을 느낄 수 없게 된 수현이 시트로 그 온기를 대신하며 일어나 앉았다. 그리고 준우를 향해 서류의 정체를 묻는 의아한 눈빛을 보냈다.

"공부, 마치고 와요. 기다리고 있을 테니까."

수현이 준우에게서 봉투를 건네받아 안을 열어 보니, 복학을 위한 서류들이 준비되어 있었다. 그녀가 자필로 서명만 하면 끝날 수 있게 모든 것이 작성되어 있었다. 그리고 딸랑거리는 소리와 함께 나온 것은 열쇠 꾸러미였다.

"학교에서 걸어서 10분 거리래요."

수현은 동그래진 눈으로 준우를 바라봤지만, 그는 별일 아니라는 듯 태연한 표정으로 말을 이었다.

"학교에서도 가깝고, 깔끔하고 보안이 좋은 곳으로 알아보라고 했는데, 나도 직접 가 보진 않아서 잘 모르겠어요. 수현 씨가 가 보고 맘에 안 들면 얘기해요. 다른 곳으로 알아봐 줄 테니까."

수현이 준우를 멍하니 쳐다보다 다시 서류를 내려다보았다. 이제 곧 학교로 돌아가야 한다고 그녀 역시 생각하고 있었다. 조만간 복학을 신청하고 졸업 때까지 묵을 곳도 알아봐야 했었다. 그런데 그녀가 해야 할 모든 일을 준우가 먼저 완벽하게 준비해 놓은 것이었다.

수현은 기분이 이상했다. 어린 나이에 가족도 없이 벨기에라는 낯선 나라로 간 이후 그녀는 모든 것을 혼자서 처리해야 했었다. 조금이라도 싼 스튜디오를 얻겠다고 항구 근처에 집을 계약했다가 사기를 당해 보증금을 날리기도 했었고, 네덜란드 어를 몰랐던 첫해에는 들르는 상점마다 이런저런 바가지를 쓰기도 했었다. 생일날에도 혼자서 새벽까지 작업했고, 방학이 되어도 앤트워프에 남아 아르바이트를 하며 부모님의 부담을 줄여 드리기 위해 열심히 살았었다. 그렇게 힘겹고 외로운 시간을 보내는 동안 혼자서 하는 모든 일에 이골이 나 있었다. 그런데 이제 수현의 곁에는 그녀를 자신보다도 더 배려하고, 그녀의 안전을 걱정하며 어떻게든 도움을 주려 하는 준우가 있었다. 수현은 코끝이 찡해 왔다. 그녀는 고맙고 미안한 마음에 일부러 더 새침한 얼굴로 대꾸했다.

"결혼 승낙하자마자, 잡아 놓은 고기니까 멀리 보내 버리는 거예요?"

태연하려 했지만 수현의 목소리가 떨려 나왔다. 준우에게 뭐라고 더 말을 해 주고 싶은데, 해야 할 말이 떠오르지 않았다. 준우는 수현의 곁에 와 앉으며 그녀의 손을 꼭 잡아 주었다. 준우라면 굳이 말하지 않아도 그녀의 마음을 다 알아줄 것 같았다.

"이제는 가족을 위해서가 아니라, 수현 씨를 위해 잘 마무리하고 와요."

수현이 살짝 고개를 끄덕였다. 참으려고 했지만 어느새 그녀의 눈가는 촉촉해져 있었다.

"단, 이건 손가락에서 빼지 않아야 한다는 거, 잊지 말아요."

준우가 잡아 올린 수현의 왼쪽 손에선 그가 끼워 준 프러포즈 링이 반짝거리고 있었다. 그녀의 모든 것을 다 알고 있는 한준우답게 그가 준비한 반지는 네 번째 손가락을 보기 좋게 감싼 채 영롱한 빛을 뿜어내고 있었다. 창가에 걸려 있던 웨딩드레스 역시 준우가 직접 만든 것이었다. 그 크기를 다 가늠할 수도 없는 준우의 사랑에 수현은 숨이 막힐 정도로 가슴이 벅차올랐다. 그녀가 활짝 웃으며 그에게 팔을 벌리자, 준우 역시 마주 웃으며 그녀를 끌어안았다.

"수현 씨와 함께할 미래를 바꾸지 않기 위해 지금의 모든 것을 바꾸는 거예요."

준우는 그녀의 정수리에 뺨을 문지르며 덧붙여 말했다.

"나한테는 수현 씨가 제일 소중하고, 수현 씨와 함께할 미래가 가장 중요하니까, 그 시간을 생각하면서 지금 수현 씨를 보내는 거예요. 그래서 참고 기다릴 수 있는 거고요."

잠시 서로의 마음을 느끼는 침묵의 시간이 흘렀다. 준우가 고개를 내려 수현을 응시한 뒤 그녀의 이마에 입을 맞췄다.

"나는 내 자리에 남아 채수현을 맞이할 준비를 할 테니까, 가서 최고의 디자이너가 되어 돌아와요."

"언제나 프런트 로의 메인은 본부장님 자리고요?"

"가브리엘 샤넬과 이브 생 로랑이 살아 돌아온다고 해도 절대 양보 못해요."

"졸업한다고 해도 U어패럴로 간다는 보장은 없는데?"

수현이 준우를 말간 눈빛으로 올려다보며 조심스럽게 물었다. 졸업 후 어떻게 해야 할지 구체적으로 계획한 것은 없었지만, 그녀는 좀 더 넓은 세상을 경험해 보고 싶었다. 하나의 브랜드를 론칭하기에는 아직 부족했지만, 다른 곳에 입사해 밑에서부터 시작하는 달콤한 고생을 즐길 준비는 되어 있었다. 그녀는 많은 것을 배우고 쌓아서 자신의 패션 세계를 더욱 단단하게 만들고 싶었다. 얼마나 시간이 흘러야 하는지는 알 수 없었지만, 그렇게 디자이너로서의 부족한 것들을 채우고 성장하고 싶었다. 그 후 한국으로 돌아가 언젠가 준우에게 얘기했듯 패션이 단지 하나의 유행이 아닌, 사람들의 꿈을 이뤄 주는 문화유산이 될 수 있도록 기여하고 싶었다.

"내가 수현 씨한테 갈게요."

준우가 수현의 뺨을 부드럽게 어루만졌다.

"따라다니면서 타코 가게나 열지, 뭐."
　지난번 준우의 집에서 그가 만들어 준 타코를 먹으며 수현은 너무나 맛있다고 쉴 새 없이 재잘댔었는데, 그가 모르는 것이 하나 있었다. 그날은 시장이 반찬이었다는 것을 말이다. 재료 중 하나였던 밥은 즉석요리였고, 김치와 토르티아, 샤워크림은 사 온 것이라 했으니 문제가 없었을 터였다. 그렇다면 그가 직접 만들었다는 살사 소스가 엉망이었다는 얘기인데……. 앞으로는 살사 소스도 마켓에서 구입하라고 권하면 혹시 그가 실망하려나? 하지만 수현은 배시시 웃어 보일 뿐이었다. 어떤 망설임도 없이 그녀의 곁으로 올 것이라 말해 주는 완벽한 준우를 가졌는데, 그가 만들어 주는 타코가 입맛에 맞지 않으면 또 어떠랴 싶었다. 그가 자신을 위해 만들어 주는 요리라면 무엇이든 먹을 수 있을 것 같았다.
　"사랑해요."
　이번엔 수현이 먼저 고백했다. 준우의 입가에 미소가 떠올랐고, 침대에 그녀를 눕히며 그가 입을 맞춰 왔다.
　사랑해. 사랑해. 사랑해.
　말하지 않아도 전해지는 준우의 마음이 그의 입맞춤을 통해 전해지는 순간이었다.

패션하우스 마침.

작가의 말

　가브리엘 샤넬이 프랑스의 휴양 도시 도빌에 부티크를 세운 지 올해로 100년이 되었답니다. 샤넬은 패션계 역사상 '최초'라는 수식어가 가장 많이 붙는 여전사와도 같은 디자이너였습니다. 최초로 여성들을 코르셋에서 해방시켰고, 치렁치렁하게 발목까지 떨어지는 드레스의 길이도 무릎 높이로 조절하여 여성들의 활동을 편안하게 해 주었습니다. 장례식장에 갈 때, 혹은 하녀들만 입었다는 블랙 드레스를 20세기 최고의 패션 아이콘으로 만든 것도 그녀였고, 루이비통의 3초백 이후 거리에서 가장 많이 볼 수 있다는 샤넬의 2.55백 역시 토트백만을 들고 다녔던 그 당시 여성들의 손을 자유롭게 만들어 주기 위해 체인 모양의 끈을 달아 만들어졌다고 해요. 모든 여성들의 워너비 아이템이 된 이 백을 1955년 2월에 만들었다고 해서 2.55라 명명하는 시크함을 선보이기도 했었죠. 이처럼 여성들의 독립과 자유를 부르짖었던 샤넬이었지만, 그녀의 모든 작품 활동이 연인이었던 남성들의 후원이 없었으면 불가능했을 것이라는 사실은 참으로 아이러니합니다. 심지어 2차 세계대전 중엔 독일 장교와 사랑에 빠져 프랑스를 배신했다는 이유로 죽어서도 고국에 묻히지 못했습니다. 프랑스는 샤넬을 받아들이지 못했지만, 그녀의 브랜드는 프랑스를 대표하는 명품이 되었다는 게 흥미롭지 않은가요?

루이비통 매장에 가 보면, 다른 브랜드들보다 유독 여행용 트렁크가 많이 보입니다. 공항 컨베이어 벨트 앞에서 짐을 찾기 위해 기다리다가 가끔씩 목격되는 루이비통의 트렁크는 다른 트렁크들 따위와는 섞일 수 없다는 듯, 태생의 고고함을 내세우며 보호 비닐로 칭칭 감겨 있기도 하죠. 때가 묻을까 봐 편하게 들고 다니지도 못하는 수백만 원짜리 트렁크, '난 필요 없어'라고 하지만, 트렁크의 주인을 한 번 힐끗 쳐다보게 되는 것도 사실이고요. 그런데 이 브랜드의 창시자인 루이는 원래 귀족들의 여행용 가방을 싸는 패커packer였다는 사실을 알고 계시는지요? 당시 귀족들이 얼마나 게을렀으면 저런 직업이 있었나 싶기도 합니다만, 어찌 되었든 루이는 짐을 싸는 실력이 너무나 훌륭해서 나폴레옹 3세 황실의 공식 패커가 되었고, 유제니 황후의 후원 아래 자신의 이름을 건 가방 가게를 만들게 되었답니다. 그리고 그것이 바로 루이비통의 시작입니다. 패커로서의 경험을 바탕으로 여행자들의 편의를 고려한 여러 종류의 트렁크들을 발명한 것이었죠. 그래서 이 브랜드에는 유독 여행용 가방이 많은 것이고요.

또한 본문에도 나옵니다만, 버버리는 개버딘이라는 원단을 발명하여 가볍고, 따뜻하고, 방수가 잘되는 트렌치코트를 만들었습니다. 그리고 페라가모는 사람들마다 발 모양이 다르다는 점을 고려하여 모두에게 편안한 신발을 만들기 위해 해부학을 공부하기도 했답니다. 이처럼 우리가 알고 있는 명품의 시초는 그저 겉모습을 꾸미려는, 치장을 위한 사치스러운 아이템이 아닌, 사람들의 생활을 보다 편안하게 만들고 싶었던 디자이너들의

참신한 아이디어에서 시작된 것이라 할 수 있더라고요. '앗, 재밌는데, 왜 이런 얘길 몰랐었지?'에서 시작한 것이 바로 '패션하우스'였습니다.

연재를 시작하면서 매달 수많은 패션잡지를 구독했고, 관련 책들도 많이 읽었습니다. 이 글을 쓰기 전엔 저도 드리스 반 노튼이 누군지 몰랐고, 칼 라거펠트를 그저 과시욕이 강한 괴짜 노인네라고 생각했을 뿐이었어요. 하지만 공부를 하면 할수록 패션계에는 재밌는 뒷얘기들이 많다는 걸 알 수 있었습니다. 그리고 디자이너들 역시 작품 하나하나에 많은 공을 들이며 그저 단순한 의복이 아닌, 패션을 통해 이 사회에 메시지를 전달하려 한다는 걸 알게 되었어요. 그래서 이 글을 통해 그들의 메시지를 조금이나마 알려 보자, 했었던 거였지요. 하지만 그 과정에서 제가 독자분들께 과도한 정보를 강요한 건 아닐까 걱정이 되었어요. 간혹 글이 어렵다는 의견들을 보면서 심각하게 고민하기도 했고요. 드리스 반 노튼은 디자이너란 이름하에 입을 수 없는 난해한 옷들을 예술로 포장하여 고객들에게 강요하지 않는다고 했었는데, 저야말로 생초짜 작가인 주제에, 저조차도 생소했던 패션계의 이야기들을 독자분들께 수현과 준우를 들이밀어 강요한 게 아닌가 싶더라고요. 그럼에도 불구하고 많은 분들이 보내 주신 응원 덕분에 무사히 완결을 낼 수 있었습니다. '패션하우스'를 처음 올린 것이 작년 봄이었고, 개인적인 사정으로 연재가 지연되고, 들쑥날쑥한 주기로 많은 분들을 기다리게 했습니다. 연재가 계속 늦어지면서 혹시나 글을 마무리하지 못할까 봐 걱정이 되었습니다만, 늦게라도 완결을 지을 수 있었던 가장 큰 힘은 기다려 주시는 독자분들이었습니다. 기다리고 계시다는 응원의 글들과 안부를 물으시는 쪽지들로 인해 힘을 내서 완결할 수 있었습니다. 항상 생각하는 것입니다만, 부족한 솜씨로나마 글을 쓰길 잘했다고 생각하는 이유는 너무나도 좋은 분들을 만날 수 있었기 때문입니다. 한 분 한 분 이름을 불러 드리면서 감사의 인사를 전하고 싶었으나, 이렇게 후기로 대신하는 점을 양해해 주시길 바랍니다. 혹시나 '커피 작가가 감사하다고 얘기하는 독자가 나인가?'라고 생각하신다면……. 맞습니다. 바로 당신이십니다!

별로 이름도 없는 초보이자 작가라는 타이틀이 아직도 어색한 저에게 기회를 주신 도서출판 오후와 편집자 월악산 님께도 감사의 인사를 전합니다. 연재만큼은 아니었다 하더라도 늦어지는 수정 작업에 애가 타셨을 텐데, 그래도 독촉하지 않으시고 기다려 주셔서 너무나 감사드려요. 편집자님 덕분에 편안하게 여기까지 올 수 있었습니다. 그리고 언제나 든든한 힘이 되어 주시는 윤영은 작가님께도 감사드립니다. 이곳이 언제나 따뜻하게 느껴지는 이유는 작가님과의 인연 때문입니다.

제가 글 쓰는 걸 저만큼 신나 하는 남편과 동생이 태어난 충격(?)을 특유의 따뜻한 마음으로 극복한 첫째, 연재가 시작될 때 엄마 배 속에 나타나 후기를 쓰는 지금은 보행기를 타고 씽씽씽 날아다니는 둘째에게도 사랑의 마음을 전합니다.

마지막으로 찰스가 존경하는 오트쿠튀르 디자이너의 명언 한마디로 후기를 마칩니다.

여자가 아름다워지기 위해 필요한 것 중 하나는, 옆에 있어 줄 사랑하는 남자입니다.
— 이브 생 로랑 Yves Saint Laurent

2013년 여름, 김유주 올림

찰스's Backstage
내 생애 최고의 날은 아직 오지 않았다

런던 도착 1일째.

그토록 꿈에 그리던 찰스 프레드릭 워스의 나라인 영국의 수도, 런던이다.

히드로공항의 입국 심사가 워낙 까다롭다는 소문에 다소 긴장하긴 했지만 뭐, 괜찮다. 나에겐 입국 심사의 예상 Q&A가 적혀 있는 수현의 런던 가이드북이 있으니까.

딱딱한 표정으로 눈도 마주치지 않는 무섭게 생긴 공항 직원에게 여권을 내밀며, 최대한 여유 있는 표정으로 인사를 건넸다. Hello!

"Can you speak English?"

으음?

"What is the purpose of your visit?"

수현이 첫 번째 질문은 대부분 방문 목적이라고 했으니까……. 보그 매거진 인턴십?

그러자 못 알아듣는 표정이다. 혀를 조금 더 굴려야 하나? 버그, 매그지인, 인너시입?

"Bug벌레?"

직원이 놀라며 물었다. 보그에서 일하는 사람을 처음 만나는 건가? 어깨가 절로 으쓱해졌다.

"Where are you going to stay어디에 묵을 거죠?"

웨어면 장소를 묻는 거니까……. 버그하우스?

"Bug house?"

보그에서 일하는 사람을 만나게 되어 반가운지 그 직원의 얼굴에선 무서움이 사라지고 웃음꽃이 피어나고 있었다.

"How long? Have you any relatives in the UK얼마나 있을 거죠? 런던에 친척이 있나요?"

음?

"How much money have you got돈은 얼마나 가져왔죠?"

머니? 입국 심사 때 돈을 내야 한다는 말은 런던 가이드북에 적혀 있지 않았는데…….

"Show me your visa당신의 비자를 보여 주십시오."

비자 카드로 결제해도 된다는 건가?

내가 망설이는 사이, 그 직원이 갑자기 벌떡 일어났다.

"Any Korean here한국 사람?"

순간 여기저기에서 'here!' 하면서 손을 번쩍 드는 한국인들이 나타났다. 자랑스러운 대한민국! 나의 동포들!

그로부터 10여 분 후, 고개를 절레절레 흔들며 나를 한심하게 바라보던

직원은 입국 심사대도 뚫어 버릴 것 같은 거대한 힘으로 여권에 도장을 찍어 주었다.

드디어 나는 런더너가 되었다.

런던 도착 1주일째.

나는 지금 런던, 하노버 광장이 내려다보이는 보그하우스, 휴게실에 앉아 있다.

이곳에서 바라보는 런던의 패션피플들은 놀라움 그 자체였다.

상대를 신경 쓰지 않은 듯한 자유로운 시크함, 그러면서도 개성이 돋보이는 그들만의 스타일은 그동안 내가 가지고 있던 패션에 대한 고정관념들을 바꿔 놓기에 충분했다.

프레피룩[36]을 연출하기 위해 과거에 실제로 입고 다녔던 교복을 걸치기도 하고, 보이프렌드룩[37]을 위해서는 오버사이즈의 오래된 아버지 옷을 꺼내 입기도 하는 것이 런더너들의 패션이었다. 새로운 스타일이나 유행을 따르는 대신, 가지고 있는 아이템으로 자신만의 스타일을 구축하는 것이 이들의 공식인 듯싶었다.

나 역시도 런더너가 된 기념으로 버버리 프로섬의 트렌치코트를 구입, 그런지 스타일로 리폼하였다. 눈이 휘둥그레질 정도의 가격이었지만, 감당할 수 있었다. 이곳에서 사 가야 할 쇼핑 리스트와 함께 누나들이 만들어 준 카드가 있었으니까.

뭘 샀기에 이리 비싸냐고 투덜거리는 첫째 누나에게 기대해도 좋을 거라 얼버무렸다.

빈티지숍에서 아무거나 구입한 뒤, 케이트 모스가 입던 거라고 말해야겠다.

---

36. 프레피룩(preppy look): 고등학교 학생들이 입을 법한 캐주얼한 스타일.
37. 보이프렌드룩(boyfriend look): 남자친구의 옷을 입은 듯 루즈한 스타일.

보그의 인턴십 프로그램은 3개월 동안 오전, 오후로 나눠 진행될 예정이었다.

오전엔 인턴십에 합격한 스무 명의 사람과 함께 우르르 몰려다니며 이곳저곳 둘러보았고, 오후엔 각 팀에서 인턴들을 데려다 이것저것 시키면서 자질을 시험해 보고 있었다.

모든 것이 좋았다. 단 하나의 문제를 빼고는.

이곳의 그 누구도 내게 일을 시키거나 말을 걸지 않았다.

오후가 되면 나는 그저 이 휴게실에 남아 어둠이 내려앉을 때까지 기다릴 뿐이었다. 누군가 나를 간택해 주길 바라며.

예전에 한번 수현이 버버리가 남극의 추위를 정복했다고 말했었는데, 잘못된 정보인 것 같다.

버버리의 트렌치코트만으로는 나의 몸과 마음이 따뜻해지질 않았다.

런던 도착 14일째.

오늘도 역시 런던. 하노버 광장이 내려다보이는 보그하우스, 휴게실에 앉아 있다.

지난 2주 동안 머리를 싸매는 고민 끝에 한 가지 사실을 알아챘다.

내가 LVMH 출신인 한준우 본부장의 최측근이자, 디자이너 Sue의 사수라는 사실이 소문난 게 분명했다. 그래서 모두 나를 어려워하는 것이었다.

아이, 참! 그러지 않아도 되는데. 그냥 편하게 일을 시켜도 되는 것을!

내일 아침이 되면, 나도 당신들과 같은 꿈을 가진 평범한 젊은이일 뿐이라 말해 줘야겠다.

구글 번역기를 동원해 해야 할 말을 머릿속으로 정리하며 다시 광장을

내려다보았다.

어느덧 봄이 왔는지, 광장을 오가는 많은 여성들은 이제 꽃무늬 드레스를 입고 있었다. 거리에서 3초마다 볼 수 있다고 해서 런던의 3초 아이템인 플로럴 프린트 드레스는 꽃과 정원을 사랑하는 영국인들의 패션 시그니처 아이템이었다.

무릎 위로 살짝 올라오는 길이의 꽃무늬 드레스 위에 라이더 재킷이나 트렌치코트 같은 다양한 아우터들을 매치하고, 양말이나 닥터마틴, 헌터부츠 등으로 포인트를 주는 것이 이 드레스의 대표 스타일링 공식이었다.

순간, 플라워를 콘셉트로 대단한 호평을 끌어냈었던 뮤즈의 S/S 제품들이 떠올랐다.

내 디자인인데 수현에게 모두 맡기고 와 미안한 마음이 들었다. 그리고 진행 상황도 궁금했다.

― 선배, 영어 할 줄 몰랐어요?

서울에 전화를 걸자 수현이 다짜고짜 물었다.

내가 영어를 못했었나? ……뭐, 영국인은 아니니까, 그랬나 보다.

― 자꾸 불러도 못 알아듣고, 휴게실에 앉아 광장에서 월리만 찾고 있다면서요?

수현의 설명으로는 '월리를 찾아라'의 삽화가 마틴 핸드포드가 영국 사람인지라, 이곳 사람들이 오후 내내 광장만 내려다보는 나를 빗대어 그리 말하는 모양이었다.

아, 이제야 깨달았다. 나의 문제가 'I can't speak english'였다는 걸.

그래서 사람들이 내게 일을 시키지도, 말을 걸지도 않았었구나. 아, 내가 못 알아들었던 건가.

― 휴…….

수현이 내뱉은 것인지, 내 입에서 나온 것인지 모를 한숨 소리가 귓가에 떠다녔다.

— 괜찮아요. 기죽지 말고, 선배가 가장 잘하는 걸 하도록 해요.

수현은 역시 나의 장점을 알아봐 주는 좋은 후배였다. 그런데 내가 가장 잘하는 게 뭐였더라?

나는 장점이 많았다. 눈치도 빠르고, 패션 상식도 해박하고, 디자인과 스타일링도 잘하고.

— 못 알아듣더라도, 모든 걸 선배 위주로 생각해요.

수현의 말을 들으며 나는 고개를 갸웃했다. 그녀는 아직 나에 대해 잘 모르는 게 분명했다.

나는 지금까지 살아오면서 단 한 번도 내 위주로 생각해 본 적이 없었다. 항상 주변을 배려하고, 타인을 신경 쓰는 따뜻한 마음씨의 소유자가 바로 나였다.

— 그냥 다짜고짜 끼어들어요. 적당히 눈치껏 상황을 살펴보면서 손짓, 발짓 다 사용해서라도 선배의 의견을 표현하도록 해요.

보디랭귀지가 아무리 만국 공통어라지만, 패션을 표현하는 데 무슨 소용이 있단 말인가.

— 그리고 조금만 버텨요. 내일이면 도와줄 사람이 갈 테니까.

역시 나의 친절한 후배는 사수의 어려움을 지나치지 않았다.

아마도 그녀가 직접 이곳에 오려는 것이리라.

오늘 밤은 런던에 도착한 후 처음으로 울지 않고 잠들 수 있을 것 같다.

런던 도착 보름째.

수현이 말했던, 나를 도와줄 사람은 바로 옴므의 송지애 팀장이었다.

송 팀장은 밀라노 패션위크에 참석차 이태리에 왔다가 한준우 본부장의 지시로 이곳에 들렀다고 했다. 인턴 기간 동안 불편함이 없도록 살펴봐 주

라는 얘기가 있었던 모양이었다.

한준우 본부장은 참으로 고마운 사람이다.

나의 가능성을 알아봐 주고, 꿈을 격려해 주고, 그 능력을 키워 주려 하니까.

한 본부장은 나에게 있어 가장 든든한 후원자라 할 수 있었다. 미스코리아들이 왜 진에 당선된 뒤, 부모님이 아닌 원장님부터 찾는지 알 것 같았다.

그런데 송 팀장은 아까부터 전화기만 붙들고 있었다.

"너 왜 그래? 나 뉴욕 아니라니까."

그녀는 짜증이 나는지 미간을 연신 찌푸리고 있었다.

"아니야. 준우 오빠가 장난 친 거라니까. ……수현 씨가 뭐가 이상한 여자야? 그럼 수현 씨가 준우 오빠랑 한 편이지, 네 편이겠냐? 이 바보야!"

언제나 교양이 철철 넘치던 옴므의 송 팀장이 한국에 있는 나의 누나들처럼 고함을 지르고 있었다.

"제발 그만 좀 해. 나중에 얘기하자, 응?"

순간 내가 소머즈가 된 것도 아닐 텐데, 전화기 너머로 한 남자의 애타는 목소리가 들려왔다.

- 사랑해, 지애야!

옴므의 강승원 수석인 것 같았다. 아, 둘이 그렇고 그런 사이였던 거야?

그런데 그때 나한테 윙크는 왜 했지? 나쁜 사람이었네.

강 수석의 말에 얼굴이 빨개진 송 팀장은 나를 의식해서인지 영어로 얘기를 시작했다.

송 팀장도 나쁜 사람이었다.

30분 후, 나는 이 낯선 곳에서 한국말을 하는 사람을 만날 수 있었다.

"아녕하세요. 나는 메건입니다. korea 조아여. 2PM 조아여. 어빠들 forever!"

송 팀장은 한류에 열광하는 메건이라는 외국 아가씨를 나에게 붙여 주고는 바람과 함께 사라졌다. 내일은 내일의 태양이 뜨겠지.

런던 도착 20일째.
오늘도 여느 날처럼 하노버 광장이 내려다보이는 휴게실에 앉아 있었다.
다른 점이 하나 있다면 내 옆에 메건도 함께 있다는 것 정도?
메건 역시 이번 인턴십에 참가한 스물다섯의 아가씨로, 나를 만나기 전에는 이 팀 저 팀 끌려다니며 바빴던 모양이었다. 그런데 이제는 나와 한 패키지로 묶이면서 아무도 그녀를 찾지 않고 있었다. 오히려 메건은 더 신이 난 것 같았지만.
새벽에 일거리를 찾아 인력시장에 나온 일용직 노동자들처럼 우리는 이런저런 대화를 나누며 누군가의 부름을 기다렸다. 대부분이 '오후 두 시'에 관련된 것이었다.
"Hey!"
어? 나 말하는 건가?
"Yes, Both of you!"
드디어 오랜 기다림 끝에 간택령이 떨어졌다.
"네. 가여."
그런데 메건이 자꾸 한국어로 대답하고 있었다.
내가 벌떡 일어나 메건의 손을 잡고 'Yes, Yes, Yes!'라고 크게 외쳤다.
메건은 알까? 오늘 내 덕분에 일을 하게 되었다는 걸.
누가 누굴 돕고 있는 것인지 모를 일이었다.

우리는 휴게실 옆에 마련된 사무실로 끌려갔다.

화보 촬영을 위한 준비가 한창인지 여러 명의 모델을 세워 놓고 많은 사람들이 이것저것 아이템들을 들이대며 스타일링 중이었다. 테마는 레더 leather: 가죽인 듯싶었다. 하지만 뭔가 마음에 들지 않았는지 입혔다, 벗겼다를 반복하면서 딱 들어맞는 스타일을 찾느라 모두 고심하는 눈치였다. 그 옆에서 나는 한 마디도 알아듣지 못한 채 꿔다 놓은 보릿자루처럼 가만히 서서 그들을 지켜볼 뿐이었다.

— 가죽지 말고, 선배가 가장 잘하는 걸 하도록 해요.

순간 수현의 말이 생각나 나라면 어떻게 했을지 고민하기 시작했다. 아우터들을 모아 놓은 샘플실 한쪽에 처박혀 있던, 올이 숭숭 풀린 청재킷이 머릿속에 떠올랐다. 서로 다른 톤과 색감의 재킷 두 개를 레이어드해 놓으면, 빈티지한 감성과 함께 독특한 매력이 엿보일 것 같았다.

— 모든 걸 선배 위주로 생각하고, 다짜고짜 끼어들어 의견을 표현해요.

아무도 내게 말을 걸거나 뭔가를 시키지 않았지만, 나는 빛의 속도로 샘플실을 뛰어갔다 왔다. 그러고는 궁금해하는 사람들의 시선을 한 몸에 받으며 가죽 라이더 재킷 안에 빈티지한 청재킷을 매치했다.

새빨간 저지 원피스를 입고서 블랙의 라이더 재킷 속에 청재킷이라니······. 금발 머리 모델의 글래머러스한 몸매가 돋보이면서 배드 걸 이미지가 완성되었다.

메건과 나를 끌고 왔던 직원이 다른 모델을 가리켰다. 다시 한 번 해 보라는 것 같았다.

흰색의 박시한 셔츠에 남자들의 턱시도 커머번드를 둘러 원피스처럼 연출한 뒤, 가죽 코트를 입혔다. 그리고 목 부분에 호피무늬 모피 코트에서 떼어 낸 칼라를 목도리처럼 둘렀다. 여러 가지 소재가 믹스매치되면서 빈티지한 감성이 엿보이는 개성 있는 스타일이 완성되었다.
　사람들이 나를 쳐다보며 웅성거렸다.
　그때랑 똑같은 분위기였다. 한준우 본부장 앞에서 공모전 프레젠테이션을 진행했을 때처럼 모두 놀랍다는 눈빛으로 나를 바라보고 있었다.

　그렇게 화보 촬영을 위한 스타일링 작업이 마무리되었고, 나는 비주얼을 담당하는 아트 팀의 인턴이 되었다. 런던에 와 첫 번째로 맡은 나의 직책이었고, 스무 명의 인턴 중 처음으로 팀이 픽스된 것이다. 그리고 메건은 아트 팀 최초의 통역 인턴이 되었다.

　런던 도착 2개월째.
4월의 마지막 주말. 보그에서 주최하는 무슨 페스티벌이 열렸다.
　처음엔 주말에도 쉬지 못한다는 사실에 절망했었다.
　런던에 와 처음으로 관광객 모드로 변신해 여왕님의 장미꽃들이 만개해 있다는 왕실 공원, 리젠트 파크를 둘러보며 주말을 즐기려던 나의 계획이 무산되었기 때문이었다.
　하지만 프로그램 큐시트를 확인한 뒤 나는 조울증 환자처럼 급격히 들뜨기 시작했다.
　'American Dream'이란 주제로 진행되는 마이클 코어스의 인터뷰를 시작으로 도나텔라 베르사체, 알바 엘바즈 등 최고의 디자이너들과 함께 빅토리아 베컴과 알렉사 청 등을 비롯한 유명 셀럽들과의 만남이 순서대로 기다리고 있었다.
　그들을 직접 두 눈으로 볼 수 있다니! 런던에 온 후 최고로 기쁜 순간이었다.
　가장 흥미를 끌었던 순서가 시작되었다. 폴 스미스와 알렉사 청의 만남

이었다.

패션에 관련된 여러 가지 얘기들을 주고받던 폴 스미스가 청중을 향해 입을 열었다.

"You can find inspiration in everything."

뭐라는 거지?

"The world doesn't need any more designers, so you need to find something that makes you stand out. Look around you, you can find inspiration in anything and everything. It's all there if you want it."

나는 메건을 바라보았다. 언제부턴가 그녀는 껌딱지처럼 내 곁에 딱 붙어서 사람들의 이야기를 한국어로 전달하고 있었다.

"Everything에 inspiration 있어."

무슨 통역이 그러냐? 나도 하겠다.

내가 전혀 못 알아듣자, 그녀는 한숨을 내쉬고는 구글 번역기에서 단어를 찾아주었다.

영감inspiration이었다.

디자이너들은 이 세상 모든 것에서 영감을 받을 수 있다는 뜻인가 보다.

순간, 수현이 떠올랐다. 그녀도 언젠가 나에게 같은 말을 했었던 것 같다.

뮤즈의 S/S 제품을 준비할 때, 플라워를 테마로 잡자고 하면서 이 세상 모든 것은 패션으로 표현하기에 부족함이 없다고, 오히려 인간의 능력이 부족할 것이라 했던가.

― 선배, 저 복학할 거예요.

어제 통화에서 수현은 앤트워프에 도착해 복학을 준비 중이라고 했다.

그러면서 말했다. 한준우 본부장의 프러포즈를 받았다고. 쳇, 하나도 부럽지 않았다.

그래도 서울보다는 가까운 거리에 수현이 있다는 사실이 조금은 위안이 되어 주었다.

— 이시영 대리님도 여기 드리스 반 노튼 아틀리에에 있으니까, 선배가 이쪽으로 넘어와요.

수현이 학기가 시작되기 전에 만나자고 했지만, 거절했다.

패션매거진 어시스턴트는 참을 '인忍' 자를 백번 새기며 기계처럼 일해야 에디터나 디렉터가 되는 승은을 입을 수가 있었다. 그런데 나는 아직 어시도 아니었고, 어시를 졸졸 따라다니는 인턴일 뿐이었다. 나에게 친구를 만나는 여유 따윈 사치일 뿐이라고 분명한 어조로 말해 주었다.

하지만, 사실 나는 앤트워프까지 혼자 갈 자신이 없었다.

이제야 빨간 튜브를 탈 때 존zone별로 요금이 다르다는 걸 알게 되었는데, 앤트워프까지는 뭘 타고 가야 하는지 엄두도 나지 않았다.

그날 밤, 나는 오랜만에 베갯잇을 적셨다. 동료들이 그리웠다.

런던 도착 3개월째.

메건의 도움으로 나는 그럭저럭 영어를 알아만 듣는 인턴이 되었다.

그리고 나의 도움으로 메건은 한국어를 잘하는 인턴이 되었다.

그녀는 한류 동호회에서 틈틈이 동영상에 자막 입히는 작업을 맡아 하고 있었고, 메건의 친구들은 그녀가 한국 잡지사의 런던 브랜치에서 근무한다고 착각할 정도였다.

아무튼 오늘은 인턴 프로그램의 마지막 날이었다.

세기의 포토그래퍼, 마리오 테스티노와의 화보 촬영이 브리티시 보그에서의 내 마지막 작업이었다. 이 일이 끝나면, 나는 한국으로 돌아가야만 했다. 인턴들은 성적에 따라 어시스턴트로 채용이 되기도 했는데, 아직까지 나에겐 그런 제안을 한 팀은 없었다.

우울한 기분을 떨치고 작업을 지켜보는데, 포토그래퍼가 던진 말 한마디에 촬영장이 어수선해졌다.

"Floral print 모자 더 가져오래."

옆에 있던 메건이 소동의 이유를 말해 주었다.

그가 다른 분위기를 연출하고 싶다며 액세서리를 추가로 요청한 모양이었다.

순간, 나는 우사인 볼트처럼 21층 액세서리 샘플실로 달려갔고, 오늘의 촬영 콘셉트에 맞을 것 같은 모자들을 찾아왔다. 모자는 영국 왕실의 대표적인 패션아이템인 만큼 브리티시 보그의 화보 촬영에서 빠져서는 안 될 중요한 소재 중 하나였다.

촬영팀 스태프에게 가지고 온 모자들을 전달하자, 이를 본 마리오 테스티노가 고개를 끄덕였다.

다행이었다. 마음에 드는 모양이다.

그리고 얼마 지나지 않아 또다시 소동이 일어났다.

"오간자 스카프 찾아오래."

메건의 말을 듣고 나는 다시 21층 액세서리 샘플실로 뛰어 올라갔다.

오간자 소재의 색색별 스카프는 샘플실 C구역의 세 번째 라인에 걸려 있었다.

처음 이곳에 와 할 일이 없었던 오후 동안 건물을 돌아보며 모든 샘플실을 확인했었는데, 그 보람이 오늘에서야 나타났다.

촬영이 끝나자 아트 팀의 디렉터가 나를 불렀다. 그리고 메건을 통해 질문을 쏟아 냈다.

"볼드한 메탈 네클리스들은 어디에 있지?"

21층 액세서리 샘플실 F구역의 다섯 번째 라인.

"비비드한 컬러의 칵테일 드레스들은?"

그건 19층 드레스 샘플실 B구역에 있었다.

"비치패션으로 스타일링을 하고 싶은데……."

다양한 종류의 수영복과 비치가운들은 18층 시즌 아이템 샘플실 A구역에 있었고, 비치용 샌들이나 조리 같은 신발은 21층 액세서리 샘플실의 E구역에서 봤었다. 그리고 해변에서 비치타월을 거는 용도로 나왔다는 샤넬의 훌라후프백은 20층 가방 샘플실 A구역에 있었을걸?

인턴 프로그램의 마지막 날. 나는 정식으로 아트 팀의 어시스턴트로 발령을 받게 되었다.

그리고 메건 역시 아트 팀의 통역사 겸 어시스턴트가 되었다.

런던 도착 4개월째.

수현이 런던에 찾아왔다. 하지만, 만날 수가 없었다.

어시스턴트가 되고서 나는 하루에 네 시간 이상을 자 본 적이 없었다.

그 정도로 너무나 바빴다.

결국 그날 밤, 나는 폭발하고 말았다. 그리고 선배들에게 소리쳤다.

앤트워프의 Sue가 날 찾아왔었는데, 얼굴도 못 보고 돌려보냈다고 울분을 토해 냈다.

"What?"

디렉터 선배 하나가 물었다.

"Who did visit you?"

"앤, 트, 워, 프, Sue!"

나는 못 알아들을까 봐 한 자, 한 자 또박또박 말해 주었다.

"Don't fib!"

요즘은 메건이 없어도 그럭저럭 알아들었지만, 그건 어디까지나 패션에 관계된 일에 한해서였다. 무슨 뜻인지 몰라 메건을 바라보자, 그녀는 피식

웃으며 분명한 어조로 입을 열었다.
"뻥 까지 마!"
다음엔 수현을 사무실로 초대해야겠다고 다짐했다.

런던 도착 5개월째.
누군가 내게 물었다. 이름이 왜 찰스냐고.
그래서 나는 항상 최초라는 수식어가 붙는 오트쿠튀르의 아버지이자, 의복에 처음으로 패션이라는 개념을 도입한 찰스 프레드릭 워스를 따라 패션매거진 업계에서도 최초라는 수식어가 붙는 혁명적인 인물이 되고 싶다고 말하고 싶었지만, 할 수가 없었다.
그러기에 나의 영어는 짧았고, 메건의 한국어는 한류에 국한되어 있었다.
대답을 기다리는 사람들의 초롱초롱한 눈망울을 보면서 결국 한국 이름이 철수라고 대답했다.
이에 메건이 흥분했다.
"'A werewolf boy'에서 중기 어빠도 철수야. but, 둘이 많이 달라."
아, 이게 아닌데…….
나는 진짜 뻥쟁이가 되었다.

런던 도착 6개월째.
영어를 잘하고 싶다는 내게 수현이 말했다.
– 영국 여자를 사귀어요. 지금 선배의 상황에선 그게 최고일걸?
수현은 언제나 내게 답을 준다. 정말 좋은 방법이라고 생각했다.
원래 언어는 현지 사람과 데이트를 해야 느는 것이라 하지 않는가.
어서 빨리 연애를 해야겠다고 마음먹었다.

안 그래도 타국에서 외로웠는데, 마음도 채우고 머리도 채우면 일석이 조라고 생각했다.

다음 화보의 콘셉트인 펑크 스타일을 조사하기 위해 나간 첼시의 킹스 로드에서 메건과 점심을 먹으며 얘기했다. 바로 다음으로 만나게 되는 영국 여자를 사귀어야겠다고 말이다.
순간, 메건의 얼굴이 빨개졌다. 매운 걸 먹은 모양이었다.
나는 그녀 앞으로 생수잔을 밀어 주었다.
런던은 물이 공짜라 다행이었다.

런던 도착 7개월째.
패션업계 모두가 공포에 떤다는 9월. 패션위크가 시작되었다.
모두 4대 패션위크 장소 중 취재 나갈 곳을 결정한 뒤, 스케줄에 맞춰 이동하고 있었다. 그런데 우리 팀은 런던을 담당하게 되었다. 파리로 가 칼 라거펠트 님을 만나 뵙길 기대하고 있던 나에게는 너무나 실망스러운 소식이었다.
그러나 하늘은 나의 편이었다.
샤넬의 칼 라거펠트가 파리에서 오트쿠튀르 컬렉션을 선보이고, 이곳 영국으로 와 에든버러 근처에서 공방 컬렉션을 연다는 것이었다.
공방 컬렉션은 샤넬이 가지고 있는 여러 분야의 공방들이 특별한 솜씨를 보여 주며 그들의 장인 정신을 기리기 위해 개최하는 것으로, 이번 컬렉션은 린리스고 궁전에서 열릴 예정이라고 했다. 스튜어트 가의 화려한 거처였던 린리스고 궁전은 스코틀랜드에서 가장 뛰어난 르네상스의 건축물이면서 매리 여왕이 탄생한 곳이었다. 현재까지는 비어 있었는데, 이번 샤넬 컬렉션을 위해 화려한 변신을 준비 중에 있었다. 그 취재를 우리 팀이

맡은 것은 기적 같은 일이었다.
 수현도 한준우 본부장과 함께 방문한다고 했으니, 팀원들에게 앤트워프의 Sue와 나의 관계를 알릴 수 있어 좋았고, 운이 좋으면 칼 라거펠트 님과 사진이라도 한 장 찍을 수 있지 않을까.

 공방 컬렉션이 열린다는 날 아침.
 나는 스코틀랜드로 떠나는 기차가 아닌, 런던의 한 종합병원에 누워 있었다.
 어젯밤 급성충수염으로 한국에서도 타 보지 못한 앰뷸런스를 타고 이곳에 와 응급수술을 받은 것이다. 이 박복한 인생. 운도 지지리도 없지. 남몰래 병원의 베갯잇을 적시며 훌쩍거렸다. 하지만 이내 병실 침대 옆에서 졸고 있는 메건을 보자 울음이 멈추었다.
 린리스고 궁전에 간다고 기뻐했었는데……. 나보다 더 운이 없는 사람이 여기 있었다.

 런던 도착 8개월째.
 기분을 좋게 만든다는 호르몬인 세로토닌이 충수와 함께 사라졌는지 계속 우울했다.
 그러자 수현이 런던에 관련된 영화를 보고 런던을 즐겨 보라고 조언해 주었다.
 좋은 방법이었다. 런던의 구석구석을 구경하며 사람들의 소소한 일상을 느껴 보고 싶었다.
 주말을 맞아 메건과 함께 런던의 서쪽 '노팅 힐'로 향했다.
 그곳에 가면 영화를 보면서 느꼈던 포근한 감성들이 되살아날 것만 같았다.

영화에도 나왔던 트래블북 스토어를 방문한 뒤, 휴 그랜트의 집이었던 파란 대문 집에서 사진을 찍었다. 그리고 주말에만 열린다는 포토벨로 마켓을 둘러보았다.

"철수, Do you like Julia Roberts?"

마켓을 오가는 수많은 사람들의 북적거림 속에서 메건이 물었다.

Absolutely!

absolutely는 요즘 내가 습관처럼 즐겨 쓰는 단어 중 하나였다. 영국식 특유의 발음으로 억양을 강조하며 대답하면, 뭔가 오만해 보이는 것이 내가 영어를 정말 잘하는 것 같은 착각을 불러일으켜 종종 쓰는 말이었다.

내 대답에 메건은 뭔가 생각에 잠겨 있는 것 같았다. 발음이 잘못 됐나?

다음날, 메건은 줄리아 로버츠처럼 변신하고 나타났다. 자신의 빨간 머리를 영화 속 안나 스콧처럼 브라운으로 염색한 뒤, 어깨 높이에서 바깥쪽으로 뻗히는 스타일을 연출하고는 하늘빛의 얌전한 투피스를 입고 있었다.

케이트 모스처럼 입는다고 케이트 모스가 되는 건 아니라는 말을 전해 주고 싶었지만, 영어가 짧은 관계로 그냥 예쁘다고 말해 줬다. 다섯 명의 누나와 살다 보면, 여자들의 외모에 관해 해야 할 말과 하지 말아야 할 말 정도는 구분할 수 있게 된다.

메건의 얼굴이 빨개졌다.

10월이라 덥지는 않을 텐데, 혹시 안면 홍조증인가? 쟤는 자꾸 얼굴이 빨개지네.

뭐, 그래도 나쁘진 않네. 사과처럼 두 볼이 불그스름해지는 게…… 귀여운 것 같기도 했다.

런던 도착 9개월째.

메건이 아버지의 생신을 맞이해 런던 근교의 부촌, 풀이라는 곳에 다녀왔단다.
그녀는 영국 여자였다.

런던 도착 10개월째.
이곳에 온 후 처음으로 맞이하는 크리스마스 시즌이었다.
여기저기 화려한 조명들을 바라보며 상대적으로 너무나 외로웠는데, 허연심 과장님으로부터 전화가 왔다. 너무나 반가웠다. 허 과장님은 생각보다 따뜻한 사람이었구나.
- 내일부터 정기세일이라며? 알렉산더 맥퀸 매장에 가서 줄 좀 서 줘. 지난번 봄에 있었던 독립영화제 시상식에서 셀마 헤이엑이 입었던 흰색 칵테일드레스 알아? 그거 구입해야 하거든. 새벽부터 가서 줄 서도록 해. 그리고 메이페어에 있는 앤티크숍에 들러 루이비통 트렁크도 사야 해. 또…….
그렇다. 런던의 정기세일을 놓칠 과장님이 아니었다. 크리스마스 바로 다음날부터 시작되는 런던의 겨울 정기세일 모토는 '올해의 신상품은 올해 안에 다 판다'로 엄청나게 할인된 가격으로 최고의 상품을 판매하고 있었기에, 소비자들에게는 대박 찬스라 할 수 있었다. 하지만 새벽부터 줄을 서지 않으면 세일의 승자가 될 수 없는, 일찍 일어나는 인간만이 명품을 가질 수 있다는 교훈을 안겨 주는 이벤트였다.
본부장님이 지시한 명품 라인 개발은 잘하고 있는 건지……. 심히 걱정이 되었다.

메건이 크리스마스 시즌에 뭐 하냐고 물었지만, 약속이 있다고 말했다.
예전 회사 선배의 명령 때문에 백화점과 편집숍을 돌면서 새벽부터 줄을 서야 한다고 말하고 싶진 않았다. 외국인의 눈으로는 이런 상하 복종관계를 이해할 수도 없을 테고, 크리스마스에 약속도 하나 없다는 것이 너무나 비참했으니까.

　우울한 기분을 달래려 누나들의 카드를 긁었다. 누나들이 욕으로 연말 인사를 전해 왔다.

런던 도착 11개월째.

브리티시 보그의 신년 파티가 있었다.
새해가 되어 만난 메건의 기분은 좋지 않아 보였다.
크리스마스 시즌에 약속이 있다 말했더니 그녀도 데이트가 있다고 했었는데, 뭔가 일이 잘 풀리지 않은 모양이었다.
그날 밤, 술에 취한 메건이 내게 키스했다.
그리고 다음날 아침, 아무렇지도 않은 표정으로 나타났다.
외국 여자들이란, 참으로 자유분방하다더니 사실인가 보다.
그게 나의 첫 키스였는데……. 아무에게도 얘기하지 않을 것이다.

드디어, 런던 도착 1년째.

다음 화보를 위한 빈티지 아이템을 구입하기 위해 아침 일찍 이스트엔드로 나섰다.

그곳에 위치한 브릭레인은 유명 빈티지숍들이 즐비한 빈티지 쇼핑의 대표 플레이스였다. 한국의 홍대 앞과 같은 분위기를 풍기는 이곳은 많은 예술가들의 아지트이자, 런던 젊은이들의 개성 있는 패션을 엿볼 수 있는 최고의 장소라 할 수 있었다.

빈티지의 천국이라 불리는 '비욘드 레트로Beyond Retro'를 둘러보았다. 그 명성에 걸맞게 다양한 스타일의 빈티지 의상들이 패션피플들의 눈길을 사로잡고 있었다. 한쪽 벽에 걸려 있는 마린풍의 니트 상의가 눈에 띄었다.

왠지 메건에게 잘 어울릴 것 같다는 생각이 들었다.

런던 내에서 가장 많은 빈티지 신발과 가방을 자랑하는 다른 가게에도 들어가 보았다. 2,000켤레가 넘는다는 구두 컬렉션들이 찾아오는 손님들을 압도하며 자유분방하게 진열되어 있었다. 음, 오른쪽 두 번째 단에 위치한 검정색 워커도 메건에게 잘 어울릴 것 같았다.

사실 메건에게 '노팅 힐'의 안나 스콧과 같은 스타일은 어울리지 않았다. 빨간 머리의 그녀는 빈티지 스타일이 누구보다도 잘 어울렸는데, 왜 갑자기 얌전한 아가씨로 변신하려는 건지 알 수가 없었다. 술 취하면 아무에게나 키스하고 기억도 못하는 주제에 말이다.

어딜 가도 메건에게 어울릴 것 같은 아이템들만 눈에 들어와, 심란해졌다.

그녀와 너무 오래 같이 다닌 모양이었다. 이제 정말 떨어져 지내야 할 시간이 온 것 같았다.

그길로 런던의 2존, 클랩햄 커먼에 위치한 영어 학원에 가 등록했다.

하루에 두 시간씩 주 5일을 공부하는데, 한 달에 300파운드(한화 약 50만 원)를 내야 했다.

어시스턴트 월급에 비하면 너무나 부담스러운 가격이었지만, 뭐, 괜찮다. 나에겐 누나들의 카드가 있으니까.

그런데, 왜 내 쇼핑백에 아까 봤던 마린풍의 니트와 검정 워커가 들어 있는 거지?

런던 도착 1년하고도 1개월째.
2월. F/W 패션위크가 시작되었다.
수현은 졸업발표회를 앞두고 다른 기성 디자이너들의 쇼를 보고 싶지 않다고 했다. 준비하는 컬렉션엔 오롯이 그녀만의 생각이 반영되어야 한다고 덧붙여 말했다. 이해가 가는 이야기였다. 아무래도 다른 사람들의 컬렉션을 보다 보면, 무의식적으로라도 디자인에 영향을 받을 수밖에 없을 테니까.

한준우 본부장님은 혼자 앤트워프에서 파리와 런던을 오가며 중요 쇼들을 둘러보는 중인 듯싶었다. 앤트워프에 있는 수현의 아파트에 묵으면서 차로 파리와 런던을 다닌다는 얘기인데, 참으로 대단한 정성이지 않은가. 한시라도 수현의 곁에서 떨어질 수 없는 것인지, 세 시간이 넘는 거리를 직접 운전하면서 체력을 과시하고 있었다.

ㅡ 선배한테만 하는 얘기인데, 이번 패션위크만 끝나면 6월까지는 오지 말라고 하려고요.

한준우 본부장님이 또다른 일에도 체력을 과시하고 있는 건지, 수현은 무척이나 피곤한 목소리였다. 그를 사랑하는 건 분명하지만, 자꾸 방문하는 바람에 컬렉션을 구상할 시간이 없다며 졸업발표회가 열리는 6월까지는 앤트워프 출입금지령을 내릴 것이라 그녀는 다짐하고 있었다.

그 얘길 들으며 나도 메건과 어울리지 말아야겠다고 다시금 다짐했다.

우울해졌다. 아마 이번 패션위크에서도 칼 라거펠트 님을 만나 뵐 수 없었기 때문이리라.

벌써 런던 도착 1년 2개월째.

메건에게 남자친구가 생겼다. 히피 같은 스타일에 불량스러운 모습을 한 남자였다.

나와는 상관없는 일이라 생각했다. 오히려 잘된 일이지 않은가.

많은 작업량에 체력이 떨어졌는지, 피곤한데도 잠이 오지 않는다.

기분도 계속 우울하다.

런던 도착 1년 2개월 열흘째.

메건이 남자친구와 헤어졌다.

옛정을 생각해 나는 그녀를 위로해 주었고, 런던의 명물 '피시 앤 칩스'에서 맥주를 마시며 우리는 다시 친구가 되었다.

그리고 그 기념으로 메건은 런던 2존에 있는 영어 학원에 가 이번 달 비용을 환불받아 주었다.

전산이 고장 난 관계로 카드 취소가 아닌, 페널티로 30파운드를 차감한 270파운드의 현금을 직접 건네받았다. 이것이 그 유명한 카드깡이었다.

그리고 열흘 만에 단잠을 잤다.

다음날, 메건에게 지난번 브릭레인에서 사 온 마린풍의 니트와 검정 워커를 던져 주었다.

런던 도착 1년 4개월째.

드디어 수현의 졸업발표회가 코앞으로 다가왔다.

그 유명한 앤트워프 왕립예술학교 졸업발표회의 기획기사를 위해 패션 팀의 칼럼리스트와 아트 팀의 디렉터들이 벨기에에 직접 가기로 결정됐다. 대신 어시스턴트는 메건과 나, 둘 중 하나만 데리고 가겠다고 했다. 한 명은 남아 사무실을 지켜야 한다나 뭐라나.

수현이 보내 준 초대권을 흔들어 대며 내가 가야 한다고 소리쳤지만, 아무도 듣지 않았다.

나는 절규했다. I know her!

"Um…… yes, all of us knows her."

선배 디렉터의 대꾸에 나는 분노했다. I really know her!

그러자 다시 그가 뭐라 뭐라 빠른 속도로 중얼거렸다.

나는 습관처럼 메건을 바라보았다. 이 여자와 나는 앤트워프 티켓을 사이에 둔 라이벌인데, 결국 또 의지할 수밖에 없다니. 혹시 통역을 잘못 해 주는 거 아냐?

"철수, Your english bad. So, you can't go."

모두가 앤트워프로 떠나고, 나는 영어 학원에 다시 등록했다.

그런데 누나들이 카드를 막은 모양이었다. 승인이 떨어지지 않았다.

한국에 콜렉트 콜로 전화를 걸어 둘째 누나에게 보그하우스 샘플실에서 각종 레어 아이템을 훔쳐다 주겠다고 약속했다. 다음날, 승인이 떨어졌다.

'악마는 프라다를 입는다'에 나왔던 샘플실보다 훨씬 더 좋다 했더니, 그 똑똑했던 셋째 누나는 레어 아이템들의 우선권을 요구하며 1,000파운드를 입금해 주었다.

누나들은 정말 일개 어시 한 명이 샘플실에 있는 값비싼 아이템들을 맘대로 빼낼 수 있다고 생각하는 걸까? 영화가 누나들을 다 망쳐 놨다.

런던 도착 1년 4개월 열흘째.

앤트워프에 다녀온 메건이 흥분하면서 수현의 소식을 전해 줬다.

4학년들의 쇼를 앞두고, 디자이너 Sue의 컬렉션을 보기 위해 미국 보그의 편집장이 자신이 도착할 때까지 쇼를 중단시켰다고 했다. 쇼장에 들어오지 못한 수많은 사람들이 'Sue의 쇼만은 보게 해 달라'고 요청해서 쇼장의 문이 다시 열리기도 했던 모양이다.

대단한 채수현. 그녀는 정말 한국 패션계의 자랑이었다.

"철수, Sue was not first, but she seemed very happy. She was all smiles."

수현은 결국 1등을 하지 못했다. 그동안 그녀의 디자인에 큰 영향을 주었던 앤트워프의 학풍을 컬렉션에서 찾아볼 수가 없었다고 했다.

그럼에도 수현은 행복해 보였다. 오히려 1등을 하지 않아 마음이 편하다고도 했었다. 1등이 되기 위해 누구보다 노력했지만, 정말 원했던 건 그게 아니었던 것 같다는 이해할 수 없는 말을 내뱉기도 했었다.

하지만, 나는 알고 있다. 수현이 1등을 못해서 창피한 나머지, 이런저런 말을 둘러댔다는 걸 말이다. 뭘, 나한테까지 그러는지. 섭섭함이 밀려왔다.

"Anyway 철수, Do you know Sue's lover? He's awesome! gorgeous!"

수현의 러버라면, 분명 한준우 본부장님이리라.

나는 메건을 향해 어깨를 으쓱해 보이며 입을 열었다. 사실 나는 그의 최측근이며, 그는 나의 형과 같은 존재라고. 한준우라는 이름까지 조심스럽게 알려 주었다.

그러자 메건은 고개를 갸웃하며 그 이름이 아니라고 했다.

순간, 나는 당황했다. 수현이 그새 애인을 바꾸었나? 졸업발표회까지는 만나지 않겠다고 하더니, 아예 관계가 끊어진 것인지 걱정이 되었다. 메건에게 그의 이름을 아느냐고 물었다.

"Yup, his name is Bon Bu Jang."

나는 내 귀를 의심했다.

"Do you know him? Bon Bu Jang?"

나는 크게 웃음을 터뜨렸다. 메건이라면 그렇게 생각할 수도 있겠다 싶었다.

"Why? I heard his name correctly!"

귀여운 구석이 있는 여자였다.

그로부터 며칠 후, 뉴욕타임즈의 패션 칼럼리스트인 캐시 호렌을 시작으로 세계 패션계는 열광하기 시작했다. 앤트워프의 아방가르드한 공주님이 모던한 옷을 입고 프레타포르테의 여왕이 되었다는 기사가 봇물처럼 터져 나왔다.

축하의 말을 전하기 위해 수현에게 전화를 걸었다. 자기야!
– ……그런 사람 없습니다.
으음? 잘못 걸었나? 그런데 많이 들어 봤던 남자 목소리였다.
……뚜뚜뚜뚜.
전화가 끊겼다. 통신 상태가 좋지 않나? 다시 걸어 보았다.
에헤? 전화를 받을 수 없다는 멘트가 흘러나왔다.
역시 디지털 강국은 대한민국이었다. 유럽의 이동통신 산업은 아직 멀었다.

런던 도착 1년 5개월째.

이시영 대리가 찾아왔다.
앤트워프에서 드리스 반 노튼의 아틀리에로 파견을 나갔던 그녀는 1년간의 계약 기간을 끝내고 유럽을 여행 중이라 했다.
이 대리는 여행이 끝나면 U어패럴이 있는 한국이 아닌 프랑스에 정착할 것이라고 말했다. 이번 기회에 보다 넓은 곳에서 디자인을 공부해 보고 싶다며 파리 의상조합학교에 입학 원서를 제출해 허가를 받았다고 했다.
나는 내 일처럼 진심으로 기뻐했다. 그러면서 내 머리 한쪽에선 허연심 과장님을 떠올렸다.
이제부턴 내가 아닌, 명품의 도시 파리에 있는 이 대리에게 명품 구입을 부탁할 것이라 생각하니 더없이 기분이 좋아졌다.
이 대리의 새로운 시작을 축하하기 위해 첼시에 위치한 고든 램지 레스

토랑에서 최고의 만찬을 대접했다. 물론 누나들의 카드로 말이다.

시간은 흘러, 런던 도착 1년 6개월째.

나의 기대는 무너졌다. 허 과장님이 또 전화를 한 것이다.

런던을 대표하는 고급 쇼핑가인 메이페어에 위치한 최고의 편집숍, 브라운스가 샘플 세일[38]을 진행할 것이니, 당장 잠자리에 들고 내일 새벽에 집을 나서라는 것이었다. 샘플 세일에 나오는 아이템들은 패션쇼나 화보 촬영 등에 사용되었던 것들도 있어 퀄리티와 희소성에서도 높은 가치를 인정받아 그 인기가 정상제품 못지않았다. 그리고 그만큼 구입하는 데도 어려움이 있었다.

정말 극소수의 패션 관계자들만이 아는 특권과도 같은 이벤트였는데, 과장님은 어떻게 이런 정보를 다 아는 걸까? 패션계에도 MI6[39]가 있다면, 허 과장님은 아마 M일 것이었다. 나는 그럼 그녀의 지령을 받으니 제임스 본드인 것인가?

실없는 생각에도 기분이 나아지지 않았다. 또다시 줄을 서야 한다니 우울했다.

런던 도착 1년 7개월째.

다시 돌아온 9월. 패션위크의 계절이다.

모두 디자이너 Sue의 데뷔전이 이번 4대 패션위크 중 한 곳에서 열릴 거라 기대했었는데, 아무 소식이 없었다.

실제로 그녀의 데뷔 무대를 위해 4대 패션위크 관계자들이 앞을 다투어 연락을 했었다고 전해 들었다. 하지만 누가 승자가 되었는지는 아직까지

---

38. 샘플 세일(sample sale): 브랜드들이 시범적으로 제작한 상품들을 할인가격으로 판매하는 것.
39. MI6: 영국의 해외 담당 안보기관으로, 군사정보부 제6부대(Military Intelligence Section 6)에서 유래한 말.

밝혀지지 않고 있었다.

　오랜만에 메건과 한 팀이 되어 스트리트 패션에 대한 기사 작성을 위해 사진기를 들고 거리로 나갔다. 패션위크가 열리는 기간 동안 런던 곳곳에선 유명 셀럽들과 패션블로거들이 런웨이를 방불케 하는 화려한 스타일로 무장, 거리를 활보하고 있었다. 그리고 그들이 어떤 옷을 입었는지는 많은 독자들이 궁금해하는 기삿거리였다.
　"지난번에 고든 램지 레스토랑에 갔었어?"
　뜬금없는 메건의 질문에 비비안 여사의 쇼장에 들어서는 릴리 알렌의 모습을 찍지 못했다.
　그녀는 샤넬의 코코 커쿤 라인을 대표하는 새로운 뮤즈로 선정되어 많은 사랑을 받고 있는 런던의 대표 셀러브리티였다.
　"여자랑 갔다며?"
　메건의 질문이 이어졌다. 내가 이상한 눈빛으로 바라보자, 그녀가 어깨를 으쓱했다.
　"맛있었어?"
　미슐랭 3스타 레스토랑이니 맛있긴 했지만, 결제 후 들어야 했던 누나들의 욕설을 생각해 보면 그만한 가치는 없었던 것 같다.
　"그런데, 혹시 그 여자가……."
　순간 환호성이 들려왔다. 런던의 대표 잇걸인 알렉사 청이 나타난 것이다.
　그렇게 메건의 목소리는 쏟아지는 플래시 세례와 카메라 셔터 소리에 묻히고 말았다.

　런던 도착 1년 8개월째.

졸업발표회 후, 자취를 감춰 모두를 궁금하게 했던 디자이너 Sue가 LVMH에 입사했다는 소문이 돌았다. 루이비통의 최연소 수석 디자이너가 될 것이다, 아방가르드한 장점을 살려 샤넬의 공방 컬렉션을 진두지휘할 것이다 등등 출처가 분명하지 않은 수많은 소문들이 패션계를 강타했다. 이제는 어느 매거진에서 제일 먼저 사실을 확인하여 보도할 것인지가 관건이라 할 수 있었다.

"철수, Are you Sue's friend?"

디렉터 선배 하나가 다가와 물었다. 지푸라기라도 잡아야겠다는 심정으로 언젠가 내가 주장했던 디자이너 Sue와의 관계에 대해 기대를 하고 있는 모양이었다.

나는 피식 웃으며 고개를 끄덕였다. 이 순간을 얼마나 기다렸던가.

수현에게 바로 전화를 걸었다.

없는 번호였다.

런던 도착 1년 9개월째.

U어패럴의 플래그십 스토어가 런던에 상륙했다.

오드리 헵번 주연의 영화 '마이 페어 레이디'에 등장했던 한 장소인 코벤트 가든의 플로랄 스트리트에 위치한 매장은 화려하면서도 한국적인 매력이 가득한 인테리어로 사람들의 시선을 끌고 있었다.

이 소식을 패션계 단신으로 작성해 옆 팀의 칼럼리스트에게 보여 주었더니, 고개를 끄덕이며 11월의 핫뉴스로 실어 보자 제안해 주었다.

그렇게 브리티시 보그에 처음으로 내가 작성한 기사가 실리게 되었다.

런던 도착 1년 10개월째.

디자이너 Sue와 한준우 본부장님의 결혼 소식이 들려왔다.

사람들은 그들을 가리켜 미우치아 프라다와 파트리치오 베르텔리 커플과 비교하며 패션계 최고의 디자이너와 CEO 부부가 될 것이라 얘기하고 있었다.

하지만 나는 생각했다. 두 커플은 다를 것이라고.

미우치아 프라다와 파트리치오 베르텔리가 너무나 다른 성격 때문에 매일매일 다투고, 서로를 견제하면서 하우스를 발전시켜 나갔다면, 수현과 본부장님은 서로에 대한 믿음과 애정으로 하나가 되어 그들의 패션 세계를 더욱 훌륭하게 풀어 나갈 것이었다.

그리고 나 역시도 새로운 시작을 앞두고 있었다.

지난번 단신 기사를 작성한 것을 시작으로 오트쿠튀르 패션계와 디자이너들에 대한 칼럼을 연습삼아 써 봤는데, 그것을 읽어 본 패션 팀 선배가 칼럼리스트로 일해 보라고 제안한 것이었다.

보그에 입사하고 처음으로 메건과 다른 팀이 되었다.

런던 도착 1년 11개월째.

새해가 되었고, 오랜만에 수현과 통화를 했다.

그녀는 전화기를 잃어버린데다가 그동안 유럽 전역을 돌면서 새로운 작업들을 진행하느라 무척이나 바빴던 모양이었다.

LVMH에 있었다는 소문은 사실이었다. 하지만 루이비통이나 샤넬의 디자이너가 될 것이라는 소문은 사실이 아니었다.

수현은 LVMH의 배려로 그들이 소유하고 있는 여러 브랜드들의 공방에서 중요 기술들을 배우고 습득해 왔다고 했다. 프랑스 캉봉 가의 샤넬 공방에서는 원단별로 가능한 재단에 대한 지식과 테크닉들을 익혔고, 이태리 펜디의 공방에서는 가죽을 다루는 기술과 함께 펜디 모피의 전통기법인 인레이[40]에 대한 과정을 배웠다고 했다. 그런 과정들이 앞으로 그녀의 디자인

---

40. Inlay: 무늬를 새겨 넣는 일.

과 스타일링 작업에 크나큰 도움이 될 것이라는 건 분명해 보였다.

수현은 지금 뉴욕에 있었다.

- 센트럴 파크가 내려다보이는 맨션인데, 호수 쪽 방을 터서 아틀리에를 만들어 줬어요.

한 본부장님이 결혼 선물로 주었다는 뉴욕의 고급 맨션에 아틀리에를 꾸미고 작품들을 구상하고 있다고 했다.

- 그때 우리 둘이 진행했던 공모전 기억나요?

물론 생생하게 기억난다. 그리고 이제는 알고 있다. 그때의 작품이 모두 수현의 아이디어였다는 것을. 디자이너를 포기하고 보그로 옮긴 것이 내 인생에게 가장 잘한 선택이라 믿고 있었다.

- 그때 상품 중 하나였던 재봉틀은 여기 있어요.

본부장님이 아틀리에를 꾸며 주었다더니, 온갖 재봉틀들을 다 구입한 모양이었다.

아마도 그는 수현이 작업하는 데 조그마한 불편함도 없도록 최선을 다 했을 것이다.

- 그때 선배를 위한 상품은 패션위크 초대장이었는데, 대신 제 데뷔전의 초대장을 보낼게요. 꼭 오도록 해요.

드디어 디자이너 Sue의 데뷔 무대가 결정된 모양이었다. 가슴이 두근거렸다.

이 소식을 메건에게 알리고 싶었지만, 이내 포기하고 말았다.

이것 봐. 버버리의 트렌치코트만으로는 몸과 마음이 따뜻해지질 않는다니까.

마침내 런던 도착 2년째.

2월 패션위크가 시작되었다.

메건은 여전히 아트 팀에서, 나는 패션 팀에서 패션위크를 준비하고 있었다.

그리고 메건은 밀라노로, 나는 파리로 이동하여 패션위크를 취재하게 되었다.

메건과 내가 가장 오랫동안, 그리고 가장 멀리 떨어지게 된 시간이었다.

런던 도착 2년 3개월째.

나는 뉴욕으로 가는 비행기에 몸을 실었다.

디자이너 Sue의 데뷔 무대가 뉴욕 메트로폴리탄 박물관에서 열리기 때문이었다.

이곳의 의상연구소에서는 매년 5월마다 세계적인 패션 행사를 기획해 선보이고 있었는데, 올해는 Sue의 데뷔 무대가 그곳에서 펼쳐질 예정이었다.

대부분의 신예 디자이너들이 그러하듯 패션위크에서의 Sue의 데뷔를 예상했던 관계자들은 장소가 메트로폴리탄이라는 소식에 깜짝 놀랐다. 비비안 웨스트우드나 미우치아 프라다를 비롯, 이전에 이곳에서 쇼를 진행했던 디자이너들의 면면을 확인해 보면, 이번 Sue의 데뷔전이 얼마나 파격적인지 짐작할 수 있었다.

그리고 아무도 예상하지 못했던 신의 한 수는 분명 한준우 본부장님의 작품일 거고.

나중에 안 것이지만, 수현의 데뷔전을 유럽에 빼앗길까 전전긍긍했던 미국 패션계와 그녀에게 색다른 무대를 마련해 주고 싶었던 본부장님의 마음이 통해 이런 꿈의 무대가 완성된 것이었다고 한다.

아, 이제는 U어패럴에서 나왔으니까 더 이상 본부장님이 아닌 건가? 얼마 전, 모든 일을 강승원 수석에게 넘긴 그가 자신의 직업을 'Sue의 남편'이

라 말하고 다닌다며 수현이 행복한 푸념을 늘어놓던 것이 떠올랐다. 사랑의 유효 기간이 보통은 300일도 채 안 된다고 하던데, 예외도 있는 모양이었다. 수현과 그녀의 남편은 시간이 갈수록 서로를 향한 마음이 더욱 커지는 것 같았다.

시상식을 방불케 하는 레드카펫 위에 디자이너 Sue가 모습을 드러냈다. 그리고 곁에는 언제나 그러하듯 그녀의 남편도 함께였다. 앞서 입장하던 수많은 셀러브리티들이 수현을 향해 환호했다. 여기저기에서 플래시도 터져 나왔다. 레드카펫 위로 한 발 한 발 내딛는 그녀의 모습을 멀리서 바라보며 난 벅찬 감정을 느끼고 있었다.

순간, 어디선가 익숙한 음성들이 들려왔다. 주변을 둘러보니 아트 팀의 디렉터들을 포함한 브리티시 보그의 관계자들과 메건이 보였다. 그런데 그녀가 울고 있었다.

내가 다가가 인사하며 무슨 일이냐고 묻자, 일행들이 불만을 쏟아 냈다.

"We don't have the invitation card."

초대장이 없다고 했다. 수현은 분명 브리티시 보그에도 초대장을 보냈을 텐데.

"Megan didn't bring the ticket. Oh, no!"

메건이 초대장 담당이었는데, 런던에 두고 온 모양이었다.

대부분의 쇼가 다 그러하듯 참석자들은 모두 초대장을 들고 와야 했다. 특히 메트로폴리탄 갈라쇼는 수개월 전에 초대 명단이 쇼의 테마와 함께 발표되며, 초대받은 사람들은 테마에 맞는 드레스코드를 지켜야 했다. 내가 가지고 있는 초대장은 개인적으로 받은 것이라 혼자서만 참석할 수 있었다.

어떻게 해야 하지? 이번 일로 메건에게 불이익이 가는 건가?

"선배!"

갑자기 구원의 목소리가 들려왔다.
"왜 여기 있어요? 어서 들어가요."
수현이었다. 레드카펫을 지나 계단을 오르며 쇼장에 들어서던 수현이 라인 밖에 있던 나를 발견한 모양이었다. 나는 한숨을 내쉬며 그녀를 불렀다. 자기야!
그녀의 남편이 얼굴을 찌푸렸다. 오랜만에 봤는데, 왜 저러지?
수현의 데뷔전이라 그도 긴장을 한 것인가?
하지만 더 이상 나는 주변을 신경 쓸 겨를이 없었다.
내 머릿속엔 오로지 메건을 위기에서 구해 내야 한다는 생각밖에는 들어 있지 않았다.
브리티시 보그에서 이번 쇼를 취재하기 위해 얼마나 많은 인원을 투입했는지 잘 알고 있었다. 그들 모두가 초대장이 없어서 빈손으로 돌아가야 할지도 모르는 상황이었다.
동료들의 기대를 한 몸에 받으며 나는 알고 있는 가장 큰 인맥을 동원하기로 결정했다.
바로 오늘 무대의 주인공인 디자이너 Sue!

"고마워."
쇼가 끝난 뒤 참석한 애프터파티에서 메건이 내게 인사했다.
둘만의 대화를 나누는 건 정말 오랜만이었다.
'ENDLESS LOVE'라는 테마에 맞게 사랑스러운 칵테일드레스를 입은 메건은 아름다워 보였다.
그녀에게 이런 매력도 있었구나 싶어 심장이 쿵쾅거렸다.
"디자이너 Sue와 정말 아는 사이였구나."
메건의 목소리가 조금 떨리는 것 같았다. 어쩌면 이곳에 못 들어왔을지

도 모른다는 생각에 아직도 파티를 제대로 즐기지 못하는 것 같았다.

음악이 멈추고, 수현이 단상에 올라 인사말을 전하기 시작했다. 모두 성공적으로 쇼를 마친 그녀를 향해 박수를 보내고 함께 기뻐하고 있었다.

수현은 인사말을 마치며 그녀의 남편에게 감사와 사랑을 전했고, 그는 그녀에게 손키스를 날리며 환하게 웃어 보였다.

여든이 넘은 나의 우상, 칼 라거펠트는 인터뷰에서 항상 말한다.
내 생애 최고의 날은 아직 오지 않았다고 말이다.
디자이너 Sue를 바라보며 나는 생각했다. 그녀 역시 이제부터 시작될 매일매일이 그녀 인생 최고의 날이 될 것이라고. 물론, 나 역시도 그렇고.
나는 슬그머니 메건의 손을 잡았다. 옆에 있는 그녀가 깜짝 놀라는 것이 느껴졌다. 하지만, 손을 풀지는 않았다.
그렇게 우리는 오랜만에 편한 기분을 느끼며 파티를 즐기기 시작했다.
너무나 기분 좋은 밤이었다.

찰스's Backstage 마침.

참고 문헌

* 「20세기 패션 아이콘」, 미술문화, 2009
  - 제르다 북스바움 저, 금기숙, 남후남, 박현신, 허정선 역
* 「패션의 탄생」, 루비박스, 2011
  - 강민지 저
* 「패션을 뒤바꾼 아이디어 100」, SEEDPOST, 2012
  - 해리엇 워슬리 저, 김지윤 역
* 「디자이너의 스케치북」, SEEDPAPER, 2011
  - 히웰 데이비스 저, 유정란 역
* 「나의 시그니처 스타일(London & New York)」, 부즈펌, 2011
  - 시주희, 천혜빈 저

초판 인쇄 2013년 07월 17일
초판 발행 2013년 07월 23일

지은이 | 김유주
펴낸이 | 김진희
펴낸곳 | 도서출판 오후
기　획 | 월악산
편집·교정 | 월악산, 군자란
표지디자인 | 겨울냉이, 빨간나무(외주)
본문디자인 | 겨울냉이
미디어마케팅 | 얼래
전략기획팀 | 신의, 데렐라
경영지원팀 | 강군

주　소 | 서울시 강남구 개포로22길 33, 401호
전　화 | (070) 4365-5959
팩　스 | (0505) 999-5959

출판등록 | 2012년 4월 6일 제2012-000134호
오후 블로그 http://ohwoobooks.com/
ⓒ 김유주, 2013
ISBN 979-11-950382-5-1 (03810)

이 책은 저작권법의 보호를 받는 저작물이므로 무단전재와 무단복제를 금합니다.
잘못된 책은 구입처에서 교환해 드립니다.